Der liebevolle Mörder

Nora Roberts schreibt als J.D. Robb

Der liebevolle Mörder

Roman

Aus dem Amerikanischen von
Uta Hege

Weltbild

Die amerikanische Originalausgabe erschien 2015 unter dem Titel *Devoted in Death* bei
G. P. Putnam's Sons, a member of Penguin Group (USA) Inc., New York

MIX
Papier aus verantwortungsvollen Quellen
FSC® C083411
FSC
www.fsc.org

Besuchen Sie uns im Internet:
www.weltbild.de

Genehmigte Lizenzausgabe für Weltbild GmbH & Co. KG,
Werner-von-Siemens-Straße 1, 86159 Augsburg

Übersetzung: Uta Hege
Umschlaggestaltung: Johannes Frick, Neusäß
Umschlagmotiv: © Johannes Frick unter Verwendung von Motiven von
Trevillion Images (© Ilina Simeonova) und iStock (© uschools)
Satz: Datagroup int. SRL, Timisoara
Druck und Bindung: CPI Moravia Books s.r.o., Pohorelice
Printed in the EU
ISBN 978-3-96377-590-1

2023 2022 2021 2020
Die letzte Jahreszahl gibt die aktuelle Lizenzausgabe an.

1

Der erste Mord war eigentlich ein Unfall. Oder Folge eines Missgeschicks. Sie hatten gerade Arkansas erreicht, als ihre Schrottkiste von Truck plötzlich gestottert und gepfiffen hatte und mit einem letzten lauten Röcheln stehen geblieben war, sodass sie einfach einen anständigen, anderen fahrbaren Untersatz gebraucht hatten.

Ella-Loo hatte sofort gewusst, wie das Problem am einfachsten zu lösen war. Sie hatte ständig die verrücktesten Ideen und hochfliegende Träume, zusammen mit Darryl würde sie jetzt dafür sorgen, dass der größte ihrer Träume in Erfüllung ging.

Sie stammte aus Dry Creek, einem verschlafenen Nest in einer Gegend, die die Leute oft den Ellenbogen Oklahomas nannten, weil sie bis ins nachbarliche Texas ragte. Dort hatte sie als Serviererin in einer Cowboybar gejobbt und einen Freund gehabt, den gottverdammten Sohn der Hure Cody Bates, der sie mit einem Veilchen und mit einer aufgeplatzten Lippe mitten auf dem Parkplatz vor der Kneipe liegen lassen hatte, als sie auf dem Weg zu ihrer Abendschicht mit ihm in Streit geraten war.

Aber sie war für Besseres gemacht, als irgendwelchen blöden Cowboys und den aufgemotzten Tussis, die sich ihnen an die Fersen hefteten, lauwarmes Bier und Billigfusel zu servieren. Sie war für Besseres gemacht als für das bisschen Extrageld, das sie damit verdiente, dass sie Kerlen, die nach Bier stanken und keinen größeren Ehrgeiz hatten, als zu ficken, einen Blowjob oder einen Quickie auf dem Klo oder in der Kabine ihres Pick-ups bot.

Folgerichtig war er an einem schicksalhaften Abend durch die Tür der Bar getreten, sie hatte es auf den ersten Blick erkannt, dass er ihr Schicksal war. Dass sie die ganze Zeit auf ihn gewartet hatte. Dass er ihr die Chance böte, all das zu sein, was sie schon immer sein wollte.

Später sollte sie ihm offenbaren, dass ein rotgoldenes Licht um ihn herum geleuchtet hatte, als er durch die unechten Saloon-Türen getreten war. Dass sein blondes Haar geschimmert hatte und der Glanz in seinen Augen, die so blau und klar waren wie das Wasser eines Sees auf einer Ansichtskarte, ihr verraten hatte, dass er anders als die anderen war.

Er hatte keine Ähnlichkeit mit den nach Stall riechenden Arschgrapschern, aus denen das normale Publikum des *Rope 'n Ride* bestand.

Er hatte etwas, was ihn von den anderen unterschied.

Nach einem kurzen, intensiven Paarungsritual, bei dem er sie zunächst an die Toilettenwand und dann noch mal von außen an die Tür des Pausenraums genagelt hatte, hatte er erklärt, dass es ihm ebenso ergangen war.

Ein Blick hatte genügt. Oder wie hatte Darryl es in Anlehnung an Shakespeare formuliert? Er hatte sie geschaut und gleich geliebt. Darryl hatte Shakespeare, den er selbst den wortgewandten Willy nannte, lesen müssen, um den Highschool-Abschluss zu bekommen, nachdem er mit sechzehn von zu Hause abgehauen und kurz darauf in Denton County, Texas, in den Knast gewandert war.

Mit achtzehn war er wieder rausgekommen, und der Freund seiner Mutter hatte ihn in seiner Werkstatt angestellt. Darryl kannte sich mit Autos und Motoren mindestens so gut wie andere mit Pferden aus, doch Barlow hatte ihm den letzten Nerv geraubt, indem er ständig an ihm rumgenörgelt und behauptet hatte, wenn er auch nur einen Bruchteil seiner Energie in die Arbeit stecken würde, statt den ganzen Tag lang von der großen, weiten Welt zu träumen, wäre er schon bald ein reicher Mann.

Doch Darryl hatte keinen Sinn darin gesehen, sich totzuschuften, während es so viele andere Möglichkeiten gab zu kriegen, was er wollte. Am einfachsten, indem er sich die Dinge, die sein Herz begehrte, einfach nahm.

Trotzdem hatte er drei Jahre in der Werkstatt durchgehalten, denn er hatte keine Lust gehabt, sofort noch einmal einzufahren.

Bis er bekommen hatte, was er wollte, indem er Barlow die unter dem falschen Boden einer Schublade des Schreibtischs im Büro versteckten 6800 Dollar stahl.

Was zeigte, was für ein Idiot der Alte war.

Außerdem hatte er sich noch an dessen Werkzeugen und einigen Ersatzteilen bedient und auch das lange Jagdmesser, das Barlows ganzer Stolz und sicher etwas wert war, eingesteckt. Während seine Mutter im Café gewesen war, um sich für einen jämmerlichen Lohn und ein noch elenderes Trinkgeld dort die Hacken abzulaufen, hatte er sein Zeug gepackt und zusätzlich 3.200 Dollar aus dem Beutel in der Zuckerdose eingesackt. So hatte er die Reisekasse auf genau 10000 Dollar aufgestockt und seiner Mutter als der gute Sohn, der er nach seiner Meinung war, zu den ihr noch verbliebenen 646 Dollar eine kurze Nachricht in den kleinen Baumwollsack gesteckt.

Danke, Ma. In Liebe, Darryl

Dann hatte er den Truck beladen, den er aus der Werkstatt mitgenommen hatte, Lonesome, Oklahoma abermals auf Nimmerwiedersehen den Rücken zugekehrt und war an seinem 21. Geburtstag in das *Rope 'n Ride* marschiert, wo Ella-Loo hinter dem Tresen stand.

Sie beide hatten gleich gewusst, dass die Begegnung Schicksal war, keine 24 Stunden später hatte sie mit ihrer Reisetasche, die all ihre weltlichen Besitztümer enthielt, in seinem Truck gesessen, und sie waren davongebraust.

Sie hatten Darryls Geld verprasst und sich mit Diebstählen und wildem, hemmungslosem Sex vergnügt, bis er in Tulsa festgenommen worden war. Er hatte einen Verlobungsring für seine Seelenverwandte stehlen wollen und dabei zufällig das lange Jagdmesser dabeigehabt. Das hatte einen schweren Raub aus dem im Grunde eher bescheidenen Vergehen gemacht und ihm vier Jahre, dieses Mal in Oklahomas Staatsgefängnis, eingebracht.

Kurz entschlossen hatte Ella-Loo sich einen Job in einer anderen Bar gesucht, sich dort aber nur noch mit Blowjobs etwas dazuverdient. Die Zeit der Quickies war vorbei gewesen, denn sie hätte Darryl niemals derart hintergehen wollen.

Beständig wie die Priester, die allsonntäglich die Messe lasen, hatte sie ihn wöchentlich im Knast besucht, und während eines ihrer Aufenthalte im Familienzimmer hatten sie sogar ein Kind gezeugt.

Darryl hatte sich die Jahre hinter Gittern abermals mit Shakespeare und dem Ausbau seiner Fähigkeiten als Mechaniker vertrieben und sich mit dem Bau von Bomben, mit Computern und mit Elektronik allgemein befasst, und während er sich derart auf das Leben draußen vorbereitet hatte, hatte Ella-Loo die Kleine, die nach ihrem geliebten Darryl Darra hieß, im heimischen Elk City ihrer Mutter präsentiert.

Obwohl sie es kaum ausgehalten hatte, einen der Besuche im Gefängnis ausfallen zu lassen, war sie fast zwei Wochen dort geblieben, bis die Mutter ganz vernarrt in ihre Enkelin gewesen und bis selbst der Stiefvater dem Kind nicht mehr misstrauisch begegnet war.

Dann hatte sie in dem Bewusstsein, dass die Mutter ihrem Stiefvater niemals erlauben würde, ihr die Bullen auf den Hals zu hetzen, kurzerhand das Silber der Urgroßmutter, das sie schließlich früher oder später ohnehin geerbt hätte, eingepackt, das Baby bei ihrer Mutter zurückgelassen und war wieder nach McAlester gefahren, um pünktlich zum Besuchstag dort zu sein.

Vielleicht würden sie und Darryl ihre Tochter ja holen, wenn sie irgendwann für ein ruhiges Leben bereit wären. Aber Darryl nach stand ihre Liebe unter einem schlechten Stern, und deshalb müssten sie im Leben und in der Liebe permanent bis an die Grenzen gehen.

Dabei wäre ihnen ein Baby nur im Weg.

Als Darryl wegen guter Führung nach dreieinhalb Jahren vorzeitig entlassen wurde, holte Ella-Loo ihn selbstverständlich ab. Sie trug dabei ein enges weißes Kleid und hochhackige rote Schuhe, und sie schafften es mit Mühe bis ins Motel, bevor die Schuhe durch die Luft flogen und das bis dahin blütenweiße Kleid auf dem verdreckten Boden lag.

Nachdem sie beide fanden, dass McAlester im Rückspiegel des Trucks am schönsten wäre, brachen sie nach einem guten Essen, dem Genuss des Sekts, den Ella-Loo aus der verdammten Bar, in die sie nicht noch mal zurückkehren würde, hatte mitgehen lassen, und nachdem sie sich noch einmal hemmungslos geliebt hatten, in Richtung Osten auf.

Sie wollte endlich einmal den Atlantik sehen. Sie wollte Großstadtlärm und Großstadtlichter, wollte alles, was nicht Oklahoma war.

New York City, sagte Ella-Loo zu Darryl, einzig New York City wäre groß und hell genug für sie.

Also nutzte Darryl seine Fähigkeiten, machte ihren Truck mithilfe einiger Ersatzteile aus einem anderen Gefährt, das in der Nähe parkte, wieder flott, und während Ella-Loo sich wie ein Blinddarm an ihn schmiegte und im Radio lauter Trash-Rock dröhnte, ging es los.

Trotz Darryls Fähigkeiten aber kam der alte Truck mit dem hohen Tempo und den vielen Meilen, die sie fuhren, auf Dauer nicht zurecht und verreckte schließlich elendig.

Doch Ella-Loo hatte sofort eine Idee.

Darryl schaffte es, die Kiste so weit in Gang zu bringen, dass sie von der Hauptstraße auf eine Nebenstraße abbiegen konnten, während sie das Navi konsultierte, und fuhr weiter auf den Teil des Highway 12, der unterhalb von Bentonville verlief.

Ella-Loo grub nach dem weißen Kleid und ihren roten Schuhen, malte sich die Lippen an, beugte sich vor und fuhr sich mit den Fingern durch das lange blonde Haar.

Wenn ein allein reisender Mann vorüberführe, hielte er auf

alle Fälle an. Das kurze Kleid betonte ihre Rundungen, und als sie ihre Haare schwungvoll über die Schultern warf, sah sie mit ihrer blonden Mähne wie eine Sirene aus.

Darryl streckte seine Hände nach ihr aus, doch lachend scheuchte sie ihn fort. »Warte, Baby, warte. Versteck dich im Gebüsch. Die Männer halten eher, um mir zu helfen, wenn sie mich allein am Rand der Straße stehen sehen.«

»Ich glaube kaum, dass sie dir dann nur helfen wollen. Mein Gott, Ella-Loo, du bist so sexy wie ein schwarzes Spitzenhöschen, ich brauche dich nur anzusehen, damit ich einen Ständer kriege, der mich umbringt, wenn ich dich nicht sofort ficken kann.«

»Genauso ist es auch geplant. Falls eine Frau vorbeikommt, hält sie vielleicht an, vielleicht aber auch nicht. Zwei Männer halten sicher an, zwei Frauen vielleicht. Bei Pärchen bin ich mir nicht sicher, aber früher oder später hält auf alle Fälle jemand an.«

Sie glitt mit einem Finger über seine Lippen, rieb sich kurz an ihm, und als er stöhnte, schob sie ihn entschlossen von sich fort.

»Später, Schatz«, vertröstete sie ihn. »Es ist noch nicht ganz dunkel, und die Leute halten eher, bevor es dunkel wird. Also versteck dich, ja? Ich muss versuchen, möglichst hilflos auszusehen, mit einem starken, attraktiven Kerl an meiner Seite schaffe ich das nicht.«

Sie hatte die Stelle gut gewählt. Vielleicht sogar zu gut, denn bis zum Sonnenuntergang kam kein einziger Wagen dort vorbei.

»Vielleicht kann ich den Truck ja doch noch mal zum Laufen bringen«, rief Darryl aus seinem Versteck am Straßenrand. »Zumindest so, dass wir noch bis zu einer Stadt oder zu einem Motel kommen, wo ich ein anderes Gefährt für uns besorgen kann.«

»Es wird ganz sicher klappen, Darryl«, antwortete Ella-Loo, denn schließlich hatte sie diese fantastische Idee gehabt. »Wir müssen nur – da kommt ein Wagen. Wenn er hält, gib mir ein bisschen Zeit, damit ich meine Rolle spielen kann. Dann kommst du aus dem Gebüsch, Baby, und erledigst den Rest. Das kriegst du doch wohl hin, oder?«

»Auf jeden Fall.«

Sie stand neben dem Truck, faltete die Hände wie zu einem Gebet und riss halb ängstlich und halb hoffnungsvoll die blauen Augen auf.

Sie hatte auch schon in der Schule gern geschauspielert und sah mit freudiger Erregung, dass der schicke Wagen hielt, der Fahrer sich über den leeren zweiten Sitz in ihre Richtung beugte und durchs offene Fenster fragte: »Gibt es ein Problem?«

»Allerdings, Sir, allerdings.« Er war schon etwas älter, merkte sie. Einen Mann von vielleicht 50 könnte Darryl ganz problemlos niederschlagen, fesseln und hinter die Bäume ziehen. »Urplötzlich ging der Motor aus. Es ist der Truck von meinem Bruder, ich habe schon versucht, ihn anzurufen, aber wie es aussieht, ist mein Handy ebenfalls kaputt oder ich habe wieder mal vergessen, die Gebühren zu bezahlen. Ich vergesse einfach immer irgendwas.«

»Aber das Tanken haben Sie nicht vergessen?«, fragte er und lächelte sie an.

»Oh nein, Sir. Das heißt, Henry hat erst heute früh für mich getankt. Mein Bruder, Henry Beam.« So hatte ihr Geschichtslehrer geheißen, den Namen fand sie schön. »Aus Fayetteville. Vielleicht kennen Sie ihn ja – es kommt mir immer vor, als würde jeder Henry kennen.«

»Leider nein. Ich bin nicht aus der Gegend, aber wenn Sie möchten, schaue ich mir Ihren Truck mal an.«

»Oh ja, das wäre wirklich nett. Vielen, vielen Dank. Ich habe einfach keine Ahnung, was ich machen soll. Vor allem, weil's allmählich dunkel wird.«

Er lenkte seinen Wagen an den Straßenrand. Er war in einem eleganten Silberton lackiert, obwohl Ella-Loo ein Auto in demselben schicken Rot wie ihre Schuhe vorgezogen hätte, konnte sie sich nicht beschweren. Er forderte sie auf, die Motorhaube zu entriegeln, doch sie flatterte nervös um den Truck herum, schließlich beugte er sich durch das Fenster, um es selbst zu tun.

Er hatte eine hübsche Armbanduhr, bemerkte Ella-Loo. Sie glänzte silbrig wie der Wagen, und sie würde Darryl ausgezeichnet stehen.

»Ich kenne mich mit Trucks nicht wirklich aus«, setzte er an. »Wenn ich den Fehler also nicht beheben kann, fahren Sie einfach mit bis Bentonville oder rufen von meinem Handy aus bei Ihrem Bruder an.«

»Das ist unglaublich nett von Ihnen. Ich hatte Angst, dass vielleicht jemand hält, der nicht so nett ist, und ich dann nicht wüsste, was ich machen soll.« Sie sah in Richtung des Gebüschs und fuhr, damit der Mann nichts rascheln hörte, als sich Darryl durch das Blattwerk schob, mit lauter Stimme fort: »Wahrscheinlich macht sich meine Ma schon fürchterliche Sorgen, also nehmen Sie mich vielleicht besser mit nach Bentonville. Sie wird Ihnen persönlich dafür danken wollen, dass Sie mich nach Hause fahren.«

»Hatten Sie nicht gesagt, Sie wären aus Fayetteville?«

»Was? Oh, Henry«, fing sie an, doch offensichtlich hatte ihr der Mann etwas angesehen oder doch etwas gehört, denn während Darryl noch den Wagenheber über seinem Kopf schwang, fuhr er blitzartig herum, weshalb die Waffe ihn nur an der Schulter traf.

Wie von Sinnen stürzte sich der Kerl auf Darryl und ging knurrend mit den Fäusten auf ihn los. In Gedanken nur bei ihrem Liebsten, bückte Ella-Loo sich nach dem Wagenheber, den er hatte fallen lassen, und ließ ihn dem ausgeflippten Samariter auf den Rücken krachen, doch statt umzufallen, ging er abermals auf Darryl los. Also zielte sie beim nächsten Mal auf seine Knie, obwohl sie es laut knacken hörte und das eine Bein zur Seite knickte, holte er noch einmal kraftvoll aus und brachte sie durch einen Schlag mit dem Handrücken auf ihre Wange aus dem Gleichgewicht. Bevor sie die Balance wiederfand und auch sein zweites Bein zertrümmern konnte, drehte Darryl vollends durch.

»Du hast meine Frau geschlagen! Dafür bringe ich dich um!«

Mit wildem Blick und wutverzerrter Miene trommelte er mit den Fäusten auf den unglücklichen Helfer ein. Sie selber hatte kaum genügend Zeit, um aus dem Weg zu krabbeln, als der Mann infolge des verletzten Beins das Gleichgewicht verlor. Er fiel hintüber, krachte mit dem Kopf gegen die Stoßstange des Trucks und dann auf den Asphalt, ohne nachzudenken sprang sie auf und schlug ihm zweimal mit dem Wagenheber ins Gesicht.

Jetzt lag er völlig still und starrte sie mit großen Augen an. Darryls Fäuste und der Wagenheber hatten sein Gesicht zu Brei geschlagen, sein Schädel lag in einer Lache leuchtend roten Bluts.

Ella-Loo fing an zu zittern, sie atmete mit einem lauten Zischen aus. »Ist er … ist er tot?«

»Scheiße, Ella-Loo, verdammt.« Darryl zog ein Halstuch aus der Hosentasche und tupfte sich Schweiß und Blut aus dem Gesicht. »Viel Leben scheint auf alle Fälle nicht mehr in ihm drin zu sein.«

»Das heißt, wir haben ihn umgebracht.«

»Das war doch keine Absicht. Scheiße, Ella-Loo. Er hat dir mitten ins Gesicht geschlagen, das konnte ich nicht zulassen. Ich kann nicht zulassen, dass jemand meinem Mädel etwas tut.«

»Genauso wenig wollte ich, dass dieser Typ noch mal auf dich losgeht. Also habe ich … Du musst ihn von der Straße schaffen. Zieh ihn ins Gebüsch, Darryl, bevor uns jemand sieht. Und nimm die Brieftasche, die Uhr und alles, was er vielleicht sonst noch bei sich hat. Beeil dich.«

Sie holte einen Lappen aus dem Truck, wischte den Wagenheber damit ab und ließ ihn auf den Rücksitz ihres neuen Wagens fallen.

»Nimm auch seine Kleider mit, Baby. Nimm alles mit, schließlich weiß man nie, wofür man es vielleicht gebrauchen kann. Und mach, um Himmels willen, schnell!«

Sie selber zerrte bereits ihre Sachen aus dem Truck. »Leg einfach alles in den Kofferraum. Wir haben später noch genügend Zeit, um alles durchzugehen.«

Ihr Herz schlug bis zum Hals, und die Hände zitterten, aber sie arbeitete schnell und zielorientiert.

»Wir müssen alle unsere Sachen aus dem Truck holen, Baby, dann müssen wir das Lenkrad und alle anderen Stellen abwischen, mit denen wir womöglich in Kontakt gekommen sind. Das übernehme ich.«

Es gab kaum etwas umzuladen, nachdem sie erst allein und dann mit Darryls Hilfe den verdammten Truck gereinigt hatte, fuhren sie zehn Minuten später los.

»Fahr besser erst mal nicht zu schnell. Wir müssen Abstand zwischen uns, den Truck und diesen Typ bringen«, riet Ella-Loo und hielt dann tapfer 2,5 Meilen durch, bevor sie rief: »Halt an! Halt an! Siehst du da vorn den schmalen Weg? Allmächtiger, halt sofort zwischen diesen Bäumen an.«

»Musst du dich übergeben, Schatz?«

»Ich rieche immer noch sein Blut. Es klebt an deinen Kleidern und an meinen auch.«

»Schon gut. Schon gut.« Er holperte den schmalen Weg hinab und hielt zwischen den Bäumen an. »Jetzt ist es gut, mein Schatz.«

»Erinnerst du dich noch an das Gesicht des Kerls? Die Augen haben uns angestarrt, aber sie konnten uns nicht sehen. Aus den Ohren und dem Mund quoll Blut.«

Sie wandte sich ihm strahlend zu, ihre aufgerissenen Augen drückten erst Verwunderung und dann Begehren aus. »Wir haben einen Menschen umgebracht. Zusammen.«

Sie stürzten sich begierig aufeinander, der heiße, harte Sex, den sie normalerweise miteinander hatten, wurde durch das Wissen um die Tat, die sie begangen hatten, und den süßlichen

Geruch des frischen Bluts so wild und animalisch, dass das Echo ihrer beider Schreie das Gefährt erbeben ließ.

Als sie fertig waren, das weiße Kleid mit all den Flecken, die dasselbe Rot wie ihre Schuhe hatten, ihr in Fetzen von den Schultern hing und Schweiß ihr nacktes Fleisch und das Kleid wie Leim zusammenhielt, blickte sie lächelnd zu ihm auf.

»Ich möchte nicht, dass es beim nächsten Mal so schnell geht wie vorhin. Beim nächsten Mal gehen wir es langsam an, okay?«

»Ach, Ella-Loo, ich liebe dich.«

»Genauso wie ich dich. So eine Liebe wie die zwischen uns hat es noch nie gegeben«, fügte Ella-Loo hinzu. »Ab sofort werden wir auf unserem Weg nach New York City alles tun und alles haben, was wir wollen.«

Der erste Mord, der eigentlich ein Unfall war, ereignete sich während eines heißen Abends im August. Bis sie Mitte Januar New York erreichten, hatten sie 28 weitere Menschen umgebracht.

Und mit New York erging es Ella-Loo nicht anders als mit Darryl.

Es war Liebe auf den ersten Blick.

Kalte Windböen wirbelten den Unrat in der Gasse auf, bahnten sich heulend einen Weg aus Richtung Madison in den düsteren Gang, der zwischen den mit Graffitis verunzierten, verfallenen Beton- und roten Backsteinhäusern lag, und schnitten einem wie Messer in die Haut.

Die violetten Schatten und die Flecken kränklich gelben Lichts, die eine Handvoll funktionierender Laternen auf die Straße warfen, sahen wie Hämatome und infizierte Wunden aus.

Womöglich führten irgendwelche Bordsteinschwalben ihre Freier in der Hoffnung auf ein Minimum an Schutz vor Kälte und vor Wind in einen offenen Hauseingang, oder ein Junkie, der die nächste Dröhnung brauchte, folgte seinem Drogendealer in die ungesunde Dunkelheit.

Jeder andere jedoch, der eine Abkürzung durch diese Gasse nähme, ginge vorsätzlich das Wagnis ein, überfallen, ausgenommen, vergewaltigt oder umgebracht zu werden.

Dorian Kuper war schon tot gewesen, als er, eingehüllt in eine Plastikplane, bei den von den Ratten und dem Wind zerrissenen Säcken neben dem defekten Müllcontainer abgeladen worden war.

Er hätte also kein Problem mehr mit der Kälte, doch die Frau, die über seiner Leiche stand, zog eine Skimütze mit aufgedruckter Schneeflocke aus ihrer Tasche und setzte sie widerstrebend auf. Die kuscheligen Fäustlinge, die Dennis Mira mit dem träumerischen Blick ihr an einem eisigen Dezembertag geschenkt hatte, zöge sie aber bestimmt nicht an.

Sie dachte flüchtig daran, dass sie noch vor 24 Stunden praktisch unbekleidet an dem feinen Sandstrand der privaten Insel ihres Ehemanns gelegen hatte, der zu ihrer Freude ebenfalls fast nackt gewesen war.

Obwohl das Jahr 2061 sonnig und entspannt für sie begonnen hatte, waren sie selbst und auch der Tod inzwischen nach New York zurückgekehrt.

Also beugte sich Lieutenant Eve Dallas mit zwar nackten, aber eingesprühten Händen über den Toten, sah ihn aus zusammengekniffenen braunen Augen an und stellte fest: »Tja, Dorian, da hat dir aber irgendjemand ganz schön zugesetzt.«

»Er hat eine Adresse in der Upper West Side, Dallas.« Ihre Partnerin, Detective Peabody, trug einen pinkfarbenen Mantel, warme pinkfarbene Boots mit Puschelrand und einen Schal in allen Regenbogenfarben, der ein halbes Dutzend Mal um ihr Gesicht gewickelt war.

»38 Jahre alt, alleinstehend. Er hat das erste Cello bei der Met gespielt.«

»Was macht ein Cellist, der in der Upper West Side lebt, tot in der Mechanic Alley? Auch wenn er nicht hier ermordet worden ist? Die Plane und sein Körper sind voll Blut, die Fesselspuren an den Hand- und Fußgelenken und ein paar der

Schürfwunden und blauen Flecken sehen aus, als wären sie ein, zwei Tage alt. Wie alt genau, wird Morris für uns rausfinden.«

»Er hat zahlreiche Schnitt- und Stichwunden, Verbrennungen und Hämatome«, stellte Peabody nach einem Blick aus Augen, die ein wenig dunkler waren als die des Lieutenants, fest. »Die meisten eher oberflächlich, aber …«

»Einige auch nicht. Den Abschürfungen und den Schnitten in den Hand- und Fußgelenken und den Mundwinkeln zufolge war er offenbar gefesselt und geknebelt, während er gefoltert worden ist. Wahrscheinlich ein, zwei Tage lang, bevor der Täter irgendwann die Lust verloren hat. Und dann … hat er ihm einen letzten Schnitt von links nach rechts über den Bauch verpasst und ihn verbluten lassen, was bestimmt sehr schmerzhaft war und eine halbe Ewigkeit gedauert hat.«

Sie zog den Untersuchungsbeutel auf, zerrte ein Messgerät heraus und stellte den genauen Todeszeitpunkt fest. »22.20 Uhr gestern Abend.«

»Er ist als vermisst gemeldet, Dallas. Die Vermisstenmeldung ging erst vor fünf Stunden raus. Sie kam von seiner Mutter. Ah … okay. Vorgestern Abend kam er nicht zur Probe, ging nicht an sein Handy, hat dann gestern Nachmittag den Unterricht, den er einem der Schüler an der Juilliard gibt, versäumt und kam auch gestern Abend nicht zur Aufführung.«

»Das heißt, dass er vor zwei Tagen verschwunden ist. Finden Sie raus, wer die Vermisstenmeldung aufgenommen hat, und fragen, was genau die Frau zu Protokoll gegeben hat. Danach werden wir sie informieren, dass ihr Sohn gefunden worden ist.«

Noch immer in der Hocke, schaute Eve sich das Gesicht des Toten an. Auf seinem Passbild sah man einen attraktiven Mann mit grünen, flirtbereiten Augen, langem, dichtem blondem Haar und einem feingemeißelten Gesicht mit einem hübsch geschwungenen Mund.

Der Killer hatte ihm die Haare abgesäbelt und nur ein paar

dürre Büschel neben Schnitt- und Brandwunden auf seinem Schädel hinterlassen, kleine Kreise, die wie schwarze Grübchen aussahen, hatte er in die Wangen des Musikers gebrannt. Die geplatzten Äderchen im Weiß der Augen sahen wie Spinnennetze aus. Die meiste Energie und Kreativität hatte der Mörder jedoch in die qualvolle Misshandlung seines Leibs und seiner Gliedmaßen gesteckt. Auch ohne Obduktion waren die zahlreichen gebrochenen Knochen deutlich zu erkennen, und Chefpathologe Morris würde sicher feststellen, dass auch die Organe schwer geschädigt waren.

»Ein Teil der Verbrennungen ist klein und sehr präzise. Wahrscheinlich stammen sie von einem Lötkolben oder von einem anderen Werkzeug in der Art. Aber sehen Sie die Verbrennungen auf seinen Handrücken? Sie sind viel größer und auch nicht kreisrund. Jemand hat dort Zigaretten, einen Joint oder eine Zigarre ausgedrückt. Er war Cellist. Ein Cello ist so was wie eine Geige, richtig?«

»Nun, es ist …«, Peabody zog die Form des Instruments mit ihren Händen nach und tat, als würde sie behutsam einen Bogen über die imaginären Saiten führen.

»Eine dicke, fette Geige. Habe ich das nicht gesagt? Für die man die Hände braucht. Wenn man seine Handrücken verbrannt, vier Finger der rechten Hand gebrochen und die linke Hand mit einem schweren Gegenstand zertrümmert hat, ist es vielleicht etwas Persönliches. Auch das Absäbeln der Haare und dass man ihn nackt hier abgeladen hat, könnte was Persönliches sein.«

Eve hob eine seiner Hände hoch und schaute sich im Licht der Taschenlampe die Nägel an. »Ich sehe keine fremde Haut und keinen Hinweis darauf, dass er sich gewehrt hat.« Sie bewegte vorsichtig den Kopf der Leiche und betastete den Hinterkopf. »Aber dahinten hat er eine dicke Beule.«

»Vielleicht hat er sich mit jemandem gestritten«, begann ihre Partnerin. »Vielleicht hat er ihm dabei irgendwann den Rücken zugewandt und der andere hat zugeschlagen, war dann aber immer noch so wütend, dass er ihn gefesselt, geknebelt und dann stundenlang gefoltert hat.«

»Für mich wirkt das hier nicht wie Wut.« Eve schüttelte den Kopf, und als sie wieder aufstand, riss der Wind an dem langen Ledermantel und ließ ihn um ihre Beine knallen. »Aber nach Geduld oder nach einem sorgfältig zurechtgelegten Plan sieht's auch nicht aus. Wissen Sie noch, der Bräutigam?«

»Ich glaube nicht, dass ich den je vergessen werde«, gab die Partnerin zurück.

»Er hat aus der Folter eine Wissenschaft gemacht. Für ihn war Folter Arbeit. Aber das hier wirkt auf mich eher wie ein Spiel.«

»Ein Spiel?«

»Wenn jemand wütend ist, geht er normalerweise direkt auf den anderen los. Vor allem hätte er es dann hauptsächlich aufs Gesicht des anderen abgesehen, zumal wenn es eine persönliche Beziehung zwischen ihm und seinem Gegenüber gibt.«

Bei Dorian aber hatte sich der Täter weniger auf das Gesicht als auf den Körper konzentriert, als hätte er dem Opfer bis zum Ende in die Augen sehen wollen oder als hätte man ihn auch als Toten noch erkennen sollen.

»Vor allem foltert man aus reiner Wut nicht 48 Stunden lang. Dafür müsste man außer wütend auch noch völlig irre sein. Und wenn man wütend und vollkommen irre wäre, würde man mit den Fäusten auf sein Gegenüber losgehen. Dorians Genitalien sind zwar geschädigt, aber nicht so sehr, wie man erwarten würde, hätte Dorian Streit mit einer Exfreundin oder mit einem Ex-Lover gehabt. Aber natürlich schließen wir die Möglichkeit erst mal nicht aus.«

Eve blickte Richtung Madison, drehte sich um und sah nach Norden Richtung Henry Street.

»Der Killer brauchte ein Transportmittel und kam wahrscheinlich durch die Madison. Die Fundstelle des Opfers deutet darauf hin. Das Opfer ist 1,77 m groß und 70 Kilo schwer. Die

Leute von der SpuSi sollen gucken, ob die Plastikplane mit der Leiche über den Asphalt gezogen wurde, aber danach sieht's für mich nicht aus. Bei diesem Licht ist das nur schwer zu sagen, aber ganz egal, ob sie gezerrt oder getragen wurde, hätte man dafür entweder Hilfe oder jede Menge Kraft gebraucht. Die Kollegen sollen auch die Anwohner befragen«, fügte sie hinzu und blickte zu den dunklen Fenstern der Gebäude auf. »Aber natürlich ist es mitten in der Nacht, dazu mitten im Winter, und bei dieser Kälte friert man sich hier draußen regelrecht die Nippel ab.«

»Den Arsch.«

»Warum? Egal«, kam Eve einer Erläuterung durch ihre Partnerin zuvor. »Im Grunde ergibt beides keinen Sinn. Denn schließlich hat man bei dem Wetter seine Nippel und auch seinen Arsch so gut wie möglich eingepackt. Wobei ich noch vor 24 Stunden nur mit 'nem Bikini ausgekommen bin.«

»Dann war Ihr Urlaub also schön?«

»Er war nicht schlecht.«

Blauer Himmel, blaues Wasser, weißer Sand und Roarke an ihrer Seite. Nein, das war bestimmt nicht schlecht.

Aber jetzt war es vorbei.

»Jetzt rufen wir die SpuSi und den Leichenwagen und bestellen zwei Leute von der Trachtengruppe, die hier Wache stehen.« Sie sah auf ihre Uhr. »Als Erstes nehmen wir uns die Wohnung unseres Opfers vor. Es macht keinen Sinn, um diese Uhrzeit seine Mutter aufzuwecken und ihr mitzuteilen, dass er nicht mehr lebt.«

Eve zerrte sich die Mütze über die kalten Ohren, ließ dabei die Taschenlampe fallen, und als sie sich bückte, um sie aufzuheben, landete ihr Blick auf einer Stelle an der Leiche, auf die zufällig das Taschenlampenlicht fiel.

»Moment. Ist das … geben Sie mir die Mikrobrille, Peabody.«

»Haben Sie etwas gesehen?«

»Um das zu sagen, sehe ich besser noch mal genauer hin.«

Sie kniete sich neben den Toten und verdrehte seinen linken Arm.

»Verdammt, das hätte ich tatsächlich beinah übersehen.«

»Was?« Die Partnerin zog eine Mikrobrille aus dem Untersuchungsbeutel, drückte sie ihr in die Hand und reckte den Kopf, um sich auch selbst die Stelle anzuschauen, auf die der Taschenlampenstrahl fiel.

»Das ist ein Herz. Bei all dem Blut und all den Abschürfungen hätte ich es beinah übersehen. Natürlich hätte Morris es entdeckt, wenn der Tote auf seinem Tisch liegt, aber bei dem schlechten Licht hier ist es kaum zu sehen.«

»Ich sehe es auch jetzt noch nicht.«

»Direkt unter der Achselhöhle.« Mit der Brille auf der Nase beugte Eve sich über Dorians Arm und zog die Umrisse des Herzens mit der Fingerspitze nach. »Zweieinhalb Zentimeter breit und hoch. Präzise wie ein echt teures Tattoo. Mit Initialen in der Mitte. Einem *E* und einem *D*.«

»*D* für *Dorian*.«

»Könnte sein.« Vor allem rückte es die Sache in ein völlig neues Licht. »Vielleicht war es ja doch ein Streit zwischen Geliebten«, überlegte sie. »Hat er wohl noch gelebt oder war er schon tot, als er das Herz in seinen Arm geritzt bekommen hat? Ist es eher ein Statement oder einfach eine Signatur? Auf alle Fälle ist es eine sehr präzise Arbeit, für die sich der Killer Zeit genommen hat.«

»McQueen hat seinen Opfern Zahlen in die Haut geritzt«, erinnerte sich Peabody. »Damit wir wissen, wie viele es sind. Vielleicht ist ja das *E* die Signatur des Täters oder auch der Täterin. Vielleicht hat *E* das Opfer ja gestalkt und eine kranke, eingebildete Beziehung zu dem armen Dorian entwickelt. Und da kranke, eingebildete Beziehungen nie ein gutes Ende nehmen, hat der Killer Dorian umgehauen, gefesselt und geknebelt, stundenlang gefoltert, umgebracht und ihm danach das Herz mit ihrer beider Initialen in den Arm geritzt.«

Das war tatsächlich eine gute, logische und grundsolide Theorie.

Eve nickte zustimmend. »So könnte es gelaufen sein.«

»Vielleicht ist dies ja nicht die erste kranke, eingebildete Beziehung, die der Täter hat.«

»Auch das ist durchaus möglich«, stimmte Eve ihr zu, stand wieder auf und nahm die Brille ab. »Vielleicht gibt's in der Datenbank des IRCCA ähnliche Verbrechen. Aber erst mal sehen wir uns in Dorians Wohnung um. Vielleicht finden wir dort einen Hinweis darauf, wen er kannte, dessen Vorname mit einem *E* anfängt.«

»Die Mutter lebt im selben Haus«, erklärte Peabody, als Eve einem Kollegen von der Trachtengruppe winkte, der am Eingang der düsteren Gasse Wache stand.

»Dadurch sparen wir Zeit. Wir sehen uns erst in seiner Wohnung um, und danach informieren wir sic.«

»Sie spielt auch in dem Orchester. Babycello.«

»Haben Cellos Babys?«, fragte Eve.

»Das war ein Witz. Sie spielt die Erste Geige. Geige – Babycello – na, Sie wissen schon.«

»Haha. Sie lebt also im selben Haus wie er und hat dazu noch fast denselben Job. Da müsste sie doch wissen, wen er kannte, dessen Vorname mit *E* anfängt, wie er mit den Kollegen ausgekommen ist und wie es um sein Liebesleben stand.«

Eve wandte sich zum Gehen, sprach kurz mit den Beamten, und nachdem sie abgesehen von den beiden Polizeidroiden, die das Mordopfer gefunden hatten, keine Zeugen zu dem Fall hätte vernehmen können, schwang sie sich hinter das Lenkrad ihres Wagens, drehte die Heizung hoch, nahm die verfluchte Mütze ab und atmete erleichtert auf.

»Schade. Mit der Mütze sehen Sie echt niedlich aus.«

»Wenn ich niedlich aussehen wollte, wäre ich bestimmt nicht bei der Polizei.« Sie fuhr sich mit den Fingern durch das kurze, plattgedrückte braune Haar. »Adresse, Peabody.«

»71. West, zwischen Amsterdam und Columbus.«

»Ganz schön weit weg von dort, wo er am Schluss gelandet ist.« Allmählich tauten ihre Finger auf, und es kam ihr so vor, als stäche jemand ihr mit tausend Nadeln in die Haut.

Sie ließ den Motor an und dachte dankbar an den gut bestückten AutoChef, mit dem ihr äußerlich bescheidenes, von Roarke jedoch mit allen technischen Finessen ausgestattetes Gefährt versehen war.

Für einen anständigen, echten Kaffee würde sie in ihrem halb erfrorenen Zustand vielleicht sogar einen Mord begehen.

Sie drückte auf den Knopf des AutoChefs.

»Juhu!«

»Klappe, Peabody, sonst gibt es nichts für Sie.«

Der AutoChef ist eingeschaltet, Lieutenant Dallas.
Was haben Sie für einen Wunsch?

»Einen schwarzen Kaffee und einen mit Milch und Zucker.«

Einen Augenblick bitte. Soll ich den Kaffee vorn servieren?

»Wo sonst?«

»Ich wusste nicht, dass er auch vorn servieren kann«, stellte die Partnerin bewundernd fest. »Ich dachte, dass so was nur hinten möglich ist. Aber hallo!«

Bitte sehr.

Der Computer schob ein Tablett mit den zwei Bechern aus dem Handschuhfach.

»Wie cooool!«, juchzte die Partnerin.

»Der Kaffee soll nicht kalt sein, sondern möglichst heiß.« Eve schnappte sich den Becher mit dem schwarzen Deckel, hob ihn an den Mund und merkte, dass ihr Kaffee, wie nicht anders zu erwarten, heiß, stark und einfach köstlich war.

Auch Peabody nahm einen Schluck aus ihrem Becher mit

dem braunen Deckel, wärmte dann die Hände daran und stellte fest: »Ich liebe Ihr Gefährt!«

»Gewöhnen Sie sich besser gar nicht erst an diesen Service. Kaffee gibt's hier nur, wenn wir um fünf Uhr nachts bei minus 20 Grad und einem Windchillfaktor von gefühlten minus 100 irgendwo im Einsatz sind. Ansonsten nicht.«

Lächelnd gönnte sich die Partnerin den nächsten wundervollen Schluck und wiederholte hartnäckig: »Ich liebe Ihr Gefährt.«

2

Als Eve die Wohnung sah, erkannte sie, dass sich mit einer dicken, fetten Geige offenbar viel Geld verdienen ließ. Das zweigeschossige Apartment lag in einem sorgsam restaurierten Haus, das die Innerstädtischen Revolten überlebt hatte und jetzt mit seinem hellen Backstein und den breiten Glasfronten ein echtes Schmuckstück war.

Als der Türsteher, der über der Livree zum Schutz vor Wind und Kälte einen klassisch schwarzen Mantel trug, sie gleich mit ihrem Rang ansprach, statt rüde zu verlangen, dass sie ihre Rostlaube woanders als vor seinem Eingang parkte, wusste sie, dass Roarke der Eigentümer des Gebäudes war und Portier Frank wie alle anderen Angestellten Anweisung erhalten hatte, möglichst kooperativ zu sein.

»Was kann ich für Sie tun, Lieutenant?«

»Dorian Kupers Wohnung.«

Er verzog das runde, freundliche Gesicht. »Das hatte ich befürchtet. Bitte, kommen Sie doch rein. Dort ist es windgeschützt. Mr. Kuper wird seit vorgestern vermisst. Dass Sie hier sind, heißt wahrscheinlich, dass Sie ihn gefunden haben, was nichts Gutes zu bedeuten haben kann.«

Sie betrat die warme Eingangshalle, lief über den weißen Marmorboden mit der feinen grauen Maserung und atmete den seltsam würzigen Geruch der Blumen ein, die sie hübsch in einer Silberurne angeordnet auf einem antiken Holztisch stehen sah.

»Wir haben ihn gefunden, und das hat nichts Gutes zu bedeuten«, gab sie unumwunden zu.

»Das wird ein fürchterlicher Schlag für Miss McKensie sein. Seine Mutter. Sie und Mr. Kuper standen sich sehr nah. Er war ein netter Kerl, Lieutenant, und hatte stets ein nettes Wort für einen übrig, wenn Sie wissen, was ich damit sagen will.«

»Wissen Sie, ob irgendwer ihn vielleicht nicht für einen netten Kerl gehalten hat?«

»Spontan fällt mir da niemand ein. Tut mir leid. Er hatte jede Menge Freunde. Sie waren häufig hier und haben gefeiert oder zusammen Musik gemacht.«

»Wie steht es mit einer festen Freundin oder einem festen Freund?«

Verlegen trat der Türsteher von einem auf den anderen Fuß.

»Alles, was Sie uns sagen können, kann uns helfen herauszufinden, wer Dorian getötet hat«, erklärte Peabody und legte aufmunternd die Hand auf seinen Arm.

»Das ist mir klar, aber es fällt mir schwer, mich über das Privatleben eines Bewohners auszulassen. Meiner Meinung nach hat Mr. Kuper sowohl Freunde als auch Freundinnen gehabt, aber was Ernstes war das nicht.«

»In Ordnung. War in letzter Zeit mal jemand hier und hat nach ihm gefragt?«, erkundigte sich Eve. »Jemand, mit dem er Streit hatte oder der wütend auf ihn war?«

»Nicht dass ich wüsste. Und in meinem Job bekommt man so was für gewöhnlich mit.«

»Okay, Frank, vielen Dank. Dann schließen Sie uns jetzt bitte die Tür von seiner Wohnung auf.«

»Sie liegt im sechsten Stock. Apartment 600. Am besten nehmen Sie Fahrstuhl eins. Aber ich muss noch die Erlaubnis einholen, um seine Tür zu öffnen. Einen Augenblick.«

»Ich habe einen Generalschlüssel dabei und mache uns am besten einfach selber auf.«

Nickend trat der Türsteher vor den Computer, der auf dem Empfangstisch stand. »Die Empfangsdroidin steht noch hinten. Sonst wird sie immer erst später aktiviert. Um diese Uhrzeit ist normalerweise alles ruhig, da brauche ich sie nicht. Der Fahrstuhl steht bereit, Lieutenant.«

Er räusperte sich leise, während Eve zusammen mit Peabody den Lift bestieg. »Ah, weiß seine Mom es schon?«

»Wir werden mit ihr sprechen, nachdem wir in seiner Wohnung waren. Wie Sie eben sagten, ist es schließlich noch sehr früh, und es gibt keinen Grund, sie mit einer solchen Nachricht aus dem Bett zu holen.«

»Sie wird vollkommen fertig sein. Die beiden haben einander abgöttisch geliebt.«

Obwohl Eve keine Ahnung hatte, wie es war, wenn eine Mutter und ein Kind sich derart liebten, nickte sie, bevor die Tür des Lifts sich schloss.

Wir fahren in den sechsten Stock, verkündete eine Computerstimme und bewies, dass Frank genauso effizient wie jeder noch so ausgeklügelte Droide war.

»Er war also ein netter Kerl mit einem großen Freundeskreis, hat seine Mutter abgöttisch geliebt und stand auf Männer und auf Frauen«, überlegte Eve. »Keine schlechte Ausbeute für ein Gespräch mit einem Türsteher.«

»Der arme Frank sah wirklich traurig aus«, bemerkte Peabody. »Und wenn der Türsteher schon um ihn trauert, kriegen wir's bei den Ermittlungen wahrscheinlich noch mit jeder Menge Trauernder zu tun.«

»Wenn Sie mit fröhlichen und gut gelaunten Menschen sprechen wollen, hätten Sie nicht zum Morddezernat gehen sollen. Am besten gar nicht erst zur Polizei«, erklärte Eve.

Die Fahrstuhltür glitt wieder auf, und sie betraten einen breiten Flur mit einem eleganten grauen Teppichboden, Bilder alter Meister hingen an den Wänden, und durchsichtige Vasen voll weißer Blumen standen auf sanft geschwungenen, halbrunden Tischchen zwischen den verschiedenen Wohnungstüren.

Dorians Apartment, das am weitesten vom Lift entfernt in einer Ecke lag und somit Fenster nach zwei Seiten hatte, schien eine der besten Wohnungen in einem erstklassigen Haus zu sein. Das Spielen einer dicken, fetten Geige brachte offenkundig wirklich jede Menge Geld ein.

»Die Wohnung ist hervorragend gesichert«, sagte Eve und schaltete ihren Rekorder ein. »Mit Kamera, doppeltem Polizeischloss und mit einem Handlesegerät.«

Sie schob den Generalschlüssel ins Schloss, öffnete den rechten Teil der Flügeltür, und sofort gingen in der Wohnung angenehm gedämpfte Lichter an.

»Schön, aber nicht hell genug. Licht hundert Prozent«, bat sie, und Peabody sah sich mit großen Augen um.

»Aber hallo. Nobel, nobel.«

Klassisch europäisch, dachte Eve. Die Art von Einrichtung, die Roarke gefiel. Kräftige Farben, dunkles, warm schimmerndes Holz, glänzendes Silber und Kristall, hochlehnige, sanft geschwungene Stühle, deren Polsterung so dick war, dass man regelrecht darin versank, alte, sicher teure Vasen voll frischer Blumen, Kerzenständer aus Silber, und die Wände waren mit altmodischen Landschaftsbildern, Stadtansichten, Seegemälden geschmückt.

»Am besten sehen wir uns erst einmal hier unten um und gucken, ob es ein Arbeitszimmer gibt. Vielleicht finden wir ja irgendwas auf dem Computer oder seinem Link.«

Eve schickte Peabody nach rechts, ging selbst nach links, öffnete eine Doppelschiebetür und stellte dadurch die Verbindung zwischen Wohn- und Essbereich und Küche her.

Einer durchaus beeindruckenden Küche, dachte sie, mit einem Riesenherd, zwei AutoChefs und einer kilometerlangen Arbeitsplatte in der Farbe feinen Sands. In Schubladen und Schränken lagen viele teure Küchenwerkzeuge, und in der großen, gut bestückten Speisekammer stand eine Droidin, die mit ihrem freundlichen Gesicht, ihrer gedrungenen Statur, der grauen Uniform und weißen Schürze einer altmodischen Haushälterin nachempfunden war.

»Hier ist eine Droidin!«, informierte Eve die Partnerin und suchte nach dem Schalter, um sie hochzufahren.

»Es gibt ein wirklich hübsches Gästebad und ein Musikzimmer«, erklärte Peabody, als sie auf ihrem Rundgang in die Küche kam. »Es gibt dort ein Klavier, ein Cello, einen Kontrabass, drei Violinen, Piccolo- und Querflöten. Wenn man die Schiebetüren aufmacht, wird der Raum zu einem Teil des

Wohnbereichs. Das heißt, dass man hier echt gut feiern kann. Moment.«

Sie ging an Eve vorbei, griff unter den grauen Knoten im Genick der Hauswirtschaftsdroidin, drückte einen Knopf, und die bisher toten blauen Augen blitzten fröhlich auf.

Mit einem Lächeln auf den bis dahin schlaffen Lippen sagte die Droidin: »Guten Morgen, meine Damen. Was kann ich für Sie tun?«

Während Eve sich fragte, ob ihr Mann, der selbst nur einen melodiösen Hauch von Irland in der Stimme hatte, ob des ausgeprägten irischen Akzents, in dem sie sprach, in Lachen oder Tränen ausgebrochen wäre, wies sie sich mit ihrer Marke aus.

Die blauen Augen scannten die Marke ein, und die Droidin nickte knapp. »Und was, Frau Lieutenant, will die Polizei von jemandem wie mir?«

»Dallas. Lieutenant Dallas. Und Detective Peabody. Wann waren Sie letztmals aktiviert?«

»Ich werde Ihnen diese und auch alle anderen Fragen gern beantworten, sobald mir Dorian die Genehmigung dazu gibt. Der Schlingel ist bestimmt nur deshalb so früh auf, weil Sie gekommen sind.«

»Schlingel?«

»Allerdings. Ein putzmunterer Bursche, unser Dorian. Er arbeitet sehr hart, aber er feiert mindestens genauso viel und gern. Wenn Sie ihn um diese Uhrzeit aus dem Bett geklingelt haben, wird er erst mal seinen Kaffee wollen. Ich serviere Ihnen selbstverständlich gerne auch einen.«

»Dorian wird keinen Kaffee wollen. Dorian ist tot.«

Die Miene der Droidin drückte ehrliches Entsetzen aus. »Diese Information konnte ich nicht verarbeiten. Bitte wiederholen Sie den letzten Satz.«

»Könnten wir Ihren Namen haben?«, fragte Peabody.

»Ich heiße Maeve.«

»Wir müssen Ihnen leider mitteilen, Maeve, dass Ihr Dorian letzte Nacht getötet worden ist. Es tut uns leid.«

»Aber er ist jung und kerngesund.« Die Stimme und die Augen der Droidin drückten tief empfundene Trauer aus. »Getötet? Hatte Dorian einen Unfall?«

»Er wurde ermordet. Lassen Sie uns in die Küche gehen«, verlangte Eve. »Hier in der Speisekammer ist es mir zu eng.«

»Niemand würde ihm ein Leid zufügen wollen. Ich bitte um Verzeihung, aber da liegt sicherlich ein Irrtum vor.«

»Es ist kein Irrtum«, begann Eve. »Die Identifizierung war eindeutig.«

Maeve ließ sich unglücklich auf einen Hocker vor der Arbeitsplatte sinken. »Warum müssen Menschen so zerbrechlich sein?«

»Das ist mir ebenfalls ein Rätsel«, antwortete Eve. »Wann hatten Sie zum letzten Mal Kontakt zu Dorian?«

»Einen Augenblick bitte.« Die Miene der Droidin wurde ausdruckslos, doch dann verzog sie wieder traurig das Gesicht. »Oh Gott, oh Gott. Dem Protokoll nach ist es jetzt 62 Stunden und 18 Minuten her, dass ich von Dorian runtergefahren worden bin. Ist er bereits so lange tot?«

»Nein. Und seither hat Sie niemand aktiviert?«

»Nein.«

Warum zum Teufel hatte der Beamte, bei dem Dorian als vermisst gemeldet worden war, die Hauswirtschaftsdroidin nicht befragt? Wahrscheinlich, weil die Meldung erst vor ein paar Stunden bei ihm eingegangen war.

»War Dorian allein, als er Sie deaktiviert hat?«

»Ja. Er wollte zur Probe in die Met. Sie geben dort zur Zeit *Giselle*. Er hat gesagt, dass ich nicht auf ihn warten soll – wir haben oft auf diese Art gescherzt – und dass er mich morgens wecken würde, weil es bei ihm sicher später wird. Er wollte nach der Probe noch mit Freunden essen gehen. Das hat er oft gemacht.«

»Sie könnten uns doch sicher eine Liste seiner Freundinnen und Freunde sowie all der Leute geben, die zu irgendwelchen Partys bei ihm eingeladen waren.«

»Das kann ich auf jeden Fall. Ich kann diese Liste für Sie ausdrucken, auf Ihren Computer schicken oder auf einer Diskette brennen. Wie's für Sie am besten ist.«

»Wie sieht's mit intimen Freundinnen und Freunden aus?«

»Mein Dorian hatte einen großen, munteren Freundeskreis. Er hat hier gern gefeiert oder musiziert, aber genauso gerne ruhige Abende im kleinen Kreis oder nur mit dem Menschen, der ihm jeweils ganz besonders nahestand, verbracht.«

Hauswirtschaftsdroiden waren mitunter mindestens so gute Informanten wie Portiers, erkannte Eve. »War irgendjemand sauer, weil Dorian plötzlich jemand anderem besonders nahestand?«

»Davon habe ich nichts mitbekommen, und das hätte ich auf jeden Fall. Mein Dorian hat mir alles anvertraut, und wenn eine Trennung nicht im Einvernehmen stattgefunden hätte, hätte er mir das erzählt. Aber für diese Art von Freundschaft hat er immer Menschen ausgewählt, die auch nichts Festes wollten, denn er wollte sich nicht binden. Für ihn kam die Musik an erster Stelle. Es gab nichts, was ihm so wichtig war wie sie«, erklärte die Droidin und stieß allen Ernstes einen leisen Seufzer aus.

»Ich habe viele Stunden damit zugebracht, ihm zuzuhören, wenn ich bei der Arbeit war. Er schrieb selbst an einer Oper, wenn die Zeit es ihm erlaubte und er in der Stimmung dazu war, hat er die Arbeit daran fortgesetzt.«

»Okay.«

»Er wird mir fehlen.«

Als Eve die Brauen hochzog, fügte die Droidin kopfschüttelnd hinzu: »Das können Sie wohl kaum verstehen, es ist kein wirklich menschliches Gefühl. Aber seine Mutter hat mich als Kopie der Maeve herstellen lassen, die vor Jahren Dorians Kindermädchen war. Und diese Maeve hat ihn mindestens so sehr geliebt wie Dorian sie.«

Seltsam, dachte Eve, aber es gab jede Menge echter Menschen, die nicht annähernd so ehrlich waren wie dieser Roboter.

»Das tut mir leid.«

»Seine Mutter. Ich könnte ihr beistehen und ihr helfen, sollte sie das wollen. Die beiden waren sich von Herzen zugetan.«

»Wir richten es ihr aus. Falls Sie mir diese Liste machen könnten, auf Diskette und als Ausdruck, wäre uns das eine große Hilfe. Jetzt müssen meine Partnerin und ich uns weiter in der Wohnung umsehen.«

»Es freut mich, wenn ich Ihnen helfen kann. Können Sie mir sagen, Lieutenant Dallas, warum sich die Menschen gegenseitig umbringen? Das kann ich nicht verstehen.«

»Weil es nicht zu verstehen ist.«

Eve überließ der Partnerin die Links und die Computer und ging selbst ins Schlafzimmer, das in der oberen Etage lag.

Die Schublade des Nachttischs war nicht wirklich überraschend mit Kondomen und diversem Sexspielzeug gefüllt. Das zeigte, dass er sexuell ein aufgeschlossener, neugieriger Mensch gewesen war. Die wenigen ausnahmslos legalen Pillen in der zweiten Lade machten deutlich, dass er kerngesund gewesen war.

Den teuren Cremes und Shampoos nach hatte er Wert auf ein gepflegtes Äußeres gelegt, die verschiedenen Klamotten in dem gut gefüllten Schrank – von förmlich elegant bis Grunge – bewiesen, dass er offen für verschiedene Trends gewesen war.

In einer Schrankecke fand sich ein kleiner Safe, und Eve war stolz auf sich, dass sie ihn als gute Schülerin von Roarke problemlos aufbekam.

Neben etwas Bargeld lagen dort sein Pass und eine kleine Sammlung Armbanduhren und Manschettenknöpfe, die jedoch nicht weiter ungewöhnlich und durchaus im Rahmen dessen, was er sich wahrscheinlich leisten konnte, waren.

Dazu hatte Dorian noch ein kleines Arbeitszimmer neben seinem Schlafzimmer gehabt, es aber offenkundig nur für das Bezahlen irgendwelcher Rechnungen und das Führen des Terminkalenders, in dem Proben, Aufführungen, Reisen, Einladungen aufgelistet waren, genutzt.

Auch die beiden Gästezimmer waren nach dem Geschmack des Opfers eingerichtet und bezeugten, dass die Hauswirtschaftsdroidin ein besonderes Talent zu Ordnung und zu Sauberkeit besaß.

»Ich habe Maeves Liste, ausgedruckt und auf Diskette«, sagte Peabody, als Eve wieder nach unten kam. »Sie ist echt lang. Nachdem ich sie bekommen habe, habe ich die arme Maeve wieder ausgestellt. Sie hat darum gebeten und noch einmal wiederholt, dass sie für Ms. McKensie da sein wird, falls sie sie braucht.«

»Das werden wir ihr ausrichten.« Eve sah auf ihre Uhr. »Wir sollten vielleicht langsam zu ihr runtergehen. Es wird ihr auch nicht helfen, wenn wir warten, bis sie aufgestanden ist. Oben ist mir nichts aufgefallen. Wie sieht's mit Dorians Links und den Computern aus?«

»Unzählige Telefongespräche mit verschiedenen Freundinnen und Freunden, Verabredungen, Bestellungen beim Weinhändler oder beim Partyservice, lauter Sachen in der Art. Am besten sehen die elektronischen Ermittler sich die Kisten noch mal an, aber ich habe keine Streitereien, keine Drohungen, kein Stalking, nichts, was seltsam ist, entdeckt. Den Computer hat er weniger privat als für die Arbeit eingesetzt.«

»Die Arbeit?«, wiederholte Eve, löschte das Licht in Dorians Apartment und trat in den Flur hinaus. »Er hat ein kleines Arbeitszimmer in der oberen Etage, aber das hat er anscheinend nur zum Zahlen von Rechnungen und anderem Kram gebraucht.«

»Mit Arbeit meine ich Musik. Er hat einen Computer im Musikzimmer. Ich dachte erst, er steht in einem Schrank, aber in Wirklichkeit ist es ein kleiner Arbeitsplatz. Er hat dort Musik abgespeichert, Aufnahmen, die er sich anhören musste, und verschiedene, eigene Kompositionen, die noch nicht fertig waren. Etwas anderes war nicht drauf. Weder irgendwelche Mails noch andere Arbeitssachen. Nur Musik.«

»Dann sollen die elektronischen Ermittler alles abholen und

sich noch mal ansehen.« Eve trat in den Flur und versiegelte die Wohnungstür. Sie konnte sich nicht vorstellen, dass die Elektronikfuzzis irgendetwas von Bedeutung darauf fänden, aber es war immer gut, wenn man auf Nummer sicher ging.

»Kontaktieren Sie den Beamten, bei dem die Vermisstenmeldung eingegangen ist. Erklären Sie ihm, dass wir Dorian gefunden haben, und er Ihnen alles geben soll, was er bisher herausgefunden hat, auch wenn das sicher kaum was ist.«

»Okay.«

»Die Mutter hat die 508, nicht wahr?«, erkundigte sich Eve und drückte auf den Fahrstuhlknopf des fünften Stocks, während die Partnerin die E-Mail schrieb. »Haben Sie schon was vom IRCCA gehört?«

»Es ist noch früh und gerade einmal eine Stunde her, dass ich sie angeschrieben habe. Also wird es sicher noch ein bisschen dauern, bis wir was von ihnen hören. Sie glauben, dass er nicht der Erste ist?«

»Warum foltert jemand 48 Stunden lang einen Cellisten und bringt ihn am Ende um? Vielleicht war es tatsächlich was Persönliches. Vielleicht war es ja eine dieser Frauen oder einer dieser Männer, die angeblich ebenfalls nichts Festes haben wollen. Vielleicht wollte ein anderer Musiker das erste Cello im Orchester spielen. Vielleicht wusste das Opfer irgendetwas über etwas oder jemanden, was jemand anderes wissen wollte. Es gibt jede Menge Möglichkeiten. Unter anderem die, dass Dorian nicht das erste Opfer ist. Auch wenn das Herz an seinem Arm mir irgendwie zu schaffen macht. Wie viele *E* stehen auf der Liste?«

»Ganz genau weiß ich's noch nicht, wobei mir auf den ersten Blick eine Elizabeth, eine Elyssa, ein Ethan und ein Edgar aufgefallen sind. Da aber auf der Liste gut 200 Namen stehen, finden wir bestimmt noch mehr.«

Inzwischen hatten sie den fünften Stock erreicht und traten vor die Tür der 508, die gleich neben dem Fahrstuhl lag. Sie war genauso gut gesichert wie die Tür von Dorians Wohnung, merkte Eve und drückte auf den Klingelknopf.

Das grüne Licht der Kamera sprang an, und eine Männerstimme sagte: »Guten Morgen. Kann ich etwas für Sie tun?«

Die Stimme hatte einen dunklen, warmen Klang und einen britischen Akzent.

»Lieutenant Dallas und Officer Peabody von der New Yorker Polizei«, erklärte Eve, während sie ihre Marke vor den Scanner hielt. »Wir müssen mit Mina McKensie sprechen.«

»Selbstverständlich.«

Er entriegelte das Schloss und öffnete die Tür.

Ein weiterer Droide, dachte Eve, dem Aussehen nach ein distinguierter Gentleman mit dichtem, dunklem Haar und Silber an den Schläfen, der den schwarzen Anzug eines Butlers trug.

»Bitte treten Sie doch ein. Ms. McKensie ist noch oben. Ich werde sie darüber informieren, dass Sie sie sprechen wollen.«

Er geleitete sie höflich in den Wohnbereich, der wesentlich moderner als das Wohnzimmer des Sohns war. Zwar war er ebenfalls ausnehmend elegant, statt dunkler hatte seine Mutter aber kräftige Primärfarben, statt Landschafsbildern kühne Kunstwerke moderner Maler und statt Polstermöbeln Leder, Glas und Chrom gewählt.

»Wenn Sie hier bitte warten würden. Nehmen Sie doch Platz, und machen Sie es sich bequem. Darf ich Ihnen eine Erfrischung anbieten?«

»Nein, danke. Sagen Sie Ms. McKensie einfach, dass wir hier sind und sie sprechen wollen.«

»Sehr wohl.«

Er nahm die elegant geschwungene Treppe in die obere Etage, und Eve sah ihm hinterher.

Die arme Frau würde es wissen, dachte sie. Sie würde sofort wissen, was passiert war, wenn sie hörte, dass die Polizei sie sprechen wollte. Würde sich an einen letzten Funken Hoffnung klammern, doch in ihrem tiefsten Innern wüsste sie Bescheid.

Tatsächlich stand sie kurz darauf in einem bodenlangen, cremefarbenen Seidenmorgenrock am Kopf der Treppe, und in ihren Augen kämpfte dieser letzte Funke Hoffnung gegen die in ihrem Innern aufsteigende Trauer an.

Sie klammerte sich am Geländer fest, um nicht zu stürzen, als sie schnellen Schritts herunterkam, und blieb Eve gegenüber stehen.

»Dorian. Bitte sagen Sie mir, was passiert ist. Sagen Sie es schnell.«

»Ms. McKensie, ich muss Ihnen leider mitteilen, dass Ihr Sohn getötet worden ist.«

Sie warf die Hände in die Luft, als könnte sie die Worte dadurch abwehren, während sie sich vorsichtig wie eine Invalidin in einen korallenroten Sessel sinken ließ.

»Sind Sie sich völlig sicher, dass es Dorian ist? Gibt es nicht den geringsten Zweifel?«

»Ja, wir sind uns sicher. Unser Beileid zu Ihrem Verlust.«

»Verlust? Das ist ein kleines Wort. Die meisten Dinge, die man irgendwann einmal verliert, kann man ersetzen. Einen Schlüssel oder einen Ohrring. Wenn man so etwas verliert, besorgt man es sich einfach neu. Aber …«

Sie wiegte sich sachte hin und her, und in ihren schwarzen Augen stiegen Tränen auf. »Ich wusste es. Ich wusste es. Ich wusste es. Als Dorian nicht zur Aufführung erschien. Er hätte niemals eine Aufführung versäumt. Aber ich dachte, nein, es ist … was anderes. Irgendetwas anderes. Aber er ging auch nicht ans Handy, dabei habe ich ihn angefleht, mir Bescheid zu geben, dass mit ihm alles in Ordnung ist. Er hätte nie gewollt, dass ich mir Sorgen um ihn mache. Das hätte mir Dorian niemals angetan. Sie, die Polizei, hat mir erklärt, es wäre noch zu früh für eine Vermisstenmeldung, sie könnten noch nichts tun. Aber warum nicht? Warum haben sie nicht nach ihm gesucht?«

Peabody beugte sich behutsam zu ihr vor. »Es gibt viele Leute, die sich einfach einmal eine kurze Auszeit nehmen, um für sich zu sein.«

»Aber das hätte Dorian nie getan.«

»Ich verstehe, Ms. McKensie.«

»Hätte es etwas genützt?«, stieß sie mit rauer, beinah vorwurfsvoller Stimme aus. »Wäre er, wenn Sie schon eher nach ihm gesucht hätten, jetzt noch …«

»Ich glaube, nicht.« Auf die ihr eigene sanfte Art ergriff Eves Partnerin die Hand der anderen Frau. »Ich glaube nicht, es tut mir leid. Soll ich Ihnen ein Glas Wasser holen, Ms. McKensie?«

»Ich …« Obwohl sie ihre Augen zukniff, brachen sich zwei Tränen Bahn. »Ich brauche einen Brandy, Jarvis, bitte.«

»Selbstverständlich, Madam.«

»Einen Brandy«, wiederholte Mina und schlug ihre Augen wieder auf. »Und einen Augenblick, damit ich wieder zu mir kommen kann. Dann müssen Sie mir sagen, was ihm zugestoßen ist. Sie müssen es mir sagen und mir sagen, wo er ist, damit ich zu ihm kann. Ich muss ihn sehen.«

»Wir werden dafür sorgen, dass Sie ihn so schnell wie möglich sehen können«, sagte Eve ihr zu.

Als der Droide mit dem Brandy kam, hob sie das Glas an ihren Mund und genehmigte sich einen großen Schluck. »Ich werde nicht zusammenbrechen. Damit warte ich, bis ich alleine bin. Ich werde nicht zusammenbrechen«, wiederholte sie, auch wenn das Zittern ihrer Stimme und die Tränen auf den goldenen Wangen deutlich machten, dass sie sich nur noch mit Mühe aufrecht hielt. »Sagen Sie mir, was mit meinem Sohn passiert ist.«

»Ms. McKensie, kann ich jemandem Bescheid geben, damit er kommt, um Ihnen beizustehen?«

»Ich brauche niemanden. Ich muss nur wissen, was mit ihm passiert ist.«

»Ms. McKensie.« Eve nahm auf dem eleganten Glastisch Platz, damit sie mit der anderen Frau auf Augenhöhe war. »Was ich Ihnen sagen muss, ist sicher furchtbar hart für Sie. Falls es also einen Menschen gibt, dem Sie vertrauen, sollten wir ihn bitten, herzukommen und für Sie da zu sein, wenn Sie erfahren haben, was ihm zugestoßen ist. Wir haben mit der Hauswirtschaftsdroidin Ihres Sohns gesprochen. Sollen wir sie aktivieren und herunterholen?«

»Maeve.« Wieder brach sich eine Träne Bahn, aber sie schüttelte den Kopf. »Nein, nicht Maeve. Dafür ist es noch zu früh. Ethan. Ethan Chamberlin. Mein Dirigent. Und mein Geliebter. Ich habe ihn letzte Nacht gebeten heimzufahren, aber …«

»Jarvis, bitte kontaktieren Sie Mr. Chamberlin und …«

»Am besten spreche ich mit ihm«, erklärte Peabody und stand entschlossen auf.

»Jarvis, geben Sie der Beamtin seine Nummer.«

»Vielleicht gehen wir dafür nach nebenan.« Mit einer Handbewegung gab Peabody dem Droiden zu verstehen, dass er vorangehen sollte, und verließ mit ihm den Raum.

»Ich werde nicht zusammenbrechen«, wiederholte Mina. »Ich bin stark. Ich habe Dorian nach dem Tod von seinem Vater ganz alleine großgezogen. Dorian war damals erst sechs. Ich habe ihn alleine großgezogen und mir gleichzeitig eine Karriere aufgebaut. Ich werde nicht zusammenbrechen. Ich bin stark. Jetzt sagen Sie endlich, was ihm zugestoßen ist.«

»Seine Leiche wurde in der Mechanic Alley aufgefunden. Kennen Sie die Gegend?«

»Nicht besonders gut.«

»Sie liegt in der Lower East Side«, klärte Eve sie auf. »Wüssten Sie, aus welchem Grund er sich dort aufgehalten haben könnte?«

»Nein. Oh nein. Natürlich hat er Freundinnen und Freunde in der City. In SoHo, im Village, in Tribeca. Dorian hatte jede Menge Freunde. Ich will wissen, was ihm zugestoßen ist.«

»Um das genau zu sagen, ist es noch zu früh.«

»Sie wissen es. Das ist Ihr Job, nicht wahr? Sie wissen, was ihm zugestoßen ist. Ich bin seine Mutter und muss wissen, wie er umgekommen ist.«

»Ms. McKensie, die genaue Todesursache steht noch nicht fest. Den Untersuchungen am Fundort nach sieht es so aus, als ob man ihn gefesselt hätte. Dazu weist er eine Reihe von Verletzungen am ganzen Körper auf.«

Dieses Mal nahm Mina einen vorsichtigen Schluck aus ihrem Glas. »Sie haben ihn gefesselt, um ihm wehzutun? Damit er sich nicht wehren konnte, während irgendwelche Leute auf ihn losgegangen sind?«

Sie war tatsächlich eine starke Frau, erkannte Eve. Und alles andere als dumm.

»So sieht es aus, wobei nur eine Obduktion uns eine eindeutige Antwort geben kann. Es tut mir leid. Fällt Ihnen jemand ein, der Ihrem Sohn so etwas hätte antun wollen? Jemand, der wütend auf ihn war, eine Ex-Freundin, ein Ex-Freund oder irgendwer aus dem Orchester, der ihm seine Position geneidet hat?«

»Nein.« Mina presste ihre Finger zwischen die Brauen und atmete behutsam ein. »Da fällt mir niemand ein. Natürlich müssen Sie mir diese Frage stellen, aber er war allgemein beliebt.«

»Er hat an der Juilliard unterrichtet. Vielleicht gibt es dort ja einen Schüler, der ihm gram war, weil er ihn einmal getadelt hat.«

»Nicht dass ich wüsste. Er hat gerne unterrichtet. Nicht aus finanziellen Gründen, denn er hat auch so sehr gut verdient. Er hat den Schülern seine Zeit gewidmet, weil die Förderung neuer Talente ihm am Herz gelegen hat. Es hat ihm Spaß gemacht, wenn er einem der Schüler helfen konnte, seinen Weg zu gehen. Niemand, der ihn kannte, hätte ihm etwas antun können. Niemand, der ihn kannte, hätte ihm auf diese Weise wehtun und ihm dann sogar das Leben nehmen können.«

»Sie beide standen sich sehr nahe«, sagte Eve und blickte weiter Mina an, als Peabody geräuschlos aus dem Nebenzimmer kam.

»Allerdings.«

»Fällt Ihnen dann vielleicht irgendjemand ein, der Ihnen hätte wehtun wollen, indem er sich an Ihrem Sohn vergreift? Dieselbe Frage nur aus einer anderen Perspektive, Ms. McKensie. Gibt es jemanden, der wütend auf Sie ist, einen Ex-Geliebten oder einen Konkurrenten, der Sie dergestalt hätte verletzen wollen?«

»Oh Gott.« Als ihre Hände anfingen zu zittern, stellte sie den

Brandyschwenker auf den Tisch und verschränkte die Finger fest in ihrem Schoß. »Dorian töten, um mir wehzutun? Ich kenne niemanden, der in der Lage wäre, so was Schreckliches zu tun. Natürlich gibt es Menschen, die mich nicht besonders mögen, und natürlich hatte ich auch manchmal Streit mit irgendwelchen Leuten, aber niemand, den ich kenne, hätte jemals Dorian wehgetan. Selbst Leute, denen ich eher unsympathisch bin, haben Dorian gemocht. Allein die Vorstellung, dass jemand Dorian meinetwegen wehtun würde ...«

»Wir müssen Ihnen diese Fragen stellen, Ms. McKensie, denn wir müssen alle Möglichkeiten in Betracht ziehen«, mischte Peabody sich wieder ins Gespräch und nickte Mina zu. »Mr. Chamberlin ist unterwegs.«

»Danke.«

»Hat Ihr Sohn jemals erwähnt, dass er mit jemandem Probleme hat? Er hatte doch wahrscheinlich viele Fans«, bemerkte Eve. »Menschen, die die Oper lieben und denen sein Cellospiel gefällt.«

»Ja, ich meine, ja, natürlich gab es Menschen, die vor allem seiner Arbeit wegen in der Oper waren und nach der Aufführung auf ihn gewartet haben, um ein Autogramm zu kriegen oder so.«

»Mitunter gehen Fans zu weit, bilden sich ein, sie hätten eine ganz besondere Beziehung zu ihrem Idol, und werden wütend, wenn die Zuneigung, die sie empfinden, nicht im selben Maß erwidert wird.«

Wieder faltete die andere Frau die Hände sorgfältig in ihrem Schoß und nickte knapp. »Verstehe. Dorian hatte selbstverständlich Fans. Er ist ein junger, äußerst attraktiver, talentierter Mann. Ab und zu, vor allem, wenn die Oper Ferien hatte, hat er auch in irgendwelchen Clubs gespielt. Natürlich keine Opern, sondern Jazz und Blues. Dorian kann verschiedene Instrumente spielen. Wenn manche Leute hörten, dass er irgendwo in einem Club auftreten würde, sind sie extra seinetwegen hingefahren. Oder haben nach der Aufführung neben dem Bühnenausgang auf ihn gewartet. Aber trotzdem fällt mir niemand … warten Sie.«

Sie richtete sich kerzengerade auf. »Da war ein Mädchen, von dem er in den letzten Wochen öfter mal gesprochen hat. Wie hat er sie noch mal genannt?« Mina kniff kurz die Augen zu. »Ernste Tina.«

»Ernestina? Haben Sie auch einen Nachnamen?«

»Nein, nein, nicht Ernestina, sondern ernste Tina, weil sie keinen Spaß verstanden hat. Einmal hat er was mit ihr getrunken, was mir sagt, dass sie auf alle Fälle attraktiv ist. Wobei sie offenbar die ganze Zeit nur über Wagner, Mozart und verschiedene andere große Komponisten reden wollte. Weil sie selber Komponistin ist. Genau. Sie will eine Oper komponieren, was sie entsetzlich ernst nimmt. Ein paar Tage später kam sie in den Club, in dem er nach der Arbeit noch gejammt hat, und war alles andere als erfreut zu hören, dass er sein Talent und seine Zeit mit minderwertiger Musik vergeudet. Er hat darüber nur gelacht, aber sie war anscheinend wirklich aufgebracht.«

»Tina«, wiederholte Eve. »Den Nachnamen haben Sie nicht?«

»Es tut mir leid. Den hat er nie erwähnt. Es war einfach eine kleine Anekdote, mit der Dorian mich beim Frühstück unterhalten hat. Vielleicht hat er ja einem seiner Freunde mehr von ihr erzählt.«

»Wir gehen der Sache nach«, erklärte Eve, bevor das Klingeln vorne an der Wohnungstür sie unterbrach.

Peabody stand auf und gab dem Butler dieses Mal durch eine Handbewegung zu verstehen, dass er bleiben sollte, wo er war. »Ich gehe schon.«

»Ich möchte niemanden außer Ethan sehen. Ich will nicht …«

»Keine Angst«, versicherte ihr Eve.

»Ich muss so schnell wie möglich meinen Jungen sehen, Lieutenant. Tut mir leid, ich habe Ihren Namen vorhin nicht mitbekommen. Oder zumindest fällt er mir jetzt gerade nicht mehr ein.«

»Dallas«, sagte Eve. »Ich werde dafür sorgen, dass Sie ihn so schnell wie möglich sehen können. Ich werde selbst von hier aus zu ihm fahren und dafür sorgen, dass man Sie ihn sehen lässt. Dr. Morris kümmert sich um ihn, und ich verspreche Ihnen, dass er bei ihm in den allerbesten Händen ist.«

»Mina.« Der Mann, der auf sie zustürzte, sah blendend aus. Groß und gertenschlank mit einer Mähne dunklen Haars, das an den Schläfen wie das Haar des Butlers silbern war, und durchdringenden dunkelbraunen Augen unter dichten schwarzen Brauen.

Er ignorierte Eve, als er sich neben Minas Sessel auf die Knie fallen ließ und ihr die Arme um die Schultern schlang.

»Dorian. Sie sind Dorians wegen hier. Er …«

Nachdem sie Wort gehalten hatte und seit Eves und Peabodys Erscheinen durchgehalten hatte, brach sie jetzt zusammen und warf sich dem Mann laut schluchzend an die Brust.

3

Auf der Straße gab sich Eve dem Wind geschlagen und setzte erneut die lächerliche Mütze auf.

»Sie hat länger durchgehalten, als ich dachte«, kommentierte Peabody.

»Die Frau hat wirklich Mumm. Wir fahren jetzt zu Morris, dann fangen wir mit den Freunden und Kollegen an. Bestellen Sie auch Chamberlin noch aufs Revier. Der Dirigent ist so was wie der Chef eines Orchesters und wird deshalb wissen, falls es irgendwelche Reibereien gab.«

Sie schwang sich hinter das Lenkrad ihres Wagens und sah in den Seitenspiegel, um zu schauen, wann sie die Gelegenheit bekäme loszufahren. »Die ernste Tina.«

»Dorian hatte offenbar Humor«, bemerkte ihre Partnerin. »Wahrscheinlich hat er auch noch jemand anderem von ihr erzählt, wir können uns die Namen von den Clubs besorgen, in denen er aufgetreten ist.«

»Sie könnte es gewesen sein.« Eve schoss aus ihrer Parklücke auf die Straße und löste ein Hupkonzert der Fahrer aus, die deswegen bremsen mussten. »Sie schreibt eine Oper – machen Leute so was heutzutage noch? Ich dachte, all die Leute, die so was geschrieben haben, wären schon seit Hunderten von Jahren tot.«

»Vor zwei Jahren kam diese Thrash Oper heraus – der Name *Lärm* war dabei offenbar Programm. Ich habe mal kurz reingehört und Kopfschmerzen davon gekriegt. Aber ich glaube, es werden noch immer regelmäßig Opern komponiert.«

»Sie schreibt auf alle Fälle eine, und wenn jemand ernste Tina heißt, wird das bestimmt kein Lärm. Sie will mit Kuper über tote Opernkomponisten sprechen, vielleicht soll er auch seinen Einfluss geltend machen, um sie aufführen zu lassen, wenn sie fertig ist. Schließlich hat der Dirigent etwas mit seiner Mutter, also müsste das doch möglich sein. Aber er ist für ihren Geschmack nicht ernst genug, sondern spielt in seiner Freizeit Jazz in irgendwelchen schmuddeligen Clubs. Was ihrer Meinung nach der Oper und ihr selber gegenüber ausnehmend respektlos ist.«

Das wäre als Motiv zwar lächerlich, aber …

»Menschen bringen sich aus den schwachsinnigsten Gründen gegenseitig um«, schloss Eve.

»Und was ist mit der Tatsache, dass der arme Kerl gefoltert worden ist?«

»Wir müssen diese ernste Tina sprechen und herausfinden, wie durchgeknallt sie ist. Aber vorher überprüfen wir noch Ethan Chamberlin. Sein Vorname beginnt mit einem E, vielleicht war der Sohn ja der Beziehung zwischen ihm und seiner Ersten Geigerin im Weg.«

»Oder vielleicht hatte er es eigentlich eher auf den Sohn als auf die Mutter abgesehen.«

»Sie denken langsam wirklich wie ein Cop.«

»Ich wette, Sie waren schon mal in der Oper«, sagte Peabody und gab den Namen Chamberlin in ihren Handcomputer ein.

»Zweimal. Dann hat's mir ein für alle Mal gereicht. Eher gefriert die Hölle, als dass man mich noch mal in die Oper kriegt.«

»Ich würde gern mal in die Oper gehen. Das würde mir bestimmt gefallen. Die Dramatik, die Kostüme, die Musik, all die Männer in den schicken Anzügen und all die schmuckbehangenen Frauen.«

»Man versteht kein Wort von dem, was sie da singen, und am Schluss sind alle tot. Davon haben wir genug in unserem Job.«

»Aber wenn sie italienisch singen – und ich würde mir auf jeden Fall eine Oper, in der alle italienisch singen, anhören wollen –, ist das doch unglaublich romantisch.«

»Was ist Ihrer Meinung nach daran romantisch, wenn am Schluss niemand mehr lebt?«

»Tja nun, bei Romeo und Julia …«

»Ein Doppelselbstmord zwischen Teenagern. Das bringt mein Herz zum Schmelzen«, stellte Eve sarkastisch fest.

»Es ist eine romantische Tragödie«, klärte ihre Partnerin sie eine Spur beleidigt auf.

»Das ist ja wohl ein Oxygon.«

»Moron.«

Eve sah sie böse von der Seite an. »Was murmeln Sie da vor sich hin?«

»Es heißt nicht Oxygon, sondern Oxymoron.«

»Egal. Ich finde, Oxygon klingt mindestens genauso gut.«

»Ich habe ihn«, lenkte die Partnerin entschlossen ab. »Ethan Chamberlin, 62 Jahre alt, zweimal geschieden, eine Tochter, 30, die in London lebt. Seit elf Jahren an der Met, vorher Dirigent des London Symphonie Orchestra. Gemeldet … uh, nur zwei Blocks südlich des Gebäudes, in dem Dorian und seine Mutter eine Wohnung haben. Aktenkundig wegen einer Reihe kleinerer Delikte wie Zerstörung fremden Eigentums. Einmal hat er eine Bratsche kurz und klein gehauen, sie später aber anstandslos ersetzt. Und einmal hat er eine Querflöte zum Fenster rausgeworfen und der Eigentümerin gedroht, sie hinterherzuwerfen, wenn sie sich nicht endlich konzentriert. Das Verfahren wegen Nötigung wurde aber eingestellt. Dann ist er noch mal auf einen anderen Musiker aus dem Orchester losgegangen und hat danach auf richterliche Anordnung ein Antiaggressionstraining gemacht.«

»Das heißt, er ist gewaltbereit und ziemlich jähzornig.« Eve schüttelte den Kopf. »Aus meiner Sicht hat sich der Mörder eher mit Dorian vergnügt, aber wir holen ihn trotzdem für eine Vernehmung aufs Revier. Jetzt suchen Sie alle Namen, die mit E anfangen, raus. Schaffen Sie es, die Adressen dieser Leute so zu ordnen, dass wir möglichst wenig Zeit verlieren, wenn wir sie nacheinander anfahren?«

»Auf jeden Fall. Seine Mom ist sich anscheinend wirklich sicher, dass es kein Bekannter von ihm war.«

»Seine Mom hat ihn geliebt und dachte, dass die ganze Welt

ihn liebt. Aber zumindest ein Mensch hat ihn nicht geliebt, egal, ob sie sich kannten oder nicht. Also fahren wir mit der Arbeit fort.«

Aufgrund des feinen Schnees, der jetzt vom grauen Himmel fiel, würde mindestens die Hälfte von den Autofahrern, die noch auf den Straßen waren, mindestens ein Drittel ihres Denkvermögens und die Fähigkeit zum Führen eines Fahrzeugs verlieren. Um dem einsetzenden Chaos zu entgehen, bahnte sich Eve so schnell wie möglich einen Weg durch den Verkehr.

Im Leichenschauhaus angekommen, riss sie sich die lächerliche Skimütze vom Kopf und stopfte sie in ihre Manteltasche, während sie den menschenleeren weißen Gang hinunterlief. So früh im neuen Jahr waren selbst die meisten Mörder noch ermattet von den Feiertagen, aber bald schon nähmen sie die Geschäfte wieder auf, und dann wäre auch hier wieder erheblich mehr Betrieb.

Als Peabody in Richtung eines Kaffeeautomaten schielte, meinte Eve: »Sie wissen, dass die Brühen, die er ausspuckt, ungenießbar sind.«

»Ja, aber es schneit ein bisschen, und zu Schnee gehört nun mal Kakao. Auch wenn das Gebräu, das es hier gibt, abgesehen von der braunen Farbe keine Ähnlichkeit mit heißer Schokolade hat. Warum bekommen die Automaten hier und auf der Wache es einfach nicht hin, vernünftige Getränke zu servieren?«

»Weil wir dann alle heiße Schokolade schlürfen würden, statt zu tun, wofür man uns bezahlt.«

Sie schob die Tür des Obduktionssaals auf, und laute Opernklänge drangen an ihr Ohr. Den Namen des Stückes hätte sie nicht nennen können, doch die Tragik in den Stimmen und die Trauer in der Melodie, die die verschiedenen Instrumente spielten, machten deutlich, dass es eine Oper war.

Morris stand neben dem Tisch, auf dem der tote Dorian Kuper lag. Ein durchsichtiger Kittel schützte seinen pflaumenblauen Anzug, während eine Silberkordel das zu einem kompliziertenZopf geflochtene schwarze Haar zusammenhielt.

Er hatte gerade Kupers Brust geöffnet und hielt noch die Säge in der blutverschmierten Hand.

»*Giselle*«, erklärte er und schaute auf, als wäre die Musik nicht nur zu hören, sondern auch zu sehen. »Ich wollte nächste Woche eine Aufführung besuchen.«

»Sie gehen in die Oper?«

»Ab und zu.« Er trat vor den Spülstein und wusch Dorians Blut und das Versiegelungsspray von seinen Händen ab. »Ich kannte ihn.«

»Das Opfer?«, fragte Eve, da die Verbindung zwischen ihm und Kuper deutlich interessanter als der offenbar eklektische Musikgeschmack des Pathologen für sie war. »Sie kannten Dorian Kuper?«

»Er war ein brillanter Musiker. Ich meine damit nicht nur sein Talent, sondern vor allem seine Liebe zur Musik. Es tut mir leid, dass er hier in meinem Haus gelandet ist.«

»Sie beide waren Freunde?«

»Eher Bekannte. Ab und zu kam er ins *After Midnight,* einen Bluesclub, der uns beiden gut gefallen hat. Wir haben gelegentlich zusammen dort gejammt, etwas getrunken und über Musik gesprochen.«

Saxofon, erinnerte sich Eve. Der Pathologe spielte super Saxofon. »Das tut mir leid.«

»Mir auch. Ein paar Wochen vor ihrem Tod waren ich und Amaryllis mal bei ihm auf einer Party. Seltsam, aber irgendwie stehen alle Menschen auf die eine oder andere Weise miteinander in Verbindung, glauben Sie nicht auch?«

Nach all den Monaten war seine Trauer um die Frau, die er geliebt hatte, noch immer frisch.

Er trat vor den Kühlschrank in der Ecke, wählte eine Dose Pepsi, eine Dose mit Orangenlimonade für Eves Partnerin und für sich selbst ein Ginger Ale, verteilte die Getränke und brach seine eigene Dose auf.

»Auf alte Freundinnen und Freunde.«

»Was können Sie mir über Dorian sagen?«

»Über ihn persönlich? Wenn ich an die Party und die Leute denke, die mit ihm zusammen in den Club kamen, hatte er anscheinend einen großen, alles andere als homogenen Freundeskreis. Er und seine Mutter haben sich vergöttert – das war nicht zu übersehen –, und in Liebesdingen war er Frauen sowie Männern zugetan, aber von einer längeren, ernsthaften Beziehung weiß ich nichts. Er konnte einfach alles spielen. Egal, was für ein Instrument er in die Hand gedrückt bekam, hat er auf eine Art darauf gespielt, dass es die reinste Freude war.«

Morris trank den ersten Schluck von seinem Ginger Ale und blickte auf den Toten und die Arbeit, die noch vor ihm lag.

»Ich kannte ihn nicht gut, aber ich mochte ihn.«

»Hat er Ihnen gegenüber jemals eine Frau erwähnt, die Tina heißt?«

»Wie gesagt, er hatte einen großen … Tina?« Morris lachte leise auf. »Die ernste Tina.«

»Genau die. Kennen Sie sie?«

»Nicht wirklich. Sie kam eines Abends in den Club. Ich schätze, das war kurz vor Weihnachten. Oder vielleicht auch schon ein paar Wochen früher, so genau habe ich mir das nicht gemerkt. Ich kam an dem Abend einfach nicht zur Ruhe, also habe ich mein Saxofon genommen und bin in den Club gefahren. Er und ein paar andere, die wir beide kannten, waren schon dort. Dann kam sie rein. Sie war brünett und ziemlich attraktiv, hat sich an einen Tisch gesetzt und dann enttäuscht dorthin gesehen, wo Dorian saß. Er ging zu ihr rüber, und sie sprachen kurz. Ich dachte, vielleicht hätte er etwas mit ihr gehabt und sie dann abserviert, denn sie sah furchtbar wütend aus.«

Er nahm den nächsten Schluck aus seiner Dose und fuhr mit zusammengekniffenen Augen fort: »Ich kann mich nur noch undeutlich daran erinnern, wie es weiterging. Es sah aus, als wollte Dorian ihr die Hand tätscheln, doch sie hat den Arm zurückgerissen, weiter auf ihn eingeredet, und dann ist sie plötzlich aufgesprungen und dramatisch aus dem Raum gestürzt. Sie hatte Tränen in den Augen und hat ihn zum Abschied angeschrien: ›Das werde ich dir nie verzeihen. Nie.‹ Als er zu uns zurückkam, hat ihn jemand wegen seiner aufgelösten Freundin aufgezogen, er hat gesagt, sie wäre keine Freundin und er hätte auch noch nie etwas mit ihr gehabt. Die ernste Tina, hat er sie genannt, und uns erklärt, er führe nicht auf übertrieben ernste Menschen ab. Er hat gesagt, sie wäre sauer, weil sie fände, dass der Jazz, den wir hier spielen, seiner nicht würdig wäre. Aber dann hat er gelacht und sich sein Instrument geschnappt. ›Lasst uns heute Abend für die ernste Tina jammen‹, hat er noch gesagt und losgelegt.«

»Aber einen Nachnamen hat er nicht genannt.«

»Nein.«

»Können Sie sie uns beschreiben?«

»Sicher.«

»Gut genug für Yancy?«, bezog Eve sich auf den Zeichner des Reviers.

»Ich kann's auf jeden Fall versuchen, falls Ihnen das weiterhilft. Das *E*, das in das Herz in seinem Arm geschnitten wurde. Neben einem *D*.«

»Genau. Ich weiß zwar nicht, ob jemand, der sich selber derart ernst nimmt, einen Hinweis auf den Spottnamen geben würde, den das Opfer ihm gegeben hat, doch auszuschließen ist es nicht. Ich will auf alle Fälle mit ihr reden, falls Yancy eine Skizze von ihr hinbekommt, die uns bei der Gesichtserkennung weiterhilft, bringt uns das ja vielleicht auf ihre Spur.«

»Dann rufe ich ihn nachher selber an und frage, wann ich kommen soll.«

»Das wäre nett.«

»Okay.« Der Pathologe atmete tief durch und baute sich dann wieder vor dem Stahltisch auf. »Auch wenn das vielleicht seltsam klingt, hat mir unser Gespräch geholfen. Jetzt werden wir uns darüber unterhalten, was genau mit ihm geschehen ist.«

Da er wusste, dass Eves Partnerin darauf verzichten könnte,

sich den aufgeschnittenen Leichnam aus der Nähe anzusehen, holte er nur Mikrobrillen für sich selbst und Eve und beugte sich mit ihr zusammen über den Toten auf dem Tisch.

»Der Schlag auf seinen Hinterkopf ist meiner Meinung nach mit einem schweren, stumpfen Gegenstand, wahrscheinlich einer Rohrzange, erfolgt.«

»So was benutzen Klempner.«

»Ja, aber die Dinger gibt es überall. Das ist die älteste Verletzung«, fuhr der Pathologe fort. »Die Rekonstruktion des Tatgeschehens ist noch nicht abgeschlossen, aber …« Auf dem Bildschirm war zu sehen, wie das Opfer einen Schlag gegen den Kopf bekam.

»Von oben und von hinten.«

»Was bedeutet, dass der Täter über ihm gestanden hat. Dann hat das Opfer sich vielleicht in dem Moment nach vorn gebeugt. Um etwas aufzuheben, sich den Schuh zu binden oder so. Auf alle Fälle hat er sich nach vorn gebeugt, dann traf ihn der Schlag gegen den Hinterkopf. Er wurde nicht dort in der Gasse umgebracht.«

»Den Aufnahmen vom Fundort nach, die Sie geschickt haben, wahrscheinlich nicht.«

»Das heißt, er wurde angegriffen und an einen anderen Ort verfrachtet, wo der Killer Zeit hatte, um ihn zwei Tage lang zu quälen. Er wurde überfallen und dann woanders hingefahren. Das heißt, der Überfall fand in der Nähe des Fahrzeugs statt. Er war gleich nach dem ersten Schlag bewusstlos, richtig?«

»Richtig.«

»Also war es einfach, ihn zu fesseln.«

»Dafür hat der Täter oder die Täterin anscheinend Klebeband benutzt. Darauf weisen Gummireste in den Wunden an den Hand- und Fußgelenken hin.«

»Aber nicht am Mund.«

»Die Abschürfungen an den Mundwinkeln stammen von einer festen, dünnen Schnur. An den Zähnen und der Zunge finden sich Reste von Silikon.«

»Von einem Ballknebel.«

»So sieht es aus.«

»Er wollte ihn erniedrigen, und zwar mit einem sexuellen Beigeschmack. Wurde er vergewaltigt?«

»Nein.«

»Okay.« Eve schob die Hände in die Manteltaschen und ging das Szenario in Gedanken durch. »Er war also bewusstlos und gefesselt. Mit dem Ballknebel im Mund konnte er noch Geräusche machen. Zwar hätte man ihn nicht verstanden, wenn er etwas sagen wollte, aber der Killer wollte hören, wie er ihn anfleht aufzuhören oder vor Schmerzen schreit.«

»Ich gehe davon aus, dass Dorian beides getan hat. Ich habe dem Labor schon eine Blutprobe von ihm geschickt, damit wir sehen, ob er unter Drogen stand. Stunnerspuren oder Einstichstellen einer Nadel sind nicht zu sehen.«

»Betäubt hätte er weniger gespürt. Wo wäre da der Spaß geblieben?«, fragte Eve, bevor sie sich zusammenriss. »Es tut mir leid, Morris.«

»Sie haben recht, und es ist gut, wenn Sie sich in den Killer reinversetzen, denn dann finden Sie ihn eher. Was die Verbrennungen betrifft, haben Sie mit Ihrer Einschätzung am Fundort recht gehabt. Sie rühren teilweise von Zigaretten und zum Teil von einem Werkzeug her. Wie diese hier.«

Gemeinsam beugten sie sich abermals über den Toten auf dem Tisch. »Die Brandwunden am Bauch und an den Genitalien wurden ihm mit einem kleinen Brenner zugefügt. Die Wunden an den Gliedmaßen und Händen sind erheblich breiter und vor allem nicht so scharf umrissen, also hat dort jemand einen Joint oder eine Zigarette ausgedrückt. Die Hämatome hier, entlang des Brustkorbs, rühren nicht von Fäusten her.«

»Sie sehen eher nach einem Schlagstock aus. Genau wie die an seinen Fußsohlen. Einige der Schnittwunden sind eher oberflächlich, während andere deutlich tiefer gehen. Das weist auf mindestens zwei Messer hin.«

»Die Stichwunden? Das war bestimmt ein Eispickel oder was in der Art.«

»Die Schnitte wurden ihm mit einem Messer mit gezackter Klinge zugefügt.«

»Das sieht nach einer ganzen Werkzeugkiste aus.«

»Die leichten Schnitte und Verbrennungen kamen zuerst. Ein paar sind ungefähr zwei Tage alt.«

»Dann hat der Täter oder die Täterin also langsam angefangen. Er sollte eine Weile durchhalten. Der Täter hat es genossen, dass er ihm hilflos ausgeliefert war, und hat sich einen Spaß aus seinen Schmerzen und aus seiner Angst gemacht.«

»Die Finger seiner linken Hand wurden nicht alle gleichzeitig gebrochen, sondern einer nach dem anderen. Seine rechte Hand ist regelrecht zerquetscht.«

»Das heißt, er ist auf seiner rechten Hand herumgetrampelt, hat mit einem Werkzeug darauf eingedroschen oder ein Gewicht drauf fallen lassen.«

»Meiner Meinung nach hat er mit einem Hammer darauf eingedroschen, auf die Stelle oberhalb der Knöchel, immer wieder und mit großer Kraft. Erst hat er die Finger seiner linken Hand gebrochen und hat dann innerhalb der letzten 24 Stunden auch die rechte Hand zerstört. Die tiefen Schnitt- und Stichwunden wurden ihm in den letzten 24 Stunden zugefügt.«

»Er hat die Gewalt also gesteigert und ihn dann am Ende umgebracht.«

»Ja, aber Dallas, einige der Wunden wurden zwischendurch behandelt.«

»Was? Und wie?«

»An einigen der Wunden gab's noch Spuren von hautfarbenem Pflaster. Offenbar hat der Täter einige der schlimmsten Schnittwunden behandelt, damit er nicht vorzeitig verblutet, sie dann aber immer wieder aufgemacht, bevor er dann mit einem Schnitt, der quer über den Bauch verlief, getötet worden ist.«

»Ich nehme an, es hat gedauert, bis er ausgeblutet war.«

»Trotz der anderen Verletzungen und erlittenen Traumata wahrscheinlich über eine Stunde, bis er nicht mehr bei Bewusstsein war. Danach hat es bestimmt noch mal so lang gedauert, bis er tot war, wenigstens hat er am Schluss nichts mehr gemerkt.«

»Ob der Täter alles aufgenommen hat? Der Bräutigam hat alles aufgenommen und genauestens Buch über sein Vorgehen geführt. Aber das hier … fühlt sich weniger organisiert und wissenschaftlich an. Hier geht es um Erniedrigung, darum, jemandem Schmerzen zuzufügen und ihn tagelang zu quälen.«

Sie nahm die Mikrobrille wieder ab, trank einen Schluck von ihrer Pepsi und marschierte, während sie versuchte, sich den Ablauf des Geschehens vorzustellen, am Fuß des Stahltischs auf und ab.

»Der Täter war organisiert genug, um einen Plan, das Werkzeug, das Transportmittel und einen Arbeitsplatz zu organisieren. Aber die Finger einer Hand zu brechen und die andere zu zermalmen, Zigaretten auf den Gliedmaßen, den Händen und den Füßen auszudrücken, während man für Bauch und Genitalien einen Brenner nimmt, der Schlagstock, das gezackte Messer und der Eispickel, der Ballknebel und dass er Dorian am Ende nackt in dieser Gasse abgeladen hat … das deutet eher auf einen durchgeknallten Psychopathen hin oder … und das Herz? Wann wurde es dem Opfer in den Arm geritzt?«

»Post mortem«, klärte der Pathologe sie auf. »Mit einer schmalen, glatten Klinge. Herz und Initialen wurden sehr präzise ausgeführt.«

»Weil das die Signatur des Täters ist. Vielleicht ist sie sein ganzer Stolz oder vielleicht … womöglich steht das *D* gar nicht für Dorian. Er war egal. Seine Schmerzen und der Spaß, ihn tagelang zu quälen und sich mit ihm zu amüsieren, waren wichtig, doch er selbst oder sein Name? Was, wenn er ein reines Zufallsopfer ist? Was, wenn seine Mutter recht hat und niemand, der ihn kannte, ihm so etwas hätte antun können? Und falls die

Person, die ihm das angetan hat, ihn nicht kannte, war sein Name ihr doch sicher vollkommen egal. Wogegen *E* und *D* dem Täter wirklich wichtig sind.«

Der Pathologe nickte knapp. »Er hat das Herz in seinen Arm geschnitten wie ein verliebter Teenie, der ein Herz mit den Initialen seiner Geliebten in einen Baum ritzt.«

»Heißt das, wir haben es mit zwei Tätern zu tun?«, entfuhr es Peabody. »Mit einem Paar?«

»Das wäre eine Möglichkeit. Aber dafür ist Mira zuständig. Ich muss mit ihr darüber reden, doch es ist auf alle Fälle eine interessante Theorie. Sie ziehen ihn aus, benutzen einen Ballknebel, wie er sonst in der Sadomaso-Szene üblich ist, verbrennen seine Genitalien, aber vergewaltigen ihn nicht? Das können sie sich sparen, denn für den Sex haben sie sich.«

»Falls diese These stimmt, dann wäre das, was sie mit ihm gemacht haben …«

»... im Grunde nur das Vorspiel für den eigentlichen Akt«, sprach Eve aus, was Morris durch den Kopf ging.

Er legte eine Hand auf Dorians Schulter ab und bat mit einem Blick auf seinen toten Freund: »Das habe ich noch nie gesagt und sollte es auch jetzt nicht tun. Aber finden Sie die Schweine, derentwegen er jetzt hier auf meinem Stahltisch liegt.«

Das hätte er nicht sagen sollen, wusste Eve, und gab ihm ihrerseits die Antwort, die sie ihm nicht hätte geben sollen.

»Das werde ich. Sie können sich darauf verlassen«, sagte sie ihm zu und wandte sich zum Gehen.

»Jetzt ist er wieder traurig«, sagte Peabody, als sie mit Eve zurück zum Wagen lief. »Das Opfer weckt Erinnerungen an Coltraine, jetzt hat ihn die Trauer wieder eingeholt.«

»Er wird drüber hinwegkommen«, erklärte Eve, erwog jedoch, den Priester anzurufen, der dem Pathologen in den schweren Wochen Trost gespendet hatte und ihm in dieser Zeit ein guter Freund geworden war. »Das wird umso schneller gehen, je eher der Fall gelöst ist und der Täter hinter Gittern sitzt.«

»Soll ich versuchen, einen Termin bei Mira für Sie zu bekommen?«

»Ja. Wir fahren als Erstes aufs Revier. Ich will dort meine Tafel aufstellen und ein paar Theorien durchgehen. Sagen Sie ihr, ich schicke ihr so schnell wie möglich den Bericht.«

»Verstanden. Sie gehen davon aus, dass er ein Zufallsopfer ist.«

»Das kann ich noch nicht sagen. Bisher wissen wir ja nicht mal, wo er überfallen und gekidnappt wurde. Wir müssen erst einmal mit seinen Freunden und Kollegen reden«, fuhr sie auf dem Weg durch den inzwischen dicht fallenden Schnee in Richtung Wache fort. »Am besten halten wir uns erst mal an die *E*s – denn schließlich wirft man nicht die eine Theorie der anderen wegen einfach über Bord. Also kontaktieren Sie erst mal alle *E*s auf Maeves Liste, und bestellen Sie die Leute ein. Zwischendurch kann ich kurz zu Mira gehen, falls sie einmal ein paar Minuten hat.«

Schweigend machte sich die Partnerin ans Werk, hielt aber plötzlich inne, runzelte die Stirn und sah durchs Fenster in das zwischenzeitlich dichte Schneetreiben hinaus. »Ich denke eher, dass es ein Pärchen war.«

»Weil Sie denken, dass ich denke, dass es ein Pärchen war?«

»Das hat mich erst auf die Idee gebracht, auch wenn das erst mal unvorstellbar für mich war. Das ist einfach zu krank. Aber bevor Sie's sagen, sage ich es lieber selbst. Wir haben schon viel Kränkeres gesehen. Vor allem aber war es das romantische Symbol des Herzens mit den Initialen, dessentwegen ich erst Nein dachte, aber jetzt Ja denke. Erst dachte ich, das Herz wäre die Signatur, mit der der Täter, der sich offenbar für einen Künstler hält, sein Werk versehen hat. Inzwischen aber glaube ich, dass dieses Herz für die verdrehte Vorstellung von Liebe zweier kranker Menschen steht.«

»Warum macht Sie das so sauer?«, fragte Eve.

»Verdammt, weil ich an dieses ganz besondere Symbol der Liebe glaube«, schnauzte Peabody sie an. »Bei uns zuhause gibt es diesen riesengroßen Baum. Mein Dad hat in die Rinde seine und die Initialen unserer Mutter eingeritzt, bevor wir auf die Welt kamen. Als wir dann geboren wurden, hat er eine Bank rund um den Baum gebaut und jede Menge Platz gelassen, damit er noch weiterwachsen kann. Was er tatsächlich tut. Mein Vater wollte, dass sie darauf sitzen können, um uns beim Spielen zuzuschauen und sich am Anblick unseres Gartens zu erfreuen. Wenn eins von uns Kindern sechs geworden ist, hat er mit ihm ein Vogelhaus gebaut und in den Baum gehängt. Das heißt, dass dort jetzt jede Menge Vogelhäuser und die Windspiele, die meine Mutter bastelt, hängen, und … es ist einfach ein ganz besonderer Ort, was damit angefangen hat, dass er das Herz und ihre Initialen in den Baum geschnitten hat. Und …«

»Jetzt fangen Sie bloß nicht an zu heulen«, warnte Eve.

»Das habe ich nicht vor. Aber als wir an Weihnachten bei meinen Eltern waren, haben sie uns mit zu dem Baum rausgenommen, mein Dad hat Ian sein Taschenmesser in die Hand gedrückt und ihm gesagt, dass er ein Herz mit unseren Initialen in die Rinde schneiden soll. Weil sie wissen, dass ich Ian liebe, und dass Ian mich liebt, und wir daran glauben, dass das zwischen uns was Großes und von Dauer ist. Das bedeutet mir furchtbar viel, weil der Baum etwas ganz Besonderes ist. Er ist mir wichtig, so wie mir Symbole überhaupt wichtig sind, niemand sollte sie derart missbrauchen. Das ist alles.«

Schweigend lenkte Eve den Wagen in die Tiefgarage des Reviers. »Jeden gottverdammten Tag besudeln Menschen das, was gut und rein und richtig ist. Das sehen wir, das wissen wir, damit gehen wir um.«

»Ich weiß, aber …«

»Überlegen Sie doch mal. Wenn so ein krankes Arschloch etwas Gutes, Reines, Richtiges auf seine kranke Art benutzt, wird das Symbol dadurch noch stärker und noch wichtiger. Es wird dadurch nur dann geschmälert, wenn Sie zulassen, dass es für Sie dadurch an Wert verliert.«

Verlegen wischte sich die Partnerin die Tränen, die sie heimlich doch vergossen hatte, von den Wangen, und nickte knapp. »Sie haben recht. Sie haben völlig recht. Ich habe diese Sache viel zu nah an mich herangelassen.«

»Das ist wirklich nett«, erklärte Eve, während sie aus dem Wagen stieg. »Was Ihre Eltern mit dem Baum gemacht haben, ist wirklich nett.«

Als sie das Klappern hochhackiger Schuhe hörte, drehte sie den Kopf und sah, dass Dr. Charlotte Mira aus der anderen Richtung auf den Fahrstuhl zugelaufen kam.

Das Blau-Grün des kurzen Mantels, unter dem die wohlgeformten Seelenklempnerinnenbeine vorteilhaft zur Geltung kamen, hatte sie anscheinend passend zum Smaragdgrün ihrer Schuhe und des Kleides und zum Blau der kessen Baskenmütze, die sie auf dem Kopf trug, sowie der baskenmützenblauen Handtasche gewählt, auch die teure Lederaktentasche, die von ihrer Schulter hing, passte gut zu dem eleganten Look.

»Aber hallo, guten Morgen. Kommen Sie gerade oder … Peabody, geht's Ihnen gut?«

Instinktiv fuhr sich Eves Partnerin erneut mit beiden Händen durchs Gesicht. »Oh ja. Ich war nur gerade etwas rührselig, sonst nichts. Ich habe gerade Ihre Sekretärin kontaktiert, weil Dallas kurz mit Ihnen sprechen will.«

Die Psychologin blickte Eve aus ihren ruhigen blauen Augen an. »Dann kommen Sie also gerade an. Das trifft sich gut, denn ich bin heute Morgen früher als erwartet dran und habe bis zu meiner ersten Sitzung noch ein bisschen Zeit. Ich bin extra etwas früher losgefahren, weil ich keine Ahnung hatte, wie ich durchkommen würde, wenn es schneit, falls es Ihnen passt, komme ich gerne noch kurz rauf in Ihr Büro.«

»Das passt auf jeden Fall.«

Wenn Eve die Chance hätte, mit der Top-Profilerin zu sprechen, nähme sie sich garantiert die Zeit.

»Geht es um einen neuen Fall? Sie sind doch praktisch noch im Urlaub.«

»Wir sind gestern Nachmittag zurückgekommen«, antwortete Eve. »Heute Nacht um fünf haben zwei Polizeidroiden eine Leiche in einer der Gassen zwischen Madison und Henry Street entdeckt.«

Da sie nicht unnötig Zeit verlieren wollte, zählte Eve bereits im Fahrstuhl alles auf, was sie bisher rausgefunden hatte.

»Dennis und ich waren mit Freunden in der Met. Erst letztes Wochenende, in *Giselle.* Ihr Opfer hat bei dieser Aufführung bestimmt gespielt.« Ruckelnd hielt der Lift in beinahe jedem Stockwerk, und als sich die nächste Gruppe Polizisten in den Fahrstuhl drängte, machte Mira einen kleinen Schritt zurück. »Sie haben ihn zwei Tage lang festgehalten und gequält. Wie sieht's mit sexuellen Übergriffen aus?«

»Die gab's anscheinend nicht. Aber der Killer hat dem Opfer – offenbar mit einem kleinen Brenner – kleine, längliche Verbrennungen an den Genitalien zugefügt.«

Die Männer, die im Fahrstuhl standen, fuhren zusammen, und Eve stellte sich vor, wie ihre eigenen Genitalien vor Angst und Mitgefühl zusammenschrumpelten, bis kaum noch etwas davon übrig war.

»Verstümmelungen?«

»Nein. Er hat Knochenbrüche und Verbrennungen, Schnittwunden und Prellungen. Vor allem am Bauch und an den Gliedmaßen. Gebrochene und zerquetschte Finger, von seinem früher dichten, schulterlangen Haar sind nur noch ein paar kleine Büschel übrig, was echt schlimm aussieht.«

»Man wollte ihn erniedrigen. Aber wenn das Gesicht fast unversehrt ist und die Genitalien nicht verstümmelt wurden, ist es nichts Persönliches.«

»Wenn man mir einen Brenner an die Eier halten würde, würde ich das garantiert persönlich nehmen«, stellte einer der Beamten fest, und Mira lächelte ihn an.

»Verbrennungen heilen mit der Zeit. Persönlich wäre es, sie abzuschneiden.«

»Oder Säure drauf zu kippen«, fügte Eve hinzu. »Ich hatte

einmal einen Fall, in dem die Freundin sauer war, als der Typ auf Zoner war, und als er weggedämmert ist, hat sie ihm Säure in den Schoß gekippt.«

Dankbar, dass sie endlich oben angekommen waren, bahnte Eve sich mit den Ellenbogen einen Weg durch das Gedränge in den Flur und gab sich alle Mühe zu verhindern, dass die Lücke sich vor ihrer Partnerin und Mira wieder schloss.

»Alle in dem Lift, die Eier haben, werden gleich auf die Toilette rennen, um nachzusehen, wie es ihnen geht«, bemerkte sie, und Mira lachte laut.

»Da haben Sie wahrscheinlich recht.«

Als sie ihr Dezernat betrat, sah Eve, dass Baxter aufstehen wollte, aber als er merkte, dass sie nicht allein war, nahm er wieder Platz.

»Hi, Dr. Mira. Sie sehen wieder mal fantastisch aus.«

»Genau wie Sie, Detektiv.« Mira blickte in die Ecke, die vor Weihnachten mit einem wahrhaft jämmerlichen Baum geschmückt gewesen war. Und in der Eve zusammen mit Baxter und fast allen anderen Leuten ihres Dezernats am letzten Tag des Vorjahres dem Tod erschreckend nahgekommen war.

»Ich vermisse Ihre vielfältige Weihnachtsdeko«, sagte sie. »Vielleicht fällt Ihnen ja zum Valentinstag wieder etwas in der Richtung ein.«

»Auf keinen Fall«, erklärte Eve, bevor jemand auf seltsame Ideen kam. »Peabody, bestellen Sie die Leute von der Liste ein. Dr. Mira, warum gehen Sie nicht schon mal vor in mein Büro? Ich komme sofort nach.«

Sie blieb bei Baxter stehen und sah ihn fragend an.

»Haben Sie was Heißes reinbekommen?«

»Nein.« Er hob die Schultern seines eleganten Maßanzugs. »Aber ich würde gerne kurz mit Ihnen über etwas anderes sprechen, wenn es passt.«

»Wenn Mira wieder weg ist«, sagte sie ihm zu und blickte zu Detective Jenkinson, der mit einem leuchtend blauen Schlips mit weißen Schneeflocken an seinem Schreibtisch saß. Wenn man gezwungen wäre, ihn sich länger anzusehen, würde man wahrscheinlich blind.

»Das wird nie wieder aufhören, stimmt's?«

Detective Baxter schüttelte den Kopf und stellte grinsend fest: »Das ist jetzt Tradition. Laut Reineke hat Jenkinson inzwischen einen Straßenhändler aufgetan, bei dem er jeden fünften Schlips umsonst bekommt.«

»Gott steh uns allen bei«, murmelte Eve und ging in ihr Büro.

4

Die Psychologin balancierte so weit vorne auf der Kante des Besucherstuhls, dass sie beinah vornüberfiel.

Eve betrachtete das jämmerliche Möbelstück, das vor dem Schreibtisch stand, seit sie in das Büro gezogen war. »Ich fahre nur schnell den Computer hoch, dann kriegen Sie den Schreibtischsessel«, bot sie Mira an und runzelte die Stirn. »Wahrscheinlich sollte ich allmählich einen anderen Stuhl beantragen.«

»Was Sie bisher absichtlich nicht getan haben, damit Sie möglichst niemand hier besuchen kommt.«

»Nur leider schreckt der Stuhl inzwischen niemanden mehr ab. Entschuldigung, Sie sind damit nicht gemeint.«

»Auf jeden Fall nicht heute früh.« Die Psychologin nahm die Baskenmütze ab und bauschte sich die Haare mit den Fingern auf.

»Möchten Sie einen Tee? Ich habe welchen da.«

»Tatsächlich hätte ich so früh am Morgen auch nichts gegen eine Tasse Ihres wunderbaren Kaffees.«

Eve trat vor den AutoChef, der mindestens so alt wie der vermaledeite Stuhl vor ihrem Schreibtisch war, und bestellte zwei Tassen Kaffee. »Am besten richte ich noch schnell die Tafel ein. Dann sehen Sie, worum es geht.« Sie stellte ihren Kaffee auf dem Schreibtisch ab, verband den Computer mit der Tafel und rief dort die Aufnahmen vom Tatort auf.

»Ich schicke Ihnen noch heute Vormittag meinen Bericht und den Befund der Leichenschau«, setzte sie an. »Die nächste Angehörige, die Mutter unseres Opfers, wurde schon verständigt und vernommen. Außerdem haben wir mit dem Portier gesprochen, uns in Kupers Wohnung umgesehen und seine elektronischen Geräte aufs Revier geschickt. Bisher gibt's keinen

Hinweis darauf, dass es Ärger zwischen ihm und jemand anderem gab. Das Bild, das sich bisher ergibt, ist das von einem erfolgreichen und talentierten Musiker mit einem großen Freundeskreis. Zu dem auch Morris zählt, obwohl er eher ein Bekannter war.«

»Morris kannte ihn?«

»Das Opfer hat des Öfteren mit anderen Musikern in irgendwelchen Clubs gejammt. Sein musikalisches Interesse und Talent haben sich neben der Oper auch auf Jazz und Blues erstreckt.«

»Genau wie das von Morris«, stellte Mira nickend fest.

»Die Sache hat ihn ziemlich hart getroffen, weil sie ihn anscheinend an Coltraine erinnert. Das habe ich ihm angesehen. Ich habe überlegt, ob ich den Priester – López – kontaktieren soll, mit dem er sich so gut versteht.«

Wieder nickte Mira zustimmend. »Gute Idee. Aber ich würde erst mal ein, zwei Tage warten, um zu sehen, ob er ihn vielleicht selbst anruft oder das Bedürfnis danach hat. Sie haben eine gute Menschenkenntnis, Sie sind eine wirklich gute Freundin, und Sie werden wissen, ob er selber klarkommt oder Hilfe braucht.«

»Okay.« Das half und gab ihr etwas Zeit, bevor sie überlegen müsste, ob sie sich in Morris' Angelegenheiten mischen sollte oder nicht. Am besten wartete sie erst mal ein, zwei Tage ab.

»Der Eindruck, den er von dem Opfer hatte, stimmt mit dem überein, was Kupers Mutter uns erzählt hat«, wandte sich Eve erleichtert wieder ihrer Arbeit zu. »Er war ein netter, talentierter junger Bursche, er war sehr gesellig, und er hatte wechselnde Beziehungen zu Menschen beiderlei Geschlechts, doch keine feste, längere Beziehung, denn das Wichtigste im Leben war für ihn die Kunst.«

Eve stand auf und bot der Psychologin ihren Platz hinter dem Schreibtisch an. Aus Höflichkeit und weil sie selber lieber stand. »Wir wissen bisher nicht genau, wann er gekidnappt wurde oder vielleicht freiwillig mit jemand mitgegangen ist. Nachdem die erste Wunde von dem Schlag auf seinen Schädel stammt, gehen wir davon aus, dass man ihn überfallen, entführt und dann zwei Tage lang gefangen gehalten und gefoltert hat.«

Jetzt stand auch Mira auf, statt aber in dem wesentlich bequemeren Sessel Platz zu nehmen, trat sie neben Eve, um sich die Bilder an der Tafel aus der Nähe anzusehen. »Verbrennungen, Prellungen, Schürfwunden, gebrochene und zermalmte Knochen«, stellte sie mit ausdrucksloser Stimme fest.

»Wobei die Schwere der Verletzungen sich im Verlauf der Zeit gesteigert hat. Die leichteren Verletzungen hat der Täter ihm am Anfang zugefügt. Morris denkt, er hat ein Messer mit gezackter Klinge, eins mit einer glatten Klinge und dazu noch einen Eispickel benutzt. Die Verbrennungen stammen teilweise von Zigaretten und zum Teil von einem Brenner. Dazu war das Opfer zwar mit Klebeband gefesselt, hatte aber einen Ballknebel im Mund.«

»Der hauptsächlich als Sexspielzeug verwendet wird.«

»Spuren einer Vergewaltigung oder von Geschlechtsverkehr gibt's nicht. Man kann außerdem sehen, dass die Verbrennungen an den Genitalien weniger gravierend als die an seinem Bauch, den Armen und den Beinen sind.«

»Auch das Gesicht ist beinah unversehrt, aber die Haare hat er ihm abgesäbelt, und vor allem war er nackt. Das wirkt persönlich, denn es ist erniedrigend, aber die fehlende Verstümmelung seines Gesichts und seiner Genitalien deuten darauf hin, dass es wahrscheinlich nicht um ihn persönlich ging.«

»Sehen Sie hier«, Eve wies auf das Herz und auf die Initialen in Dorians Oberarm.

»*D* für Dorian und *E* für seinen Mörder.« Mira runzelte die Stirn. »Das wirkt sehr persönlich und dazu noch sehr romantisch. Es ist eine sehr präzise Arbeit, richtig? Aber …«

»Aber«, stimmte Eve ihr zu.

»Warum fehlt dann eine sexuelle Komponente, warum sind dann sein Gesicht und seine Genitalien praktisch unversehrt? Wenn das hier die Tat einer geschassten Freundin, eines abservierten Freundes oder eines durchgedrehten Fans, der sich eine

Beziehung zu ihm eingebildet hat, gewesen wäre, müsste man das an den Wunden sehen.«

»Genau. Was wir hier sehen, ist eine Steigerung der Angst, der Schmerzen, der Erniedrigung und des vergossenen Bluts – wobei ein Teil der Wunden laut Morris behandelt worden ist.«

»Ah.« Die Psychologin nickte. »Damit er nicht stirbt, bevor man mit ihm fertig ist. Gestorben ist er an dem Schnitt über dem Bauch?«

»Der hat ihn umgebracht, wobei es eine halbe Ewigkeit gedauert hat, bis er bewusstlos war und ausgeblutet ist.«

»Natürlich brauchen wir noch weitere Infos über ihn und ein Gefühl für ihn und für sein Umfeld«, stellte Mira fest. »Aber falls das hier nichts Persönliches und er ein reines Zufallsopfer ist, haben wir es meiner Meinung nach mit zwei Tätern zu tun.«

»Mit einem Pärchen mit den Initialen *D* und *E,* das den besonderen Kick im Foltern und im Morden sucht.«

»Ich brauche weitere Infos«, setzte Mira an, »aber falls es speziell um Dorian ging, wollte der Täter ihn erniedrigen, terrorisieren und ihm deutlich machen, dass er ihm vollkommen ausgeliefert ist. Auch falls er – wie's bisher aussieht – eher ein Zufallsopfer ist, suchen Sie nach einem Sadisten, dem es Spaß macht, ihm die Haare abzuschneiden und ihm Schmerzen zuzufügen, während er gefesselt und ihm hilflos ausgeliefert war.«

»Wobei aufgrund des Herzens und der Initialen davon auszugehen ist, dass es ein Pärchen war«, vergewisserte sich Eve.

»Vielleicht. Falls ja, sind diese beiden ebenfalls Sadisten, denen die vollkommene Kontrolle über jemand anderen, dessen Erniedrigung und dazu noch die Möglichkeit, ihm nach Belieben Schmerzen zuzufügen, einen sexuellen Kick verschafft, den sie dann miteinander ausleben, statt sich auch sexuell an ihrem Opfer zu vergehen. Von Piquerismus ist hier nichts zu sehen. Es wurde nicht auf sein Gesäß oder den Oberkörper eingestochen, seine Genitalien wurden nicht verstümmelt, er wurde auch nicht vergewaltigt. Die Verschiedenartigkeit der Wunden und des Werkzeugs …«

Sie brach ab, umrundete die Tafel und marschierte, wie es Eve gewöhnlich machte, vor dem Schreibtisch hin und her. »Normalerweise hat man es in einem solchen Fall mit einem dominanten Partner und mit einem, der sich unterwirft, zu tun. Normalerweise fügt der dominante Partner jemand anderem die Schmerzen zu, und der andere steht als Beobachter dabei. Oder der Partner, der sich unterwirft, fügt jemand anderem auf Befehl des dominanten Partners Schmerzen zu. Aber nach allem, was wir bisher wissen, könnten sie auch echte Partner sein, ein Team, in dem es keinen Chef und keinen Untergebenen gibt.«

»Auf alle Fälle haben sie die Tat genau geplant, sie haben Dorian nicht spontan entführt. Sie brauchten schließlich einen Ort, wo sie ihn über Stunden foltern konnten, ohne dass es jemand mitbekommen hat. Und ein Transportmittel, um ihn dorthin zu schaffen, und das Werkzeug, mit dem er misshandelt worden ist.«

»Psychopathen, die ihr Vorgehen geplant und vielleicht sogar irgendwo geprobt haben. Sadisten, denen es Vergnügen macht und die es stimuliert, anderen Schmerzen zuzufügen und ihnen am Schluss beim Sterben zuzusehen. Das Herz ist ein Symbol der Liebe und der Einheit, also bilden sie sich ein, dass sie sich lieben, und haben sich das Opfer gegenseitig zum Geschenk gemacht.«

»Ich weiß noch nicht, ob Dorian ihr erstes Opfer ist, die Datenbank des IRCCA hat bisher noch nichts ausgespuckt, aber ich bin mir sicher, dass er nicht ihr letztes Opfer bleibt. Als Sadisten brauchen sie schon bald das nächste Opfer, und als Pärchen brauchen sie genauso schnell den nächsten sexuellen Kick.«

»Da haben Sie recht. Aber natürlich kann es auch ein Einzeltäter sein, der seine Tat und auch das Opfer durch das Herz mit seinen Initialen verklärt. Vielleicht geht es ihm nicht um Sex, sondern ausschließlich um Romantik. Tut mir leid, dass ich bisher so vage bleiben muss.«

»Das Bild, das Sie zeichnen, ist doch ziemlich klar. Wenn wir mit den Freunden und Kollegen sprechen und das IRCCA sich bei uns meldet, wissen wir wahrscheinlich mehr. Ich schicke Ihnen den Bericht, wenn ich genug zusammenhabe. Vielen Dank, dass Sie mir Ihre Zeit geopfert haben.«

»Das haben Sie mit dem Kaffee mehr als wettgemacht.« Sie drückte Eve die leere Tasse in die Hand und stellte lächelnd fest: »Sie sehen erholt aus. Das kommt ziemlich selten vor.«

»Ich habe schließlich tagelang nichts anderes gemacht als herumzuliegen«, antwortete Eve.

»Das haben Sie auf jeden Fall verdient. Wir werden alle nicht so schnell vergessen, wie das letzte Jahr geendet hat. Halten Sie mich auf dem Laufenden«, bat sie und wandte sich mit einem letzten Blick auf Dorians Aufnahmen zum Gehen. »Ich würde wirklich gerne das Profil von jemandem erstellen, der so was tut.«

Eve selbst nahm wieder hinter ihrem Schreibtisch Platz, begann mit dem vorläufigen Bericht und den Aufzeichnungen zu dem Fall und brachte den Bericht von Morris an der Tafel an, als das vertraute Stampfen puschelrandgeschmückter Stiefel ihre Arbeit unterbrach.

»Ich habe alle *Es* von Maeves Liste einbestellt«, meldete Peabody. »Chamberlin kommt ebenfalls. Er hat die Mutter unseres Opfers dazu überredet, etwas einzunehmen, und Maeve raufgeholt. Er ist ganz wild darauf zu reden, also nehmen Sie ihn vielleicht als Ersten dran.«

»In Ordnung. Es ist immer gut, erst mit dem Obermotz zu reden«, stimmte Eve ihr zu. »Wenn ich noch – endlich«, sagte sie, als ihr Computer das Signal für eine eingegangene E-Mail gab. »Das ist das IRCCA. Computer, ruf die Nachricht auf dem Bildschirm auf.«

Peabody schob sich neben Eve und starrte auf den Monitor.

»Verdammte Hacke, Dallas, bei so vielen ähnlichen Verbrechen steigt ja wohl kein Mensch mehr durch.«

»Computer, streich alle gelösten Fälle und auch alle Fälle, bei denen das Opfer entweder verstümmelt oder vergewaltigt worden ist.«

Sie lehnte sich zurück und hob die Brauen an. »Das grenzt die Zahl schon mal ein bisschen ein. Computer, such nach allen Fällen, in denen dem Opfer nachträglich ein Herz in die Haut gebrannt oder geschnitten worden ist.«

Sie runzelte die Stirn, als sie die Zahl der Fälle sah.

»Wie oft war das Herz mit den Initialen *D* und *E* versehen?«

»Verdammte Hacke, Dallas.«

»20«, sagte Eve. »Von Tennessee über New Jersey nach New York. Männer, Frauen, verschiedene Hautfarben, verschiedene Altersklassen, kein besonderer Typ. Das erste Opfer wurde im September aufgefunden, also haben sie circa einmal in der Woche zugeschlagen, aber ...«

»Es gibt ein paar Lücken«, meinte ihre Partnerin. »Manchmal vergehen 10 bis 14 Tage, bis man eine Leiche findet, dann gibt's in Ohio und in Pennsylvania sogar zwei Opfer pro Woche, danach kehrt erst mal wieder etwas Ruhe ein.«

»Was heißt, dass es mehr als diese 20 Opfer gibt.«

»Noch mehr?«

»Nachdem sie erst einmal auf den Geschmack gekommen sind, haben sie wie Junkies immer mehr gebraucht. Vielleicht haben sie ja einige von ihren Opfern irgendwo versteckt oder verbrannt. Vielleicht haben sie öfter mal was Neues ausprobiert, was auf den ersten Blick keinen Bezug zu den anderen Taten hat, oder vielleicht wurden ein paar von ihren Opfern bisher nicht gefunden und als Tippelbrüder oder so von niemandem vermisst.«

»Dann steht das *D* also ganz sicher nicht für Dorian.«

»Nein. Die Initialen stehen für ein durchgeknalltes Liebespaar. Computer, nimm die Daten aller Taten und zeichne den Weg der Täter auf.«

Einen Augenblick …

»Die erste uns bekannte Tat fand im September statt«, erklärte Eve. »In Nashville, Tennessee. Eine junge Frau von Anfang 20 wurde 56 Stunden lang vermisst und schließlich tot in einem unbewohnten Haus entdeckt. Von einem Immobilienmakler, der es einem potenziellen Käufer zeigen wollte.«

»Worauf der Preis wahrscheinlich ziemlich in den Keller ging.«

»Ich schätze, schon. Sie war seit 28 Stunden tot, als man sie entdeckte, also haben sie mit ihr nicht so viel Zeit wie mit unserem Opfer hier verbracht. Die SpuSi hat am Tatort keine fremde DNA entdeckt.«

»Was heißt, dass sie ganz sicher nicht ihr erstes Opfer war.«

Auftrag ausgeführt,

erklärte der Computer, und Eve rief den Weg von Mord zu Mord auf ihrem Bildschirm auf.

»Sie haben ein paar kleine Umwege gemacht«, bemerkte Peabody. »Aber im Grunde ging's die ganze Zeit Richtung Nordost.«

»Vielleicht haben sie ja einfach ein paar kleine Abstecher gemacht, um Freunde zu besuchen oder sich was anzusehen«, schlug Eve ihr vor. »Jetzt sind sie hier in New York. Was meinen Sie, war das von Anfang an ihr Ziel, oder machen sie hier ebenfalls nur kurz Station?«

Für die Beantwortung der Fragen reichen die Informationen noch nicht aus.

»Ich habe nicht mit dir gesprochen«, raunzte Eve die Kiste an. »Computer, schick die Daten an meinen Computer zuhause und an die Computer von Detective Peabody«, befahl sie dem Gerät und wandte sich erneut an ihre Partnerin. »Sie kontaktieren die ermittelnden Beamten in allen Fällen und finden raus, ob auch das FBI in dieser Sache mitmischt, falls ja, will ich wissen, welcher Agent dabei das Sagen hat.«

»In Ordnung. Wobei Chamberlin gleich hier sein wird.«

»Den übernehme ich. Haben Sie einen Verhörraum reserviert?«

»Sie haben Verhörraum A, und zwar den ganzen Nachmittag.«

Eve nickte. »Dorian Kuper kannte seinen Mörder nicht. Sie haben ihn zufällig gewählt. Vielleicht finden wir ja trotzdem etwas raus, wenn wir mit diesen Leuten sprechen. Also fange ich mit den Gesprächen an, und Sie besorgen mir die Infos zu den anderen Fällen. Lassen Sie mich wissen, wenn Sie alles haben, was es rauszufinden gibt, und sagen den Kollegen an der Pforte, dass sie Chamberlin in den Verhörraum schicken sollen. Ich brauche hier noch fünf Minuten. Scheiße, eher zehn.«

Sie schrieb der Psychologin eine kurze Mail. Ihrem Commander könnte sie auch später noch Bericht erstatten, aber Mira brächte sie am besten sofort auf den neuesten Stand.

Bevor sie fertig war, kam irgendwer in Richtung des Büros marschiert.

Mit leichteren Schritten und auf deutlich besseren Sohlen als die getreue Peabody.

Das musste Baxter sein.

Als sie leicht verärgert aufsah, trat er schon durch ihre Tür.

»Haben Sie jetzt kurz Zeit für mich?«

»Ich bin etwas in Eile«, antwortete sie, beendete die Mail und schickte sie mit einem Knopfdruck ab.

»Das sehe ich.« Er blickte auf die Tafel und auf den Computermonitor. »Verdammt. Ein Serientäter?«

»Die Wahrscheinlichkeit ist groß. Ich muss gleich jemanden vernehmen, Baxter, also fassen Sie sich kurz.«

»Das kann noch warten.«

Nähme sie sich keine Zeit für ihre Leute, wäre sie ein jämmerlicher Boss.

»Nun spucken Sie's schon aus. Ein paar Minuten kann ich erübrigen.«

»Es ist nur … Trueheart hat doch in zwei Tagen seine Prüfung zum Detective.«

»Das ist mir bekannt. Gibt's ein Problem?«

»Nein. Das heißt, vielleicht. Aber wahrscheinlich nicht.«

Eve lehnte sich zurück und sah ihn reglos an. Er stand vor ihrem Schreibtisch, stopfte seine Hände in die Taschen, klimperte mit dem Kleingeld, das er bei sich hatte, und war ungewohnt nervös.

»Wissen Sie, ich habe ihn dazu gedrängt. Ich habe auf ihn eingeredet, bis er sich am Ende für die Prüfung angemeldet hat, und ich habe Ihnen in den Ohren gelegen, bis Sie damit einverstanden waren.«

»Ich war damit nicht einverstanden, weil Sie mich bearbeitet haben.«

»Nein? Dann denken Sie also, er ist dafür bereit?«

»Haben Sie einen Grund, was anderes zu denken?«

»Nein. Ich meine, er ist echt nervös. Aber das waren wir schließlich alle, als es so weit war. Er hat wirklich viel gelernt, und ich habe ihn regelmäßig abgefragt.«

Das Klingeln hörte auf und setzte wieder ein, und Eve sah Baxter weiter reglos an.

»Seine Instinkte sind echt gut, und sein Engagement ist geradezu bewundernswert. Er ist ein wirklich guter Cop. Er ist vielleicht noch etwas unbedarft, aber das ist einfach ein Teil seiner Persönlichkeit und wird wahrscheinlich niemals ganz vergehen. Vor allem macht erst das ihn zu dem wirklich guten Polizisten, der er ist. Es ist nur … ich habe ihn dazu gedrängt, sich für die Prüfung anzumelden.«

»Denken Sie, er würde es versuchen, ohne das Gefühl zu haben, dass er sie bestehen kann, nur weil er Ihnen eine Freude machen will?«

Baxter öffnete den Mund und atmete geräuschvoll aus. »Nein. So leicht lässt er sich nicht zu irgendetwas drängen. Das hat er abgelegt. Das Ganze ist nicht sein, sondern mein Problem. Verdammt, es ist mein eigenes Problem. Ich habe in den Nächten, seit wir alle beinah draufgegangen wären, fast kein Auge zugekriegt. Ich dachte, dass es daran liegt, dass wir fast in die Luft geflogen wären, aber das ist es nicht. Verdammt, in unserm Job ist klar, dass man bei jedem Einsatz draufgehen kann. Aber ich will den Jungen nicht im Stich lassen.«

»Dann regen Sie sich ab, denn das haben Sie bisher ganz sicher nicht getan. Als ich ihn Ihnen damals zugewiesen habe, war ich nicht ganz sicher, wie es laufen würde, denn Sie sind ein alter Hase und er war erschreckend unbedarft. Er brauchte jemanden, der ihn ein bisschen abhärtet, und das haben Sie geschafft, ohne ihm das zu nehmen, was ihn zu einem besonderen Polizisten macht. Sie haben ihn ausgebildet, Baxter, Sie haben dazu beigetragen, dass ein wirklich guter Cop aus ihm geworden ist. Wenn er's dieses Mal nicht schafft, bedeutet das, dass er noch nicht bereit ist. Und wenn er's schafft – wovon ich ausgehe –, wollen Sie ihn bestimmt als Partner haben. Das heißt, ich werde ihn zu Ihrem Partner machen, aber falls Sie trotzdem irgendwann noch einmal Lust haben, jemanden auszubilden, ist das ebenfalls okay. Denn Sie haben Ihre Sache wirklich gut gemacht.«

»Okay, okay. Es ist sehr nett, dass Sie das sagen. Wissen Sie, ich war nicht einmal annähernd so nervös, als es um meine eigene Prüfung zum Detective ging.«

»Weil Sie auch damals schon ein selbstzufriedener, arroganter Schnösel waren. Aber jetzt zu etwas anderem. Wie sieht's bei Ihnen gerade arbeitstechnisch aus?«

»Wir haben heute Morgen eine Sache reinbekommen und gleich abgeschlossen, deshalb dachte ich, wir gehen noch ein paar ungelöste Fälle durch, damit sein Hirn auf Touren bleibt.«

»Ich hätte vielleicht etwas anderes für Sie. Gehen Sie erst mal weiter Ihre ungelösten Fälle durch, aber vielleicht bekommen Sie gleich was anderes von mir, bei dem er seine grauen Zellen anstrengen muss. Und jetzt hauen Sie ab.«

»Okay.«

»Und, Baxter? Falls jemand kein wirklich guter Polizist ist, bleibt er garantiert nicht dauerhaft in meinem Dezernat.«

Er nickte leicht und atmete ein wenig auf. »Danke, Lieutenant.«

Als er ging, blieb sie kurz sitzen, sah sich die Tafel an und dachte über Dorian Kuper nach.

Dann stieß sie sich vom Schreibtisch ab, marschierte los und traf im Flur auf Peabody.

»Das nenne ich Timing«, sagte ihre Partnerin. »Ich habe Chamberlin in den Vernehmungsraum gesetzt. Er wirkt ziemlich mitgenommen, Dallas.«

»Vielleicht kriege ich dann mehr aus ihm heraus. Mira habe ich die neuen Infos schon geschickt. Sie sollten den Bericht für Whitney schreiben. Und jetzt fragen Sie nicht dämlich *Ich*? Sie wissen, wie man so was macht, und ich spare dadurch ein bisschen Zeit. Kontaktieren Sie sämtliche Ermittlungsleiter in den anderen Todesfällen, sobald ich die Vernehmungen abgeschlossen habe, gehen wir die Angelegenheit noch mal zusammen durch. Falls Sie Hilfe brauchen – Baxter und der Junge gehen im Augenblick nur ein paar ungelöste Fälle durch und haben deshalb Zeit.«

»In einer halben Stunde kommt Ellysa Tesh. Sie ist Violinistin bei der Met.«

»Dann nehme ich sie nach dem Dirigenten dran. Die Dinge müssen in Bewegung bleiben, also los.«

Als sie in den Verhörraum kam, saß Chamberlin am Tisch, hatte die Hände sorgfältig auf der verkratzten Tischplatte verschränkt und sah aus müden Augen zu ihr auf.

»Ich muss, so schnell es geht, zurück zu Mina.«

»Keine Angst, es wird nicht lange dauern«, sagte Eve ihm zu. »Ich werde die Vernehmung aufnehmen. Rekorder an. Lieutenant Eve Dallas vernimmt Ethan Chamberlin«, sprach sie auf Band und wandte sich ihm wieder zu. »Ich werde Sie jetzt erst mal vorschriftsmäßig über Ihre Rechte aufklären.«

»Das wäre nicht das erste Mal«, gab er zurück, und als sie fertig war, erklärte er: »Okay. Ich will keinen verdammten Rechtsbeistand. Stehe ich unter Verdacht?«

»Bisher sammeln wir nur Informationen, und ich denke, dass Sie uns in dieser Hinsicht weiterhelfen können, weil Sie sein Dirigent waren und unseres Wissens nach der Partner seiner Mutter sind.«

»Mina und ich sind schon seit ein paar Jahren fest liiert.«

»Aber Sie leben nicht zusammen.«

»Wir genießen jeder unseren Freiraum. Dorian … Dorian hat ihr die Welt bedeutet. Obwohl ich weiß, dass das wie ein Klischee klingt, war er für mich selber wie ein Sohn. Wenn wir jemals verschiedener Meinung waren, dann nur mit Blick auf die Musik. Er hat … er hatte ein unglaubliches Talent. Und war ein meinungsstarker junger Mann.«

Er lächelte, aber die Traurigkeit in seinen Augen blieb. »Hin und wieder hat er mich tatsächlich eines Besseren belehrt. Nicht oft, aber gelegentlich.«

»Sie sind ein ziemlich aufbrausender Mensch.«

»Das stimmt. Ich habe eine Reihe Geldstrafen bezahlt und irgendwann sogar ein Antiaggressionstraining gemacht. Was der totale Schwachsinn war.« Er machte eine wegwerfende Handbewegung und erklärte hochtrabend: »Ich wäre ohne Leidenschaft und Temperament niemals ein derart großer Dirigent geworden. Es sind vor allem diese beiden Eigenschaften, die Musiker dazu bewegen, so brillant zu spielen. Wenn ich etwas verlange, tun sie es.«

»Und wenn sie nicht brillant genug sind, fliegen ihre Instrumente aus dem Fenster.«

»Das ist durchaus schon vorgekommen«, tat er die Vorhaltung mit einem Achselzucken ab. »Denn wer nicht alles gibt, hat nicht verdient, in meinem Orchester mitzuspielen.«

Da Eve dasselbe über ihre Cops behauptet hatte, konnte sie ihn durchaus gut verstehen. »Haben Sie jemals Dorians Cello angerührt?«

»Dorian hat bei jeder Probe und bei jeder Aufführung brillant gespielt. Die Welt hat einen wirklich großen Musiker verloren. Lieutenant …«

Er verschränkte wieder derart fest die Hände, dass das Weiß der Knöchel unter seiner Haut zu sehen war. »Bitte lassen Sie nicht zu, dass Mina ihn zu sehen bekommt, solange er … Sie hat gesagt, man hätte ihn gefoltert, falls Spuren davon sichtbar sind …« Er wandte sich kurz ab. »Bitte lassen Sie sie ihn nicht sehen, bevor er nicht … ich will nicht, dass sie ihn so in Erinnerung behält. Ich kenne sehr gute Visagisten.«

»Sie können darauf vertrauen, dass der Pathologe, Dr. Morris, seine Sache ausgezeichnet machen wird.«

»Ich kenne diesen Morris nicht.«

»Aber ich. Sie können ihm vertrauen.«

Er sah sie reglos an. »Falls Dorian nicht … falls Dorian nicht so aussieht, wie er aussehen sollte, werden dieser Morris und Sie selber dafür geradestehen.«

»Verstanden. Alles klar.«

»Sie glauben doch wohl nicht im Ernst, ich hätte ihm so etwas antun können.«

»Nein«, erklärte Eve und nahm sein überraschtes Blinzeln wahr. »Aber wir stehen noch am Anfang der Ermittlungen. Also sagen Sie mir, wer aus Ihrer Sicht ihm so was hätte antun können.«

»Das weiß ich nicht«, gestand er ihr und ballte ohnmächtig die Fäuste auf dem Tisch. »Ich kenne viele seiner Freundinnen, Freunde und Bekannte, und ich kenne alle, die in meinem Orchester spielen. Aber ich weiß es trotzdem nicht.«

»Er hat, nach Ihren eigenen Worten, ausnahmslos brillant gespielt und war für Sie so etwas wie ein Sohn. Das hat doch sicherlich den Neid, die Eifersucht oder die Wut der anderen Musiker geschürt.«

Der Maestro schüttelte den Kopf. »Wenn irgendwer Probleme hatte, war er immer für denjenigen da. Dann kam er extra früher oder blieb mit ihm noch nach der Probe da. Er hat für die Musik und für die Menschen, die Musik geliebt haben, gelebt. Gibt's im Orchester Konkurrenz, Konflikte, Dramen? Wenn es die nicht gäbe, gäbe es dort keine Leidenschaft, und ohne Leidenschaft gibt's keine wirkliche Brillanz. Aber ich kenne meine Musiker, keiner könnte so etwas tun.«

Er beugte sich über den Tisch. »Was wurde Dorian angetan? Können Sie mir sagen, was mit ihm passiert ist? Was wollte der Täter von ihm? Wenn es um Geld gegangen wäre, hätte er es ihm ausgehändigt. Was hat dieser Irre von dem armen Dorian gewollt?«

Seine Schmerzen, dachte Eve, sein Blut und seinen Tod. Aber sie sagte nur: »Wir stehen, wie gesagt, noch ganz am Anfang der Ermittlungen, aber in deren Mittelpunkt steht Dorian, und wir gehen allen Spuren nach.«

»Das sind doch leere Worte.«

»Nein, das ist die Wahrheit, und vor allem ist es alles, was ich Ihnen sagen kann. Wann haben Sie Dorian zum letzten Mal gesehen?«

»Vor- oder inzwischen eher vorvorgestern Abend. Bei der Aufführung. Mina und ich waren anschließend noch mit Bekannten etwas essen, als wir am nächsten Tag bemerkten, dass er an dem Abend nicht mehr heimgekommen war, waren wir nicht sonderlich beunruhigt, aber als er dann am nächsten Abend nicht zur Probe und am übernächsten nicht zur Aufführung erschien, sah es schon anders aus. Er hat niemals vorher eine Aufführung versäumt und hätte das auch nicht freiwillig getan. All das habe ich der Polizei erklärt, als wir ihn dort vermisst gemeldet haben.«

»Jetzt erklären Sie es mir bitte noch mal.«

»Wir haben herumgefragt, ob irgendjemand ihn gesehen hat. Theo Barron, die Oboe, meinte, er und zwei der anderen wollten Dorian noch im *After Midnight* treffen. Das ist ein Jazzclub in der City, wo sie manchmal spielen. Er hat dort oft gejammt, weil er auf diese Art am besten nach der Arbeit runterkam. Aber er ist dort niemals aufgetaucht. Theo dachte, dass er jemanden getroffen hätte und mit ihm auf einen Drink heimgegangen wäre. Dorian hatte Spaß an Sex. Also hat er versucht, ihn übers Handy zu erreichen, und ihm auch zwei Nachrichten aufs Band gesprochen, sich aber im Grunde nichts dabei gedacht. Auch später ging er nicht ans Handy und kam nicht heim.«

»Warum sind sie nicht zusammen in den Club gefahren? Dieser Theo und Dorian?«

»Theo hatte einen Flirt mit einem Alt des Opernchors und wollte warten, bis die junge Frau sich umgezogen hatte, deswegen war Dorian schon mal vorgefahren.«

»Wie kam er normalerweise in die City?«

»Mit dem Taxi. Er war meistens mit dem Taxi unterwegs.«

»Okay.« Sie machte sich eine Notiz. »Wissen Sie auch etwas über die ernste Tina?«

»Ah.« Mit einem halben Lachen meinte Chamberlin: »Sie ist ein aufgeblasener kleiner Wicht. Sie hat mich und ein paar andere Leute aus dem Chor und dem Orchester mal für einen Artikel interviewt, den sie angeblich schrieb. Der Spitzname, den Dorian ihr verpasst hat, ist im Grunde noch geschmeichelt. Aus meiner Sicht passen die Attribute aufgeblasen, anmaßend oder fanatisch eher zu ihr. Trotzdem war Dorian nett zu ihr und hätte vielleicht sogar Lust gehabt, mit ihr ins Bett zu gehen, aber dann hat sie diese Szene in dem Club gemacht. Da ich nicht dabei war, kenne ich natürlich keine Einzelheiten, aber er war danach so verärgert, dass er garantiert nirgends mehr mit ihr hingegangen wäre. Ganz egal, aus welchem Grund.«

»Wissen Sie, wie diese Tina weiter heißt?«

»Tina R. Denton. Ich erinnere mich deshalb noch so gut daran, weil ich die Erwähnung dieser Initiale einfach albern fand.« Er lehnte sich zurück, presste sich kurz die Finger vor die Augen und fuhr fort: »Sie ist wie eine Stechmücke. Sie schwirrt um einen herum, bis man mit einer Fliegenklatsche auf sie losgehen will, aber im Grunde juckt sie einen kaum.«

»Wir müssen trotzdem allen Spuren nachgehen«, wiederholte

Eve. »Jetzt fahren Sie bitte zurück zu Dorians Mutter. Sie bekommen Bescheid, wenn Dr. Morris mit ihm fertig ist. Falls Ihnen bis dahin noch was einfällt, ganz egal, wie unwichtig es Ihnen auch erscheint, rufen Sie an.«

Sie brachte ihn noch bis zur Tür, wo eine Frau von Anfang 30, die das lange blonde Haar zu einem Pferdeschwanz aus ihrem reizenden, jedoch verquollenen Gesicht gebunden hatte, auf einer der Bänke saß.

»Maestro«, stieß sie aus und sah aus rot verweinten blauen Augen zu ihm auf.

Als sie zögerte, streckte der Dirigent die Arme nach ihr aus, und sie warf sich ihm schluchzend an die Brust. »Maestro«, wiederholte sie. »Ist das ein schlimmer Traum? Bitte, bitte, sagen Sie mir, dass das alles nur ein böser Traum ist.«

»Nein, Ellysa. Dorian ist tot«, erklärte er und strich ihr sanft über den Kopf.

»Aber was ist passiert?« Sie richtete sich wieder auf, und in ihrem Gesicht kämpfte die Trauer um den toten Freund mit kaltem Zorn. »Sie wollen uns nicht sagen, was passiert ist, niemand spricht mit uns.«

»Ich werde jetzt mit Ihnen sprechen«, mischte Eve sich ein und sah sie fragend an. »Ellysa Tesh?«

Die Musikerin nickte knapp. »Und Sie sind?«

»Lieutenant Dallas. Kommen Sie mit rein.«

»Soll ich bleiben?«, fragte Chamberlin die junge Frau.

»Ich halte es für besser, wenn ich erst alleine mit ihr spreche. Hier entlang«, bat Eve und ging voran in den Vernehmungsraum.

»Ich komme schon zurecht. Wie geht es Mina?«

»Ich bin auf dem Weg zu ihr.«

»Soll ich nachkommen? Wenn ich hier fertig bin? Sollen wir nachkommen?«

»Nicht jetzt. Am besten fahre ich erst mal allein zu ihr«, gab er zurück und presste ihr die Lippen auf die Stirn. »Aber vielleicht morgen. Vielleicht morgen.«

Im Verhörraum drückte Eve den Knopf des Aufnahmegeräts und klärte auch Ellysa über ihre Rechte auf.

Die Musikerin winkte ab, als interessiere sie das nicht. »Es ist mir vollkommen egal, was ich für Rechte habe und ob Sie die Unterhaltung aufnehmen oder sonst etwas. Was ist mit Dorian passiert?«

»Wir haben Sie vorgeladen, weil wir erst mal selber Antworten auf Fragen haben wollen«, antwortete Eve. »Am besten fangen wir also mit meinen Fragen an. Wann haben Sie Dorian zum letzten Mal gesehen oder gesprochen?«

»Nach der Aufführung, am Abend, bevor er nicht mehr heimgekommen ist. Was ist mit ihm passiert?«

»Was haben Sie nach der Aufführung gemacht?«

»Um Himmels willen! Theo, Hanna, Samuel und ich sind mit dem Taxi noch in einen Club gefahren. Ins *After Midnight* in der Innenstadt. Dorian war schon vorgefahren, aber als wir ankamen, war er nicht dort. Ich wollte eigentlich mit ihm fahren, aber ich … bin aufgehalten worden.«

»Wovon oder von wem?«

»Von meiner Mom. Sie lebt in Austin, sie hat mich angerufen, um mir zu erzählen, dass meine Schwester sich verlobt hat. Sie war furchtbar aufgeregt, und wir haben so lange gesprochen, dass ich nicht mehr rechtzeitig nach draußen kam, um Dorian zu sagen, dass er auf mich warten soll. Warum nur habe ich mich nicht ein bisschen mehr beeilt?«

In ihren Augen stiegen frische Tränen auf. »Wir sind knapp eine Stunde nach ihm losgefahren. Hanna musste sich noch umziehen und abschminken, was eine halbe Ewigkeit gedauert hat. Als wir endlich in dem Club waren, war Dorian nicht da, Stewie meinte, dass er ihn noch nicht gesehen hat.«

»Stewie?«, fragte Eve.

»Der Theker. Wir sind Stammgäste des Clubs, vor allem Dorian war regelmäßig da, aber wir anderen haben dort auch öfter Musik gehört oder gemacht und uns nach den Aufführungen entspannt. Er war nicht dort«, murmelte sie. »Ich … wir dachten, dass er jemanden getroffen hätte und woanders hingegangen wäre. Theo hat ihn angerufen, aber auf dem Handy sprang sofort die Mailbox an. Dann kam er am nächsten Abend nicht zur Probe und am übernächsten nicht zur Aufführung. Wir waren deshalb alle fürchterlich in Sorge, denn freiwillig hätte Dorian niemals eine Aufführung verpasst. Wir konnten ihn nicht finden, aber bei der Polizei haben sie gesagt, wir müssten warten, bevor Mina die Vermisstenanzeige aufgeben kann. Wenn Sie früher angefangen hätten, Dorian zu suchen …«

»… hätte ihm das auch nichts mehr genützt«, fiel Eve der Frau ins Wort. »Wusste er, dass Sie in ihn verliebt waren?«

Während sich Ellysas Augen abermals mit Tränen füllten, presste sie die Lippen fest zusammen und schüttelte den Kopf. »Nein. Ich habe sehr darauf geachtet, dass er es nicht merkt. Wahrscheinlich hätte er mich freundlich abgewiesen und in Zukunft davon abgesehen, mit mir ins Bett zu gehen. So blieb uns wenigstens gelegentlicher Sex, auch wenn es ihm dabei um bloße Zuneigung und Freundschaft statt um Liebe ging. Ich habe mir gesagt, er würde eines Tages schon erkennen, dass er mehr für mich empfindet, so wie ich für ihn. Für mich war's Liebe auf den ersten Blick. Ich liebe Dorian, seit ich vor drei Jahren, zwei Monaten, fünf Tagen zum Orchester kam und ihn zum ersten Mal gesehen und spielen gehört habe«, gestand sie Eve und sah sie flehend an. »Bitte. *Bitte* sagen Sie mir, was mit ihm passiert ist. Sagen Sie es mir.«

»Kennen Sie jemanden, der Dorian wehtun wollte?«

»Niemand. Niemand«, wiederholte sie. »Manche Menschen hinterlassen einen tiefen Eindruck in der Welt, obwohl sie vollkommen unbeschwert und leichtfüßig durchs Leben gehen. So war Dorian. Ich kenne Sie. Ich wusste sofort, wer Sie sind, als Ihre Partnerin mich angerufen hat. Ich habe das Buch über den Icove-Fall gelesen und den Film gesehen und schaue regelmäßig fern. Sie sind Mordermittlerin. Wurde Dorian überfallen und ausgeraubt?«

»Nein«, erklärte Eve, denn früher oder später spräche sich auf jeden Fall herum, was Dorian zugestoßen war. »Den bisherigen Ermittlungen zufolge wurde er entführt, zwei Tage lang an einem bisher unbekannten Ort gefangen gehalten, schwer misshandelt und am Ende umgebracht.«

»Missha … was wollen Sie damit sagen?« Mit ihrem plötzlich kreidigen Gesicht und ihrer schreckensstarren Miene wirkte sie wie eine Statue aus Eis. »Was wollen Sie damit sagen?«

»Wer auch immer Dorian gegen seinen Willen festgehalten hat, hat ihm absichtlich Schmerzen zugefügt. War irgendjemand, den Sie kennen, wütend auf Dorian? Wissen Sie, ob Dorian irgendetwas wusste, was vielleicht für jemand anderen wichtig genug war, um ihn zu quälen, bis er sein Wissen mit ihm teilte? Hat er jemandem Geld geschuldet oder hatte er Geheimnisse?«

»Nein«, krächzte die Geigerin und schüttelte jetzt nachdrücklich den Kopf. »Nein, nein, nein. Er hatte ganz bestimmt Geheimnisse wie jeder andere auch. Aber soweit ich weiß, hat er niemandem Geld geschuldet, er hat nicht gespielt und hatte auch mit Drogen nichts am Hut. Er hat sich nicht für Dinge interessiert, die dazu führen, dass man plötzlich Schulden hat. Zwei Tage? Großer Gott, zwei Tage? All die Zeit hat irgendwer ihm Schmerzen zugefügt?«

Sie stieß sich von dem Resopaltisch ab, verschränkte ihre Arme vor der Brust und marschierte durch den kleinen Raum. »Zwei Tage. Gott oh Gott. Nein, nein, nein. Niemand, der ihn kannte, hätte ihm so etwas angetan.«

Sie wirbelte zu Eve herum und starrte sie verzweifelt an. »Sie sind verheiratet. Das Buch, der Film und alles, was ich über Sie im Fernsehen gesehen habe, zeigen, dass Sie Ihren Mann abgöttisch lieben.«

»Hier geht's nicht um mich.«

»Natürlich tut es das. Sie wissen, wie es ist, jemanden zu lieben und zu kennen, weil man nur jemanden derart lieben kann, wenn man ihn auch gut kennt. Ich kenne Dorian. Niemand, den wir kennen, hätte ihm so etwas antun können. Es muss jemand anderes gewesen sein. Irgendein kranker, durchgeknallter, sadistischer Schweinehund. Können Sie mir helfen, haben Sie ein paar Dollar übrig, können Sie mir zeigen, wie ich in die Siebte komme … mehr hätte er gar nicht sagen müssen. Dorian hätte ihm geholfen. Dorian wollte immer helfen. Dabei ist er doch mit einem Taxi zu dem Club gefahren.«

Sie presste sich die Hände vors Gesicht. »Um wie viel Uhr hat sich der Bastard Dorian geschnappt? Es kann nicht später als halb zwölf gewesen sein. Nach der Aufführung ist er gleich losgegangen und hat sich ein Taxi herangewunken. Sie müssen rausfinden, ob er mit einem Taxi weggefahren und erst in der City oder noch am Lincoln Center überfallen worden ist. Sie müssen rausfinden, ob er …«

»Ich werde meinen Job machen, Ms. Tesh, versprochen.«

»Aber Sie haben Dorian nicht gekannt.«

»Das ist egal. Jetzt bin ich für ihn zuständig, und ich werde mein Bestes für ihn geben«, sagte Eve ihr zu.

»Sind Sie so gut, wie man Sie in dem Buch und Film beschrieben hat?«

»Ich werde alles, was in meiner Macht steht, für ihn tun.«

5

Eve ging zurück in ihre eigene Abteilung und trat vor den Schreibtisch ihrer Partnerin.

»Ich bin mit meinen Zeugen durch. Was haben Sie für mich?«

»Das FBI ist an der Sache dran. Der Ermittlungsleiter heißt Carl Zweck. Sie gehen gerade einer Spur in Branson in Missouri nach und haben auch schon die Ermittlungsleiterin in Pleasant Acres in New Jersey kontaktiert, wo's letzte Woche einen Mord gegeben hat. Detective Francine Lupine. Ich habe selbst mit ihr gesprochen, da sie in einer Kleinstadt leben und keine Erfahrungen mit Serienkillern haben, nimmt sie dankbar jede Hilfe an. Ich schicke die Notizen zu diesem Gespräch auf Ihren Computer«, fügte Peabody hinzu. »Auch die Ermittlungsleiter in den beiden Fällen in Pennsylvania habe ich erreicht. Ich arbeite mich rückwärts bis zum ersten Mordfall durch. Genau wie wir denkt auch das FBI, dass es ein Pärchen ist, dem es bei den Taten um so etwas wie Romantik geht.«

»Gibt es Verdächtige? Oder eine Beschreibung von dem Paar?«

»Bisher noch nicht.« Peabody hob ihre Hände in die Luft. »Ich habe mich durch zahllose Berichte und die FBIsche Doppelzüngigkeit gekämpft, ohne dass bisher viel dabei herausgekommen ist. Es sieht so aus, als würden die Verdächtigen öfter das Fahrzeug wechseln, die Fahrzeuge, die man gefunden hat, weil sie den Mordopfern gehörten, waren blitzblank geschrubbt. Dazu wurden in den letzten beiden Monaten Dutzende Vernehmungen durchgeführt, aber die Aussagen der potenziellen Zeugen haben nicht wirklich übereingestimmt. Sie sprachen entweder von einem Mann und einer Frau oder zwei Männern, von verschiedenen Hautfarben und von verschiedenen Altersklassen, dennoch ist die Wahrscheinlichkeit groß, dass es ein Mann und eine Frau zwischen 25 und 35 sind.«

Das war nicht wirklich viel.

»Okay. Die Zeugen, die ich selbst gesprochen habe, haben ausgesagt, dass Dorian nach der Aufführung die Absicht hatte, mit einem Taxi in den Club zu fahren, und dass ein paar von seinen Freunden später selbst noch dort hingefahren sind. Die ernste Tina heißt mit vollem Namen Tina R. Denton, und obwohl ich mir nicht vorstellen kann, dass sie was mit dem Fall zu tun hat, sprechen wir am besten kurz mit ihr.«

Es fühlte sich vielleicht so an, doch es war keine Zeitvergeudung, wenn man gründlich war.

»Wahrscheinlich ist Kuper mit dem Taxi in die Innenstadt gefahren und sie haben ihn sich dort geschnappt. Sie haben ihn willkürlich gewählt, er war einfach zur falschen Zeit am falschen Ort. Wenn Sie mit den letzten Zeugen sprechen, die wir vorgeladen haben und die Dorian gesehen haben, fragen Sie, ob irgendwer gesehen hat, wie Dorian mit einem Taxi weggefahren ist. Falls ich mich irre, fragen Sie auch, ob einer der Leute das Gefühl hatte, dass jemand Dorian stalkt oder bedroht.«

»Sie irren sich ganz sicher nicht. Alles, was ich bisher rausgefunden habe, deutet darauf hin, dass dieses Pärchen auf der Bildfläche erscheint, sich willkürlich ein Opfer schnappt, sich ein paar Stunden oder Tage lang mit ihm vergnügt und weiterfährt. Bisher haben sie ihre Opfer in entlegenen Gegenden oder verlassenen Gebäuden festgehalten, stundenlang misshandelt, umgebracht und dort entsorgt. Zwei, drei Tage, länger waren sie bisher nie an einem Ort. Sie könnten also hier schon fertig und inzwischen wieder unterwegs sein, Dallas. So haben sie es bisher jedes Mal gemacht.«

»Ich glaube nicht, dass sie hier schon fertig sind. Sehen Sie sich noch mal die Route an. Sie wollten nach New York. Das ist ihr Ziel. Wir müssen nur noch rausfinden, warum.«

Eve ging in ihr Büro, las die Notizen der Partnerin und stellte trotz der räumlichen Enge eine zweite Tafel für die Aufnahmen der bisherigen Opfer des mörderischen Pärchens auf.

Es dauerte ein bisschen, doch am Ende spürte sie das Taxi auf. Ihr Opfer hatte sich vom Broadway in die City fahren lassen, wo es ein paar Häuserblocks vom Club entfernt an der Ecke Perry/Siebter ausgestiegen war.

Warum, fragte sich Eve. Weil es so eine schöne Nacht gewesen war?

Sie überprüfte kurz das Wetter und murmelte nickend: »Ja, es war tatsächlich eine schöne Nacht. Also wolltest du vielleicht das letzte Stück zu Fuß gehen, um ein bisschen frische Luft zu schnappen oder so. Du kanntest dich in der Gegend aus. Wie haben sie dich erwischt?«

Es war die Frau, dachte Eve, denn sie ging davon aus, dass es ein Mann und eine Frau gewesen waren. Sie hatten sic als Köder eingesetzt.

Entschuldigung? Sie hatte vielleicht flirtbereit geklungen, doch vor allem etwas hilflos und verwirrt. *Könnten Sie mir helfen? Ich bin fremd hier, ich habe keine Ahnung, wo ich bin.*

Simpel, aber durchaus vorstellbar.

Vielleicht hatten sie auch Dahmers Trick benutzt – den Klassiker, der über die Jahrzehnte immer wieder von Erfolg gekrönt war.

Eine Frau, die ganz alleine einen schweren Gegenstand in einen Wagen hieven muss.

Kann ich Ihnen helfen?

Gott, das wäre wirklich nett. Das Ding muss in den Kofferraum, und alleine kriege ich's nicht rein.

Während dann das Opfer eine gute Tat vollbringen wollte, schlich sich der Mann von hinten an und schlug ihm mit einem Knüppel auf den Kopf. Dann zerrten sie ihn in den Lieferwagen oder SUV, einer sprang mit hinten rein, um das Opfer zu fesseln, und der andere schwang sich hinters Lenkrad und fuhr los.

Eve schlug die Augen wieder auf und schaute sich die Bilder an der Tafel an.

Aber sie konnten ihn unmöglich die ganze Zeit im Fahrzeug festgehalten haben. Sie brauchten also einen Unterschlupf. Wie hatten sie sich den besorgt? Wahrscheinlich lag er in der Innenstadt. Dort hatten sie ihn entführt und auch entsorgt.

Sie ging die Route durch, berechnete die Fahrtzeit von der Perry zur Mechanic Alley und kreiste den Sektor auf der Karte ein.

Wahrscheinlich hatten sie ihn in der Gegend auch gefoltert und am Ende umgebracht.

Vielleicht in einem verlassenen Gebäude? Allerdings stand in der Gegend kein Haus länger leer. Wenn die Bewohner es verließen, zogen direkt irgendwelche Junkies, Obdachlose, Hausbesetzer ein.

Sie fand sechs potenzielle Unterschlupfe in der Gegend und schickte Beamte los, um sich dort umzusehen.

Dann fuhr sie fort, wo Peabody geendet hatte, und rief weitere Ermittlungsleiter wegen anderer Opfer ihres mörderischen Pärchens an.

Mitte des Nachmittags kam Peabody erschöpft in ihr Büro und ließ eine Tüte auf den Schreibtisch fallen.

»Was ist denn das?«

»Das nennt sich Vega-köstlich-Tasche und ist neu. Ich selbst würde sie eher Vega-schrecklich-Tasche nennen, aber wenigstens hat man danach etwas im Bauch. Kann ich bitte einen Kaffee haben, mein nachweihnachtlich trainierter Hintern hängt mir vor Erschöpfung in den Kniekehlen.«

Eve zeigte einfach mit dem Daumen auf den Auto-Chef, klärte sie über den Weg des Opfers von der Met nach Downtown auf und las ihr die Notizen zu den Gesprächen mit den anderen Mordermittlern vor.

»In Woodsbury, Ohio, reißt sich der Kollege beide Beine wegen seines Mordfalls aus. Er nimmt den Fall persönlich, weil's der erste Mord seit über einem Jahrzehnt dort in der Gegend war. Wir sollten vielleicht noch mal mit ihm sprechen, wenn wir selbst ein bisschen weiter sind und … meine Güte.«

Um den ersten Bissen ihrer Vega-Tasche nicht in hohem Bogen wieder auszuspucken, schnappte Eve sich Peabodys aufgrund des Zuckers und der Milch genauso ungenießbaren Kaffee und spülte entschlossen nach. »Der schmeckt beinah genauso grauenhaft. Wer zum Teufel stellt mit Absicht etwas her, was derart furchtbar schmeckt?«

»Vielleicht gibt es ja mehr Sadisten auf der Welt, als wir uns vorstellen können«, gab die Partnerin zurück.

»Anscheinend«, stimmte Eve ihr zu. »Ich denke besser gar nicht drüber nach, was in der Tasche drin war und was jetzt in meinem Magen ist. Zusammen mit Ihrem grauenhaften Zucker-Milch-Kaffee. Vor allem habe ich jetzt Hunger.«

Eve warf die verfluchte Veggie-Tasche in den Mülleimer. »Bisher hatte ich keinen Hunger, aber jetzt kann ich das Knurren meines Magens nicht mehr ignorieren. Verdammt.«

Sie trat vor den AutoChef, bestellte einen Vitaminsmoothie …

… und war entsetzt, als sie tatsächlich einen Vitaminsmoothie bekam.

Verbittert überlegte sie, wie Feeney es geschafft hatte, den echten Kaffee, den es bei ihm gab, in seinem Auto-Chef als Vitaminsmoothie zu deklarieren. Bekäme sie wenigstens den Schokoriegel, der als Schokoriegel angegeben war?

Natürlich nicht.

»Dieser verdammte Schokoriegeldieb. Ich hätte es mir denken sollen, dass er in meinem Urlaub wieder mal auf Raubzug geht.«

»Sie haben Schokoriegel hier? Was für Sor...«

»Nicht mehr.« Angewidert nahm sie hinter ihrem Schreibtisch Platz und riss die Lade auf. »Der Schweinehund hat nur die blöden Energieriegel zurückgelassen. Die feine Schokolade hat er einkassiert.«

»Schokolade!«

»Sie ist weg.« Als Wiedergutmachung für ihr Versagen in Bezug auf die Schokoriegel nahm sie einen Schluck von dem Smoothie – der im Grunde gar nicht mal so übel war – und biss von einem der Müsliriegel ab.

»Wenn man sich die Karte ansieht«, meinte sie, »erscheint's mir logisch, dass er zwischen Perry und Christopher Street gekidnappt worden ist. Sie haben sich an ihn herangemacht, ihn unschädlich gemacht, ins Fahrzeug eingeladen und gefesselt. Meiner Meinung nach liegt auch ihr Unterschlupf dort in der Gegend. Deshalb habe ich Beamte losgeschickt, die sich die leer stehenden Häuser ansehen sollen.«

»Bei den Vernehmungen mit Theo Barron und Samuel Deeks ist nichts Besonderes herausgekommen«, erzählte Peabody.

»Sie waren an dem Abend auch im *After Midnight.*«

»Stimmt. Theo hat sich während des Gesprächs die Augen aus dem Kopf geheult und ein ums andere Mal gesagt, wenn er nicht noch hätte auf Hanna warten wollen, wäre er mit Dorian zusammen in die Stadt gefahren und dann wäre nichts passiert.«

»Da hat er recht.«

Als Peabody die müden Augen aufriss, winkte Eve mit einer matten Geste ab. »Ihn trifft deswegen keine Schuld und keinerlei Verantwortung für Dorians Tod, aber natürlich hat er recht. An zwei Männer zugleich hätten die Täter sich wohl kaum herangemacht. Soweit wir wissen, hatten sie's bisher immer auf einzelne Personen abgesehen.«

»Und Sie sind immer noch der Überzeugung, dass es über 20 Opfer sind.«

»Das ist noch nicht bewiesen, aber logisch wäre es. Darauf deuten ein paar Lücken auf der Route unseres Pärchens hin. Vielleicht wollten sie ja einfach schnellstmöglich von einem zum anderen Ort, oder vielleicht haben sie niemanden gefunden, den sie hätten töten wollen, aber am logischsten wäre es meiner Meinung nach, wenn man ihnen die anderen Opfer bisher noch nicht zugeschrieben hätte oder sie noch nicht gefunden worden wären. Diese Gegend hier«, sie zeigte mit dem Laserpointer auf die Karte von New York, »... sieht durchaus vielversprechend aus. Am besten sehen wir uns dort mal um.«

»Ich habe noch verschiedene Leute zur Vernehmung einbestellt.«

»Gehen Baxter und der Junge immer noch die alten Fälle durch?«

»Ja. Sie haben nichts Neues reingekriegt.«

»Erklären Sie ihnen, worum's geht, dann sollen sie die anderen vernehmen und wir beide fahren los. Geben Sie mir fünf Minuten Zeit, dann bringe ich noch Mira und Commander Whitney auf den neuesten Stand.«

Sie rief in Miras Praxis an, aber der Drache, der das Vorzimmer bewachte, gab ihr deutlich zu verstehen, dass die Psychologin nicht zu sprechen war. Also schrieb sie eine kurze Mail an Mira und an ihren Vorgesetzten, trank den Rest von dem Smoothie, griff sich den Mantel und marschierte los.

»Hat Peabody Ihnen gesagt, worum es geht?«, erkundigte sie sich bei Baxter und nickte dem jungen Prüfling auf dem Weg nach draußen zu.

»Wir sind bereit.«

Sie blieb kurz stehen und blickte Trueheart fragend an. »Ansonsten sind Sie ebenfalls bereit?«

»Ich ... ja, Ma'am.«

»Sie meint die Prüfung zum Detective, mein gelehriger Eleve.«

»Ja, Ma'am, für die Prüfung bin ich ebenfalls bereit.«

»Dann sehen Sie zu, dass es so bleibt. Peabody, Sie kommen mit.«

Auf dem Weg zum Gleitband schob Eve die Arme in die Ärmel ihres Mantels, dachte an den kalten Wind vom Vormittag und wickelte sich noch den Schal, den sie von Peabody gestrickt bekommen hatte, um den Hals.

»Das FBI geht davon aus, dass der erste Mord in Tennessee

verübt wurde«, setzte sie an. »Das glaube ich eher nicht. Dafür war er zu sauber und zu gut organisiert. Hätten sie beim ersten Mord nicht schlampiger oder vielleicht aus einem Impuls heraus agiert? Wie sind sie überhaupt darauf gekommen, dass das Foltern und das Töten ihnen einen Kick verschafft?«

»Vielleicht war das erste Opfer jemand, den sie kannten.« Auf dem Weg nach unten schlang auch Peabody sich ihren bunten Schal um den Hals und band ihn mit einem künstlerischen Knoten zu. »Jemand, auf den sie beide oder einer von beiden sauer war oder von dem er etwas haben wollte.«

»Möglich«, stimmte Eve ihr zu. »Aber wie sind sie überhaupt zu einem Team geworden, und wie lange sind sie schon zusammen? Vielleicht war ja der erste Tote auch ein Unfall, Notwehr oder ein ganz anderes Verbrechen, bei dem etwas schiefgegangen ist. Wie dem auch sei, haben sie irgendwann auf dem Weg ihr Liebesglück entdeckt.«

Sie wechselten vom Gleitband in den Lift. »Stammen sie womöglich aus New York und sind jetzt heimgekehrt, oder stammen sie aus dem Westen und wollen sich in der Großstadt amüsieren? Um das zu sagen, reichen die paar Dinge, die wir bisher wissen, nicht aus. Wir haben noch nicht genug, um sie uns vorzustellen. Auf alle Fälle wählen sie ihre Opfer nicht nur willkürlich, sondern sie nutzen einfach die Gelegenheit zu einem Kidnapping, sobald sie sich ergibt. Das vorletzte Opfer, eine Frau von über 70 Jahren, wurde von dem Parkplatz vor dem kleinen Markt, auf dem sie einen Stand hatte, in einer Ecke, in der keine Kameras waren, entführt. Die Leiche haben sie zwei Tage später sechs Meilen entfernt in einer Schlucht entsorgt. In Pennsylvania haben sie auf einem Rastplatz einen jungen Mann von 20 Jahren gekidnappt und zwei Tage später an der Schnellstraße, die nach Nordosten führt, entsorgt.«

Sie verließ den Lift und lief auf ihren Wagen zu. »Die Opfer waren immer ganz alleine unterwegs, meiner Meinung nach haben sie sie einfach ausgewählt, weil sich eine Gelegenheit dazu ergab, dann haben sie die Leichen meist in einiger Entfernung zu den Stellen, wo sie sie getötet haben, entsorgt. Was heißt, dass ihr Versteck nicht in der Nähe der Mechanic Alley, sondern eher in der Lower West Side liegt.«

Sie schwang sich auf den Fahrersitz und fuhr rückwärts aus der Parklücke. »Wenn Kuper bis zum Club gefahren und nicht schon in der Perry ausgestiegen wäre, würde er wahrscheinlich jetzt noch Cello spielen und jemand anderes wäre tot.«

»Sie könnten trotzdem weiter Richtung Norden unterwegs sein«, meinte Peabody. »Bisher waren sie noch nie in einer Großstadt wie New York.«

»Genau aus diesem Grund haben sie meiner Meinung nach hier in New York ihr Ziel erreicht.«

Und wenn sie sich so umsah, dachte Eve beim Fahren, boten sich in einer Großstadt wie New York Millionen potenzieller Opfer an.

Die Bettler und die Bordsteinschwalben, all die arglosen Touristen und die Angestellten, die zu irgendwelchen späten Meetings eilten und gedanklich bei der Arbeit waren, die Geschäftsinhaber, die den Laden abends schlossen, und die Stripperinnen, die im Morgengrauen auf dem Heimweg waren.

Sie hätten hier freie Auswahl, und die Vielfalt, die sich ihnen bot, war grenzenlos.

Eve parkte in der Perry, dachte kurz über die Gegend nach und wandte sich an ihre Partnerin.

»Bitte tun Sie mir einen Gefallen und kontaktieren Louise und Charles. Die beiden wohnen ganz hier in der Nähe, vor allem Louise ist öfter nachts alleine unterwegs.« Weil es für Ärzte wie für Polizisten keine festen Arbeitszeiten gab. Im Grunde waren sie permanent im Dienst.

»Das habe ich, nachdem ich mir die Karte angesehen habe, schon getan.«

»Das haben Sie gut gemacht. Das Taxi hat ihn an dieser Ecke abgesetzt. Von hier aus sind es noch drei Blocks zur Christopher Street und dann noch mal ein guter Block bis zu dem Club. Irgendwo auf diesem Weg haben sie sich ihn geschnappt.«

Sie stapfte los, schaute sich um und dachte nach.

»Er kennt sich in der Gegend aus, denn er ist häufig hier, und es ist eine kalte, aber klare Nacht. Es ist fast windstill, und es schneit auch nicht. Die Nacht ist also wie gemacht für einen kurzen Gang, um einen klaren Kopf zu kriegen und die Oper abzuschütteln, um sich später auf den Jazz zu konzentrieren.«

»Von hier bis zu dem Club ist man doch höchstens fünf Minuten unterwegs.«

»Mehr haben sie nicht gebraucht.« Eve machte halt und zeigte auf ein elegantes rötlich-braunes Sandsteinhaus. »Auf dem Gehweg und der Treppe liegt noch Schnee, und alle Rollläden sind zu. Um was wollen wir wetten, dass die Leute, die dort wohnen, auf Geschäftsreise oder im Urlaub sind?«

»Glauben Sie, sie haben dieses Haus benutzt? Aber wie Sie selbst gesagt haben, liegt auf den Stufen und dem Gehweg noch Schnee, und wenn sie in das Haus gegangen wären, wären doch sicher ihre Abdrücke im Schnee zu sehen.«

»Ich glaube nicht, dass er dort festgehalten worden ist. Ich glaube, Dorian wurde hier vor diesem Haus entführt. Wahrscheinlich haben sie direkt davor geparkt. Zwar gibt es auch noch andere Häuser in der Straße, aber es ist kurz vor Mitternacht und eine kalte, klare Nacht in einer ruhigen Nachbarschaft. Ich wette, dass die meisten der Bewohner längst im Bett gelegen haben, und vor allem haben sie ihn schnell und völlig lautlos einkassiert. Wahrscheinlich hat die Frau ihn abgelenkt, dann ist ihr Komplize mit dem Knüppel auf ihn losgegangen – so muss es meiner Meinung nach gewesen sein. Sie haben ihn k.o. geschlagen, in den Lieferwagen oder SUV gestopft, gefesselt und sind dann mit ihm davongebraust. Am besten hören wir uns bei den Nachbarn um.«

Sie klingelten an einem anderen eleganten Sandsteinhaus, das dank des Vorgartens nicht direkt an der Straße lag. Ein Kindermädchen machte ihnen auf, scannte ihre Marken elektronisch ein und ließ sie widerstrebend in den Flur.

»Die Kinder trinken gerade ihren Nachmittagskakao. Wenn Justin wüsste, dass die Cops hier sind, würde er ausflippen. Er ist ganz wild auf Krimis und auf Räuber-und-Gendarm-Spiele. Gibt's ein Problem?«

»Sie haben auf alle Fälle keins. Wir haben nur ein paar Fragen. Ihre Nachbarn sind verreist?«

»Die Minnickers, oh ja.« Das Kindermädchen schnaubte. »Sagen Sie mir nicht, dass irgendwer bei ihnen eingebrochen hat. Ihr Haus ist mindestens so gut gesichert wie das Pentagon. Sie sind alles andere als nett. Entsetzlich arrogant und völlig anders als die Eltern meiner Kids. Wenn ich nur an diese *Frau* denke. Sie kam tatsächlich letzten Sommer rüber und hat sich entsetzlich aufgeregt, weil meine kleine Rosie eine ihrer Blumen abgebrochen hat. Sie ragte durch den Zaun bis auf den Bürgersteig. Wem hat es schon geschadet, dass sie sie genommen hat? Meine Chefin hat echt *Klasse* und hat dieser arroganten Tussi einen Riesenblumenstrauß geschickt. Wofür nicht mal ein Danke kam. Aber bei diesen Leuten hat mich das nicht wirklich überrascht.«

Sie schnaubte nochmals und verschränkte die Arme vor der Brust. »Bestimmt haben sie jetzt irgendwelchen Ärger auf Hawaii. Nach allem, was ich gehört habe, bleiben sie dort bis März.«

»Das kann ich nicht sagen. Wohnen Sie hier im Haus?«

»Nein. Ich komme an den meisten Tagen zwischen acht und vier. Worum geht's denn überhaupt?«

»Ist Ihnen in den letzten Tagen aufgefallen, dass ein fremdes Fahrzeug vor der Tür des Nachbarhauses stand oder öfter dort vorbeigefahren ist?«

»Nicht dass ich wüsste, tut mir leid.« Sie legte ihren Kopf ein wenig schräg und lauschte angestrengt. »Die Kinder fangen hinten an zu streiten. Ich muss nach den beiden sehen. Versuchen Sie's doch mal bei Mr. Havers. Er wohnt auf der anderen Seite dieser Leute, er arbeitet zuhause und vor allem nachts. Die Havers sind sehr nett.«

Tatsächlich war der Mann zuhause und durchaus gesprächsbereit.

Er war Mitte 50, ziemlich kräftig, und der Blick der braunen Augen wirkte etwas abwesend.

»Nicht letzte oder vorletzte, sondern die Nacht davor«, vergewisserte er sich. »Okay, okay, da habe ich gearbeitet. Ich schreibe Horrorgeschichten, und am besten läuft es abends gegen zehn.«

»Drew Henry Havers?«, fragte Peabody.

»Genau.«

»Ich habe Ihretwegen nächtelang kein Auge zugekriegt.«

Die bleichen Züge ihres Gegenübers hellten sich bei diesen Worten auf. »Das ist das schönste Kompliment, das man mir machen kann. Ich danke Ihnen.«

»Wo genau arbeiten Sie?«, erkundigte sich Eve.

»Oh. Oben. Unsere Schlafzimmer gehen nach hinten raus, und weil ich meine Frau und die Kinder nicht mit meiner Arbeit stören möchte, geht das Arbeitszimmer auf die Straße raus. Ein fremdes Fahrzeug, sagen Sie. Wenn ich im Flow bin, nehme ich von der Umgebung kaum noch etwas wahr. Aber …« Havers kratzte sich am Kopf, rieb sich die Augen und fuhr fort: »Ich bin im Arbeitszimmer auf und ab gelaufen und habe darüber nachgedacht, ob der psychotische Dämon die Hauptfigur ausweiden oder häuten soll, weil das aus meiner Sicht am ehesten zum Aufbau der Geschichte passt. Dabei fiel mir auf, dass vor dem Nachbarhaus ein Wagen stand. Die Nachbarn sind sehr unfreundlich, aber zum Glück sind sie im Augenblick nicht da. Trotzdem habe ich mir nichts dabei gedacht. Ich habe nicht einmal überlegt, dass sie im Urlaub sind. Vielleicht nahm ich an, die Nicht-Nachbarn – so nenne ich die Leute – haben sich einen neuen Wagen zugelegt. Dabei waren sie gar nicht da.«

»Was war das für ein Wagen?«

»Ah … im Grunde habe ich ihn nicht wirklich wahrgenommen. Dunkel, ja genau. Er war nicht weiß und auch nicht cremefarben. Ich weiß noch, dass er dunkel war. Ziemlich groß. Vielleicht ein SUV oder ein Van. Genau, vielleicht war es ein Van.«

»Haben Sie jemanden beim Fahrzeug stehen sehen?«

»Ich habe nur kurz rausgeschaut. Wie gesagt, ich lief im Zimmer auf und ab. Aber ich glaube, dass dort jemand stand. Ich kann Ihnen nicht sagen, ob's ein Mann war oder eine Frau. Schließlich ist es ganz schön kalt, also war die Person dick eingepackt. Ich glaube, dass da noch ein Sessel stand. Aber wahrscheinlich bilde ich mir das nur ein. Warum sollte jemand so spät abends neben einem Sessel auf der Straße stehen? Wahrscheinlich bringe ich da irgendetwas durcheinander, tut mir leid.«

»Was hat die Person mit dem Sessel gemacht?«

»Das weiß ich nicht. Ich gehe davon aus, dass da wahrscheinlich gar kein Sessel war. Meine Frau behauptet immer, dass ich mehr in meinem Kopf lebe als außerhalb. Aber es sah so aus, als wollte sie ihn ein- oder vielleicht auch ausladen.«

»Wissen Sie noch, wie viel Uhr das war?«

»Hm. Auf jeden Fall nach zehn, denn da kam ich beim Schreiben erst in Schwung. Wahrscheinlich weit nach zehn, weil ich schon bis zum Mord gekommen war. Jedenfalls vor zwei Uhr, denn da habe ich aufgehört und bin ins Bett gegangen. Deutlich vor zwei, denn nachdem ich beschlossen hatte, dass das Opfer ausgeweidet werden sollte, habe ich in einem Rutsch bis zu dem Opferritual geschrieben und dann Schluss gemacht.« Er sah sie traurig an. »Ich wünschte mir, ich könnte Ihnen helfen. Ich schätze Ihre Arbeit sehr. Vor allem die Arbeit eines Cops, der meine Bücher liest.«

»Vielen Dank, dass Sie uns Ihre Zeit gewidmet haben«, sagte Eve. »Falls Ihnen sonst noch etwas einfällt, rufen Sie uns bitte an. Peabody, geben Sie Mr. Havers eine Ihrer Karten.«

Sie befragten auch noch ein paar andere Anwohner der Straße, aber Havers blieb der Einzige, dem etwas aufgefallen war.

»Er ist verantwortlich für beinah alle Albträume, die ich während der letzten Jahre hatte«, sagte Peabody, bevor sie wieder in den Wagen stieg.

»Warum sollte man etwas lesen, von dem man Albträume bekommt?« Sie selber hatte schon genügend Albträume, in denen es um Teile ihres Lebens und die Arbeit ging.

»Das weiß ich nicht. Aber seine Romane muss man einfach lieben. Er ist wirklich gut. Vor allem liebe ich Geschichten, die gut ausgehen, und das ist bei ihm immer der Fall. Ich meine, dass das Gute, nachdem jede Menge Blut vergossen wurde und es jede Menge Tote gab, das Böse überwindet. So, wie wir das tun. Vielleicht ist das der Grund.«

»Ein dunkler SUV oder ein dunkler Van. Er war eher für einen Van. Das ist nicht viel, aber besser als nichts. Dazu kommen noch der Sessel und die Frau.«

»Er wusste nicht, ob's eine Frau war.«

»Es war ganz bestimmt die Frau. Sie hat versucht, den Sessel in den Lieferwagen zu bugsieren.«

»Ein echter Klassiker.«

»Der meistens funktioniert. Kuper kommt vorbei, sieht, wie sie sich abkämpft, und bietet ihr seine Hilfe an.«

Genauso, wie sie gedacht hatte, sagte sich Eve. Weil es die logischste Erklärung war.

»Es haut alles genau hin, einschließlich des Timings«, sagte sie. »Da wir schon mal hier sind, gehen wir noch schnell in diesen Club.«

Das *After Midnight* war ein winzig kleines, schummriges Lokal, in dem um diese Uhrzeit eine Handvoll Gäste an der Theke und den Tischen saßen, während eine hübsche junge Frau mit samtig weicher Stimme von ihrer verflossenen Liebe sang und sich von einem uralten Klavierspieler begleiten ließ.

Eve konnte Morris beinahe vor sich sehen, denn die wehmütigen Klänge seines Saxofons hätten hervorragend zu dieser Darbietung gepasst. So wie sie Dorian inzwischen kannte, hätte er, wenn er vor Ort gewesen wäre, sicher noch die dunklen Töne seines Cellos eingebracht.

Ein intimer Ort, erkannte sie, mit dicht an dicht stehenden Tischen direkt vor der Bühne, einem kleinen Tresen und mit angenehm gedämpftem blauem Licht.

Sie unterhielten sich mit dem Theker, der Serviererin, dem alten Pianisten und der jungen Sängerin. Dabei riefen sie bei den Menschen Schock und Trauer wach, doch neue Informationen hatten die Menschen nicht für sie.

»Sie haben ihn wirklich gerngehabt«, bemerkte Peabody, während sie aus der blauen Wärme in die graue Kälte traten.

»Dieses Gefühl hat er anscheinend bei den meisten Menschen ausgelöst. Was haben wir herausgefunden?«

»Nun, dass Dorian beinahe jede Woche dort gespielt hat und dass er ihnen sympathisch war.«

»Und dass die Killer niemals dort gewesen sind. Es ist ein kleiner, sehr intimer Club, obwohl sich manchmal auch Touristen, die von ihm gehört haben, dort blicken lassen, wird er hauptsächlich von Stammgästen besucht. Wäre um die Zeit von Dorians Verschwinden dort ein fremdes Pärchen aufgetaucht, wäre das den Leuten aufgefallen. Was mich in meiner Theorie bestärkt, dass er ein Zufallsopfer war und lediglich zur falschen Zeit am falschen Ort gewesen ist.«

»Okay, Sie haben recht. An die ernste Tina haben sich alle ganz genau erinnert«, pflichtete die Partnerin ihr bei.

»Apropos.« Eve sah auf ihre Uhr. »Ich setze Sie gleich bei der Wache ab. Falls Baxter und der Junge etwas rausgefunden haben, rufen Sie mich an. Und fragen Sie die elektronischen Ermittler, ob auf Dorians Links oder Computern irgendetwas war, was uns nicht aufgefallen ist. Wenn sich ansonsten nicht noch irgendwas ergibt, fahren Sie heim. Ich fahre auf dem Heimweg noch zu dieser ernsten Tina, ihre Wohnung und die Schule liegen für mich fast am Weg. Ich kann mir zwar nicht vorstellen, dass sie hinter dieser Sache steckt, aber ich will auf Nummer sicher gehen.«

»Sie müsste jetzt zuhause sein. Ich habe ihren Stundenplan gecheckt. Ihr letzter Kurs heute ist seit fast zwei Stunden vorbei, selbst wenn sie aus irgendeinem Grund noch etwas in der Schule abgehangen hätte, müsste sie, bis Sie zu ihrer Wohnung kommen, längst zuhause sein. Am besten fahren Sie also dort zuerst vorbei. Wegen des Schnees wird der Verkehr die Hölle sein.«

6

Auf den Straßen war auf jeden Fall die Hölle los, doch Eve war nicht umsonst als rücksichtslose, taffe Fahrerin verschrien. Sie schubste, drängelte und rempelte sich in Richtung ihres Ziels und hatte sogar Spaß an den verbitterten Gedanken, die sie über den Chauffeur des Ein-Personen-Minis hegte, der sich wieselflink durch jede noch so schmale Lücke schob, und an der Grimasse, die sie schnitt, als sie an einem laut rumpelnden Maxibus vorüberfuhr.

Sie sah verächtlich auf die Banner an der Sky Mall, die schon für die NEUESTE FRÜHJAHRSMODE warben, obwohl draußen Minusgrade herrschten, und nutzte die Fahrt, um ihre Aufzeichnungen auf den neuesten Stand zu bringen, Truehearts Vernehmungsprotokolle durchzugehen und bei der Juilliard anzurufen, um zu fragen, ob die ernste Tina schon gegangen war.

Tatsächlich waren ihre Kurse längst vorbei, und Eve fuhr gleich zu ihrer Wohnung, die in einem weiß verputzten Reihenhaus mit vier Apartments lag.

Das Haus war leicht zu finden, doch mit einem Parkplatz sah es schlecht aus. Am liebsten hätte Eve ihr Fahrzeug einfach in der zweiten Reihe abgestellt, da aber auf den Straßen auch so schon totales Chaos herrschte, sollte sie ein bisschen Rücksicht auf die Handvoll unschuldiger Menschen nehmen, die um diese Uhrzeit auf dem Heimweg waren.

Als sie eine freie Lücke auf der anderen Straßenseite sah, ging sie mit eingeschalteter Sirene in die Vertikale und schoss quer über die Fahrbahn, ohne auf das wilde Hupen derer, die aufgrund ihres Manövers plötzlich bremsen mussten, einzugehen.

Dann marschierte sie den Bürgersteig hinab, betrat das Haus, sah sich dort suchend um und drückte, als sie vor der Wohnungstür der ernsten Tina stand, den Klingelknopf.

»Was ist?«, erkundigte sich eine schlecht gelaunte Stimme, sie griff nach ihrer Marke und hielt sie vor den Spion. »Lieutenant Dallas, NYPD. Tina R. Denton?«

»Jetzt ist es gerade schlecht. Ich bin am Arbeiten.«

»Ich auch. Wenn's Ihnen jetzt nicht passt, holen wir Sie einfach morgen zur Vernehmung ab.«

»Sie können mich nicht zwingen, aufs Revier zu kommen!«

»Warten Sie es ab.«

Eve lächelte, als sie die ernste Tina zischen hörte, während sie die Tür aufschloss.

Auf ihrem Passbild sah sie erheblich besser aus. Im wahren Leben hatte sie die braunen Haare achtlos aus dem langen, pferdeähnlichen Gesicht gekämmt, und statt ihres Erscheinungsbilds mit Schminke oder einem Lächeln hellte sie anscheinend lieber ihre Stimmung mit verbotenen Substanzen auf.

Eve konnte Zoner riechen, und die glasigen, zusammengekniffenen blauen Augen ihres Gegenübers machten deutlich, dass es seine Wirkung tat.

»Das ist reine Willkür.«

»Dann beschweren Sie sich doch. Dann fühle ich mich nicht verpflichtet, so zu tun, als ob ich keinen Zoner riechen kann. Oder Sie lassen mich rein, wir unterhalten uns und gehen dann wieder jede ihrer Arbeit nach.«

»In meinen eigenen vier Wänden kann ich ja wohl tun und lassen, was ich will.«

»Die Einnahme verbotener Substanzen ist auch in der eigenen Wohnung nicht gestattet«, klärte Eve sie mit Verachtung in der Stimme auf. »Wollen Sie's drauf ankommen lassen?«

»Kommen Sie meinetwegen rein. Aber ich habe mir Ihren Namen und die Nummer der Dienstmarke gemerkt.«

»Genau wie ich mir merke, dass Sie mir nicht helfen wollen.«

Das Wohnzimmer war zwanghaft ordentlich und so spartanisch eingerichtet, dass es nicht mal irgendwelche Fotos, Blumen oder andere Pflanzen gab. Dem dunkelgrauen Sofa gegenüber hing ein großer Bildschirm an der Wand, neben einen Sessel in derselben tristen Farbe hatte Tina eine langweilige Stehlampe gestellt.

Sie bot Eve keinen Sitzplatz an, deshalb blieben beide Frauen stehen.

»Sie kannten Dorian Kuper, als Sie in einem Club mit Namen *After Midnight* waren, hatten Sie Streit mit ihm.«

»Ich kannte Dorian, ja. Und heute habe ich gehört, dass er ermordet worden ist. Für die Oper ist sein Tod natürlich ein Verlust, doch davon abgesehen hat das nichts mit mir zu tun.«

»Es heißt, dass Sie sehr wütend auf ihn waren.«

»Nicht wütend, sondern angewidert, weil ein Mann mit seinem beachtlichen Talent sich nicht zu schade dafür war, in einem solchen Club zu spielen.«

»Das kann er jetzt nicht mehr.«

»Genauso wenig kann er die, die wirkliche Musik zu schätzen wissen, mit seinem Talent und seinem besonderen Verständnis für die klassische Musik jetzt noch erfreuen.«

»Wo waren Sie in der Nacht vom Sonntag zwischen elf und zwei?«

»Hier. Gegen elf lag ich bereits im Bett.«

»Allein?«

»Mein Privatleben geht Sie nicht das Gering…«

»Allein?«, wiederholte Eve mit einer Stimme, die so hart wie Backstein klang.

»Allerdings. Allein. Am Nachmittag war ich bei einem Konzert der Schule und kam gegen sechs zurück. Dann habe ich etwas gegessen und bis zehn gearbeitet. Sie können doch unmöglich glauben, ich hätte etwas mit Dorians Tod zu tun.«

»Und gestern Abend zwischen zehn und eins?«

»Wurde in der Juilliard *La Bohème* geprobt. Die Probe fing um sieben an und ging bis zehn. Danach waren ich und zwei Kollegen noch was trinken und haben darüber diskutiert, an welchen Stellen noch etwas zu verbessern oder zu verändern ist. Dann habe ich mir kurz nach zwölf ein Taxi mit ihnen geteilt, und wir fuhren alle heim.«

»Namen.«

»Wollen Sie mich beleidigen?«

»Auf jeden Fall. Vergessen Sie das nicht, wenn Sie sich über mich beschweren. Namen.«

Mit empört gerecktem Kinn gab sie die Namen der Kollegen an. »Ich will, dass Sie jetzt gehen.«

»Gleich. Besitzen Sie ein Fahrzeug?«

»Nein, denn schließlich lebe ich in einer Stadt mit ausgezeichneten öffentlichen Verkehrsmitteln und wohne weniger als fünf Minuten von der Schule weg.«

Mehr, um die Frau zu ärgern, als aus wirklichem Interesse fragte Eve: »Waren Sie je in Nashville, Tennessee?«

»Ganz sicher nicht. Was sollte ich dort wohl? Das ist das Land der Countrymusic, oder nicht?«, hakte sie nach, wobei ihr die Verachtung deutlich anzuhören war. »Bereits aus diesem Grund setze ich garantiert nie einen Fuß dorthin.«

»Man kommt dort ganz bestimmt auch ohne Sie zurecht. Vielen Dank, dass Sie mir Ihre Zeit geopfert haben.«

»Wenn Sie mich noch mal belästigen, rufe ich einen Anwalt an.«

»Ich komme höchstens noch mal vorbei, falls Sie mich belogen haben. Wenn das der Fall ist, brauchen Sie auf alle Fälle einen Rechtsbeistand.«

Sie selber bräuchte erst mal einen Drink, sagte sich Eve, nachdem die Tür der Wohnung hinter ihr ins Schloss gefallen war.

Zumindest war die Strecke bis nach Hause kurz, dankbar kämpfte sie sich abermals durch den Verkehr und atmete erleichtert auf, als sie, kaum dass der Himmel sich verdunkelt hatte und das weiße Licht der Straßenlampen auf die Bürgersteige fiel, in die Einfahrt bog.

Die dunkle Silhouette des von Roarke erbauten Hauses, in dem auch sie selbst seit gut zwei Jahren lebte, ragte dank der eleganten Zinnen und Türme schlossgleich in den Abendhimmel, sah aber aufgrund der warmen Lichter hinter all den Fenstern einladend und freundlich aus.

Noch mehr als auf den Drink freute sie sich auf ihr Zuhause, wo sie Frieden, Raum und Zeit fand, um wieder einen klaren Kopf zu kriegen. Auf einen Ort, wo sie wieder auftanken und dann abermals auf Mörderjagd gehen konnte.

Sie ließ den Wagen in der Einfahrt stehen, kämpfte sich durch den inzwischen wieder bitterkalten Wind und drückte die Haustür auf.

Sie wusste, dass er in der Eingangshalle stehen würde, wie ein Skelett in einem schwarzen Anzug, das zusammen mit dem fetten Kater darauf wartete, dass sie erschien.

Summerset, der Majordomus ihres Mannes, sah sie unter hochgezogenen Brauen hervor an. »Sie kommen unverletzt und ohne Flecken oder Risse in den Kleidern von der Arbeit heim. Wie lange hält der Zustand wohl noch an?«

»Er könnte sofort enden, wenn ich Ihnen den Stock, den Sie im Hintern haben, noch ein bisschen höher trete«, bot sie rüde an.

»Ich nehme an, erst dieser Satz macht Ihren Tag komplett.«

Sie ließ den Mantel wie gewohnt über den Treppenpfosten fallen, weil es praktisch war und ihn zur Weißglut trieb. Während der Kater ihr zur Begrüßung schnurrend um die Beine strich, nahm sie die Treppe in den ersten Stock.

Und blieb noch einmal stehen.

»Sie sind bestimmt ein Opernfan. Das wäre sicher ganz nach Ihrem Geschmack.«

»Ich bin fast jeder Kunstform zugetan, einschließlich der Oper. Ich habe Dorian Kuper in der Met, im *After Midnight* und an einer Reihe anderer Orte spielen hören. Heute hörte ich, dass er ermordet worden ist. Es ist eine Tragödie, wenn die Welt so einen jungen, talentierten Mann verliert.«

»Es ist immer tragisch, wenn jemand ermordet wird.«

»Wobei der Tod von manchen Menschen einen ganz besonders schmerzlich trifft. Sie sind jetzt für ihn zuständig? Der Name des Ermittlungsleiters wurde nicht genannt.«

»Ich bin jetzt für ihn zuständig.« Sie setzte den Weg nach oben fort, ging direkt ins Schlafzimmer und drückte auf den Knopf der Gegensprechanlage in der Wand.

»Wo ist Roarke?«

Roarke ist noch nicht zuhause.

Nicht zuhause, dachte sie und zog ihr Handy aus der Tasche, auf dem selbstverständlich eine Nachricht ihres Liebsten war.

Ich hoffe, du hast einen guten Tag, Lieutenant.

Sie zog die Jacke aus und lauschte seiner Stimme, in der stets ein Hauch von Irland schwang.

Ich musste überraschend nach Detroit, aber es dürfte nicht sehr lange dauern und ich sollte spätestens halb acht zuhause sein. Pass bis zu meiner Rückkehr gut auf meine Polizistin auf.

Das gab ihr noch ein wenig Zeit, um die Tafel aufzustellen und ihre Aufzeichnungen durchzugehen.

Oder, überlegte sie, während sich Galahad wie eine Schlange zwischen ihren Beinen wand, sie könnte erst mal dafür sorgen, dass sie einen klaren Kopf bekam.

Sie setzte sich aufs Bett, zog die Stiefel aus und streichelte den Kopf des Tiers, das neben sie gesprungen war. Dann zog sie Sportklamotten an, trat vor den Lift, und Galahad blickte sie argwöhnisch aus seinen zweifarbigen Augen an.

»Ich bin selbst kein großer Fan von diesem Ding, aber … ich komme gleich zurück«, erklärte sie, bevor die Fahrstuhltür sich schloss.

Sie hatte bisher keine Zeit gehabt, um in dem Dojo, das Roarke ihr zu Weihnachten geschenkt und während ihres kurzen Urlaubs neben dem Fitnessraum hatte errichten lassen, zu trainieren.

Jetzt aber trat sie durch die Tür des Raums und atmete tief durch.

Der Boden schimmerte in einem warmen Goldton, es gab einen kleinen Garten voll weißer Blumen und mit einem sanft plätschernden Brunnen, der Kühlschrank in der hinter einer Schiebetür versteckten Küchenzeile war mit Energydrinks und mit frischem Quellwasser bestückt.

Kaffee war hier streng verboten, was sie akzeptieren musste, auch wenn sie das irgendwie nicht richtig fand.

Hinter weiteren Paneelen gab es einen Umkleidebereich voll weißer Handtücher, Matten und mit schwarzen sowie weißen Gis, den Duschraum und den Durchgang in den Fitnessraum, falls ihr der Sinn nach einer anderen Sportart stand.

Er hatte sogar an Kunstwerke gedacht. Da er nie etwas vergaß, war das nicht wirklich überraschend. Heitere Gärten, Kirschbäume in voller Blüte, grüne Hügel, über denen noch der weiße Morgennebel hing.

Es war ein Ort der Ruhe, Disziplin und Einfachheit.

Und gleichzeitig ein hochmoderner Holoraum.

Roarke hatte ihr nicht nur das Dojo, sondern obendrein noch Unterricht bei Master Lu geschenkt. Wenn ihre Zeit es zuließ, könnte sie in seinem Studio Stunden nehmen, ihn in ihren eigenen Trainingsraum bestellen, oder wie jetzt mit seinem Hologramm trainieren.

Sie rief das Bild des Meisters auf, denn ein paar Runden schweißtreibenden Kampfsports wären jetzt nicht schlecht.

Schimmernd materialisierte sich sein Bild. Er trug das Haar zu einem langen Zopf geflochten und einen schlichten schwarzen Gi, faltete die Hände und verbeugte sich vor ihr.

»Lieutenant Dallas.«

»Master Lu. Ich danke Ihnen für die Ehre, mit Ihnen trainieren zu dürfen.«

»Sie sind eine würdige Schülerin, das heißt, dass es mir eine Freude ist.«

»In einer halben Stunde muss ich mit der Arbeit weitermachen, also …«

»… fangen wir am besten sofort an.«

»Ihr Spinning Kick ist, nun, einfach unglaublich. Ich bin bisher nie so hoch gekommen, und auch die Form hat nie wirklich gestimmt. Falls …«

»Sie sind sehr freundlich. Diese Dinge werden kommen. Aber während unserer ersten Stunde nehmen wir uns erst mal Ihre Atmung vor.«

»Meine … Atmung.«

»Atmung steht am Anfang aller Dinge. Also fangen wir mit der Atmung an«, erklärte er und trat behutsam auf sie zu. »Später kommen die Bewegungen dazu.«

Er legte eine ihrer Hände sanft auf den Bauch, die andere auf ihr Herz und schaute sie aus dunklen Augen an. »Atmen ist Leben«, klärte er sie auf. »Sie sind kein Stein, der in der Welle treibt, sondern ein Fisch, der in der Welle schwimmt. Jetzt atmen Sie ein und füllen Ihr Innerstes mit Luft und Licht. Langsam«, bat er sie. »Bewusst. Dann atmen Sie aus, spüren der Leere nach und füllen sie wieder an.«

Sie atmete gehorsam ein und aus, und als sie wieder mit dem Lift nach oben fuhr, hatte sie einen völlig klaren Kopf. Wer hätte je gedacht, dass es so viele Möglichkeiten gab, ein- und auszuatmen?

Bis sie oben ankam, war auch Roarke zurückgekehrt und stand mit offenem Hemd neben dem Bett.

Wie immer stockte ihr der Atem, die Knie wurden weich, und der Herzschlag setzte aus, als sie die seidig weichen schwarzen, beinah schulterlangen Haare und das fein gemeißelte Gesicht mit den perfekt geschwungenen Lippen und den wilden blauen Augen sah. Vor allem, weil das Leuchten seiner Augen, als er sie erblickte, nicht nur Ausdruck der Liebe, sondern alles für sie war.

»Hast du mit Master Lu trainiert?«

Sie nickte. »Ja. Er hat mir erst einmal das Atmen beigebracht. Ich dachte, dass ich wüsste, wie das geht, weil ich sonst schließlich nicht am Leben wäre, aber offenbar habe ich mich geirrt.

Wusstest du, dass man bis in die Zehen atmen kann? Ich konnte meinen Atem wirklich in den Zehen spüren. Ich weiß, dass das total idiotisch klingt, aber es war tatsächlich so.«

Lachend streckte er die Arme nach ihr aus und zog sie eng an seine Brust. »Du warst der Fisch und nicht der Kieselstein. Ich habe mir die ersten Lektionen angesehen. Doch jetzt zu dem, was mir den ganzen Tag gefehlt hat«, meinte er und presste ihr die Lippen auf den Mund, als hauche er ihr frische Luft und neues Leben ein. »Ich habe mich daran gewöhnt, dass ich dich ständig in der Nähe habe und dich nach Belieben küssen kann.«

»Inzwischen hat die Wirklichkeit uns wieder eingeholt. Was hast du in Detroit gemacht?«

»Ich musste nur ein paar Schrauben anziehen, die ein bisschen locker waren«, erklärte er und sah sie fragend an. »Und du hast schon den ersten Mord des Jahres reingekriegt?«

»Ich schätze, dass es während meines Urlaubs auch noch ein paar Morde gab.«

»Wahrscheinlich«, stimmte er ihr zu. »Dorian Kuper, der Cellist.«

»Kanntest du ihn?«

»Nein.« Er schüttelte den Kopf und trat einen Schritt zurück. »Aber ich habe ihn mal spielen gehört. Wie ist er gestorben? In den Nachrichten haben sie nicht viel dazu gesagt.«

»Sie haben ihn zwei Tage lang gefoltert und ihn dann am Ende aufgeschlitzt.«

Roarke zog einen grauen Wollpullover an, und Eve war überrascht, weil diese Farbe, die in Tinas Wohnung derart langweilig und fade ausgesehen hatte, wenn ihr Mann sie trug, so warm und elegant wirkte.

»Die Wirklichkeit hat uns tatsächlich eingeholt«, murmelte er. »Sie? Dann wisst ihr also schon, wer ihn ermordet hat?«

»Noch nicht. Wir wissen nur, dass es ein Pärchen war und dass es vor ihm bereits jede Menge anderer Opfer gab.«

»Das klingt, als solltest du mir, während wir ein Gläschen Rotwein trinken und etwas essen, alles ganz genau erzählen.«

»Das Gläschen Wein wäre nicht schlecht. Sadisten, die sich durch die Folter und Ermordung fremder Menschen einen ganz besonderen sexuellen Kick verschaffen«, fing sie auf dem Weg in Richtung ihres Arbeitszimmers an.

Sie konnte mit ihm reden wie mit einem anderen Cop. Der Vergleich täte ihm selbst wahrscheinlich weh, aber er konnte denken wie ein Polizist und tat es auch.

Während sie die Bilder an die Tafel hängte, wählte er das Abendessen aus. Was hieß, dass es wahrscheinlich keine Pizza geben würde, aber es gehörte eben zu den Regeln einer Ehe, dass man Kompromisse schloss. Er machte sie auf jeden Fall, und zwar schon dadurch, dass er an dem kleinen Tisch in ihrem Arbeitszimmer gegenüber einer Tafel voller Aufnahmen eines Folteropfers aß.

»Dann war New York also ihr Ziel.«

»Ob sie sich langfristig hier niederlassen wollen, kann ich noch nicht sagen, aber wenn man sich die Route ansieht, die sie bisher genommen haben, wollten sie von Anfang an hierher. Die Strecke führt zwar nicht direkt hierher, aber nach jeder Abweichung setzten sie die Fahrt Richtung Nordosten fort.«

Sie nahm das Glas, das er ihr hinhielt, zeigte damit auf die Karte und fuhr ihrerseits mit der Rede fort: »Für mich sehen die Abweichungen nach kleinen Abstechern in die Umgebung aus. Vielleicht zum Tanken oder Essen, weil es irgendwas zu sehen gibt oder man ein bisschen abseits seines eigentlichen Wegs jemanden kennt.«

»Aber am Ende fahren sie immer wieder nach Nordosten«, stimmte er ihr nickend zu. »Haben sie den Opfern irgendetwas abgenommen?«

Er dachte wirklich wie ein Polizist, ging es ihr nochmals durch den Kopf. »Das Fahrzeug oder manchmal auch nur Fahrzeugteile, Schmuck und Bargeld, falls es welches gab. Die meisten der bekannten Opfer waren Nutten, Obdachlose oder so, aber sie haben auch andere ins Visier genommen und sich diese Opfer häufig in entlegenen Gegenden gesucht. Zum Beispiel haben sie eine alleinlebende Frau von über 70 überfallen, in ihrem eigenen Haus gefoltert und ermordet und die Wertsachen, die sich problemlos transportieren ließen, eingesackt. In einer dunklen Nebenstraße haben sie einen jungen Mann von 20 auf dem Heimweg aus der Kneipe einkassiert und in eine leer stehende Waldhütte verschleppt.«

»Haben sie niemals irgendwelche Spuren hinterlassen?«

»Nein. Sie machen immer gründlich sauber, vielleicht haben sie auch Schutzanzüge an und sprühen sich die Hände und die Schuhe ein oder die SpuSi hat bisher immer geschlampt.« Es waren einfach zu viele Fälle, um sie alle einzeln durchzugehen. »Ich weiß es nicht genau. Mindestens einer von den beiden ist organisiert genug, um vorsichtig zu sein. Es wurden bisher nicht alle Tatorte gefunden, denn die Killer lassen ihre Opfer in der Regel nicht an den Orten zurück, wo sie gefoltert worden sind. Sie wickeln sie in Plastikplanen und entsorgen sie ein gutes Stück entfernt.«

»Vielleicht sieht's also ab und zu so aus, als ob in einem Haus oder in einer Wohnung eingebrochen worden wäre, aber ohne Blut und andere Spuren, deshalb kommt man nicht auf Mord.«

»Genau. Bis die Leiche dann entdeckt wird, sind die Spuren am Tatort längst verwischt. Aber dazu haben die Täter bisher auch noch jede Menge Glück gehabt. Sie sind organisiert und vorsichtig, aber sie haben bisher auch einfach Glück gehabt.«

»Lass uns jetzt erst mal essen.« Er nahm ihre Hand und führte sie zum Tisch.

Die Schweinemedaillons mit dunklen Saucetupfern, die goldbraun gebratenen Rosmarinkartoffeln und das bunte, knackige Gemüse auf den viereckigen weißen Tellern sahen einfach köstlich aus, wieder einmal dachte Eve, dass Roarke im Umgang mit dem AutoChef erheblich kreativer war als sie.

»Das Herz und diese Initialen«, fing er an.

»Sie sind die Signatur der beiden.«

»Ja, aber zugleich sind sie ein Statement, oder nicht? Sie sagen damit aus, dass sie nicht nur gemeinsam morden, sondern dass sie auch zusammen *sind.*«

»Wahre Liebe.«

»Nun, zumindest bilden sich die zwei das sicher ein. Darauf weisen das Herz mit ihren Initialen und die Tatsache, dass sie sich an den Opfern nicht auch sexuell vergehen, hin.«

»Weil sie einander treu sind und nicht fremdgehen wollen.«

»Was hättest du ohne dieses Herz gedacht?«

Nachdenklich schob sie sich einen Bissen Fleisch mit wirklich feiner Sauce in den Mund. »Es hätte trotzdem immer noch nach Teamwork ausgesehen. Natürlich hätte auch einer allein jemanden auswählen, ködern, niederschlagen, foltern und ermorden können. Aber da die Opfer grundverschieden waren, hätte ich wahrscheinlich trotzdem auf ein Team getippt. Denn eine Frau macht sicher nicht so einfach auf und hält auch sicher nicht so einfach an, wenn nachts ein Fremder bei ihr klingelt oder wenn sie einen Mann am Rand der Straße stehen sieht. Genauso braucht man für die Masche mit dem schweren Gegenstand, den man allein nicht heben kann, eher eine Frau als einen Mann. Aber die beiden toten Nutten waren nur für Männer lizensiert, was meiner Meinung nach bedeutet, dass der angebliche Freier männlich war.«

»Du hättest also trotzdem auf ein Team getippt. Auf einen Mann und eine Frau.«

»Wahrscheinlich«, stimmte sie ihm zu. »Ich hätte zwar nicht ausgeschlossen, dass es vielleicht auch ein Einzeltäter ist, aber ich hätte eher auf einen Mann und eine Frau getippt. Aber ...« Sie schob sich ein Stück Kartoffel in den Mund. »Ohne das Herz hätte ich sie wahrscheinlich nicht als Paar gesehen. Ich hätte zwar an Sex gedacht, aber an Liebe oder an Romantik sicher nicht.« Mit einem neuerlichen Nicken fügte sie hinzu: »Sie wollen als Liebespaar gesehen werden. Interessant.«

»Was war der Auslöser für diese Taten?«

Lächelnd kostete sie das Gemüse, auch wenn das bestimmt nicht unter ihre Lieblingsspeisen fiel. »Nicht alle Kriminelle können wie Polizisten denken.«

»Die erfolgreichen können das auf jeden Fall. Und das verlernen sie auch nicht, wenn sie geläutert sind.« Er sah sie ausdruckslos über den Rand von seinem Weinglas hinweg an. »Sie sind bestimmt nicht einfach eines Morgens wach geworden und haben sich gesagt, wie wäre es mit einer Spritztour und damit, uns jemanden zu suchen, den wir foltern und dann umbringen können. Dafür hat es doch ganz sicher irgendeines Auslösers bedurft. Vielleicht hat ja einer von den beiden jemanden im Zorn getötet, um dem anderen beizustehen, oder einfach aus Versehen.«

»So könnte es gewesen sein«, pflichtete Eve ihm bei. »Oder sie haben bei der Begehung eines anderen Verbrechens zufällig herausgefunden, dass es geil ist, anderen Schmerzen zuzufügen. Oder einer von den beiden hatte immer schon dieses perverse Hobby und hat dann den anderen darin eingeführt.«

Roarke blickte auf die Tafel. »Dann scheinen sie aber ziemlich talentierte Hobbyfolterer zu sein.«

»Richtig. Und das ist es, wo es für mich hakt. Wie wird man gut in irgendwas?«

»Als Erstes braucht man wirkliches Interesse und ein angeborenes Talent. Aber zusätzlich braucht man auch noch jede Menge Übung, wenn man es bis ganz nach oben schaffen will. Sie haben nicht erst mit dem ersten Opfer an dieser Tafel angefangen.«

»Wahrscheinlich nicht. Ihr Vorgehen ist langsam, aber sicher immer weiter eskaliert. Die Zeiträume verkürzen sich, und obwohl es so scheint, haben sie zwischendurch bestimmt nicht immer wieder mal für längere Zeit pausiert. Vor allem haben sie ihre Opfer immer länger malträtiert, bis sie am Schluss bei 48 Stunden waren. Ihr Vorgehen ist zu glatt, als dass es mit dem ersten Opfer an der Tafel angefangen haben kann. Und in den vorgeblichen Ruhephasen …«

»… haben sie irgendwelche Leute umgebracht, die man entweder bisher noch nicht gefunden oder ihnen nicht zugeschrieben hat.«

»Das ist der Punkt, an dem das FBI und ich verschiedener

Meinung sind. Deren Profiler gehen davon aus, dass diese 20 oder jetzt mit Kuper 21 Opfer alle sind. Ich selber denke, dass sie in den angeblichen Ruhephasen Menschen ermordet haben, die bisher noch nicht gefunden worden sind. Killer wie die beiden machen keine Pausen, wenn sie nicht dazu gezwungen sind. Zwar kann das FBI nicht ausschließen, dass es tatsächlich weitere Opfer während dieser Phasen gab, aber sie konzentrieren sich erst mal auf die 20 und auf diesen Weg und denken, dass es mit der Frau in Nashville angefangen hat. Vor allem aber haben sie jede Menge Zeit damit vergeudet, ausführlich zu diskutieren, ob die beiden Serienkiller oder Amokläufer sind.«

»Ich glaube kaum, dass diese Unterscheidung für die Opfer und die Hinterbliebenen von Interesse ist.«

»Genau. Ich schätze also, dass es weitere Opfer gab. Außerdem waren sie alle unterschiedlich, wurden also willkürlich gewählt. Die Täter sind Sadisten, die zwar zu Gefühlen in der Lage sind, sich dabei aber einzig aufeinander konzentrieren. Wahrscheinlich haben wir's mit einem Mann und einer Frau zu tun, die durchaus attraktiv und ihrem Aussehen und Verhalten nach vollkommen ungefährlich sind. Bei keiner der Vernehmungen hat bisher irgendwer von einem Individuum oder Individuen gesprochen, die ihm seltsam vorkamen oder auf irgendeine Weise aufgefallen wären.«

»Sie können sich also anpassen.«

»Auf alle Fälle weit genug, dass niemand sich an sie erinnern kann. Vor allem ist ein Pärchen sowieso erst einmal ziemlich unverdächtig. Wenn sie irgendwo was trinken oder ein Motelzimmer beziehen, wirkt das total normal. Auch die Wagen, die sie den Opfern klauen, bringen uns nicht weiter, denn bis wir nach einem Wagen suchen, haben sie ihn längst schon gegen einen anderen eingetauscht.«

»Es ist etwas zu früh, um schon frustriert zu sein«, bemerkte Roarke.

»Mit Blick auf Kuper hast du recht, aber wenn man das Gesamtbild nimmt, hinken wir geradezu erschreckend hinterher.

Ich habe jede Menge Infos, aber bisher nichts, was mich tatsächlich auf die Spur des Pärchens bringt.«

»Was wirst du als Nächstes tun?«

»Ich gehe weiterhin dem Mord an Kuper nach. Warum haben sie sich für die Entführung gerade diese Gegend ausgesucht? War es reine Willkür, oder gab es dafür einen Grund? Wir haben einen Zeugen, der den Wagen an der Straße hat stehen sehen, und gehen der Sache weiter nach. Ein dunkler Lieferwagen oder SUV, wobei es seiner Meinung nach wohl eher ein Lieferwagen war. Wir tun für Kuper, was wir können, aber zuerst müssen wir das erste Opfer finden. Müssen von dem ersten uns bekannten Opfer rückwärtsgehen und nach Vermissten und nach ungelösten Todesfällen suchen, weil der erste Mord der Auslöser von jedem weiteren war.«

»Macht das denn nicht das FBI?«

»Sie konzentrieren sich vor allem auf den ersten, uns bisher bekannten, Mord, und arbeiten sich von dort aus vor. Ich muss die Polizei südwestlich dieses Tatorts kontaktieren. Ausreißer, Vermisste, Unfälle und ungelöste Todesfälle«, fügte sie hinzu.

»Das klingt echt amüsant.«

»Ganz sicher nicht.« Sie atmete vernehmlich aus und griff nach ihrem Glas. »Dazu werde ich ein paar Wahrscheinlichkeitsberechnungen unter Einbeziehung ihrer Route durchführen, um rauszufinden, wo es vielleicht angefangen hat.«

»Das kann ich doch übernehmen, das kriege ich sicher deutlich schneller hin als du«, bot Roarke ihr an. »Schließlich gibt es bisher keine Konten oder so, die ich mir ansehen kann. Also amüsiere ich mich trostweise mit ein bisschen Geografie.«

»Meinetwegen. Danke.« Sie schnitt in das nächste Schweinemedaillon. »Dieses Pärchen kommt irgendwoher, was ebenfalls ein Schlüssel ist. Sie sind bei Eltern oder Pflegeeltern aufgewachsen, waren in der Schule und haben von irgendwoher Geld gekriegt. Ihrem Profil nach hat entweder einer von den beiden oder haben beide bereits irgendwelche Vorstrafen und ist beziehungsweise sind wahrscheinlich als gewaltbereit bekannt.«

»Eine gemeinsame Geschichte?«, überlegte Roarke. »Das könnte die Verbindung sein.«

»Ich glaube nicht, dass sie sich schon seit Jahren kennen«, widersprach ihm Eve. »Außer, diese Morde hätten bereits vor Jahren angefangen, aber ich kann mir nicht vorstellen, dass sie derart lange damit durchgekommen wären, ohne aufzufallen. Sie sind auch keine Teenies mehr. Denn Teenies fallen den Leuten auf. Ja, genau, ich habe dort zwei junge Leute abhängen sehen. Warum waren sie nicht in der Schule? Was für einen Unsinn haben sie wohl ausgeheckt? Auch mit Anfang 20 hätten sie bestimmt noch nicht die planerischen Fähigkeiten, um gezielt ein Opfer ins Visier zu nehmen, einen Ort zu suchen, wo man jemanden gefangen halten kann, und alle Spuren zu verwischen, wenn sie mit ihm fertig sind. Aber über Mitte 30 werden sie wahrscheinlich auch nicht sein.«

»Warum nicht?«

»Weil ich mir nicht vorstellen kann, dass jemand den Impuls zu foltern und zu töten derart lange hätte unterdrücken können. Denn sie hatten ihn schon länger in sich, es hat einfach nur der Auslöser gefehlt. Ich gehe davon aus, dass jeder, wenn die Umstände ihn dazu zwingen, töten kann. Bei Folter aber sieht es anders aus. Vor allem foltert kaum ein Mensch jemals zum Spaß oder weil er sich einredet, dass das romantisch ist.«

Sie schob den fast leeren Teller fort. »Würdest du für mich töten?«

»Selbstverständlich würde ich das tun.«

»Mein Gott, das sagst du, ohne wenigstens einen Augenblick darüber nachzudenken.«

»Weil ich das nicht muss. Überleg doch einmal selber, wer wir beide sind. Wir sind beide fähig, einen anderen Menschen umzubringen, das haben wir beide auch bereits getan. Wobei es dafür jeweils … gute Gründe gab. Würde ich töten, um dich zu beschützen, dich zu retten oder dich vor Schaden zu bewahren? Auf jeden Fall. Würde ich töten, weil du sagst, tu mir einen Gefallen und bring diesen oder jenen Typ um? Darüber brauche ich nicht nachzudenken, denn das würdest du mich niemals fragen.«

»Und wenn ich es täte?«

Er genehmigte sich einen letzten großen Schluck von seinem Wein. »Dann müssten wir uns ernsthaft unterhalten.«

»Gut.« Das reichte ihr, aber noch einmal blickte sie ihn fragend an. »Würdest du auch für mich foltern?«

Er zog die Brauen hoch. »Ich finde, dass die Unterhaltung langsam eine sonderbare Richtung nimmt. Aber meinetwegen spielen wir es durch. Wenn ich dächte, dass ich keine andere Chance hätte, dich vor Schaden zu bewahren oder zu retten, wäre ich ganz sicher in der Lage, einem Menschen wehzutun. Aber würde mir das einen sexuellen Kick verschaffen? Sicher nicht. Jemand anderem vorsätzlich Schmerzen zuzufügen ist ein hässliches Geschäft. Das wissen wir wahrscheinlich besser als die meisten anderen, weil wir selbst in unserer Kindheit körperlich und auch emotional misshandelt worden sind.«

Sie nickte zustimmend. »Aber es gibt auch Menschen, die misshandelt wurden und das später selber tun. Also muss ich sehen, ob meine Täter vielleicht selbst misshandelt worden sind. Vielleicht hat ihnen ja ein Elternteil, eine Autoritätsfigur, ein Partner wehgetan. Jetzt haben sie plötzlich die Kontrolle und sind plötzlich selber in der Lage, anderen wehzutun.«

Sie stand auf, trat vor die Tafel und fuhr fort: »Aber das tun sie nicht aus Rache, sondern weil sich's gut anfühlt. Wer hätte je gedacht, wie toll und aufregend das Zufügen von Schmerzen ist. Jetzt, wo sie es wissen, können sie nicht mehr aufhören.«

»Du denkst, dass es für sie zur Sucht geworden ist.«

»Genau. Das ist ebenfalls ein Grund, weshalb es nicht in Nashville angefangen hat.« Sie tippte auf das Bild der Frau, die dort gefoltert und ermordet worden war. »Das hier hat sie nicht auf den Geschmack gebracht. Sie wussten schon, wie es sich anfühlen würde. Doch beim ersten Mal waren sie noch überrascht. Vielleicht könnten wir sagen, dass das eine Offenbarung für sie war. Ich weiß, was sie für Typen sind. Ich kann mir vorstellen, was sie sind. Aber wer sie sind und was der Auslöser für ihre Taten ist, weiß ich noch nicht.«

Auch Roarke stand auf, trat hinter sie, legte ihr seine Hände auf die Schultern und küsste sie zärtlich auf den Kopf. »Das macht dir vor allem deshalb Angst, weil es schon bald das nächste Opfer geben wird.«

»Soweit wir wissen, waren sie bisher nie in einer Großstadt wie New York. Hier haben sie die freie Auswahl, was bestimmt sehr aufregend und motivierend für sie ist.«

»Also wollen sie sich möglichst schnell das nächste Opfer schnappen.«

»Wahrscheinlich haben sie entweder schon jemand Neuen oder schlagen innerhalb der nächsten 24 Stunden wieder zu. Wenn nicht, wäre ich wirklich überrascht. Das letzte Opfer in New Jersey haben sie weniger als eine Woche vor dem Kidnapping von Dorian entführt. Süchtige verlangt es immer schneller nach dem nächsten Kick. Es wird also bestimmt nicht lange dauern, bis sie sich das nächste Opfer holen.«

»Dann mache ich mich jetzt an die Arbeit und versuche rauszufinden, wo es angefangen hat.«

»Danke. Und auch danke für das feine Essen, das du uns serviert hast. Dafür räume ich die Spülmaschine ein.«

»Okay.« Er tippte mit dem Finger auf das flache Grübchen in der Mitte ihres Kinns. »Trotz oder wegen all dieser Dinge ist es gut, wieder daheim zu sein.«

Nachdem er in sein eigenes Büro gegangen war, trug Eve die Teller in die Küche und klappte die Tür der Spülmaschine auf. Sie waren ein wirklich gutes Team und arbeiteten sehr gut zusammen, dachte sie. Die Polizistin und der ehemalige Verbrecher. Der inzwischen unermesslich reiche Mann, der aus der Gosse Dublins stammte, und die Frau, die ihren relativ bescheidenen Lebensunterhalt als Cop verdiente, nachdem sie der Hölle ihrer ersten Lebensjahre und danach dem Heim entkommen war.

Dass sie beide so gut zusammenpassten, eine derart wunderbare Einheit bildeten und dem jeweils anderen einmal die Welt bedeuten würden, hätte anfangs weder sie noch sonst jemand gedacht.

Wahrscheinlich waren die Killer, die sie suchte, auf den ersten Blick kein absolut unpassendes Paar. Denn solche Dinge fielen den Menschen auf. Wahrscheinlich sahen sie aus, als ob sie zueinander passen würden. Wie ein ganz normales Paar.

Auf alle Fälle arbeiteten sie wirklich gut zusammen.

Eve dachte abermals an Roarke und daran, wie problemlos sie auf seinen Vorschlag, ihr bei offiziellen Ermittlungen zu helfen, eingegangen war.

Vertrauen, wurde ihr bewusst. Es reichte nicht, wenn man sich zueinander hingezogen fühlte und gemeinsam einen Plan entwarf. Zu einem echten Team gehörte neben diesen Dingen auch Vertrauen.

Mit dem Gedanken nahm sie wieder hinter ihrem Schreibtisch Platz und ging noch einmal die Aufzeichnungen durch.

7

Sie las Baxters Zusammenfassung der Vernehmungen und hörte sich die Aufnahmen aus dem Verhörraum an. Wie nicht anders zu erwarten, fiel ihr nichts Besonderes dabei auf, doch sie vermittelten ihr einen Eindruck davon, wie sich Trueheart während der Gespräche schlug.

Mit seiner unschuldigen, mitfühlenden Art glich er die kühle Raffiniertheit seines Partners aus. Doch schließlich waren die zwei ein eingespieltes Team, und um zu sehen, wie er außerhalb seiner Komfortzone zurechtkam, ließe sie ihn besser noch ein paar Vernehmungen im Gespann mit anderen Detectives führen.

Sie schickte Mira und ihrem Commander einen weiteren Bericht, in dem es darum ging, dass Kuper offenbar das bisher letzte Zufallsopfer zweier unbekannter Serienkiller war. Dann rief sie Morris an, berichtete von ihrer Unterhaltung mit der ernsten Tina, und als er erzählte, dass die Mutter ihres Opfers wissen wollte, wann man ihr den Toten endlich überließe, schlug sie eine möglichst umgehende Freigabe des Leichnams vor.

Es hätte keinen Sinn, das Elend zu verlängern. Kupers Körper hatte ihnen alles mitgeteilt, was es noch mitzuteilen gab, und es verdient, dass er jetzt seine letzte Ruhe fand.

Als Nächstes sprach sie mit zwei weiteren Ermittlungsleitern, doch die langen, gewundenen Gespräche brachten außer dem Versprechen, auch in Zukunft alle Infos, die man hatte, auszutauschen, nicht viel ein.

Als Roarke aus seinem Arbeitszimmer kam, stellte sie weitere Wahrscheinlichkeitsberechnungen zu dem Opfer in New Jersey an.

»Es gibt verschiedene Routen, die sie hätten nehmen können«, fing er an. »Diese drei sind die wahrscheinlichsten, wobei es auch auf diesen Strecken noch verschiedene Möglichkeiten gibt.«

»Kann ich sie auf dem Bildschirm sehen?«

Er rief sie auf. »Die erste führt von Texas über Louisiana, Arkansas und Mississippi bis nach Nashville, wo's das erste euch bisher bekannte Opfer gab. Die umkreisten Orte zeigen andere potenzielle Stopps in Tennessee und kurz hinter der Grenze von Missouri in Kentucky, was die erste Lücke kurz vor West Virginia schließen würde und den zweiten Ort in West Virginia umfasst. Eine andere Strecke durchs westliche Maryland schließt die Lücke, die es vor Ohio gab. Dann bleiben zwei in Pennsylvania, aber der Computer und auch ich fänden es ziemlich ungewöhnlich, wenn sie dort nicht auf die Jagd gegangen wären, deshalb gibt es sicher auch ein Opfer, kurz bevor sie nach New Jersey und dann weiter nach New York gekommen sind.«

»Sie hätten also ein paar Umwege gemacht, wären aber trotzdem beinah auf direktem Weg Richtung Nordost gefahren.«

»Die zweite Route kommt aus Richtung Westen. Angefangen habe ich in Kalifornien, dann bin ich weiter durch Nevada, Arizona und New Mexico, entlang der texanischen Grenze bis nach Oklahoma und von dort wie auf dem ersten Weg nach Arkansas und weiter nach New York gezogen.«

»Kalifornien. Wenn sie derart weit im Westen losgefahren wären, hätten sie doch sicher jede Menge Zeit gebraucht.« Und hätten jede Menge bisher unbekannter Opfer hinterlassen können, überlegte Eve.

»Das stimmt. Dann wären sie in einem Bogen erst Richtung Südosten und danach Richtung Nordost gefahren. Auf der letzten Route wären sie warum auch immer nach Tennessee gefahren und hätten dann urplötzlich einen anderen Weg gewählt. Dann wären sie ursprünglich aus Florida gekommen, wären durch Alabama, Georgia, Mississippi bis nach Nashville, Tennessee, gefahren und von dort aus weiter nach New York.«

»Wie groß ist die Wahrscheinlichkeit, dass sie die jeweilige Route eingeschlagen haben?«

»Zwischen 70,2 und 73,4 Prozent. Ohne genauere Infos kriege ich's nicht besser hin.«

»Dann nehmen wir erst mal den dritten Weg.« Sie blickte auf die Karte und versuchte, sich die Strecke vorzustellen. »Sie kommen also aus dem Süden, wo es warm und sonnig ist. Gestartet sind sie meiner Meinung nach im Herbst, aber der Winter stand schon vor der Tür. Natürlich kommt es vor, dass Leute aus der Wärme und der Sonne in die Kälte fahren, aber wenn man im Blutrausch ist und damit in der Wärme und der Sonne angefangen hat, könnte man doch einfach bis zum Frühjahr warten, wenn man in den kalten Norden fahren will.«

»Vielleicht war ja New York ihr eigentliches Ziel«, rief er ihr in Erinnerung.

»Wahrscheinlich. Schließlich lockt der Glanz der Großstadt jede Menge Menschen an. Aber warum haben sie dann nicht versucht, schon vor den Feiertagen hier zu sein? Um all den weihnachtlichen Glanz und all den Lichterschmuck zu sehen? Der zieht die Leute schließlich scharenweise an. Und weshalb hätten sie die Wärme Floridas gegen die Eiseskälte, die hier in New York herrscht, tauschen sollen? So, wie die Menschen sind, glaube ich nicht, dass sie aus Florida hierhergekommen sind. Diese zweite Route, die in Kalifornien beginnt ...«

Nachdenklich umrundete sie ihre Tafel und sah wieder auf den Monitor. »Mit Kalifornien ist es meiner Meinung nach genauso wie mit Florida, aber vielleicht ist dort oder in Florida ja irgendwas passiert und sie mussten abhauen. Aus Richtung Südosten wären sie länger unterwegs gewesen, vielleicht sind sie also schon im Sommer gestartet. Haben nicht daran gedacht, dass irgendwann der Winter kommt, und haben sich einfach auf den Weg gemacht. Wofür es aber bisher keinerlei Beweise gibt.«

»Ich schätze, dass es irgendwo in Arizona, in New Mexico oder in Oklahoma angefangen hat«, erklärte Roarke. »Ich glaube nicht, dass sie beim ersten Mal schon weiter nördlich waren.«

»Wahrscheinlich hast du recht.« Abermals studierte sie die Karte, schob die Daumen in die Hosentaschen, trommelte mit den Fingern auf den Oberschenkeln herum und versuchte, sich den Weg der beiden vorzustellen. »Aber sie hätten genauso gut weiter im Westen angefangen haben können. Dem zeitlichen Ablauf nach könnte es hier begonnen haben. Welcher Staat ist das?«

»New Mexico.«

»Warum geben diese Kartenleute Orten oder Staaten immer irgendwelche Namen, die's schon gibt, und klatschen nur ein ›New‹ davor?«

»Fragt die New Yorkerin.«

»Was keine Antwort ist. Wenn sie Mexiko, die Hampshires oder York so lieben, warum bleiben sie nicht einfach dort? Wie dem auch sei, gehe ich davon aus, dass es im neuen Mexiko oder in diesem Teil von Texas oder Oklahoma angefangen hat. Dann hätten sie den ersten Weg gewählt. Aus dem südöstlichen Texas über Louisiana, Mississippi, Arkansas nach ... Warum spricht man Arkansas im Übrigen als Arkan-ssso? Hatte man in Kansas was dagegen, dass der Staat Ar-Kans*as* heißt?«

»Gute Frage«, stimmte Roarke ihr diesmal überraschend zu. »Aber ich weiß es nicht.«

»Das spielt für meinen Fall natürlich keine Rolle, trotzdem ist es seltsam, findest du nicht auch?«, stellte sie fest und wandte sich dann wieder ihrem eigentlichen Thema zu. »Aus meiner Sicht haben sie den zweiten Weg gewählt.«

Auch darin war er ihrer Meinung, trotzdem fragte er: »Warum?«

»Ist nur so ein Gefühl. Ich kann mir irgendwie gut vorstellen, dass es aus dem Süden Richtung Norden, aus der Wärme in die Kälte ging.«

»Ich habe auch schon auf den zweiten Weg getippt«, erklärte er. »Was vielleicht einfach daran liegt, dass ich deine Gedanken meistens sehr gut nachvollziehen kann.«

»Oder vielleicht daran, dass es stimmt. Natürlich werden wir auch auf den beiden anderen Routen nach Vermissten und nach ungeklärten Todesfällen suchen, doch vor allem werde ich mich auf die zweite Route konzentrieren.«

Sie griff nach ihrem Kaffee, merkte, dass er nicht mehr auf dem Schreibtisch stand, und runzelte die Stirn, bevor Roarke ihr den Becher, den er selbst fast leer getrunken hatte, überließ.

»Das hast du gut gemacht«, erklärte sie. »Damit können wir arbeiten, bis es das nächste Opfer gibt.«

Er zerzauste ihr das auch schon vorher wirre Haar. »Das nenne ich positives Denken.«

»Allerdings. Ich bin mir völlig sicher, dass es bald das nächste Opfer geben wird. Obwohl das sicher ziemlich herzlos klingt, wird uns das nächste Opfer vielleicht endlich auf die Spur der beiden führen.«

Sie sah sich abermals die Karte an und schüttelte den Kopf. »Am besten arbeiten wir erst mal rückwärts, bis wir wissen, wo genau sie aufgebrochen sind. Ich schicke ihre potenziellen Routen raus, und Peabody kann schon mal anfangen, sich bei den Kollegen in den Orten an der ersten Strecke umzuhören.«

»Und ich versuche rauszufinden, ob es irgendwelche ungelösten Fälle auf der dritten Strecke gibt. Auch wenn das vielleicht nur den Sinn hat, dass du sie streichen kannst.«

»Du hast für einen Abend doch bereits genügend langweilige Polizeiarbeit geleistet.« Außerdem hatte er sich sicher jede Menge eigene Arbeit aus der Firma mitgebracht.

»Langweilig genug, dass ich mich gleichzeitig auf meine eigene, nicht ganz so langweilige Arbeit konzentrieren kann.«

»Dafür schulde ich dir was.«

»Wir finden sicher einen Weg, auf dem du dich erkenntlich zeigen kannst.«

»Du weißt natürlich schon, auf welche Art.«

Lachend zog er sie an seine Brust und presste ihr die Lippen auf den Mund. »Das macht mich zum reichsten Mann der Welt.«

»Als ob du der nicht längst schon wärst.«

»Erst, seit ich mit dir zusammen bin.« Jetzt küsste er sie zärtlich auf die Stirn. »Denn ohne dich ist aller Reichtum dieser Welt nichts wert.«

Das meinte er tatsächlich ernst, ging es ihr auf dem Weg zurück zu ihrem Schreibtisch durch den Kopf. Sie konnte es auch verstehen, weil es ihr andersrum genauso ging. Früher war das Einzige, woran ihr wirklich etwas gelegen hatte, ihre Dienstmarke gewesen.

Aber diese Zeiten waren ein für alle Mal vorbei.

Sie schickte Peabody die erste potenzielle Reiseroute der Täter zu und nahm sich selbst die zweite vor. Klinkte sich in die Dateien des IRCCA, teilte dann den Weg nach einzelnen Regionen auf und suchte nach Vermissten, ungelösten Todesfällen oder Fällen, in denen es um beides ging.

Wie immer dauerte die Suche eine halbe Ewigkeit, bis die ersten Resultate kamen, kehrte sie zurück an ihre Tafel und wählte dort willkürlich ein Opfer aus.

Zurück am Schreibtisch, nahm sie sich die Akte dieses Falls vor und fragte sich, ob sie bei den Ermittlungen anders vorgegangen wäre, ob es irgendwelche Lücken gab, die sie womöglich ausfüllen könnte, ob ein Muster zu erkennen war.

Typisch Serienkiller, legten die Täter zwischen den verschiedenen Morden immer kürzere Pausen ein und gingen bei der Folter ihrer Opfer immer ausdauernder und brutaler vor.

Zwischen dem Tod des ersten Eve bekannten Opfers und dem zweiten Mord waren zehn Tage ins Land gegangen, während Kuper schon vier Tage nach dem Opfer in New Jersey von den beiden aufgegriffen worden war. Zudem war die Frau in Nashville schon nach weniger als einem Tag verstorben, während Dorian Kuper erst nach 49 Stunden tot gewesen war.

Jetzt waren sie endlich in der Großstadt angekommen und wollten sich bestimmt hier niederlassen, denn wahrscheinlich hatten sie von all den kleinen Ortschaften an all den Nebenstraßen endgültig die Nase voll.

Eve blickte durch das Fenster ihres Arbeitszimmers in die Dunkelheit.

Wahrscheinlich hatten sie sich längst schon wieder jemanden geschnappt oder waren jetzt gerade auf Entführungstour. Eve hätte also ungefähr zwei Tage Zeit, um ihren Unterschlupf zu finden und das jüngste Opfer zu befreien.

Sie riss schockiert die Augen auf, als sie die Resultate ihrer Suche sah. Zu viele als vermisst gemeldete Personen wurden immer noch vermisst, und allzu viele ungeklärte Todesfälle hatten die Kollegen in den Ortschaften entlang der Strecke bisher nicht gelöst. Am besten konzentrierte sie sich also auf die Todesfälle von Personen, die zuvor verschwunden waren.

»Ich habe hier zwei Todesfälle, die dich interessieren könnten«, sagte Roarke und zog die Brauen hoch, als er das Blitzen ihrer Augen sah. »Du bist ihnen offensichtlich ebenfalls schon auf der Spur.«

»Südöstliches Missouri. Dieser kleine Zipfel zwischen Arkansas und Tennessee.«

»In einem Nest mit Namen Cutter's Bend.«

Sie blickte auf. »Genau.«

»Der Ort ist gerade noch auf meiner Karte drauf. Ein junger Kerl von 19 Jahren, der an einem milden Abend im September auf dem Sportplatz war und dann nicht mehr nach Hause kam.«

»Seine Leiche wurde eine knappe Woche später irgendwo in einem Wald drüben in Tennessee entdeckt. Die Leiche war von irgendwelchen Tieren angeknabbert worden und schon ziemlich stark verwest. Aber das gebrochene Handgelenk, die gebrochenen Finger, die diversen Schnitt- und Stichwunden und auch die Fesselspuren an den Überresten seiner Hand- und Fußgelenke waren noch feststellbar. Spuren von sexuellem Missbrauch gab es nicht, aber er hatte einen Schlag mit einem stumpfen Gegenstand gegen den Hinterkopf erhalten und wies mehrere Verbrennungen an den Armen und den Beinen auf.«

»Er verschwand zehn Tage vor der Frau in Nashville, vielleicht waren die Verwesung oder auch die wilden Tiere schuld, dass man kein Herz bei ihm gefunden hat. Wenn man diesem Opfer …«

»Noah Paston.«

»Richtig, wenn man von Paston und von Cutter's Bend aus weiter rückwärtsgeht, kommt man zu Ava Enderson.«

Roarke nahm auf der Kante ihres Schreibtischs Platz. »Die habe ich noch nicht entdeckt.«

»Was vielleicht daran liegt, dass sie bisher noch nicht gefunden wurde. Sie verschwand zu der Zeit, als die beiden Kinder über Pastons Überreste in dem Wald gestolpert sind. Sie war allein von Memphis Richtung Nashville unterwegs und wurde zum letzten Mal gesehen, als sie circa zehn Meilen von der Schnellstraße entfernt in einem Diner saß. Die Bedienung hat gesagt, sie wäre wirklich nett gewesen und sie hätte ihr erzählt, sie wollte sich am nächsten Tag mit ein paar Freundinnen in Nashville treffen, weil ihr Wagen Zicken machte, wollte sie am liebsten in der Nähe übernachten und am nächsten Tag, wenn's wieder hell ist, weiterfahren.«

Eve zeigte Roarke das Passfoto der Frau. »Sie hat gesagt, sie würde etwas Ruhiges, Rustikales suchen, also hat ihr die Bedienung einen Gasthof ein paar Meilen vom Lokal entfernt empfohlen, sie hat ihn sich auf ihrem Handcomputer angesehen und gleich ein Zimmer reserviert.«

»Ich nehme an, dass sie dort niemals angekommen ist.«

»Genau. Ihr Wagen wurde zwei Meilen vom … hier.« Sie zeigte auf den Monitor. »… vom *Sundown Inn* entdeckt. Die Motorhaube war geöffnet, und er fuhr nicht mehr. Ihr Gepäck lag noch im Kofferraum, aber den Bordcomputer hatte offenbar ein Fachmann ausgebaut, von ihr selbst fehlt bis heute jede Spur.«

»Zeig mir den Weg«, bat Roarke, sah auf den Monitor und nickte zustimmend. »Verstehe, ja. Es wäre durchaus logisch, wenn sie erst den Jungen, dann die Frau hier und danach die Frau in Nashville überfallen hätten.«

Ebenfalls mit einem Nicken stand Eve auf und stapfte vor der Tafel auf und ab. »Ich habe noch zwei Fälle in Kentucky und einen in West Virginia, die wahrscheinlich auf ihr Konto gehen. Im ersten Fall geht es um einen Typ, der gewandert ist und auch noch in der Wildnis übernachtet hat. Ich werde nie verstehen, wie irgendwer so was freiwillig machen kann. Warum zum Teufel soll man sich freiwillig abends vor ein Feuer kauern und in einem Zelt schlafen? Aber es gibt tatsächlich Leute, die so etwas tun. Dann ist seine Frau zur Polizei gegangen, als er sich eines Morgens nicht bei ihr gemeldet hat und auch nicht an sein Handy ging. Sie hat den Cops so lange zugesetzt, bis sie am Ende zu dem Ort gefahren sind, an dem er übernachten wollte. Er war nicht da, aber es wies nichts weiter darauf hin, dass ihm etwas passiert sein könnte, also dachten sie, er wäre einfach wieder unterwegs.«

Sie marschierte erneut hinter ihrem Schreibtisch hin und her und sah reglos auf den Monitor.

»Sechs Tage später haben sie seine Leiche dann in einer Schlucht entdeckt. Genau wie die von Paston war sie ziemlich stark verwest und angeknabbert, also haben sie es kurzerhand als Unfall deklariert. Aber die Ehefrau hat sich damit nicht abgefunden, hat die Medien alarmiert und Anwälte und einen Detektiv auf die Geschichte angesetzt.«

Sie ließ sich wieder in den Schreibtischsessel fallen und rief das Passbild dieses Toten auf dem Bildschirm auf. »Er heißt Jacob Fastbinder, seiner Frau zufolge war er ein erfahrener Wanderer und jedes Jahr zweimal für jeweils eine Woche unterwegs. Er kannte sich dort in der Gegend aus, war alles andere als dumm, gut ausgerüstet und sehr vorsichtig. Als sie ihn gefunden haben, war sein Rucksack nicht mehr da. Die dortigen Kollegen haben gesagt, er könnte ihn verloren haben, aber das ist der totale Schwachsinn. Auch weil seine schicke Outdoor-Armbanduhr verschwunden war. Der Pathologe kann nicht sagen, ob seine Verletzungen ausschließlich von einem Sturz herrühren oder ob er vielleicht vor dem Tod misshandelt worden ist.«

»Das heißt, du sprichst als Nächstes mit der Ehefrau.«

»Auf jeden Fall. Vor allem, weil sie die Leiche nicht hat verbrennen lassen. Vielleicht wäre sie ja bereit, die Überreste exhumieren zu lassen, damit eine Fachfrau sie noch einmal untersuchen kann.«

»Du meinst DeWinter«, stellte Roarke mit einem zustimmenden Nicken fest. »Sie ist genau die Richtige für einen solchen Job.«

»Ich habe noch zwei andere Fälle, die ich mir genauer ansehen will«, erklärte sie, bevor sie sich die müden Augen rieb. »Ich weiß, dass diese Fälle von Bedeutung für uns sind. Auch wenn der Junge in Missouri vielleicht nicht ihr allererstes Opfer war, bin ich mir sicher, dass er auf das Konto dieses Pärchens geht.«

»Jetzt nimmst du dich seiner an.«

Achselzuckend blickte sie in Richtung AutoChef.

»Du brauchst erst mal dringend etwas Schlaf. Um diese Uhrzeit kannst du sowieso nicht bei der Ehefrau von diesem Wanderer und bei der Polizei dort unten anrufen«, erklärte Roarke und zog sie hoch.

»Solange Peabody nicht auch was findet, kannst du morgen in Missouri anfangen und von dort aus weiter rückwärtsgehen, wenn du immer noch denkst, dass Noah nicht ihr erstes Opfer war. Aber jetzt legen dein Gehirn und dein Instinkt am besten erst mal eine kurze Pause ein.«

Sie widersprach ihm nicht, weil sie tatsächlich alles sacken lassen wollte, um es dann noch mal in aller Ruhe durchzugehen. Obwohl sie jetzt schon wusste, dass der junge Noah Paston – dessen Bild sie morgen an die Tafel hängen würde – nicht das erste Opfer dieses Paars war.

»Paston«, sagte sie und folgte Roarke in Richtung Schlafzimmer. »Die Polizei vor Ort hat einen wirklich guten Job gemacht. Als die Leiche in Tennessee gefunden wurde, haben sie sofort das FBI geholt. Er kommt aus einer kleinen, ländlichen Gemeinde, in der jeder jeden kennt. Die Leute haben ihn gemocht. Als seine Freundin einen Neuen hatte, ist er auf ihn losgegangen, aber das war nichts wirklich Ernstes, außerdem hat dieser Neue für den Abend, als Noah verschwand, ein wasserdichtes Alibi und wirkte sowieso nicht wie der Typ, der wegen einer kurzen Auseinandersetzung einen Mord begeht.«

Sie stieg aus ihren Turnschuhen. »Er war ein mittelguter Schüler, aber statt sich irgendwo an einem College einzuschreiben, hat er einen Online-Kurs belegt, weil er zuhause bleiben wollte, um auch weiterhin im Gartencenter der Familie auszuhelfen und zusammen mit seinem Dad die Baseballkids zu trainieren. Die Leute mochten ihn, das kommt in den Berichten immer wieder durch.«

»Warum war er nicht der Erste?«

»Weil das meiner Meinung nach einfach nicht passt. Fürs erste Mal wären es der falsche Ort und auch die falsche Zeit gewesen. Normalerweise ist er nach dem Baseballtraining heimgefahren. Er hatte einen kleinen Truck. Aber den hatte Noah an dem Abend kurz vor Trainingsende einem Freund geliehen. Er selber blieb noch etwas länger, um mit einem von den Jungen noch alleine zu trainieren, und hat ihn danach heimgebracht. Das hieß, er ist nicht den normalen Weg gegangen, wenn irgendwer speziell ihm aufgelauert hätte, hätte er ihn nicht auf dem gewohnten Weg erwischt. Er hat dem Jungen erzählt, er würde eine Abkürzung über die Felder nehmen, denn um die Uhrzeit war es zwar schon dämmrig, aber dunkel war's noch nicht.«

»Die beiden sind vorbeigefahren und haben ihn zufällig gesehen.«

»So könnte es gewesen sein. Vielleicht haben sie ihm angeboten, mitzufahren oder nach dem Weg gefragt. Oder sie haben die Frau als Köder eingesetzt. Er war athletisch, jung und schnell. Er hatte einen Baseballschläger bei sich, aber trotzdem haben sie sich an ihn herangemacht. Er war kein wirklich leichtes Opfer, aber sie haben einen jungen, dummen Kerl gesehen, der ganz allein im Dunkeln durch die Gegend läuft. Er war im Grunde noch ein Kind, es kann den beiden also nicht um Geld gegangen sein. Er hatte kaum was bei sich, nur ein Handy, einen Handschuh und den Baseballschläger, aber nichts von echtem Wert. Er wurde nicht vergewaltigt oder sexuell missbraucht, auch das kann's also nicht gewesen sein.«

»Er war also ein reines Zufallsopfer.«

»So sieht's für mich aus«, stimmte sie zu, und immer noch drehten ihre Gedanken sich im Kreis. »Aber so war's beim ersten Opfer nicht. Das erste Opfer haben sie aus einem ganz bestimmten Grund getötet, denn bis dahin wussten sie noch gar nicht, was für einen Spaß das Töten macht. Das heißt, das erste Opfer haben wir noch immer nicht entdeckt.«

»Warum haben sie die Leiche erst in Tennessee entsorgt? Wenn sie im selben Staat geblieben wären, hätte sich das FBI doch niemals für sie interessiert.«

Sie zog ein Schlafshirt an. »Sie hatten an dem Abend offenbar ein ganz bestimmtes Ziel und haben Noah einfach mitgeschleppt. Daran, dass sie eine Grenze überqueren, haben sie wahrscheinlich keinen Augenblick gedacht. Sie haben ihn einfach mitgenommen und sich unterwegs mit ihm vergnügt.«

Sie streckte sich und streichelte gedankenverloren den Kater, der zu ihr aufs Bett gesprungen war. »Sie ziehen entlegene Orte vor, wie bei der Frau, die auf dem Weg nach Nashville war. Ein leer stehendes Wohnhaus, eine Holzhütte im Wald, eine abgelegene Fischerhütte oder sonst etwas. Wenn sie fertig sind, räumen sie auf, nehmen ihr Opfer mit und laden es woanders ab. Wer käme schon auf die Idee, dass Fund- und Tatort nicht derselbe sind?«

»Jemand wie du.«

»Was rückblickend betrachtet schließlich auch recht einfach ist.«

»Du wärst sofort darauf gekommen«, widersprach er ihr und schob sich neben sie ins Bett. »Du hättest wie jetzt auch sofort über den Weg des Pärchens nachgedacht. Du hättest dir gesagt, sie hätten einen Ort gebraucht, an dem sie Noah foltern konnten, und genauer hingesehen.«

»Was ihm jetzt nicht mehr hilft. Es gibt noch einen Fall in Arkansas, er muss nicht unbedingt mit unserem Pärchen in Verbindung stehen, aber trotzdem sehe ich ihn mir noch mal genauer an. Und dann noch einen zweiten Fall in West Virginia, von dem ich denke …«

»Morgen.« Roarke schlang einen Arm um sie und zog sie eng an seine Brust. »Für heute Nacht ist erst mal Schluss.«

»Du willst doch nur, dass ich mich dafür revanchiere, dass du mir geholfen hast.«

»Du kannst mit der Begleichung deiner Schulden gerne warten, aber dann verlange ich natürlich Zinsen. Wenn du also lieber gleich bezahlen möchtest …«

»Wäre dir das mindestens genauso lieb.«

Sie glitt mit ihrer Hand von seiner Brust auf den Bauch und weiter bis zum Unterleib.

»Siehst du?«, fragte sie und legte ihre Finger um sein heißes, hartes Glied. »Wie könnt ihr Jungs nur damit leben?«

»Das ist eine Last, die eben jeder Mann zu tragen hat.«

»Nur ein paar Zentimeter, aber sie beherrschen euer Ego, euer Hirn und schalten das normale Denkvermögen aus.«

»Ein paar?«

»Ich wusste, dass vor allem das dich auf die Palme bringen würde«, klärte sie ihn lachend auf.

»Was sonst? Doch wenn man die *paar Zentimeter* richtig einsetzt, beherrscht man damit genauso mühelos das Ego, Hirn und Denkvermögen von euch Frauen.«

»Ich nehme an, dass du mir das jetzt gleich beweisen willst.«

»Mit Vergnügen.«

Grinsend rollte er sich über sie und presste ihr entschlossen seine Lippen auf den Mund.

Es fiel ihr leicht, in der Liebkosung zu versinken und statt noch an Mord und Tod zu denken, ganz in dem, was er ihr gab und was sie ihm zu geben hatte, aufzugehen.

Nachdem der Kater unsanft auf dem Fußboden gelandet war, gab's nur noch sie und Roarke auf dem riesigen Bett unter dem

Oberlicht, durch das das Licht der Sterne fiel. Es gab nur noch sie zwei, genau wie auf der Insel an den langen Sonnentagen und während der lauen Nächte in dem offenen Bungalow.

Er konnte sie mit seinem Mund und seinen ausnehmend geschickten Händen mühelos in eine andere Welt entführen. Jetzt zogen diese Hände voller Ehrfurcht die Konturen ihres Körpers nach, und wieder einmal wurde Eve bewusst, dass Liebe – anders, als sie früher angenommen hatte – sanft und süß sein konnte, aber trotzdem alles war.

Locker schlang sie ihm die Arme und die Beine um den Leib, stieß einen leisen Seufzer aus, während ihm das Herz vor Freude schwoll, verschmolzen ihre Körper und vor allem ihre Seelen, bis sie eine untrennbare Einheit waren.

»Ich liebe dich«, raunte er erst auf Englisch und dann noch einmal auf Gälisch, spürte mit den Fingerspitzen ihrem ruhigen Herzschlag nach und tastete mit dem Mund nach ihrem Puls.

Sie zog sich eng um ihn zusammen. »Du bist für mich der Inbegriff von Liebe. Du bist die Verkörperung von Liebe, und ich liebe dich genauso wie du mich.« Sie rahmte mit den Händen sein Gesicht und zog den Kopf so weit zurück, bis sie ihm in die Augen sehen konnte, während sie ihm zärtlich in die Unterlippe biss.

Sie konnte sich ins Bodenlose dieser Liebe fallen lassen.

Konnte auf den herrlichen Gefühlen, die er in ihr wachrief, treiben.

Konnte sich erheben, um mit ihm davonzufliegen, als die Welt um sie herum versank.

Sie nahm ihn in sich auf und spürte seine heiße Härte, stieg mit ihm gemeinsam in den Himmel auf und stürzte gleichzeitig mit ihm über den Rand des Abgrunds, während ihre Liebe sie weitertrug.

Mit einem neuerlichen Seufzer schmiegte sie sich an ihn, klammerte sich an den warmen Leib, sog seinen Duft in ihre Lunge ein und stellte lächelnd fest: »Ich nehme an, dass meine Schuld beglichen ist.«

»Ich werde es notieren und dazu vermerken, dass ich jetzt dank deiner Hilfe auch die Last des nächsten Tages tragen kann.«

Sie lachte schnaubend auf, während der einsetzende Schlaf ihr Hirn vernebelte, und fragte: »Was machen dein Gehirn, dein Ego und der Rest?«

»Denen geht's gut. Danke der Nachfrage. Und wie steht es bei dir?«

»Mir geht es gut. Mit dir zusammen geht's mir immer gut.«

Er streichelte ihr sanft den Rücken, während sie im Schlaf versank und Galahad zurück auf die Matratze sprang.

Sie hatte recht. Zusammen ging es ihnen immer gut, dachte auch Roarke und schloss ebenfalls die Augen.

Bei Jayla Campbell aber sah es anders aus. Sie war stocksauer, als sie durch die Kälte die Carmine hinunterlief. Wenn Mattio nicht so ein Idiot gewesen wäre, hätte sie ihn nicht auf der verdammten Party stehen lassen, ohne vorher wenigstens ein Taxi für den endlos langen Heimweg zu bestellen.

Warum zum Teufel hatte er nicht seine Pfoten von dem dicken Arsch der blonden Tussi lassen können, während sie danebenstand? Doch diesmal käme er ganz sicher nicht mit einer dämlichen Entschuldigung davon. Sie hatte von dem ganzen »Reg dich ab, ich habe doch nur Spaß gemacht« und »Baby, ich war eben völlig zugedröhnt« jetzt endgültig die Nase voll.

Sie waren fertig miteinander, und zwar ein für alle Mal.

Sie hätte sowieso nicht mit auf diese blöde Party gehen sollen. Sie musste morgen arbeiten, sie kannte sich hier in der Gegend nicht mal ansatzweise aus und hatte auf der Party kein Schwein gekannt.

Natürlich hätte sie auf Kari hören und zu Hause bleiben sollen. Doch es hatte sie geärgert, dass die Mitbewohnerin behauptet hatte, Mattio wäre oberflächlich und ein verdammter Weiberheld. Wobei sie sich vor allem deswegen geärgert hatte, weil ihr das im Grunde selber klar war.

Aber verdammt, er sah einfach fantastisch aus und war dazu noch wirklich gut im Bett.

Trotzdem war jetzt ein für alle Mal Schluss, rief sie sich in Erinnerung und blinzelte gegen die Tränen an, während sie Kari eine kurze Nachricht auf die Mailbox sprach.

Bin auf dem Heimweg, habe endgültig die Nase voll. Falls du noch wach bist, warte, bis ich da bin. Und falls du im Bett liegst, steh noch einmal auf. Ich brauche Alkohol und jemanden zum Ausheulen.
J.

Sie unterdrückte abermals die Tränen, die zum einen dem Verlust des Weiberhelden, doch vor allem ihrem heißen Zorn geschuldet waren.

»He, Miss! Entschuldigung!«

Die Stimme sprach mit einem ausgeprägten Südstaatenakzent, aber sie blieb nicht stehen.

»Bitte, tut mir leid, aber ich muss nach Broome und habe mich total verlaufen. Bitte, kennen Sie den Weg nach Broome?«

Die Stimme klang verzweifelt, und die Frau, der sie gehörte, zitterte wie Espenlaub. »Ich habe mich verirrt und bin total nervös. Können Sie mir sagen, wohin ich gehen muss? Es ist so furchtbar kalt, und ich kann einfach kein Taxi finden.«

»Wem sagen Sie das?« Seufzend blieb Jayla stehen. »Broome, haben Sie gesagt?«

»Ja, mit einem e, nicht wahr? Ich bin nicht aus New York.«

»Das hätte ich jetzt nicht gedacht.«

Die andere lächelte und senkte leicht den Kopf. »Oh, haben Sie das gesehen?«

Instinktiv beugte sich Jayla etwas vor.

Und hatte das Gefühl, als schlüge jemand ihr mit einem Hammer auf den Kopf. Ihr Schädel barst, vor ihren Augen tanzten Sterne, und dann wurde plötzlich alles schwarz. Sie versuchte noch zu schreien, brachte aber außer einem leisen Stöhnen nichts heraus.

Etwas … jemand … packte sie und riss an ihr, bis sie so hart zu Boden ging, dass ihr der Aufprall das bisschen Luft nahm, das in ihrer Lunge verblieben war.

»Ich habe sie, Schätzchen!« Die Stimme mit dem Südstaatenakzent drang wie aus weiter Ferne oder wie durch einen Tunnel voller Wasser an ihr Ohr. »Lass los, ich habe sie. Habe ich dir nicht gesagt, dass du mich sie aussuchen lassen sollst, Darryl? Schließlich habe ich den Bogen raus.«

Jemand lachte, und noch während Jayla wimmernd ihren Kopf hob, schlug der Hammer nochmals zu, sie versank in abgrundtiefer Finsternis.

8

Eve wurde von vertrauten Eindrücken geweckt. Vom frischen Kaffeeduft und dem verführerischen Anblick ihres Mannes, der bereits in einem seiner eleganten Maßanzüge auf dem Sofa saß und irgendwas in seinen Handcomputer tippte, während er im Fernsehen die Berichte von der Börse sah und Galahad in königlicher Pose auf der Rückenlehne thronte und ihn mit herablassenden Blicken maß.

Besser konnte es kaum werden.

Obwohl sie sich nicht rührte, um den Augenblick auszukosten, spürte Roarke anscheinend, dass sie nicht mehr schlief.

»Guten Morgen«, wünschte er ihr freundlich und bedachte sie mit einem liebevollen Blick.

»So fühlt es sich auf alle Fälle an«, gab sie zurück, schwang die Beine aus dem Bett, marschierte Richtung Couchtisch, schenkte sich dort einen Kaffee aus der Kanne ein und gönnte sich den ersten wunderbaren Schluck.

»Mit wie vielen Ländern oder Außenposten irgendwo auf anderen Planeten hast du heute schon gesprochen?«

»Mit Italien und Olympus. Heute gehe ich es eher gemächlich an.«

»Was du gemächlich nennst«, gab sie zurück, denn schließlich war es gerade mal sechs Uhr. »Ich brauche erst mal eine Dusche«, fügte sie hinzu und trug ihren beinah noch vollen Becher in das angrenzende Bad.

Neben echtem Kaffee liebte sie am frühen Morgen auch das dampfend heiße Wasser, das aus den diversen Duschköpfen und Düsen in der Wand der Duschkabine auf sie niederprasselte. Inzwischen nahm sie diesen Luxus als gegeben hin, an manchen Tagen aber dachte sie mit geradezu brutaler Klarheit an die Kälte, an den Hunger, an die dunklen und die schmerzlichen hellen Räume, denen sie als junges Mädchen erst nach jahrelanger Qual entkommen war.

Vor ihren Augen blitzte kurz der Raum in Dallas auf, das rote Licht des Stripclubs gegenüber, das beständig blinkte, die eisige Kälte, weil die Heizung wieder einmal ausgefallen war, der nagende Hunger, der mit ihrer nackten Panik kämpfte, weil der Vater, wenn er käme, vielleicht angetrunken wäre, aber nicht genug getrunken hätte, um ihr nicht noch einmal wehzutun.

Sie war damals acht gewesen und bis dahin hatte sie nichts anderes als Hunger, Angst und Schmerz gekannt.

Weshalb dachte sie ausgerechnet jetzt daran zurück, an einem guten Morgen unter einer heißen Dusche, während ihr der Duft des Duschgels, das sich mit dem Wasserdampf vermischte, in die Nase stieg?

Wegen des Traums, erkannte sie. Sie hatte nicht den alten Albtraum von der grauenhaften Nacht gehabt, in der sie Richard Troy getötet hatte, weil die letzte Vergewaltigung zu viel gewesen war. Aber er war ein Teil von diesem Traum gewesen, wenn auch nicht direkt.

Am liebsten hätte sie den Traum mit einem Achselzucken abgetan. Zwar hatte sie das Grauen ihrer Kindheit noch nicht völlig überwunden, doch zumindest hatte sie gelernt, nicht mehr zurück, sondern nur noch nach vorn zu schauen. Aber wenn sie den Traum verdrängte, gäbe sie ihm zu viel Macht und würde vielleicht nicht verstehen, was er ihr sagen wollte.

Also ließ sie ihren Gedanken freien Lauf, während sie aus der Dusche in den Trockner stieg, als die warme Luft um ihren Körper wehte, hörte sie Musik.

Cello. Dorian hatte seinem Instrument die wehmütigen Klänge eines Requiems entlockt.

Eines Requiems für all die Toten, die im Publikum des Opernhauses unter den vielen Kronleuchtern und dem Stuck gesessen hatten, während ein eisblaues Licht auf jeden einzelnen gefallen war.

Sehen Sie mich, Dallas. Nehmen Sie sich meiner an.

Es waren allzu viele, hatte sie gedacht. All die bisher bekannten Opfer und die anderen, die dem Pärchen bisher noch nicht zugeschrieben worden waren.

Außerdem gab es jede Menge leerer Sitze für die Opfer, die bisher noch nicht gefunden worden waren, oder, schlimmer noch, die in Zukunft entführt, gefoltert und ermordet würden, wenn sie die Sadisten nicht bald fand.

Dann war ihr toter Vater mit einem wilden Grinsen im Gesicht und einem Taktstock in der Hand auf der Bühne aufgetaucht.

Spiel mal ein bisschen flotter, hatte er zu Dorian gesagt. *Zeit für ein fröhlicheres Lied. Das Töten bringt einen in Schwung. Das solltest du doch wissen, kleines Mädchen.*

»Fahr zur Hölle«, murmelte sie leise, und als ihre Stimme in dem Traum dasselbe sagte, huschte ein grimmiges Lächeln über ihr Gesicht. Er konnte ihr nichts mehr zuleide tun, sie zitterte nicht mehr vor Angst, wenn er ihr gegenübertrat.

Aber der Traum verriet nichts, was ihr nicht bereits klar gewesen war. Neben den bekannten Opfern hatten die Täter auch noch jede Menge anderer Menschen umgebracht.

Sie ging zurück ins Schlafzimmer und sah zwei zugedeckte Teller auf dem Couchtisch stehen.

Wahrscheinlich Haferbrei – aber auch daran hatte sie sich in der Zwischenzeit gewöhnt.

Sie setzte sich zu Roarke, und er presste ihr sanft die Lippen auf den Mund.

Auch das war Teil des guten Starts in einen neuen Tag. Selbst wenn es Haferbrei zum Frühstück gab.

Als Roarke die beiden Glocken von den Tellern hob, sah sie tatsächlich zwei Portionen Haferbrei, aber dazu noch eine Schale dicker Beeren, eine zweite Schale voll karamellisierter Nüsse und mehrere Streifen kross gebratenen Specks. Wenn man die Beeren und die Nüsse auf den Brei gab und dazu noch an gebratenem Schinken knabbern konnte, würde es wahrscheinlich gehen.

»Warum muss Zeug wie Haferbrei, das gut für einen ist, immer so eklig sein?«

»Es gibt jede Menge Menschen, für die Haferbrei nicht eklig ist.«

»Aber bestimmt deutlich mehr, für die er's ist«, murmelte sie und deckte ihren Brei mit Beeren und Nüssen zu.

»Auf alle Fälle ist er haargenau das Richtige, wenn's draußen schneit.«

»Es schneit?« Sie blickte durch das Fenster auf die dicken weißen Flocken, die vom Himmel fielen.

»Scheiße.«

»Wenn man hier beim Frühstück sitzt und im Kamin ein Feuer prasselt, finde ich das durchaus schön.«

»Das wäre es, wenn wir hier sitzen bleiben könnten, bis es nicht mehr schneit.«

»Gibt's heute Morgen irgendwas, was du nicht auch von hier aus machen kannst?«

Wahrscheinlich könnte sie durchaus zuhause arbeiten. Vor allem, da die Geräte in ihrem Arbeitszimmer hier deutlich leistungsstärker als die uralten Computer auf der Wache waren. Aber …

»Peabody. Ich brauche Peabody.«

»Ich kann sie abholen lassen.«

»Ich war gerade erst im Urlaub, deshalb brauchen meine Leute mich auf dem Revier. Vor allem Baxter, denn er ist total nervös, weil Trueheart morgen in die Prüfung zum Detective geht.«

»Es spricht durchaus für ihn, dass er sich deshalb Gedanken macht. Vor allem warst du selber letztes Jahr, als Peabody die Prüfung hatte, auch ziemlich durch den Wind.«

»Schließlich habe ich sie ausgebildet, wenn sie's vermasselt hätte, hätte ich ihr dafür Feuer unterm Arsch gemacht.«

»Was glaubst du, wie sich Trueheart schlagen wird?«

»Er wird bestehen, falls nicht, ist er einfach noch nicht bereit. Dann war er zu nervös, und ein Detective braucht in seinem

Job Nerven aus Stahl. Wenn er und Baxter heute keinen heißen Fall reinkriegen, sollen sie mir helfen, denn dann haben wir vier Hände und vier Augen mehr, und vor allem haben sie keine Zeit, um sich in irgendwelchen Ängsten wegen dieser blöden Prüfung zu ergehen.«

»Du bist eine wirklich gute Vorgesetzte, Lieutenant.«

»Die haben meine Leute auch verdient. Wenn Trueheart die verflixte Prüfung schafft, beantrage ich jemand Neuen von der Trachtengruppe.«

»Schwebt dir irgendwer Bestimmtes vor?«

»Es gibt da ein, zwei Namen, aber darum werde ich mich kümmern, wenn es so weit ist.« Sie griff nach einer Scheibe Speck, und lautlos schlängelte sich Galahad von der Rücklehne der Couch. »Was hast du heute vor?«

»Ein paar Meetings und Besprechungen, die ich mit etwas Glück von hier ausführen kann. Das heißt, ich wage mich erst später aus dem Haus. Ich will noch bei der Jugendschutzstelle vorbeischauen, die Arbeit dort geht wirklich gut voran. Und da ich ebenfalls im Urlaub war, will ich noch ins Büro gehen.« Er tauchte fröhlich seinen Löffel in den Haferbrei. »Denn ich bin ebenfalls ein guter Boss.«

»Der Abertausende zufriedener Untergebener hat.«

Als Galahad sich bäuchlings Richtung Couchtisch schob, sah Roarke ihn einfach an, eilig rollte er sich auf den Rücken und riss sein verfressenes Maul zu einem Gähnen auf.

»Warum bildet der blöde Kerl sich immer wieder ein, er käme damit durch?«, fragte sich Eve. »Das hat er doch noch nie geschafft.«

»Weil man zumindest seine Hand ausstrecken muss, wenn man den großen Preis erreichen will.«

Da hatte Roarke wahrscheinlich recht, sagte sich Eve und streckte eine ihrer eigenen Hände nach der Kaffeekanne aus, bevor das Klingeln des Handys sie zum Aufstehen zwang.

Sie trat vor die Kommode, nahm den Anruf an und meldete sich knapp.

»Hier Zentrale, Lieutenant Dallas. Sie haben doch gesagt, wir sollen Sie sofort informieren, falls jemand als vermisst gemeldet wird. Die Mitbewohnerin einer gewissen Kari Whittiker ist heute Nacht nicht heimgekommen. Die beiden wohnen in der Bond 623, Apartment 902.«

»Wer ist die Vermisste?«

»Jayla Campbell, farbig, 24 Jahre alt. Sie war auf einer Party in der Carmine 754, Apartment 615 und wurde dort zuletzt gegen 22.30 Uhr gesehen.«

»Verstanden. Übernehme. Dallas Ende.«

Sie nahm wieder auf dem Sofa Platz und runzelte die Stirn. »Wahrscheinlich hat es gar nichts zu bedeuten. Sicher hat sie auf der Party einfach einen Typ aufgerissen und ist mit ihm heimgefahren. Aber die Zentrale sollte mir Bescheid geben, wenn jemand über sechzehn als vermisst gemeldet wird. Soweit wir wissen, haben sie sich für Kinder bisher noch nicht interessiert.«

»Was wenigstens ein kleiner Trost ist. Soll ich mitkommen?«

»Das hat keinen Sinn. Am besten fahre ich dort kurz allein vorbei und treffe Peabody danach auf dem Revier. Die Frau ist seit nicht einmal acht Stunden verschwunden, also kann es sein, dass die Vermisstenmeldung gar nichts zu bedeuten hat.«

»Trotzdem.«

»Trotzdem.« Sie stand wieder auf und trat vor ihren Schrank. »Falls sie ihr nächstes Opfer ist, wissen wir deutlich eher Bescheid als die Kollegen in den anderen Fällen. Was immerhin ein Anfang ist.«

Sie wählte einen marineblauen Wollpulli mit rundem Ausschnitt, eine braune Hose sowie eine braune Jacke aus. Und runzelte erneut die Stirn, als Roarke sie mit demselben Blick bedachte wie den Kater auf der Schinkenpirsch.

»Was ist? Was passt dir daran nicht?«

»Behalt den Pulli und die Hose.« Er stand auf, nahm ihr die Jacke aus der Hand und schlenderte dann selbst zum Schrank.

»Warum kriege ich das einfach nicht alleine hin? Ich denke

immer, jetzt hab ich's kapiert, aber du gibst mir ständig das Gefühl, als wäre alles, was ich anziehen will, verkehrt.«

»Die Jacke war nicht wirklich falsch. Aber es gibt eben noch etwas Besseres.«

Sie murmelte etwas davon, dass sie kein Modejunkie war, zog einen Sport-BH und ihre Unterhose an und knöpfte gerade die Hose zu, als er mit einer anderen braunen, aber zusätzlich mit feinen dunkelblauen Nadelstreifen aufgepeppten Jacke und mit dunkelblauen Stiefeln, die jeweils ein breiter brauner Streifen an der Seite zierte, kam.

Sie hatte diese Stiefel noch nie gesehen.

»Die Dinger sind gefüttert und außerdem wasserfest«, erklärte er. »Ich möchte schließlich, dass auch deine Füße glücklich sind.«

»Wie viele Stiefelpaare habe ich inzwischen eigentlich?«

»Das weiß ich nicht.«

»Das müsstest du doch wissen, denn du schleppst diese Dinger schließlich alle an.« Sie zog den Pulli über den Kopf, fuhr sich mit beiden Händen durch das Haar, und lächelnd küsste Roarke sie auf den Mund.

»Das ist eine meiner kleinen Freuden, die du mir sicher nicht verwehren willst.«

Sie setzte sich und spürte eine angenehme Wärme und einen hervorragenden Halt, als sie die Füße in die Stiefel schob. »Weißt du, wie viele Stiefelpaare ich besessen habe, als wir uns zum ersten Mal begegnet sind?«

Sein Lächeln, als sie aufstand, um ihr Waffenhalfter anzulegen, zeigte, dass sie sich die Frage hätte sparen können. Weil er einfach alles wusste, was mit ihr zusammenhing.

»Zwei«, erklärte sie. »Wobei das eine Paar im Grunde nicht zählt, weil die Dinger schon total kaputt waren und ich sie nur deswegen nicht weggeworfen habe, weil es gut ist, wenn man für den Notfall etwas in Reserve hat. Aber die Verbrecher habe ich auch mit nur einem Stiefelpaar erwischt.«

»Das ist mir klar. Jetzt läufst du den Typen eben statt in ausgelatschten, löcherigen Tretern in bequemen, schicken Stiefeln hinterher.«

Sie zog die Jacke an und füllte deren Taschen mit den Dingen, die sie bräuchte. »Bei unserer Heirat ging's mir nicht um Stiefel, sondern nur um Kaffee und um Sex.«

»Dann sieh die Stiefel doch einfach als netten Bonus an.«

Jetzt zog sie sein Gesicht zu sich heran und presste ihm die Lippen auf den Mund. »Okay. Ich hole schnell noch ein paar Sachen aus dem Arbeitszimmer, und dann mache ich mich auf den Weg. Wir sehen uns heute Abend.«

»Ich werde noch bis gegen elf zuhause sein, falls du mich brauchst. Falls nicht, pass gut auf meine Polizistin auf.«

»Ich werde es versuchen«, sagte sie ihm zu und lief entschlossen los.

»Mehr kann man nicht verlangen«, sagte Roarke zu Galahad, dem es gelungen war, das Stückchen Speck, das Eve auf ihrem Teller hatte liegen lassen, zu stibitzen, während sie mit Kleidungsfragen abgelenkt gewesen waren. »Du hast selbst noch mal dein Glück versucht, nicht wahr? Diesmal hat es sich bezahlt gemacht.«

Der Kater leckte sich die Barthaare und rülpste laut.

Bis Eve nach unten kam, hatte Summerset ihr schon den Mantel, den von Peabody gestrickten Schal, die Mütze mit der Schneeflocke und ein paar neue Handschuhe herausgelegt.

Sie dachte an den Schnee und sagte sich, am besten nähme sie tatsächlich all die Sachen mit. Die Mütze und die Handschuhe würde sie früher oder später sowieso verlieren, denn das war ihr bisher noch jedes Mal passiert.

Sie wickelte den Schal um den Hals, schob seine Enden unter den Mantel, weil sie einem Gegner nicht die Chance geben wollte, sie beim Nahkampf mit den Enden zu erwürgen, setzte sich die Mütze auf den Kopf und stapfte durch die Wand aus Schnee zu ihrem Wagen, der schon vorgewärmt am Fuß der Treppe stand.

Auch daran hatte sie sich in der Zwischenzeit gewöhnt. Doch als gegeben nähme sie es niemals hin.

Wahrscheinlich hatte Summerset mit einem trockenen Lachen nach der Mütze mit der Schneeflocke und den Handschuhen gegriffen und verächtlich das Gesicht verzogen, weil er wusste, dass sie die Handschuhe bereits beim ersten Einsatz dieses Tages liegen lassen und dann nie mehr wiederfinden würde. Trotzdem hatte er sie herausgelegt.

»Also danke«, murmelte sie leise und fuhr in dem warmen, hässlichen Gefährt davon.

Sie schickte eine Sprachnachricht an ihre Partnerin, dass sie einer Vermisstenmeldung nachgehen und dann wie geplant auf die Wache kommen würde.

»Am besten kümmern Sie sich erst mal weiter um die potenziellen Opfer, deren Namen Sie von mir bekommen haben«, fügte sie hinzu. »Wir müssen ein Gefühl für sie und für die Cops, die in den Fällen ermittelt haben, bekommen, falls die Vermisstensache irgendwas mit unserem Fall zu tun hat, kriegen Sie von mir Bescheid.«

Sie hätte Baxter und den jungen Trueheart bitten können, sich die beiden potenziellen Opfer, die sie gestern noch gefunden hatte, näher anzusehen, aber das hätte sicher noch ein bisschen Zeit.

Sie kämpfte sich im Schritttempo bis runter nach SoHo, denn auf den schneebedeckten Straßen waren lauter Vollidioten unterwegs. Darunter jede Menge Fußgänger, die es so eilig hatten, aus dem Schnee herauszukommen, dass sie blind die Straßen überquerten, ohne wenigstens nach links und rechts zu sehen.

Die Maxibusse tasteten sich so behutsam vorwärts, dass sie Lust hatte, sie von der Straße abzudrängen, doch zumindest waren aufgrund des Wetters keine Werbeflieger unterwegs.

Nach einer halben Ewigkeit erreichte sie die Bond Street, und vor lauter Überraschung, dass sie einen freien Parkplatz praktisch direkt vor dem Haus entdeckte, hätte sie das Wettrennen mit dem Fahrer einer eleganten Limousine um ein Haar verloren.

Entschlossen schaltete sie die Sirene ein, schob sich an dem Gefährt vorbei und stellte ihre eigene Kiste auf den freien Platz.

Der andere Fahrer blieb direkt daneben stehen, als sie ausstieg, schlug sie den Mantel auf, damit er ihre Waffe sah, zog die Dienstmarke hervor und starrte ihn so lange an, bis er sich eines Besseren besann und weiterfuhr.

Das kurze Intermezzo hatte ihre Stimmung merklich aufgehellt, erkannte sie und stapfte durch den Schnee zur Tür des hübschen roten Backsteinhauses mit der schneebedeckten Treppe, die mit einem schmiedeeisernen Geländer ausgestattet war.

Ein grundsolides Haus, sorgfältig restauriert und mit Kameras und einem Scanner ordentlich gesichert, dachte sie und drückte auf den Klingelknopf der 902.

Offensichtlich wurde sie bereits erwartet, denn sofort fragte jemand durch die Gegensprechanlage: »Ja?«

»Lieutenant Dallas, NYPD. Miss Whittiker?«

»Ja, ja. Ich mache Ihnen auf. Bitte kommen Sie gleich rauf. Ich warte. Kommen Sie rauf.«

Das Schloss sprang summend auf, und Eve betrat die kleine Eingangshalle, die mit ihrem frisch gewischten Laminatboden und zwei Fahrstühlen mit schwarz glänzenden Türen genauso proper wie das Äußere des Hauses wirkte.

Sie fuhr mit einem der Lifte in den neunten Stock und freute sich, als er sie fast geräuschlos in die Höhe trug. Sobald die Tür des Fahrstuhls wieder aufging, öffnete ein Stückchen weiter hinten jemand eine Wohnungstür.

Das schwarze, fein gemeißelte Gesicht der Frau wurde von schicken, kurzen Dreadlocks eingerahmt. Sie rang die Hände und sah Eve aus müden, ängstlich aufgerissenen braunen Augen an.

»Sind Sie die Polizei?«

Eve zückte ihre Dienstmarke. »Ich bin Lieutenant Dallas. Sind Sie Kari Whittiker?«

»Ja, kommen Sie rein. Sie meinten … als ich mit der Polizei gesprochen habe, hieß es, Jayla wäre noch nicht lange genug weg, um als vermisst zu gelten. Selbst, als ich erklärt habe, warum ihr was passiert sein muss, haben sie gesagt, ich sollte noch bis heute Abend warten und versuchen, sie auf ihrem Handy zu erreichen und bei anderen Freundinnen und Freunden fragen, ob sie wissen, wo sie ist. Dann haben sie mich vorhin angerufen und gesagt, es käme jemand von der Polizei bei mir vorbei. Haben Sie sie gefunden? Sind Sie deshalb hier?«

»Nein. Ich habe nur noch ein paar Fragen.«

»Sie sind Lieutenant.« Karis müde Augen blitzten auf. »Lieutenants kommen nicht, wenn es nur noch um ein paar Einzelheiten geht. Mein Vater und mein Bruder sind Marines. Ich weiß also, wie diese Dinge laufen.«

»Ich gehe gerade im Zusammenhang mit einem meiner Fälle allen aktuellen Vermisstenanzeigen nach. Warum setzen wir uns nicht und Sie erzählen mir noch mal dasselbe wie vorhin der Polizei?«

»Sie haben gesagt, dass es vielleicht einen Zusammenhang mit einem Ihrer Fälle gibt. Mit was für einem Fall?«

Die junge Frau war wirklich aufgeweckt, erkannte Eve. Das könnte ihnen vielleicht nützlich sein. Doch erst mal müsste sie ihr berichten, was aus ihrer Sicht geschehen war. »Ms. Whittiker, wir finden Ihre Freundin nicht, wenn Sie mir Fragen stellen. Beantworten Sie bitte erst mal meine Fragen, wenn wir Jayla helfen sollen.«

»Okay, Sie haben recht. Es tut mir leid. Ich habe letzte Nacht kein Auge zugemacht.«

Sie führte sie ins Wohnzimmer, das mit warmen Farben, vielen Kissen, weichen Überwürfen, Blumen und Kerzen weiblich und gemütlich, doch nicht im Geringsten überladen oder kitschig eingerichtet war, und bot ihr einen Sessel an.

»Wann haben Sie Ihre Mitbewohnerin zum letzten Mal gesehen?«, fragte Eve.

»Gestern Abend gegen neun. Da sind Sie und Mattio – Mattio Diaz – losgegangen. Sie waren auf irgendeiner Party eingeladen, im West Village, glaube ich. Genauer weiß ich's nicht.«

»Sie beide wohnen hier zusammen?«

»Ja. Wir teilen uns schon seit fast vier Jahren eine Wohnung, erst am College und jetzt hier.«

»Ich gehe davon aus, dass sie schon öfter mal nachts weggeblieben ist. Warum sind Sie also jetzt so besorgt um sie?«

Das Mädchen faltete die Hände sorgfältig auf den eisengrauen Leggings, die sie unter einem dicken, langen roten Wollpullover trug, und gab sich alle Mühe, weiter ruhig und annähernd gefasst zu sein.

»Sie hat mir gestern Nacht gegen halb zwölf eine Sprachnachricht geschickt. Sie hat gesagt, sie wäre auf dem Heimweg und ich hätte recht gehabt damit, dass Mattio ein Arschloch ist. Sie hat gesagt, ich sollte auf sie warten, obwohl ich schon im Bett lag, hatte ich noch nicht geschlafen, denn ich hatte meinen Laptop mit im Bett und habe einen Film gesehen. Also bin ich noch mal aufgestanden, habe eine Flasche Rotwein aufgemacht und unseren Notfall-Schokoladenbrownie-Vorrat aus dem Versteck geholt. Aber sie kam nicht heim. Ich habe fast zwei Stunden hier im Wohnzimmer auf sie gewartet und versucht, sie auf dem Handy zu erreichen, kam aber nicht durch.«

»Was heißt, Sie kamen nicht durch?«

»Als ob der Akku leer wäre, sie keine Verbindung hätte oder so. Es sprang nicht mal die Mailbox an. Ich habe es die ganze Zeit versucht, sie aber nicht erreicht.«

»Wie sieht es mit diesem Mattio aus?«

»Oh, natürlich habe ich es bei dem blöden Wichser auch versucht«, erklärte Kari und verzog verächtlich das Gesicht. »Ich habe bis fast zwei damit gewartet, weil ich eigentlich nicht mit ihm reden wollte, aber trotzdem habe ich dann irgendwann mein Glück bei ihm versucht. Er war noch immer auf der Party und mal wieder völlig zugedröhnt, was keine echte Überraschung für mich war. Er hat gesagt, sie wäre nicht mehr da. Er wüsste nicht, wann sie gegangen wäre, was ihn meiner Meinung nach im Grunde auch nicht wirklich interessiert hat, und dann kam die alte Leier, dass sie irgendwas, was er gemacht hat, missverstanden habe und wieder einmal grundlos eifersüchtig wäre.«

Das Feuer, das in Karis Augen brannte, wurde durch die darin aufsteigenden Tränen nicht gelöscht.

»Er ist ein Loser und ein Mistkerl, der sie ein ums andere Mal betrogen hat. Ich war echt froh, als Jayla sich bei mir gemeldet hat, denn diesmal klang es so, als hätte sie tatsächlich mit ihm Schluss gemacht. Ich kann Ihnen die Nachricht gerne vorspielen, wenn Sie wollen.«

»Das wäre nett.«

»Ich habe sie mir immer wieder angehört, um irgendetwas zu hören, was mir bisher nicht aufgefallen ist, aber …«

Sie zerrte das Handy aus der Tasche, spielte Jaylas Nachricht ab, und Eve hörte die Stimme einer jungen Frau, die wütend war und auf direktem Weg nach Hause wollte, um sich dort bei ihrer Freundin auszuheulen. Sie klang bestimmt nicht so, als ob sie noch mal auf die Party gehen oder sich für den Rest der Nacht noch einen anderen Typen angeln wollte.

»Wie wäre sie heimgekommen?«

»Sie fährt nicht gerne U-Bahn, also entweder mit einem Taxi oder, wenn sie keins gefunden hätte, vielleicht auch zu Fuß.«

»Das ist ein ziemlich weiter Weg, und es war wirklich kalt.«

»Sie war total sauer, vielleicht ist sie ja absichtlich zu Fuß gegangen, um sich abzureagieren. Sie denken jetzt bestimmt, dass sie kein Kind mehr ist und nach dem Streit mit ihrem Freund zwar erst nach Hause wollte, es sich dann aber vielleicht noch einmal anders überlegt hat und in eine Bar gegangen ist. Wo sie dann jemand anderen gesucht oder getroffen hat, der sie zu sich nach Hause eingeladen hat. Aber so etwas hätte sie niemals getan. Sie hatte mich gebeten aufzubleiben, bis sie kommt. Sie hätte mich niemals hier sitzen lassen, ohne mir Bescheid zu geben, dass sie doch nicht mehr nach Hause kommt. Wir sind die besten Freundinnen. Wir sind wie Schwestern, ich kenne sie und weiß, so etwas hätte sie niemals getan. Das heißt, ihr muss was zugestoßen sein.«

»Was macht sie beruflich?«

»Sie ist Sekretärin einer Modelagentur. Dort hat sie auch Mattio Arschloch Diaz kennengelernt. Er ist ein Model, und sie bucht die Models für verschiedene Modeschauen und für irgendwelche Werbeagenturen. *Frosted.* Diese Agentur, bei der sie arbeitet, heißt *Frosted.* Sie hat ihren Hauptsitz im *Flatiron Building* hier in New York, aber sie haben auch Nebenstellen in Europa und in Asien, deshalb ist sie öfter unterwegs.«

»Hatte Jayla auf der Arbeit Ärger oder Streit mit jemandem?«

Kari wickelte sich eine ihrer Dreadlocks um den Finger. »Nun, sie arbeitet mit Models, das bedeutet, dass es immer jede Menge Dramen und Forderungen gibt. Aber sie kann damit gut umgehen. Natürlich kommt es manchmal vor, dass jemand sauer ist, weil sie ihn nicht gebucht hat oder weil der Kunde jemanden, den sie ihm schickt, nicht haben will. Aber jemand Besonderes fällt mir dabei nicht ein.«

»Irgendwelche Typen, die hätten mit Mattio tauschen wollen?«

»Jede Menge. Sie hat ihre Zeit mit ihm verschwendet. Nehmen Sie zum Beispiel unseren Nachbarn direkt gegenüber.«

»Hier im Haus?«

Sie nickte, und mit einem leisen Seufzer ließ sie ihre Haare wieder los. »Luke Tripp. Er ist alleinstehend, süß und ehrlich interessiert. Aber sie hat sich auf Mattio eingeschossen und versucht, alles zu tun, damit es zwischen ihnen funktioniert.«

»Hat dieser Tripp sie je bedrängt?«

»Meine Güte, nein. Ich wünschte mir, er hätte ihr ein bisschen offener gezeigt, was er für sie empfindet, denn dann hätte sie's vielleicht bemerkt.«

»Wie sieht es mit Mattio aus? Hat er sie auf irgendeine Art bedrängt oder körperlich misshandelt?«

»Nicht körperlich, aber misshandelt hat er sie aus meiner Sicht auf jeden Fall.« Die Angst in Karis Blick wurde erneut von einem Ausdruck heißen Zorns verdrängt. »Ich finde, dass man durchaus von Misshandlung sprechen kann, wenn jemand seine

Partnerin betrügt und es so dreht, als wäre sie im Grunde selber schuld daran. Aber das ist meine ganz private Sicht der Dinge. Mattio ist ein Arschloch, würde aber nie auf Jayla oder jemand anderen losgehen, denn wenn sich der andere wehren würde, könnte es passieren, dass sein tolles Aussehen leidet. Das würde er um jeden Preis vermeiden wollen.«

Am Ende hatte Eve ein ziemlich klares Bild von einer jungen Frau mit einem tollen Job und einem bunten Freundeskreis, die in den letzten Monaten dem falschen Mann verfallen war.

»Kann ich mir mal ihr Zimmer ansehen?«, fragte sie.

»Ja, sicher. Sehen Sie sich alles an. Können Sie nicht eine Suchmeldung im Fernsehen oder Radio bringen? Vielleicht hatte sie ja einen Unfall. Bei den Krankenhäusern und den Notaufnahmen habe ich schon rumtelefoniert. Ich habe alles unternommen, was mir eingefallen ist, aber …«

»Suchen Sie ein aktuelles Foto von ihr raus«, bat Eve, um Kari zu beschäftigen. »Dann suchen wir nach ihr.«

»Sie werden nach ihr suchen.« Kari packte ihre Hand. »Versprechen Sie mir das?«

»Ich stelle Ihnen jede Menge Fragen, sehe mir ihr Zimmer und all ihre Sachen an, wenn wir fertig sind, hören wir uns noch mal in den Krankenhäusern um.« Und auch im Leichenschauhaus, dachte Eve, sprach das aber nicht aus.

»Danke. Vielen, vielen Dank. Ihr Zimmer liegt da vorn. Ich habe jede Menge Bilder. Warten Sie, ich hole Ihnen eins.«

»Ich hätte gerne auch Ihr Handy.«

»Meins? Warum denn das?«

»Ich werde einen unserer elektronischen Ermittler bitten, zu versuchen herauszufinden, von wo aus genau die letzte Nachricht Ihrer Freundin kam. Von wo aus sie genau bei Ihnen angerufen hat.«

»Das können Sie?« Die junge Frau hielt ihr das Handy hin. »Hier, ich gebe Ihnen alles, was Sie brauchen.«

Eve zog ihr eigenes Handy aus der Tasche, um McNab zu kontaktieren, schon nach dem zweiten Klingeln tauchten sein

Gesicht und die diversen Silberringe, die er in den Ohren hatte, auf dem kleinen Bildschirm auf.

»Hi, Dallas«, grüßte er sie gut gelaunt. »Es schneit.«

»Sie müssen für mich rausfinden, wo jemand gestern Abend eine Textnachricht versendet hat. Schaffen Sie das, wenn Sie nur das Handy haben, auf dem diese Textnachricht gelandet ist?«

»Ich bin der reinste Zauberer. Verbinden Sie mich mit dem Handy, oder schließen Sie es an Ihr eigenes Handy an und geben mir ein paar Minuten Zeit. She-Body«, brüllte er. »Ich muss etwas für deinen Lieutenant tun. Warte noch, bevor du deine Jacke anziehst, ja? Wir wollten gerade unsere Wintersachen anziehen und zur Arbeit fahren«, fügte er an Eve gewandt hinzu.

»Ich verbinde Sie am besten mit dem anderen Handy«, sagte sie.

»Das machen Sie mit diesem Code«, erklärte er und lief ins Gästezimmer seiner Wohnung, das Peabodys und sein Arbeitszimmer war.

Sie gab den Code in Karis Handy ein und hörte, wie es bei ihm klingelte.

»Okay, mir fehlt noch das Modell.«

»Das was?«

»Egal, Moment, lassen Sie mich …« Jetzt sah sie den Computer, der auf seinem Schreibtisch stand, und lange Buchstaben- und Zahlenreihen auf dem Monitor. »Da ist es, ja, okay. Wählen Sie Funktion/Kontrolle/Interface.«

Sie tat wie ihr geheißen und nahm eine leichte Vibration des Handys wahr.

»Die Texte kommen rüber. Welchen suchen Sie?«

»Den hier«, antwortete Eve, als sie Jaylas Namen auf dem Bildschirm sah. »Die letzte Sprachnachricht von Jayla Campbell.«

»Alkohol und jemanden zum Ausheulen. Moment. Es dauert etwas, weil das Handy ausgeschaltet ist.«

»Ausgeschaltet oder eher kaputt?«

»Das kann ich auch noch überprüfen, wenn Sie wollen, auf alle Fälle reagiert es nicht. Diese Nachricht wurde irgendwo in einem Radius von zwei Häuserblocks zwischen der Sechsten und Carmine verschickt.«

Peabody schob sich neben ihn und fragte Eve: »Was ist passiert? Haben Sie eine heiße Spur?«

»Ich bin jetzt gerade in der Bond, wo eine junge Frau vermisst gemeldet worden ist. Sie war gestern Abend noch auf einer Party und wurde danach nicht mehr gesehen. Fahren Sie in die Carmine und sprechen mit den Leuten, wo sie eingeladen war.« Eve gab ihr die Adresse durch. »Die junge Frau heißt Jayla Campbell. Finden Sie so viel wie möglich über sie heraus. Rufen Sie Carmichael von der Trachtengruppe an und sagen ihm, dass er sich in den Krankenhäusern umhören soll. Ich melde mich nachher.«

»Sie suchen tatsächlich nach ihr«, bemerkte Kari hinter ihr. »Das heißt, Sie gehen davon aus, dass ihr was Schreckliches passiert ist.«

»Was immer ihr passiert ist, suchen wir nach ihr.«

Eve blickte sich in Jaylas Zimmer um. Sie liebte Popmusik, nicht übertrieben hip aber genauso wenig übertrieben altmodisch. Wie viele Frauen fuhr sie total auf Schuhe ab und hatte die Garderobe, die in ihrem Schrank hing, in Berufs-, in Ausgeh- und bequeme Freizeitsachen unterteilt.

Zur Verhütung hatte sie ein Pillenimplantat im Arm, das in drei Monaten gewechselt werden müsste, weil es immer nur ein Jahr lang wirksam war.

Sie liebte ihren Job, war ehrgeizig, trieb regelmäßig Sport, ernährte sich gesund.

Sie hatte eine Schwester, die ein wenig jünger war und noch aufs College ging, und Eltern, die nach 25 Jahren Ehe offenbar noch immer glücklich miteinander waren.

Ihrem Computertagebuch zufolge hatte sie geglaubt, sie könnte einen anständigen Mann aus Mattio machen und ihm auch beruflich zu Erfolg verhelfen, aber nach der großen Liebe klang das nicht. Wahrscheinlich hatte sie sich anfangs eingebildet, ihn zu lieben, aber die Beziehung war bestimmt nicht für die Ewigkeit gemacht. Wenn Luke Tripp, der süße Nachbar, ihr nicht ebenfalls schon aufgefallen wäre, hätte sie ihn sicher nicht so oft im Tagebuch erwähnt.

Sie hatte einen großen Freundeskreis, ging oft mit Leuten von der Arbeit aus, kam gut mit ihrem Geld zurecht und gönnte sich als ganz besonderen Luxus teure Haar- und Hautpflegeprodukte, weil ihr ein gepflegtes Äußeres anscheinend wichtig war.

Beim Verlassen der Wohnung hatte Eve das Bild von einer jungen, fleißigen und ehrgeizigen Frau, die Freunden und selbst Fremden gegenüber aufgeschlossen war. Zugleich war sie ein Mensch, auf den man sich verlassen konnte. Wenn ihr das möglich wäre, hätte sie sich längst bei ihrer Mitbewohnerin gemeldet, damit die sich keine Sorgen machte, weil sie gestern Nacht entgegen der Sprachnachricht nicht heimgekommen war.

Eve klopfte an der Tür der Wohnung gegenüber, ein etwas untersetzter junger Mann mit einem hübschen, freundlichen Gesicht und wirr in alle Richtungen stehendem Haar machte ihr auf.

»Luke Tripp?« Sie wies sich aus, und seinen warmen, blauen Augen war die Überraschung deutlich anzusehen.

»Genau. Sie sind von der Polizei. Haben Sie sie gefunden?«

»Bisher nicht.«

Er fuhr sich mit den Fingern durch das bereits wild zerzauste Haar. »Kari hat es mir vorhin erzählt. Ich habe alle angerufen, die mir eingefallen sind, aber niemand hat sie gesehen.«

»Wann haben Sie selbst Jayla zum letzten Mal gesehen oder gesprochen?«

»Wir kamen gestern Nachmittag zur gleichen Zeit nach Hause und haben auf dem Weg nach oben kurz gesprochen, wie man das so macht. Später, vielleicht gegen neun, bin ich noch einmal losgegangen. Ich wollte ins Fitnessstudio, das gleich hier um die Ecke liegt. Als ich in den Fahrstuhl stieg, waren sie und Mattio schon drin.«

Er stieß den Namen Mattio voll Verachtung aus.

»Sie mögen ihn anscheinend nicht besonders«, meinte Eve.

»Ich mag ihn *überhaupt nicht*«, korrigierte Luke. »Er ist ein Arschloch und behandelt Jayla wie den letzten Dreck. Sie hat einfach etwas Besseres verdient.«

»Jemand wie Sie?«

Er stieß ein halbes Lachen, dicht gefolgt von einem abgrundtiefen Seufzer, aus. »Das wäre schön.«

»Was war nach dem Fitnessstudio?«

»Danach? Ich weiß … tja nun, oh Gott, Sie wollen wissen, wo ich war, als sie verschwunden ist.« Er kniff sich in die Nasenwurzel, fuhr dann aber nickend fort: »Okay, ich werde alles tun, was Ihnen bei der Suche hilft. Ich war noch einen trinken, mit zwei Kumpels aus dem Studio. Gegen Mitternacht war ich zurück. Wollen Sie reinkommen und sich in meiner Wohnung umsehen?«

»Nein. Ich hake einfach ein paar Dinge ab.«

»Kari hat gesagt, dass Jayla wegen Mattio ziemlich fertig war. Was mich nicht wirklich überrascht. Aber sie wäre trotzdem niemals einfach abgetaucht. Das würde sie der armen Kari niemals antun. Die zwei sind wie eine Familie.«

Nein, dachte auch Eve, als sie aus dem Gebäude auf die Straße trat. Das hätte Jayla als verantwortungsbewusste junge Frau der besten Freundin niemals angetan.

Sie zog ihr Handy aus der Tasche und bestellte Peabody ins Greenwich Village, um dort mit dem jungen Kerl zu sprechen, mit dem Jayla abends unterwegs gewesen war.

9

Statt einen Parkplatz direkt vor der Tür fand Eve am nächsten Ziel nur einen Platz in einer absurd teuren Tiefgarage drei verschneite Häuserblocks von Mattios Haus entfernt.

Der Fußmarsch zeigte ihr, dass die neuen Stiefel – wie nicht anders zu erwarten – wirklich herrlich warm und wasserundurchlässig waren.

Aufgrund des Wetters herrschte in der angesagten Gegend deutlich weniger Verkehr als sonst, und einige Geschäfte blieben zu, wenigstens bis Mittag.

Der Schwebegrillbetreiber an der Ecke hätte mit der dicken Jacke, gepolsterten Hose, seinen Fellstiefeln und der Schneebrille problemlos nach Sibirien gepasst, die beiden jungen Leute unbestimmbaren Geschlechts, die eine Tüte duftender Maronen kauften, hielten ihre kalten Hände in den Rauch über den Grill, und eine Horde Kinder, die sich grölend mit Schneebällen bewarfen, ließen Eve vermuten, dass die Schule heute ausgefallen war.

Dann sah sie durch den dichten Schneevorhang hindurch den leuchtend pinkfarbenen Mantel ihrer Partnerin. Und mindestens genauso leuchtend die kirschrote Strickmütze mit Ohrenklappen, die das winterliche Markenzeichen des von Peabody geliebten elektronischen Ermittlers war. Wahrscheinlich hatte Peabody das Prachtstück selbst für ihn gestrickt, genau wie den dicken Fausthandschuh, der ebenfalls um eine Tüte heißer Esskastanien lag.

»He, Dallas!«, grüßte Peabody mit einer Stimme, die so fröhlich wie die Farbe ihres Mantels war. »Haben Sie schon gehört?«

»Was habe ich gehört?«

»Wir kriegen bis zu 20 Zentimeter Schnee.«

»Juhu!«

»Ich habe gerade etwas Zeit«, begann McNab und bot ihr eine Esskastanie an. »Also habe ich bei Feeney angerufen, und er hat gesagt, dass er mich heute früh nicht braucht.«

Sie blickte auf die Tüte, schüttelte den Kopf, und während er die restlichen Kastanien in eine seiner unzähligen Taschen steckte, sagte sie: »Okay. Dann fragen wir jetzt erst einmal das angebliche Arschloch, warum seine Freundin gestern von der Party abgehauen ist. Sie könnten in der Zeit versuchen herauszufinden, ob's eine Verbindung zwischen den Stellen gibt, an denen Kuper aufgegriffen und am Ende abgeladen wurde, und der Gegend, aus der Campbell gestern Abend ihre Sprachnachricht verschickt hat.«

»Das kriege ich in drei Minuten hin.«

»Dann sehen wir erst mal zu, dass wir aus dem verdammten Schnee ins Warme kommen.«

»Er sieht so hübsch aus.« Lächelnd legte Peabody den Kopf zurück, sodass der Schnee in ihren dichten Wimpern hängen blieb.

»Aber er wird es erschweren, jemanden zu finden, der entweder Campbell oder ihre Kidnapper gesehen hat. Was haben Sie bei den Leuten von der Party rausgefunden?«

»Praktisch nichts. Die Gastgeber sind zwei Typen, und sie hatten gestern Abend Dutzende von Leuten zu Besuch. Keiner von den beiden hat bemerkt, dass sie gegangen ist. Aber sie haben sie im Grunde auch gar nicht gekannt. Es war noch jemand anderes in der Wohnung, der dort übernachtet hat.«

»Für einen flotten Dreier«, fügte Ian noch hinzu, als Eve den Generalschlüssel ins Schloss der Haustür schob.

»Wahrscheinlich«, stimmte Peabody ihm zu. »Der dritte Typ hatte sich kurz mit Campbell unterhalten. Er will Model werden und sieht wirklich super aus. Sie hat ihm ihre Visitenkarte überlassen, danach ist sie zu Diaz gegangen und hat ihm die Hölle heiß gemacht, weil er an irgendeiner blonden Sexbombe herumgefummelt hat. Der Zeuge hat gesagt, sie wäre außer sich gewesen, denn schließlich hätte Mattio direkt vor ihrer Nase mit der anderen herumgemacht. Dann ist Campbell abgedampft und selbst zu der Blondine gegangen, um ihr zu erklären, dass Mattio schon eine Freundin hat. Er konnte mir auch ihren Namen sagen. Misty Lane.«

»Haha.« Eve schüttelte den Schnee von ihrem Mantel und betrat das Haus.

»Das ist ihr *Künstlername*«, klärte Peabody sie auf. »Sie ist Schauspielerin, Model und Bedienung irgendwo in einer Cocktailbar. Der Zeuge meinte, Misty hätte nur gelacht und ihm erklärt, Typen wie Mattio wären etwas zum Vergnügen, doch für richtige Beziehungen wären sie ganz einfach nicht gemacht. Er sagt, das wäre irgendwann nach Mitternacht gewesen, aber die genaue Uhrzeit wusste er natürlich nicht.«

»Trotzdem nicht schlecht.«

Wahrscheinlich fanden einige den Lastenaufzug in der alten Lagerhalle, die in eine Reihe Lofts verwandelt worden war, entzückend, aber Eve sah ihn als Todesfalle an und ging entschlossen auf die Treppe zu.

»Nadine denkt drüber nach, ob sie sich so was holen soll«, bemerkte Peabody.

»So was?«

»So ein großes, hippes Loft. Oder ein altes Stadthaus wie Louise und Charles. Oder ein mehrstöckiges Penthaus irgendwo in einem schicken Hochhaus.«

»Penthaus«, sagte Eve.

»Oh, dann hat sie sich also entschieden? Als ich sie zum letzten Mal gesprochen habe, hatte Roarke ein paar Adressen für sie rausgesucht, die sie sich ansehen sollte, weiter war sie da noch nicht.«

»Sie wird auf jeden Fall das Penthaus nehmen«, beharrte Eve auf ihrer Position.

»Vielleicht, aber egal, was sie am Ende nimmt, geht's ihr vor allem darum, dass die Wohnung gut gesichert ist. Der Überfall von Roebuck hat ihr eine Heidenangst gemacht.«

»Das hoffe ich. Ich hatte ihr verdammt noch mal gesagt, dass sie nicht an die Tür gehen soll. So etwas wird sie sicher nicht noch einmal tun.«

Inzwischen hatten sie den dritten Stock erreicht, und Eve blieb stehen. Auch wenn Nadine sich dumm verhalten hatte, war sie eine Freundin, und sie fragte: »Geht's ihr gut?«

»Ich denke, schon. Sie war noch mal im Urlaub, aber nur für ein paar Tage und allein, inzwischen ist sie wieder da. Ich nehme an, vor allem, weil sie so schnell wie möglich umziehen will.«

Und, sagte sich Eve, weil sie's als Journalistin und als Polizeiberichterstatterin nur schlecht ertrug, wenn sie nicht mitten im Geschehen war.

Das konnte sie verstehen, weil es ihr selbst nicht anders ging.

Sie klingelte an Diaz' Tür.

Mr. Diaz möchte nicht gestört werden,

erklärte eine blecherne Computerstimme, und nach einem kurzen Pfeifen, als ob der Computer Asthma hätte, bat er:

Bitte nennen Sie mir Ihre Namen.

»Was für eine Schrottkiste«, meinte McNab. »Das Billigste vom Billigen.«

Doch selbst die Billigtechnik stand ihnen im Augenblick im Weg.

Eve zückte ihre Marke und befahl der blöden Kiste: »Lies die ein. Es geht um offizielle, polizeiliche Ermittlungen. Sag Diaz, dass wir mit ihm sprechen wollen.«

Der Scanner funktioniert vorübergehend nicht.
Bitte nennen Sie mir Ihren Namen.

Eve drückte wieder auf die Klingel, ließ den Finger darauf liegen, und mit einem Röcheln, als ob er tatsächlich in den letzten Zügen läge, wiederholte der Computer

Mr Diaz möchte nicht gestört …,

brach ab und fügte noch hinzu:

Den Namen kann ich nicht verarbeiten.

Eve ignorierte das Geröchel und Geratter und klingelte weiter, bis am Ende eine schlecht gelaunte Männerstimme fragte: »Was zur Hölle soll das?«

»Polizei. Machen Sie die Tür auf, Mr. Diaz.«

»Himmel, es ist nicht mal richtig *hell*.«

Es rasselte und klapperte, und schließlich ging die Tür zumindest einen Spalt weit auf.

Er sah tatsächlich gut aus, dachte Eve, selbst halb verschlafen und erschöpft. Mit den gespenstisch grünen Augen, dichten schwarzen Wimpern, prominenten Wangenknochen, dem Dreitagebart und dichtem rötlich-braunem Haar kam er als Model in der Werbung sicherlich gut an.

»Entweder Sie lassen uns jetzt rein, oder wir führen das Gespräch auf dem Revier.«

»Auf was für einem Revier?«

Offenbar hatten die Götter alles in sein Aussehen investiert und dafür am Gehirn gespart.

»Dem Polizeirevier, denn schließlich sind wir von der Polizei.«

»Was zur Hölle wollen Sie?«

»Das erfahren Sie während unseres Gesprächs.«

»Verdammt«, entfuhr es ihm, doch schließlich trat er einen Schritt zurück und ließ sie ein.

Peabody schluckte hörbar, denn die Mühe, sich etwas anzuziehen, hatte er sich nach dem Aufstehen erspart, wie es aussah, hatte sich die Quote guter Gaben neben dem Gesicht auch auf den Rest von seinem Äußeren erstreckt.

»Sie haben mich geweckt«, erklärte er und streckte sich. »Was gibt's für ein Problem?«

Eve bückte sich nach einer kunstledernen Hose, die ein Stückchen weiter auf dem Boden lag. »Gehört die Ihnen?«

»Ja. Und?«

»Ziehen Sie sie an.«

»Sicher, wenn Ihnen das lieber ist«, bot er ihr feixend an. »Aber Nacktheit ist etwas Natürliches. Sie haben nicht zufällig Kaffee mitgebracht?«

»Verflixt, der ist jetzt gerade aus.«

Der Boden war mit weiteren Kleidungsstücken – einem Hemd, zwei knappen Höschen, einem kurzen schwarzen Kleid, das sicher nicht mal bis zum Hintern reichte, kniehohen schwarzen Stiefeln und High-Heels mit Silberglitter – übersät.

»Ich nehme an, Sie haben nicht allein geschlafen«, stellte Eve mit ausdrucksloser Stimme fest.

Noch immer feixend zog er sich die Hose an. »Das tue ich eher selten.« Dann riss er den Mund zu einem Gähnen auf und schaffte es, selbst dabei noch fantastisch auszusehen. »Ich brauche erst mal einen Vita-Smooth.«

Er glitt durch eine Öffnung in dem Glasblock, der den Wohnraum von der Küche trennte, und während McNab vernehmlich: »Arschloch« knurrte, schluckte Peabody noch einmal laut.

Dann kehrte er mit einem Jumboglas mit einer grünen Flüssigkeit zurück.

»Tut mir leid, das war der Letzte«, sagte er und hob das Glas an seinen Mund. »Wow, das tut echt gut. Schmeckt richtig lecker. Also, worum geht's?«

»Jayla Campbell.«

»Jay-jay?« Achselzuckend ließ er sich in einen von zwei breiten Sesseln fallen und nahm den nächsten Schluck aus dem Glas. »Was ist mit ihr? Soweit ich weiß, ist es nicht verboten, wenn man mal mit jemand anderem als der eigenen Freundin tanzt. Sie ist sauer, meinetwegen. Aber dass sie deshalb zu den Bullen rennt, ist ganz schön krass.«

»Sie ist verschwunden.«

»Und?«

Eve trat vor seinen Sessel, klatschte ihre Hände auf die Lehnen und fauchte drohend: »Hören Sie gut zu.«

»Na klar. Aber hat Ihnen schon mal irgendwer gesagt, dass Sie echt tolle Augen haben? Mit diesen Augen und dieser Figur könnten Sie modeln. Ich habe Connections in der Branche. Wenn Sie wollen ...«

»Halten Sie den Mund, und hören Sie zu. Jayla Campbell war mit Ihnen auf einer Party, nachdem sie sie verlassen hat, wurde sie nicht mehr gesehen.«

»Wahrscheinlich schmollt sie einfach irgendwo. Sie kann ziemlich launisch sein.«

»Danach sieht es für uns nicht aus. Sie waren einer von den Letzten, die sie gestern noch gesehen haben. Wann haben Sie sie zum letzten Mal gesehen oder mit ihr gesprochen?«

»Keine Ahnung, auf der Party, als sie wegen Misty ausgerastet ist. Dabei habe ich nur mit ihr getanzt.« Er blickte auf die Öffnung in dem schwarzen Vorhang, der neben der Wand zur Küche hing.

»Und diesen Tanz haben Sie zwei hier fortgesetzt?«

»Das ist ja wohl kein Verbrechen«, klärte Mattio sie mit einem neuerlichen Feixen auf.

»Wann sind Sie und Misty heimgetänzelt?«

»Gott, das weiß ich gar nicht so genau. Ich schätze, dass wir ungefähr bis zwei auf dieser Party waren. Dann sind wir zu Fuß zu meiner Wohnung gegangen, weil es nirgends ein verdammtes Taxi gab, und hatten jede Menge wirklich tollen Sex.« Er lächelte so breit, dass Eve zwei Reihen perfekter, strahlend weißer Zähne sah. »Jayla meinte gestern Abend, dass wir beide miteinander fertig wären, also hatte ich ja wohl das Recht, an ihrer Stelle eine andere mitzunehmen, oder nicht? Sie sitzt wahrscheinlich irgendwo und schmollt«, behauptete er abermals. »Sie hatte sicher einfach keinen Bock drauf, sich von Kari anzuhören, sie hätte es ja gleich gewusst. Die blöde Schnalle hat es einfach in den falschen Hals gekriegt, als ich einmal gesagt habe, mit Jay-jay und mit ihr zusammen in der Kiste wäre es bestimmt echt nett.«

»Sie sind ein Arschloch!«

»He!« Er wollte aufspringen, doch Eve stieß ihn zurück.

»Ich kann mir auch die Erlaubnis holen, mich in Ihrer Wohnung umzusehen, denn obwohl Sie offenkundig bereits jede Menge eingeworfen haben, liegen hier bestimmt noch kiloweise Drogen rum.«

»Ich nehme keine Drogen! Sie können mir nichts beweisen.«

»Doch, das kann ich, aber die Mühe ist ein kleiner Wichser mir nicht wert. Hör zu, Arschloch, die Frau, mit der du acht Monate zusammen warst, die Frau, die dir geholfen hat, das dümmlich grinsende Gesicht, auf das du derart stolz bist, zu vermarkten, ist verschwunden. Vielleicht ist sie schwer verletzt, vielleicht ist sie sogar schon tot. Du könntest also wenigstens so tun, als würde dir das etwas ausmachen.«

»Ist doch nicht meine Schuld, wenn Jay-jay angefressen war. Was meinen Sie mit *tot*?«

Zum ersten Mal klang er besorgt, doch Eve drehte sich einfach um und winkte Peabody und deren Schatz hinter sich her.

Noch einmal fragte er: »Was meinen Sie mit *tot*?«, doch sie trat wortlos in den Flur hinaus.

»Am besten lassen wir ihn einfach schmoren«, sagte sie.

»Er ist echt hübsch«, erklärte ihre Partnerin. »Aber vor allem ist er ein Arsch.«

»Trotzdem hat dieser hübsche Arsch mit ihrem Verschwinden nichts zu tun. Abgesehen davon, dass er sie brüskiert und dann alleine hat gehen lassen. Wenn ich könnte, würde ich ihn allein dafür gern ein paar Wochen einbuchten.«

»Das würde er nicht überstehen«, murmelte McNab.

»Genau.«

»Du hast ihn angestarrt«, warf Ian seiner Liebsten auf dem Weg nach unten vor. »Bevor er sich die Hose angezogen hat.«

»Tja nun. Er ist nun mal echt gut gebaut. Wenn er eine Frau wäre, hättest du ihn angestarrt.«

Eve rollte mit den Augen und beschleunigte das Tempo, trotzdem konnte sie die beiden weiter streiten hören.

»Ich glaube nicht, dass dieser Körper echt ist.«

»Wenn er ihn gekauft hat, haben sie dabei alles aus ihm rausgeholt. Trotzdem mag ich deinen Körper lieber, sogar deinen Knochenarsch.«

Eve war dankbar, dass sie nicht mit ansehen musste, wie die Partnerin dem elektronischen Ermittler zur Betonung ihrer Worte in den dürren Hintern kniff.

»Was für ein blöder Aufreißer.« Anscheinend war der aufgebrachte Ian nicht so einfach zu besänftigen. »Und dann hat er noch Dallas angemacht. Wenn Roarke dabei gewesen wäre, hätte er ihn ganz bestimmt wie eine Laus zerquetscht.«

»Wenn er das wert wäre, hätte ich das selbst getan«, erklärte Eve und blieb am Fuß der Treppe stehen. »Er ist ein Aufreißer, ein Arschloch und vor allem dümmer als ein Brötchen.«

»Dumm wie Brot«, verbesserte ihre Partnerin sie.

»Ein Brot ist viel zu groß für den Vergleich mit seinem Hirn, und selbst ein kleines Brötchen hätte meiner Meinung nach noch einen höheren IQ.«

»Oh.« Peabody runzelte die Stirn, doch schließlich nickte sie. »Da haben Sie wahrscheinlich recht.«

»Vor allem hat er keine Ahnung, und ihm ist auch völlig schnurz, wo Jayla Campbell ist. Wir wissen es auch nicht, aber schnuppe ist uns das ganz sicher nicht. Vergessen Sie den Kerl. Mein Auto steht drei Blocks entfernt, da wir bei dem blöden Wetter jetzt genug gelaufen sind, schicke ich einfach zwei Droiden mit dem Bild von Jayla los, damit sie fragen, ob irgendwer sie nach der Party auf dem Weg nach Hause bis dahin, wo sie ihre Sprachnachricht verschickt hat, noch gesehen hat.«

»Das kann ich doch übernehmen«, bot die Partnerin ihr an.

»Dann tun Sie das«, bat Eve. »Erstellen Sie danach eine Karte des Gebiets, in dem Kuper erst entführt und später abgeladen wurde und wo Campbell gestern Abend ihre Sprachnachricht gesendet hat.«

Als ihr Handy schrillte, zerrte sie es aus der Tasche, sah, dass es Detective Baxter war, und trat mit einem leisen Seufzer in die Schneelandschaft hinaus. »Dallas.«

»Hi. Wir haben hier einen William T. Banner, der mit Ihnen über unser mörderisches Pärchen reden will. Er kommt aus einem Kaff mit Namen Silby's Pond in Arkansas. Ich habe mit dem Sheriff dort gesprochen, und der Mann hat mir bestätigt, dass er seit fünf Jahren Deputy dort ist. Ich habe ihn erst einmal in den Pausenraum gesetzt, weil er erklärt hat, dass er nur mit Ihnen sprechen will.«

»Aus Silby's Pond?« Sie hatte sich unmöglich alle Orte merken können, die entlang der potenziellen Routen lagen, über die das Pärchen vielleicht nach New York gekommen war. »Ich gehe gerade noch in Greenwich Village einer neuen Vermisstenmeldung nach. Ich werde Ihnen sagen, was ich bisher habe, danach bringen Sie die Suche nach der Frau in Gang.«

»Schießen Sie los.«

»Die Frau heißt Jayla Campbell«, fing Eve an und gab ihm alles durch, was er brauchte.

Sie kämpfte sich durch den erbärmlichen Verkehr, während ihr der Duft der Esskastanien, die McNab und Peabody jetzt weiteraßen, und der heißen Schokolade, die sie ihrem AutoChef entnommen hatten, in die Nase stieg.

Schnee und wohlige Gerüche waren eine Sache, während man im Urlaub war, inzwischen aber hatte sie der Alltag wieder, und im Alltag war kein Platz für solche Dinge, dachte Eve.

Und hatte das Gefühl, als ob sie den Polarkreis halb umrundet hätte, bis sie irgendwann in die reviereigene Tiefgarage bog.

»Warum sind die Leute bei diesem Wetter überhaupt unterwegs?«, beschwerte sie sich bei den beiden anderen. »Vor allem die, die nicht mal Auto fahren können, wenn die Straßen trocken sind? Wenigstens habe ich mir das Nummernschild von diesem blöden Weib gemerkt, das mit zwölf Meilen die Stunde vor mir hergekrochen ist. New Yorker Kennzeichen Echo-Charlie-Charlie-acht-sieben-drei. Verpassen Sie der Tussi einen Strafzettel.«

»Einen Strafzettel?«, erkundigte sich Peabody, während sie aus dem Wagen kletterte.

»Genau.«

»Hm. Ich finde, bei dem Wetter ist es durchaus angemessen, vorsichtig zu fahren …«

»Während man sich gleichzeitig die Lippen anmalt und dabei statt auf die Straße in den Spiegel schaut? Gleichzeitig sein Handy zwischen Ohr und Schulter festklemmt, weil man keine Freisprecheinrichtung benutzen will? Sie hätte ja auf Automatik wechseln können, wenn sie sich selbst statt des Verkehrs bewundern wollte, aber nein, stattdessen schleicht sie vor mir her und malt sich an.«

»Tja nun. Soll ich ihr deshalb wirklich einen Strafzettel verpassen? Ich habe mich immer etwas mies gefühlt, wenn ich während der Ausbildung dazu gezwungen war.«

»Dann fühlen Sie sich meinetwegen noch mal mies, und schreiben Sie sie meinetwegen einfach wegen Dummheit auf.«

Sie nahmen den Lift, und während ihr McNab tröstlich den Hintern tätschelte, gab Peabody das Kennzeichen in den Handcomputer ein.

»Sie stalken die Opfer nicht«, wandte sich Eve wieder der Arbeit zu. »Dafür haben sie keine Zeit. Sie greifen ihre Opfer einfach auf der Straße auf. Ob sie arm sind oder reich, jung oder alt, männlich oder weiblich, ist ihnen egal. Falls sie weiter nach dem uns bekannten Muster vorgehen, haben wir zwei Tage Zeit, um sie zu finden, bevor Jayla Campbell stirbt.«

»Wobei das Wetter den Killern hilft«, warf Ian ein. »Der Schnee, das Eis, die Kälte und der Wind. Da fahren die meisten Leute eher mit dem Taxi oder mit der U-Bahn, als zu Fuß zu gehen. Oder gehen erst gar nicht aus dem Haus. Die beiden brauchen also nur zu warten, bis einer allein zu Fuß durch eine ruhige Gegend läuft.«

»Es sieht aus, als hätten sie hier in New York vergangene Nacht zum zweiten Mal so jemanden erwischt.«

Da der Lift in jedem Stockwerk hielt, um weitere Polizisten und Zivilpersonen einzuladen, beschloss Eve, aufs Gleitband umzusteigen, wo es etwas ruhiger war.

»Ich gehe davon aus, dass dieser dunkle Lieferwagen oder SUV, den sie benutzt haben, gestohlen ist. Peabody, leiten Sie eine Suche nach gestohlenen Fahrzeugen von diesem Typ in Pennsylvania und New Jersey ein. Und ja, wahrscheinlich wurden in dieser Gegend jede Menge derartiger Fahrzeuge geklaut«, kam sie dem Einwand ihrer Partnerin zuvor. »Aber wir fangen trotzdem an, danach zu suchen, vielleicht gelingt es uns ja, die Suche noch ein bisschen weiter einzugrenzen, bevor sie beschließen, sich nach einem anderen Fahrzeug umzusehen. Vielleicht haben sie es ja einem ihrer Opfer dort geklaut.«

Sie bahnte sich im Zickzack einen Weg durch das Gedränge, das auch auf dem Gleitband herrschte, bis sie endlich oben waren.

»McNab, ich brauche eine Karte von der Gegend, wo sie bisher ganz sicher waren. Sie brauchen etwas, wo sie wohnen und die Opfer foltern können, ohne dass es jemand mitbekommt. Das Gebäude ist bestimmt nicht gut gesichert, denn sie können nicht riskieren, dass sie aufgenommen werden, während sie die Opfer in die Wohnung transportieren. In den verlassenen Gebäuden in der Gegend haben die Kollegen bisher nichts entdeckt. Das heißt, wir haben entweder so ein Gebäude übersehen oder sie haben einen anderen Unterschlupf.«

Als sie ihr Dezernat betrat, winkte Baxter ihr von seinem Platz aus zu. »Die Suchmeldung ist raus, die Medien bringen Campbells Foto in den Nachrichten.«

»Okay.« Sie merkte, dass sein Blick auf ihre Mütze fiel, und riss sie sich vom Kopf. »Was ist mit diesem Deputy aus Arkansas?«

»Er ist sehr höflich, besteht aber darauf, dass er nur mit Ihnen sprechen will.«

Sie entledigte sich auch der Handschuhe und des von Peabody gestrickten Schals. »Sitzt er immer noch im Pausenraum?«

»Als ich letztes Mal nach ihm gesehen habe, saß er noch an einem von den Tischen dort.«

Nickend stopfte sie auch Handschuhe und Schal in ihre Manteltaschen und lief, immer noch im Mantel, wieder los.

Sie sehnte sich nach einem Kaffee und danach, allein in ihrem Büro zu sitzen, ihre Unterlagen auf den neuesten Stand zu bringen und darüber nachzudenken, wie in diesem Fall am besten weiter vorzugehen war.

In ihrem Kopf tickte die Uhr, denn ihnen blieben weniger als 48 Stunden, um die Täter zu ergreifen, bevor Campbell starb.

Sie trat durch die Tür des Pausenraums mit seinen Süßigkeiten- und Getränkeautomaten, den winzigen Tischen und den harten, unbequemen Stühlen und entdeckte ihn sofort.

Er hatte seine kilometerlangen Beine unter einem der Tische ausgestreckt und gab mit langen, schmalen Fingern etwas in einen Handcomputer ein, während ein Getränk aus einem der Automaten unbeachtet und gefährlich nah am Rand des Tischs stand.

Er hatte jede Menge sanft gewellter Haare in der Farbe eines Weizenfelds, ein längliches Gesicht, das zu den Fingern passte, und entweder keine Zeit gehabt, sich nach dem Aufstehen zu rasieren, oder trug mit Absicht einen kurzen Stoppelbart.

Dazu hatte er Jeans und Stiefel, denen die gelaufenen Meilen deutlich anzusehen waren, und ein Flanellhemd an, einen schwarzen Parka ordentlich über die Rückenlehne seines Stuhls gehängt und eine kleine Reisetasche auf dem Boden abgestellt.

Als sie auf ihn zuging, sah er auf. Er hatte blaue Augen, merkte sie. Sie waren nicht so blau wie die von Roarke, aber das waren die wenigsten. Das Blau ging eher ins Graue, trotz der dunklen Augenringe, die ein Zeichen von Erschöpfung waren, hatte er den wachen Blick des Cops.

»Deputy Banner.«

»Ja, Ma'am. Will Banner.« Er zog seine langen Beine ein, und als er aufstand, sah es aus, als ob er seinen Körper auseinanderklappen würde, weil er fast zwei Meter groß und dünn wie eine Bohnenstange war.

»Lieutenant. Lieutenant Dallas«, stellte sie sich vor.

Er gab ihr eine raue, harte Hand. »Ich weiß es zu schätzen, dass Sie mit mir sprechen wollen, Lieutenant.«

»Sie haben eine weite Reise hinter sich, Deputy Banner.«

»Allerdings. So weit war ich bisher noch nie von zuhause weg.«

»Sie kommen aus Silby's Pond. Ich habe, offen gestanden, keine Ahnung, wo das liegt.«

»In den Ozarks, Ma'am.«

»Bitte nennen Sie mich Lieutenant oder einfach Dallas«, bat sie ihn.

»Tut mir leid. Hier in New York machen sie einfach alles anders. Im nördlichen Arkansas, Lieutenant, fast schon in Missouri. Eine schönere Gegend gibt es einfach nicht«, erklärte er ihr im gedehnten Südstaatenakzent.

»Was führt Sie hierher?«

»Sie und ich, wir sind denselben Tätern auf der Spur. Denen, die Dorian Kuper erst gefoltert und am Schluss ermordet haben. Er war ihr letztes Opfer, und Sie haben letzte Nacht beim IRCCA nach Vermissten und nach ungeklärten Todesfällen in unserer Region gesucht.«

»Woher wissen Sie das?«

»Ich bekomme automatisch eine Nachricht, wenn es ein neues Opfer gibt oder wenn jemand offiziell nach weiteren Opfern sucht.« Er trat nervös von einem auf den anderen Fuß, sah sie aber weiter unverwandt aus seinen blaugrauen Augen an. »Lieutenant Dallas, Sie kooperieren mit dem FBI, Sie haben von ihnen das Profil der Täter und die Infos, die das FBI zu den Morden hat, aber Sie brauchen noch mehr.«

»Und das können Sie mir geben?«

»Wenn ich bereits alles über dieses Pärchen wüsste, würde Kuper jetzt noch Cello spielen. Aber ich glaube, nein, ich *weiß*, dass ich Ihnen trotzdem helfen kann. Vielleicht haben Sie also eine Viertelstunde Zeit. Ich weiß, Sie haben alle Hände voll zu tun, aber ich bitte Sie, mir trotzdem zuzuhören. Ich habe dafür extra diese lange Reise nach New York gemacht.«

»Kommen Sie mit in mein Büro.«

Erleichtert bückte er sich nach der Reisetasche und nahm den Parka von der Rücklehne des Stuhls. »Dafür bin ich Ihnen wirklich dankbar.«

»Normalerweise setzen wir Kollegen, die uns bei der Arbeit helfen wollen, nicht so einfach vor die Tür.«

»Man hört mitunter die seltsamsten Dinge aus New York.«

»Das glaube ich. Wie sind Sie hergekommen, und seit wann sind Sie schon hier?«

»Das ist eine längere Geschichte.«

Wahrscheinlich bot sich sein gedehnter, ausnehmend gemütlicher Akzent für das Erzählen von Geschichten an, sagte sich Eve.

»Die Meldung von Ihrem Opfer hat mich erst am Nachmittag erreicht. Aber dann habe ich gleich mit Agent Zweck gesprochen, so wie bei den anderen Opfern auch. Sie haben sich über Monate hinweg nach New York vorgearbeitet, als ich gestern Abend sah, dass Sie nach weiteren Opfern suchten, dachte ich, dass Sie das offenbar genauso sehen.«

»Es wäre eine Möglichkeit.«

»Es ist die einzige, die einen Sinn ergibt, als ich sah, dass Sie das ebenfalls so sehen, und nachdem ich, was Sie hoffentlich verstehen werden, recherchiert habe, wer diese Lieutenant Dallas ist, dachte ich, Sie wären vielleicht offen für die Hinweise, die ich Ihnen zu den Tätern geben kann.«

In ihrer Abteilung blieb er stehen und sah sich um. »Sie haben hier auf alle Fälle ganz schön viel zu tun. Bei uns zuhause gibt es nur den Chief, mich, zwei andere Deputies und jemanden fürs Telefon.«

»Wie viele Einwohner hat Silby's Pond?«

»Um die 3.200.«

»Allein in diesem Abschnitt des Gebäudes sind wir bereits mehr.«

Sie führte ihn in ihr Büro, und wieder blieb er stehen und sah sich, während sie sich den Mantel auszog, die verschiedenen Aufnahmen an ihrer Tafel an.

»Sie wissen, dass das noch nicht alle sind. Wahrscheinlich haben sie noch mal so viele Leute umgebracht.«

»Ich habe meine Tafel gestern nicht mehr aktualisiert und komme heute später als erwartet ins Büro, weil es eine weitere Vermisstenmeldung gibt.«

»Jayla Campbell«, sagte er, und als sie ihre Augen argwöhnisch zusammenkniff, erklärte er: »Ich war gerade dabei, die Suchmeldung zu lesen, als Sie reingekommen sind. Das Timing passt genau, das ist auch Ihnen klar. Sie haben sie sich geschnappt und letzte Nacht noch angefangen, ihr wehzutun. Sie sind wahrscheinlich furchtbar aufgeregt, weil sie jetzt jemand Neues haben, und haben sofort angefangen, sie zu quälen.«

»In Silby's Pond gibt es kein offizielles Opfer. Wenn es dort ein offizielles Opfer gäbe, hätte mir der Name dieses Orts etwas gesagt.«

»Nein, Ma'am, Lieutenant. Tut mir leid.« Er rieb sich kurz die müden Augen, fuhr dann aber fort: »Wie gesagt, ich dachte, dass Sie mit mir reden würden, also bin ich mit dem Wagen bis nach Branson gefahren, weil man dort am ehesten einen Flieger nach New York bekommt, und dachte erst einmal, ich hätte Glück gehabt, denn ich hatte gerade noch den letzten Flug erwischt. Aber dann ging dieser Flug wegen des Wetters nur bis Cleveland. Also habe ich mir einen Wagen gemietet und bin die restliche Strecke bis hierher gefahren.«

»Von Cleveland bis New York, und das bei diesem Wetter.«

»Wir müssen dieses Pärchen einholen, wenn wir sie erwischen wollen. Was mir bisher noch nicht gelungen ist.«

»Setzen Sie sich. Kaffee?«

»Danke, gerne. Bitte ohne Milch und Zucker.«

Sie trat vor den AutoChef und hielt ihm einen vollen Becher hin.

»Wen haben sie Ihrer Meinung nach bei Ihnen zuhause umgebracht?«

»Melvin Little. Er hat in unserem Ort einfach zum Inventar gehört, wenn ich es mal so lässig formulieren darf. Er hat während der Innerstädtischen Revolten als Soldat gedient und ist über die Dinge, die er dort erlebt hat, nie hinweggekommen, wenn Sie wissen, was ich damit sagen will. Nach der Entlassung kam er heim zu seinen Eltern, einem jüngeren Bruder und einer Verlobten, doch nach allem, was ich von meinem eigenen Vater weiß, hat Little Mel – so wurde er genannt, weil er so klein und drahtig war – so ziemlich alles eingeworfen, was er in die Hand bekommen hat, um die Albträume, die Stimmen und die Erinnerungen zu betäuben, die ihn nicht mehr losgelassen haben. Ich weiß, dass das im Grunde keine Rolle spielt, aber ich will, dass Sie ihn kennen.«

»Wie gesagt, Sie haben eine Viertelstunde Zeit.«

Nickend gönnte Banner sich den ersten Schluck Kaffee. Und riss die Augen auf.

»Grundgütiger, was ist denn das? Ist das New Yorker Kaffee?«

»Das ist echter Kaffee, aber den gibt's auch hier in New York nicht überall. Ich habe Beziehungen zu jemandem, der mir das Zeug besorgt.«

»Echter Kaffee«, wiederholte er mit ehrfürchtiger Stimme, und da Eve noch wusste, wie es ihr bei ihrem eigenen ersten Schluck ergangen war, bot sie ihm lächelnd an: »Nehmen Sie sich ruhig ein wenig Zeit.«

»Die brauche ich auf jeden Fall.« Er erwiderte ihr Lächeln und versprühte trotz seiner Erschöpfung einen jungenhaften Charme. »Wenn ich das den Jungs daheim erzähle …« Aber schließlich wandte er sich seufzend wieder seinem ursprünglichen Thema zu. »Little Mel kam mit dem ganz normalen Leben einfach nicht mehr klar. Sie haben alles versucht, aber er war einer der vielen, die verloren waren. Er war nicht gerne in geschlossenen Räumen, also schlief er oft im Wald. Sie haben hier Ihre Obdachlosen.«

»Ja.«

»Einige von diesen Obdachlosen bauen sich aus den Sachen, die sie finden, eine Art Zuhause. Das hat Little Mel bei uns im Wald gemacht. Seine Familie brachte ihm etwas zu essen und verschiedene andere Sachen, die er brauchte, aber schließlich war auch ihnen klar, dass er nicht mehr zurückkommen würde, und sie ließen ihn gewähren. Er war die meiste Zeit betrunken oder high, aber abgesehen von sich selbst hätte er niemals einem Menschen etwas angetan.«

So wie Banner ihn beschrieb, konnte Eve den Mann fast vor sich sehen. Aber sie spürte, dass das noch nicht alles war. »Was hatten Sie mit ihm zu tun?«

»Er war der Verlobte meiner Großmutter. Sie hatte den Jungen, der er gewesen war, geliebt, doch zu dem Mann, der aus dem Krieg zurückkam, fand sie einfach keinen Zugang mehr. Also hat sie schließlich meinen Großvater geheiratet, ging aber weiter hin und wieder in den Wald zu Little Mel und brachte ihm Lebensmittel oder was zum Anziehen. Später habe ich mir angewöhnt, alle ein, zwei Wochen in den Wald zu gehen und nach ihm zu sehen.«

»Sie haben also auf ihn aufgepasst.«

»Wir taten für ihn, was wir konnten. Trotzdem hat er hin und wieder irgendwelche Autos, Hütten oder Gartenhäuschen ausgeräumt, wenn sie nicht abgeschlossen waren. Das kam in den letzten beiden Jahren immer öfter vor. Aber nie, wenn jemand in der Nähe war, auch richtig eingebrochen ist er nie. Er ist nie irgendwo reingegangen, wenn abgeschlossen war. Aber wenn etwas offen stand, hat er sich dort nach irgendwelchem Zeug, das er für das, was er seine private Sammlung nannte, brauchen konnte, umgesehen. Meistens war das nicht mehr als eine Gabel, ein kaputter Türknauf oder eine Uhr, die nicht mehr ging.«

»Sie dachten also, dass er harmlos ist.«

»Das war er auch.« Banner machte eine kurze Pause und genoss den nächsten Schluck Kaffee. »Einmal wurde ein Kind bei uns vermisst. Ein kleiner Junge. Die Familie hat gezeltet, und der Junge hatte sich im Wald verirrt. Wir stellten gerade eine Suchmannschaft zusammen, als Little Mel mit dem Jungen auf den Schultern auf den Zeltplatz kam. Der Junge hat erzählt, er wäre einem Kaninchen hinterhergelaufen, hätte sich verirrt und sich am Fuß verletzt. Als er weinend auf der Erde saß, kam Little Mel vorbei, drückte ihm einen Schokoriegel in die Hand, verband den Fuß mit einem zugegebenermaßen nicht besonders sauberen Taschentuch und brachte ihn zurück. Er hat weder diesem Jungen noch sonst wem jemals etwas angetan.«

»Was ist mit ihm passiert?«

»Als ich letztes Mal im Wald war, um nach ihm zu sehen, wusste ich, dass etwas nicht stimmt. Nicht weil er nicht da war, sondern weil in seiner Hütte alles durcheinander auf dem Boden lag.« Banner schüttelte den Kopf. »Er war sehr stolz auf seine Sammlung, und er war sehr ordentlich. Doch an dem Tag waren alle seine Sachen auf dem Fußboden verstreut.«

Er blickte wieder auf. »Ich hatte dieses seltsame Gefühl im Bauch. Das kennen Sie doch sicher auch.«

»Auf jeden Fall.«

»Genau dieses Gefühl hatte ich an dem Tag. Also bin ich losgelaufen und habe seine Lieblingsplätze nach ihm abgesucht. Ich war dort, wo er immer geangelt hat, und dort, wo er gern rumgesessen hat, aber ich fand ihn erst am nächsten Tag. Am nächsten Morgen bin ich noch mal losgezogen, zusammen mit dem Sohn von seinem Neffen, der ein Kumpel von mir ist, weil ich mit ihm zusammen ein größeres Gebiet absuchen konnte als allein, schließlich fand ich ihn. Er lag tief unten auf dem Grund von einer Schlucht. Man hätte denken können, er wäre abgerutscht und einfach unglücklich gefallen, aber er konnte klettern wie eine verdammte Bergziege und wäre niemals einfach abgestürzt. Als wir ihn fanden, war er schon drei Tage tot.«

»Gab es Fesselspuren oder Spuren von Misshandlungen?«

»Gebrochene Knochen, Abschürfungen, Schnittwunden, Verbrennungen. Trotzdem haben sie es als Unfall abgetan. Sie haben gesagt, die Verbrennungen könnten auch vom Lagerfeuer oder von dem Zeug, das er geraucht hat, stammen, und die anderen Verletzungen wären nicht untypisch für einen tiefen Sturz. Dazu gab es eine Anzeige, weil irgendwo in einer Hütte eingebrochen worden war. Das Schloss war aufgebrochen worden, und verschiedene Sachen haben gefehlt. Aber es waren andere Sachen als das Zeug, das Little Mel für seine Sammlung hätte haben wollen, und wie gesagt, hätte die Hüttentür nicht offen gestanden, wäre er dort von sich aus niemals reingegangen. Aber sie haben dort Blutspuren von ihm gefunden und gesagt, er hätte sich vielleicht geschnitten, als er in die Hütte eingebrochen ist. Aber weder in der Hütte noch in seiner Sammlung hat was von dem Zeug gefehlt, das er sonst immer mitgenommen hat, wenn er dort oben auf dem Bergkamm unterwegs war, wo es zu dem angeblichen Unfall kam. Natürlich könnte es so abgelaufen sein. Erst ist er in die Hütte eingebrochen, hat sich dort geschnitten, ist dann auf den Berg gestiegen, war unachtsam und ist gestürzt. Ich kann mir vorstellen, dass es für jemanden, der ihn nicht kannte, durchaus logisch klingt. Aber nur etwas über eine Woche später verschwand dieser Junge oben in Missouri.«

»Noah Paston.«

»Ja, Ma'am – Lieutenant«, korrigierte er sich abermals. »Er wurde eindeutig entführt. Ein Unfall war das nicht. Es gab eindeutige Fesselspuren, Spuren von Schlägen, Schnitte und Verbrennungen. Natürlich gibt es kaum Gemeinsamkeiten zwischen einem jungen, durchtrainierten Burschen und dem armen, verlorenen Little Mel, aber sie waren beide ganz allein jeweils in einer abgelegenen Gegend unterwegs, und die Verletzungen der beiden stimmten quasi überein. Das hat mich nicht mehr losgelassen, und ich habe angefangen zu recherchieren. Das erste mir bekannte Opfer gab es im August«, erklärte er und bot Eve an: »Ich kann Ihnen die Liste mit den Namen und den Orten zeigen, auf die ich bisher gestoßen bin.«

Arkansas, sagte sich Eve, lag auf der zweiten Route, auf die Roarke gestoßen war.

»Das wäre sicher interessant, vor allem im Vergleich mit meiner eigenen Liste«, antwortete sie und wiederholte, als er auf die Bilder an der Tafel blickte: »Sie ist noch nicht auf dem neuesten Stand. Neben Jayla Campbell fehlen auch die potenziellen Opfer, auf die ich bei meiner Suche letzte Nacht gestoßen bin. Steht auf Ihrer Liste eine Ava Enderson?«

»Na klar.«

Als sie ihm weitere Namen nannte, schloss er die Augen und nickte einfach, bis sie auf den Wanderer zu sprechen kam.

»Die Sache mit dem armen Fastbinder bricht einem regelrecht das Herz. Jennifer, die Ehefrau, tut alles, was sie kann, aber er passt nicht in das Opferbild des FBI. Wie bei Little Mel tun sie auch seinen Tod deshalb als bloßen Unfall ab.«

»Kennen Sie die Frau?«

»Wir sind uns bisher nie begegnet, aber wir stehen telefonisch und auch brieflich in Kontakt.«

»Ich wollte heute bei ihr anrufen und fragen, ob ich seinen Leichnam exhumieren und hierherbringen lassen darf, damit sich unsere Spezialisten ihn mal ansehen können.«

»Wenn Sie mich mit ihr reden lassen, kann ich sie wahrscheinlich schneller dazu bringen, dass sie einverstanden ist. Können diese Spezialisten sich auch Little Mel mal ansehen?«

»Gibt es denn Überreste, die man untersuchen kann?«

»Er liegt auf dem familieneigenen Friedhof, so wie seine Mama es gewollt hätte.«

»Dann hätte unsere Anthropologin eine Möglichkeit, Vergleiche anzustellen«, überlegte Eve und nickte zustimmend. »Wir nehmen auch ihn. Ich muss natürlich noch mit meinem Vorgesetzten sprechen, aber wenn Sie mit den Hinterbliebenen reden und sie dazu bringen, einer Exhumierung zuzustimmen, holen wir beide Tote nach New York.«

»Das wird wahrscheinlich nicht ganz einfach, aber ich kann

ziemlich überzeugend sein. Vielleicht gelingt es mir ja sogar, Sie dazu zu überreden, mir noch eine Tasse Kaffee zu spendieren.«

Eve zeigte mit dem Daumen auf den AutoChef. »Kennen Sie sich mit diesen Dingern aus?«

»Ich nehme an, die sind überall gleich.«

»Dann bedienen Sie sich einfach und gehen mit Ihrem Kaffee wieder in den Pausenraum. Sie finden doch den Weg?«

»Ich habe einen ziemlich guten Orientierungssinn.«

»Dann rufen Sie die Leute an. Ich brauche selber etwas Zeit für meine Telefongespräche, danach reserviere ich einen Besprechungsraum. Wann müssen Sie zurück nach Arkansas?«

»Ich habe etwas Zeit. Ich habe Urlaub eingereicht.«

»Aber Ihr Vorgesetzter weiß doch, dass Sie hier sind und was Sie hier machen?«

»Ja natürlich.« Banner trat vor ihren AutoChef. »Er ist zwar nicht meiner Meinung, doch er lässt mir erst mal freie Hand. Den Urlaub hatte ich noch gut.«

»Okay. Dann sorgen Sie dafür, dass wir die Leichen exhumieren lassen dürfen, und ich rufe unsere Forensik an.«

Als er den Raum verließ, nahm sie am Schreibtisch Platz, überprüfte ihren Überraschungsgast kurzerhand, rief die Sekretärin ihres Vorgesetzten an und bat um einen Gesprächstermin.

10

Der Commander thronte hinter seinem Schreibtisch, und hinter der Fensterfront in seinem Rücken ragten die New Yorker Wolkenkratzer auf. Seine großen Hände ruhten auf den Lehnen des Schreibtischsessels, doch der Blick der schwarzen Augen war hellwach.

Die natürliche Autorität, die er besaß, wurde durch seinen gut geschnittenen Anzug mit den klaren Linien noch betont, er hörte Eve mit ausdrucksloser Miene zu.

»Dieser Deputy hat Urlaub eingereicht und ist auf eigene Kosten aus den Ozarks nach New York gekommen, weil er sich für Ihre Täter interessiert.«

»Ja, Sir.«

»Und zwar, weil er der Ansicht ist, ein Ex-Soldat mit einer posttraumatischen Belastungsstörung, der zurückgezogen irgendwo im Wald gelebt hat und dafür bekannt war, dass er Drogen nahm, ist ein Opfer der von uns und anderen gesuchten Serienkiller, obwohl das FBI der Ansicht ist, dass dieser Tod ein ganz normaler Unfall war.«

Das klang nicht wirklich logisch, aber …

»Bisher hat sich niemand außer einer Ärztin aus dem Ort die Leiche angesehen. Auf verdächtige Todesfälle ist die Frau nicht unbedingt spezialisiert. Das FBI hat sich anscheinend auf die Frau in Nashville als das erste Opfer unserer Täter eingeschossen und weicht nicht mehr von dieser Annahme ab. Aber es gibt außer diesem Little Mel noch andere potenzielle Opfer, die die beiden auf dem Weg, den sie aus unser beider Sicht hier genommen haben, ermordet haben könnten und auf die wir beide unabhängig voneinander während unserer Recherchen zu dem Fall gestoßen sind. Sie sind nicht erst in Tennessee auf den Geschmack gekommen, Commander. Diese Frau aus Nashville ist einfach die Erste, bei der man das in die Haut geritzte Herz gefunden hat. Die längeren Pausen, die sie zwischen einigen der Taten eingelegt zu haben scheinen, lassen sich problemlos mit den potenziellen Opfern, die wir beide noch gefunden haben, füllen.«

»Haben Sie schon mit Special Agent Zweck gesprochen?«

»Nein, Sir, das möchte ich jetzt auch noch nicht.«

Der Commander hob die Brauen an, aber sie fuhr entschlossen fort: »Sie interessieren sich nicht für diese Opfer, und sie haben Banner auch schon abserviert. Sobald wir Beweise dafür finden, dass auch die anderen Personen von unserem Paar ermordet worden sind, beziehen wir das FBI natürlich umgehend in die Ermittlungen mit ein. Mir ist bewusst, dass es bisher noch keinerlei Beweise gibt, aber unsere Überlegungen sind durchaus logisch, und vor allem sollte man nicht einfach abtun, dass Banner und mir vollkommen unabhängig voneinander all diese Personen aufgefallen sind.«

Er trommelte mit einem Finger auf der Kante seines Tischs herum. »Trotzdem ist es ziemlich viel verlangt, deshalb zwei Leichen exhumieren und nach New York holen zu lassen, damit unsere Leute sie sich ansehen, um festzustellen, ob ihr Tod kein Unfall war.«

»Falls man wenigstens in einem Fall den Mord beweisen kann, habe ich noch eine dritte Leiche, die zu einem Vergleich herangezogen werden kann. Noah Paston, 19 Jahre jung, entführt, gefoltert, umgebracht – auch wenn man kein Herz bei ihm gefunden hat.«

»Dann wären wir bei 24«, stellte Whitney fest.

»Auch er wurde nicht eingeäschert, sondern ganz normal begraben, falls rauskommt, dass entweder Little oder Fastbinder von diesem Paar ermordet wurde, werden Pastons Eltern sicher damit einverstanden sein, dass man auch seine Leiche exhumiert, um sie sich noch einmal genauer anzusehen.«

»Und Jayla Campbell?«

»Ist das nächste, wird aber ganz sicher nicht das letzte Opfer sein. Genau wie Banner denke ich, wir sollten unsere bisher eigenständigen Ermittlungen zusammen weiterführen, wenn wir sie rechtzeitig finden wollen.«

Vor allem aber mussten sie sich sputen, denn sie hatten für die Suche 48 Stunden Zeit, von denen schon fast zehn verstrichen waren.

»Wir haben weder Namen noch Gesichter«, fuhr sie eilig fort. »Es ist, als ob die beiden Geister wären. Das sagt mir, dass sie vollkommen normal aussehen und es schaffen, nirgends aufzufallen. Die Gegend zwischen Campbells Wohnung und der Stelle, wo man sie zuletzt gesehen und von wo sie ihre Sprachnachricht an die Mitbewohnerin geschickt hat, wird von Streifenpolizisten und Droiden abgeklappert. Vielleicht finden wir auf diese Art heraus, wo das Paar ihr aufgelauert hat. Genau wie Kuper, Fastbinder und Little war auch sie alleine unterwegs.« Eve seufzte, bevor sie fortfuhr: »Irgendwann ist ihnen ein Fehler unterlaufen. Solche Sachen laufen niemals völlig glatt, nur hat bisher noch niemand herausgefunden, wo der Fehler liegt. Vielleicht haben sie was falsch gemacht, bevor zum ersten Mal jemand genauer hingesehen hat. Doch wenn wir Campbell retten wollen, müssen wir uns auf den Fehler, den sie irgendwann gemacht haben, konzentrieren.«

Jetzt trommelte er mit den Fingern auf der Lehne seines Schreibtischsessels, beugte sich ein wenig vor und stellte reglos fest: »Ich will mit Banners Vorgesetztem sprechen.«

»Polizeichef Lucius Mondale. Ich habe ihn und Banner bereits überprüft. Sie arbeiten in einer Kleinstadt, Sir, aber nach allem, was ich bisher rausgefunden habe, sind sie beide grundsolide Cops. Ich habe Ihnen die Ergebnisse der Überprüfung und Mondales Kontaktdaten bereits geschickt.«

»Dann werde ich jetzt erst mal mit ihm reden und Sie wissen lassen, wie mein Eindruck von ihm ist. Bis dahin stimmen Sie die Ermittlungen mit Banner ab. Man sollte schließlich alle Infos nutzen, die man kriegen kann.«

»Ja, Sir.«

Ehe Eve den Raum verlassen konnte, fügte Whitney noch hinzu: »Sie wollten von Beginn an nach New York.«

»Ja, Sir, alle Wege, die sie meiner Meinung nach genommen haben könnten, hätten sie hierhergeführt.«

Er stand auf, trat vor die breite Fensterfront, verschränkte seine Hände auf dem Rücken und sah auf die Skyline seiner Stadt. »Es war ein Fehler, nach New York zu kommen. Aber sicher ist es besser, wenn sie erst einmal nicht wissen, dass wir ihnen auf der Spur sind, also halten Sie die Medien zunächst aus der Sache raus.«

»Auf jeden Fall.«

»Jetzt fahren Sie mit Ihrer Arbeit fort.«

»Zu Befehl, Sir«, antwortete Eve und machte auf dem Absatz kehrt.

Zeit, sagte sie sich, während sie schnell in ihre eigene Abteilung zurücklief. Für Campbell zählte jeder Augenblick, wenn sie sie noch retten wollten, machten sie am besten möglichst schnell. Wie lange würde es wohl dauern, bis DeWinter die Leichen auf den Tisch bekäme, um sie sich zusammen mit Morris anzusehen? Wenn sie sie gemeinsam untersuchten, würde ihnen ganz sicher nichts entgehen.

Ob Little Mel vielleicht das erste Opfer dieses mörderischen Paars war? Auch mit ihm hatte sich Eve schon eingehend befasst. Er war über 70 Jahre alt gewesen und nicht einmal 60 Kilo schwer. Trotzdem war er bestimmt kein wirklich leichtes Ziel gewesen, denn er hatte jahrelang im Krieg gekämpft, sich dort im Wald und in den Bergen ausgekannt und in der Wildnis jahrelang alleine überlebt.

Nachdenklich trat sie durch die Tür des eigenen Dezernats.

»Peabody, bereiten Sie schon mal den Konferenzraum vor – mit allem, was wir bisher haben. Wo ist Baxter?«

»Er und Trueheart haben einen Fall hereinbekommen.«

Eve sah sich suchend um. »Detective Carmichael und Santiago, haben Sie gerade einen heißen Fall?«

»Wir schließen gerade einen ab, Lieutenant.«

»Dann machen Sie ein bisschen schnell und helfen danach Peabody. Carmichael von der Trachtengruppe ist noch unterwegs?«

»Er ist noch nicht zurück, aber ich kann ihn gerne anrufen«, bot Peabody ihr an.

»Okay.«

Mit schnellen Schritten ging sie weiter Richtung Pausenraum, zerrte ihr Handy aus der Tasche, und bevor sich Miras Sekretärin melden konnte, herrschte sie sie bereits an: »Ich brauche Dr. Mira, und zwar möglichst schnell. Wir haben einen neuen Entführungsfall, und es gibt neue Infos zu unseren Verdächtigen.«

»Ich richte es ihr aus.«

»Sofort.«

Eve legte auf und sprach DeWinter sowie Morris kurze Nachrichten aufs Band.

»Die Sache kommt in Schwung«, erklärte sie und hob, als Banner sich erheben wollte, abwehrend die Hand. »Jetzt muss ich dafür sorgen, dass es möglichst schnell geht, auch Sie bereiten bitte schon mal alles vor. Ich melde mich dann wieder. Haben Sie was erreicht?«

»Ms. Fastbinder war nicht nur einverstanden, sondern hat dazu noch einen Richter an der Hand, der die Genehmigung zur Exhumierung allein deshalb geben wird, damit er endlich seine Ruhe vor ihr hat. Dazu habe ich mit der Mama von Little Mel und meinem Boss telefoniert, er wird alles Nötige veranlassen. Ebenfalls hauptsächlich, damit er endlich seine Ruhe hat.«

»Egal, aus welchem Grund, es zählt, dass sie machen, was wir wollen. Mein Commander wird auch noch bei Ihrem Chef anrufen«, sagte Eve und sah ihn forschend an. »Falls er den Eindruck hat, dass Sie verrückt oder nicht echt sind, Banner, kommen wir nicht weit.«

»Ich bin vielleicht auf diesen Fall fixiert, und meine Frau hält mich noch heute für verrückt, weil ich zur Polizei gegangen bin, doch davon abgesehen halte ich problemlos jeder Überprüfung stand.«

Sie nahm ihm gegenüber Platz und unterzog ihn einer neuerlichen Musterung. Er kam ihr völlig klar und vollkommen authentisch vor. »Wer lebt in der Hütte, aus der irgendwelche Sachen fehlten und wo man sein Blut gefunden hat?«

»Sie wird an Jäger oder Urlauber vermietet. Solche Hütten gibt's dort überall. Aber diese Hütte konnte eine Zeit lang nicht vermietet werden, weil es ein Problem mit Ungeziefer gab.«

»Dann stand sie also leer.«

»Genau.«

»Und wie war sie gesichert?«

»Nur mit einem normalen Schloss.«

»Das man wahrscheinlich ohne große Mühe knacken konnte, um die Hütte auszuräumen. Das Pärchen bricht also dort ein, um irgendwelches Zeug zu klauen, und Little Mel kommt zufällig vorbei. Es kommt zu einem Streit, sie gehen auf ihn los und schlagen ihn bewusstlos oder bringen ihn um. Wie weit von der Hütte weg haben Sie ihn gefunden?«

»Abzüglich des Sturzes in die Schlucht? Vielleicht eine halbe Meile mit dem Auto, danach noch eine Viertelmeile einen Fußweg rauf bis zu der Stelle, wo er abgerutscht sein soll. Es gibt Leute, die behaupten, Mel wäre gesprungen, aber das ist totaler Schwachsinn.«

Er atmete vernehmlich ein und raufte sich die Haare. »Tut mir leid.«

»An dem Tag, an dem ein Polizist nicht mal mehr *Schwachsinn* sagen darf, gebe ich meine Dienstmarke zurück. Weil ich genau weiß, dass das nie passieren wird. Haben Ihre Leute in der Hütte noch nach anderen Blutspuren gesucht? Sie haben gesagt, es hätte ausgesehen, als hätte irgendwer dort gründlich aufgeräumt.«

»Wir sind vielleicht vom Land, aber deshalb noch längst nicht auf den Kopf gefallen. Dort war tatsächlich nur ein bisschen Blut von Mel. Aus meiner Sicht haben die Täter die paar

Tropfen einfach übersehen. Wie bei ihren anderen Opfern hatten sie wahrscheinlich eine Plane auf dem Boden ausgebreitet, denn sie wollten keine Spuren hinterlassen.«

Genauso sah es Eve auch. »Das heißt, dass es vor Little Mel auf alle Fälle schon ein Opfer gab. Am besten arbeiten wir uns also noch weiter zurück, wenn wir das erste Opfer haben, finden wir auch das Paar.«

Ihre Brauen schossen hoch, als Banner ihre Hand ergriff, eilig ließ er wieder von ihr ab. »Entschuldigung, das ist wahrscheinlich nicht erlaubt. Es ist nur so … ich habe eine halbe Ewigkeit darauf gewartet, dass jemand diesen Satz sagt.«

»Von der Vermutung über den Beweis bis zum Auffinden der Täter haben wir noch alle Hände voll zu tun.«

»Alles, was ich selber bisher unternehmen konnte, habe ich getan. Ich will vollkommen ehrlich sein. Ich habe während meiner ganzen bisherigen Dienstzeit gerade mal zwei Mordfälle gelöst, beide Male stand der Täter quasi von Beginn an fest. Im ersten Fall ging's um die Delroy-Brüder, Zack und Lenny. Beide alles andere als helle und dazu mit einer Vorliebe für Billigfusel und für selbst gedrehte Pillen. Die beiden waren mal wieder drauf, Zack ist mit dem Schürhaken auf seinen Bruder los, als sie beim Kartenspielen in Streit geraten sind. Er hat zwar noch behauptet, dass jemand bei ihnen eingebrochen und auf Lenny losgegangen wäre, aber wie gesagt, der Typ ist dümmer, als die Polizei erlaubt.«

Er rutschte etwas unbehaglich auf dem unbequemen Stuhl herum. »Der zweite Fall war eine Frau aus Pittsburgh, die mit ihrem Ehemann bei uns im Urlaub war. Wobei es für sie kein echter Urlaub war, weil dieser Kerl sie einfach nur zum Spaß windelweich geprügelt hat. Sie hatte bereits eine aufgesprungene Lippe und ein Veilchen, als sie vor ihm weggelaufen ist und sich in ihrem Wagen eingeschlossen hat, als der Typ ihr nachgelaufen ist, hat sie ihn überfahren.«

»Was man ihr nicht verdenken kann.«

»Da haben Sie recht. Sie hat gleich zugegeben, dass sie sichergehen wollte, dass er ihr nicht noch einmal etwas antun kann und dass sie ihn deshalb mit Absicht nicht nur einmal, sondern dreimal überfahren hat. Wie gesagt, die Lösung dieser Fälle war nicht weiter schwierig. In Silby's Pond bringen sich die Leute für gewöhnlich nicht mit Absicht gegenseitig um.«

»Trotzdem sind Sie auch im Fall von Little Mel sehr weit gekommen.«

»Seit ich ihn gefunden habe, ist kein Tag vergangen, an dem ich dieser Angelegenheit nicht nachgegangen bin. Manchmal nur für eine Stunde, aber wirklich jeden Tag. Und seit ich eine echte Mordermittlerin an meiner Seite habe, hoffe ich, dass ich den Fall tatsächlich aufklären kann.«

»Dann fahren wir am besten schnellstmöglich mit unserer Arbeit fort«, erklärte Eve und stand entschlossen auf. »Kommen Sie mit in den Besprechungsraum.«

Sie wartete, während der Mann nach seinem Parka und der Reisetasche griff, und im Hinausgehen meinte er: »Auf Ihrem Revier ist wirklich jede Menge los.«

»Falls es Sie interessiert, kann ich Sie ja mal herumführen lassen«, bot sie an.

»Da sage ich bestimmt nicht Nein.«

In diesem Augenblick erklang in ihrem Rücken wildes Kriegsgeschrei. Eve machte auf dem Absatz kehrt und sah, dass zwei Beamte einen Kerl verfolgten, der gesenkten Hauptes mit gebleckten Zähnen und Augen wie Laternen den Gang hinunterschoss. Er hatte offenkundig irgendetwas geraucht, geschluckt oder gespritzt, was ihm genügend Schwung verlieh, um eine unglückliche Sekretärin so hart anzurempeln, dass die arme Frau mitsamt dem Aktenstapel, den sie in den Armen hatte, durch die Gegend flog.

»Entschuldigung.« Eve trat dem Kerl, der seine dünnen roten Zöpfe und die Fäuste fliegen ließ, entschlossen in den Weg.

Ihr rechter Haken hielt ihn zwar nicht auf, doch als er wütend auf sie losging, nutzte sie den Aufprall seiner Faust auf ihrer Schulter, drehte sich in Windeseile um die eigene Achse, trat ihm in den Bauch, und während er sie knurrend packen wollte, bohrte sie ihm einen Stiefelabsatz in den Fuß, rammte das Knie in seinen Unterleib und schlug ihm nochmals so fest ins Gesicht, dass er das Gleichgewicht verlor. Inzwischen blutete er aus dem Mund, behielt aber sein breites Grinsen bei, doch ehe er Gelegenheit bekam, sie abermals zu attackieren, hatten ihn die beiden Kollegen von der Trachtengruppe eingeholt.

Eve machte einen Schritt zurück, doch während sie noch überlegte, ob sie den Kollegen abermals zu Hilfe eilen sollte, als diverse Ellenbogen und Fäuste durch die Gegend flogen, sprang ihnen ein drittes Streifenhörnchen bei.

»Um Himmels willen«, sagte sie, als er endlich am Boden lag und wie ein Irrer lachte, während er Handschellen angelegt bekam. »Um Himmels willen.«

»Das ist der irre Fergus, Lieutenant«, klärte einer der Kollegen, dessen eigene Lippe auch etwas abbekommen hatte, sie laut keuchend auf. »Wir dachten eigentlich, wir hätten ihn, aber wer weiß, was er mal wieder eingeworfen hat.«

»Am besten kümmert irgendwer sich um das Mädchen, das er umgeworfen hat, und schafft ihn dann hier raus. Wenn ihr eure Gefangenen nicht im Griff habt, kommt am besten nicht bei mir vorbei. Das ist voll peinlich«, herrschte sie die armen Beamten an.

Sie wandte sich zum Gehen und sah, dass Banner der noch immer leicht geschockten Sekretärin auf die Beine half.

»Tut mir leid«, entschuldigte sie sich, als der Kollege aus den Ozarks wieder bei ihr war.

»Sie sind echt schnell. Wenn Sie mir so in den Bauch getreten hätten, würde ich jetzt sicher immer noch am Boden liegen und nach Luft schnappen.«

»Ich nehme an, der irre Fergus ist aus härterem Holz geschnitzt«, stellte sie fest, während sie vorsichtig die Schulter kreisen ließ.

»Der Kerl hat Sie erwischt.«

»Ich kriege öfter mal was ab.« Noch einmal ließ sie ihre Schulter kreisen, öffnete die Tür des Konferenzraums, stellte ihn den anderen vor und sah Santiago und Carmichael fragend an. »Sie wissen, worum es geht?«

»Peabody hat uns auf den neuesten Stand gebracht.« Santiago tippte Campbells Foto an der Tafel an. »Wir haben weniger als 48 Stunden, um sie zu befreien.«

»Dann lassen Sie uns keine Zeit verlieren. Deputy, geben Sie alles, was Sie haben, Peabody, damit sie es an die Tafel bringen kann. Ich erzähle in der Zeit den anderen, worüber wir gesprochen haben. Melvin Little«, fing sie an und war erfreut und überrascht, als Mira den Besprechungsraum betrat. Sie stellte auch die Psychologin und den Deputy einander vor und fasste kurz zusammen, worum es ging.

»Ein derart unebener, steiler Weg?« Carmichael sah sich die von Banner mitgebrachten Fotos an. »Er könnte wirklich ausgerutscht sein«, gab sie zu bedenken, fügte aber umgehend hinzu: »Ich will damit nicht sagen, dass er nicht ermordet worden ist. Ich sage damit nur, dass die Wahrscheinlichkeitsberechnung sicherlich ergeben würde, dass der Sturz ein Unfall war.«

»Ja, Ma'am, das würde sie, hat sie auch getan. Aber wenn man Little Mel gekannt hat, weiß man, dass da jemand nachgeholfen hat. Egal, wie fertig er auch war, kannte er sich auf dem Bergkamm wie in seiner eigenen Westentasche aus und wusste immer ganz genau, wohin er treten und wie weit er gehen kann.«

»Die Hütte und die kleine Menge Blut.« Mira schlug die Beine übereinander, legte ihren Kopf ein wenig schräg und fuhr mit nachdenklicher Stimme fort: »Wenn er dort herumgewühlt und sich dabei geschnitten hätte, hätte man nicht nur an einer Stelle ein paar Tropfen, sondern überall etwas finden müssen.«

»Richtig«, stimmte Eve ihr zu. »Hat Ihre SpuSi Infrarotlicht oder Luminol benutzt?«

»Unsere SpuSi?«

»Ihre Leute von der Spurensicherung.«

»Oh ja, Ma'am, das haben sie. Es gab keine anderen Blutspuren, und es hatte offenbar auch niemand Blut aufgewischt. Aber die Mühe hätte Mel sich sowieso gespart.«

»Die gestohlenen Gegenstände sind nie wieder aufgetaucht?«, hakte Santiago nach.

»Die Sachen hatten keinen echten Wert. Beim Pfandleiher oder auf einem Flohmarkt wären sie wahrscheinlich keinem Menschen weiter aufgefallen.«

Mira faltete die Hände und sah sich das Bild des Opfers an. »Laut Leichenschau hat er sich die Verbrennungen selber zugefügt.«

»Ja, Ma'am. Entweder im Rahmen eines Unfalls oder weil er high oder betrunken war.«

»Da bin ich anderer Meinung, und ich gehe davon aus, dass unser Pathologe das genauso sehen wird.«

»Das freut mich zu hören.«

»Morris und DeWinter werden sich die Überreste von Mel und die Überreste eines anderen potenziellen Opfers, das in West Virginia aufgefunden wurde, ansehen«, sagte Eve.

»Das FBI und Ihre Leute haben es verbockt.« Santiago blickte Banner an. »Womit ich Ihnen nicht zu nahe treten will.«

»Keine Sorge, das tun Sie nicht.«

»Wir nehmen an, sie arbeiten im Team und haben vor Little Mel schon jemand anderen umgebracht, weshalb sie halbwegs wussten, wie am besten vorzugehen war«, erklärte Eve. »Sie hatten diese leer stehende Hütte, und als er vorbeikam, haben sie sich ihn geschnappt, eine Plane auf dem Boden ausgebreitet, die das Blut und andere Körperflüssigkeiten aufgefangen hat, ihn auf den Bergrücken gebracht, in der Schlucht entsorgt und sich dann wieder auf den Weg gemacht. Und das fehlende Herz? Wahrscheinlich haben sie ihren ersten Opfern diesen ganz speziellen Stempel noch nicht aufgedrückt. Und wie gesagt, wir gehen davon aus, dass Little Mel eins der ersten Opfer, wenn auch nicht das allererste Opfer war. Um das zu finden, müssen wir von dort aus weiter rückwärtsgehen.«

»Das wird vielleicht ein ziemlich langer Weg.« Carmichael

runzelte die Stirn. »Aber wir müssen wissen, wie es angefangen hat, weil das der Schlüssel zu der ganzen Sache ist. Was hat diese Serie ausgelöst? Falls sie ein Pärchen sind, und danach sieht es für mich aus, wollte vielleicht irgendwer sie auseinanderbringen, womöglich ein anderer Partner, Eltern oder eine Autoritätsperson. Oder jemand hat sich an einen von den beiden rangemacht, und das ging gründlich schief. Auf alle Fälle hat der erste Mord, an wem, warum und wo auch immer, diese Serie der Gewalt erst ausgelöst.« Sie blickte Mira an.

»Das sehe ich genauso«, stimmte ihr die Psychologin zu. »Der erste Mord hat sie auf den Geschmack gebracht.«

»Ich habe ein paar weitere potenzielle Opfer«, klärte Banner die Kollegen auf. »Ich habe mich von Little Mel aus erst nach vorn, dann aber rückwärts durchgearbeitet und drei Fälle gefunden, die aus Sicht des FBIs zwar nicht in Frage kommen, aber …«

»Zeigen Sie sie uns.«

Er sah auf den Computer, der neben der Tafel stand. »Dieses Gerät ist wesentlich moderner als die Kisten, die uns in den Ozarks zur Verfügung stehen.«

»Wenn Sie wollen, rufe ich die Dateien für Sie auf«, bot Peabody ihm an. »Wie haben Sie sie genannt?«

»Ah. Es ist nur eine einzige Datei. Sie hat das Kürzel VVM, das heißt ›vielleicht vor Mel‹.«

»Okay. Ich habe übrigens eine Cousine, die bei Ihnen in der Nähe lebt«, erzählte Peabody, während sie bei der Arbeit war. »Sie lebt außerhalb von Pigeon Run.«

»Ich kenne Pigeon Run. Ein hübscher Ort.«

»Das stimmt. Ich war zum letzten Mal mit sechzehn dort, kann mich aber noch gut erinnern. Sie, ihr Mann und ihre Jungs leiten eine landwirtschaftliche Kooperative dort.«

»Garth Foxx und Lydia Bench?«

»Genau. Sie kennen sie?«

»Im Grunde kennt eher meine Schwester sie. Sie bringt ihnen immer ihre Ernte und kauft mindestens einmal im Monat bei den beiden ein. Die Welt ist wirklich klein, egal, wie groß sie einem auch erscheint.«

»Am besten konzentrieren wir uns trotzdem erst mal weiter auf den Fall«, schlug Eve den beiden vor. »Holen Sie die Daten auf den Bildschirm, Peabody.«

»Bin schon dabei.«

»Das hier ist das erste potenzielle Opfer.« Banner nickte Richtung Monitor, auf dem man einen Namen und ein Foto sah. »Vickie Lynn Simon, Sexarbeiterin, die vor allem in Tulsa und Umgebung tätig war. Ihre Leiche wurde ungefähr zehn Meilen außerhalb der Stadt auf einem Bauernhof entdeckt. Sie ist geschlagen und am Schluss erstochen worden. Die Kollegen dort haben es einen Overkill genannt.«

»Der Fall wurde gestern abgeschlossen«, sagte Eve. »Wahrscheinlich waren Sie da gerade auf dem Weg hierher. Sie haben die Verbindung zwischen ihr und einem zweiten Opfer hergestellt und den Killer aufgespürt. Sie haben handfeste Beweise, nachdem das zweite Opfer letzte Woche erst getötet wurde, kann es nicht aufs Konto unserer Täter gehen.«

»Dann bleiben nur noch zwei. Der hier, Marc Rossini, war Betreiber eines kleinen Restaurants in Little Rock. Er hatte abends gerade zugemacht, als er in seinem Laden überfallen wurde. Die Täter haben das Restaurant verwüstet, ihn geschlagen und getreten, ihm Schnitt- und Stichwunden und zahlreiche Verbrennungen zugefügt.«

»Auf den Namen bin ich auch gestoßen«, meinte Eve. »Am besten sehen wir ihn uns noch genauer an, auch wenn ich eigentlich nicht glaube, dass es unsere Täter waren. Rossini war ein Spieler, hatte einen Berg von Schulden, und für mich sieht's eher so aus, als ob die Geldeintreiber eine Spur zu weit gegangen wären.«

»Was heißt, dass erst mal nur noch einer übrig bleibt. Robert Jansen. Er hat einen Schlag mit einem Wagenheber oder etwas in der Richtung auf den Kopf bekommen, hatte gebrochene Beine, Gesicht und Rücken wiesen Spuren von Schlägen auf.

Anscheinend hat er sich gewehrt. Darauf deuten die Verletzungen an seinen Armen und den Händen hin. Die Leiche wurde ein paar Meilen unterhalb von Bentonville in einem Gebüsch entlang des Highway 12 entsorgt. Sie lag dort circa eine Woche, bis die Mutter eines kleinen Jungen zufällig ganz in der Nähe hielt, damit der Kleine hinter den Büschen Pipi machen konnte. Der Leichnam war von wilden Tieren angeknabbert worden, von diesem Schreck hat sich der arme Junge sicher immer noch nicht ganz erholt.«

»Das ist einer von den Fällen, die ich mir auch schon angesehen habe«, sagte Eve und schaute sich das Bild nachdenklich an. »Ich wollte ihn mir noch genauer ansehen, denn der Tatort liegt direkt an ihrem Weg. Er war geschäftlich unterwegs, nicht wahr? Er hatte einen Wagen in Fort Smith gemietet, um damit nach Bentonville zu fahren, der Wagen ist nie wieder aufgetaucht.«

»Nein, Ma'am. Lieutenant«, korrigierte Banner sich. »Das FBI denkt nicht, dass Robert Jansen dazugehört, denn er wies keine Folterspuren auf. Vielleicht hatte er Probleme mit dem Wagen oder hat gehalten, weil er pinkeln musste oder weil er jemand anderem helfen wollte. Zum Dank ist dieser Jemand auf ihn losgegangen, als er sich gewehrt hat, hat er den verdammten Wagenheber auf den Kopf und ins Gesicht geschlagen gekriegt.«

»Sie hatten es auf seinen Wagen abgesehen«, mutmaßte Eve. So musste es einfach gewesen sein. »Aber wo ist dann ihr eigenes Gefährt?«

»Man hat kein anderes Fahrzeug dort entdeckt. Ich bin der Sache nachgegangen, die Abschleppdienste aus der Gegend haben dort kein Fahrzeug abgeholt, und bei der Polizei gab es keine Meldung, weil ein verlassener Wagen rumgestanden hätte.«

»Vielleicht waren sie zu Fuß unterwegs, aber das kann ich mir nicht vorstellen. Vielleicht sind sie mit beiden Wagen weitergefahren und haben dann einen davon verkauft. Vielleicht haben sie ja einfach die Gelegenheit genutzt«, sinnierte Eve und stapfte durch den Raum. »Sie haben ihn dazu gebracht zu halten. Warum hält ein Mann, der oft geschäftlich unterwegs ist und sich auskennt, in einer so gottverlassenen Gegend irgendwo auf einer menschenleeren Straße an?«

»Vielleicht stand dort ja eine Frau am Straßenrand«, schlug Santiago ihr vor.

»Wahrscheinlich. Na, Probleme, Süße? Allerdings. Ich danke Ihnen, dass Sie angehalten haben, denn es ist fast dunkel, und hier draußen ist es einfach unheimlich. Dann schleicht sich der Partner an. Sieht aus wie eine todsichere Sache. Vielleicht haben sie das ja vorher schon des Öfteren gemacht. Vielleicht haben sie bis dahin nur die Wagen mitgehen und die Fahrer einfach stehen lassen, aber dieser Fahrer macht etwas falsch. Vielleicht stürzt er sich auf die Frau und der Partner zieht ihm deswegen den Wagenheber über. Oder vielleicht ist er stärker als der Partner, und die Frau schnappt sich das Ding und drischt in Panik damit auf ihn ein. Dann ist er entweder schwer verletzt oder auch tot und sie haben keine Ahnung, was sie mit ihm machen sollen.«

»Also zerren sie ihn ins Gebüsch und gucken, dass sie Land gewinnen«, beendete Eves Partnerin die Überlegungen.

»Doch plötzlich stellen sie fest, wie aufregend das war.«

Es passte ausgezeichnet, dachte Eve. Es passte haargenau ins Bild.

»Wahrscheinlich waren ihre Kleider voll mit seinem Blut. Denn schließlich spritzt das Blut in alle Richtungen, wenn jemandem der Schädel eingeschlagen wird. Vom Geruch und vom Gefühl des warmen roten, frischen Bluts werden sie heiß.«

»Weil es ihre Beziehung weiter zementiert und auf ein neues Level hebt«, mischte sich Mira ein. »Das Opfer wird zum Feind, sie waren füreinander da und haben ihn besiegt. Der anschließende Sex ist erst mal nur der Lohn für ihre Mühen, aber dann wird er zu ihrem eigentlichen Ziel. Um abermals so heiß zu werden, braucht es immer mehr. Mehr Zeit, um herumzuexperimentieren, bis sie wissen, was ihnen den größten Kick verschafft. Ihr schnelles und brutales, doch wahrscheinlich nicht geplantes Vorgehen legt die Vermutung nahe, dass der Überfall auf Jansen entweder ihr erster oder einer ihrer ersten Morde war.«

»Jansen war der Auslöser«, erklärte Eve. »Wahrscheinlich haben sie sich danach gefragt, wie es wohl wäre, so etwas zu planen und in dem Bewusstsein durchzuziehen, dass man sich danach fantastisch fühlt. So könnte es gewesen sein.«

»So einfach«, stellte Banner mit Verwunderung in der Stimme fest.

»Nun, wirklich einfach war es sicher nicht. Santiago und Carmichael, Sie fliegen nach – wo zum Teufel haben sie diesen Jansen umgebracht?«

»Der nächste Flugplatz ist in Monroe, Arkansas. Von dort aus ist es bis Oklahoma nicht mehr weit.«

»Sie zwei fliegen dorthin.«

»Jee-haw.«

»Sie müssen mit einem anderen Wagen unterwegs gewesen sein. Sehen Sie also zu, dass Sie ihn finden, ja? Und Peabody, Sie überprüfen noch mal dieses Opfer, sprechen mit seiner Familie, gucken, dass Sie ein Gefühl für ihn bekommen, und gehen alle Akten und Berichte zu der Sache durch. Mit ihm könnte es angefangen haben, das ergäbe durchaus Sinn. Sie wollten ihn nicht umbringen, aber es hat sich einfach super angefühlt. Wenn man ihren Weg verfolgt, war Little Mel vielleicht das zweite Opfer, das den beiden in die Hände fiel. Ihr Vorgehen war bei ihm noch immer nicht besonders raffiniert, aber auf jeden Fall geplanter als beim ersten Mal. Vielleicht finden wir auch noch ein anderes Opfer, das nach Jansen und vor Melvin kam, vielleicht auch nicht. Oklahoma?«

Sie bedeutete der Partnerin, die Karte auf den Monitor zu holen. »Falls er ihr erstes Opfer war, sind sie vielleicht in Oklahoma losgefahren. Vielleicht stammen sie ja von dort, das könnte durchaus sein. Auf alle Fälle sehen wir uns erst mal nach gestohlenen Wagen in der Gegend um. Vielleicht haben sie ja mit Autodiebstahl angefangen, die Dinger ausgeschlachtet und die Einzelteile unterwegs verkauft. Wenn sie in all den kleinen Orten an den Nebenstraßen waren, kennen sie sich in der Gegend offensichtlich aus. Also fangen wir in Oklahoma mit der Suche nach den beiden an. Sie packen ein paar Sachen«, wandte sie sich abermals den beiden Detectives zu, »und ich besorge einen Flug und einen Mietwagen für Sie.«

»Wir gehen auf Dienstreise.« Carmichael reckte eine Faust. »Und ich fahre zuerst.«

»Verdammt.«

Eve ignorierte das Geplänkel, zog ihr Handy aus der Tasche und trat in den Flur hinaus.

Jayla Campbell lief die Zeit davon, sie würde also jede Hilfe nutzen, die ihr zur Verfügung stand.

Sie hatte vorgehabt, Roarkes effiziente Assistentin Caro anzurufen, doch statt ihres tauchte sein Gesicht auf dem kleinen Bildschirm auf.

»Lieutenant.«

»Hi, du müsstest etwas für mich tun.«

»Hast du nicht erst letzte Nacht für einen Gefallen bezahlt?«

»Dann fangen wir eben jetzt noch mal von vorne an. Ich brauche einen Flieger, und zwar möglichst schnell.«

»Wo fliegen wir denn hin?«

»Wir beide nirgendwo. Santiago und Carmichael müssen umgehend nach Arkansas. Wir haben eine Spur. Sie müssen möglichst schnell unten sein und bräuchten dort auch einen Wagen, der aber bestimmt nicht schick sein muss.«

»Das kriege ich problemlos hin. Ich werde Caro sagen, dass sie dir die Infos schicken soll.«

»Danke. Leider sind in unserem Budget nur die normalen Reisekosten drin.«

»Du weißt, dass es mir lieber ist, wenn du auf andere Art bezahlst. Dann habt ihr also rausgefunden, wer ihr erstes Opfer war?«

»So sieht's zumindest aus.«

»Ich ordere jetzt sofort den Flug, und Caro schickt dir alle Unterlagen zu. Bezahlen kannst du mich dann ja, wenn wir zuhause sind.«

»Haha.« Sie legte auf und ging zurück in den Besprechungsraum. »Ich habe einen Flug organisiert, den Papierkram übernehme ich. Carmichael und Santiago, holen Sie Ihr Zeug, denn gleich geht's los. Peabody, Sie kümmern sich um Banner. Mira, könnte ich Sie noch kurz sprechen?«

Ohne eine Antwort abzuwarten, trat sie wieder in den Flur hinaus, Banner sah ihr hinterher und atmete geräuschvoll aus. »Geht hier immer alles derart schnell und steht *sie* immer derart unter Strom?«

Peabody überlegte kurz und stellte lächelnd fest: »Sowohl als auch.«

11

Mira folgte Eve in ihr Büro. »Ich habe zehn Minuten, bevor ich für meine nächste Sitzung wieder runter muss.«

»Perfekt.« Eve drehte sich im Schreibtischsessel zu ihr um. »Wir haben zwei Tage – etwas weniger –, aber Sie denken auch, dass es das Muster unserer Täter ist.«

»Ich halte es für unwahrscheinlich, dass sie diese Zeit verkürzen, wenn nicht irgendetwas Unvorhergesehenes passiert. Die Folter ist der eigentliche Kick und das, was sie zusammenhält. Der Tod ist nur das notwendige Ende und der Höhepunkt, der aber umso süßer wird, je mehr man die Folter vorher in die Länge zieht.«

»Sie brauchen einen Ort.«

»Einen, wo sie ungestört sind«, führte Mira aus.

»Ich tippe entweder auf ein Privathaus oder ein Gebäude, das nicht wirklich gut gesichert ist. Bisher hat die Durchsuchung leer stehender Häuser nichts erbracht. Sie haben weder eine Billigabsteige noch ein Hotel genommen, dort wären sie nicht ungestört genug, und sie wirken auf mich nicht, als könnten sie es sich leisten, offiziell als Mieter in ein schönes altes Sandsteinhaus zu ziehen. Da hätten sie auch noch eine Kaution bezahlen müssen, und vor allem hätte der Vermieter sie wahrscheinlich eingehend überprüft. Vielleicht wohnen sie ja irgendwo im Souterrain, in einem billigen bis mittelteuren Haus. Oder sie haben sich jemanden geschnappt, der eine Wohnung hat, sind mit ihm dorthin gegangen und haben ihn sich dann vom Hals geschafft.«

»Sie denken, dass es unter Umständen ein weiteres Opfer gibt?«

»Vom Timing her wäre das ziemlich knapp, aber sie brauchen einen Unterschlupf. Sie haben also entweder schon auf dem

Weg hierher etwas gesucht oder gleich nach ihrer Ankunft etwas besorgt. Oder sie haben schon auf dem Weg, vielleicht schon in New Jersey, jemanden geschnappt und bis hierher mitgeschleift. Falls es so ist, haben sie die Leiche so gut entsorgt, dass man sie bisher nicht gefunden hat, oder das Opfer noch nicht umgebracht, damit man ihnen nicht über den Toten auf die Schliche kommen kann.« Eve schloss kurz die Augen.

»Jetzt ist die Frage: Sind sie schlau genug für so ein Vorgehen? Sind sie schlau genug, um so etwas zu planen, eine Wohnung auszusuchen und sich jemanden zu schnappen, der ihnen den Zugang zu dem Unterschlupf verschaffen kann?«

»Ich glaube, schon. Sie bringen seit Monaten im quasi wöchentlichen Abstand Menschen um. Und falls New York von Anfang an ihr Ziel war, haben sie den Aufenthalt hier vielleicht sorgfältig geplant. Vor allem werden sie in ihrem Hobby immer besser. Diese Morde sind für sie keine Mission«, erklärte Mira, als sie Eve die Brauen hochziehen sah. »Sie sind nicht ihr Lebenswerk. Sie verstärken durch die Taten ihre Bindung, doch vor allem amüsieren sie sich damit.«

»Manchmal werden Menschen ihre Hobbys leid und wenden sich dann einfach einem anderen Hobby zu.«

»Das stimmt, und ja, das könnte auch in diesem Fall passieren. Aber im Moment sind die Entführungen, Folterungen und Morde viel zu aufregend, und vor allem sind die beiden dabei zu erfolgreich, um jetzt einfach damit aufzuhören. Wir gehen davon aus, dass es ein Pärchen ist, dass sie romantisch, sexuell und dazu noch eine mörderische Einheit sind. Aber zwischen Partnern kommt es manchmal auch zum Streit. Es kann passieren, dass die Liebe endet, und wenn das geschieht …«

»... gehen sie vielleicht getrennte Wege oder sie gehen aufeinander los. Wir müssen also erst mal hoffen, dass es nicht zu einer Auseinandersetzung zwischen ihnen kommt. Denn durch eine Trennung würde sich das Muster ändern und wir hätten sie zumindest vorläufig wieder verloren.«

»Solange sie sich lieben und sich derart eng verbunden fühlen, werden sie nicht nur zusammenarbeiten, sondern auch füreinander einstehen. Falls diese Bindung zwischen ihnen noch besteht, wenn Sie sie finden, ist es sehr wahrscheinlich, dass sie lieber füreinander in den Tod gehen, als zuzulassen, dass man sie verhaftet und nach der Verhaftung voneinander trennt.«

»Ich denke auch, dass sie sich vielleicht eher von uns erschießen, als sich voneinander trennen lassen wollen. Aber uns geht es vor allem erst mal darum, dass wir sie erwischen. Wenn wir's obendrein noch schaffen zu verhindern, dass sie unter lauten Liebesschwüren gemeinsam aus dem Leben scheiden, sehe ich das eher als Bonus an.«

Sie erhob sich und marschierte durch den kleinen Raum. »Was für einen Eindruck haben Sie von Banner?«

»Eine Spur naiv, aber grundsolide und vor allem sehr engagiert. Ich schätze, dass er während seiner Nachforschungen zu dem Fall auf jede Menge Ablehnung durch die eigenen Kollegen und das FBI gestoßen ist. Obwohl es am einfachsten gewesen wäre, einfach aufzugeben, hat er die Recherchen fortgesetzt.«

Eve nickte zustimmend. »Er kommt mir nicht wie jemand vor, der einen an der Klatsche hat oder versuchen wird, uns irgendwie zu hintergehen. Wenn es so wäre, hätte ich ihn längst schon wieder heimgeschickt. In Ordnung, vielen Dank.«

Sie ließ sich wieder in den Schreibtischsessel fallen und wandte sich der Tafel zu. »Sie hat Schmerzen, sie hat Angst, und sicher fragt sie sich die ganze Zeit, warum ihr das passiert. Sie will die Familie und die Freunde wiedersehen. Aber vor allem will sie, dass es aufhört, dass es einfach aufhört«, murmelte sie vor sich hin. »Falls wir in Arkansas was herausbekommen, falls ich hier den Unterschlupf des Pärchens finde, und falls Campbell hart genug ist, um durchzuhalten, haben wir eine Chance, sie dort herauszuholen.«

»Falls ich sonst noch etwas tun kann, müssen Sie es mich nur wissen lassen«, bot die Psychologin an.

Eve wandte sich ihr wieder zu. »Wenn die Überreste unserer

beiden Opfer kommen, würde ich Sie bitten, die Berichte von DeWinter und von Morris aus der Sicht der Psychologin durchzugehen. Ich möchte nicht, dass irgendetwas bei den beiden übersehen wird.«

»Dann setze ich mich mit den beiden in Verbindung«, bot Mira ihr an und wandte sich zum Gehen.

Allein in ihrem Büro, ging Eve noch einmal sämtliche Vermisstenmeldungen von Personen mit New Yorker Wohnsitz oder Arbeitsplatz seit August vergangenen Jahres durch.

Dann klingelte ihr Link, und als sie sah, dass es DeWinter war, nahm sie den Anruf an.

»Dallas.«

»Sie hätten mich zumindest fragen können.«

»Wonach?«

»Ob ich Zeit habe, um mir zwei exhumierte Leichen anzusehen. Vielleicht verstehen Sie nicht ganz, was wir hier machen, oder dass hier gerade die Gebeine zwei verschiedener Individuen, die man nach dem Abriss eines Hauses im Beton des Fundaments gefunden hat, auf meinem Tisch liegen.«

»Und wie alt sind die beiden?«

»Circa 120 Jahre alt.«

»Dann können sie, verdammt noch mal, auch ruhig noch etwas länger warten. Jayla Campbell«, fauchte Eve und hielt das Link vor ihre Tafel, bis die andere deren Foto sah. »Sie hat mit Glück noch 36 Stunden zu leben, bevor ihr von einem durchgedrehten Liebespaar, das sie erst noch genüsslich foltert, quer über den Bauch geschnitten wird, damit sie elendig verblutet, weil das diesen beiden Irren sexuell den größten Kick verschafft.«

Der gekränkte Ausdruck auf den scharf geschnittenen, attraktiven Zügen der Forensikerin war wie weggewischt, und seufzend fuhr sie sich mit einer Hand durch das zurückgebundene Haar. »Warum haben Sie das nicht gleich gesagt?«

»Weil ich etwas in Eile bin, da es vor Campbell mindestens noch 20 andere Opfer gab. Dazu kommen vier weitere potenzielle Opfer, einschließlich der beiden Toten, die Sie untersuchen sollen.«

»Wenn ich gewusst hätte, worum es geht, hätte ich dafür sorgen können, dass es etwas schneller geht.«

»Wie genau wollten Sie das machen?«

Der Blick der wachen grünen Augen wurde kühl. »Ich habe so meine Beziehungen und weiß, wie ich sie nutzen kann. Das werde ich jetzt sofort tun. Aber ich brauche dafür noch einen Bericht zu den Ermittlungen, das Profil der Täter und die Namen der bisherigen Opfer.«

»Das alles habe ich Ihnen längst geschickt.«

»Oh.« DeWinter atmete geräuschvoll aus. »Wir müssen wirklich lernen, besser miteinander zu kommunizieren.«

»Stimmt. Ich werde mich bemühen.«

»Dann tue ich das auch.«

Eve unterdrückte eine ungehaltene Antwort, denn DeWinter hatte recht. »Okay. Dann lesen Sie sich erst mal alles durch, und falls Sie Fragen dazu haben, rufen Sie mich noch mal an. Morris wird mit Ihnen kooperieren, und Mira nimmt sich Zeit, um sich Ihre Berichte anzusehen. Ich muss alles wissen, was es über diese beiden zu wissen gibt. Das FBI denkt nicht, dass die beiden, die Sie bekommen, auf das Konto unseres Pärchens gehen. Beweisen Sie mir also bitte, dass das FBI sich irrt.«

»Wenn ich das schaffe, geben Sie mir einen aus.«

»Sicher, was auch immer. Aber erst einmal bin ich etwas in Eile.«

»Das bin ich jetzt auch. Ich melde mich.«

Eve presste die Handballen vor die Augen, dachte *Kaffee* und war gerade auf dem Weg zum AutoChef, als Peabody in ihren pinkfarbenen Stiefeln angetrottet kam.

»Ich habe hier die Infos über unser potenzielles erstes Opfer«, sagte sie und blickte auf die Tafel, an der bereits Jansens Foto hing.

»Wohnhaft in Columbus, Ohio. Effizienzexperte, der von Unternehmen angeheuert wurde, um sie zu beraten, wo sie Kosten sparen können, zusätzliche Leute brauchen und so Zeug. 43 Jahre alt, geschieden, kinderlos. Niemand hat ihn als vermisst gemeldet, weil er meist alleine unterwegs war und nach einem Auftrag in Fort Smith auf dem Weg nach Bentonville war, wo er ein paar Tage Urlaub machen wollte. Er hat in Fort Smith einen grauen Priority gemietet. Eine Limousine Baujahr 60, die seither verschwunden ist. Er hat jede Menge Strafzettel für zu schnelles Fahren kassiert, aber ansonsten keine Vorstrafen. Er hat sehr gut verdient, hatte einen guten Ruf, und dass er ständig unterwegs war, hat ihm offenbar nichts ausgemacht. Statt echter Freunde hatte er vor allem Kollegen und Klienten, hat in seiner Collegezeit geboxt und war noch immer ziemlich gut in Form.«

»Wahrscheinlich hat er sich also gewehrt. Die beiden haben nur einen Mann gesehen, der allein in einem schönen Wagen saß. Sie wollten diesen Wagen haben, und sie konnten sich nicht vorstellen, dass das ein Problem sein könnte. Aber dann hat sich der Mann gewehrt, und plötzlich war er tot. Kollegen und Klienten, aber keine echten Freunde«, überlegte Eve. »Für einen anderen Mann oder ein Pärchen hätte er nicht unbedingt gehalten. Also stand die Frau am Straßenrand. Sie sieht bestimmt nicht übel aus, denn schließlich ist er extra ausgestiegen, wenn sie sich mitnehmen lassen oder ihn was fragen wollte, wäre das nicht nötig gewesen.«

»Vielleicht hat sie ihm eine Panne vorgegaukelt oder so getan, als wäre sie verletzt, damit er aussteigt und ihr hilft«, schlug Peabody vor.

»Eine Panne wäre durchaus vorstellbar. Sie mussten irgendwie zu dieser Stelle kommen, und zu Fuß kann man dort meiner Meinung nach nicht hingehen. Wusste irgendjemand, was er bei sich hatte?«

»Einen, wie nicht anders zu erwarten, effizient gepackten Koffer mit zwei guten Anzügen, mehreren Hemden, Schlipsen, Unterwäsche, einem Toilettenbeutel, ein paar Sportsachen. Zwei Paar gute Schuhe und dazu noch zwei Paar Joggingschuhe, Tablet, Handcomputer, ein privates und ein Arbeitshandy und

800 Dollar, die er nachmittags an einem Automaten in Fort Smith gezogen hat. Sein Vorgesetzter hat erzählt, sie trügen alle immer genug Bargeld mit sich rum, damit sie ordentliches Trinkgeld geben können, weil das die Effizienz des Services erhöht. Dazu hatte er eine Kreditkarte des Unternehmens und zwei eigene, die nach seiner Abfahrt aus Fort Smith jedoch nicht mehr verwendet worden sind. Und eine ziemlich gute Uhr. Marke und Modell habe ich aufgeschrieben, denn vielleicht haben die beiden sie ja irgendwo versetzt.«

»Wie sieht's mit den Größen aus?«

»Mit was für Größen?«

»Schuh- und Kleidergrößen. Wenn sie seine Sachen nicht entlang des Wegs verhökert haben, haben sie sie womöglich selber angezogen, wenn das der Fall ist, haben wir eine Schuhgröße und einen ungefähren Körperbau.«

»Wer denkt denn an so was?«

»Ich. Besorgen Sie also die Größen, und fragen Sie nach, ob einer der Kollegen oder Kunden Ihnen die Sachen, die er anhatte, beschreiben kann. Falls nicht, versuchen Sie's bei den Hotels. Es könnte schließlich sein, dass er das Zeug in einem davon hat waschen lassen.«

»Okay. Ah, Dallas?«

»Was? Ich muss noch den Bericht für Whitney fertigstellen.«

»Ich habe eine von den Sekretärinnen gebeten, Banner herumzuführen und ihm gesagt, wo die Kantine ist.«

»In Ordnung, super. Und jetzt hauen Sie ab.«

»Dallas … er hat keine Unterkunft … hier in New York.«

»Es gibt Millionen von Zimmern in New York.«

Peabodys treuherziger Hundeblick hätte sie warnen sollen, doch Eve war abgelenkt.

»Ja, er hat mich auch gefragt, ob ich ihm ein Hotel empfehlen kann, am besten in der Nähe des Reviers. Er ist inzwischen schon seit 30 Stunden auf den Beinen, und, nun, er ist auf eigene Kosten hier, ich hatte den Eindruck, als bekämen Deputys in Silby's Pond noch weniger bezahlt als Detectives in New York.«

»Meine Güte, Peabody.« Ihr wurde klar, worum es der anderen ging, und Schuldgefühle wogten in ihr auf. »Ich weiß, was Sie mir damit sagen wollen, aber schlagen Sie sich das gefälligst aus dem Kopf.«

»Hören Sie mir erst mal zu, okay?« Peabody fuchtelte mit den Händen durch die Luft, als müsste sie versuchen, einen von Eves Stiefeln, der direkt auf ihre Nase zielte, abzuwehren. »Wenn Sie ihn bei sich unterbringen würden und es einen Durchbruch gäbe, wäre er direkt vor Ort. Aus demselben Grund könnten doch auch McNab und ich vorübergehend zu Ihnen ziehen«, fügte sie schnell hinzu. »Dann könnten wir ihn beschäftigen, und Sie hätten gar nichts damit zu tun. Carmichael und Santiago sind schon unterwegs nach Westen. Könnte also durchaus sein, dass sich noch heute Nacht etwas ergibt.«

»Verdammt.« Am liebsten hätte Eve den Kopf auf ihre Schreibtischplatte fallen lassen, denn wie zuvor schon DeWinter hatte Peabody natürlich recht.

»Aber Sie sprechen mit Summerset.« Dann bliebe ihr zumindest diese Qual erspart, sagte sich Eve. »Ich habe keine Lust, mir sein Gejammer anzuhören, weil er das Haus voll Polizisten hat.«

»Ich rufe ihn gleich an. Ah, wir müssen erst noch kurz bei uns daheim vorbeischauen, denn wir haben keine Schlafsachen dabei. Wir können Banner mitnehmen, aber …«

»Himmel, meinetwegen nehme ich ihn auch noch mit. Wenn ich hier endlich fertig bin. Bis dahin kann er sich im Pausenraum aufs Ohr hauen. Und gehen Sie mir vor allem endlich aus den Augen, bevor Sie mich dazu zwingen, auch noch ein halbes Dutzend anderer Kollegen zu beherbergen.«

Eve stützte ihren Kopf zwischen den Händen ab. Jetzt bräuchte sie auf alle Fälle einen Kaffee, dachte sie. Dann würde sie Roarke darüber informieren, dass eine Horde Cops bei ihnen übernachten würde, von denen einer obendrein ein völlig Fremder war. Danach bekäme Whitney den Bericht, sie ginge noch einmal die Vermisstenmeldungen durch und dann …

Sie knirschte mit den Zähnen, als das Klingeln ihres Links sie unterbrach und als sie sah, dass es noch einmal DeWinter war.

»Was zur Hölle?«

»Ihnen auch hallo. Die beiden Leichen werden innerhalb der nächsten Stunde exhumiert und liegen spätestens um 18 Uhr auf meinem Tisch.«

Eve nickte anerkennend mit dem Kopf. »Das ging echt schnell. Dafür schulde ich Ihnen vielleicht sogar noch einen zweiten Drink.«

»Das Angebot nehme ich gerne an. Morris und ich nehmen uns die Überreste sofort vor, und Mira schalten wir, falls nötig, über eine Konferenzschaltung dazu.«

»Okay. Dafür haben Sie jetzt eine ganze Flasche bei mir gut. Am besten schicke ich sie Ihnen einfach ins Labor.«

»Oh nein. Wir treffen uns auf ein paar Drinks und ein Gespräch, Lieutenant. Das wird allmählich Zeit. Bis dahin halte ich Sie weiter auf dem Laufenden.«

»Danke. Ich Sie auch. Verdammt, jetzt ruft noch jemand anderes an. Bis dann.«

Sie legte auf und nahm den nächsten Anruf an. »Commander. Der Bericht ist beinah fertig.«

»Deshalb rufe ich nicht an. Banners Chef hat ihm ein ganz hervorragendes Zeugnis ausgestellt. Trotzdem ist er immer noch nicht offiziell in die Ermittlungen involviert, seien Sie also vorsichtig. Und schicken Sie Chief Tibble eine Kopie Ihres Berichts.«

Eve nickte. Dadurch, dass sie auch den Polizeichef in die Sache einbezogen, wären sie auf alle Fälle auf der sicheren Seite, dachte sie. »Ja, Sir. Nur ganz kurz. Es könnte sein, dass wir vor einem Durchbruch stehen«, setzte sie an und klärte ihn mit ein paar kurzen Sätzen über Jansen auf.

»Damit es schneller geht, hat Roarke den Flug organisiert, die Detectives sind schon unterwegs.«

»Dann fügen Sie Ihrem Bericht auch noch die Rechnung für die Flüge bei.«

»Roarke will kein Geld dafür.«

»Fügen Sie sie trotzdem bei. Natürlich steht es ihm frei, die Flüge zu spendieren, aber dafür müssen wir die vorgeschriebenen Wege gehen. Füllen Sie also die Anträge entsprechend aus.«

»Natürlich, Sir.«

Der lästige Papierkram hatte ihr jetzt gerade noch gefehlt. Noch einmal dachte sie an Kaffee, daran, dass sie Roarke noch über die Gäste informieren müsste, und hätte es beinah bis zu ihrem AutoChef geschafft, als abermals jemand vor ihren Schreibtisch trat.

»Tut mir leid, Lieutenant.«

Sie hätte Baxter gerne angeraunzt, doch er war kreidebleich und sah erschreckend elend aus.

»Was ist?«

»Ich wollte Sie nur wissen lassen, dass wir wieder da sind und Ihnen jetzt wieder zur Verfügung stehen.«

»Gut, denn es gibt wirklich viel zu tun. Aber setzen Sie sich erst mal hin.« Sie holte auch für ihn einen Kaffee. »Was haben Sie hereinbekommen?«

»Der Fall ist bereits abgeschlossen. Gott.« Er hielt den Becher fest und starrte in das dampfende Gebräu. »Wissen Sie, man sagt sich immer, dass einen im Grunde kaum noch was erschüttern kann. Weil es nichts mehr gibt, was man nicht schon gesehen hat. Aber das ist nicht wahr. Der Typ hätte die Kinder übers Wochenende nehmen sollen. So war es bei der Scheidung abgemacht. Sohn und Tochter, acht und 14 Jahre alt. Der Mann war eine Weile arbeitslos und hat der Ex-Frau ziemlich zugesetzt. Es war nicht wirklich schlimm, im Grunde haben sie nur rumgeschrien. Aber heute kommt sie an die Tür, während die Kinder ihre Sachen holen, er schlägt ihr mit einem Vorschlaghammer ins Gesicht, und danach geht er auf die Kinder los. Geht einfach auf sie los. Man konnte sehen, dass sie noch versucht haben, vor ihm wegzulaufen, und die Tochter wollte ihren Bruder beschützen.«

Er starrte immer noch in den Kaffee, aber schließlich schüttelte er sich und trank den ersten vorsichtigen Schluck. »Er hat das kleine Mädchen regelrecht zu Brei geschlagen, Dallas. Als wäre sie nicht seine Tochter, sondern ein banaler Gegenstand. Der Junge … sie haben gesagt, er hätte vielleicht eine Chance. Seine Beine und ein Arm sind zwar zertrümmert, doch die schlimmsten Schläge hat die Schwester abgekriegt. Als der Vater dachte, dass sie tot sind, ist er noch einmal in den Flur gegangen und hat der Frau den Rest gegeben.«

Er genehmigte sich einen zweiten, kleinen Schluck. »Die Nachbarn haben den Lärm gehört, die Polizei gerufen und sind hingerannt. Aber er lief einfach aus dem Haus und weiter auf die Straße, wo er überfahren worden ist. Die Fahrerin hat noch versucht zu bremsen. Zumindest ist ihr und ihrem Baby beim Aufprall nichts passiert. Sie sind zwar durcheinander, aber davon abgesehen okay. Er wurde durch den Aufprall durch die Luft geschleudert und von einem entgegenkommenden Fahrzeug überfahren.«

»Was heißt, dass er nicht mehr am Leben ist.«

»Ich wünschte mir, er wäre nicht gestorben«, stellte Baxter wütend fest. »Bei Gott, ich wünschte mir, wir hätten dieses Dreckschwein von der Straße kratzen, einsperren und ihm dann in Endlosschleife Aufnahmen von seinen Kindern zeigen können, während er bis ans Ende seines elendigen Lebens hinter Gittern sitzt. Seine eigenen Kinder, Dallas. Die Hirnmasse von seiner eigenen Tochter hat dort an den Wänden und dem Fußboden geklebt. Und wofür?«

»Das werden wir wahrscheinlich nie erfahren, vor allem wird das nicht einmal das Schlimmste sein, was man als Cop erleben kann. Denn es gibt immer Schlimmeres. Aber wenn uns das nicht mehr berührt, wenn wir es nicht mehr spüren, sollten wir in Rente gehen. Wo steckt Trueheart?«

»Ich habe gesagt, dass er nach Hause fahren soll, aber er sitzt wahrscheinlich immer noch im Krankenhaus. Der Junge … seine Großeltern sind da, er hat auch noch andere Verwandte, also ist er wenigstens nicht ganz allein. Morgen früh hat Trueheart seine Prüfung, also habe ich gesagt, er soll sich erst mal darauf konzentrieren. Vielleicht gelingt es uns ja, den nächsten Bastard aufzuhalten, der auf seine Kinder losgehen will. Ich habe ihm gesagt, dass er erst mal Detective werden soll und es uns dann beim nächsten Mal vielleicht gelingt, rechtzeitig da zu sein, bevor die Hirnmasse von einem Kind gegen die Wände des Zimmers spritzt.«

»Sie sollten auch nach Hause fahren.«

»Das kann ich nicht.« Er hob den Kopf und sah sie flehend an. »Geben Sie mir was zu tun. Ich tue alles, egal was.«

»Ich gehe gerade noch einmal Vermisstenmeldungen durch.« Nachdem sie ihm erklärt hatte, um welche Meldungen es ging, wies sie ihn an: »Am besten konzentrieren Sie sich auf Wohnungen und Geschäfte in der Innenstadt und gehen dabei vor allem die Vermisstenmeldungen der letzten beiden Wochen durch.«

»Verstanden. Danke.«

Er stand auf und sah sich ihre Tafel an. »Manche Opfer kriegt man einfach nicht mehr aus dem Kopf, aber auch wenn uns bewusst ist, dass die Zahl der Opfer, die man nicht vergessen kann, dadurch noch größer wird, machen wir immer weiter. Weil wir einfach glauben müssen, dass die Arbeit, die wir leisten, wichtig ist.«

»Das können Sie ruhig glauben, weil sie wirklich wichtig ist. Und für diese beiden wird die Zeit allmählich knapp. Also lassen Sie uns gucken, dass wir diese Arschlöcher erwischen, bevor sie mit Campbell fertig sind.«

»Ich fange sofort mit der Arbeit an.«

Als er den Raum verließ, rief Eve die Aufnahmen der toten Frau, der toten Tochter und des schwer verletzten Sohns, die Baxter nie würde vergessen können, auf dem Computer auf. Jetzt hätte sie sie ebenfalls im Kopf, doch das war der Beweis, dass diese Menschen wichtig waren. Sie tippte endlich den ausführlichen Bericht für den Commander, und nach kurzem Überlegen packte sie den Rest der Arbeit für zuhause ein, wo man sie hoffentlich nicht alle zwei Minuten bei der Arbeit unterbrach.

Sie nahm eine Diskette mit den Namen der Vermissten, die sie selbst noch überprüfen wollte, schnappte sich die anderen Sachen, die sie bräuchte, griff nach ihrem Mantel, verließ das Büro und sah, dass fast noch alle ihre Leute bei der Arbeit waren.

»Machen Sie allmählich Feierabend«, sagte sie und trat vor Trueheart, der inzwischen ebenfalls zurückgekommen war.

»Wie geht's dem Jungen?«

»Sie haben ihn operiert. Er liegt im künstlichen Koma, die Ärzte haben gesagt, er müsste noch zweimal in den OP. Aber sie haben auch gesagt, inzwischen stünden seine Chancen gut. Und die Familie …«

Er brach ab und atmete tief durch. »Ich meine, seine Großeltern und ein paar andere Verwandte sind bei ihm. Der Arzt meinte, Sie wissen schon, er wäre jung und kräftig, deshalb würde er es sicher überstehen.«

»Okay. Jetzt denken Sie nicht mehr drüber nach. Fahren Sie heim und gehen noch einmal Ihre Prüfungsunterlagen durch.« Bevor er etwas sagen konnte, kam sie ihm zuvor. »Vergessen Sie's. Sie verschieben nicht die Prüfung und Ihr Leben wegen etwas, was sich nicht mehr ändern lässt. Er ist in guten Händen, und Sie haben Ihren Job gemacht.«

»Das hat Baxter auch gesagt.«

»Dann hören Sie auf ihn.« Sie schaute sich nach Baxter um. »Schicken Sie mir, was Sie haben, gehen Sie ein Bier mit Trueheart trinken, bringen Sie ihn danach heim. Sorgen Sie dafür, dass er uns morgen keine Schande macht.«

»Das mache ich. Aber ich wäre trotzdem gerne weiterhin dabei und könnte morgen weitermachen, während er in seiner Prüfung ist.«

»Dann melden Sie sich morgen früh. Peabody, Sie fahren jetzt heim, packen Ihr Zeug und kommen dann zu mir. Wir haben noch alle Hände voll zu tun. Wo ist Banner?«

Er lugte hinter einer Trennwand zwischen Peabodys und einem anderen Tisch hervor. »Ich bin ein paar Kontakte durchgegangen und habe mir Notizen zu den Sachen, die die Leute mir erzählt haben, gemacht. Detective Peabody meinte, ich könnte diesen Platz benutzen.«

»Bringen Sie Ihre Sachen mit. Wir fahren los.«

Sie zog im Gehen ihren Mantel an, und eilig stapfte er ihr hinterher.

»Es ist sehr nett, dass ich bei Ihnen übernachten darf. Aber ich möchte Ihnen keine Umstände bereiten, Lieutenant.«

»Wir haben jede Menge Betten, Sie werden dafür zahlen, und zwar angefangen mit einem kurzen Stopp, während wir auf dem Heimweg sind. Ich habe willkürlich einen Vermissten ausgewählt, auf der Fahrt nach Hause sehen wir uns seine Wohnung an. Sie sind irgendwo hier in der Stadt, und vielleicht landen wir ja einen Glückstreffer.«

»Das weiß man erst, wenn's so weit ist. Ms. Denning hat die 50-Dollar-Tour mit mir gemacht«, erklärte er und folgte ihr in den schon überfüllten Lift. »Jetzt kommt mir das Revier sogar noch größer vor. Wir waren auch bei den elektronischen Ermittlern. So ein Treiben habe ich noch nie erlebt.«

»Das denke ich immer noch jedes Mal, wenn ich dort bin.«

»Auf alle Fälle ist es bei denen sehr bunt«, stellte er grinsend fest. »Und ihr Captain …«

»Feeney?«

»Er erinnert mich an meinen Onkel Bill. Total gewieft, aber echt umgänglich. Er schätzt Sie sehr, Lieutenant.«

»Er war mein Ausbilder und ist der beste Cop, dem ich jemals begegnet bin. Und ich kenne sehr viele wirklich gute Cops.«

»Er hat gesagt, wenn Sie den beiden auf der Spur sind, lassen Sie nicht locker, bis Sie sie erwischt haben.«

»Ist das eine Frage oder eine Feststellung?«

»Wahrscheinlich beides«, gab er unumwunden zu.

Sie schob sich in der Tiefgarage wieder aus dem Lift und atmete erleichtert auf.

»Dorian Kuper«, fuhr sie fort. »Auch wenn er nicht das erste

Opfer dieser beiden ist, ist er für mich der Erste. Ein begnadeter Cellist, mit einer Mutter, die seine Ermordung nie verwinden wird, außerdem auch der Freund von einem Freund.«

»Ich habe mir sein Foto an der Tafel angesehen.«

»Bis dieser Fall gelöst ist, sehe ich mir sein Bild und auch die anderen Bilder an der Tafel weiter täglich an. Das hier ist übrigens mein Wagen.«

Er riss überrascht die Augen auf, schob mühsam seine langen Beine vor den Sitz und war noch überraschter, als der Sitz von selbst ein Stück nach hinten fuhr.

»Das nenne ich bequem.«

»Die Karre bringt mich da hin, wo ich hinmuss.« Sie fuhr aus der Lücke auf die Ausfahrt zu, blieb dort kurz stehen, studierte den Verkehr und die Witterungsbedingungen und murmelte: »Verdammter Winter«, ehe sie so eilig auf die Straße schoss, dass Banner unauffällig überprüfte, ob er richtig angegurtet war.

»Außerdem ist die Süße wirklich schnell.«

»Warum geben Männer Autos immer irgendwelche Kosenamen?«

»Ich schätze, das liegt einfach daran, dass wir Autos lieben. Tut mir leid, dass ich so glotze.« Er verrenkte sich den Hals, um sich den Werbeflieger, der über den schiefergrauen Himmel kroch und dort für irgendeinen Ausverkauf aufgrund schlechten Wetters warb, genauer anzusehen.

Sie bog um eine Kurve und schoss über eine dunkelgelbe Ampel, ehe sich der Strom der Fußgänger auf den Asphalt ergoss.

»Ich habe sicher niemals erwartet, mit einer großen Nummer der New Yorker Polizei hier herumzufahren, um irgendwelchen Spuren nachzugehen.«

»Ich weiß nicht, ob man das bereits als echte Spur bezeichnen kann. Der Vermisste heißt Wayne Potter«, klärte Eve ihn auf. »63 Jahre alt, zweimal geschieden, drei Kinder und drei Enkel. Möbelpacker. Wurde im August, und zwar am 18., zum letzten Mal gesehen.«

Sie bog um die nächste Ecke, ging dann in die Vertikale und flog über einen Kastenwagen, der im Schneckentempo vor ihr kroch, hinweg.

»Er hatte sich ein Wohnmobil gemietet«, fuhr sie fort, »mit dem er angeblich nur 14 Tage Urlaub machen wollte. Er selbst und auch das Wohnmobil wurden zum letzten Mal unweit von Louisville gesehen. Er kam niemals zurück, weder er noch das Gefährt sind jemals wieder aufgetaucht.«

»Kentucky«, stellte Banner fest. »Das könnte durchaus passen.«

»Allerdings. Vielleicht hat Potter, der mit beiden Ex-Frauen im Clinch gelegen ist und auch mit dem Rest seiner Familie, einschließlich des Bruders, der von ihm noch 7 000 Dollar kriegen müsste, kaum noch in Kontakt stand, auch einfach keine Lust gehabt, hierher zurückzukommen, und campt immer noch irgendwo, wo seine Sippschaft ihn nicht finden kann.«

Sie dachte über ihre Möglichkeiten nach, sagte sich, was soll's, und stellte den Wagen einfach in der zweiten Reihe ab.

»Das Souterrain in diesem Haus.« Als hinter ihr ein lautes Hupkonzert ertönte, schaltete sie kurzerhand die Sirene ein, stieg aus und sah sich erst mal in der Gegend um.

»Sind Sie bewaffnet?«

Banner nickte knapp. »Ich habe meine Dienstwaffe dabei. Ich musste Sie am Eingang Ihrer Wache abgeben, aber Detective Peabody hat sie mir heute Nachmittag zurückgeholt.«

»Seien Sie bereit«, empfahl sie ihm und näherte sich dem Gebäude. »Aber bleiben Sie ruhig.«

»Ich musste während meiner ganzen Dienstzeit bisher gerade viermal meine Waffe ziehen, geschossen habe ich noch nie.«

Das war für Eve schwer vorstellbar, aber sie nickte zustimmend. »Dann hoffen wir, dass es so bleibt.«

Sie legte die rechte Hand an ihre eigene Waffe und zog mit der anderen die Dienstmarke hervor.

Die Tür war minimal gesichert, doch die Fenster wiesen ein paar dünne Eisengitter auf.

»Drücken Sie auf die Klingel.«

Als die Tür geöffnet wurde, nahm sie die Hand von der Waffe und verbarg sie so unter dem Mantel, dass sie nicht zu sehen war.

Der Junge, auf den sie heruntersah, war ungefähr zehn Jahre alt und hatte ein mit Sommersprossen übersätes, rundliches Gesicht.

»Sie sind nicht Sarri«, stellte er mit vorwurfsvoller Stimme fest.

»Die bin ich nicht. Sind deine Eltern da?«

»Mom!«

Bei seinem Ruf erschien ein zweites Kind, ein Mädchen, dachte Eve, als sie die leuchtend blaue Strumpfhose und das noch leuchtendere pinkfarbene Kleidchen sah, das Kind runzelte argwöhnisch die Stirn.

»Sie dürfen nicht hereinkommen, weil Sie Fremde sind«, stellte sie fest, bevor sie noch ein bisschen lauter als zuvor der Bruder nach der Mutter schrie.

»Ich komme ja. Um Gottes willen, lasst mich ... Nathan Michael Fitzsimmons, habe ich dir nicht schon tausendmal gesagt, dass du nicht einfach an die Tür gehen sollst, wenn es klingelt?«

»Ich dachte, dass es Sarri ist.«

»Aber sie ist es nicht.« Die Frau, die kuschelige Slipper und ihr dunkles Haar in einem wirren Knoten trug, baute sich schützend vor den beiden Kindern auf.

»Polizei.« Noch einmal wies sich Eve mit ihrer Marke aus. »Bitte verzeihen Sie die Störung.«

»Worum geht's? Was ist passiert? Ist Sarri ...«

»Keine Angst«, bat Eve. »Wir gehen nur einer Vermisstenmeldung nach. Kennen Sie einen Wayne Potter?«

»Tut mir leid, der Name ... warten Sie. Entschuldigung, am besten kommen Sie erst mal rein. Draußen ist es eisig, und wenn wir hier in der offenen Tür stehen, geht die ganze Wärme raus.«

Sie schob die Tür hinter ihnen zu. »Ich glaube, das ist die Person, die vorher hier gewohnt hat«, fuhr sie fort. »Eine von den Nachbarinnen oben hat den Namen mal erwähnt. Wir sind selbst erst im Oktober eingezogen. Mrs. Harbor, die oben wohnt, hat erzählt, er wäre eines Tages losgefahren und nie mehr zurückgekehrt. Er hätte alle seine Sachen und seine Familie hier zurückgelassen und sich einfach auf den Weg gemacht. Danach war ich etwas nervös. Ich hatte Angst, er käme vielleicht doch noch mal zurück und würde dann versuchen, hier hereinzukommen. Aber er ist nie wieder aufgetaucht.«

Es klingelte erneut, und während beide Kinder lautstark »Sarri!« schrien, dankte Eve der Frau für das Gespräch und wandte sich zum Gehen.

Abermals wurde die Haustür aufgerissen, und die Kinder warfen sich einer Gestalt mit Mantel, Mütze, dickem Wollschal, Stiefel, Handschuhen in allen Regenbogenfarben an den Hals.

»Das ist meine Schwester oder auch die beste Tante, die es gibt«, stellte die Mutter lachend fest und gab den Cops mit auf den Weg: »Ich hätte Ihnen gern geholfen. Tut mir leid.«

Eve durchschritt das anhaltende Hupkonzert zurück zu ihrem Wagen, schwang sich auf den Sitz und stellte die Sirene wieder aus. »Eine Wohnung liegt noch auf dem Weg.«

Beim Parken sah es vor dem kleinen Stadthaus deutlich besser aus, weil sie nach kurzem Suchen eine freie Lücke in der Nähe fand, im Innern des Hauses aber hatte sie auch dieses Mal kein Glück.

Wieder trafen sie auf eine Frau, die allerdings nicht lachte, sondern elend schluchzte, weil ihr langjähriger Mitbewohner und Geliebter eines Abends noch ein Päckchen Kaugummi besorgen wollte und dabei auf Nimmerwiedersehen verschwunden war.

Unter einem Fenster stand ein kleiner Schrein mit Bildern, Blumen, Kerzen, einer leeren Flasche Wein – der letzten, die die zwei getrunken hatten –, schwarzen Handschuhen und einer roten Socke, es dauerte nur einen Augenblick, bis Eve erkannte, dass der Mann entgegen der Behauptung seiner unglücklichen Freundin sicher nicht von irgendwelchen Aliens gekidnappt worden war, es dauerte etwas länger, um sich wieder von ihr loszueisen, weil die Frau anscheinend für gewöhnlich kaum Besuch bekam und dankbar für die Unterbrechung des trüben Alltags war.

Als sie nach wenigen Minuten wieder auf der Straße standen, schüttelte Eve genervt den Kopf.

»Das reicht für heute Abend. Himmel. Aliens.«

»Ich habe einen Cousin, der echt steif und fest behauptet, dass er schon viermal von Aliens gekidnappt worden ist.«

»Also ich glaube nicht, dass Curtis Hemmings jetzt gerade von irgendwelchen Wissenschaftlern Tausende von Lichtjahren entfernt auf dem Planeten Grummel eine Sonde in den Arsch geschoben kriegt. Er wollte Kaugummi besorgen, und dann ist er einfach nicht mehr heimgegangen, weil er keine Lust mehr auf die Irre hatte, die in ihm anscheinend einen Seelenverwandten sah. Es ist eine Sache, miteinander Sex zu haben, aber etwas völlig anderes, wenn man besessen von dem anderen ist. Auf alle Fälle wissen wir, dass unser Pärchen keine dieser beiden Wohnungen benutzt hat und es unwahrscheinlich ist, dass Potter oder Hemming ihnen je über den Weg gelaufen sind.«

»Am besten grenzen wir die Suche weiter ein und streichen alle, die nicht allein gelebt haben.«

Sie kämpfte sich durch den Verkehr, überholte einen Maxibus und schlängelte sich heldenhaft an einer Reihe Taxis und verschiedenen anderen Fahrzeugen vorbei.

»Sie können echt gut Auto fahren, Lieutenant«, stellte Banner anerkennend fest. »Sie sind wirklich eine super Autofahrerin.«

»Das höre ich nicht gerade oft«, gab sie zurück und trat das Gaspedal noch etwas tiefer durch.

12

Als Eve in ihre Einfahrt bog, pfiff Banner leise durch die Zähne und murmelte: »Heiliges Kanonenrohr.«

Sie sah ihn von der Seite an und stellte fest, dass er fast an der Windschutzscheibe klebte und auf das enorm prachtvolle Gebäude starrte, von dem auch sie selbst, obwohl sie sich an den Anblick längst hätte gewöhnen können, immer noch beeindruckt war. Helles Licht fiel durch die Fenster in den dunklen Park, und aus dem bläulich-weißen Schnee ragte die elegante Silhouette des mit Türmen und Zinnen geschmückten Hauses in den schwarzen Himmel auf.

»Ich kenne dieses Haus schon aus dem Film«, erklärte er, »aber so richtig haut's einen erst um, wenn man es mit eigenen Augen sieht. Es ist wie eine Burg, die mitten in der Stadt liegt, finden Sie nicht auch?«

»Er ist eben Ire«, sagte Eve, als würden alle Iren solche Häuser bauen.

»Das ist das größte Haus, das ich jemals gesehen habe.«

»Ich auch.« Etwas verlegen parkte sie den Wagen vor der Tür und schaltete den Motor aus. »Summerset, Roarkes … Mann für alle Fälle, hat Ihr Zimmer sicherlich schon vorbereitet. Also packen Sie erst mal in Ruhe aus und kommen dann in mein Arbeitszimmer.«

»Alles klar. Und nochmals vielen Dank.«

»Wir haben hier genügend Platz.«

»Das sehe ich.« Banner stieg aus und schleppte seine Sachen Richtung Haus. »Das ist das größte Haus, das ich jemals gesehen habe«, wiederholte er und fügte noch hinzu: »In der kältesten Stadt, in der ich jemals war. Was für ein Erlebnis.«

Wortlos führte sie den Gast ins Haus, wo Summerset, wie stets den dicken Galahad zu seinen Füßen, in der Eingangshalle stand.

Der Butler und der Kater unterzogen Banner einer argwöhnischen Musterung.

»Deputy Banner«, stellte Eve ihn vor.

»Detective Peabody hat mich schon informiert. Willkommen in New York, Deputy.«

»Danke, und vor allem vielen Dank, dass ich hier übernachten darf. Will Banner«, stellte er sich selbst noch einmal vor und reichte Summerset die Hand.

Der Butler schüttelte sie kurz, während der Kater an den Stiefeln des ihm fremden Gastes schnupperte.

»Und du bist … Lancelot?«

»Galahad«, erklärte Eve, als Banner in die Hocke ging und mit der Hand über den Rücken ihres Schätzchens glitt.

»Galahad, ich wusste doch, dass er den Namen eines dieser Ritter hat. Wie gesagt, ich habe mir den Icove-Film im Kino angesehen. Mit den beiden verschiedenfarbigen Augen ist er eine Glückskatze.«

Das sah das Tier anscheinend ebenso, denn schnurrend rieb es sich an Banners Bein.

»Ich habe für den Deputy die Park-Suite hergerichtet«, meinte Summerset und feixte, als er Eves verständnislose Miene sah. »Ich zeige Ihnen, wo es ist.« Er nickte Richtung Lift. »Darf ich Ihnen mit Ihrer Tasche helfen, Deputy?«

»Das ist nicht nötig, vielen Dank. Sie haben einen Fahrstuhl hier im Haus. Auch so was habe ich noch nie gesehen.«

»Ich bin in meinem Arbeitszimmer, wenn Sie fertig sind«, erklärte Eve etwas gereizt, weil Galahad dem Mann nicht von der Seite wich.

Fröhlich grinsend sah der Deputy sich weiter um, bevor die Tür des Lifts sich hinter ihm, dem Butler und dem Kater schloss.

Es fühlte sich nicht richtig an, sagte sich Eve. Dass Summerset sich jeden bösen Kommentar verkniffen hatte und der Kater einfach ohne einen Blick zurück mit Banner und dem Butler in den Lift gestiegen war.

In dem Moment wurde ihr klar, dass ihr das abendliche Ritual aus hämischen Bemerkungen und der Begrüßung durch den fetten Galahad im Lauf der Zeit ans Herz gewachsen war. Deshalb zog sie etwas schmollend den Mantel aus, ließ ihn absichtlich auf den Treppenpfosten fallen und joggte in den ersten Stock.

Zuerst ging sie ins Schlafzimmer. Wahrscheinlich würde Banner eine Weile brauchen, um sich einzurichten, also zog sie ihre Jacke aus, erwog, das Waffenhalfter abzulegen, ließ es aber an und überlegte, ob sie die Stiefel gegen Joggingschuhe tauschen sollte, als das Klingeln ihres Handys sie bei den Überlegungen unterbrach.

Santiago.

»Dallas. Haben Sie schon was rausgefunden?«

»Carmichael hat einen Kulturschock, aber davon abgesehen geht's uns gut. Wir haben die Kollegen hier vor Ort getroffen, mit dem Jungen gesprochen, der die Leiche im Gebüsch gefunden hat, und haben auch mit dem Pathologen schon einen Termin gemacht. Bisher konnte uns niemand etwas sagen, was wir noch nicht wussten, aber auf dem Straßenabschnitt, wo die Leiche lag, ist wirklich kaum was los. Wir waren gut eine halbe Stunde dort, in der ganzen Zeit kam kein einziges Auto vorbei. Für einen Mord ist diese Stelle wie gemacht.«

»Sie hatten also Glück, kannten die Stelle oder wussten, dass in dieser gottverlassenen Gegend kaum ein Auto auf den Nebenstraßen fährt.«

»Genau. Außerdem sind wir uns einig, dass es garantiert noch einen zweiten Wagen gab. In dieser Einöde läuft ganz sicher niemand zu Fuß. Jemand hat mit einem Wagenheber auf den armen Jansen eingedroschen, und ein Tramper oder Wanderer schleppt sicher keinen Wagenheber mit sich herum.«

»Vielleicht hatte ja das Opfer eine Panne und wollte den Reifen seines Wagens wechseln, als es überfallen worden ist. Aber dazu hätten sie ihm diesen Wagenheber erst einmal entwinden müssen, also waren sie bestimmt mit einem eigenen Wagen da und hatten selbst einen dabei.«

»Wir gehen den Weg des Opfers erst mal rückwärts und von da wieder nach vorn und gucken noch einmal, ob der Wagen nach dem Überfall auf Jansen irgendwo gesehen worden ist. Aber für Reifenspuren oder Blut hat sich damals am Tatort niemand interessiert.«

»Verdammt.«

»Da haben Sie recht. Wir sehen uns die Stelle morgen früh noch mal im Hellen an, aber die Tat liegt Monate zurück.«

Während Eve noch mit Santiago sprach, drückte Roarke etwas gereizt von einem Termin, der schon vor einer Stunde enden sollte, und weil ein wichtiges Projekt in Halifax aufgrund des Wetters nicht voranzukommen schien, die Haustür auf.

Er entledigte sich des Mantels, fragte sich, warum sein Butler nicht wie sonst am Fuß der Treppe stand, ließ den Mantel über den von seiner Liebsten fallen und marschierte in den ersten Stock. Er ging zuerst in sein Büro und legte die Aktentasche auf den Tisch. Er hatte noch zu tun, aber erst mal freute er sich jetzt auf Eve und ein Glas Wein. Er hatte auf dem Weg nach Hause Nachrichten gesehen, und da es keine Neuigkeiten in Bezug auf ihren Fall zu geben schien, hätten sie wahrscheinlich noch die halbe Nacht zu tun.

Er würde sich erst einmal umziehen, wenn er dann mit Eve den lang ersehnten Wein getrunken hätte, würde es ihm sicher schon viel besser gehen.

Er hörte ein Geräusch aus ihrem Büro und öffnete die Tür.

Vor der Tafel stand ein großer, schlanker Mann mit wirrem weizenblondem Haar. Er wippte auf den Fersen ausgelatschter Stiefel, hatte seine Daumen in die Taschen abgewetzter Jeans gesteckt und hätte sich nur minimal bewegen müssen, um den Stunner, der an seinem Gürtel hing, zu ziehen.

Roarke schob die Hand in die Jackentasche, in der ein geladener Mini-Stunner lag.

»Kann ich Ihnen helfen?«, fragte er mit kalter Stimme. Der Fremde fuhr zu ihm herum, während er gleichzeitig nach seiner

Waffe griff. Er hatte ruhige blaue Polizistenaugen, aber Roarke blitzte ihn weiter argwöhnisch aus den eigenen wilden blauen Augen an.

»Deputy Banner«, stellte sich der Fremde vor. »Will Banner. Ich warte auf den Lieutenant.«

Das tat Roarke selber auch. »Warum warten Sie auf sie?«

»Deshalb.« Er wies auf die Tafel. »Sie sind sicher Roarke.«

»Der bin ich.«

»Tut mir leid, dass ich … Summerset hat mir den Weg hierher gezeigt. Ich bin erst heute früh aus Arkansas gekommen und weiß es sehr zu schätzen, dass ich hier bei Ihnen übernachten darf.«

Banner trat entschlossen auf ihn zu und reichte ihm die Hand.

Roarke ergriff sie, blieb aber auch weiter auf der Hut. »Sie haben mit den Ermittlungen zu tun?«

»Sieht ganz so aus. Ich weiß, dass Sie gelegentlich als ihr Berater tätig sind, aber ich weiß nicht, ob der Lieutenant Sie auch diesmal einbezogen hat. Deshalb wäre es mir lieber, wenn der Lieutenant Ihnen selbst erzählen würde, was es mit der ganzen Sache auf sich hat.«

»Das wäre es mir auch.«

Roarke merkte, dass der Kater, der bisher gemütlich auf dem Schlafsessel gelungert hatte, auf den Boden sprang und sich gemächlich an den Beinen des Fremden rieb, bevor er auf ihn zugetrottet kam.

»Das ist ein wirklich nettes Tier. Ich habe selber einen Hund, er ist bei der Familie, während ich auf Reisen bin. Aber Galahad macht mir tatsächlich Lust auf eine Katze. Es ist einfach nett, wenn man Gesellschaft hat. Ah … ich schlafe in der Park-Suite. Sie ist wirklich wunderschön, und durch das Fenster sieht man tatsächlich den Central Park.«

»Sind Sie zum ersten Mal hier in New York?«

»Ja. Die Stadt macht mich ein bisschen schwindelig. Hm, Detective Peabody und Detective McNab kommen gleich auch noch her.«

»Ach ja?«, erkundigte sich Roarke gefährlich sanft. »Wenn Sie hier warten würden, schaue ich kurz, wo der Lieutenant bleibt.«

»Ich werde mich nicht von der Stelle rühren«, sagte ihm Banner zu. »Ich habe mit der Tafel erst einmal genug zu tun.«

Roarke ging ins Schlafzimmer, um endlich den verdammten Anzug loszuwerden und verdammt noch mal zu hören, was es damit auf sich hatte, dass ein Cop aus Arkansas im Arbeitszimmer seiner Gattin stand und offenbar in eins von ihren Gästezimmern eingezogen war.

Eve sprach immer noch mit dem Detective und hob abwehrend einen Finger in die Luft, als Roarke den Raum betrat.

Die Geste hatte ihm jetzt gerade noch gefehlt.

»Sobald wir etwas haben, kriegen Sie von mir Bescheid, Sie melden sich andersrum, sobald es etwas Neues gibt. Egal, wie unwichtig es Ihnen auch erscheint. Die Zeit läuft uns davon.«

»Ja, Lieutenant.«

Sie legte auf und ließ den Kopf auf ihren Schultern kreisen. »Wenn ich nicht die ganze gottverdammte Zeit am Telefon gehangen hätte …« Sie brach ab, als sie der kalte Blick aus seinen Augen traf. »Was ist?«

»Ich bin gerade auf einen Kerl gestoßen, der sich Banner nennt, angeblich aus Arkansas hierhergekommen ist und in unserem Haus Quartier bezogen hat, weil er dir bei den Ermittlungen helfen will.«

»Richtig, Banner. Aber das habe ich dir doch gesagt. Ist er etwa schon in meinem Arbeitszimmer?«

»Allerdings, aber verdammt noch mal du hast den Kerl bisher mit keinem Wort erwähnt.«

»Natürlich. Schließlich habe ich dich …« Kaffee, fiel es ihr jetzt wieder ein, Roarke anrufen und … mit einem Mal war Baxter aufgetaucht.

»Ich wollte es dir sagen«, verbesserte sie sich. »Bevor mir was dazwischenkam.« Stirnrunzelnd sah sie auf ihr Handy und steckte es endlich wieder ein. »Ich wurde heute ständig unterbrochen. Ständig haben irgendwelche Leute angerufen, und in meinem Büro auf dem Revier ist ständig irgendjemand aufgetaucht. Ich wollte mit dir sprechen und hatte sogar schon mein Handy in der Hand.«

»Ein Mann, den ich noch nie gesehen habe, der obendrein auch noch bewaffnet ist, bewegt sich frei in meinem Haus.«

»Der Mann ist Polizist.«

»Was macht das für einen Unterschied?«

»Nun, es ist schließlich nicht so, als wollte er das Tafelsilber oder sonst was klauen. Ich habe Banner überprüft, und der Commander hat mit seinem Boss gesprochen. Also kann ich dir versichern, dass er grundsolide ist.«

»Noch mal: Was macht das für einen Unterschied?«

Sie warf verblüfft die Hände in die Luft. »Das macht ja wohl auf alle Fälle einen Riesenunterschied.«

Er riss an seinem Schlips. »Schwachsinn, Eve. Ich habe doch wohl immer noch das Recht, gefragt oder zumindest informiert zu werden, wenn ein völlig Fremder hier Quartier beziehen soll.«

»Ich wollte es dir sagen! Außerdem lädst du selber ständig irgendwelche Leute hierher ein.«

Mit zornblitzenden Augen zog er seine Anzugjacke aus. »Und wer wäre hier je bewaffnet rumgelaufen, ohne dass du rechtzeitig von mir erfahren hättest, dass wir nicht alleine sind?«

»Okay, okay, sei meinetwegen angepisst. Ich wurde unterbrochen, und dann habe ich vergessen, dir Bescheid zu geben, aber schließlich war ich auch durch einen Mordfall abgelenkt.«

»Ich lasse es nicht zu, dass du so was als Ausrede benutzt, wenn du dich falsch verhältst. Mir ist schließlich bewusst, dass neben deiner Arbeit häufig kaum noch Raum für etwas anderes bleibt. Das weiß und akzeptiere ich. Aber als Ausrede für alles akzeptiere ich das nicht.«

Ihr lag schon eine böse Antwort auf der Zunge, aber dann versuchte sie, die Angelegenheit aus seinem Blickwinkel zu sehen. Im Grunde wollte sie das nicht, doch plötzlich sah sie alles aus seiner Perspektive, und in ihrem Innern wogten Schuldgefühle auf.

»Heute ist ein Mann mit einem Vorschlaghammer erst auf seine Frau und dann auf seine beiden Kinder losgegangen.«

»Um Gottes willen, was ist das bloß für eine Welt, in der du lebst?« Roarke fuhr sich mit den Händen durchs Gesicht.

»Baxter und Trueheart haben den Fall hereinbekommen, gerade als ich vorhatte, dich wegen Banner anzurufen, tauchte Baxter völlig fertig bei mir auf. Dabei bringt ihn normalerweise nichts so einfach aus dem Gleichgewicht. Ich bin seine Vorgesetzte, Roarke, deshalb musste ich mir einfach etwas Zeit nehmen und ihm zuhören.«

»Natürlich«, stimmte er ihr zu.

»Dann kamen immer weiter irgendwelche Sachen, und ich habe einfach nicht mehr dran gedacht, dich anzurufen. Tut mir wirklich leid. Ich kann verstehen, dass du sauer auf mich bist.«

»Das bin ich auch.« Doch während er sein Hemd mit einem Pullover tauschte, legte sich sein Zorn, und ruhiger fuhr er fort: »Du legst immer derart großen Wert auf Regeln für die Ehe, also füg am besten diese Regel noch hinzu: In Zukunft gibst du mir Bescheid, bevor du einen völlig Fremden bei uns einquartierst. Sonst mache ich beim nächsten Mal vielleicht zuerst von meiner Schusswaffe Gebrauch und frage erst danach, was ein fremder Mann in deinem Arbeitszimmer zu suchen hat.«

»Ich bin eine schlechte Ehefrau, das ist mir klar. Aber da dir das auch längst klar sein sollte, nützt es auch nichts, wenn du deshalb sauer auf mich bist.«

»Du bist im Gegenteil die beste Ehefrau, die ich mir wünschen kann. Nur deshalb rege ich mich auf, wenn du was tust, was den von dir so heiß geliebten Regeln widerspricht.« Er zog sich weiter um, und als sie schwieg, sah er sie fragend an. »Beide Kinder?«

»Der Junge hat vielleicht noch eine Chance. Die große Schwester hat versucht, ihn zu beschützen, deshalb hat sie das meiste abgekriegt.«

»Und Baxter?«

»Wird drüber hinwegkommen, denn das gehört in unserem Job dazu.«

»Das stimmt«, erklärte Roarke, denn er hatte als Partner eines Cops genauso lernen müssen, mit den Grausamkeiten ihrer Arbeit umzugehen. »Und dieser Banner?«

»Ist, wie ich schon sagte, grundsolide und auf eigene Kosten hergekommen, nachdem er mitbekommen hat, dass wir uns für dieselben Täter interessieren. Als er wegen des verdammten Schneesturms nur bis Cleveland fliegen konnte, hat er einen Mietwagen genommen und ist den ganzen Rest des Wegs gefahren. Er geht der Sache schon seit letztem Sommer nach und zwar hauptsächlich in seiner Freizeit, weil die Kollegen in Arkansas und auch das FBI der Ansicht sind, das Opfer dieses Paars in seinem Heimatort wäre nicht ermordet worden, sondern einfach von allein in eine tiefe Schlucht gestürzt. Ich selber glaube genau wie Banner, dass der Mann ermordet wurde, vor allem hoffe ich, dass er mir helfen kann, die Schweine aufzuspüren, bevor auch noch Jayla Campbell sterben muss.«

»Dann machen wir uns besser sofort wieder an die Arbeit.«

»Tut mir leid. Es tut mir wirklich leid«, erklärte Eve, obwohl ihr der gefühlsmäßige Wirrwarr, der damit zusammenhing, entsetzlich auf die Nerven ging. »Vor allem wird's mir gleich bestimmt noch mehr leidtun, wenn du erfährst, dass neben Banner auch noch Peabody und Ian hier übernachten wollen.«

»Das hat Banner mir schon erzählt.«

»Verdammt.«

Entschlossen trat er auf sie zu, legte ihr die Hände auf die Schultern, erleichtert und deshalb noch etwas schuldbewusster registrierte sie, dass jeder Zorn aus seinem Blick gewichen war. »Das hier ist unser Heim, alle Menschen, die du hierher einlädst, sind auch mir willkommen. Außer …«

»… irgendwelche Fremden, die bewaffnet sind.«

»Wenn du mich nicht im Vorfeld informierst.«

»Kapiert.«

»Dann ist es gut. Jetzt habe wir unseren Gast lange genug allein gelassen«, meinte Roarke und zog sie Richtung Tür.

»Ich dachte, dass er länger brauchen würde, um sich einzurichten. Schließlich ist er schon seit über 30 Stunden auf den Beinen.«

»Das heißt, dass er bestimmt ein Bier und was zu essen brauchen kann.«

»Danke.« Lächelnd rahmte sie mit ihren Händen sein Gesicht, presste ihm die Lippen auf den Mund und gab ihm einen zweiten Kuss, denn andersherum hätte sie selbst bestimmt nicht so schnell eingelenkt wie er. »Im Ernst.«

»Schon gut.« Er küsste sie zurück. »Im Ernst. Jetzt bring mich am besten erst mal auf den neuesten Stand, denn wie es aussieht, habe ich seit heute früh so einiges verpasst.«

»Da gibt es jede Menge zu erzählen.«

Sie fasste die Geschehnisse des Tages kurz zusammen, als sie ihr Büro betraten, lag der Deputy mit dem Kater auf dem Schoß in ihrem Schlafsessel und döste vor sich hin. Trotzdem hörte er, dass sie hereingekommen waren, und rappelte sich gähnend wieder auf.

»Tut mir leid. Ich bin kurz eingenickt.«

»Der Lieutenant hat erzählt, Sie wären seit gestern unterwegs. Da können Sie sicher ein Bier gebrauchen.«

Banners argwöhnische Miene machte einem breiten Grinsen Platz. »Da sage ich bestimmt nicht Nein.«

»Eve?«

»Oh ja, ein Bier wäre jetzt gut. Ich gehe los und hole welches. Und vielleicht noch was zu essen. Pizza?«

Wieder grinste Banner. »Unbedingt.«

»Ihr Bullen seid doch alle gleich, egal, woher ihr kommt. Sie kommen aus Arkansas, nicht wahr?«, wandte Roarke sich an Banner, während Eve das Essen und die Getränke holen ging.

»Aus Silby's Pond. Das ist eine vollkommen andere Welt.«

»In den Ozarks, oder? Eine wunderschöne Gegend.«

»Waren Sie schon mal dort?«

»Des Öfteren. Wie sind Sie zur Polizei gekommen?«

»Auf ein paar Umwegen. Im Grunde sollte ich einmal die Farm von meinen Eltern übernehmen, aber neben meiner Arbeit auf dem Hof habe ich während der Ferien, wenn ein bisschen Zeit war und wenn die Touristen kamen, immer wieder mal als Deputy gejobbt. Allerdings war der Hof seit fünf Generationen in der Familie, und ich dachte, dass ich ihn deswegen einfach weiterführen muss. Aber vor ein paar Jahren hat mein Dad sich mich dann vorgeknöpft und mir erklärt, er könnte sehen, dass ich auf dem Hof nicht mit dem Herzen bei der Sache wäre, und er wüsste, dass mein Herz der Polizeiarbeit gehört.«

»Dann ist Ihr Vater offenbar ein weiser Mann. Danke, meine Liebe«, sagte Roarke, als er von Eve ein Bier gereicht bekam.

»Das ist er auch, obendrein ist er ein guter Farmer. So wie meine Schwester und ihr Mann, bei denen unser Hof in wirklich guten Händen ist. Ich helfe noch manchmal aus, aber vor allem bin ich ein Cop. Das Bier ist wirklich gut«, stellte er anerkennend fest. »Wir brauen selber Bier, nach eigenem Rezept. Wenn ich wieder zu Hause bin, bekommen Sie ein paar Flaschen von mir geschickt.«

»Der Tänzer und das Trampeltier«, bemerkte Eve, als sie die verwirrte Miene ihres Gastes sah, erklärte sie: »McNab und Peabody.«

»Dann werde ich jetzt mal die Pizza holen«, erbot sich Roarke.

»Pizza?«, jubelte McNab, war aber schlau genug, die Hand von seiner Liebsten loszulassen, als er Eves zusammengekniffene Augen sah.

»Und Bier«, erklärte Roarke und fügte an Eves Partnerin gewandt hinzu: »Für Sie, Peabody, ein Glas Wein?«

»Falls das in Ordnung ist.«

»Eins«, bestimmte Eve. »Danach gehen wir zu Kaffee über und fangen mit der Arbeit an. Santiago hat schon angerufen.«

Während Roarke das Essen holte, fasste Eve zusammen, was bisher bei den Ermittlungen in Arkansas herausgekommen war.

»So hinterwäldlerisch kann man doch gar nicht sein, dass man am Fundort einer Leiche nicht nach Blutspuren sucht«, ereiferte sich Ian und sah Banner an. »Entschuldigung.«

»Sie haben völlig recht. Es waren zwar nicht meine Hinterwäldler, die das vermasselt haben, aber allzu weit leben sie nicht von mir entfernt.«

Wie alle anderen nahm auch er sich ein Stück Pizza, biss hinein. Und riss die Augen auf.

»Das nenne ich mal eine ordentliche Pizza. Ist das so wie mit dem Kaffee?«

»Das ist eine ganz normale Pizza, wie man sie hier in New York bekommt«, erklärte Eve. »Morris und DeWinter sehen sich wahrscheinlich schon die Überreste einer der beiden exhumierten Leichen an. DeWinter hat ihre Beziehungen spielen lassen, damit sie schon heute Abend kommt.«

»Das ging dann aber wirklich schnell.«

»Uns läuft schließlich die Zeit davon. Wenn sie feststellen, dass auch diese beiden zu den Opfern unseres mörderischen Liebespaars gehören, können wir den Weg der beiden besser nachvollziehen. Vor allem aber brauchen wir Santiago und Carmichael, denn die Identifizierung der Täter wird erheblich einfacher, sobald wir sicher wissen, wer das erste Opfer war. Der erste Mord ist bestimmt in der Nähe ihres Heimatorts passiert, wo sie sich auskennen, wo gleichzeitig aber auch jeder weiß, wer sie sind. Weshalb das erste Opfer meiner Meinung nach der Schlüssel zu der ganzen Sache ist.«

Sie wandte sich der Tafel zu. »Vielleicht hat Campbell nicht mehr so viel Zeit.«

Sie stand auf, als auch Banner sich erheben wollte, meinte sie: »Bleiben Sie sitzen und essen erst mal in Ruhe auf. Ich bringe nur die Tafel auf den neuesten Stand. Das hilft mir beim Nachdenken.«

Sie machte sich ans Werk und schaute Banner noch mal an. »Warum erzählen Sie den anderen nicht von unseren beiden Stopps?«

»Der Lieutenant geht Vermisstenmeldungen von Leuten durch, die eine Wohnung oder ein Geschäft hier in der City haben, weil die beiden vielleicht auch noch jemand anderen gekidnappt haben, der noch nicht gefunden wurde, und in seine Wohnung eingezogen sind.«

»Die Täter müssen ungestört, vor allem aber muss die Wohnung schallgesichert sein«, bemerkte Roarke. »Denn selbst mit einem Knebel machen Folteropfer Lärm. Gleichzeitig muss das Gebäude schlecht gesichert sein, sonst hätte eine Kamera sie gefilmt, als sie mit ihrem Opfer in die Wohnung gegangen sind.«

»Wir haben uns auf dem Weg hierher zwei Wohnungen angesehen, aber da leben ganz normale Leute.«

»Es gibt noch jede Menge anderer Wohnungen, die wir uns anschauen können«, meinte Eve. »Wir dehnen morgen früh die Suche aus und beziehen ein paar Kollegen von der Trachtengruppe ein. Sie haben eine Wohnung, in der sie sich wohlfühlen, in der sie schon mit Kuper waren und wo sie jetzt mit Campbell sind.«

»Wahrscheinlich in der Innenstadt«, erklärte Roarke.

»Wahrscheinlich«, stimmte Eve ihm zu und wandte sich an ihre Partnerin. »Holen Sie den Sektor auf den Wandbildschirm.«

Während Eve und die Kollegen aßen und versuchten, ihrem mörderischen Pärchen auf die Spur zu kommen, mühte Jayla Campbell sich verzweifelt, nicht den Schmerzen zu erliegen, die inzwischen unerträglich waren. Die vorübergehenden Ohnmachtsanfälle waren ein Weg, der Qual kurzfristig zu entgehen, aber sie wurde immer wieder aufgeweckt, und immer wieder fügten sie ihr neue Schmerzen zu.

Sie hatte aufgehört zu überlegen, was der Grund für diese Höllenqualen war. Sie waren einfach da.

Sie konnte nicht mehr sagen, ob man sie seit Stunden, Tagen oder Wochen derart leiden ließ. Inzwischen gab es nur noch Schmerzen, Angst und die Gewissheit, dass kein Ende dieses schrecklichen Martyriums abzusehen war.

Sie trieben es wie wilde Tiere auf dem Boden, an der Wand und manchmal nebenan, wo sie sie grunzen, stöhnen oder lachen hörte, aber wenigstens nicht sah.

Sie hatten Spaß daran, wenn sie trotz des Knebels schrie und darum flehte, von ihr abzulassen, deshalb wollte sie nicht schreien, aber manchmal kam sie einfach nicht dagegen an.

Sie sahen so gewöhnlich aus. Wie konnten derartige Ungeheuer nur vollkommen normal aussehen? Die Frau war sogar ziemlich hübsch, wenn auch auf eine harte, nuttenhafte Art, und der Mann ziemlich attraktiv, aber … erschreckend dumm.

Er machte alles, was das Weibsbild ihm befahl.

Wenn sie ihn anwies, Jayla in den Arm zu schneiden, tat er es.

Jetzt aßen sie, vom Geruch des Essens wurde Jayla schlecht. Sie hatte seit der Party keinen Bissen mehr gegessen. Manchmal tröpfelte ihr einer von den beiden etwas Wasser in den Mund, aber zu essen gab es für sie nichts. Manchmal war das Wasser salzig, wenn sie anfing zu würgen, lachten sich die beiden fast kaputt.

Ungeheuer sollten nicht so aussehen wie normale Leute, dachte sie erneut.

Sie hatten ihr die Kleider abgenommen, doch die Kraft, um sich dafür zu schämen, dass sie nackt war, brachte sie schon lange nicht mehr auf. Dass sie sexuell nichts von ihr wollten, war ihr zwischenzeitlich keine Erleichterung mehr. Der Sex war für die beiden reserviert.

Auch sie waren nackt, sogar beim Essen, mitunter schmierten sie sich mit der Sauce des Essens ein und leckten sich dann gegenseitig ab.

Auch davon wurde Jayla schlecht. Zumindest konnte sie die Augen schließen oder sich bemühen, woanders hinzusehen, denn wenn die zwei mit sich beschäftigt waren, existierte sie kaum noch für sie.

Sie wünschte sich, sie würde wirklich aufhören, für sie zu existieren.

Wenn sie sich unterhielten, waren ihre Stimmen laut und schrill.

Er sagte, ihre Liebe stünde unter einem schlechten Stern. Die Frau, inzwischen wusste Jayla, dass sie Ella-Loo hieß, hörte es gern, wenn er Shakespeare zitierte oder davon sprach, dass sie genauso wären wie Bonnie und Clyde.

Diese Namen hatte Jayla noch nie gehört, aber die Frau schien sie zu kennen, denn sie lachte und nahm eine Pose ein, bei der ihr Lover, Darryl, sich die Lippen leckte und ihr stöhnend an den Busen griff.

Sie hörte sich, soweit ihr das möglich war, alles an, was die beiden sprachen, denn *falls* sie überleben sollte, würde sie der Polizei jedes Detail erzählen. Mit jeder Faser ihres schmerzerfüllten Körpers hoffte Jayla, dass die Polizei die beiden töten würde, und zwar auf brutale, möglichst grauenhafte Art.

Am liebsten hätte sie die beiden mit ihren eigenen Händen umgebracht.

Sie sehnte sich nach ihrer Mutter. Sehnte sich nach Kari. Mitunter, wenn sie nur noch halb bei Sinnen war, dachte sie an Luke, der jedes Mal ein scheues Lächeln auf den Lippen hatte, wenn er sie im Hausflur traf.

Sie sehnte sich nach jedem, der nicht Teil von dieser Hölle war. Nach allem, was nicht festgezurrt auf diesem harten Tisch, mit dem harten, runden Gegenstand im Mund im grellen Licht der Deckenlampe lag. Sie spürte, wie das Blut aus ihrem Körper rann und wie gebrochene Knochen aneinanderrieben, wenn sie sich nur einen Millimeter weit bewegte, weil die bisherige Position nicht länger zu ertragen war.

Doch es gab keine Linderung für ihren Schmerz.

»Das wäre mal was Neues«, sagte Ella-Loo. »Wir wollen doch nicht anfangen, uns zu langweilen, Schatz.«

»Langweilst du dich etwa?«

»Nein, Baby, mit dir niemals! Du bist mein Held. Aber stell dir trotzdem mal vor, wie aufregend das wäre. Wenn wir *zwei* auf einmal hätten und das Ganze noch mehr in die Länge ziehen könnten als bisher. Oh, ich werde schon ganz feucht, wenn ich nur daran denke.«

»Es gefällt mir, wenn du feucht bist.«

Als er der Frau die Hand zwischen die Beine schob, kniff Jayla ihre Augen zu.

»Mit zweien werde ich bestimmt noch feuchter und noch heißer sein. Du kannst diesmal jemanden aussuchen. Oh ja. Jetzt besorg es mir, Baby.«

Sie kreischte, lachte, stöhnte. »Fick mich härter, Baby, ja, genau! Und dann suchst du uns noch jemanden aus. Am besten nimmst du einen Mann. Vielleicht können wir ihn dazu bringen, sie zu ficken. Genau, er soll sie vergewaltigen und wir sehen dabei zu. Oh, oh, *Darryl!*«

»Alles, was du willst, Baby. Ich liebe dich.«

»Bring mich zum Schreien, Darryl. Ja, bring mich zum Schreien. Und dann holen wir uns noch jemand anderen.«

Während Darryl sich in sie hineinrammte, bis ihm der Schweiß in Strömen über das Gesicht lief, drehte sie den Kopf, setzte ihr Monsterlächeln auf und grinste Jayla an.

In Eves Arbeitszimmer gingen die Cops verschiedene Theorien durch, stellten diverse Nachforschungen an, und während Eve am Telefon mit Morris und danach mit Mira sprach, dachte ihr Mann über das erste potenzielle Opfer der beiden Täter nach.

Ein Geschäftsmann, der am Straßenrand ermordet worden war. Man hatte ihm den Schädel eingeschlagen, ein Fahrzeug hatte man am Tatort nicht entdeckt.

Es war ganz anders als die anderen Fälle, überlegte er. Man hatte Jansen nicht gefoltert und sich keine Zeit mit ihm gelassen. Aber Roarke vertraute wie auch sonst auf die Instinkte seiner Frau.

Vielleicht war dieser Mord gar nicht geplant gewesen. Vielleicht hatten sie den Mann zufällig getötet oder aus einem Impuls heraus. Was dann der Auslöser für all die anderen grauenhaften Taten dieses Paars gewesen war.

»Bestimmt hat irgendwer den Wagen abgeschleppt.«

Abgelenkt und leicht gereizt sah Eve sich nach ihm um. »Was sagst du da?«

»Ihr habt zwei Möglichkeiten in dem Jansen-Fall. Entweder es gab noch einen zweiten Wagen und sie sind mit beiden Wagen weggefahren, oder sie haben einen Wagen stehen gelassen, als sie abgehauen sind.«

»Die Polizei hat dort keinen Wagen entdeckt.«

»Von Autodiebstahl hast du auch noch nichts gehört. Natürlich hätten sie mit beiden Autos wegfahren können, aber dann hätten sie später eins von beiden irgendwo entsorgen müssen, außerdem hätten sie sich dann gleich nach dem Mord vorübergehend getrennt, was ich mir bei der Aufregung, die sie bestimmt verspürt haben, nicht vorstellen kann.«

»Warte.« Ehe er noch etwas sagen konnte, hob sie abwehrend die Hand und sah ihn aus zusammengekniffenen Augen an. »Natürlich waren sie furchtbar aufgeregt. Falls dies der erste Mord war, der den Ball für sie ins Rollen gebracht hat, waren sie total aufgeregt. Wenn sie dann in zwei verschiedenen Wagen losgefahren wären, hätte sich die Aufregung bestimmt nach einiger Zeit gelegt. Sie waren also nur mit einem Auto unterwegs. Trotzdem wurde nirgendwo gemeldet, dass ein Wagen in der Nähe dieses Tatortes gefunden worden ist.«

»Meine geliebte Eve«, erklärte er und lenkte dadurch Banners Blick auf sie. »Es ist eine entlegene Gegend, oder?«

»Und?«

»Ich wette um ein Bier, dass es dort ein, zwei Abschleppdienste und vor allem jede Menge Bauernhöfe gibt, auf denen man größere Fahrzeuge, die ebenfalls zum Abschleppen geeignet sind, benutzt. Dann steht plötzlich irgendwo ein Auto, Lieferwagen oder Truck am Straßenrand. Den guckt man sich mal an, denn vielleicht ist er ja kaputt.«

»Deshalb haben sie ein anderes Transportmittel gebraucht, okay.«

»Vielleicht war es ja die Mechanik. Oder auch der erste Wagen war bereits gestohlen, und sie haben deshalb einen anderen gebraucht. So oder so hat ein geschäftstüchtiger Einwohner der Gegend vielleicht den ersten Wagen abgeschleppt, zerlegt und mit den Einzelteilen Geld gemacht. Bestimmt gibt's selbst in einer solchen Gegend illegale Werkstätten und Leute, die nicht weiter nachfragen, wenn es dafür billig einen Wagen oder ein Ersatzteil gibt.«

Als sie die Stirn in Falten legte, fuhr er lächelnd fort: »Gehen wir also erst einmal rein hypothetisch davon aus, dass jemand, der sein Geld mit dem Verkauf von günstigen Ersatzteilen verdient, dort herumgefahren ist und die Gelegenheit genutzt hat, als am Straßenrand ein verlassener Wagen stand.«

»Er hat ihn einfach abgeschleppt.«

»Weil sich auf diese Art mit wenig Arbeit ziemlich ordentlich Geld verdienen lässt. Am besten setzt du deine Leute dort auf Abschleppfirmen, Bauern, Autowerkstätten und Unternehmen in der Richtung an.«

Er wandte sich an Banner. »Glauben Sie, dass es so was bei Ihnen in der Gegend gibt?«

»Möglich. Einen Bezirk weiter haben sie eine Zeit lang Autos von der Autobahn und kleinen Nebenstraßen mitgehen lassen und in einer kleinen Werkstatt umlackiert. Auf die Idee bin ich bisher noch nicht gekommen. Aber auch bei uns gibt's immer jemanden, der jemand anderen kennt, solche Sachen sprechen sich herum.«

Eve hatte schon ihr Handy in der Hand. »Carmichael.«

»Wollte gerade anrufen. Wir sind beim Barbecue. Wie hat Santiago heute Nachmittag völlig zu Recht gegrölt? Jeehaw. Der Pathologe …«

»Augenblick. Gehen Sie erst noch einer anderen Sache nach. Abschleppdienste, Autowerkstätten, Mechaniker, kleinere Bauernhöfe oder so. Jeder, der die Möglichkeit zum Abschleppen von einem Auto hat«, setzte sie an, als sie fertig war, legte sie auf und wandte sich erneut an Roarke.

»Das ist ein wirklich guter Ansatz. Leider haben die Kollegen vor Ort noch nicht an diese Möglichkeit gedacht. Manchmal ist es wirklich praktisch, wenn du uns beim Überlegen hilfst.«

»Ich gebe stets mein Bestes.«

»Vielleicht ist es so gelaufen. Es gefällt mir, weil es logisch klingt. Vielleicht war ja ihr eigenes Gefährt kaputt, oder sie waren einfach auf was Neues aus. So oder so führt uns das vielleicht dorthin, wo unser Pärchen vorher war oder von wo es losgefahren ist. Vielleicht kommen dabei sogar die Namen von den beiden heraus.«

Sie blickte auf die Tafel und auf Jaylas Bild. »Die Nacht wird sicher lang, deshalb gibt es jetzt erst mal Kaffee.«

»Au ja«, freute sich Banner und fügte hinzu: »Es könnte sein, dass ich jemanden kenne, der dort in der Gegend seinerseits jemanden kennt. Ich bin ein bisschen sauer auf mich selbst, weil ich nicht längst selbst darauf gekommen bin.«

»Haben Sie etwa selbst schon mal Autos geklaut?«

»Nein, aber ich könnte Ihren Leuten vielleicht trotzdem helfen, denn ich kenne jemanden, bei dem das meiner Meinung nach nicht ausgeschlossen ist.«

»Dann rufen Sie dort unten an. Peabody?«

»Ma'am?«

»Kaffee. Jede Menge. Jetzt.«

Während sie der neuen Spur nachgingen, mühte sich Ella-Loo im superkurzen Minirock einer Prostituierten, die sie umgebracht und deren Namen sie vergessen hatte, mit dem abgewetzten Ohrensessel ab.

Trotz der Kälte und obwohl sie unter ihrem kurzen Rock nur dünne Netzstrümpfe und eine kurze, kunstlederne Jacke, die von einem anderen Opfer stammte, trug, hatte sie das Gefühl, von innen heraus zu glühen.

Mit einem Handy in der Hand, die Kapuze seines Parkas auf dem Kopf, kam der junge Kerl den Bürgersteig heraufgestapft. »Schon gut, ich bin ja unterwegs. Gott, hier draußen ist es kälter als am Südpol. Keine Angst, ich bin fast da. Fangt schon mal an!«

»Hallo, Süßer?«

Er blieb stehen, und Ella-Loo schüttelte schwungvoll ihr Haar.

»Du auch«, sprach er noch in sein Handy, bevor er es in die Tasche des Parkas schob.

»Könntest du mir ganz kurz helfen? Ich muss das blöde Ding hier in den Van bekommen, bevor mein irrer Ex-Freund auf der Bildfläche erscheint.«

»Sicher, kein Problem. Unschöne Trennung?«

»Das ist noch untertrieben. Der Kerl hat mich geschlagen!«

»Tatsächlich?« Der Junge beugte sich über das Möbelstück. »Dann bist du ohne ihn auf alle Fälle besser dran. Wenn du auf der anderen Seite anfasst, kriegen wir das Ding bestimmt zusammen hoch und …«

In diesem Augenblick sprang Darryl auf ihn zu und schlug ihm den schweren Sandsack auf den Kopf. Auf die Idee war Ella-Loo gekommen. Sie grinste, als der Junge ein Geräusch machte wie ein Ballon, aus dem die Luft entwich, bevor er auf dem Bürgersteig zusammenbrach.

»Schnell, Baby, beeil dich, bevor jemand kommt!«

Sie hievten erst ihr Opfer und danach den alten treuen Sessel in den Van. Dann schwang auch Ella-Loo sich in den Laderaum, schlug ihrem neuen Opfer, als es leise stöhnte, erneut mit dem Sandsack auf den Kopf und umwickelte die schmalen Handgelenke sorgfältig mit Klebeband.

»Fahr los, Baby Wir haben ihn. Ich kann es kaum erwarten, mit ihm anzufangen! Ich bin jetzt schon nass und heiß.«

»Heb dich für mich auf«, rief Darryl ihr von vorne zu, lenkte den Lieferwagen auf die Straße, und bereits zwei Häuserblocks vom Ort des Kidnappings entfernt hatten sie ihren Unterschlupf erreicht.

13

Jayla wusste, dass die Schmerzen nur noch schlimmer wurden, wenn sie sich dagegen wehrte, aber als sie hörte, dass die beiden sie alleine ließen, schrie sie gegen den Knebel an, bis ihre Kehle rau und blutig war, verdrehte ihren Körper und spannte mit letzter Kraft die Arme an.

Aber es reichte nicht.

An ihren Hand- und Fußgelenken rissen frische Wunden auf, in denen sich das dicke Klebeband so lange rieb, bis sie eitrig waren. Auch das Pflaster, das auf einigen von ihren alten Wunden klebte, löste sich, und sofort quoll frisches Blut heraus. Sie schmeckte ihre eigenen Tränen und die Bitterkeit der Hysterie, bis sie erschöpft in sich zusammenbrach.

Du musst dir alles merken, dachte sie. Du musst dir alles merken für den Fall, dass du die Zeit bei diesen Monstern überlebst.

Sie lag auf einem Brett, hatte ein dickes Seil um ihren Bauch geschlungen, manchmal wurde sie mit einem zweiten Seil gewürgt, bis sie in Ohnmacht fiel.

Plastik, dachte sie, unter dem Tisch, auf dem sie lag. Sie konnte Plastik unter ihren Füßen rascheln hören, wenn sie sie misshandelten.

Ein Fenster. Klein, mit Gittern, und ein großes braunes Sofa, auf dem sie es manchmal trieben, ein Fernseher, in dem sie Game Shows oder Pornos sahen.

Eine Wohnung, vielleicht ebenerdig, weil sie den Verkehrslärm hörte, wenn die Tür geöffnet wurde, eine schmutzig weiße Decke, in die runde Lampen eingelassen waren.

Die Lampen brannten Tag und Nacht.

Sie brachten Essen mit, sie ließen sich nie etwas liefern, wenigstens nicht, während Jayla bei Besinnung war. Sie tranken jede Menge Bier und billigen Wein, einmal war der süßliche Geruch von Zoner durch den Raum geweht.

Sie konnte sie ganz genau beschreiben.

Musste ihnen nur entkommen, dann könnte sie sie haargenau beschreiben bis hin zu ihren identischen Tattoos.

Direkt über ihren eigenen Herzen hatten sie sich kleine Herzen tätowieren lassen, in deren Mitte ein kleines blaues D sowie ein kleines rotes E standen.

Man würde nach ihr suchen, tröstete sie sich. Es gab Menschen, die sie liebten, und die würden nach ihr suchen.

Doch wie sollten sie sie finden?

Warum hatte sie kein Taxi bestellt? Warum nur hatte sie nicht ihren Verstand benutzt und sich von einem Taxi abholen lassen, als sie von der blöden Party abgehauen war? Warum war sie überhaupt erst hingegangen? Warum war sie nicht daheim geblieben, um mit Kari einen Film zu sehen?

Sie brach erneut in Tränen aus, nahm abermals den Kampf gegen die Fesseln auf, schlief aber schließlich zitternd vor Erschöpfung ein.

Dann wurde sie von lautem Lärm geweckt. Für einen kurzen Augenblick war sie wieder in ihrem Zimmer auf dem College und versuchte einzuschlafen, während in einem der Nebenzimmer eine Party stieg. Sie wollte sich auf die Seite rollen, doch die stechenden Schmerzen zwangen sie in die Wirklichkeit zurück.

Sie hatten Countrymusic angemacht. Eine Frauenstimme jodelte von der Jagd auf ihren Mann, beide sangen grölend mit und stellten unweit ihres Tischs einen zweiten Klapptisch auf.

Die Frau tänzelte fröhlich um den Tisch herum, rieb ihren Arsch am Unterleib des Kerls und tänzelte laut kichernd weiter.

Jayla drehte vorsichtig den Kopf, bis sie die Plastikplane auf dem Boden sah.

Und einen Körper, der mit dem Gesicht nach unten auf der Plane lag.

Am liebsten hätte sie gejubelt, denn sie war nicht mehr allein.

Jetzt hatten sie noch ein anderes Opfer, vielleicht vergäßen sie ja wenigstens für kurze Zeit, ihr wehzutun.

Dann aber wurde die Erleichterung von heißer Scham verdrängt, denn ganz egal, was sie auch mit ihr machten, war sie immer noch ein Mensch. Sie konnte Scham empfinden. Scham und Mitgefühl.

Gemeinsam rollten sie den anderen Körper auf den Rücken und fingen an, ihn auszuziehen. Es war ein Mann, erkannte sie, das hieß, im Grunde noch ein Junge, jünger als sie selbst. Vielleicht 20 und erschreckend bleich.

Er rührte sich, als er stöhnte, packte Darryl sich den Sandsack, mit dem er auf ihre Rippen eingedroschen hatte, und schlug dem Jungen das Ding gegen den Kopf. So beiläufig, wie man nach einer Fliege schlug.

»Ich will nicht, dass er jetzt schon wach wird«, sagte Darryl. »Erst mal müssen wir ihn ordentlich fixieren.«

»Er ist noch weißer als der Schnee, der draußen auf der Straße liegt.« Kichernd zerrte Ella-Loo an seiner Hose, ließ den Inhalt der Taschen auf den Boden fallen, und während Darryl ihn zu Ende auszog, klappte sie den Geldbeutel des Jungen auf.

»Weniger als 20 Dollar. Scheiße, und noch nicht mal eine Armbanduhr. Er heißt Reed Aaron Mulligan.«

Jayla wiederholte diesen Namen ein ums andere Mal. Reed Aaron Mulligan. Wahrscheinlich 2.0, 21 Jahre alt, dünn und schlaksig, Haut wie Milch mit ein paar Sommersprossen, rötlich blondes Haar mit einem jämmerlichen Ziegenbärtchen im noch weichen, kindlichen Gesicht.

»Schlüsselkarte, ein paar Münzen, nettes kleines Taschenmesser. Eins von diesen … wie nennt man die Dinger noch einmal?«

Darryl schaute sich das Messer an. »Multifunktionsmesser. Zeig her.« Er nahm das Messer in die Hand und sah es sich genauer an. »Echt schön«, stellte er fest, bevor er es in seine eigene Tasche schob.

»Auch die Stiefel und der Parka sind noch ziemlich neu.«

Wahrscheinlich hatte er sie erst zu Weihnachten bekommen, dachte Jayla. Vielleicht von den Eltern. Eltern, die nach ihrem Jungen suchen würden, wenn er nicht nach Hause kam.

»Dir ist er zu klein«, wandte sich Ella-Loo an Darryl und zog den Parka selbst an. »Aber er ist echt warm.«

»Er ist nicht hübsch genug für dich, Baby.«

»Ich wette, dass er sich gut verkaufen lässt. Genauso wie die Stiefel.« Achtlos warf sie Boots und Hose auf die Couch, stemmte die Hände in die Hüften und sah sich den jungen Mann genauer an.

»Ein jämmerlicher Schniedel, aber mit Erotica bekommen wir ihn sicher hart.«

Sie drehte sich nach Jayla um und schaute sie mit ihrem bösartigen Bestienlächeln an. »Er wird dich ficken, bis dir Hören und Sehen vergeht.«

Jayla wollte die Augen schließen und an etwas anderes denken, doch sie zwang sich, Ella-Loo so lange anzustarren, bis die nach dem Sandsack griff und ihn ihr auf den Bauch fallen ließ.

Der explosionsartige Schmerz in ihrem tiefsten Innern dehnte sich auf den ganzen Körper aus.

»Das ist schon mal ein kleiner Vorgeschmack.« Mit schräg gelegtem Kopf schlug Ella-Loo mit dem zehn Kilo schweren Sack auf Jaylas Brüste ein.

Gegen Jaylas Willen bäumte sich ihr Körper auf, fiel auf die Holzplatte zurück, und während Ella-Loo verfolgte, wie ihre geschundenen Brüste anschwollen und sich blau verfärbten, sagte sie: »Um Sex ging's bisher nie. Aber allein bei dem Gedanken daran werde ich schon heiß.«

»Ich auch.«

Sie sah den Glanz in Darryls Augen und das Auf und Ab seiner Hand in seinem Schritt.

»Noch nicht, Baby. Noch nicht. Erst müssen wir noch unseren neuen Freund hier vorbereiten. Und dann klopfen wir ihn erst mal weich.«

Jayla zog sich an den engen, dunklen Ort zurück, an dem der

Schmerz nur noch am Rand zu spüren war. Nach einer Weile – zwei Minuten, vielleicht auch zwei Stunden – hörte sie das grässliche, unmenschliche Geräusch, das auch ihr selbst schon mindestens ein Dutzend Mal entfahren war.

Das hieß, dass auch Reed Aaron Mulligan endgültig in der Hölle angekommen war.

DeWinter hatte Eve einen vorläufigen Bericht geschickt.

Zwar war es noch zu früh, um eindeutige Schlüsse aus der Leichenschau zu ziehen, aber DeWinter und auch Morris gingen davon aus, dass einige Verletzungen von Melvin Little keine Folge seines Sturzes waren. Einige Blessuren hatte man ihm offenbar schon ein, zwei Tage vorher zugefügt.

Eve kämpfte sich durch all die Fachausdrücke und die nervtötenden Vorbehalte, bis sie etwas fand, das ihr bei der Arbeit weiterhalf.

Ein paar Knochen wiesen Kratzspuren eines scharfen Messers auf, der eingeschlagene Hinterkopf rührte von einem stumpfen Gegenstand, der Oberschenkelbruch von einem harten Schlag.

Vielleicht mit einem Wagenheber, überlegte Eve, stapfte in ihrem Arbeitszimmer auf und ab und fuhr mit der Lektüre fort.

Verschiedene Knochen in der rechten Hand waren zerquetscht.

Die Untersuchung würde morgen früh um sieben fortgesetzt.

Zumindest hatte Morris einen aufmunternden Nachsatz angehängt.

Garnet ist zu Recht noch nicht bereit, sich festzulegen, aber ich bin mir fast sicher, dass er eins von Ihren Opfern ist. Die Leichenschau vor Ort war stümperhaft. Dem Opfer wurden eine Reihe Stich- und Schlagverletzungen mindestens einen Tag vor Eintreten des Todes zugefügt, es wäre ein allzu großer Zufall, hätte jemand anderes als Ihre Täter ihn auf diese Weise attackiert.

»So einen Zufall gibt es nicht«, murmelte sie.

»Wie du selbst gesagt hast«, meinte Roarke und baute sich entschlossen zwischen ihr und der schon wieder leeren Kaffeekanne auf, »habt ihr – du und alle anderen – getan, was heute Abend möglich war.«

»Santiago und Carmichael …«

»... werden sich auf alle Fälle bei dir melden, wenn es etwas Neues gibt. Aber bei ihnen ist inzwischen Mitternacht vorbei, sie haben also sicher ebenfalls Schluss gemacht.«

»Wie spät ist es hier?«

»Eine Stunde weiter, also kurz nach eins.«

»Diese blöde Zeitverschiebung treibt mich noch mal in den Wahnsinn.«

»So geht es mir auch.« Der Deputy aus Arkansas fuhr sich mit den langen Fingern durch die Haare, packte ein paar Strähnen, als wolle er auf diese Art verhindern, dass sein Kopf von den Schultern fiel, und blickte Eve aus trüben Augen an. »Mit jedem neuen Bundesstaat, in den man kommt, gewinnt oder verliert man eine Stunde. Das ist echt verwirrend.«

»Siehst du?«, sagte Eve zu Roarke und pikste Banner zustimmend den Zeigefinger in die Brust.

»Vor allem sehe ich, dass unser Deputy genau wie alle anderen erst mal schlafen muss.«

Sie überlegte, ob sie allen einen zugelassenen Wachmacher einflößen sollte, doch der würde sie wahrscheinlich nicht mehr wirklich munter machen, vor allem fühlte sie sich selber, wenn sie so etwas schluckte, immer unnatürlich aufgeputscht. Sie waren fürs Erste allen Spuren nachgegangen und könnten sich mit neuen Kräften wieder auf die Arbeit stürzen, wenn sie halbwegs ausgeschlafen wären.

»Okay, dann machen wir jetzt Schluss und treffen uns um sechs Uhr alle wieder hier.«

»Oh ja. Verzeihung«, sagte Banner. »Aber mein Gehirn hat offenkundig schon die Arbeit eingestellt. Ich habe keine Ahnung, wo genau mein Zimmer liegt.«

»Wo hat Summerset Sie einquartiert?«, erkundigte sich Peabody, die sich beim Aufstehen die müden Augen rieb.

»Ah …«

»In der Park-Suite«, mischte Roarke sich helfend ein.

»Wir wissen, wo die ist, nicht wahr?«

Nickend erhob sich jetzt auch McNab von seinem Platz, schlang einen Arm um ihre Schultern, und sie lehnte sich ermattet an ihn. »Die liegt gleich neben unserem Raum. Am besten nehmen wir Sie einfach mit und setzen Sie dort ab.«

»Danke.« Banner sah noch einmal auf das Bild von Little Mel, das an der Tafel hing. »Jetzt trete ich nicht mehr alleine für ihn ein. Allein aus diesem Grund hat meine Reise sich bereits gelohnt.«

Zusammen mit den beiden anderen trat er in den Flur, und Eve beäugte nachdenklich die Kanne, in der womöglich doch noch ein paar Tropfen Kaffee waren.

»Auf keinen Fall.«

»Du hast mir nicht zu …«

»Doch, und wenn ich selbst mal derart übertreibe, hoffe ich, dass du dasselbe für mich tust. Du hast inzwischen so viel Kaffee intus, dass statt Blut wahrscheinlich reines Koffein in deinen Adern fließt.«

»Ich bin ein bisschen aufgedreht«, räumte sie widerstrebend ein.

»Wenn es irgendetwas gäbe, was du heute Nacht noch unternehmen könntest, würde ich dir selber eine Kanne frischen Kaffee bringen und dir helfen.«

Vielleicht würde er das tun, sagte sich Eve, aber genauso könnte er ihr heimlich ein Beruhigungsmittel geben, damit sie für ein paar Stunden Ruhe gab. Er hatte recht. Sie konnte im Moment nichts mehr tun. Vielleicht hätte sie ja morgen nach dem Aufstehen irgendeinen Geistesblitz.

»Der Abschleppdienst ist Tag und Nacht erreichbar«, sagte sie, als Roarke sie aus dem Zimmer zog. »Dafür sind diese Dienste schließlich da. Vielleicht finden Carmichael und Santiago ja noch irgendwas heraus.«

»Dann rufen sie dich an.«

»Sobald DeWinter offiziell bestätigt, dass Little und die andere Leiche zu den Opfern dieses Paars gehören, mischt sich bestimmt das FBI in unsere Arbeit ein.«

»Macht dir das zu schaffen?«

»Klar. Es stört mich einfach aus Prinzip. Andererseits je mehr Leute in dem Fall ermitteln, umso besser«, gab sie zu. »Natürlich wissen sie, dass wir nach Jayla suchen, aber ihrer Meinung nach sind unsere Täter bereits weiter nördlich, denn sie sehen New York als Teil des Wegs und nicht als Ziel.«

Als sie das Schlafzimmer betrat, lag Galahad dort mitten auf dem Bett.

»Je mehr nach ihnen suchen, umso besser«, wiederholte sie, schob die Hände in die Hosentaschen und marschierte, aufgedreht von all dem Kaffee, durch den Raum. »Ohne Banner wären wir bei Little längst noch nicht so weit, ohne Morris und DeWinter wüssten wir nicht sicher, ob er eins von ihren Opfern ist. Dazu die Überlegung, dass jemand den Wagen abgeschleppt hat, um ihn auszuschlachten. Ohne deine kriminelle Sicht der Dinge hätten wir die Idee sicher nicht gehabt.«

»Ich helfe immer gern.« Er drehte sie zu sich herum, öffnete ihr Waffenhalfter, und sie schüttelte es ab.

»Die Polizei vor Ort wollte nicht wahrhaben, dass vielleicht jemand aus dem Ort beteiligt ist. Sie wollten unbedingt, dass Jansen nicht von einem Einheimischen, sondern von einem irren Anhalter erschlagen worden ist. Wenn nicht, hätten sie die Berichte anders formuliert.«

»Hm.« Noch einmal drehte Roarke sie zu sich um und machte ihren Gürtel auf.

»Was Little angeht, war es einfach bequemer, seinen Tod als Unfall abzutun.«

Er zog den Pulli über ihren Kopf.

»Genauso wie bei Fastbinder in West Virginia. Der Typ macht einen falschen Schritt und stürzt in eine Felsspalte. Tragisch, sicher, aber wenn's so war, braucht sich die Polizei nicht zu bemühen, zwei verrückte Killer aufzuspüren.«

Roarke schob sie rückwärts Richtung Bett, hob sie auf das Podest und setzte sie auf der Matratze ab.

»Was machst du da?«

»Ich helfe dir.« Er griff nach einem Bein und zog den ersten Stiefel aus.

»Du willst mich doch nur aus den Kleidern schälen.«

»Das ist der Lohn für meine Hilfe.«

»Forderst du jetzt etwa die Bezahlung für die Flüge und den Wagen ein?«

»Du kannst auch gerne bei mir anschreiben, aber wenn du …« Er zog ihr auch den zweiten Stiefel aus.

»Ich bin tatsächlich noch ein bisschen aufgedreht.« Sie hob die Hüfte an, damit er auch an die Hose kam. »Wenn ich diese Energie noch nutze, hat der viele Kaffee sich auf jeden Fall gelohnt.«

»Vor allem bist du anschließend vielleicht k.o. genug, um deinen Mund zu halten, bis ich eingeschlafen bin.«

Er legte eine flache Hand auf ihr Gesicht, drückte sie sanft aufs Bett, grummelnd sprang der Kater auf.

»Woher zum Teufel weiß er, dass wir nicht nur schlafen wollen?«

»Tierischer Instinkt«, mutmaßte Roarke, zog seinen eigenen Pullover aus und schob sich über sie.

»Den habe ich genauso.« Eilig zog sie ihn zu sich herunter, biss ihm in die Unterlippe, knabberte an seinem Hals und bat: »Mach schnell. Ich will es schnell, hart und rau.«

Ihr Blut war schon in Wallung, und die heiße Gier, die sie verströmte, fachte sein Verlangen weiter an. Noch während sie mit seinen Kleidern kämpfte, schob er eine Hand in ihren Schritt und brachte sie, bevor sie sich versah, zum ersten Höhepunkt.

Jetzt gab es nichts mehr außer ihrer Leidenschaft, die sie von innen zu verbrennen schien, hektisch bäumte sie sich auf und ließ die Hüften kreisen, bis auch er erschaudernd kam.

Noch immer lagen ihre Beine eng um seinen Körper, um nicht davonzufliegen, klammerte sie sich am Laken fest und stieß mit rauer Stimme aus: »Mach weiter. Schnell, hart und rau.«

Noch einmal drang er bis zum Anschlag in sie ein, und während ihn die Lust beflügelte, schrie sie auf.

Er ritt sie, bis ein Schleier sich vor seine Augen senkte und er sie nur noch verschwommen sah.

Weiter glitt er mit den Händen und mit seinen Lippen über ihren schlanken Leib und nahm sie hart, schnell und rau.

Sie hatte dieses animalische Verlangen, diese dunkle Gier gewollt, er ließ alle Schranken fallen und rammte sich in sie hinein, bis ihr erstickter Schrei in seinen Ohren hallte, sie den Kopf auf die Matratze fallen ließ und schmolz.

Immer noch ließ er nicht von ihr ab, nahm alles, was sie ihm zu bieten hatte, und gab ihr genauso viel von sich zurück.

Das Rauschen ihres Bluts in den Ohren wurde durch das Trommeln seines Herzschlags übertönt, als sie spürte, dass er sich bewegte, schlang sie ihm die schlaffen Arme um den Leib.

»Bleib noch«, murmelte sie leise. »Bleib noch etwas in mir.«

Und schlief ein.

Es war noch dunkel, als das anhaltende Klingeln des Handys ihren Tiefschlaf unterbrach.

Noch immer eng mit Roarke umschlungen, kämpfte sie sich mühsam hoch und sah sich suchend um.

»Moment. Ich mache Licht.«

Roarke rollte sich von ihr herunter, und es wurde hell.

»Mein Handy …«

»... steckt in deiner Hosentasche«, klärte er sie auf und fischte nach dem Kleidungsstück, während sie sich die müden Augen rieb.

»Ah …«

»Blockier vielleicht noch schnell die Videofunktion«, schlug er ihr vor.

»Himmel. Ja, natürlich. Video aus«, befahl sie dem Gerät und nahm den Anruf an.

»Dallas.«

»Hier Zentrale, Lieutenant Dallas.«

Es war 4.18 Uhr, als sie hörte, dass Reed Aaron Mulligan gekidnappt worden war.

Genau wie Jayla Campbell hatte man ihn in der Innenstadt entführt. Gut 24 Stunden früher als erwartet. Außer …

»Soll ich Peabody und Ian wecken?«, fragte Roarke.

»Ja.« Dann aber schüttelte sie knapp den Kopf. »Das heißt, das hat noch keinen Sinn. Ich bin mir sicher, dass er auf ihr Konto geht, aber Beweise gibt's dafür bisher nicht. Ich werde erst einmal mit seiner Mutter sprechen.«

»Dann komme ich mit«, erklärte er und zog sich eilig an.

Zehn Minuten später hatte sie geduscht, war angezogen, hatte sich mit einem großen Schluck Kaffee in Schwung gebracht und rannte zu dem Wagen, der von Roarke geordert worden war.

Sie liefen durch die kalte, klare Nacht zu dem PS-starken Geländewagen, der mit laufendem Motor und vorgeheizt am Fuß der Treppe stand.

»Der Vermisste lebt bei seiner Mutter Ecke Broadway in der Leonard.«

»Ich habe mitgehört, als die Zentrale angerufen hat.« Er schoss aus der Einfahrt auf die schneebedeckte Straße, auf der sie um diese Uhrzeit fast alleine waren. »Damit weichen sie von ihrem bisherigen Vorgehen ab, nicht wahr?«

»Falls sie ihn sich geschnappt haben, ja. Jayla Campbell hätte frühestens morgen sterben sollen. Vielleicht ist irgendetwas schiefgelaufen und sie haben ihre Leiche irgendwo entsorgt, wo sie bisher noch nicht gefunden worden ist. Oder …«

»Vielleicht haben sie sie immer noch in der Gewalt und sie ist noch am Leben«, meinte Roarke.

»Das ist eher unwahrscheinlich, aber ausgeschlossen ist es nicht. Vielleicht hat ja das Verschwinden dieses jungen Kerls gar nichts mit unserem Fall zu tun. Er ist gerade einmal 21«, fügte sie hinzu und ging die Infos über ihn auf dem Handcomputer durch.

»Wie es aussieht, wurde er ein paarmal wegen irgendwelcher weichen Drogen hochgenommen, aber größere Sachen gibt es nicht. Arbeitet als stellvertretender Geschäftsführer in einer Musikalienhandlung, verkauft Instrumente und gibt Unterricht. Dazu verdient er sich mit einer Band mit Namen *Thrashers* noch ein bisschen was dazu.«

Sie grub ein bisschen tiefer. »Spielt Gitarre, singt. Die meisten Auftritte haben sie bisher in irgendwelchen Billigclubs. Vielleicht ergibt sich da ja was, aber …«

»Vielleicht hat er sich einfach zugedröhnt und pennt bei einem Kumpel oder so.«

»Kann sein. Aber die Gegend, wo man ihn zum letzten Mal gesehen hat, gehört zu ihrem Territorium. Er ist ein Einzelkind, die Mutter ist alleinerziehend und bedient in einer Bar.« Eve packte den Handcomputer wieder ein. »Am besten hören wir uns erst mal an, was sie zu sagen hat.«

Die Mulligans lebten in einem dreistöckigen Haus mit einer halbwegs sauberen Eingangshalle und vernünftiger Security.

Es sagte durchaus etwas über die Bewohner aus, dass auch das Treppenhaus vollkommen frei von irgendwelchem Müll und Schmierereien an den Wänden war. Im zweiten Stock jedoch schien jemand den Geräuschen nach die Morgennachrichten zu sehen, das hieß, der Schallschutz in dem Haus war offenkundig ziemlich schlecht.

Sie hob die Faust, um anzuklopfen, doch die Tür schwang bereits auf.

»Ich habe Sie im Treppenhaus gehört«, bestätigte die Frau ihren Verdacht und fragte: »Sind Sie von der Polizei?«

»Lieutenant Dallas«, stellte Eve sich vor und wies sich zusätzlich mit ihrer Marke aus. »Ich habe einen zivilen Berater mitgebracht. Ms. Mulligan?«

»Ja, ja, kommen Sie rein. Danke, dass Sie so schnell hergekommen sind. Der Mann, den ich zuerst am Telefon gesprochen habe, hat kaum zugehört.«

Der kurze schwarze Rock brachte ihre hübschen Beine vorteilhaft zur Geltung, ihre ebenfalls ausnehmend hübschen Brüste wurden von dem tiefen Ausschnitt des Oberteils betont. Sie trug noch ihre Arbeitskleidung, dachte Eve, und hatte bisher nur eine verbeulte Strickjacke über das Top gezogen und die Schuhe gegen wesentlich bequemere Pantoffeln eingetauscht.

Die Sorge um den Jungen war ihr überdeutlich anzusehen.

»Reed ist gestern Nacht nicht heimgekommen. Ich meine, er schläft öfter mal woanders, aber wenn er nicht nach Hause kommt, ruft er mich immer an. So haben wir es abgemacht. Genauso mache ich es andersherum auch.«

»Warum setzen wir uns nicht und Sie erzählen mir alles noch einmal von Anfang an?«

»Oh, tut mir leid.« Sie sah sich suchend um, als wäre ihr die eigene Wohnung plötzlich fremd. »Vor lauter Angst hat mein Gehirn die Arbeit eingestellt. Nehmen Sie doch Platz. Ich habe Kaffee, wenn Sie wollen.«

»Das wäre toll«, erklärte Eve, denn die Beschäftigung täte der Frau wahrscheinlich gut. »Wir nehmen ihn beide schwarz.«

»Einen Augenblick.«

Sie ging ans andere Zimmerende, in dem eine schmale, offene Küchenzeile war.

Sie hatte sich das flammend rote Haar in einem Pferdeschwanz aus dem schmalen, etwas kantigen Gesicht gebunden, trotz der Blässe und der Schatten unter den grünen Augen sah sie deutlich jünger aus als die 40 Jahre, die sie den Angaben in ihrem Pass zufolge war.

»Ich bediene an fünf Abenden pro Woche im *Speakeasy.* Das ist eine Bar hier in der Nähe. Keine Billigbeize, sondern ein gediegenes, wirklich reizendes Lokal. Die Kunden sind echt anständig und nett. Der Laden gehört Roarke, von dem haben Sie sicher schon gehört.«

Mit einem Seitenblick auf ihren Mann erklärte Eve: »Auf jeden Fall.«

»Es ist ein wirklich guter Arbeitsplatz. Wir Kellnerinnen kriegen gutes Trinkgeld, und vor allem werden wir nicht angegrapscht. Und die Bar liegt in der Nähe meiner Wohnung. Auch das Haus hier gehört Roarke, das heißt, dass es hier sauber und vor allem sicher ist. Reed ist ein guter Junge. Sehr verantwortungsbewusst. Er hat einen anständigen Job, obwohl er eigentlich von einer Musikerkarriere träumt. Er spielt in einer Band, und langsam kriegen sie die ersten Gigs. Er ist echt gut. Natürlich bin ich seine Mutter und deshalb nicht unbedingt neutral, aber er ist tatsächlich gut. Wie dem auch sei …«

Sie brachte ein Tablett mit drei Kaffeebechern mit der lässigen Geschmeidigkeit der langjährigen Kellnerin zu ihnen an den Tisch.

»Ich arbeite vier Abende von sieben Uhr bis Mitternacht und einmal in der Woche – so wie gestern – zwischen fünf und zwei. Reed hat gesagt, bei ihm könnte es später werden, weil sie noch ein bisschen jammen wollten. Sie probieren gerade einen neuen, computergenerierten Sound. Er kennt sich mit Computern aus. Deshalb habe ich mir erst mal nichts dabei gedacht, als er nicht da war, als ich von der Arbeit kam. Aber dann hat der AB geblinkt, ich habe mir die Nachrichten kurz angehört und wusste, dass etwas nicht stimmt.«

Sie griff nach ihrem eigenen Becher, stellte ihn dann aber wieder auf den Tisch. »Die erste Nachricht war von Benj, er ist Reeds bester Freund und spielt mit ihm zusammen in der Band. Er klang etwas genervt. Er hat gefragt, wo steckst du, Reed, warum gehst du nicht ans Handy? Vielleicht wollen Sie sich die Nachricht ja mal anhören.«

»Das wäre gut.«

Eilig stand Jackie Mulligan wieder auf und spielte ihnen die Nachricht vor.

Verdammt, wo steckst du, Reed? Wir warten immer noch. Nun geh schon dran, Alter. Du hast gesagt, du wärst gleich da, aber das ist inzwischen eine Stunde her. Also, ruf mich an.

Die Nachricht war von 1.06 Uhr, eine gute Viertelstunde später hatte Benj erneut sein Glück versucht. 22 Minuten danach hatte noch ein Mädchen angerufen, Roxie Parkingston, die Sängerin der Band.

Reed, ich kriege es allmählich mit der Angst zu tun. Ich schwöre dir, wenn ich nicht spätestens in einer halben Stunde etwas von dir höre, rufe ich bei deiner Mutter an. Zwing mich nicht, bei deiner Mutter anzurufen, Reed.

»Sie hat mich angerufen«, bestätigte Jackie Eve. »Ich war gerade dabei, die Nachrichten, die sie aufs Band gesprochen hatten, abzuhören, als sie angerufen hat. Sie sagte, Reed hätte von unterwegs aus noch mit Benj telefoniert. Er wollte zu der Kellerwohnung in der Morton, in der Benj mit zwei der anderen Jungen wohnt. Sie proben dort, weil der Schallschutz da besser ist. Zu Fuß ist man von hier in weniger als zehn Minuten dort.« Jackie stöhnte.

»Ihm ist etwas passiert. Er wäre niemals einfach weggeblieben, ohne mir Bescheid zu geben. Schließlich haben wir einen Deal. Zwar brauchen wir uns gegenseitig nicht zu sagen, was genau wir machen, aber keiner von uns beiden würde je woanders übernachten, ohne dass der andere es weiß. Wenn wir nicht heimkommen, rufen wir uns gegenseitig an. So machen wir es immer. Außerdem war er auf dem Weg zu Benj und der Band. Sie wollten proben, und er hätte niemals grundlos eine Probe seiner Band versäumt.«

»Was hatte er denn an?«

Die Mutter atmete geräuschvoll aus. »Ich habe extra nachgesehen. Die neue Jacke und die neuen Stiefel, die er von mir zum Geburtstag und zu Weihnachten bekommen hat. Braune

Trailblazer-Boots aus echtem Leder. Es war sein einundzwanzigster Geburtstag, und er hat sich diese Stiefel schon seit einer Ewigkeit gewünscht. Die Jacke ist ein grüner Moose-Parka. Dazu hatte er wahrscheinlich schwarze Jeans und einen schwarzen Pulli an. Das tragen alle in der Band.«

»Wie sieht es mit einer Freundin aus?«

»Er trifft sich ab und zu mit diesem Mädchen, Mandy, aber die habe ich auch schon angerufen, sie hat gesagt, sie hätte ihn vor zwei Tagen zum letzten Mal gesehen. Vor allem steht er eigentlich auf Roxie. Das ist nicht zu übersehen. Verdammt, sie weiß es sicher auch, aber bisher hat ihm der Mut gefehlt, die Sache anzugehen. Also trifft er sich mit Mandy, aber das ist eigentlich nichts Ernstes, außerdem hat sie ihn nicht mehr gesehen, seit sie vorgestern zusammen Pizza essen waren.«

Eve stellte ihr noch ein paar Fragen und kam zu dem Schluss, dass Reed ein rundherum zufriedener Junge war, der seiner Mutter mit dem Geld, das er in einem anständigen Job verdiente, beim Bezahlen der Miete half und davon träumte, irgendwann mit der Musik groß rauszukommen und für ein Millionenpublikum zu spielen.

Da ihre beste Freundin das inzwischen machte, wusste Eve, dass so ein Erfolg nicht ausgeschlossen war.

Sie ließ sich die Adressen und die Handynummern der Bandkollegen, seiner losen Freundin und der Kollegen auf der Arbeit geben und stand auf.

»Sie werden nach ihm suchen, oder?«

»Ja, wir werden nach ihm suchen.«

»Mir ist klar, dass er erwachsen ist, aber im Grunde ist er noch ein halbes Kind. Und er ist wirklich hübsch.« Die Mutter presste unglücklich die Lippen aufeinander und stieß heiser aus: »Ich weiß, da draußen gibt es Menschen, die auf Jungs egal in welchem Alter stehen.«

Die gab es, dachte Eve, wiederholte aber einfach: »Wir werden ihn suchen und Sie informieren, sobald es etwas Neues gibt.«

Kaum, dass sie wieder vor die Tür getreten waren, sagte sie zu Roarke: »Das Haus hier gehört also dir.«

»So sieht es aus.«

»Dann sollte es doch kein Problem sein, an die Bilder aus der Überwachungskamera über der Tür zu kommen. Darauf müsste man sehen, wie er das Haus verlässt.«

»Ich habe schon den Wachdienst kontaktiert. Der Computer steht im Keller, sie haben mir den Zugangscode genannt.«

»Kannst du mir Kopien machen, damit ich sein Foto an die Medien geben kann? Am besten möglichst schnell, damit man es noch in den Frühnachrichten bringt. Vielleicht hat ihn ja irgendwer gesehen.«

»Fünf Minuten.« Er verschwand im Keller, war nach vier Minuten wieder da und hielt ihr die Kopien der Bilder hin. »Zur Vorsicht sind hier alle Aufnahmen zwischen 19 Uhr und ein Uhr morgens drauf. Schließlich weiß man nie.«

»Da hast du recht.«

Sie rief die Aufnahmen auf dem Handcomputer auf und spulte vor, bis Reed zu sehen war.

»Punkt Mitternacht, in genau dem Aufzug, den die Mutter uns beschrieben hat. Er hat seine Kapuze aufgesetzt, denn schließlich ist es kalt.«

Sie selbst stand in der Kälte vor dem Haus und spulte weiter, bis Reeds Mom nach Hause kam.

»Zwischendrin sind drei Leute herausgekommen und zwei hineingegangen. Paare waren nicht dabei. Es gibt keinen Grund anzunehmen, dass sie ihn gekidnappt haben und danach hierhergekommen sind.«

»Aber jetzt bist du ganz sicher, dass es nicht so war.«

»Ja. Wie wäre es mit einem kurzen Gang?«

»Obwohl es kalt und dunkel ist? Klingt echt verführerisch.«

»Wahrscheinlich ist er Richtung Westen losmarschiert«, erklärte sie und folgte diesem Weg. »Bevor er in der Siebten Richtung Süden abgebogen ist. Zehn Minuten Fußweg, vielleicht weniger, weil er wegen der Kälte sicher ziemlich schnell gelaufen ist. Irgendwo auf diesem Weg haben sie ihn abgepasst. Zwischen 0.00 Uhr und 0.10 Uhr, denn einen Umweg hat er sicher nicht gemacht. Das ist ein schmales Zeitfenster.«

Sie blickte sich nach allen Seiten um, suchte nach Kameras, nach Wohnungen, in denen Licht brannte, und nach dunklen Ecken, die für Bordsteinschwalben, Dealer oder Straßenräuber wie geschaffen waren.

Aber sie spürte instinktiv, dass Reed keinem normalen Straßenräuber oder Junkie in die Hand gefallen war, und suchte deshalb auch Stellen am Straßenrand, wo man kurz parken konnte, um …

»Verdammt.« Bei einer Ladezone blieb sie stehen und sah auf ihre Uhr. »Sechs Minuten«, sagte sie und schaute sich noch einmal genauer um. »Die Straßenlampe ist kaputt, man sieht noch die Scherben auf dem Bürgersteig.«

»Sie haben also hier geparkt und sie kaputtgeschlagen.«

»Dann haben sie die Frau als Lockvogel benutzt. ›He, Süßer, kannst du mir mal helfen?‹« Eve sah sich die Häuser und die Ladenfronten in der Nähe an. »Läden, ein Café, Wohnhäuser, ein Wirtschaftsprüfungsunternehmen, aber keine Kneipe, was echt schade ist. Nichts, wo gegen Mitternacht und dann auch noch im Winter noch was los gewesen wäre. Aber ein paar Autos waren doch sicher auf der Straße unterwegs. Das heißt, sie haben so schnell wie möglich gemacht.«

Sie legte den Kopf zurück. »Oh ja, sie haben sich auf jeden Fall beeilt. Was eindeutig ein Fehler war. Denn Ladezonen sind mit Kameras versehen. Mit schlechten Kameras, die meist nicht funktionieren, aber vielleicht haben wir ja Glück.«

Sie zog das Handy aus der Tasche und sagte noch einmal: »Vielleicht haben wir ja Glück.«

14

Es würde etwas dauern, aber irgendwann bekäme sie die Bilder von der Ladezone auf den Computer auf der Wache und daheim, zur Vorsicht obendrein auf ihren Handcomputer und ihr Link geschickt.

Bis dahin liefen sie den Rest des Wegs zu Benj Fribbets Kellerwohnung und klingelten ihn und seine Mitbewohner unsanft aus dem Schlaf.

Die Mienen aller drei drückten zunächst Verärgerung, dann Süffisanz und schließlich echte Sorge aus.

»Also bitte. Ihm ist sicher nichts passiert.« Benj, ein gut gebauter, muskulöser Kerl mit Haut wie Milchkaffee, kratzte sich an der Stelle die Brust, an der auf seinem Shirt das flirtbereite, lächelnde Gesicht von Mavis Freestone abgebildet war.

Irgendwie kam Eve nur schwer damit zurecht, das Gesicht der Freundin an der Brust von einem fremden Kerl kleben zu sehen.

»Er ist auf jeden Fall okay. Sind Sie sicher, dass er nicht zuhause ist?«

»Wenn er zuhause wäre, wäre ich nicht hier. Wann haben Sie ihn zum letzten Mal gesehen oder gesprochen?«

»Gestern war ich kurz bei ihm im Laden, wir haben gequatscht und ausgemacht, dass wir uns hier noch am späten Abend treffen wollen. Zum letzten Mal gesprochen haben wir … ich weiß nicht so genau … ich schätze, es war kurz nach Mitternacht. Da war er auf dem Weg hierher. Er hat gesagt, er wäre schon fast da, und …«

»Haben Sie Ihr Handy da?«

»Ja, sicher. Ich war ziemlich sauer, als er nicht gekommen ist.« Er blickte seine Mitbewohner an, einen stämmigen, leicht untersetzten jungen Mann mit jeder Menge violetten Haars und einen dünnen, drahtigen Gesellen mit tätowierten Armen und auf der einen Seite kahl rasiertem Schädel.

Im Wohnzimmer stand neben einer Unzahl Instrumente und dem durchgesessenen Sofa ein mit Bierflaschen und Pizzaschachteln übersäter Tisch, auf dem das Handy unter einem Berg halb leer gegessener Pappkartons begraben war. Er wühlte kurz danach, suchte das Gespräch und spielte es den andern vor.

»Kommst du, Alter, oder was? Roxie und wir anderen sind alle längst schon da.«
»Schon gut, ich bin ja unterwegs. Gott, hier draußen ist es kälter als am Südpol. Keine Angst, ich bin fast da. Fangt schon mal an!«

Eve hörte eine weitere Stimme, die fast nicht zu verstehen war.

»Moment mal. Gehen Sie noch mal zurück und stellen ein bisschen lauter, ja?«

»Klar, aber viel lauter geht es nicht mehr. Das Handy ist der letzte Scheiß.«

Eve schnappte sich das Ding und hielt es sich ans Ohr.

»Hallo, Süßer«, murmelte jemand im Hintergrund und Reed sagte: *»Du auch.«*

»Das war's«, erklärte Benj. »Ich habe später noch zweimal auf seinem Handy angerufen, als er auf meine Nachricht auf der Mailbox nicht zurückgerufen hat, haben ich und Roxie auch noch den AB bei ihm zuhause vollgequatscht.«

Noch einmal spielte Eve die Unterhaltung ab und stellte fest, dass das Gespräch, knapp sechs Minuten, nachdem Reed sich auf den Weg gemacht hatte, vorbei gewesen war.

»Ich brauche dieses Handy«, sagte sie.

»Es ist das einzige, das ich besitze«, antwortete er und schüttelte den Kopf. »Aber meinetwegen nehmen Sie es mit. Sie denken wirklich … vielleicht hat ja Mandy bei ihm angerufen und er ist bei ihr. Zwar sind die beiden nicht wirklich dicke, aber schließlich weiß man nie.«

»Seine Mutter hat sie kontaktiert. Dort ist er nicht. Fällt Ihnen sonst noch jemand ein?«

»Wir sind seine Clique«, sagte er und blickte wieder seine Freunde an. »Wir sind seine Kumpel, wissen Sie? Wir waren sauer. Wir waren alle sauer, weil er uns im Stich gelassen hat. Wie können wir Ihnen helfen? Wenn Sie wollen, ziehen wir los und suchen ihn.«

Das hätte sicher keinen Sinn, aber genauso sinnlos wäre es, die Burschen davon abhalten zu wollen, selbst etwas für ihren Freund zu tun.

»Das ist ihre Stimme«, sagte sie und steckte das ihr überlassene Handy ein. »*Hallo, Süßer*. Diese Hexe. Sie hat ihn tatsächlich in der Ladezone angequatscht. Ich wusste es. Ungefähr auf halbem Weg von seinem Haus zum Probenraum.«

»Er hatte einfach Pech und war zur falschen Zeit am falschen Ort«, bemerkte Roarke, während er Eve aufmunternd den Rücken rieb.

»Bisher hatten die beiden Monster immer Glück, aber das wird sich ändern, denn wir haben ihre Stimme auf diesem beschissenen Handy, und vielleicht hat ja die Kamera über der Ladezone tatsächlich ein Bild von ihr gemacht. Wir wissen fast auf die Minute, wann sie ihn gekidnappt haben, und verdammt, ich weiß, dass sie hier in der Nähe sind. Sie müssen irgendwo hier in der Nähe sein.«

Laufarbeit, sagte sie sich und bestellte die Kollegen von der Trachtengruppe und ein paar Droiden ein, um sich in diesem Straßenabschnitt umzuhören.

Sie selber finge mit den Aufnahmen der Kamera über der Ladezone an und nähme sich noch einmal die Frauenstimme auf dem Handy vor.

Falls es Bilder der Entführer gäbe, bäte sie McNab, sie zu bearbeiten, bis etwas darauf zu erkennen war, mit ein bisschen Glück ergäbe ja ein Stimmabgleich etwas.

Noch ehe sie wieder im Wagen saß, hielt sie ihr eigenes Handy ans Ohr.

»Wen rufst du denn um diese Uhrzeit an?«

»Carmichael. Schließlich sind sie und Santiago nicht im Urlaub, sondern immer noch im Dienst.«

»Aber da unten ist es nicht mal fünf.«

»Warum?«

»Tja nun, der Zauberelefant, der die Erdscheibe auf seinem breiten Rücken täglich um die Sonne trägt, ist eben etwas schwerfällig.«

»Ach, leck mich doch am Arsch«, fuhr sie ihn ungehalten an, obwohl das Bild, das er gezeichnet hatte, wesentlich mehr Sinn als die Erklärungen der Wissenschaft für sie ergab. Also würde sie die beiden Detectives noch eine halbe Stunde schlafen lassen, ehe sie sie abermals zur Arbeit rief.

»Sie haben keinen Plan. Genau wie bei den beiden anderen Opfern in New York. Sie haben auch dieses Opfer willkürlich gewählt. Warum sind sie letzte Nacht auf Jagd gegangen? Vielleicht haben sie Campbell früher als erwartet getötet, vielleicht hat sie auch nicht lange genug durchgehalten, und der Spaß, den sie mit ihr hatten, hat den beiden nicht gereicht.«

»Dann hätten sie die Leiche doch bestimmt bereits entsorgt und irgendwer müsste sie finden, wenn die Sonne aufgegangen ist.«

»Es hätte keinen Sinn, das tote Opfer zu behalten«, stimmte Eve Roarke zu. »Vielleicht waren sie ja unterwegs, um sie irgendwo abzuladen, als ihnen der Junge zufällig entgegenkam. Aber warum hätten sie mit der Entsorgung einer Leiche nicht noch ein, zwei Stunden warten sollen? Das wäre deutlich weniger riskant gewesen als um Mitternacht, denn da ist schließlich immer noch der eine oder andere Kneipen- oder Kinogänger unterwegs.«

»Vielleicht hat dieses Risiko den beiden einen zusätzlichen Kick verschafft.«

»Vielleicht. Vielleicht haben sie den Einsatz ja auf diese Art erhöht. Das könnte durchaus sein. Oder haben sie beschlossen, sich das neue Opfer schon zu holen, bevor sie mit dem letzten fertig sind? Sie haben ein Versteck. Dort fühlen sie sich wohl, vielleicht reicht der Platz noch für ein zweites Opfer aus.«

»Oder …«

»Vielleicht wollen sie ein Pärchen«, meinte Eve und nickte knapp. »Soweit wir wissen, haben sie das bisher noch nie gemacht. Bisher sind wir jeweils von einem Opfer ausgegangen, aber sicher sind wir nicht, dass sie schon vorher mal parallel zwei Opfer hatten.«

»Sie könnten eins der beiden Opfer nutzen, um dem anderen Angst zu machen. Oder jeder von den beiden knöpft sich eins der Opfer vor und sie bearbeiten sie parallel.«

»Es gibt jede Menge grauenhafter Möglichkeiten«, stimmte Eve ihm zu. »Bis wir Jayla Campbells Leiche finden, gehen wir davon aus, dass sie gleichzeitig eine zweite Person gekidnappt haben, obwohl Jayla am Leben ist. Vielleicht haben sie sich Reed ja ganz spontan geschnappt. Die Sache mit der Ladezone war echt dämlich, aber wenn sie nicht aus einer Großstadt kommen, wissen sie vielleicht nichts von den Kameras, die es dort gibt.«

»Wahrscheinlich wissen das auch viele Leute aus der Großstadt nicht, wenn sie kein Auto haben und nicht selber fahren. Sogar Leute, die ein Auto haben oder fahren, denken oft einfach nicht dran. Vor allem muss man auf das Raster fahren, um die Kameras zu aktivieren, und sie sind dafür berüchtigt, dass sie oft nicht funktionieren.«

Roarke sah Eve mit einem schiefen Lächeln an. »Ich komme selbst aus einer großen Stadt und habe meinen Wagen häufiger in irgendwelchen Ladezonen abgestellt, weil's praktisch war. Vielleicht sollte ich hinzufügen, dass praktisch jeder diese Kameras deaktivieren kann. Es ist das reinste Kinderspiel.«

»Dann lass uns hoffen, dass die beiden etwas anderes gespielt haben als du, als sie noch Kinder waren.«

Der Verkehr nahm während ihrer Fahrt nach Norden immer weiter zu. Die Hochbahnen und die laut furzenden Maxibusse rumpelten stadtein- sowie stadtauswärts, sie brachten die Leute von der Frühschicht in die City und die Leute von der Nachtschicht heim. Die Geschäftsleute, die einen Flieger kriegen mussten, oder irgendwelche teuren Callgirls, die nach einer einträglichen Nacht nach Hause wollten, waren in den gelben Taxis unterwegs.

»Sie waren bestimmt auch schon in dieser Gegend«, überlegte Eve. »Wenn man zum ersten Mal hier in New York ist, sieht man sich doch sicher auch die ganzen Sehenswürdigkeiten an. Dann macht man einen Einkaufsbummel in den schicken Kaufhäusern, dreht seine Kreise auf der Schlittschuhbahn am Rockefeller Center, geht im Central Park spazieren. Fährt aufs Empire State Building und mischt sich abends noch am Times Square unters Volk.«

Sie wandte sich Roarke zu. »Man kommt doch sicher nicht hierher, wenn man nicht Party machen will. Man vergräbt sich doch nicht die ganze Zeit in seiner Bude, ganz egal, wie lustig es dort ist.«

»Wahrscheinlich hast du recht. Was sagt dir das?«

»Nur eine Sache noch. Sie sind ein Paar. Sie lieben sich. Mira sagt, auf ihre kranke Art lieben die beiden sich. Vielleicht wollen sie also einmal irgendwo romantisch essen gehen? In einem angesagten Restaurant. Aber dafür braucht man ganz bestimmte Kleidung, und für diese Kleidung muss man shoppen gehen. Dafür braucht man Geld, wenn man nicht die Kreditkarte von einem seiner Opfer nimmt. Wenn sie eine dieser Karten nehmen, kommen wir ihnen dadurch auf die Spur. Vielleicht kaufen sie auch irgendwelche Souvenirs. Sie wollen doch sicher Andenken an ihren ersten Aufenthalt hier in New York.«

Sie dachte eingehend darüber nach, bis sie wieder zuhause waren, und marschierte dann direkt in ihr Büro.

Bereits im Flur roch sie gebratenen Speck, bevor sie aber das Gesicht verziehen konnte, zog der Duft von frisch gebrühtem Kaffee sie in seinen Bann.

Als sie in ihr Arbeitszimmer kam, stand Peabody dort am Büfett und hielt dem Deputy aus Arkansas einen gefüllten Teller mit diversen Köstlichkeiten hin.

»Da sind Sie ja. Wir dachten, wir fangen schon mal an, bevor Sie … oh, waren Sie schon unterwegs?«

Eve schüttelte den Mantel ab und warf ihn über einen Stuhl. »Wir haben ein weiteres Entführungsopfer.«

»Noch eins? Aber Campbell …«

»… ist bisher nicht aufgetaucht. Ein junger Mann von einundzwanzig Jahren, Reed Aaron Mulligan, wurde kurz nach Mitternacht gekidnappt, als er auf der Siebten zwischen Waverly und Charles in Richtung Süden lief.«

»Sie haben einen Zeugen?«, wollte Ian wissen.

»Wir haben ein Telefongespräch und unter Umständen auch Aufnahmen einer Überwachungskamera. Roarke, am besten bringst du schon mal alles auf den Bildschirm, und ich gucke, ob die Anfrage bei der Verkehrsbehörde etwas ergeben hat.«

»Reed Aaron Mulligan«, sagte auch Roarke und rief die Daten auf dem Bildschirm auf. »Wurde von seiner Mutter als vermisst gemeldet, nachdem sie von der Arbeit gekommen war.«

Während Roarke die anderen briefte, unterhielt sich Eve mit jemandem von der Verkehrsbehörde, der dem Anschein nach nicht völlig dämlich war und ihr tatsächlich weiterhalf.

»Die Bilder werden uns geschickt. Verdammt«, entfuhr es ihr ein paar Sekunden später, als sie die verschwommenen Aufnahmen auf dem Bildschirm sah.

»Bekommen Sie die besser hin?«, wandte sie sich dem elektronischen Ermittler zu.

»Etwas auf jeden Fall. Darf ich?«, fragte er.

Sie runzelte die Stirn, doch als sie merkte, dass er ihren Platz hinter dem Schreibtisch übernehmen wollte, stand sie auf.

»Dazu sind sie in einem blöden Winkel aufgenommen«, murmelte sie übellaunig vor sich hin. »Was ja wohl wirklich dämlich ist. Aus dieser Perspektive ist das Nummernschild des Lieferwagens nicht zu sehen. Vielleicht erkennt zumindest irgendjemand Marke und Modell des Vans. Wo stecken sie? Wo … Moment … steigt da nicht jemand aus? Steigt da nicht irgendjemand aus? McNab!«

»Bin schon dabei. Am besten nehme ich die Aufnahmen mit aufs Revier oder in Roarkes Labor, da kriege ich sie besser und vor allem schneller hin.«

»Geben Sie her.«

Roarke schlenderte zu ihm hinter den Schreibtisch, blickte über seine Schulter, und sie tauschten sich im Fachjargon der Elektronikfuzzis miteinander aus.

»Ich kann die Fahrertür nicht sehen. Die Kamera ist echt der letzte Dreck, aber das ist auf jeden Fall die Frau. Sie trägt eine kurze Jacke über einem kurzen Rock.«

»Ich kann sie nicht gut sehen.« Auch Banner starrte auf den Bildschirm. »Vielleicht bekommen wir ja wenigstens die Größe raus. Verglichen mit der Höhe von dem Lieferwagen ist sie ungefähr 1,65 m groß. Die Haare sind bedeckt, und das Gesicht ist abgewandt. Im Grunde sieht man kaum etwas von ihr.«

»Ist das die Ecke eines Nummernschilds? Ich glaube, ja«, bemerkte Peabody. »Da im Rückfenster das Dreieck ist ein Aufkleber.«

»So ist's ein bisschen besser«, sagte Eve, als plötzlich etwas zu erkennen war. »Das ist auf jeden Fall die Frau. So, wie sie sich bewegt, ist sie eindeutig auf der Jagd. Das zeigen auch die Nuttenstrümpfe, die sie trägt.«

»Das ist eine Netzstrumpfhose«, klärte Peabody sie auf.

»Sie sieht sich um und öffnet dann die Tür des Laderaums. Können Sie den Laderaum ein bisschen größer machen?«, fragte Eve McNab.

Das Bild fing an zu flackern, doch am Ende war es wieder ruhig.

Die Frau zerrte an einem Sessel, der ganz hinten auf der Ladefläche stand. Er wirkte groß und schwer, aber sie kam anscheinend mühelos damit zurecht. Sie hat also Muskeln und vor allem Übung, überlegte Eve.

Daneben auf dem Boden sah man eine kleine Reisetasche, und ein Stückchen weiter nahm man die Bewegung eines Schattens wahr.

»Spulen Sie noch mal zurück. Da vorn, das ist der Mann … er steigt auf der Straßenseite aus. Er steht im Dunkeln, aber … Mist. Jetzt hat er die Laterne, die dort steht, kaputt gemacht.«

»Vielleicht mit einer Zwille«, überlegte Banner, und Eve runzelte die Stirn.

»Mit einer Steinschleuder«, erklärte er. »Die Kids bei uns daheim schießen ab und zu aus Langeweile oder Übermut die Lampen aus. Jetzt ist der Kerl verschwunden.«

»Weil das Opfer ihn nicht sehen soll. Wahrscheinlich ist er vorne um den Van herumgelaufen und hat sich in einem Hauseingang versteckt. Die Opfer wurden stets von hinten angegriffen, bestimmt haben sie es auch diesmal so gemacht. Peabody, ich brauche alle Aufnahmen aus allen Überwachungskameras der Häuser, die auf dieser Straßenseite stehen.«

»Bin schon dabei.«

»Sie dreht sich etwas um. Vielleicht, weil sie jemanden sieht? Genau. Sie dreht sich um und gibt auf diese Weise ihrem Partner ein Signal. Jetzt geht es los. Oh ja, sie nimmt die Mütze ab und schüttelt ihr Haar, damit Mulligan sie sehen kann. Lange blonde Haare. Also ist es vielleicht eine weiße Frau.«

»Meine Güte, Dallas, glauben Sie im Ernst, wir können Sie mithilfe dieses Fotos identifizieren?«, fragte Banner, wobei ihm die Skepsis überdeutlich anzuhören war.

Ohne den Blick vom Monitor zu lösen, antwortete Eve: »Das werden wir auf jeden Fall. Da kommt Mulligan, er trägt den dunkelgrünen Parka mit Kapuze, den die Mutter uns beschrieben hat, und stellt sich direkt zwischen sie und die verdammte Kamera. Aber wir werden trotzdem rausbekommen, wer sie ist. ›Können Sie mir vielleicht helfen?‹«, ahmte sie die Kidnapperin nach. »›Der Sessel ist für mich allein einfach zu schwer. Es ist echt süß, dass Sie mir helfen wollen.‹ Dann geht er ein bisschen in die Knie, packt den Sessel und fängt an, ihn hochzuheben.«

Plötzlich ging alles furchtbar schnell. Eigentlich sah man nur Flackern, Schatten und verschwommene Flecken, doch die reichten aus. Irgendeine Art von Knüppel sauste durch die Luft, traf ihn am Hinterkopf, ehe er zu Boden gehen konnte, schubsten ihn die beiden in den Van, und die Frau krabbelte eilig hinterher. Dann wurde die Tür des Laderaums ins Schloss geworfen, und ein paar Sekunden später brauste das Gefährt davon.

»Verdammt, sie waren weniger als zehn Minuten dort. Sie haben wieder einmal einfach Schwein gehabt. Aber ihr Glück wird nicht von Dauer sein. Schicken Sie die Bilder ins Labor«, wies Eve den elektronischen Ermittler an. »Machen Sie sie so scharf es geht und schicken Sie mir jedes Bild, das es von diesem Pärchen gibt, zurück. Finden Sie außerdem heraus, was für ein Aufkleber an der Scheibe klebt und was für eine Marke und welches Modell der Lieferwagen ist.«

»Wir haben auch einen Teil des Nummernschilds«, rief Peabody ihr in Erinnerung.

»Wenn Sie damit etwas anfangen können, tun Sie das.«

»Ich werde Ihnen helfen«, sagte Roarke zu Ian. »Aber erst mal gehen Sie ans Büfett. Der Mensch muss essen«, fügte er an Eve gewandt hinzu.

»Meinetwegen. Wäre Feeney eine Hilfe?«

»Unbedingt.« Jetzt lud auch Roarke sich erst mal einen Teller voll. »Wir könnten uns die Identifizierung und die Reinigung der Bilder teilen.«

»Dann rufe ich ihn an. Peabody, Sie wecken jetzt erst einmal Carmichael auf. Sie und Santiago sollen weiter ihrer Spur da unten nachgehen. Bringen Sie die beiden auf den neuesten Stand.«

»Und was soll ich machen? Statt nur im Weg herumzustehen, würde ich auch gern etwas tun«, meldete Banner sich zu Wort.

Eve rief die Straßenkarte auf dem Bildschirm auf. »Hier haben sie die Opfer aufgegriffen, und hier haben sie sie entsorgt. Wahrscheinlich haben sie sich Mulligan spontan geschnappt, ich schätze also, dass ihr Unterschlupf dort in der Nähe ist. Ich brauche eine Liste aller Souvenirläden, die es in dieser Gegend gibt.«

»Souvenirläden?«

»Wollen Sie etwa ohne Andenken wieder nach Hause fahren?«

Mit einem treuherzigen Lächeln räumte Banner ein: »Peabody meinte, dass sie mir ein Sweatshirt und vielleicht eine Kapuzenjacke der New Yorker Polizei besorgen kann. Und meine Mama sammelt Schneekugeln. Fragen Sie mich nicht, warum, aber sie findet diese Dinger schön. Also dachte ich, dass ich ihr eine Schneekugel besorge, ehe es wieder nach Hause geht.«

Er nickte. »Unsere Täter kommen nicht von hier, sie hätten also sicher auch gern ein paar Andenken an ihre Zeit in New York.«

»Wenn wir ihre Bilder haben, zeigen wir die in den Läden, die auf Ihrer Liste stehen, herum. Wenn Sie schon dabei sind, suchen Sie am besten auch nach Restaurants, in denen man das Essen auch bestellen und abholen kann. Sich etwas bringen zu lassen, wäre zu gewagt, aber besonders häuslich kommen die beiden mir nicht vor. Und essen muss der Mensch. Da hat Roarke vollkommen recht.«

»Dann fange ich gleich mit der Arbeit an.«

»Kriegen Sie daneben auch noch eine dritte Suche hin?«

»Auf jeden Fall.«

»Pfandleiher und Second-Hand-Geschäfte. Für das Essen und die Andenken brauchen sie schließlich Geld. Am einfachsten wären elektronische Geräte zu verhökern, aber wir haben eine Liste mit den Sachen, die die ersten beiden Opfer in der Nacht ihrer Entführung trugen, und wissen auch, was Mulligan getragen hat. Was den Kidnappern gefällt und passt, behalten sie wahrscheinlich, aber alles andere haben sie bestimmt verkauft.«

»Am besten machen Sie sich auch noch mal den Teller voll und essen, während Ihre Suche läuft.«

Sie trat an den Schreibtisch und rief Feeney an.

Sein Gesicht, bei dessen Anblick sie wie jedes Mal an einen Basset dachte, war noch faltiger als sonst, seine roten Haare mit den grauen Strähnen standen wirr in alle Richtungen vom Kopf ab. Da er aber die Videofunktion des Links nicht ausgeschaltet hatte, lag er offenbar nicht mehr im Bett.

»Moment«, verlangte er, hob einen roten Becher an den Mund und genehmigte sich einen großen Schluck Kaffee. »Was ist?«

»Es gab den ersten Durchbruch. Wir haben Aufnahmen einer Kamera aus einer Ladezone.«

»Diese Kameras sind doch der letzte Dreck.«

»Ja, deshalb hoffe ich, dass du die Bilder etwas schärfer kriegen kannst. Roarke und McNab sind hier in Roarkes Labor bereits dabei. Wir haben ein halbwegs anständiges Bild des Lieferwagens und mehrere nicht so gute Aufnahmen der Verdächtigen. Dazu haben wir einen Aufkleber auf der hinteren Scheibe und zumindest einen Teil des Nummernschilds. Die Bilder zeigen sie bei der Entführung des letzten Opfers.«

»Campbell?«

»Nein. Sie haben letzte Nacht noch einmal jemanden geschnappt. Einen jungen Mann von gerade einmal 21. Campbells Leiche ist bisher nicht aufgetaucht, aber es ist schließlich noch früh am Tag.«

»Wem sagst du das?« Der Chef der elektronischen Ermittler fuhr sich über einen seiner dicken Tränensäcke und fügte hinzu: »Ich bin in einer halben Stunde da. Setzt schon mal den Kaffee auf.«

»Auf jeden Fall. Ich danke dir.« Sie legte auf und wandte sich an ihre Partnerin. »Wie sieht es aus?«

»Carmichael und Santiago gehen verschiedenen Spuren nach. Eine sieht recht vielversprechend aus. Die greifen sie, nachdem sie gestern Abend nicht mehr weiterkamen, heute Morgen wieder auf.«

Sie schob sich eine Gabel voll Rührei in den Mund. »Bubbas Autoschlosserei, Abschleppdienst und Bäckerei.«

Eve schüttelte den Kopf. »Das haben Sie sich ausgedacht.«

»Hand aufs Herz.« Peabody griff sich an die Brust und hob die andere Hand zum Schwur. »Carmichael sagt, dass Bubbas Frau die Kuchen bäckt und Bubba mit dem Sohn den Rest des Ladens schmeißt. Sie und Santiago haben das Gefühl, als ob der Junge Schuldgefühle wegen irgendetwas hat, doch in Gegenwart des Vaters seinen Mund nicht aufbekommt.«

»Dann müssen sie ihn eben irgendwie allein erwischen.«

»Genau das haben sie vor.«

Knurrend wandte Eve sich wieder dem Computer zu, schrieb den Bericht zu Mulligan und brachte ihren Vorgesetzten und die anderen Kollegen, die an den Ermittlungen beteiligt waren, auf den neuesten Stand. Eine Wahrscheinlichkeitsberechnung würde zeigen, ob die Chance bestand, dass Campbell noch am Leben war, außerdem spräche sie am besten noch mit Mira über die Geschehnisse der Nacht.

Sie standen kurz vor einem Durchbruch, sie meinte fast zu hören, wie die Mauer, gegen die sie bisher angelaufen waren, einen ersten Riss bekam.

Doch wären sie früh genug dran, um zu verhindern, dass noch jemand starb?

Als er sie vergewaltigt hatte, hatte er geschluchzt.

Nein, das war nicht richtig, dachte Jayla. Schließlich hatte sie der arme Reed nicht vorsätzlich missbraucht. Es war keine Vergewaltigung gewesen, denn sie hatten ihn geschlagen und geschnitten, um ihn zu der Tat zu zwingen.

Genau wie sie.

Sie hatten ihm die Sexdroge gewaltsam eingeflößt und ihm ein Messer an den Hals gehalten, bis er über sie gekrochen war. Also hatte sie versucht, ihm mit Blicken zu verstehen zu geben, dass es keine Rolle spielte, was er mit ihr machte, und dass ihn vor allem keine Schuld an diesen grauenhaften Dingen traf.

Seine Tränen waren auf ihr Gesicht gefallen, es grenzte an ein Wunder, dass sie nicht in seinem Tränenstrom ertrunken war.

Auch ihr hatten die beiden ein Messer an den Hals gehalten, denn den armen Jungen zu zwingen, in sie einzudringen, hatte ihnen nicht gereicht. Grinsend hatte Ella-Loo ihr den verdammten Knebel aus dem Mund genommen und ihr befohlen, zu schreien und ihn um Gnade anzuflehen.

Bettele, dass er dir nichts tut. Bettele ihn an, und schrei dir die Seele aus dem Leib!

Also hatte sie ihn angebettelt und geschrien, obwohl ihre Stimme rau und schwach gewesen war, ihm aber gleichzeitig mit Blicken zu verstehen gegeben, dass es keine Rolle spielte und ihn keine Schuld an dem Elend traf.

Früher hatte sie geglaubt, dass eine Vergewaltigung das Schlimmste wäre, was im Leben einer Frau passieren könnte. Dass eine Vergewaltigung die höchste Form des Missbrauchs war. Inzwischen aber wusste sie, dass es andere, grausamere Formen gab. Die Vergewaltigung, wozu sie ihn – sein Name war Reed Aaron Mulligan, erinnerte sie sich, er war kein namenloses Wesen, sondern er hieß Reed – gezwungen hatten, war verglichen mit den anderen Torturen, denen sie sie bereits unterzogen hatten, und den Dingen, die vielleicht noch kämen, kaum der Rede wert.

Es hieß, bei Vergewaltigung ging es um Macht und um Kontrolle, nicht um Sex. Das mochte stimmen, doch für Darryl und für Ella-Loo gehörte Sex auf jeden Fall dazu.

Sie begrapschten sich mit ihren freien Händen, während Reed die Dinge tat, zu denen sie ihn zwangen. Sie malten sich begeistert aus, wie sie es selber miteinander treiben würden, wenn er fertig war.

Sie hatten es so eilig, selber Sex zu haben, dass sie ihn am Schluss von ihr herunterzerrten und dann achtlos auf den Boden warfen, wo er reglos liegen blieb. Dann rannten sie ins Nebenzimmer, denn dort stand das Bett.

Sie vergaßen, ihr den Knebel wieder in den Mund zu schieben, und nach einem Augenblick erkannte Jayla, dass die seltsamen Geräusche, die sie erzeugte, Worte waren.

»Kannst du mich hören? Reed? Kannst du mich hören?«

Er lag auf dem Gesicht und schluchzte immer noch. Er konnte sich kaum rühren, weil seine Hände auf dem Rücken festgezurrt und die Beine ebenfalls gefesselt waren.

»Ich bin Jayla. Jayla Campbell.«

»Es tut mir leid. Es tut mir leid. Es tut mir leid.«

»Es ist nicht deine Schuld. Es ist nicht wichtig, und es ist mir vollkommen egal.« Vielleicht würde sie ja später ein Problem damit bekommen, vielleicht wäre sie nie wieder in der Lage, mit einem Mann zu schlafen, aber vielleicht brächten die beiden sie auch vorher um, dann wäre es egal.

Doch jetzt, in diesem Augenblick, war sie am Leben. Und sie war nicht mehr allein.

»Bitte. Ich bin Jayla. Kannst du mit mir reden?«

Wieder stieß er schluchzend aus: »Es tut mir leid«, doch endlich drehte er den Kopf und sah sie unglücklich aus seinen geschwollenen, bläulich-schwarz verfärbten Augen an. »Sie haben mich gezwungen …«

»Ich weiß. Wenn du dich geweigert hättest, hätten sie wahrscheinlich dich oder uns beide umgebracht. Mir ist egal, wenn sie dich zwingen, Sex mit mir zu haben. Wenn sie dich noch mal dazu zwingen, musst du daran denken, dass ich weiß, dass du das gar nicht willst. Weißt du, welchen Tag wir heute haben? Ich habe inzwischen jedes Zeitgefühl verloren und keine Ahnung, wie lange ich schon in der Gewalt von diesen beiden Monstern bin.«

»Ich … ich glaube, Dienstag. Oder Mittwoch. Mir ist schlecht. Ich kann nicht denken. Warum tun sie uns das an?«

»Das weiß ich nicht. Ich weiß nur, dass sie krank und echte Monster sind. Kannst du dich etwas bewegen? Siehst du irgendwo ein Messer oder irgendeinen anderen scharfen Gegenstand?«

»Ich weiß nicht. Mir tut alles weh. Ich glaube, sie haben mir was gebrochen. Meine Hand …« Trotzdem versuchte er, sich umzudrehen. »Wer sind die beiden?«

»Ihre Namen sind Ella-Loo und Darryl.« Jedes Wort, das Jayla sprach, fühlte sich an, als scharre man mit einem Nagel über trockenes Holz, aber sie musste sprechen, weil sie vielleicht später nicht noch einmal die Gelegenheit dazu bekam. »Du musst dir diese Namen merken. Ella-Loo und Darryl«, wiederholte sie. »Wir müssen irgendwie versuchen, ihnen zu entkommen. Sonst tun sie dir noch mehr weh als bisher. Sie haben Spaß daran, uns wehzutun.«

»Wo sind wir?«, fragte Reed.

»Das weiß ich nicht, aber ich nehme an, dass wir in einer Wohnung sind. Auf Straßenhöhe, denn wenn sie die Tür aufmachen, hört man draußen den Verkehr. Wenn du es schaffst, zur Tür zu kommen oder auch zu einem Fenster, kriegst du es ja vielleicht auf. Oder such dir einen scharfen Gegenstand. Ich selber kann nichts tun, weil ich auf dem verdammten Brett hier festgebunden bin.«

Er gab sich alle Mühe, sie hörte sein ersticktes Schluchzen, seinen rauen Atem und das Zischen, wenn die Schmerzen unerträglich wurden, während er sich vorsichtig in ihre Richtung schob.

Er rappelte sich mühsam auf die Knie, sie konnte sein erschreckend bleiches Gesicht und die vor Schmerzen und aufgrund der Drogen, die man ihm verabreicht hatte, trüben Augen sehen.

Auf der schweißglänzenden Haut klebte Blut, wo sie ihn geschnitten hatten, und er zitterte wie Espenlaub.

»Da drüben liegt ein Messer auf dem Tisch. Wenn ich es bis dorthin schaffe, kann ich es vielleicht auf den Boden werfen.«

»Du musst es versuchen. Los, versuch es, Reed.«

Er rutschte auf den Knien vorwärts, und sie sah die Schnittwunden und Prellungen auf seinem Rücken und die stark geschwollene Hand.

Doch neben Mitleid wogte Hoffnung in ihr auf. Wenn er an dieses Messer käme …

Er geriet ins Schwanken. »Mir ist schwindelig. Ich …«

»Mach eine kurze Pause und komm erst einmal zu Atem«, wies Jayla ihn an.

Aber es war bereits zu spät. Er kippte um, versuchte, sich noch einmal aufzurichten, verlor abermals das Gleichgewicht und fiel hintüber geradewegs auf die gebrochene Hand.

Aus seiner Kehle drang ein Schrei so dünn wie Draht, bevor er in Ohnmacht fiel.

15

Als Feeney ankam, zeigte Eve auf das, was vom Büfett noch übrig war.

»Es ist noch was zu essen da.«

»Das nehme ich.« Er lud sich einen Teller voll und sah sich gleichzeitig die Bilder des jüngsten Opfers an der Tafel an. »Wann haben sie ihn sich geschnappt?«

»Vor ungefähr acht Stunden.«

Nickend packte er sich ein paar Scheiben Speck auf den Teller, lüftete die Glocke auf der Schüssel mit dem Rührei und bediente sich auch dort. »Vielleicht haben sie ja plötzlich Lust bekommen, es mit einem Pärchen zu probieren.«

»Das hoffe ich, denn das würde bedeuten, dass Jayla Campbell noch am Leben ist. Ich habe gerade den Bericht zu heute früh geschrieben und werde noch mit Mira über alles reden, denn vielleicht bedeutet Mulligans Entführung, dass die Sache weiter eskaliert. Dann wollte jetzt jeder ein Opfer für sich selbst haben. Vielleicht haben Carmichael und Santiago eine Spur in Arkansas. Aber das Beste, was wir augenblicklich sicher haben, sind die Aufnahmen der Kamera über der Ladezone, wo sie Mulligan gekidnappt haben.«

»Dallas.« Peabody hob eine Hand, während sie in der anderen ein Handy hielt. »Vielleicht haben wir noch mehr. Ein Café in der Gegend hat jetzt gerade aufgemacht, einer der Droiden von der Trachtengruppe hat ein Bild von der dortigen Überwachungskamera geschickt. Es ist ein bisschen unscharf, aber trotzdem ist der männliche Verdächtige darauf zu sehen.«

»Jetzt kriegt die Mauer erste Risse«, wandte Eve sich wieder Feeney zu. »Am besten schlagen wir ein paarmal kräftig drauf, dann fällt sie ein.«

»Schick das Bild auf Roarkes Computer im Labor. Ich gehe

rüber zu den Jungs. Deputy«, wand sich der elektronische Ermittler Banner zu. »Sieht aus, als hätte Sie Ihr Riecher nicht getäuscht.«

»Auf alle Fälle sind wir ihnen jetzt auf der Spur.« Er wartete, bis Feeney aus dem Raum gegangen war, und fügte dann hinzu: »Ich habe hier die Liste mit den Souvenirläden, aber sie haben um diese Uhrzeit noch nicht auf. Und ich habe eine Reihe Restaurants, in denen es die Gerichte auch zum Mitnehmen gibt. Jetzt suche ich noch die Pfandleiher, aber die haben wahrscheinlich auch noch zu.«

»Schicken Sie mir, was Sie haben, dann gehen wir die Adressen durch.« Sie sah auf ihre Uhr. »Falls Mira noch im Bett liegt, steht sie ganz bestimmt gleich auf.«

Noch während sie zurück zum Schreibtisch stapfte, klingelte ihr Link. »Santiago«, sagte sie. »Was haben Sie für mich?«

»Wir haben den Jungen von der Herde abgesondert und bearbeiten ihn jetzt. Er hat eindeutig Dreck am Stecken, Lieutenant, oder weiß auf alle Fälle irgendwas, was er uns nicht verraten will. Aber bevor wir ihn geknackt hatten, tauchte sein Vater auf, jetzt ist die Familie total nervös.«

»Beziehen Sie die Kollegen vor Ort in die Vernehmung ein. Bringen Sie die Familie aufs Revier, und verhören Sie sie dort.«

»Das ist es ja.« Santiagos dunkle Augen schweiften ab, Eve sah ihm den Ärger über irgendetwas oder irgendjemanden deutlich an. »Der Bruder von Bubbas Frau ist Rechtsanwalt und legt uns jede Menge Steine in den Weg. Außerdem geht er mit dem Sheriff zusammen angeln, deshalb sind die hiesigen Kollegen nicht besonders kooperationsbereit. Wir kommen erst einmal nicht weiter, Dallas. Früher oder später werden wir den Jungen knacken, aber das braucht Zeit.«

»Die wir nicht haben«, antwortete Eve. »Wie sicher sind Sie sich, dass dieser Bubba – heißt er wirklich so?«

»Allerdings. Bubba junior heißt Jimbo, was im Grunde auch nicht besser ist. Er trieft nur so vor Schuldgefühlen, während seine Mutter – sie heißt Mazie und backt einen wirklich tollen

Apfelkuchen – unserer Meinung nach als Einzige in der Familie sauber ist. Ihr Mann und Jimbo lügen, Dallas. Es ist klar, dass sie was wissen, aber bisher mauern sie. Wenn wir Jimbo auch nur eine Viertelstunde ganz allein erwischen würden, würde er wahrscheinlich auseinandergehen wie eine Ziehharmonika.«

»Ist das eine von Ihren Metaphern?«

»Allerdings«, klärte Santiago sie mit einem breiten Grinsen auf.

»Dann provozieren Sie Bubba, bis er auf Sie losgeht.«

Sofort wurde seine Miene wieder ernst. »Also bitte, Dallas, er hat Hände wie zwei ausgewachsene Rinderhälften. Was keine Metapher, sondern eine realistische Beschreibung ist.«

»Es wird bestimmt jemand dazwischengehen, bevor er Sie damit erwürgen kann. Sorgen Sie dafür, dass er vor Zeugen auf Sie losgeht und Carmichael in der Zeit bei diesem Jumbo ist.«

»Jimbo.«

»Wie auch immer. Sorgen Sie dafür, dass dieser Anwalt und der Sheriff sich auf Bubba konzentrieren, dann nehme ich mir in der Zeit den Jungen vor. Mit Holotechnik kriegen wir das sicher hin.«

»Dann lasse ich mir also in die Fresse hauen und Sie haben den ganzen Spaß.«

»Schauen Sie, dass es möglichst echt wirkt«, riet Eve ihm und rief nach Ende des Gesprächs, statt Mira aufzuwecken, Staatsanwältin Reo an.

»Verdammt, ich liege noch im Bett und müsste erst in zehn Minuten aufstehen.«

»Bubbas Autoschlosserei, Abschleppdienst und Bäckerei in Monroe, Arkansas. Sie kennen doch sicher irgendwen, der irgendwen da unten dazu bringen kann, meinen Kollegen einen Durchsuchungsbefehl für den Laden zu erteilen.«

»Ist das ein schlechter Traum?«

»Machen Sie schnell, Reo. Sie müssen sich die Räumlichkeiten, die Bücher und die Autos, die dort stehen, ansehen. Es hat mit den Entführungen und Morden hier zu tun, letzte Nacht haben sich die Kidnapper noch jemand anderen geschnappt.«

Dem leisen Rascheln nach schwang sich die Staatsanwältin endlich aus dem Bett. »Geben Sie mir noch einmal den Namen, und nennen Sie mir einen Grund, aus dem Sie sich dort umsehen können.«

»Bubba wird gleich einen meiner Leute attackieren.«

»Wird?«

»Vielleicht schon in diesem Augenblick. Falls Sie noch darauf warten müssen, dass Santiago in die Knie geht, bereiten Sie zumindest schon mal alles vor. Das letzte Opfer ist erst einundzwanzig. Sein Geburtstag war am Tag nach Weihnachten.«

»Reden Sie mir deshalb bitte keine Schuldgefühle ein. Verflucht. Ein paar Minuten brauche ich auf jeden Fall. Ich hatte mal etwas mit einem Typ, der dort unten einen Typ kennt.« Sie legte auf, und lächelnd blickte Eve den Hörer an.

»Die Dinge laufen hier im Grunde auch nicht anders als bei uns«, bemerkte Banner, der ihr direkt gegenübersaß. »Da, wo ich herkomme, ist alles eine Nummer kleiner, doch im Grunde läuft die Arbeit ganz genauso ab.«

»Cops sind eben Cops, egal, an welchem Ort sie ihren Dienst versehen. Peabody, Sie halten hier die Stellung, und Banner, Sie kommen mit. Sie könnten mir bei der Vernehmung durchaus nützlich sein.«

»Ich hoffe, Sie haben kein Problem damit, den guten Cop zu spielen«, gab Peabody ihm noch mit auf den Weg.

»Oder vielleicht den väterlichen Freund?«

Eve nickte. »Unbedingt.«

Auf ihrem Weg hinunter in den Holoraum entwickelte Eve eine Strategie für das Gespräch.

»Wie viele Räume hat das Haus?«, fragte der Mann aus Arkansas.

»Keine Ahnung«, antwortete sie. »Ich hatte bisher keine Zeit, mir alle Zimmer anzusehen.«

»Wie lange wohnen Sie schon hier?«

»Seit drei Jahren. Seit drei Jahren«, wiederholte sie, wobei ihr die Verblüffung deutlich anzuhören war. »Mein Gott, wie konnte das passieren?«

»Darf ich Ihnen eine Frage stellen?«

»Haben Sie das nicht gerade schon gemacht?«

»Jetzt geht es um was anderes. War Roarke tatsächlich früher mal … so etwas wie ein Dieb?«

Eve bedachte ihn mit einem ausdruckslosen Blick. »Ich habe ihn noch nie bei einem Diebstahl oder etwas in der Art erwischt.«

Die Augen des Kollegen blitzten fröhlich auf. »Nach allem, was man mir erzählt hat, hat auch niemand anderes ihn je dabei erwischt.«

Inzwischen hatten sie den ganz in Weiß gehaltenen Holoraum erreicht.

»Ich dachte, dass er anders wäre.«

»Anders?«, fragte Eve, während sie überlegte, wie sich das Programm, das sie für die Vernehmung brauchte, starten ließ.

»Anders, als er ist. Ich hätte nicht erwartet, dass er derart umgänglich und nahbar ist.«

»Umgänglich?«, erkundigte sich Eve mit einem halben Lachen.

»Ich nehme an, ich hatte ihn mir … steifer vorgestellt. Und arrogant. Nicht wie jemanden, mit dem man gerne auf ein Bier in eine Kneipe geht. Sie haben mir übrigens noch nicht gesagt, was wir hier unten wollen.«

»Es muss irgendwo hier sein«, murmelte Eve. »Ein Holo eines der Verhörräume auf unserem Revier. Das rufen wir gleich auf, dann bestellen wir Jambo ein.«

»Jimbo.«

»Richtig. Warum lassen diese Leute zu, dass man sie Bubba oder Jimbo nennt?«

»In unserer Gegend ist so was durchaus nicht unnormal.«

»Wir holen ihn her, sobald sein Vater festgenommen wird, weil er auf einen Polizisten losgegangen ist. Wir holen ihn her, und falls Santiago recht hat, werden wir den guten Jimbo knacken wie ein rohes Ei.« Eve starrte auf die Knöpfe.

»Da! Ich wusste doch, dass es ein solches Holo gibt.«

Natürlich dauerte es deutlich länger, als wenn Roarke das Holo aufgerufen hätte, doch nachdem sie mühsam alles eingegeben hatte, tauchten die vertrauten grauen Wände, der verkratzte Tisch, die unbequemen Stühle und der langgezogene Spiegel, durch den man von außen in das Zimmer schauen konnte, auf.

»Wahnsinn.« Banner riss die Augen auf und schaute sich nach allen Seiten um. »Offiziell habe ich so etwas noch nie gemacht. Nur bei Karneval und so. Und einmal, als ... egal.«

In einem Sexclub, dachte Eve. »Gibt es so etwas in Silby's Pond?«

»Nein, aber in Little Rock.«

»Ich muss schnell nachfragen, ob Bubba festgenommen worden ist, wenn ja, müssen wir uns beeilen, ich will, dass Sie den mitfühlenden Bullen spielen. Die Masche mit dem väterlichen Freund, genau, die müsste funktionieren.«

Sie nahm den mitgebrachten Aktenordner in die Hand. »Sie machen ihn weich, und ich mache ihm Angst, was in der Akte steht, erledigt dann den Rest.«

Sie rief Carmichael an.

»Wir sind gerade dabei«, raunte ihr die Kollegin zu und sah statt auf den Bildschirm zu Santiago. »Santiago ... autsch.« Sie stieß ein leises Zischen aus, und Dallas hörte wütendes Gebrüll im Hintergrund. »Der Treffer saß. Ich muss ihm noch kurz helfen, aber dann sind wir bereit.«

»Das ging echt schnell.«

Eve nickte Banner zu. »Je schneller, umso besser. Auch wenn das hier nur ein Holo ist, ist diese Sache wirklich ernst. In Roarkes Labor sitzen drei sehr gute Elektronikleute, um mir etwas in die Hand zu geben, was ich gegen unsere Kidnapper benutzen kann, während diese beiden Vollidioten uns bereits vor Wochen auf die Spur des Pärchens bringen und auf diese Weise Leben hätten retten können und nur deswegen den Mund gehalten haben, weil sie dachten, dass man ihnen wegen irgendeines Blödsinns an den Karren fahren kann. Das kotzt mich an.«

»Mich auch. Sie haben sich falsch verhalten, für diesen Fehler haben andere bezahlt.«

»Also geben Sie mir etwas Raum und mischen sich nur ein, wenn Sie der Ansicht sind, dass uns das weiterhilft.«

Sie sah auf ihre Uhr und rief bei Charlotte Mira an.

»Tut mir leid, so früh zu stören, ich habe auch nur wenig Zeit. Ich habe Ihnen einen Bericht geschickt.«

»Den habe ich noch nicht gelesen. Ich bin gerade erst …«

»Dann lesen Sie ihn bitte jetzt«, fiel Eve ihr unhöflich ins Wort. »Sie haben letzte Nacht noch jemanden entführt. Einen Jungen von einundzwanzig. Gegen Mitternacht. Jetzt muss ich wissen, ob sie weiter nach dem alten Muster vorgehen und Campbell tot ist oder ob sie vielleicht davon abgewichen sind und sie noch lebt.«

»Einen Augenblick. Vielleicht war die Gewalt zu groß, sie haben zu schnell gemacht oder ihr Körper hat am Ende nicht mehr mitgespielt. Bisher haben die Entführungen und Morde immer nacheinander stattgefunden, die Wahrscheinlichkeit ist also groß, dass Campbell nicht mehr lebt.«

»Wie groß ist Ihrer Meinung nach die Chance, dass sie beschlossen haben, jemanden zu ihr dazuzuholen? Oder die Leiche zu entsorgen und sofort erneut auf Beutezug zu gehen? Das könnte durchaus sein, aber genauso könnte es sein, dass sie spontan beschlossen haben, es jetzt mal mit einem Pärchen zu probieren.«

»Das heißt, es wäre eskaliert. Das könnte durchaus sein, wobei sie …«

»Bitte lesen Sie schnellstmöglich den Bericht. Ich habe darin ein paar mögliche Szenarien entworfen und ein bisschen spekuliert. Wir haben ein paar gute Spuren, ich gehe gerade einer nach, wenn Sie den Bericht gelesen haben, rufen Sie mich bitte an.«

»Ich nehme ihn mir sofort vor und werde Ihnen, bevor ich zu Dr. DeWinter fahre, geben, was ich kann.«

»Danke. Ich muss Schluss machen«, erklärte Eve, als Carmichaels Anruf kam.

»Unser Sheriff hat mit einigem Bedauern Bubba festgenommen, weil er auf Santiago losgegangen ist. Der Anwalt ist so angefressen, dass ihm bisher gar nicht aufgefallen ist, dass ich den Raum verlassen habe«, setzte der Detective grinsend hinzu. »Santiago blutet und ist derart stinkig, dass es kaum noch auszuhalten ist. Wenn ich nicht wüsste, dass er nur so tut, würde ich ihm sagen, dass er sich um Himmels willen nicht so anstellen soll. Ich schätze, dass ich Jimbo allein erwischen kann.«

»Dann tun Sie das. Auf Ihr Signal hole ich Sie und Jimbo her und schicke Sie danach zurück. Lenken Sie die anderen möglichst ab, dann können wir den Jungen hier bearbeiten, bis er nach einem Anwalt schreit.«

»Okay. Ich melde mich, wenn ich ihn habe.«

Schon nach wenigen Minuten gab Carmichael das Signal, Eve konnte nur hoffen, dass sie alles richtig machte, bis Carmichaels Bild und das des großen Jungen neben ihr – der wirklich wie ein »Jumbo« aussah – im Verhörraum erschienen.

Er trug einen Overall und hatte gelblich blondes Haar, das wirr in alle Richtungen um seinen Vierkantschädel abstand, wog locker 120 Kilogramm und zitterte vor Angst.

»Vielen Dank, Detective«, sagte Eve. »Rekorder an. Lieutenant Eve Dallas und Deputy William Banner vernehmen … wie ist Ihr vollständiger Name, Sir?«

»Um. Ah.«

»Dorran«, half Carmichael aus. »James Beauregard.«

»Wir haben ein paar Fragen, Mr. Dorran.«

»Mein Pa hat Ärger mit der Polizei, und ich muss heim zu meiner Ma.«

»Detective, gehen Sie los und … kümmern sich um Mr. Dorrans Ma.«

»Zu Befehl, Ma'am. Ihre Ma kann es bestimmt nicht brauchen, dass Sie auch noch Ärger kriegen, Jimbo«, wandte sich Carmichael an den jungen Mann. »Also tun Sie besser, was der Lieutenant Ihnen sagt.«

Sie zeigte Eve mit einem knappen Nicken, dass sie fertig war, und umgehend schickte Eve ihr Bild zurück nach Arkansas.

»Mr. Dorran …«

»Bitte nennen Sie mich Jimbo. Mister hat bisher noch nie jemand zu mir gesagt.«

»Also gut, Jimbo. Ich habe ein paar Fragen.«

»Ich kann Ihnen nichts sagen. Über nichts und niemanden. Mein Pa hat mir …«

»Ich spreche aber nicht mit Ihrem Pa.« Eves Stimme wurde kalt, und sie bedachte ihn mit einem unfreundlichen, durchdringenden Blick. »Ich rede jetzt mit Ihnen, und ich bin Mordermittlerin bei der New Yorker Polizei. Sie wissen, was die machen, Jimbo?«

»Hm, ja, oder zumindest ungefähr.«

»Wir lösen Mordfälle.«

Er riss die Augen auf, und ja, erkannte Eve, sogar sein Bild verströmte den Geruch von Schuldgefühlen und von nackter Angst.

»Ich habe niemanden ermordet. Pa auch nicht. Mein Onkel Buck hat uns erklärt, dass wir nicht reden müssen, wenn wir das nicht wollen.«

»Ihr Onkel Buck läuft ja auch nicht Gefahr, wegen Beihilfe zu Mord, Behinderung der Justiz und einer ganzen Reihe anderer Sachen angeklagt zu werden, so wie Sie, wenn Sie, verdammt noch mal, nicht endlich ehrlich sind.«

»Ich habe niemanden ermordet. Und Ladys nehmen keine solchen Worte in den Mund.«

»Sehe ich etwa aus wie eine Lady?«

»Nun, Sie sind auf alle Fälle eine Frau.«

»Vor allem bin ich ein Cop. Ich bin Polizistin, und so kleine Arschlöcher wie dich verspeise ich zum Frühstück. Vor allem gibt's hier eine Staatsanwältin, die es kaum erwarten kann, dich hierher ausliefern zu lassen, damit sie dich hinter Gitter bringen kann.«

»Aber ich habe nichts gemacht!«

»Jimbo«, mischte Banner sich mit einer Stimme ein, die wie das kühle Wasser eines sanft plätschernden Baches klang. »Ich gehe davon aus, dass dir nicht klar war, was du tust, und dass du nicht mit Absicht das Gesetz gebrochen hast.«

»Ich habe keinem Menschen wehgetan. Da können Sie alle fragen. Sind Sie selbst aus unserer Gegend, Sir?«

»Ich bin aus Silby's Pond.«

»Da war ich noch nie, aber es heißt, dass es dort wirklich schön sein soll.«

»Auf jeden Fall.«

»Vielleicht können wir ja dafür sorgen, dass du einen Teil der Strafe dort absitzen kannst.« Eve schlug sich derart heftig mit der Akte gegen das Bein, dass er zusammenfuhr. »Weil dieser Mann hier dort ermordet worden ist.«

Sie zeigte ihm die Aufnahmen von Robert Jansen, der mit dem aufgequollenen, zerschundenen Gesicht nach oben auf der Erde lag.

Der Junge wurde kreidebleich. »Scheiße! Scheiße! Ist er tot?«

»Wie sieht es für dich denn aus?«

»Ich war das nicht. Ich habe nie in meinem Leben einem anderen Menschen wehgetan!«

»Was war das für ein Fahrzeug«, mischte Banner sich mit Plauderstimme ein, »das du mit deinem Pa letzten August am Highway 12 geborgen hast?«

»Das war … ich weiß nicht, wovon Sie reden.« Aber während er das sagte, rang der Junge unglücklich mit den großen Händen und sah wie benommen Jansens Foto an. »Wurde er ermordet?«

»Er wurde geschlagen«, antwortete Eve mit harter Stimme. »Er wurde auf brutalste Weise geschlagen, nachdem sie mit ihm fertig waren, haben sie ihn ins Gebüsch gezerrt, damit ihn dort die Krähen fressen, aber vorher haben sie ihm noch das hier angetan.«

Sie hielt ihm weitere Aufnahmen des toten Jansen hin. »Sie haben ihm den Schädel eingeschlagen und ihn dann verrotten lassen, bis irgendwer ihn gefunden hat.«

»Das weiß ich. Es waren Petie West und seine Mama, die den armen Mann gefunden haben. Aber wir haben ihm nichts getan.«

Eve grub den Rest der Fotos aus. »Sie haben alle diese Menschen erst gefoltert und dann umgebracht. Söhne, Töchter, Schwestern, Väter. Und dein Pa und du, ihr habt das Fahrzeug abgeschleppt, das sie am Straßenrand haben stehen lassen, als sie mit dem Wagen ihres Opfers abgehauen sind. Wie viel habt ihr dafür gekriegt?«

»Wir haben … ich sage nicht, dass wir so was gemacht haben. Aber selbst wenn, hätten wir damit keinem Menschen wehgetan.«

»Wir hätten das verdammte Fahrzeug bis zu ihnen zurückverfolgen können, aber so haben wir noch immer keine Ahnung, wer sie sind.«

»Sie haben keine Ahnung, wer sie sind?«

»Du solltest tun, was richtig ist«, mischte sich Banner abermals mit sanfter Stimme ein. »Wenn du es nicht tust, tust du dadurch anderen Menschen weh. Den Menschen, die im Augenblick in der Gewalt der Täter sind.«

»Sie haben Leute in ihrer Gewalt?«

Eve zog die Aufnahmen von Campbell und dem jungen Mulligan hervor. »Das sind ihre jüngsten Opfer. Sie haben sie entführt und foltern sie, wenn Sie jetzt nicht endlich alles sagen, was Sie wissen, haben wir keine Chance, sie dort lebend rauszuholen«, hielt sie Jimbo vor.

»Ich muss zu meiner Ma.«

»Auch die beiden haben Mütter«, rief Banner ihm in Erinnerung. »Wie würde deine Ma sich fühlen, wenn du in der Gewalt von diesen Monstern wärst und jemand anderes dir helfen könnte, es aber aus reiner Feigheit unterlässt?«

»Mein Pa hat mir gesagt, wir müssen dichthalten, wenn wir nicht ins Gefängnis wollen.«

»Ihr werdet ins Gefängnis kommen, wenn ihr uns nicht helft. Dafür werde ich persönlich sorgen, das verspreche ich«, erklärte

Eve. »Aber wenn du uns hilfst, wenn du uns etwas gibt, womit wir diese Leute finden und die beiden Opfer retten können, sorge ich dafür, dass du nicht ins Gefängnis musst. Dann verschwindet auch die Anzeige meines Detective, der von deinem Vater angegriffen worden ist.«

»Dafür können Sie sorgen?«

»Allerdings. Aber das mache ich natürlich nur, wenn du jetzt endlich den verdammten Mund aufmachst. Wobei der Deal nur gilt, solange du mir keinen Scheiß erzählst. Du hast noch zehn Sekunden Zeit.«

»Ich muss erst ...«

»Neun. Acht. Sieben.«

»Also gut. Okay.« Er fuhr mit seinen großen Händen durch die Luft. »Der Wagen stand einfach am Straßenrand. Er hatte keine Zulassung, nichts. Er hatte noch Benzin, und auch die Batterie war ordentlich geladen, trotzdem hat der Motor keinen Mucks gemacht. Jemand hatte daran rumgeschraubt, aber er fuhr nicht einen Meter mehr, also haben wir ihn abgeschleppt. Wenn jemand vorbeigekommen wäre, der ihn sucht, hätten wir das Ding zurückgegeben, aber niemand hat sich für die Kiste interessiert. Von dem toten Mann haben wir erst später was gehört, und da hat Pa gesagt, wir dürften nichts erzählen, sonst dächten sie vielleicht, wir wollten seinen Wagen haben, und hätten ihn deshalb aus dem Weg geräumt. Aber wir haben niemandem etwas getan.«

»Was war das für ein Fahrzeug?«

»Ein Vierteltonner-Pick-up. Baujahr 52, das Alter war ihm deutlich anzusehen. Ein American Bobcat, innen schwarz, außen stahlgrau. Man konnte sehen, dass er mal einen Unfall hatte und von einem Profi hergerichtet worden ist.«

»Was hatte er für Nummernschilder?«

»Hm, aus Oklahoma, glaube ich. Das Handschuhfach war leer. Wie gesagt, wir haben keine Zulassung gefunden und auch keine anderen Papiere. Nur ein bisschen Müll, sonst nichts.«

»Wo ist dieser Pick-up jetzt?«

»Wo er ist?«

»Der Pick-Up, was habt ihr damit gemacht?«

»Tja, nach der Geschichte mit dem Toten haben wir ihn ausgeschlachtet, um die Einzelteile zu verkaufen, und den Rest verschrottet. Wir haben nichts davon behalten, mein Pa hat mir gesagt, ich sollte niemandem erzählen, dass das Ding am Straßenrand gestanden hat. Von all den toten Leuten haben wir erst gehört, als die Detectives aus New York gekommen sind, dann hat Pa gesagt, wir könnten ihnen kein Wort glauben, weil sie aus New York sind und uns nichts als Ärger machen wollen.«

Er blickte Banner an. »Das haben Sie doch sicher auch schon mal gehört.«

»Nun, inzwischen bin ich eine Weile hier und habe festgestellt, dass das nicht stimmt. Die Leute, die wir suchen, Jimbo, sind nicht aus New York. Sie kommen aus der Gegend, aus der auch wir beide sind.«

»Das kann nicht sein. Ich habe nie zuvor gehört, dass jemand so was tut. Ehrlich, Ma'am, wir tun niemandem weh. Wir wussten nichts von alledem. Ich habe die ganze Nacht kein Auge zugekriegt, denn die Sache mit den Toten ging mir einfach nicht mehr aus dem Kopf. Pa wollte nur, dass mir und Ma kein Leid geschieht. Man muss auf seine Leute aufpassen, damit ihnen nichts passiert.«

Die Toten waren ihre Leute, dachte Eve. Genauso wie die beiden jüngsten Opfer der Entführer, die womöglich noch am Leben waren.

»Vielleicht müssen wir noch mal mit dir reden«, fing sie an.

»Kann ich erst mit meiner Ma sprechen? Sie findet, man muss immer ehrlich sein, und wird jetzt wegen dieser Sache meinem Pa bestimmt ein bisschen böse sein. Sie war ihm auch schon böse, als er den Detective angegriffen hat. Aber, tja nun, dieser Detective hat ihn ganz schön provoziert.«

»Das glaube ich. Jetzt holt Detective Carmichael Sie hier wieder ab, und ich rufe bei eurem Sheriff an.«

»Damit mein Pa nicht ins Gefängnis muss, weil er auf den Detective losgegangen ist?«

»Deshalb und wegen dem, was du erzählt hast«, antwortete sie und holte die Kollegin wieder nach New York. »Mr. Dorran hat umfänglich ausgesagt. Sie, Santiago und der Sheriff bekommen gleich eine Kopie der Aussage geschickt. Nachdem Mr. Dorran umfänglich mit uns kooperiert hat, schlage ich Santiago vor, die Anzeige wegen des Angriffs gegen Mr. Dorran senior zurückzuziehen und von einer Anzeige wegen des abgeschleppten Wagens abzusehen, da wir hoffen, dass die Aussage des Sohns zur Identifizierung und Ergreifung unserer Täter führen wird.«

»Zu Befehl, Ma'am.«

»Führen Sie Ihre Arbeit dort zu Ende«, sagte Eve. »Der Durchsuchungsbefehl für die Werkstatt und für alle Fahrzeuge dürfte in Arbeit sein. Sobald Sie ihn erhalten, sehen Sie sich dort um, dann kommen Sie wieder nach New York.«

»Auf jeden Fall. Auf geht's, Jimbo.«

Carmichael packte ihn am Arm, sah Eve mit einem schnellen Grinsen an und ward nicht mehr gesehen.

»Kopien der Aufnahme an all meine Geräte«, sagte Eve, fuhr das Programm danach herunter und wandte sich Banner zu. »Auf geht's.«

»Wir können diesen Pick-Up doch bestimmt zurückverfolgen.«

»Allerdings. Hätten diese Trottel ihn nicht ausgeschlachtet und verschrottet, hätten wir das Ding auf Spuren untersuchen und wahrscheinlich irgendwelche Spuren unserer Täter sichern können.« Eve atmete tief durch, während sie den Lift nach oben nahmen. »Aber wir werden das Gefährt zurückverfolgen und auf einen Namen kommen. Das heißt, wir werden ihnen näher kommen, selbst wenn das Ding gestohlen war.«

Auf dem Weg zum Arbeitszimmer ging sie bei den elektronischen Ermittlern im Labor vorbei, und während sie den Männern die erforderlichen Daten für die Suche nach dem Wagen gab, sah Banner sich mit großen Augen um.

»Der Wagen war also in Oklahoma zugelassen«, stellte Feeney

fest und gab wie Roarke verschiedene Befehle manuell in den Computer ein. »Ein American Bobcat Vierteltonner-Pick-up Baujahr 52.«

»Grau. Ein grauer Truck.«

»Die Farbe kann man leicht verändern, also fangen wir erst mal ohne an.« Er blickte auf den Bildschirm und verzog unglücklich das Gesicht. »Von diesen Dingern fahren über 600 in den Staaten rum.«

»Falls sie ihn gestohlen haben, müsste es …«

»Ich weiß, wie man so eine Suche durchführt, Mädchen.« Wieder gab er einen Befehl in den Computer ein. »Von den drei in diesem Zeitraum als gestohlen gemeldeten Gefährten wurden zwei gefunden und das dritte nach einem Totalschaden entsorgt. Am besten führe ich noch eine separate Suche unter Angabe der Farbe durch.«

»Ich hab's«, erklärte Roarke und drehte sich auf seinem Hocker nach den anderen um. »Der Aufkleber im Heckfenster des Vans. OBX.«

»Was zum Teufel soll das heißen?«, fragte Eve.

»Outer Banks – North Carolina. Diesen Aufkleber haben Fahrzeuge, deren Besitzer dort ein Grundstück haben. Es ist so was wie eine Parkerlaubnis, wenn du willst. Auch das Nummernschild haben wir eingegrenzt. Wahrscheinlich stammt es aus New Jersey. Der Van dürfte ein schwarzer oder dunkelblauer RoadStar Baujahr 58 oder 59 sein. Gib uns noch einen Augenblick.«

McNab wippte vor einem anderen Computer auf und ab. »Die Gesichtserkennung hat bisher noch nichts ergeben. Ich versuche immer noch, die Bilder so scharf hinzukriegen, dass man die Gesichter erkennen kann.«

»Beim ersten Abgleich«, meinte Roarke, »kamen achtundsechzig Vans mit OBX-Stickern heraus.«

»Das ist zu viel.«

»Dann grenze ich die Zahl am besten noch ein bisschen ein.«

»Noch mal zu dem Pick-Up«, mischte sich jetzt wieder

Feeney ein. »Wenn wir davon ausgehen, dass er wirklich grau war, bleiben nur noch fünf.«

»Damit kann man arbeiten. Ich brauche Namen, Bilder, Orte.«

»Die sind bereits auf dem Monitor zu sehen. Die Karte ist auf Bildschirm zwei. Wir können versuchen herauszufinden, welchen Weg die zwei genommen haben und von wo sie aufgebrochen sind.«

»Dann überprüfen wir erst mal die Halter dieser fünf.« Eve wandte sich dem Bildschirm zu. Die Tatorte waren, beginnend mit dem Ort, an dem man Jansens Leiche aufgefunden hatte, rot markiert. »Shelley Lynn Wayne – sie wohnt direkt am Weg der beiden, wenn man ihn von Jansen aus zurückverfolgt.«

Feeney rief ihr Foto und die Daten auf.

»31, seit sechs Jahren verheiratet, zwei Kinder. Lehrerin. Wenn ihr Truck gestohlen worden wäre, wäre sie bestimmt zur Polizei gegangen. Vielleicht hat sie ihn ja einem Verwandten oder einem Freund geliehen, aber ...«

»... sonderlich wahrscheinlich ist das nicht«, beendete Feeney ihren Satz. »Natürlich werde ich sie kontaktieren, um herauszufinden, was mit dem Pick-Up ist, aber dem ersten Anschein nach ist sie der Inbegriff einer gesetzestreuen Bürgerin. Der Route nach käme als Nächstes dieser Bowie Nettleton dran. 74, früher Master Sergeant bei der Army, jetzt Bürgermeister von Three Springs in Oklahoma. Beide Söhne, Enkel sowie eine seiner Enkelinnen sind wie er beim Militär. Die zweite Enkelin besucht das College und studiert dort Politik.«

»Ich glaube nicht, dass er es ist, aber trotzdem sehen wir uns auch ihn genauer an.«

»Barlow Lee Hanks«, las Eve und schaute sich das nächste Bild mit nachdenklich zusammengekniffenen Augen an. »Mit 58 ist der Mann zu alt, um unser männlicher Verdächtiger zu sein. Kinder?«

»Nein.«

»Er wohnt in Lonesome, Oklahoma, und hat eine eigene Autowerkstatt, der blöde Bumbo hat gesagt, jemand mit Ahnung hätte an der Kiste rumgeschraubt.«

»Bumbo?«, frage Roarke.

»Jimbo«, klärte Banner ihn mit einem gleichmütigen Achselzucken auf. »Was schließlich fast dasselbe ist.«

Noch während er dies sagte, zerrte Eve ihr Handy aus der Tasche und rief bei Santiago an.

»Wie geht's Ihrem Gesicht?«, erkundigte sie sich, als sie das zugeschwollene, schwarz verfärbte rechte Auge sah.

»Es hat schon schlimmer ausgesehen.«

»Lassen Sie sich behandeln, und dann suchen Sie zusammen mit Carmichael einen Barlow Lee Hanks in Lonesome, Oklahoma, auf. Ich wüsste gerne, wem er seinen 52er Bobcat überlassen hat. Fahren Sie so schnell wie möglich los. Näheres erfahren Sie unterwegs.«

»Okeydokey.«

»Was?«

»So sagt man im Cowboyland. Wir dürften hier bald fertig sein. Die Bücher dieses Arschlochs sind erschreckend ordentlich geführt. Wir haben die meisten Einzelteile, die der Kerl verhökert hat, bis zu den Abnehmern verfolgt. Fast alle wohnen in der Gegend.«

»Dann soll der Sheriff losfahren, um die Sachen abzuholen, weil Oklahoma erst mal Vorrang hat. Ich rufe Sie nachher noch einmal an.«

Mit einem »Danke« an die beiden elektronischen Ermittler und an Roarke steckte sie das Handy wieder ein.

»Die Daten sind bereits auf deinem Computer«, sagte Roarke. »Die Zahl der Lieferwagen, die in Frage kommen, habe ich bestimmt bald weiter eingegrenzt.«

»Gut. Macht weiter.«

Sie verließ den Raum, Banner folgte ihr. »Sie haben all dieses fantastische Spielzeug hier bei sich zuhause«, stellte er bewundernd fest.

»Wir arbeiten eben auch hier.«

»Das ist mir bereits aufgefallen. Sie arbeiten echt schnell. Vielleicht haben wir ja wirklich eine erste richtige Spur.«

»Feeney wird auch die vier anderen Halter kontaktieren, währenddessen sehen wir uns diesen Hanks genauer an. Vielleicht kommt dabei ja was raus.«

Sie marschierte ins Arbeitszimmer und erklärte ihrer Partnerin: »Barlows Autowerkstatt, Lonesome, Oklahoma. Grundlegende Infos und Finanzen. Schnell. Banner, rufen Sie dort an und sehen zu, dass Sie ihn an die Strippe kriegen. Wenn er dort ist, ist er jedenfalls nicht hier. Das wäre schon mal was. Vor allem will ich wissen, was für einen Eindruck dieser Barlow auf Sie macht. Kehren Sie nicht den Cop raus, sondern stellen ihm ein paar Autofragen oder so.«

»Autofragen?«

»Ja, genau. Sie kennen sich doch bestimmt mit Autos aus.«

»Auf jeden Fall.« Er nickte, während er bereits sein eigenes Handy aus der Tasche zog. »Am besten gehe ich zum Telefonieren auf den Flur.«

Ebenfalls mit einem Nicken nahm Eve hinter ihrem Schreibtisch Platz und rief den Namen Barlow Hanks auf dem Computer auf.

Einmal verheiratet und kinderlos. Seit zwölf Jahren geschieden, ein älterer Bruder und ein Neffe, der vom Alter her als Verdächtiger in Frage kam. Am besten sähe sie sich diesen Burschen also auch noch an.

»Die Finanzen wirken grundsolide, Dallas«, sagte Peabody. »Zumindest auf den ersten Blick. Er schwimmt zwar nicht in Geld, aber verdient genug, dass er problemlos davon leben kann. Hat das Haus, in dem die Werkstatt ist, vor acht Jahren gekauft und zahlt die Raten regelmäßig ab. Vier Vollzeitangestellte und eine Halbtagskraft.«

Wieder nickte Eve und fuhr mit ihrer eigenen Überprüfung fort: »Ein paar kleinere Vergehen. Trunkenheit am Steuer, eine Kneipenschlägerei und eine Rauferei bei einem Rodeo.«

»Er ist nicht unser Mann.«

»Nein, aber es könnte sein, dass es eine Verbindung zu ihm gibt. Die Chance steht mehr als eins zu fünf, dass es sein Truck war, der von den blöden Dorrans abgeschleppt und ausgeschlachtet worden ist.«

Als Nächstes nahm sie sich den Neffen vor. Ein kleiner Rancher und gelegentlicher Zureiter. Verdammt, was war denn das? Oha, anscheinend ritt er wilde Pferde ein. Das Alter könnte passen, doch er hatte eine Partnerin, die einen festen Job hatte und offenbar blitzsauber war.

»Vielleicht hat er sich ja von ihr getrennt«, sinnierte Eve. »Und hat sich dann mit seiner mörderischen neuen Partnerin im Truck des Onkels aus dem Staub gemacht.«

Nachdenklich stand sie wieder auf und stapfte vor dem Schreibtisch auf und ab. Vielleicht hatte der Onkel den Diebstahl deshalb nicht zur Anzeige gebracht, weil Blut dicker als Wasser ist. Oder vielleicht hatte er ihm das Ding unter der Hand verkauft.

Schwer vorstellbar, denn weshalb hätte dieser Neffe plötzlich eine Vorliebe für Folter und für Mord entwickeln sollen?

Trotzdem …

Banner kam wieder herein. »Er ist auf jeden Fall in Oklahoma. Ich habe mit ihm über meinen Truck gesprochen, einen Bobcat Baujahr 52, der angeblich Mucken macht.«

»Gute Idee.«

»Der Motor stottert schon seit einer Weile, und obwohl ich bereits zweimal in der Werkstatt war, stellt sich der Fehler spätestens nach hundert Meilen immer wieder ein. Ich habe ihm erzählt, man hätte mir gesagt, er würde sich mit diesen Kisten auskennen wie kein anderer. Er hat gesagt, das stimmt. Er hätte selbst mal einen gehabt und ziemlich viel dran rumgeschraubt.«

»Ach ja?«

»Ach ja. Er findet, dass es zwar kein schlechter Wagen ist, dass er aber ab neunzigtausend Meilen immer wieder Zicken macht. Trotzdem würde er sich meine Kiste gern mal ansehen, wenn ich sie vorbeibringen will.«

»Okay.« Sie wandte sich der Tafel zu. »Okay. Wir werden sehen, was Carmichael und Santiago aus ihm rauskriegen. Inzwischen bin ich mir fast sicher, dass das unser Wagen ist. Aber bis dahin …«

Ehe sie den Satz beenden konnte, klingelte ihr Link. Sie trat an den Schreibtisch und nahm ab. »Was ist?«

»Du kannst mir danken«, sagte Roarke.

»Wofür?«

»Für einen dunkelblauen Country Scout, Baujahr 58, in dessen Heckscheibe ein OBX-Aufkleber klebt.«

»Warum gerade dieser und nicht einer von den anderen zweiundachtzig Vans?«

»Am Schluss waren es nur noch neununddreißig, aber der Besitzer dieses Wagens, ein gewisser Maddox Hornesby, der in Bloomingdale gemeldet ist, hat meinen dezenten Nachforschungen zufolge noch ein Haus auf den Bahamas, während der letzten Jahre hat er dort zusammen mit seiner Gattin Elsie immer den gesamten Januar und Februar verbracht.«

»Sie konnten den Van nicht als gestohlen melden, weil sie keine Ahnung hatten, dass das Ding gestohlen worden war.«

»Genau. Ein kurzer Blick in die Finanzen dieses Paars hat mir gezeigt, dass sie mit ihrem Van zum Flughafen gefahren sind, wo er, bis sie zurückkommen, auf einem Dauerparkplatz stehen sollte. Wenn man einen Wagen braucht, ihn aber nicht bezahlen will, bietet ein Dauerparkplatz sich als Ort für die Begehung eines längerfristig unbemerkten Diebstahls einfach an.«

»Wie du bestimmt aus eigener Erfahrung weißt.«

Er quittierte diesen Satz mit einem Lächeln und fügte hinzu: »Ich habe dir die Telefonnummer der beiden schon geschickt.«

»Dann gehe ich der Sache weiter nach. Das Danke hast du echt verdient.«

»Immer wieder gern.«

Sie legte auf und rief nach ihrer Partnerin.

»Ich habe es gehört und spreche erst mal mit dem Wachdienst, der die Parkplätze des Flughafens betreut.«

Da die Daten wie versprochen schon auf ihrem Computer waren, benutzte Eve das Link, das auf dem Schreibtisch stand.

Sie überlegte nicht, wie spät es wohl auf den Bahamas war, denn das war ihr egal.

»Maddox Hornesby.« Ein sonnengebräunter Mann mittleren Alters lächelte sie freundlich an.

»Mr. Hornesby, ich bin Lieutenant Dallas von der New Yorker Polizei«, erklärte sie und wies sich mit ihrer Marke aus.

»Das sehe ich. Was kann ich für Sie tun?«

»Sie sind Halter eines Country Scout, Baujahr 58.«

»Das stimmt.« Er runzelte die Stirn, und aus dem Hintergrund erklang die Stimme einer Frau. *»Mad! Du hast versprochen, dass du die Geschäfte während unseres Urlaubs ruhen lässt!«*

»*Es geht nicht ums Geschäft*. Gibt's ein Problem, Lieutenant?«

»Können Sie mir sagen, wo der Wagen steht?«

»Am Flughafen Newark. Stellplatz 45, Parkdeck A. Dort sind die Plätze, wo man seinen Wagen länger abstellen kann.«

Peabody hatte mitgehört und nickte zustimmend.

»Dürfte ich Sie fragen, wo Sie gerade sind?«

»In meinem Haus auf den Bahamas«, klärte er sie fröhlich auf. »Ich sitze hier auf der Terrasse, während meine Frau mir einen Mimosa macht und schimpft, weil sie der Meinung ist, dass mich mein Börsenmakler angerufen hat. Was ist passiert?«

»Es gab einen Zwischenfall mit einem Fahrzeug, auf das die Beschreibung Ihres Fahrzeugs passt. Haben Sie einen OBX-Aufkleber an der Scheibe angebracht?«

»Links unten an der Heckscheibe, genau. Noch einmal: Was ist passiert?«

»Wir gehen der Sache weiter nach und kontaktieren auch die Security, die den Parkplatz bewacht. Falls nötig, rufen sie oder ich selbst noch mal bei Ihnen an«, erklärte sie, und gegen ihren Willen rutschte ihr heraus: »Können Sie mir sagen, wie viel Uhr es jetzt bei Ihnen ist?«

»Wie spät?« Er sah auf seine Uhr. »Viertel vor neun.«

»Morgens?«

»Sicher.«

»Hu.« Eve fand es faszinierend und ein wenig irritierend, dass auf den Bahamas haargenau dieselbe Uhrzeit wie bei ihr zuhause war.

»Hat etwa jemand unseren alten Van geklaut?«

»Wir gehen der Sache nach, Mr. Hornesby.«

»Siehst du, Mad? Ich wusste, dass so was passieren würde. Wie oft habe ich dir gesagt, wir sollten statt mit unserem Wagen mit dem Taxi fahren?«

»Schon gut, Elsie, schon gut.«

»Es tut mir leid, Sir, aber wann haben Sie den Wagen auf dem Parkplatz abgestellt?«

»Am 4. Januar um acht Uhr in der Früh.«

»Vielen Dank, Sie haben uns sehr geholfen. Falls wir noch Einzelheiten wissen müssen, ruft Sie noch mal jemand von uns an.«

»Müssen wir nach Hause kommen?«

»Nein. Genießen Sie weiter Ihren Urlaub. Vielen Dank.«

Während die Frauenstimme weiterschimpfte, legte Eve erleichtert auf.

»Wir haben den Van. Peabody, Sie geben eine Suchmeldung nach der verdammten Kiste raus. Falls sie gesichtet wird, soll man mich kontaktieren. Niemand nähert sich dem Wagen, falls die Kollegen ihn verfolgen müssen, sollen sie zusehen, dass der Fahrer es nicht merkt.«

Entschlossen stand sie wieder auf. »Warum haben die auf den Bahamas anders als in Arkansas dieselbe Uhrzeit wie wir in New York?«

Dann aber schenkte sie sich, ohne diesem Rätsel auf den Grund zu gehen, den nächsten Kaffee ein.

Sie bräuchte ihre ganze Energie, denn endlich waren sie den Tätern auf der Spur.

16

Während Peabody der Spur des Lieferwagens nachging, nahm sich Eve noch einmal Barlows Neffen vor.

»Banner, Hanks hat einen Neffen. Curtis Monroe, 28, Viehzüchter. Ich schicke Ihnen die Kontaktdaten auf Ihren Handcomputer. Spielen Sie noch mal den väterlichen Freund. Fragen Sie, wo er sich zu den Zeitpunkten der Morde aufgehalten hat, und kriegen ein Gefühl für ihn. Ich glaube nicht, dass er es ist, aber wir sollten trotzdem überprüfen, ob er als Verdächtiger in Frage kommt.«

»Verstanden. Und was fährt er?«

»Was er fährt?«

»Vielleicht gab's ja in Silby's Pond einen Unfall mit Fahrerflucht, und die Beschreibung von dem Wagen trifft auf seinen Wagen zu.«

»Okay, verstehe. Einen Toro-Pick-up Baujahr 56, dunkelgrün, Kennzeichen 572 Echo-Papa-Alpha. Dazu hat er ein Motorrad, eine Hawker Midnight Rider, Baujahr 60, blau metallic, Kennzeichen BOOM. Beta, Omega.«

»Verstehe. Ich werde statt seines Pick-Ups das Motorrad nehmen.«

Während er abermals den Raum verließ, erhob sie sich von ihrem Platz und schrieb die neuen Namen an der Tafel auf. »Peabody, notieren Sie alle Einzelheiten, bringen Carmichael, Santiago, Mira und vor allem den Commander auf den neuesten Stand und fragen außerdem bei Baxter an, ob er und Trueheart Zeit haben, sich in den Restaurants und Läden, die auf Banners Liste stehen, umzuhören.«

»Trueheart hat doch heute seine Prüfung«, rief die Partnerin ihr in Erinnerung. »Sie fängt in etwas über einer Stunde an.«

»Richtig«, meinte Eve. Verdammt, verdammt, verdammt.

»Sie haben recht. Okay, dann setzen Sie nur Baxter darauf an. Er und Banner sollen sich von McNab das beste Bild der beiden geben lassen und dort herumzeigen. Sagen Sie Baxter, innerhalb der nächsten Stunde kommen wir aufs Revier, dann sollen sie sofort losziehen.«

Sie schob die neuen Daten, die sie hatten, an der Tafel hin und her.

Hanks gehörte der Truck, der nach dem Mord an Jansen einfach stehen gelassen worden war.

Das hieß, dass die Verdächtigen in Oklahoma aufgebrochen waren. Und dass es irgendetwas gab, was sie mit Hanks verband. Aber falls sie ihm den Truck gestohlen hatten, hätte er den Diebstahl doch bestimmt gemeldet. Also hatte er ihn offenbar unter der Hand verkauft oder dem mörderischen Paar geborgt.

Wahrscheinlich eher verkauft, denn wer verlieh schon einen Truck für eine derart lange Zeit?

Doch das verdammte Ding war immer noch auf seinen Namen zugelassen. Das hätte er bei einem Verkauf doch sicherlich geändert, um nicht weiter Steuer und Versicherung dafür zahlen zu müssen.

Wieder sah sie sich das Foto des Neffen an. Sie glaubte nicht, dass er ihr Täter war. Aber wenn es einen Neffen gab, gab es vielleicht auch Cousinen und Cousins, Tanten, Onkel, gute Kumpel oder jemanden, dem er einen Gefallen geschuldet hatte oder so.

Einen Jüngeren, ging es ihr durch den Kopf. Niemanden in seinem Alter. Jemanden, der jung genug war, um sein Sohn zu sein.

Eine Tochter oder eine Freundin? Vielleicht hatte dieser Hanks ja eine Vorliebe für junge Frauen und das Mädchen hatte ihn mit Sex dazu gebracht, dass er ihr seinen Pick-Up überließ. Vielleicht hatte er auch eine Freundin und die hatte eine Tochter oder einen Sohn …

Bevor sie diesen Satz zu Ende denken konnte, kehrte Banner aus dem Flur zurück.

»Der Neffe ist auf seiner Ranch. Er kam mir wie ein durchaus netter Bursche und vor allem völlig ehrlich vor. Die angebliche Unfallflucht hat ihn total erschüttert, er wollte sofort wissen, ob jemand dabei zu Schaden gekommen sei. Er hat gemeint, er würde alles tun, was mir bei den Ermittlungen weiterhilft. Als Datum habe ich den Tag genannt, an dem Campbell gekidnappt worden ist. Er hat gesagt, er hätte an dem Abend bis nach eins gepokert, mir ein Dutzend Zeugen aufgezählt und angeboten, dort vorbeizukommen und mir sein Motorrad anzusehen.«

»Streichen Sie ihn von der Liste. Meiner Meinung nach werden wir an dieser Stelle nicht viel bewegen, bevor meine Leute nicht mit Hanks gesprochen und herausgefunden haben, wem er seinen Pick-Up überlassen hat.« Sie würden dort erst mal nicht weiterkommen, doch sie könnten in verschiedene andere Richtungen gehen. »Packen Sie hier zusammen, Peabody. Wir fahren aufs Revier. Banner, Sie und Baxter klappern mit dem Bild unseres Verdächtigen die Restaurants und Läden ab. Sagen Sie, dass er vielleicht mit einer Frau zusammen war, nennen Sie das ungefähre Alter, und erwähnen Sie seinen wahrscheinlichen Akzent. Vielleicht landen wir ja einen Treffer, sobald wir ihre Namen und Gesichter haben – die wir auf jeden Fall bekommen werden –, kriegen Sie die Infos zugeschickt.«

»Ich bin bereit, wenn Sie bereit sind, Lieutenant.«

»Gehen Sie schon mal vor. Ich schaue auf dem Weg nach unten noch kurz im PC-Raum vorbei.«

Wo ihre drei mit Abstand liebsten Elektronikfuzzis eifrig bei der Arbeit waren. Auf einem Bildschirm glichen sie Gesichter ab, und auf dem anderen versuchten sie, die Bilder aus der Ladezone so scharf hinzukriegen, dass tatsächlich etwas darauf zu erkennen war.

Roarke drehte sich als Erster zu ihr um. »Die Aufnahmen sind einfach Müll. Wir können noch ewig weitermachen, besser kriegen wir sie wahrscheinlich trotzdem nicht hin. Wie soll man Dinge sichtbar machen, die nicht aufgenommen worden sind?«

»Ich nehme, was ihr habt. McNab, schicken Sie Banner, Baxter, den Kollegen von der SpuSi und am besten allen anderen Ihre besten Bilder zu. Hanks ist die Verbindung, wir müssen alles aus ihm rausholen, was aus ihm herauszuholen ist. Ich fahre erst mal aufs Revier.«

»Willst du wissen, was ich denke?«, fragte Feeney.

»Unbedingt.«

»Dein Typ hier.« Er wies auf den grauen Schatten eines Bilds. »Er ist noch keine 30, oder wenn, erst kurz, wahrscheinlich weiß, circa 1,80 m groß und schlank. Mit dieser Jacke sieht er ziemlich kräftig aus, aber das täuscht.«

»Gib das auch an Baxter und an Banner weiter, ja? Was ist mit der Frau?«

»Die Aufnahmen sind etwas besser, denn sie stand im Licht, weil sie der Köder für den Jungen war.« Roarke wippte auf den Fersen und sah sich die Bilder an. »Sie ist circa 1,65 m groß und 54 bis 58 Kilo schwer. Sie hat sehr hübsche Beine, ihr Haar ist lang und blond, aber vielleicht hat sie ja auch eine Perücke auf. Auch sie scheint weiß zu sein. Leider haben wir kein Bild von ihrem Gesicht, doch dem Körper und der Stimme nach dürfte sie Mitte zwanzig oder höchstens zwei, drei Jahre älter sein.« Er legte eine kurze Pause ein und fügte dann hinzu: »Ich habe die Stimme auch auf ihren Dialekt hin überprüft. Es klingt, als wäre sie im nordwestlichen Oklahoma aufgewachsen oder hätte länger dort gelebt.«

»Okay, das ist auf alle Fälle mehr, als wir vor einer Stunde hatten, und ihr findet sicherlich noch mehr heraus.« Sie starrte auf das Bild, als könnte sie die Aufnahme mit reiner Willenskraft dazu bewegen aufzuklaren. »Die Mauer bröckelt immer mehr. Soll ich dich mit zur Wache nehmen, Feeney?«

»Danke, nein. Ich bin mit meinem eigenen Wagen da. Brauchst du den Jungen noch?«

»Wenn du ihn nicht für was anderes benötigst.«

»Nimm ihn mit und melde dich, falls du noch etwas anderes brauchst.« Er salutierte kurz vor Roarke. »Es hat mal wieder großen Spaß gemacht.«

»Mir auch. Ich mache hier noch eine halbe Stunde weiter, danach lasse ich die Kiste an, falls du mir noch was schicken willst«, wandte sich Roarke an seine Frau.

»Das ist echt nett.« Sie war ihm wirklich dankbar, denn obwohl er heute sicher tausend andere Dinge machen wollte, war er wieder einmal für sie da. »Gehen Sie und Feeney schon mal runter«, wandte sie sich an McNab. »Peabody und Banner warten schon auf Sie.«

»Ich komme«, sagte er und wandte sich, bevor er hinter Feeney in den Flur trat, noch einmal an Roarke. »Sie haben hier wirklich tolles Spielzeug stehen.«

Mit den Händen in den Hosentaschen blieb Eve stehen, bis sie mit Roarke alleine war. »Sobald der Fall gelöst ist, wist du erst mal eine Weile keinen anderen Cop als mich hier sehen.«

Lächelnd trat er auf sie zu, legte ihr die Hände auf die Schultern und presste ihr sanft die Lippen auf den Mund. »Ich finde deine Cops echt nett, und seit ich Banner etwas besser kenne, muss ich zugeben, dass er mir ebenfalls nicht unsympathisch ist. Aber jetzt fällt mir gerade etwas völlig anderes ein. Feeneys Mantel ist inzwischen fertig, Summerset hat ihn unten aufbewahrt. Wie ich euch beide kenne, dachte ich, dass du ihn ihm bestimmt nicht vor den anderen geben willst.«

»Nein.« Geschenke waren auch so schon eine in höchstem Maße kniffelige Angelegenheit. »Vor allem solltest du ihm seinen Mantel geben, nachdem du ihn für ihn hast machen lassen.«

Da er wusste, wie sie tickte, drückte er ihr aufmunternd die Schultern und erklärte: »Aber die Idee stammt von dir, und sie war wirklich gut. Vor allem kennt ihr euch so lange, dass euch ein Geschenk bestimmt nicht umbringen wird. Also geh los und pass auf meine Polizistin auf, denn ohne Cop gehe ich heute Abend nicht ins Bett.«

»Du hättest sicher nie gedacht, dass du mal so was sagen würdest«, antwortete sie und presste ihm jetzt ihrerseits die Lippen auf den Mund. »Danke für die Hilfe. Wenn du möchtest, halte ich dich weiter auf dem Laufenden.«

»Auf jeden Fall.«

»Okay«, erklärte sie und lief entschlossen los.

Er sah ihr hinterher, befingerte den grauen Knopf, den er seit ihrem ersten Treffen ständig bei sich trug, und wandte sich dann abermals dem Bildschirm zu.

Sie joggte bis ins Erdgeschoss, wo ihre Cops versammelt waren, und während sie sich den Mantel schnappte, der an seinem Platz über dem Treppenpfosten hing, glitt Summerset auf leisen Sohlen aus dem Nebenraum und drückte ihr, bevor sie ihm entwischen konnte, eine in Papier gehüllte Schachtel in die Hand.

»Hier.«

Nicht jetzt, wollte sie sagen, aber ihre Partnerin bedachte den Karton bereits mit einem neugierigen Blick und fragte sie: »Was ist denn das?«

»Egal«, murmelte sie und hatte keine Ahnung, wie sie es vermeiden sollte, Feeney das Geschenk zu überreichen, ohne dass es jeder mitbekam.

Mit einem bösen Blick auf Summerset wollte sie wissen: »Stehen die Wagen vor der Tür?«

»Selbstverständlich.«

Sie sah ihn so lange reglos an, bis er genauso leise, wie er in den Flur gekommen war, wieder verschwand.

»Steigt schon mal ein«, wies sie die anderen an und hielt nur ihren alten Ausbilder zurück. »Moment noch, Feeney.«

Banner tätschelte ein letztes Mal den Kater, richtete sich wieder auf und stapfte los, Peabody verrenkte sich den Hals, weil sie auf ihrem Weg zur Tür auf keinen Fall verpassen wollte, was es mit der Schachtel auf sich hatte, die der Lieutenant in den Händen hielt.

»Für dich«, erklärte Eve und hielt dem elektronischen Ermittler die Box hin.

Eilig steckte er die Hände in die Taschen und bedachte sie mit einem argwöhnischen Blick. »Warum?«

Das fragte sie sich selber oft, wenn sie etwas geschenkt bekam, weshalb sie achselzuckend meinte: »Einfach so …«

Obwohl er immer noch verwirrt und leicht verlegen wirkte, zerrte er das braune Packpapier von dem Karton, und da sie keine Zeit verlieren wollte, riss sie es ihm aus der Hand, knüllte es zusammen, warf es auf den nächsten Tisch und zog sich den Mantel an.

»Aber hallo, leck mich doch am Arsch.«

Verlegen, aber auch zufrieden, als sie die verblüffte Freude in der Stimme ihres Freundes hörte, zerrte Eve den Schal aus der Manteltasche und schlang ihn sich um den Hals.

Er zog den Mantel aus dem Pappkarton und hielt ihn in die Luft.

»Verdammt noch mal!«

Er strahlte wie ein Honigkuchenpferd. Der Mantel mit dem schusssicheren Futter war kackbraun wie beinah alles, was er trug, reichte bis zur Mitte seiner Oberschenkel, und die Knöpfe waren mit den Streifen eines Captains, die er normalerweise auf den Schultern seiner Uniformen trug, verziert.

»Du hast mir einen gottverdammten Zaubermantel machen lassen.«

»Nun, ich dachte …«

»Wahnsinn.« Immer noch bis über beide Ohren grinsend, boxte er ihr spielerisch gegen die Schulter, ließ dann achtlos seinen alten braunen Mantel auf den Boden fallen und zog den neuen Mantel an.

»Er sitzt wie angegossen.« Sachte klappte er ihn auf und sah sich kopfschüttelnd das Futter an. »Das Ding ist rundherum genial.«

Eve entspannte sich ein wenig, als die Sprache auf die Eigenschaften des besonderen Futters kam. »Er trägt nicht auf, ist federleicht und hält selbst einen Schuss aus einem auf höchster Stufe eingestellten Stunner ab. Das weiß ich aus Erfahrung, es gehen auch keine Messer durch, obwohl ich das bisher noch nicht getestet habe.«

»Verdammt.« Er sah sie an, und die roten Ohren zeigten ihr das Ausmaß seiner Freude. »Danke.«

»Gerne.«

Er hob seinen alten Mantel und die Schachtel wieder auf und sah ihr erneut ins Gesicht. »Nochmals danke.«

»Nochmals gern.«

»Wenn meine Frau den sieht …« Er glitt mit einer Hand über das butterweiche Leder und marschierte los. »Aber jetzt lass uns erst mal ein paar Schurken fangen, Mädel.«

»Unbedingt.«

Sie gingen zusammen aus dem Haus, und Eve hörte ein abermaliges »Verdammt«, als er zu seinem Wagen lief.

Sie schwang sich in ihr eigenes Gefährt, und kaum dass sie hinter dem Steuer saß, beugte sich Peabody zu ihr nach vorn und sah sie fragend an. »Hat Feeney einen Zaubermantel an? Haben Sie ihm einen Zaubermantel machen lassen? Wow.«

»Was ist ein Zaubermantel?«, wollte Banner wissen.

»Etwas Obermegacooles«, meinte Peabody und klappte ihren eigenen Mantel auf, bis er das pinkfarbene Futter sah. »Hier, sehen Sie?«

Erleichtert lauschte Eve, wie ihre Partnerin von den besonderen Eigenschaften dieses Futters schwärmte, während sie in Richtung Wache fuhr.

Dann schob McNab den Kopf nach vorn und raunte dicht an ihrem Ohr: »Das hat ihn sicher unglaublich gefreut, vor allem, weil er von Ihnen kam.«

Er berührte flüchtig ihre Schulter, zog den Kopf wieder zurück, und entweder weil ihm bewusst war, dass die Ablenkung willkommen wäre, oder vielleicht auch aus reiner Gier bot er den anderen heiße Schokolade aus dem AutoChef des Wagens an.

Womit das Thema Mantel abgeschlossen war.

Sie setzte Banner und McNab am Haupteingang der Wache ab, wartete, bis Peabody nach vorne umgestiegen war, und fuhr dann weiter zum Labor.

Ehe sie ihr Ziel erreichten, rief Santiago aus Oklahoma an.

»Wir sind jetzt in der Werkstatt, aber Hanks ist gerade unterwegs, weil jemand in der Nähe eine Panne hat. Er hat gesagt, dass es nicht lange dauern wird. Wir haben versucht, mit seinem Chefmechaniker zu sprechen, der ist ziemlich zugeknöpft. Vielleicht sollten wir es also bei den anderen versuchen, denn die Frau hinter dem Servicetresen wirkt derart verschreckt, dass sie uns alles sagen wird, was es zu wissen gibt.«

»Wenn er nicht gleich zurückkommt, nehmen Sie sich die anderen vor. Ansonsten gehen Sie's lieber etwas locker an.«

»Dann hat die Fahndung also bisher nichts ergeben?«

»Nein. Sobald wir etwas wissen, kriegen Sie von mir Bescheid. Besorgen Sie mir einen Namen, Santiago. Einen Namen.«

»Alles klar. Er kommt gerade zurück. Ich melde mich, wenn wir hier fertig sind.«

»Jetzt kommt ein Puzzleteil zum anderen«, bemerkte Peabody.

»Da draußen sind zwei Leute, für die's gar nicht schnell genug gehen kann.«

Sie würde tun, was möglich war, um die Ermittlungen voranzutreiben, dachte Eve und lief mit schnellen Schritten durch das Labyrinth der Untersuchungsräume, bis sie bei DeWinter war.

Neben der Anthropologin traf sie Mira und auch Morris an. Alle drei waren in Laborkittel gehüllt, wobei der von DeWinter passend zu ihrem heute glatt aus dem fantastischen Gesicht zurückgekämmten Haar in einem warmen Bronzeton gehalten war.

Unter diesem Kittel trug sie ein figurbetontes Kleid im selben dunklen Grün wie ihre Stiefel, die genau wie die von Mira mit gefährlich hohen, geradezu erschreckend schmalen Absätzen versehen waren.

Sie musste Hunderte von Kleidern und dazu passende Kittel haben, dachte Eve, von denen sie anscheinend keins und keinen jemals zweimal trug.

Morris hatte einen schiefergrauen Kittel über einem Anzug in genau demselben Ton gewählt und trug das Haar in einem mit einem leuchtend roten Band zusammengehaltenen, geflochtenen Zopf, während die Psychologin ein Kostüm im selben ruhigen Blau wie ihre Augen unter dem traditionellen weißen Kittel trug.

Sie waren ein interessantes Trio, dachte Eve, wie sie um die Gebeine eines Mordopfers versammelt waren.

»Die Knochen sehen ganz schön sauber aus«, bemerkte sie.

»Die Überreste sind schon ziemlich stark verrottet«, fing DeWinter an. »Morris musste also mit dem bisschen Fleisch arbeiten, das noch übrig war.«

»Natürlich haben wir eine Rekonstruktion davon erstellt, wie er mal ausgesehen haben muss«, erklärte er. »Wir haben eine Reihe Tests gemacht, von denen Sie bestimmt nichts hören wollen. Der bisherige Befund ist falsch. Das Opfer ist ganz sicher nicht als Folge eines ganz normalen Sturzes umgekommen, denn die Überreste weisen eindeutige Folterspuren auf.«

»Eine eingehende, umfassende Autopsie hätte niemals ergeben, dass der Tod von diesem Mann ein Unfall war«, stellte DeWinter mit Verachtung in der Stimme fest. »Einige Verletzungen wurden ihm mit einem Werkzeug zugefügt. Mehrere Finger sind zerquetscht, was heißt, dass irgendwer mit einem Hammer oder etwas in der Richtung darauf eingedroschen haben muss. Falls Sie die Waffe finden, kann ich einen Abgleich machen und beweisen, dass man damit auf ihn losgegangen ist«, erklärte sie.

»Außerdem war er stark dehydriert«, mischte sich Mira ein. »Wir schätzen, dass er in den letzten 36 Stunden seines Lebens ohne Wasser ausharren musste. Wären die Verletzungen tatsächlich Folge eines Sturzes, wäre er sofort daran gestorben, denn um so etwas noch stundenlang zu überleben, hätte ihm die Kraft gefehlt.«

»Okay, um das zu hören, bin ich hier.« Eve lenkte ihren Blick auf Little Mel oder auf das, was von ihm übrig war. Nach langer Zeit würden sie jetzt endlich dafür sorgen, dass dem Mann Gerechtigkeit widerfuhr. »Wie sieht's mit dem anderen Opfer aus?«

»Das liegt im Nebenraum. Dr. Mira und ich haben es uns angesehen, und ich habe ein paar erste Untersuchungen durchgeführt.« Der Pathologe sah die Psychologin an.

»Zwar können wir noch keine eindeutigen Schlüsse ziehen, aber wir haben beide das Gefühl, dass es in diesem Fall genauso war.«

Eve umrundete den Tisch, auf dem die Überreste eines Veteranen, einer verlorenen Seele, eines harmlosen Gesellen ausgebreitet waren.

»Ich werde warten, bis Sie eindeutige Schlüsse aus den Untersuchungen gezogen und einen ausführlichen Bericht geschrieben haben, bevor die Bundespolizei etwas davon erfährt. Im Augenblick sind Sie dabei, neu abzuwägen und die Überreste beider Leichname zu untersuchen, wenn das FBI davon erfährt, zettelt es deshalb vielleicht einen Papierkrieg an, und dann fehlt uns die Zeit, um die Ermittlungen in der eingeschlagenen Richtung fortzuführen.«

Sie blickte auf und sah, dass Morris lächelte, während DeWinter skeptisch das Gesicht verzog.

»Ich würde dem FBI die Führung überlassen, wenn das die Ermittlungen beschleunigen und helfen würde, zwei Menschen zu finden, die jetzt gerade durchmachen, was der Mensch auf Ihrem Tisch erlitten hat. Aber das wäre nicht der Fall. Hat trotzdem jemand irgendwelche Einwände?«

Die Psychologin faltete die Hände vor der Brust. »Die Mühlen der Bürokratie mahlen bekannterweise ziemlich langsam, deshalb bin ich auch der Meinung, dass es die Ermittlungen verlangsamen würde, käme jetzt auch noch das FBI dazu. Aber sobald wir irgendwelche Schlüsse aus den Untersuchungen gezogen haben, die vor Gericht Bestand haben sollen, müssen Sie sie einbeziehen.«

»Das werde ich«, versprach ihr Eve. »Ich werde nichts zurückhalten, denn hier geht's nicht darum, die Lorbeeren für die Lösung dieses Falles einzuheimsen, sondern einzig darum, diese Monster zu erwischen, und genug Beweise gegen sie zu haben, damit man sie bis ans Ende ihrer jämmerlichen Leben hinter Gitter bringen kann. Sind wir uns da einig?«

»Ich würde die begonnene Arbeit gern zu Ende bringen, ohne zwischendurch zahllose Formulare auszufüllen«, stellte Morris fest. »Also bin ich Ihrer Meinung.«

Als DeWinter zögerte und stirnrunzelnd auf die verblichenen Knochen blickte, sagte Eve: »Sie haben einen Hund gestohlen.«

»Verdammt, wahrscheinlich halten Sie mir das bis an mein Lebensende vor. Einverstanden, aber nur, wenn wir uns an die Regeln halten, und zwar Punkt für Punkt.«

»Tun Sie das. Und halten Sie mich auf dem Laufenden. Denken Sie daran: Die Feds haben niemanden, der Ihnen drei das Wasser reichen kann. Die, die wir nicht retten konnten, werden Ihnen helfen. Ich selber werde tun, was nötig ist, um zwei Menschen zu retten, die womöglich noch zu retten sind. Gemeinsam werden wir es schaffen, diese kranken Wichser zu erwischen und dafür zu sorgen, dass sie lebenslänglich ins Gefängnis gehen.«

»Ich habe übrigens inzwischen Ihren Bericht gelesen«, setzte Mira an. »Es ist durchaus möglich, dass die Situation eskaliert ist und die beiden den jungen Mann gekidnappt haben, obwohl Campbell noch am Leben ist. Aber sicher ist das nicht. Je länger niemand Campbells Leiche findet, umso größer ist die Chance, dass sie noch lebt. Ich glaube nicht, dass sie so weit von ihrem bisherigen Muster abgewichen sind, dass sie die Leiche sorgfältig versteckt haben, denn dafür gibt es keinen Grund.«

»Dann setze ich darauf, dass beide noch am Leben sind, bis wir was anderes wissen«, sagte Eve und wandte sich zum Gehen.

Peabody musste fast rennen, um mit ihr Schritt zu halten, während sie zu ihrem Wagen zurücklief. »Was werden Sie Whitney sagen?«

»Alles. Wenn er mir befiehlt, das FBI schon jetzt zu informieren, werde ich das tun. Aber ich gehe davon aus, dass er in dieser Sache meiner Meinung ist. Das FBI kann mit den Überresten auch nicht mehr als Mira, Morris und DeWinter anfangen, vor allem, da die drei schon bei der Arbeit sind. Was die Suche nach unseren Verdächtigen betrifft, bekommen sie alles, was wir haben. Den Truck, den Van sowie die Namen aller Halter, die bereits von uns gestrichen worden sind. Ich nehme jede Hilfe, die ich kriegen kann, denn schließlich geht's hier nicht um mich, sondern um Campbell und um Mulligan, die vielleicht noch am Leben sind.«

»Da haben Sie recht.«

Um Zeit zu sparen, rief sie Whitney schon von unterwegs aus an.

Er hörte schweigend zu und stellte schließlich fest: »Dann hat Detective Peabody ihren Bericht von heute Morgen also nicht ans FBI geschickt.«

»Nein, Sir. Ich hatte ihr gesagt, wem sie Kopien schicken soll. Ich wollte, dass Sie zuerst erfahren, wo wir augenblicklich stehen.«

»Wie weit sind Santiago und Carmichael bei ihrem Gespräch mit diesem Hanks?«

»Die Vernehmung ist noch nicht ganz abgeschlossen, Sir. Dementsprechend haben sie mir das Ergebnis noch nicht mitgeteilt.«

»Sobald Sie etwas wissen, geben Sie mir Bescheid. Was auch immer dabei rauskommt, werde ich die Bundespolizei darüber informieren, wie weit Sie bisher gekommen sind. Und was die Arbeit im Labor betrifft … Das FBI ist bisher davon ausgegangen, dass die beiden exhumierten Toten keine Opfer waren. Also können Sie ruhig noch etwas warten, bis sie hören, dass das ein Irrtum ist.«

Zufrieden parkte Eve den Wagen in der Tiefgarage des Reviers. »Danke, Sir. Wir sind jetzt auf der Wache. Wenn ich in den nächsten zehn Minuten nichts aus Oklahoma höre, rufe ich Carmichael an.«

Sie stieg aus und lief zum Lift. »Allmählich kommt Bewegung in die Sache, das nutzen wir am besten aus. Zwei Uniformierte sollen mit Banner und mit Baxter zu den Restaurants und Souvenirgeschäften fahren. Vielleicht haben wir ja Glück, und die Verdächtigen wurden dort irgendwo gesehen.«

Als sie in den Fahrstuhl stieg, schrillte ihr Handy, und sie sah, dass es Santiago war.

»Ich hoffe nur, Sie haben was für mich.«

»Wie wäre es mit einem Namen, Boss? Darryl Roy James.«

»Peabody.«

»Alles klar.«

»Wer soll das sein?«

»Der Sohn der Freundin unseres guten Hanks. Sie leben zwar nicht offiziell zusammen, sind aber inzwischen seit gut zehn Jahren liiert. Darryl war in seiner Autowerkstatt angestellt. Ein talentierter Tüftler, aber gleichzeitig ein fauler Hund, zumindest sagt Hanks das. Ist mit 16 erstmals von zu Hause abgehauen, in Texas wegen Autodiebstahls eingefahren, kam dann wieder zurück und hat bei Hanks gejobbt, bis er im Juli 57 wieder abgehauen ist. Diesmal mit dem 52er Bobcat, den er ihm gestohlen hat, circa 6 000 Dollar bar, einem antiken Jagdmesser und Werkzeug, das er aus der Werkstatt hat mitgehen lassen. Die Mutter hat Hanks angefleht, wegen des Autodiebstahls und der anderen geklauten Sachen nicht zur Polizei zu gehen, um des lieben Friedens willen hat er den Kerl nicht angezeigt.«

Santiago holte kurz Luft: »James ist auch in Oklahoma eingefahren, vier Jahre wegen versuchten, bewaffneten Raubs. Er hatte das verdammte Jagdmesser dabei, als er versucht hat, einen diamantbesetzten Ring zu klauen.«

»Für die Frau. Das heißt, dass es verdammt noch mal tatsächlich wahre Liebe zwischen ihnen ist.«

»Kann sein. Er hat die Strafe im Dezember 57 angetreten und kam Anfang August vergangenen Jahres wegen guter Führung etwas früher wieder raus.«

»Das Timing passt. Weiß irgendjemand, wo er steckt?«

Die Fahrstuhltür ging auf, bevor aber drei Mitglieder der Trachtengruppe zusteigen und ihre Unterhaltung stören konnten, legte Eve die Stirn in Falten und die Hand an den Stunner, sodass die anderen vorsichtshalber draußen stehen blieben.

»Er behauptet, nein, und ich glaube ihm. Er kann den Kerl nicht ausstehen, Lieutenant. Er hat den Verlust des Trucks, des Werkzeugs und des Messers seiner Freundin zuliebe hingenommen, aber als er hörte, dass wir wegen Mord ermitteln, ist er übergesprudelt wie ein isländischer Geysir. Carmichael spricht jetzt gerade mit der Mutter, aber wie es aussieht, weiß sie auch nicht mehr. Sie behauptet, dass sie letztes Mal im Sommer vor seiner Entlassung mit dem Sohn gesprochen hat, wir gehen davon aus, dass das die Wahrheit ist. Aber dann hat sie noch was von einer Frau gesagt, bevor sie vollkommen hysterisch wurde und in Tränen ausgebrochen ist. Sie kennt keinen Namen, weiß nur, dass er mit irgendeiner Frau zusammen war, und meint, diese Frau wäre an allem schuld.«

Augenrollend und gleichzeitig feixend fügte er hinzu: »Vielleicht bekommt Carmichael ja von Frau zu Frau noch irgendwas aus ihr heraus.«

»Besorgen Sie mir ihren Namen und alles, was Sie kriegen können, dann kommen Sie zurück.«

»Jippi-Freaking-Yeah!«

»Peabody«, begann Eve nach Ende des Gesprächs, als diesmal andere Polizisten in den Fahrstuhl stiegen, stieg sie selber aus.

»Darryl Roy James, 25, Single, eine Tochter.«

Eve riss den Kopf herum und starrte sie mit großen Augen an. »Eine Tochter?«

»Er wird hier als Vater einer Tochter aufgeführt. Darra Luise James, geboren letzten April. Die Mutter heißt Ella-Loo Parsons und ist 26 Jahre alt.«

»Das muss sie sein. Das muss sie sein.« Mit neuer Energie lief sie die Gleitbänder hinauf. »Wie zum Teufel ziehen sie das alles mit einem kleinen Kind im Schlepptau durch?«

»Mein Gott, das arme Baby. Es ist nicht einmal ein Jahr alt.«

Abermals riss Eve ihr Handy aus der Tasche und rief bei Carmichael an. »Fragen Sie die Mutter, ob sie irgendwas von einem Baby weiß. Weiß sie, dass sie Oma ist?«

»Verdammt. Ich wette, nicht. Moment.«

Entschlossen stapfte Eve in Richtung ihres Dezernats, und als Carmichael wieder an den Apparat kam, konnte sie das Heulen der Frau in Oklahoma durch ihr Handy hören.

»Sie weiß nichts von einem Kind. Sie ist vollkommen fertig, denn sie weiß nichts von einem Kind und kennt nicht mal den Namen von der Frau. Darryl hat ihr nur erzählt, er hätte sich verliebt und dass er und diese junge Frau Seelenverwandte wären. Er hat sie seine Julia genannt, denn offenbar ist er ein Shakespeare-Fan. Sich selbst sieht er als Romeo und meint, ihre Liebe stünde unter einem schlechten Stern. All das hat er gesagt, als seine Mutter einmal bei ihm im Gefängnis war.«

»Dann sehen Sie jetzt erst mal zu, dass Sie die Frau beruhigen, stellen ihr noch ein paar Fragen und bleiben so lange dort, bis ich mich wieder melde. Vielleicht kriegen Sie da unten doch noch mehr zu tun.«

»Dann lege ich mir besser endlich ein Paar Cowboystiefel zu.«

»Aber nicht in Pink, sonst kriegen Sie's mit mir zu tun. Nehmen Sie die Mutter noch mal in die Zange. Vielleicht weiß sie mehr, als ihr bewusst ist. Peabody.«

»Ella-Loo Parsens, geboren in Elk City, Oklahoma«, las die Partnerin von ihrem Handcomputer ab. »Wurde mehrfach wegen Drogen oder anderer kleiner Sachen hochgenommen, aber irgendwelche großen Dinge waren nicht dabei. Unverheiratet und nicht in einer offiziellen Partnerschaft. Jede Menge kurzer Jobs, der letzte zwischen Januar 58 und August. So lange war sie vorher nirgendwo. In einer Bar mit Namen *Ringo's* in McAlester in Oklahoma, dort, wo Darryl eingesessen hat.«

»Sie wollte also in der Nähe dieses Mannes sein und hat beinah vier Jahre lang darauf gewartet, dass er aus dem Knast entlassen wird. Anscheinend hängt sie wirklich an dem Kerl. Gehen Sie auch noch ihre anderen Anstellungen durch.«

»Den Job davor hat sie nur kurz gemacht. Von März bis Juli 57. In Dry Creek in Oklahoma, als Serviererin in einem Laden namens *Rope 'n Ride*.«

»Im Juli hat der Kerl Hanks Truck, das Geld, das Werkzeug und das Jagdmesser gestohlen, Sie können Ihren Arsch darauf verwetten, dass er irgendwann im *Rope 'n Ride* gelandet ist.«

Sie trat durch die Tür ihrer Abteilung, hob die Hand, bevor ihr irgendjemand irgendeine Frage stellen konnte, und rief abermals Santiago an.

»New Yorker Polizei, Abteilung West«, meldete er sich.

»Haha. Brechen Sie die Zelte dort in Lonesome ab und fahren weiter nach Dry Creek.«

»Oh Mann.«

»In eine Bar mit Namen *Rope 'n Ride*. Zeigen Sie dort die Fotos herum und finden alles über Darryl Roy James und eine junge Frau, die dort gejobbt hat und Ella-Loo Parsens heißt, heraus. Von dort fahren Sie weiter nach Elk City, wo die Mutter dieser Parsens wohnt.«

»Janelyn«, flüsterte Peabody ihr zu.

»Sie heißt Janelyn. Peabody wird Ihnen die Adresse schicken. Von da aus fahren Sie noch nach McAlester, sprechen mit den Wärtern im Gefängnis und besuchen eine Bar mit Namen *Ringo's*, in der Parsens bis zu James' Entlassung als Bedienung gearbeitet hat. Schauen Sie, wer dort etwas über die beiden weiß. Jetzt haben wir sie im Sack, mit dem Zeug, das Sie aus Oklahoma mitbringen, machen wir ihn zu.«

»Könnten Sie wohl eine Kerze für mich anzünden?«

»Warum denn das?«

»Carmichael hat bei einer Wette gegen mich gewonnen, jetzt darf sie fahren. Und bei den Geschwindigkeiten, die man auf den Highways hier im Nichts erreichen kann, macht mir das eine Heidenangst.«

»Auf jeden Fall gelangen Sie so schnell ans Ziel. Geben Sie Bescheid, sobald Sie etwas haben. Ich bin mir sicher, dass die Mauer kurz vorm Einsturz ist.«

»Dann hauen wir mit einem Vorschlaghammer drauf. New Yorker Polizei, Abteilung West, over and out.«

»Schicken Sie den beiden alle Infos, die sie brauchen, Peabody. Falls irgendwer was für mich hat, was nicht noch warten kann, sagt er's am besten jetzt«, wandte sie sich den anderen Kollegen zu. »Wenn nicht, brauche ich erst mal einen Augenblick für mich.«

Sie wartete ein paar Sekunden, als niemand etwas sagte, ging sie weiter in ihr eigenes Büro, drückte die Tür hinter sich zu, zog den Mantel aus, nahm hinter ihrem Schreibtisch Platz und schrieb sich erst mal alles auf.

Dann brachte sie die Tafel auf den neuesten Stand, ließ sich abermals in den Schreibtischsessel fallen, legte ihre Füße auf den Tisch und dachte nach.

Ein junger Bursche kommt in eine Bar, begann sie ihre Überlegungen, doch leider folgte daraufhin kein lahmer Witz.

Er sieht das Mädchen, das dort jobbt, und aus welchem Grund auch immer funkt es zwischen diesen beiden jungen Menschen, die kein echtes Ziel im Leben haben, sondern bisher nur aufgrund von irgendwelchen kleinen Gaunereien aufgefallen sind. Ohne dieses Treffen, ohne diesen Funken, wären sie beide vielleicht immer noch die kleinen Gauner, hätten aber niemandem ein echtes Leid angetan. Doch dieser Funke hat das Böse in den beiden angefacht.

Sie waren beide bösartig, schloss Eve. Das war etwas, was sie verband.

Sie schaute sich die Aufnahmen von Ella-Loo und Darryl an der Tafel an.

Das Mädchen war der Kopf, sagte sie sich. Sie war die Planerin und Darryl der Romantiker, denn schließlich hatte sich der Kerl erwischen lassen, als er, ganz die alte Schule, einen Verlobungsring für seine Liebste stehlen wollte.

»Das fandest du sicher ziemlich dämlich, aber gleichzeitig auch rührend, stimmt's, Ella-Loo? Das hat er aus eigenem Antrieb getan, es sollte eine Überraschung für dich werden. Also hast du dir noch einmal einen miesen Job besorgt und eine halbe Ewigkeit gewartet, bis er wieder aus dem Knast gekommen ist. Was ganz eindeutig eine, wenn auch kranke, Form der Liebe ist. Du hast dich sogar von ihm schwängern lassen, während er noch im Gefängnis saß. Um ihn zusätzlich an dich zu binden? Sicher hast du auch diese Schwangerschaft genau geplant.«

Entschlossen stand sie wieder auf und stapfte vor der Tafel auf und ab.

Wie zum Teufel stellten sie es an, herumzureisen und auf dieser Reise immer wieder Menschen zu entführen, zu misshandeln und zu töten, während sie sich um ein Baby kümmern mussten? Hatten sie das Baby vielleicht irgendwo entsorgt? Sie hatten es bestimmt nicht einfach irgendwelchen Fremden vor die Tür gelegt, denn weshalb hätte Ella-Loo das Baby erst bekommen sollen, wenn sie es dann einfach seinem Schicksal oder irgendwelchen Fremden überlassen wollte?

Eve fragte sich, ob Ella-Loo vielleicht wie Stella war. Ob sie das Kind womöglich nur bekommen hatte, weil es vielleicht nützlich oder profitabel wäre und weil sie den Vater durch das Baby längerfristig an sich band.

Dann aber ließ sie den Gedanken fallen, weil er ihrer Meinung nach für die Ermittlungen nicht wirklich von Bedeutung war.

Sehr lange hatte Ella-Loo also auf ihren Mann gewartet, nach Ende seiner Haftzeit hatten sie sich Richtung Osten auf den Weg gemacht. In dem inzwischen alten, Hanks gestohlenen Truck, um den sich Darryl jahrelang nicht kümmern konnte, während er im Knast war.

Er hatte ihn bestimmt, so gut es ging, auf Vordermann gebracht, doch kaum waren sie in Arkansas gewesen, hatte die verdammte Kiste schlappgemacht.

Damit hatte alles angefangen, dachte Eve. Dort hatte der verdammte Funke aus der Bar den Flächenbrand entfacht.

»Jetzt kenne ich euch zwei«, murmelte sie. »Ich kenne euch und werde herausfinden, wo ihr euch in New York versteckt.«

Sie müsste sich beeilen, denn Jayla Campbell lief die Zeit davon.

17

Sie hatte wieder jedes Zeitgefühl verloren, als sie von grauenhaften Schmerzen aus dem Schlaf gerissen wurde, die Heftigkeit, mit der der Schmerz bis in den letzten Winkel ihres Körpers vordrang, zeigte ihr, dass sie zumindest noch am Leben war.

Jayla Campbell, dachte sie und kämpfte gegen die Benommenheit und die furchtbaren Schmerzen an. Ich heiße Jayla Campbell, und ich lebe noch.

Obwohl der Schmerz dadurch noch schlimmer wurde, drehte sie ganz langsam den Kopf. Sie hatten ihm nicht noch einmal wehgetan, dem jungen Mulligan, Reed Mulligan. Als sie ihn bewusstlos auf dem Boden liegen sahen, hatten sie ihn wieder auf den Tisch gehievt, sein Handgelenk mit Eis gekühlt und ihm sogar Medikamente eingeflößt.

Er muss stark genug sein, hatte sie sie sagen hören, damit er sie noch mal drannehmen kann.

Sie hatten ausführlich darüber diskutiert und laut gekichert, als es um die Einzelheiten ging. Sie würden erst mal aufhören, ihn zu misshandeln, und vielleicht die Dosis der ihm auch beim letzten Mal verpassten Sexdroge erhöhen, damit er länger durchhielte.

Auch Jayla hatten sie etwas eingeflößt, wovon ihr schlecht geworden war, aber sie hatte trotzdem mitbekommen, dass sie über sie sprachen, als wäre sie ein Tier.

Ella-Loo hatte gesagt, sie würde stinken und sie müssten sie ein bisschen sauber machen, denn sonst hielte sie bestimmt nicht länger durch.

Sie versuchte, sich zu wehren, als sie von Darryl hochgerissen wurde. Trotz der Schmerzen, die wie eine kochend heiße Flut in ihrem Innern aufstiegen und ihr beinahe das Bewusstsein raubten, setzte sie sich gegen ihn zur Wehr. Sie versuchte, nicht in

Tränen auszubrechen, als das Hohngelächter der Peiniger an ihre Ohren drang.

Sie waren keine Menschen. Sie stand unter Drogen, unter Schock, war dehydriert und sah sie als die Monster, die sie waren. Sie waren Dämonen mit roten Augen und flackernden Zungen, als sie sie in eine Wanne voll mit beinah kochend heißem Wasser warfen, waren ihre Schreie einzig wegen des verdammten Knebels, der jetzt wieder zwischen ihren Zähnen steckte, nicht zu hören.

Einer von den beiden drückte ihren Kopf so lange unter Wasser, bis sie meinte zu ertrinken, und riss ihn dann an den Haaren wieder hoch. Immer wieder drückte er sie unter Wasser, bis es durch die Nase in die Lunge eindrang und sie nur noch beten konnte, dass es bald vorüber war.

Als sie abermals erwachte, lag sie wieder auf der Pritsche, nackt, vor Kälte zitternd und mit Schmerzen, die sie kaum ertrug.

Sie spitzte die Ohren und lauschte in die Stille.

»Ich glaube, dass sie im Moment schlafen.«

Wieder drehte sie den Kopf und sah, dass Mulligan nicht mehr bewusstlos war.

Er starrte sie mit großen Augen an und stieß mit rauer Stimme aus: »Sie haben versucht, dich aufzuwecken, aber das hat nicht geklappt, deshalb sind sie weggegangen. Ich weiß nicht, für wie lange, denn sie haben mir was eingeflößt, von dem ich immer wieder weggedämmert bin. Dann habe ich sie lachen gehört, danach hatten sie Sex, dann war plötzlich alles ruhig. Ich schätze, dass sie eingeschlafen sind.«

Sie fuhr sich mit der Zunge über die trockenen Lippen, doch es fühlte sich so an, als reibe Sand an Sand. »Weißt du, wie lange sie schon schlafen?«

»Nein. Sie haben mir was gegeben, wovon ich selber immer wieder eingeschlafen bin. Keine Ahnung. Tut mir leid. Es tut mir leid, dass ich es nicht geschafft habe, an das verdammte Messer zu kommen. Ich habe es noch mal versucht. Ich wollte meine Fesseln lockern, um das Messer zu erwischen, aber das hat nicht geklappt.«

Das Messer hatte sie inzwischen fast vergessen. Dieser Augenblick der Hoffnung war inzwischen gefühlt Wochen her. »Wie geht es deiner Hand?«

»Sie tut nicht mehr ganz so weh. Wenn ich meine Fesseln noch einmal lockern kann, gelingt es mir vielleicht, etwas zu erreichen, was ich dann als Waffe nutzen kann.«

»Sie werden dir erst einmal nicht mehr wehtun, wenigstens nicht allzu sehr. Sie wollen, dass du stark genug bist, um noch mal über mich herzufallen.«

Er kniff die Augen zu. »Oh Gott. Oh Gott. Ich will nicht …«

»Es spielt keine Rolle. Wie gesagt, das ist egal. Ich habe sie über uns reden hören. Sie haben mich gesäubert, weil ich noch ein bisschen leben und noch einmal von dir vergewaltigt werden soll. Das macht sie heiß. Ich will am Leben bleiben, also musst du tun, was sie dir sagen, auch wenn ich dann schreie und versuche, mich zu wehren. Sie sollen das Gefühl bekommen, dass diese Vergewaltigung etwas wirklich Schlimmes für mich ist. Aber du weißt, dass ich nur so tue, denn solange sie sich an uns aufgeilen können, bringen sie uns nicht um.«

Das dunkle Blitzen seiner Augen hob sich deutlich von den roten Schwellungen und der Blässe seiner Wangen ab. »Am liebsten würde ich sie umbringen.«

»Vielleicht gelingt dir das ja noch.« Der Wunsch war hässlich, aber wieder wogte leise Hoffnung in ihr auf. »Aber bis dahin lass sie denken, dass du schwach und vollkommen verängstigt bist.«

»Mein Gott, das bin ich auch.«

»Aber nicht auf die Art, wie sie denken. Beim nächsten Mal wirst du es schaffen, an das Messer zu gelangen.«

»Beim nächsten Mal. Ich hoffe nur, mir bietet sich noch einmal so eine Chance. Gibt es jemanden in deinem Leben? Ich meine, hast du eine feste Freundin oder einen festen Freund?«

»Jetzt gerade nicht.« Sie dachte kurz an Mattio, doch das Verhältnis zwischen ihnen kam ihr wie aus einem anderen Leben vor. Dann dachte sie an Luke und stellte fest, dass der Gedanke für sie tröstlich war.

»Aber es gibt da einen Mann, auf den ich stärker hätte achten sollen. Ich wünschte mir, ich hätte es getan. Ich hätte gern noch eine Chance, ihm zu zeigen, dass er mir sympathisch ist. Er wohnt mir gegenüber. Gibt es in deinem Leben jemanden?«

»Jetzt gerade nicht«, sagte auch er, und der Anflug eines Lächelns huschte über sein Gesicht. »Aber es gibt da ein Mädchen. Ich bin vollkommen verrückt nach ihr, bisher hat mir der Mumm gefehlt, es ihr zu sagen. Ich hätte gerne noch die Chance, das zu versuchen, denn wer weiß? Vielleicht mag sie mich ja tatsächlich auch.«

In Jaylas Augen stiegen Tränen auf. Hoffnung tat weh, erkannte sie. »Dann machen wir ein Double-Date, okay?«

»Okay. Ich weiß, dass sie uns suchen. Unsere Freunde, unsere Familien und die Cops. Sie suchen uns bestimmt.«

»Oh ja, sie suchen uns auf jeden Fall. Wir werden also alles tun, was nötig ist, um so lange zu überleben, bis man uns gefunden hat. Denn schließlich wollen wir noch zu unserem Double-Date«, rief sie ihm in Erinnerung und schloss unglücklich die Augen.

Nachdem sie in Gedanken alle neuen Informationen sortiert hatte, kehrte Eve zurück zu ihren Leuten und erklärte: »So, jetzt bin ich wieder frei.«

»Zwei Minuten, Lieutenant.« Jenkinson, auf dessen violettem Schlips weiße Kaninchen und orangefarbene Möhren prangten, stieß sich von der Kante seines Schreibtischs ab, als er vor sie trat, sah sie ihn fragend an.

»Wo haben Sie diese Dinger immer her?«

»Das ist ganz leicht, die ungewöhnlichsten Designs zu organisieren«, gab er zurück und wandte sich dann seinem eigentlichen Thema zu. »Wir haben heute Morgen einen Fall hereinbekommen.« Es ging dabei um eine Prügelei mit einem Billardstock, den Hinweis eines Informanten, dem nur halb zu trauen war, und eine schmuddelige Billardhalle irgendwo in Chinatown.

»Der Maulwurf sagt, der Typ, nach dem wir suchen, wäre regelmäßig dort, aber wenn wir einfach reingehen und nach ihm fragen, machen sie wahrscheinlich dicht und decken ihn. Vor allem haben wir das Gefühl, als würde unser Informant in diesem Fall auf beiden Seiten spielen. Also laufen wir vielleicht am besten in Zivil dort auf, spielen ein paar Runden Billard und sehen uns dabei ein bisschen um.«

»Tun Sie das, aber um Himmels willen nicht mit diesem Schlips. Wissen Sie, wo der Informant zu finden ist?«

»Oh ja.«

»Dann schicken Sie am besten zwei Beamte los, die ihn einsammeln und unter irgendeinem Vorwand festhalten, solange Sie in diesem Laden sind.«

»Okay. So machen wir's. Fischen Santiago und Carmichael immer noch in Oklahoma?«

»Sie haben dort noch ein paar Fische an der Angel, aber spätestens in ein paar Stunden treten sie den Heimweg an.«

»Wir könnten sie hier durchaus brauchen, denn wir haben noch zwei neue Fälle reingekriegt.«

Sie blickte auf die Tafel mit den laufenden Ermittlungen und raufte sich die Haare, weil es einfach immer viel zu viele Fälle gab.

»Ich könnte Ihnen Baxter geben.«

»Himmel, Dallas, mit dem Jungen in der Prüfung führt Baxter sich wie ein Mann vor der Geburt des ersten Kindes auf. Am besten lassen wir ihn, wo er ist. Wir müssen los. Ich nehme an, der Junge wird die Prüfung schaffen, oder nicht?«

»Das werden wir noch früh genug erfahren. Jetzt ziehen Sie los und spielen ein bisschen Billard. Peabody, ich sehe mir noch einmal die Karte an. Jenkinson und Reineke gehen einem Totschlag nach. Schauen Sie, was wir sonst für offene Fälle haben, was Sie dazu zusammenstellen können, und geben Sie es dann an Baxter, wenn er wiederkommt.«

»Dann ziehen wir ihn von unseren Ermittlungen wieder ab?«

»Jonglieren Sie, Peabody. Und werfen Sie auch die neu dazugekommenen Bälle in die Luft. Die Beschreibung von dem Van ist raus, draußen im Westen checken zwei Detectives den Hintergrund unserer Verdächtigen und gucken, wann sie wo gewesen sind, Baxter und der Gast-Cop laufen sich die Füße platt. Wir haben ihre Namen und Gesichter, als Nächstes werde ich versuchen herauszufinden, wo in New York sie genau sind. Solange sie dort in der Gegend nicht an alle Türen klopfen wollen – was, verdammt noch mal, durchaus passieren kann –, können wir für Campbell und für Mulligan nichts weiter tun, bevor die Mauer einen weiteren Riss bekommt.«

Sie wies auf das Plakat über der Tür des Pausenraums.

UNGEACHTET DEINER HAUTFARBE, DEINER SEXUELLEN ORIENTIERUNG, POLITISCHEN ÜBERZEUGUNG ODER DEINES GLAUBENS SIND WIR FÜR DICH DA, WENN DU ERMORDET WORDEN BIST.

»Das gilt für jeden und zu jeder Zeit. Also tun Sie, was in Ihrer Macht steht, geben Baxter einen Fall, vielleicht nimmt er vor Ende seiner Schicht noch einen Mörder fest.«

Damit ging sie zurück in ihr Büro, fuhr sich mit beiden Händen durchs Gesicht, rief die Karte auf dem Bildschirm auf und fing mit den Berechnungen zum potenziellen Unterschlupf des mörderischen Pärchens an.

Eine halbe Stunde später hatte sie die Gegend, in der sie nach ihnen suchen würde, eingegrenzt und hoffte einfach, dass sie sich nicht irrte, weil es Campbell und den jungen Mulligan das Leben kosten konnte, falls sie auch nur einen Häuserblock daneben lag.

Womöglich hatten ihre Täter den Van, wenn sie nicht auf der Jagd waren, an einem Ort geparkt, an dem er nicht zu sehen war. Wenn sie also die Kollegen in die Parkhäuser und Tiefgaragen der Umgebung schickte, würden sie ihn vielleicht finden, dann wäre sie den beiden noch einen Schritt näher als bisher.

Noch während sie darüber nachdachte, ging ein Anruf von Santiago ein.

»Geben Sie mir etwas, was mich weiterbringt.«

»Wie wäre es mit einem putzmunteren Baby, das von seiner Oma großgezogen wird?«

»Sie hat das Kind also bei ihrer Mutter abgeladen.«

»Ja, genau. Die Mutter hatte seit fast einem Jahr nichts mehr von ihr gesehen oder gehört, aber dann stand sie letzten Juni plötzlich vor der Tür und hatte obendrein ein Kind im Arm. Sie hat der Mutter eine herzerweichende Geschichte aufgetischt und ihr erzählt, sie hätte sich in einen Kerl verliebt, der versprochen hätte, sie zu heiraten, ihr dann aber, nachdem er sie geschwängert hätte, eine reingehauen und sie einfach hat sitzen lassen. Es klang wirklich dramatisch.«

»Mir war klar, dass sie das Hirn des Pärchens ist«, murmelte Eve.

»Sie hat behauptet, dass sie eingesehen hätte, dass ihre Tochter einen guten Start ins Leben braucht. Vielleicht würde sie selbst ja noch einmal zur Schule gehen und sich eine anständige Arbeit suchen, wenn die Mutter und der Stiefvater sie bei sich wohnen ließen.«

»Sie wusste offensichtlich, was für Knöpfe sie bei diesen Leuten drücken muss.«

»Die Darbietung war offenkundig oscarreif. Aber nach weniger als vierzehn Tagen war nur noch das Baby da. Sie selbst war mit den Wertsachen und allem Bargeld, das im Haus war, abgehauen, und seither herrscht wieder Funkstille. Sie decken sie ganz sicher nicht und haben beide eine Heidenangst, dass wir ihnen das Baby wegnehmen wollen. Erst letzte Woche waren sie bei einem Anwalt, denn sie würden Darra gerne adoptieren, damit Ella-Loo nicht einfach kommen und die Kleine wieder mitnehmen kann. Es sind wirklich nette Leute, die ihr Möglichstes für dieses Baby tun.«

»Das ist noch nicht alles«, fügte er hinzu. »Sie wussten noch, dass Ella-Loo in einem grauen Bobcat vorgefahren war.«

»Hatte sie noch Freunde oder Freundinnen zuhause, irgendwen, dem sie vielleicht erzählt hat, wie es wirklich war?«

»Das versucht Carmichael gerade rauszufinden. Ihrer Mutter nach hat Ella-Loo sich offenbar mit allen überworfen, bevor sie das erste Mal verschwunden ist, aber bevor wir weiterfahren, hören wir uns noch ein bisschen um.«

»Und wer von Ihnen beiden fährt?«

Bei dieser Frage verzog der Detective grimmig das Gesicht. »Sie sollten niemals mit ihr wetten, weil man dabei nur verlieren kann.«

»Das werde ich mir merken. Gehen Sie auf Nummer sicher, reden mit den Leuten und versuchen, Zugriff auf die Links der Eltern zu bekommen, falls Ella-Loo sie doch noch einmal kontaktiert.«

»Das haben sie uns schon angeboten, aber trotzdem reden wir auch mit den Kollegen hier vor Ort, denn vielleicht wissen die ja noch etwas.«

»Gute Arbeit«, lobte Eve. »Machen Sie so weiter und rufen von Ihrem nächsten Ziel aus wieder an.«

Sie hatte kaum den Hörer aufgelegt, als schon der nächste Anruf kam.

»Wir haben zwei Treffer, Boss«, erklärte Baxter ihr. »Erst haben wir eine Niete nach der anderen gezogen, und dann hatten wir zweimal nacheinander Glück. Bei einem Pfandleiher zwischen der King und der West Hudson und dann in einer Pizzeria zwischen Charlton und Vandam.«

Sie sah auf der Karte nach und lobte: »Volltreffer!«

»Zwar mussten wir den Pfandleiher erst freundlich überreden, aber schließlich hat er James erkannt. Er war in der letzten Woche zweimal dort. In der Pizzeria waren sie alle beide. Auch zweimal. Sie haben ihr zuvor bestelltes Essen abgeholt. Jetzt gehen wir noch zu dem Chinesen und dem Souvenirgeschäft im nächsten Block.«

»Tun Sie das. Ich schicke gleich ein paar Beamte los, die sich bei den Anwohnern und in den anderen Läden umhören sollen. Denn wenn sie dort zu Fuß herumlaufen, grenzt das unser Feld beträchtlich ein. Super, Baxter. Was haben sie bei dem Pfandleiher versetzt?«

»Zwei anständige Herrenarmbanduhren, die eine sportlich und die andere eher elegant, einen Fernseher, ein Tablet, auf dem nichts mehr drauf ist, eine silberne Medaille mit dem heiligen Christophorus, eine antike Vase und ein Keyboard, so ein Ding, auf dem man Musik machen kann. Nichts davon ist als gestohlen gemeldet.«

»Bringen Sie das Tablet mit. Die elektronischen Ermittler sollen nachsehen, ob vielleicht doch noch irgendwas darauf zu finden ist. Von den anderen Sachen schicken Sie mir Bilder und Beschreibungen. Vielleicht bekomme ich ja heraus, wer die Besitzer waren. War James jeweils am selben Tag beim Pfandleiher und in der Pizzeria?«

»Nur beim ersten Mal, aber auch da im Abstand von sechs Stunden, beim zweiten Mal waren es verschiedene Tage.«

»Alles klar. Sobald Sie einen weiteren Treffer landen, geben Sie Bescheid.«

»Auf jeden Fall. Und, he, hat Trueheart sich bei Ihnen gemeldet? Ich habe bisher nichts von ihm gehört.«

»Dafür ist es auch noch zu früh. Konzentrieren Sie sich weiter auf die Arbeit, ja?«

Sie legte auf, sah sich noch einmal die Karte an und führte unter Einbeziehung der beiden Treffer abermals eine Berechnung durch. Wenn man sich was zu essen holt, geht man in einen Laden in der Nähe seiner Wohnung, überlegte sie. Wenn sie gefahren wären, hätten sie vielleicht auch ein entferntes Restaurant genommen, aber …

Sechs Stunden zwischen dem Besuch beim Pfandleiher und in der Pizzeria waren eine lange Zeit. Er könnte also mit dem Van zum Pfandleiher gefahren sein, doch später hatten sie sich auch ihr Essen in der Nähe des Geschäfts geholt. Und hatten beide Orte nach einiger Zeit noch mal aufgesucht.

Das hieß, sie kamen dort schnell und einfach hin.

Sie schnitt sechs Blöcke Richtung Norden und drei Blöcke Richtung Osten von der Karte ab, rief Baxters Infos auf und glich die Gegenstände von der Liste mit den Dingen ab, die den Opfern fehlten.

Die beiden hatten Armbanduhren und Tablets verschiedener Opfer mitgehen lassen, aber die Beschreibungen stimmten nicht mit den Beschreibungen der versetzten Gegenstände überein.

»Dann habt ihr diese Sachen also aus New York.«

Sie stand auf und lief vor ihrem Schreibtisch auf und ab. Die Sachen waren nicht als gestohlen gemeldet, also waren die Menschen, denen sie gestohlen worden waren, wahrscheinlich tot.

Und bisher nicht entdeckt. Man hatte ihre Leichen bisher nicht entdeckt, denn wenn es eine Leiche gab, sah sich die Polizei immer auch in deren Wohnung um.

In der jetzt James und Parsens lebten. Ja, genau.

Sie wandte sich erneut der Karte zu. »Wir kommen euch immer näher. Schritt für Schritt.«

Sie ging zur Tür, schrie »Peabody!« und starrte abermals die Karte an, als könnte sie das Ding mit reiner Willenskraft dazu bewegen, dass es ihr den Unterschlupf des mörderischen Paars verriet.

»Ma'am!«

»Wir haben die Gegend weiter eingegrenzt. Baxter und Banner haben zwei Treffer, ich schicke gleich ein paar Kollegen los, die sich dort nach dem Van umsehen sollen. Das Baby ist bei Parsens' Mutter.«

»Gott sei Dank. Ich hatte immer dieses Bild von ihr im Kopf, dass die zwei sie einfach aus dem Fenster des Trucks geworfen haben oder so.«

»Sie hat das Kind aus einem ganz bestimmten Grund bekommen«, klärte Eve sie auf. »Sie hat die treusorgende Mutter rausgekehrt, die dem eigenen Leben um des Babys willen eine neue Wendung geben will, die Rolle knapp zwei Wochen durchgehalten, dann das Kind bei ihrer eigenen Mutter und dem Stiefvater zurückgelassen, mitgehen lassen, was sie entweder verkaufen oder selbst gebrauchen konnte, und sich wieder auf den Weg gemacht. Wahrscheinlich haben Carmichael und Santiago alles aus den Eltern rausgeholt, was aus den beiden rauszuholen ist, aber trotzdem gehen sie der Sache noch ein bisschen weiter nach, bevor sie in die Bar und dann von dort aus weiter zum Gefängnis fahren«, erklärte sie und fügte noch hinzu: »Ich mache mich gleich selber wieder auf den Weg.«

»Ich habe ein paar Spuren in offenen Fällen, denen Baxter nachgehen kann.«

»Dann gehen Sie ihnen erst mal selber nach«, wies Eve sie an. »Das heißt, am besten übernehmen Sie selbst die Leitung der Ermittlungen in einem Fall.«

»Aber …«

Ehe Peabody den Satz beenden konnte, meinte Eve: »Wir haben zu wenig Leute, Peabody. Sie müssen einen dieser Fälle übernehmen. Schicken Sie mir Ihren Bericht und sämtliche Notizen zu, damit ich Ihnen helfen kann. Sobald sich hier in unserem Fall etwas ergibt, bekommen Sie Bescheid, doch erst mal können wir nur auf die Infos von den anderen warten und versuchen zu berechnen, wo der Unterschlupf der beiden liegt. Ich werde den Agenten, der in diesem Fall ermittelt, übrigens bald einbeziehen.«

»Muss das sein?«

»Es muss. Falls ich bei Banners Rückkehr nicht mehr hier bin, bringen Sie ihn mit zu mir nach Hause, denn wenn wir den Fall bis dahin noch nicht abgeschlossen haben, legen wir dort eine Nachtschicht ein.«

»Okay.« Peabody atmete geräuschvoll aus. »Okay, dann nehme ich mir einen von den offenen Fällen vor und gebe ihn an Baxter ab, sobald er wieder auf der Wache ist. Aber woher weiß ich, welchen Fall ich übernehmen soll?«

»Das können Sie nicht wissen, also nehmen Sie sich einfach einen vor und tun, was nötig ist. Sie wissen, was Sie machen müssen, schließlich sind Sie nicht zum ersten Mal Ermittlungsleiterin.«

»Ja, aber bisher waren Sie immer in der Nähe.«

»Ich bin auch jetzt nicht aus der Welt, wenn Sie irgendwo nicht weiterwissen, rufen Sie mich einfach an. Schließlich sind Sie nicht ohne Grund Detective.«

Während Eve dies sagte, klingelte ihr Handy, und sie nickte Peabody knapp zu. »Das ist Mira. Ich muss dringend mit ihr sprechen, wenn ich gleich fahre, halten Sie hier weiter alle Bälle in der Luft.«

»Aber ich kann Sie anrufen.«

»Wenn's nötig ist. Ich mache mich jetzt auf den Weg«, fügte sie noch hinzu und nahm den Anruf von Mira an.

»Ich komme gerade aufs Revier, aber ich wollte Sie so schnell wie möglich wissen lassen, dass auch unser zweites Opfer erst gefoltert und danach ermordet wurde und die Täter unserer Meinung nach dieselben waren wie hier in New York.«

»Ella-Loo Parsens und Darryl Roy James.«

»Sie haben sie.«

»Noch nicht, wir haben ihre Namen und Gesichter und weitere Infos, die uns sicher auf die Spur der beiden führen. Ich kann zu Ihnen kommen, wenn Sie wollen.«

»Ich bin schon auf dem Weg zu Ihnen und in fünf Minuten da.«

Natürlich war sie pünktlich, knapp fünf Minuten später hörte Eve das Klappern ihrer dünnen Absätze im Flur vor dem Büro. Als die Psychologin auf der Bildfläche erschien, servierte Eve ihr einen Becher des blumigen Tees, den sie so gerne trank.

»Oh, danke. Den kann ich jetzt wirklich brauchen.«

»Setzen Sie sich nicht auf den Besucherstuhl. Sie wissen doch, wie unbequem der ist.«

»Nachdem ich fast den ganzen Tag gestanden habe, nehme ich tatsächlich gern in Ihrem Schreibtischsessel Platz.« Sie setzte sich und gönnte sich den ersten Schluck von dem dampfend heißen Tee. »Auch wenn die ursprüngliche Leichenschau in beiden Fällen nicht wirklich nachlässig gewesen ist, wurden die Verletzungen der beiden Opfer falsch interpretiert. Was aufgrund der mangelnden Erfahrung und der schlechten Ausrüstung der Ärzte allerdings durchaus verständlich ist.«

»Andererseits hat im ersten Fall Banner und im zweiten Fall die Ehefrau des Opfers auf eingehende Ermittlungen gedrängt, ohne dass die Polizei vor Ort oder das FBI auf ihre Argumente eingegangen wären.«

»Das stimmt, die Leichenschau hatte nun mal in beiden Fällen ergeben, dass es Tod durch einen Unfall war. Dessen ungeachtet wurden diese beiden Menschen umgebracht. DeWinter schreibt zu beiden Fällen einen ausführlichen Bericht.«

»Sehr gut.«

»Außerdem lässt sie auch Noah Pastons Überreste exhumieren, um sie sich genauer anzusehen.«

»Das heißt, sie hat sich den versprochenen Drink auf jeden Fall verdient.«

»Was keine Rolle spielt, weil sie im Augenblick von anderen Sachen abgelenkt und rundherum beschäftigt ist«, stellte die Psychologin lächelnd fest.

Eve aber schüttelte den Kopf. »Natürlich spielt es eine Rolle, weil auch diese Opfer nicht vergessen werden dürfen und Sie alle Ihre Zeit geopfert haben, um nachzuweisen, dass auch sie ermordet worden sind. Ich werde Agent Zweck darüber informieren, was für Schlüsse Sie gezogen haben, und ihm sagen, dass er den Bericht bekommt, sobald DeWinter ihn mir schickt.«

Sie trat vor die Tafel und wies auf die Aufnahmen von Parsens und von James. »Diese beiden werden für die beiden Opfer zahlen, denen Sie heute Ihre Zeit gewidmet haben. Und für Noah Paston. Und für alle anderen, die auf ihr Konto gehen.« Sie blickte wieder Mira an und fügte beiläufig hinzu: »Die beiden haben übrigens ein Kind.«

»Verzeihung, was?« Die Psychologin stellte ihren Becher auf den Tisch. »Die Killer haben ein Kind?«

»Ein Baby. Sie hat es bekommen, während er noch wegen des versuchten Diebstahls eines Rings gesessen hat. Eines Verlobungsrings. Wenn das nicht wahre Liebe ist.«

»Das ändert alles.« Stirnrunzelnd sah Mira sich die Bilder an der Tafel an. »Wenn sie auf ihrer mörderischen Tour ein Kind im Schlepptau haben ...«

»Nein, sie hat das Kind bei ihrer Mutter abgeladen, bevor er aus dem Gefängnis kam. Wie es aussieht, hat er sie bei einem Besuchstermin im Knast geschwängert und sie hat das Kind bekommen, während er noch saß. Dann ist sie mit dem Baby heimgefahren, hat ihrer Mutter weisgemacht, der Vater des Kindes hätte sie verlassen, als er von der Schwangerschaft erfuhr, und jetzt würde sie ihrem Kind zuliebe noch mal ganz von vorn beginnen wollen. Eine Woche später hat sie alles, was im Haus der Mutter auch nur annähernd von Wert war, eingepackt, das Kind zurückgelassen und sich wieder aus dem Staub gemacht. Die Mutter hat seither nichts mehr von ihr gehört. Das alles war im Juni, knapp sechs Wochen bevor James entlassen worden ist.«

»Weiß er, dass sie ein Kind von ihm bekommen hat?«

»Wir sind ihr nur deshalb auf die Spur gekommen, weil sie ihn als Vater angegeben hat. Dazu heißt die Kleine Darra, was wahrscheinlich einfach eine Abwandlung des Namens Darryl ist.«

»Verstehe.« Mira nickte nachdenklich. »Sie hat das Kind also als eine Art von Liebespfand bekommen, wollte es dann aber nicht dabeihaben, als Darryl wieder draußen war. Sie hat nicht gefühlt, was sie als Mutter hätte fühlen sollen, und dachte, dass das Kind sie stören würde, als sie losgefahren sind. Wahrscheinlich sehen sie diesen Trip als eine Art von Hochzeitsreise an.«

»Der Gedanke kam mir auch schon«, stimmte Eve ihr zu. »Ich kann mir vorstellen, wie sie tickt. Das Baby hatte seinen Zweck erfüllt. Es war eine Art Werkzeug, um den Vater noch enger an sich zu binden, weiter nichts. Wenn sie dächte, dass es ihr noch einmal etwas nützen könnte, würden sie zurückfahren, um es abzuholen, aber davon abgesehen verschwendet sie nicht einen Gedanken an das Kind.«

Mira nickte stumm und trank den nächsten Schluck Tee.

»Stella hat mich ebenfalls bekommen, weil ich einen bestimmten Zweck erfüllen sollte«, stellte Eve mit ausdrucksloser Stimme fest. Im Grunde aber spielte dieses Thema keine Rolle mehr für sie, weil es seit ihrem Besuch in Dallas ein für alle Mal abgeschlossen war. »Sie musste mich ertragen, weil ich noch nicht alt genug war für den Zweck, für den ich vorgesehen war. Sie hatte das mit Troy und später mit McQueen, was Ella-Loo mit Darryl hat. Nur dass Troy und auch McQueen jeweils den dominanten Part in der Beziehung hatten, während meiner Meinung nach in diesem Fall die Frau das Sagen hat. Wahrscheinlich lässt sie es nicht raushängen und gibt ihm das Gefühl, ein großer, starker Mann zu sein, aber in Wahrheit ist sie selbst es, die den Ton angibt.«

»Es könnte doch auch sein, dass die Dynamik zwischen ihnen wechselt und dass, je nachdem, worum es geht, wahlweise der eine oder andere das Kommando hat.«

Eve schüttelte den Kopf. »Ich kenne sie. Sie hat das Kind bekommen und dann bei ihrer Mutter abgeladen, während sie auf Darryl fast vier Jahre lang gewartet hat. Wahrscheinlich hat sie in der Zeit nicht einen Besuchstermin im Knast versäumt. Das hätte garantiert nicht jede Frau getan.«

»Anscheinend denkt sie, dass das zwischen ihnen die ganz große Liebe ist.«

»Deshalb wird sie alles tun, damit er bei ihr bleibt. Er seinerseits ist ein Romantiker, wenn wir die beiden erwischen, könnte es passieren, dass er sich für sie opfern will. Er ist ein ausgemachter Shakespeare-Fan und nennt sie seine Julia.«

»Wobei er nicht versteht, dass das eine Tragödie und keine Romanze ist. Also würde er sie schützen wollen, wenn Sie sie in die Enge treiben, doch nach allem, was Sie mir erzählt haben, glaube ich nicht, dass die beiden versuchen werden, Selbstmord zu begehen. Zumindest nicht die Frau. Es geht den beiden nicht um

Ruhm, nicht mal um den Kick des Tötens, sondern einzig und allein um ihre kranke Form der Liebe und darum, das sexuelle Band, das sie verbindet, dadurch noch zu stärken, dass sie zum Vergnügen andere Menschen quälen. Aber sie müssen weiterleben, um zu lieben, weil mit ihrem Tod auch die Liebe stirbt.«

»Glauben Sie nach allem, was wir rausgefunden haben, dass Campbell noch am Leben ist?«

Jetzt lenkte Mira ihren Blick auf Jaylas Bild, das an der Tafel hing. »Ich schätze die Wahrscheinlichkeit inzwischen höher als noch heute Morgen ein. Wie lange sie noch aushält, kann ich nicht sagen, doch die Leichen in den Städten haben sie bisher immer einfach abgeladen, und da ich nicht wüsste, weshalb sie es plötzlich anders machen sollten, gehe ich, bis wir die Leiche finden, davon aus, dass Campbell noch am Leben ist.«

»Ich nehme an, dass ihr höchstens 24 Stunden bleiben, denn sobald die beiden anfangen, sich zu langweilen, werden sie sich ein neues Opfer beschaffen.«

»Da haben Sie wahrscheinlich recht.«

Eve marschierte zu dem winzig kleinen Fenster in der rückwärtigen Wand des Büros, drehte sich um und stapfte wieder dorthin, wo sie losgelaufen war. »Wenn ich ihre Namen und Gesichter an die Medien gebe, wird sie vielleicht irgendwer erkennen und uns sagen, wo sie sind. Aber wenn sie selber ihre Namen und Gesichter auf dem Bildschirm sehen, bringen sie die beiden jüngsten Opfer um und hauen ab. Ich denke so wie Sie, dass es den beiden nicht um Ruhm oder Bekanntheit geht.«

»Ganz sicher nicht. Diese Entscheidung ist also nicht leicht.«

Tatsächlich hatte Eve sich schon das Hirn zermartert, wie in diesem Fall am besten vorzugehen war.

»Dann gebe ich die Namen und die Bilder erst heraus, wenn mir nichts anderes mehr übrig bleibt. Sobald aber das FBI davon erfährt, könnte es sein, dass sie beschließen, genau diesen Weg zu gehen. Würden Sie sich notfalls argumentativ auf meine Seite stellen? Natürlich weiß ich, dass das auch für Sie nicht einfach ist.«

»Ich glaube auch, dass sie versuchen würden zu verschwinden, also ist es eigentlich ganz leicht.«

»Wir haben die Gegend, wo wir sie vermuten, noch einmal ein bisschen eingegrenzt. Banner und Baxter haben innerhalb von einem Häuserblock erst einen Pfandleiher und dann ein Restaurant entdeckt, in dem die beiden waren. Langsam, aber sicher ziehen wir die Schlinge zu.«

»Dann schreibe ich jetzt meinen Bericht.« Mira stand auf und trank im Stehen den letzten Schluck von dem Tee. »Ich kenne übrigens den einen oder anderen beim FBI und kann mit ein, zwei Leuten sprechen, wenn Sie wollen.«

»Wenn das nicht hilft, hilft nichts. Vielleicht gelingt es Ihnen ja, sie davon abzuhalten, in den nächsten 24 Stunden öffentlich bekannt zu geben, wer die beiden sind. Das wäre ungefähr die Zeit, die Campbell meiner Meinung nach noch bleibt. Da sie Mulligan wahrscheinlich entweder gleichzeitig mit ihr oder nur wenig später töten wollen, reichen mir 24 bis 36 Stunden aus.«

»Ich werde darauf drängen, dass sie noch 36 Stunden warten.«

»Danke«, sagte Eve und sah ihr forschend ins Gesicht. »Sie sehen müde aus.«

»Das bin ich auch. Ich freue mich schon auf die Fußmassage, die mir Dennis heute Abend geben wird.«

Als Eve die Brauen hochzog, fügte sie hinzu: »Er macht die beste Fußreflexzonenmassage, die man sich nur wünschen kann. Übrigens sehen Sie auch nicht gerade munter aus.«

»Doch leider weiß ich nicht, ob Roarke Reflexzonenmassagen hinbekommt.«

»Ich gehe beinah sicher davon aus. Auf alle Fälle sollten Sie, wenn Sie nach Hause kommen, auch erst mal entspannen, damit Sie wieder einen klaren Kopf bekommen, bevor es mit der Arbeit weitergeht. Sie legen doch bestimmt mal wieder eine Nachtschicht ein, und das geht besser, wenn Sie wieder halbwegs ausgeruht sind.«

»Wahrscheinlich haben Sie recht.«

Die Psychologin wandte sich zum Gehen, blieb aber in der Tür noch einmal stehen. »Ist das Kind der beiden in guten Händen?«

»Parsens' Mutter und der Stiefvater sind laut Santiago anständige Menschen, die die Kleine sogar adoptieren wollen. Das heißt, dass es ihr dort auf alle Fälle besser geht, als wenn sie irgendwo in einem Truck oder in einer Wohnung sitzen würde, während ihre Eltern einen nach dem anderen Mord begehen.«

»Dann meinen Sie, wenn Sie an Darra denken, dass der selbstsüchtige, kalte Akt der Mutter letztendlich ihr Glück gewesen ist. Denn jetzt ist sie bei Menschen, die sie lieben und ihr Bestes für sie tun.«

So gut ging es vielen anderen Kindern nicht, sagte sich Eve, als sie wieder alleine war. Mit ein bisschen Glück geriete Darra deshalb anders als die eigenen Eltern niemals auf die schiefe Bahn.

Sie verdrängte den Gedanken, setzte sich an den Schreibtisch und rief ihren Vorgesetzten an.

18

Froh, weil Whitney sich erboten hatte, Special Agent Zweck zu kontaktieren, um ihn auf den neuesten Stand zu bringen, sammelte sie alles, was sie für die weitere Arbeit brauchen würde, ein, um heimzufahren.

Doch dann erschien Baxter in der Tür.

»Bei dem Chinesen in der Gegend waren sie auch.«

Sie wollte gerade den Mantel anziehen, ließ ihn aber noch einmal über die Lehne ihres Schreibtischsessels fallen. »Erzählen Sie.«

»Sie haben dort erst gestern Abend was geholt. Sie waren auch vorher manchmal dort, zu zweit oder allein. Die Bestellungen geben sie normalerweise vorher telefonisch auf.«

»Dann können wir den letzten Anruf doch bestimmt zurückverfolgen.«

»Das wird leider nicht so einfach, denn die Aufnahmen werden im Sechs-Stunden-Rhythmus überspielt. Banner hat das Link des Restaurants mit aufs Revier gebracht, aber das Ding ist alt und billig, selbst mir ist klar, dass man den Anruf, der inzwischen x-fach überspielt wurde, wohl kaum noch wiederherstellen kann. Genauso ist es mit den Aufnahmen der Überwachungskamera. Aber auch von denen hat er Kopien für die elektronischen Ermittler mitgebracht.«

»Sagen Sie ihm, dass er mir all das auch nach Hause schicken soll.«

»Das hat er schon. Bei den Souvenirgeschäften ist bisher nichts rausgekommen, dafür aber in einem Baumarkt am West Broadway.«

Er warf einen sehnsüchtigen Blick auf ihren Auto-Chef, nickend meinte sie: »Na los, bedienen Sie sich.«

»Tausend Dank.«

Er bestellte einen Kaffee, und sie fragte ihn mit beiläufiger Stimme: »Wollen Sie vielleicht noch was Schokoladiges dazu?«

»Sie haben hier Schokolade?«, fragte er zurück, aber sein Blick war, wie sie fand, etwas *zu* ausdruckslos.

Sie pikste ihn mit ihrem Zeigefinger an. »Sie wissen etwas. Jetzt ist es endlich raus, wenn ich es nicht gerade ziemlich eilig hätte, würde ich Sie in die Zange nehmen, bis Sie alles gestehen.«

»Alles in Ordnung, Lieutenant?« Lässig hob er seinen Kaffeebecher an den Mund. »Sie wirken leicht gestresst.«

»Ach, lecken Sie mich doch am Arsch. Doch jetzt zurück zu Ihrem Baumarkt.«

»Ja, genau. Ecke West Broadway/Prince. Als wir daran vorbeigingen, hatte ich urplötzlich dieses seltsame Gefühl. Also sind wir reingegangen und Volltreffer, denn James war zweimal dort. Der Typ hinter dem Tresen meinte, dass der Kerl geklungen hätte wie die Cowboys, die man immer in den Western sieht. Außerdem hat er in beiden Fällen bar bezahlt, und das kommt in dem Laden ziemlich selten vor. Er hat Klebeband, mehrere Seile und dazu noch eine Rolle Plastikfolie gekauft. Er war ziemlich gesprächig und hat durchaus nett gewirkt. Meinte, er und seine Frau wären gerade erst hierhergezogen und die Frau wäre total begeistert von New York.«

»War er zu Fuß, oder hatte er irgendwo den Van geparkt?«

»Das konnte der Verkäufer uns nicht sagen, aber seiner Meinung nach muss er den Van genommen haben, weil es eine Riesenrolle Plastikfolie war. Dazu hat James gesagt, er müsste auch noch ein paar andere Besorgungen machen, also haben wir auch noch in den Lebensmittelläden in der Gegend vorbeigeschaut, in einem Supermarkt hat die Kassiererin sich dran erinnert, dass sie ihm etwas verkauft hat. Auch die Aufnahmen von deren Überwachungskameras haben wir mitgebracht, aber sie sind bereits vier Tage alt. Wir haben allen gesagt, wenn er sich noch mal blicken lässt, sollen sie tun, als wäre alles ganz normal, ihn nicht zur Rede stellen und uns so schnell wie möglich informieren.«

»Dann schreiben Sie jetzt alles mitsamt den Adressen, wo die beiden schon mal waren, auf.«

»Die Frau war auch noch in zwei Läden in SoHo.«

»Ach ja?«

»Wir haben uns die Aufnahmen aus den Läden angesehen. Die beiden heißen Höschen in dem ersten Laden hat sie ordentlich bezahlt, aber die passenden BHs und das verführerische Kleid hat sie dann einfach eingesteckt. Die Angestellte war echt sauer, weil ihr das nicht aufgefallen war.«

»Das heißt, dass sie ziemlich nachlässig war. Sie kann es nicht lassen, Zeug zu klauen, früher oder später wird man sie dabei erwischen, wenn sie irgendwelche schicke Unterwäsche oder irgendeinen Klunker mitgehen lässt. Aber da wir so lange nicht warten können, grenzen wir die Gegend weiter ein. Sie gehen zu Fuß, sie fahren mit dem Van, sie essen und sie kaufen ein.«

Noch einmal wandte sie sich ihrer Karte zu. »Wir haben meiner Meinung nach noch höchstens 24 Stunden, bevor Campbell stirbt. Genauso lange haben wir, bevor das FBI die Namen und Gesichter an die Presse gibt, wenn es dazu kommt, bringen diese Wichser sie und auch den jungen Mulligan wahrscheinlich auf der Stelle um und hauen so schnell wie möglich ab.«

»Ich kann Banner und auch meinen Jungen in die weitere Suche nach den beiden einbeziehen. Er hat die Prüfung hinter sich und ist gerade auf dem Weg hierher. Aber im Grunde haben wir bereits alles abgecheckt und können jetzt nur noch zu Fuß dort auf Patrouille gehen und hoffen, dass wir sie zufällig auf der Straße treffen.«

Das hatte auch sie selbst schon überlegt, jetzt aber schüttelte sie knapp den Kopf und stellte fest: »Das kriegen auch die Leute von der Trachtengruppe hin. Wir haben noch andere ungelöste Fälle, denen nachgegangen werden muss. Peabody hat sich schon einen vorgeknöpft und einen anderen für Sie herausgesucht. Bearbeiten Sie den mit Trueheart, wenn er wiederkommt.«

»Das lenkt ihn von der Warterei auf das Ergebnis seiner Prüfung ab. Er denkt, dass er sich ziemlich gut geschlagen hat, auch wenn er ab und zu etwas nervös geworden ist. Aber dann haben sie ihm geholfen, was man dem Prüfungsteam gegenüber einem derart netten jungen Burschen nicht verdenken kann. Die Prüfer haben ihm gesagt, es könnte 48 Stunden dauern, bis er die Ergebnisse bekommt, vielleicht können Sie ja dafür sorgen, dass es etwas schneller geht«, erklärte er mit einem Seitenblick auf Eve.

»Wir müssen uns jetzt erst mal weiter um die Toten kümmern und vor allem um zwei Menschen, die ich vor dem Tod bewahren will. Also sollten wir uns auf die Arbeit konzentrieren.«

»Richtig, ja, Sie haben völlig recht. Das bisschen Warten hält er sicher aus. Ich bin derjenige, der kurz vorm Durchdrehen ist. Gerade deshalb fahre ich jetzt erst einmal mit meiner Arbeit fort.«

Sie wollte selber endlich weitermachen, statt die ganze Zeit mit irgendjemandem zu quatschen, also schnappte sie sich wieder ihren Mantel und sah zu, dass sie verschwand, bevor noch jemand anderes bei ihr auf der Matte stand.

Sie würde selbst noch einmal in die Gegend fahren, in der der Unterschlupf der beiden lag. Vielleicht liefe sie dort kurz herum und sähe sich mit eigenen Augen um.

Sie hatten sich nach Osten durchgemordet und waren nicht wegen ihrer grenzenlosen Schläue damit durchgekommen, sondern weil sie ständig unterwegs gewesen waren und dem verspätet einbezogenen FBI die offensichtliche Verbindung zwischen den verschiedenen Taten nicht gleich aufgefallen war.

Aber jetzt hatten sie sich hier in New York ein Nest gebaut, sagte sich Eve und quetschte sich in einen bereits überfüllten Lift. Sie hatten sich hier eine Art Zuhause eingerichtet und machten sich mit der Gegend und der Stadt vertraut.

Sie waren häufig unterwegs.

Bisher fühlten sie sich völlig frei, weil sie nicht wussten, dass man ihnen auf den Fersen war.

Sie versteckten sich nicht und hatten auch nicht vor zu fliehen.

Unter Einsatz ihrer Ellenbogen kämpfte Eve sich wieder aus dem Fahrstuhl und nahm auf dem Weg zu ihrem Wagen einen Anruf von Carmichael an.

»Ein dickes Howdy aus dem *Rope 'n Ride.* Yeehaw.«

»Sie sollten wirklich zusehen, dass Sie möglichst schnell nach Hause kommen.«

»Allerdings. Ich wurde gerade tatsächlich von jemandem als kleine Lady angesprochen. Dabei bin ich weder klein noch eine Lady, am liebsten hätte ich ihm eine reingehauen. Obwohl er wirklich schnuckelig aussah. Aber ich schweife ab. Ella-Loo Parsens hat hier offiziell bedient und nebenher gegen Bezahlung sexuelle Dienste angeboten, ohne dass sie dafür zugelassen war. Aber dies ist nicht die Art von Bar, in der man übertriebenen Wert auf offizielle Zulassungen legt. Der wirklich süße Theker hätte gegenüber einer kleinen Dame nie ein solches Thema angeschnitten, aber dann hat er Santiago anvertraut, sie hätte sich auf Blowjobs spezialisiert.«

»Weil sie dann die Kontrolle über alles hat.«

»Meiner bescheidenen Erfahrung nach würde ich dem auf jeden Fall zustimmen. Sie konnte ziemlich zickig sein und hat die ganze Zeit davon geredet, dass sie irgendwann nach Osten will. Sie hat gesagt, sie würde sparen, um den Präriestaub von den Stiefeln abzuschütteln, nach New York zu gehen und das Großstadtleben zu genießen.«

»Sie hatte also einen Traum. Wie steht es mit James?«

»Da war der Theker ziemlich vage, aber eine andere Bedienung, die sich meiner Meinung nach genau wie Parsens mit Gefälligkeiten sexueller Art was nebenher verdient, hat sich an ihn erinnert.«

»Was bist du denn für ein süßes kleines Ding?«

Eve hörte eine betrunkene Männerstimme am anderen Ende des Telefons und bemerkte, dass Carmichaels Blick zur Seite glitt.

»Warum drehen wir nicht eine Runde auf der Tanzfläche?«

»Warum fängst du nicht schon mal an, und ich komme dann nach, wenn ich hier fertig bin?«

»Okay.«

»Getreu dem Namen dieses Etablissements könnte eine Frau bei einem einzigen Besuch ein halbes Dutzend Männer einfangen und zureiten«, wandte Carmichael sich wieder an Eve.

»Wie viele Männer hätten Sie dort schon fangen können?«

»Irgendwann habe ich aufgehört zu zählen.« Carmichael klimperte kokett mit ihren Wimpern, wandte sich dann aber wieder dem eigentlichen Thema zu. »Auf jeden Fall hat Ella-Loo dem Anschein nach mit ihrem Nebenjob erheblich mehr als mit der eigentlichen Arbeit in der Bar verdient. Ihre Kollegin konnte sich daran erinnern, dass sie Darryl sofort ins Visier genommen hat. Sie hat getan, als hätte sie die ganze Zeit darauf gewartet, dass er endlich kommt, und die Kollegin handgreiflich davor gewarnt, dass sie ihr in die Quere kommt. Sie hat sie in eine der Kabinen auf dem Klo geschubst und ihr damit gedroht – ich zitiere –, ihr die Titten abzuschneiden, wenn sie ihm zu nahe kommt.«

»Als die Kollegin später hinters Haus ging, weil sie eine kurze Pause machen – und wahrscheinlich irgendwas Verbotenes rauchen – wollte, hat sie mitbekommen, wie sich Ella-Loo von Darryl neben dem Recycler hat ficken lassen.«

»Dann ging's also von Anfang an um Sex.«

»Wobei sie offenbar den Blowjob übersprungen hat. Danach kam keiner von den beiden noch mal ins Lokal zurück. Ella-Loo hätte noch Lohn für eine halbe Woche kriegen müssen, aber statt darauf zu warten, hat sie aus dem Lager eine Kiste Schnaps geklaut. Nach Aussage des wirklich süßen Thekers wies die Kasse an dem Abend einen Fehlbetrag von ein paar hundert Dollar auf. Natürlich fahren wir auch noch zu ihrer damaligen Wohnung, doch nach allem, was man uns erzählt hat, hat sie praktisch alles dort gelassen und ist abgehauen, ohne die Miete für die letzten beiden Wochen zu bezahlen.«

Eve fädelte sich in den fließenden Verkehr ein und stellte fest: »Dann hat's also mit Sex und Diebstahl angefangen, aber das hat ihnen auf Dauer nicht gereicht. Was zur Hölle ist das für ein Lärm?«

»Es heißt, hier spielt nachher noch eine Band, aber zwischen zwei und vier am Nachmittag findet erst einmal Country-Karaoke statt. Der Spaß hört wirklich niemals auf.«

»Aber es ist doch schon halb fünf. Warum also singen sie immer noch?«

»Hier ist es erst halb vier.«

»Wie kann das … ach, egal. Sehen Sie sich die alte Wohnung an, und dann fahren Sie zum Knast. Wir haben ein paar Läden ausfindig gemacht, in denen man die beiden gesehen hat. Ich schicke Ihnen den Bericht. Gute Arbeit«, lobte Eve und legte auf.

Sie fuhr gemächlich durch die Hudson Street, bis sie die Pizzeria und ein wenig später den Chinesen fand. Um nicht aufzufallen, parkte sie den Wagen nicht einfach in der zweiten Reihe, sondern ließ das Geld für einen offiziellen Parkplatz springen und ging denselben Weg noch einmal zu Fuß. Sie fand den Baumarkt und den Supermarkt, den Pfandleiher und die Boutique und legte den Verkäufern in den anderen Geschäften und Betreibern der verschiedenen Schwebegrills am Straßenrand die Aufnahmen der beiden vor.

Sie müssen irgendwo hier sein, ging es ihr durch den Kopf, während sie den Blick über die Häuser, Autos und Gesichter der Passanten schweifen ließ. Vielleicht holten sie sich gerade etwas zu essen oder einen Sixpack Bier.

Aber sie waren nirgendwo zu sehen, am Ende gab sie auf und kämpfte sich mit dem Gedanken, dass die beiden letzten Opfer vielleicht irgendwo in einem der Häuser links und rechts der Straße in der Falle saßen, durch das furchtbare Gedränge auf den Straßen und den einsetzenden Schneeregen nach Hause durch.

Inzwischen sehnte sie sich schmerzlich nach der Ruhe ihres Heims. Nur eine Stunde Ruhe, in der niemand mit ihr sprach, ihr neue Infos zukommen ließ oder sie um Antworten auf irgendwelche Fragen bat.

Müde schleppte sie sich in die Wärme des Foyers.

»So früh und dann auch noch allein?« Summerset bedachte sie mit einem kühlen Blick aus dunklen Augen, doch sie hatte einfach nicht die Energie für eine boshafte Replik.

»Die anderen kommen nach.«

Der dicke Kater strich ihr um die Beine, aber ohne sich nach ihm zu bücken oder wenigstens den Mantel auszuziehen, nahm sie die Treppe in den ersten Stock.

Der Butler sah ihr hinterher, drückte den Knopf der Gegensprechanlage und erklärte: »Sie ist auf dem Weg nach oben und sieht vollkommen erledigt aus.«

»Ich kümmere mich um sie«, gab Roarke zurück.

Das würde er auf alle Fälle tun, sagte sich Summerset, und ihm fiel auf, dass Galahad dem Frauchen hinterhergelaufen war.

Als sie das Schlafzimmer betrat, sah Roarke ihr die Erschöpfung überdeutlich an. Sie war vielleicht nicht körperlich, doch geistig vollkommen ermattet, denn trotz aller Mühen und Fortschritte der letzten Stunden hatte sie die Ziellinie noch nicht erreicht.

Die Leben zweier Menschen hingen davon ab, dass ihr das rechtzeitig gelang.

Er konnte deutlich spüren, welches Gewicht deshalb auf ihren Schultern lag.

»Ich habe nicht erwartet, dass du zuhause bist.« Sie ließ ihre Aktentasche auf das Sofa fallen.

»Ich habe einfach etwas früher Schluss gemacht.« In Wahrheit hatte er sich etwas Arbeit mitgebracht, die aber nicht so wichtig war, dass sie sich nicht verschieben ließ. »Wie viele Polizisten haben wir im Haus?«

»Bisher nur mich. Aber die anderen kommen in ein, zwei Stunden nach. Es tut mir leid.«

»Ein, zwei Stunden reichen aus. Ich wollte gerade schwimmen gehen, ich bin froh, dass ich jetzt nicht alleine meine Runden durch den Pool drehen muss.«

»Ich muss unbedingt …«

»... ein bisschen Dampf ablassen«, beendete Roarke den Satz. »Nach einer kurzen Pause sind wir beide wieder frischer und können uns besser auf die Arbeit konzentrieren.«

»Können unsere beiden Opfer vielleicht eine Pause machen?«, fauchte sie ihn an und hob, bevor er eine böse Antwort geben konnte, abwehrend die Hand. »Das hätte ich nicht sagen sollen, aber, verdammt, den ganzen Tag lang dachte ich, dass es jetzt endlich einen Durchbruch gibt, und dann …«

Nehmen Sie sich eine Stunde frei, hatte die Psychologin ihr empfohlen. Manchmal sollte man auf andere hören.

»Ein paar Runden im Pool wären jetzt sicher gut. Ich könnte wirklich eine Stunde nur mit dir alleine brauchen, ohne dass auch nur ein Wort über die ganze Sache fällt.«

»So geht's mir andersherum auch.«

»Moment.«

Jetzt endlich zog sie ihren Mantel aus, legte das Waffenhalfter ab, setzte sich hin, streifte die Stiefel ab, stand wieder auf und griff nach seiner Hand. »Auf geht's.«

Im Fahrstuhl drehte er sie zu sich um und gab ihr einen Kuss. »Willkommen zuhause.«

»Wünsche ich dir auch.« Seufzend lehnte sie den Kopf an seine Schulter, weil sie es konnte, ohne deshalb schwach zu sein.

Was eins der kleinen Wunder ihrer Liebe war.

»Mein Hirn ist völlig ausgelaugt.«

»Ich weiß, außerdem kriegst du langsam Kopfschmerzen. Das sehe ich dir an.«

»Hast du etwa einen Röntgenblick? Sind deine Augen deswegen so blau?«

»Wenn es um dich geht, ja.«

»Aber ich brauche keine Pillen. Ein bisschen Ruhe reicht. Ich musste heute mit gefühlt einer Million Leute reden, und zwar jeweils mindestens zweimal. So geht es dir wahrscheinlich jeden Tag.«

»Deswegen tut uns beiden eine kurze Auszeit gut.«

Sie traten aus dem Lift und gingen durch ein Tropenparadies mit Blühpflanzen und kleinen Bäumen auf das leuchtend blaue Wasser zu.

»Gott, das sieht echt herrlich aus.«

»Was machst du da?«, erkundigte er sich, als sie vor eine Kiste trat.

»Ich hole einen Badeanzug.«

»Wofür?«

»Hör zu, wahrscheinlich tauchen die Kollegen wirklich erst in ein, zwei Stunden auf, aber was, wenn einer früher hier erscheint? Und was, wenn dieser Jemand denkt, es wäre nett, noch eine kurze Runde durch den Pool zu drehen? Dann möchte ich zumindest angezogen sein.«

»Um ungestört zu sein,« entschlossen nahm er ihr den Badeanzug aus der Hand, »genügt es, wenn die Tür des Fahrstuhls sich im Poolbereich vorübergehend nicht öffnen lässt. Dafür habe ich bereits gesorgt.«

»Du hast den Lift gesperrt.« Geistesabwesend massierte sie den Schmerzpunkt zwischen ihren Brauen. »Darauf hätte ich auch selbst kommen können. Sie kommen hier also nicht rein?«

»Sie könnten, wenn McNab es schaffen würde, die vorübergehende Sperrung aufzuheben, was jedoch nicht gerade einfach ist. Aber ich glaube, dass wir uns darauf verlassen können, dass er unseren Wunsch respektieren wird, hier unten nicht gestört zu werden.«

Mit diesen Worten zog er ihr den Pulli aus.

Sie dachte an McNab und seine außergewöhnlichen Fähigkeiten, aber schließlich nickte sie. »Das würde er auf jeden Fall. Eine Frage noch«, fügte sie, während sie aus der Hose stieg, hinzu. »Danach kehrt endlich Ruhe ein.«

»Mit einer Frage komme ich zurecht.«

»Warum ist es in Oklahoma eine Stunde früher als hier in

New York, aber auf den Bahamas ist dieselbe Zeit wie hier? Schließlich liegen Oklahoma und New York, verdammt noch mal, im selben Land. Sie liegen beide in Amerika. Das tun die Bahamas nicht. Auch ohne Erdkundegenie zu sein, ist einem klar, dass die Bahamas ganz woanders liegen als das blöde Oklahoma und New York. Also warum, um Himmels willen? Wie kann das sein?«

Er betete sie an. Er liebte einfach jeden Teil von ihr, wie sie verwirrt und gleichzeitig verärgert nur in Slip und Büstenhalter vor ihm stand.

»Die Wissenschaft gibt einem eben immer wieder Rätsel auf.«

»Mir kommt das wie totaler Schwachsinn vor. Wer zum Teufel denkt sich solche Sachen aus? Wer hat die Gottheiten der Zeit gemacht?«

»Das ist mehr als eine Frage.«

»Aber sie stehen miteinander in Zusammenhang«, erklärte sie und streifte hüftwackelnd die Unterhose ab.

Da er Spaß an ihrem gleichmütigen Striptease hatte, wartete er, bis sie fertig war und kopfüber ins Wasser sprang, bevor er selbst aus seinen Kleidern stieg.

Nach vier kraftvollen Zügen rollte sie sich auf den Rücken, ließ sich auf dem Wasser treiben und gab zu: »Das mache ich manchmal, wenn ich allein zuhause bin. Dann lasse ich mich einfach treiben, denke, dass ich hier in diesem tollen Pool in dieser tollen Hütte bin, und wenn das noch nicht reicht, um auszuflippen, stelle ich mir vor, dass du in deinem Arbeitszimmer sitzt, bald von der Arbeit kommst oder besser noch …«

Sie streckte einen ihrer Arme aus und drückte ihm die Hand. »... dass du hier unten bei mir bist. Ich habe mit der Heirat einen wirklich guten Deal gemacht.«

»Ich auch. Ich denke oft, sieh sie dir an. Das hier ist deine Frau. Das Einzige, was du schon haben wolltest, bevor du wusstest, dass du so was jemals haben willst.«

Wassertretend wand sie sich ihm zu und schlang ihm die Arme um den Hals. »Ich liebe dich.«

Er murmelte denselben Satz auf Gälisch, und mit einem Lächeln auf den Lippen fragte sie: »Hier kommt wirklich niemand rein?«

»Auf keinen Fall.«

Sie warf den Kopf zurück. »Dann sollten wir die Chance nutzen, uns von den Geschehnissen des Tages abzulenken und kurzfristig zu vergessen, dass es auch ein Leben außerhalb des Wassers gibt.«

Sie presste ihm die Lippen auf den Mund und versank in ihm genauso, wie sie gleichzeitig mit ihm im kühlen Wasser unterging.

Gewichtslos trieben sie dahin, bis ihre Füße auf dem Boden waren, stießen sich dann von den Fliesen ab und kamen wieder an die Luft, die süß nach Tropen roch. Ein sanftes Plätschern war das einzige Geräusch, das sie an diesem Ort umgab. Neben kühlem Wasser, warmer Luft und den Armen des von ihr geliebten Mannes, der sie hielt.

Mund an Mund gingen sie wieder unter, während er die Hände über ihren Körper gleiten ließ, worauf sie außer Atem und mit wild klopfendem Herzen wieder an die Oberfläche schoss.

Gemächlich rollten sie sich wechselweise unter Wasser oder über Wasser hin und her, während ihr Puls sich überschlug. Langsam und gemächlich, dann schnell und rau. Der schnelle Wechsel ließ sie vor Verlangen erschaudern und rief gleichzeitig Begierde und ein herrliches Gefühl der Schwäche in ihr wach.

Sie rahmte sein Gesicht mit beiden Händen, versank abermals im Wasser und der bodenlosen Liebe, die sie ihm entgegenbrachte, und spürte die Kraft, mit der es sie erfüllte, dass sie sich ihm willenlos ergab.

Das Wasser wurde wärmer, als er sie in Richtung der Lagunenecke zog, wirbelte um ihren Körper und verursachte ein angenehmes Kribbeln auf der Haut.

Er liebte es, wenn sie derart verloren war. Er drückte sie gegen den Beckenrand, strich ihr die nassen Haare aus der Stirn und erforschte eingehend die Stellen ihres Leibs, die unter Wasser waren.

Er schmeckte ihren Herzschlag unter seinen Lippen, während sie mit den Händen über seinen Körper glitt, schließlich tauchte er noch tiefer, packte ihre Hüften, suchte ihre Mitte, drang mit seiner Zunge in sie ein und spürte, wie sie kam.

Nass und warm, schlank und geschmeidig und pulsierend wie das Nass, das sie umgab, ließ sie einladend die Hüften kreisen, während seine Hand dort weitermachte, wo zuvor sein Mund gewesen war. Bis sie mit beiden Händen fest den Beckenrand umklammerte, die bernsteinbraunen Augen glasig wurden und sie mit einem Schrei in sich zusammenbrach.

»Gott. Oh Gott. Ich kann nicht mehr.«

»Oh doch. Ein bisschen noch. Lass einfach los. Lass alles los.« Jetzt war es auch um ihn geschehen. Wieder fiel er mit den Händen und dem Mund über sie her und trieb sie nochmals an, als ihr abermals ein Schrei entfuhr, drang er mit wilden Stößen in sie ein.

»Du gehörst mir.« Verrückt nach ihr und wie von Sinnen grub er ihr die Zähne in die Schulter und den Hals. »Nur mir.«

Erschaudernd schlang sie ihm die Beine um die Hüften und die Arme um den Hals. »Genauso wie du mir.«

Jetzt ließ er los. Ließ alles los, bis sie völlig erledigt wieder auf dem Wasser trieben und sie seufzend mit den Händen über seine nassen Haare strich.

»Die Kopfschmerzen sind weg. Das ist schon mal nicht schlecht. Mir ist jetzt auch egal, wie spät es auf den Bahamas ist.«

»Das heißt, ich habe meinen Job gemacht.«

»Ist das wie eine Fußreflexzonenmassage?«

»Sex?« Er stieß ein halbes Lachen aus und sah ihr forschend ins Gesicht. »Wie kommst du denn auf die Idee?«

»Mira hat erzählt, dass es ihr hilft, sich zu entspannen, wenn Dennis ihre Füße knetet, und ich habe mich gefragt … vergiss es. Lösch die letzten Sätze, denn sonst stelle ich mir vor, wie sie und Dennis … und das will ich wirklich nicht.«

»Warum bringst du dann mich auf den Gedanken, wenn du selbst nicht daran denken willst?«

»Das war keine Absicht. Tut mir leid.« Sie küsste ihn auf die Wange und stand auf. »Ich muss allmählich wieder rauf.«

»Hilf mir beim Aussteigen, ja?« Er streckte eine Hand in ihre Richtung aus. »Denn ich bin ebenfalls total entspannt.«

Sie legten sich die Hände gegenseitig auf die Unterarme, als er ihr gegenüberstand, schlang sie ihm abermals die Beine um den Leib. »Draußen fällt widerlicher Schneeregen.«

»Okay.«

»Und wir hatten phänomenalen Sex im Pool. Das war ein echter Höhepunkt.« Sie stellte ihre Beine wieder auf dem Boden ab und kletterte entschlossen aus dem Pool. »Du und Mira hattet recht. Ich habe wieder einen klaren Kopf, dank der Pause komme ich gleich bei der Arbeit zügiger voran.«

»Hat sie dir vorgeschlagen, Sex zu haben?«

»So genau hat sie es nicht gesagt.« Sie schnappte sich ein Handtuch und warf ihm eins zu. »Sie hat einfach gemeint, ich sollte eine Stunde frei machen, damit ich dann mit neuen Kräften weiterarbeiten kann. Parsens – unsere Killerin – hat übrigens ein Kind von ihrem Partner James. Sie hat ein Kind von ihm bekommen, während er im Knast gesessen hat. Dann ist sie mit dem Kind zu ihrer Mutter gefahren, hat ihr vorgemacht, dass sie ihr Leben ändern will, hat dann aber das Kind bei ihr zurückgelassen und ist mit den Wertsachen der Mutter wieder abgehauen.«

Schweigend zog er sie an die Brust.

»Es ist nicht das Gleiche wie bei mir. Der Kleinen geht es gut. Sie ist bei ihrer Oma deutlich besser dran.«

»Trotzdem bringt es die Erinnerung zurück und reißt alte Wunden wieder auf.«

»Ein paar. Aber es hilft mir zu erkennen, wie diese Parsens tickt. Ich kann mich gut in sie hineinversetzen, das wird uns eine Hilfe sein. Trotzdem brauche ich erst einmal eine Pause, denn die Sache setzt mir ziemlich zu.«

»Ich könnte Fußreflexzonenmassagen lernen.«

Lachend fing sie an, sich wieder anzuziehen. »Der Sex reicht mir vollkommen aus.«

»Ich wette, den haben die Miras auch.«

»Verdammt, das hast du absichtlich gesagt, nicht wahr?«

»Natürlich«, gab er unumwunden zu. »Jetzt freue ich mich auf ein Gläschen Wein und etwas zu essen, denn ich schätze, dass du seit dem Frühstück nichts mehr in den Bauch bekommen hast. Deine Kollegen können sich selbst was holen, wenn sie kommen.«

Sobald sie fertig angezogen war, ergriff er ihre Hand. »Schneeregen, hast du gesagt?«

»Ja.«

»Dann ist ein anständiger Eintopf jetzt genau das Richtige.«

»Die dickflüssige Brühe, in der lauter Sachen schwimmen?«

»Ja, genau.«

Mit einem Grinsen auf den Lippen folgte sie ihm in den Lift. »Die dickflüssige Brühe, in der Hühnerfleisch und Klöße schwimmen.«

»Warum nicht?«

Sie holte sich noch Schuhe aus dem Schlafzimmer und brachte dann im Arbeitszimmer die Tafel auf den neuesten Stand.

Roarke wählte in der Zeit den Weißwein zu dem Eintopf, in dem neben Hühnerfleisch und Klößen noch Spinat als Vitaminzugabe schwamm, denn wie so oft, wenn Eve bis an die Grenzen ging, war sie auch nach der Pause noch erschreckend bleich.

Dann setzten sie sich an den Tisch, und während sie ihm ausführlich von ihrem Tag erzählte, tauchten die Kollegen auf.

Die kurze Pause war damit vorbei.

Die anderen wirkten ebenso erschöpft wie sie selbst, sie hatten schließlich auch einen beinah genauso langen Arbeitstag gehabt.

»Gleich gibt es was zu essen«, sagte Eve. »Machen Sie bis dahin eine kleine Pause und gehen schwimmen, wenn Sie wollen.«

Peabody blinzelte verwirrt. »Ist das Ihr Ernst?«

»Auf diese Art bekommen Sie wieder einen klaren Kopf.«

»Schwimmen?«, fragte Banner überrascht. »Wollen Sie damit etwa sagen, Sie haben ein Schwimmbecken im Haus?«

»Nicht nur ein Schwimmbecken«, erklärte Peabody. »Sie haben einen unglaublichen Pool, in dem es sogar eine Whirlpool-Ecke gibt.«

»Da brat mir doch jemand einen Storch. Ich hätte nichts dagegen, ein paar Runden durch den Pool zu drehen, aber ich habe keine Schwimmsachen dabei.«

»Da unten liegen jede Menge Badehosen rum. Die passen vielleicht keinem Storch, aber für Sie ist sicher eine passende dabei«, meinte McNab. »Auf geht's.«

»Momentchen noch«, bat Banner ihn und wandte sich an Eve. »Ich habe eben noch mit meinem Chief gesprochen, Lieutenant, und ihn wissen lassen, dass der Tod von Little Mel kein Unfall war. Außerdem habe ich ihm den Bericht zu Little Mel und Fastbinder geschickt. Er wird Mels Mama informieren, und er hat gesagt … er hat gesagt, er wäre stolz auf mich.«

Banner räusperte sich kurz, wobei ihm die Erschöpfung deutlich anzusehen war. »Er ist ein anständiger Mann und guter Vorgesetzter, aber so etwas hört man nicht jeden Tag von ihm. Ich bin wieder im Dienst, aber er sagt, ich könnte hierbleiben, solange ich mich nützlich machen kann.«

»Ich werde Ihnen sagen, wenn Sie uns hier nicht mehr nützlich sind.«

Er verzog den Mund zu einem Lächeln. »Also gut, dann werde ich jetzt schwimmen gehen.«

»In einer halben Stunde sind Sie wieder da«, rief Eve den anderen hinterher und wandte sich dann wieder ihrem Gatten zu. »Das reicht, denn da sie sicher keine Lust auf einen Dreier haben, drehen sie wahrscheinlich wirklich einfach ein paar Runden durch den Pool.«

Er schüttelte den Kopf. »Dann nutzen wir die Zeit am besten, während wir was essen, erzählst du mir genau, was ihr heute alles rausgefunden habt.«

Sie nahm ihm gegenüber Platz, schob sich den ersten Löffel Eintopf in den Mund und stellte fest, dass er tatsächlich köstlich schmeckte.

»Ella-Loo Parsens und Darryl Roy James.«

Roarke nickte zu den Aufnahmen der beiden, die an der Tafel hingen. »Die Namen kenne ich bereits.«

»Kommt ein Mann in eine Bar«, setzte sie lächelnd an, und kurz vor Ende des Berichts kamen die anderen drei zurück und schnatterten wie …

»Wie heißen noch mal diese Vögel, die es in Irland gibt?«

»Wir haben dort mehr als eine Vogelart.«

»Die aus dem Sprichwort.«

»Elstern?«

»Nein, obwohl die auch in Ordnung wären. Aber ich meine diese anderen, die man auch essen kann.«

»Ich frage mich, woher ich immer weiß, wovon du redest«, sagte Roarke. »Gänse?«

»Ja, genau.«

»Wir haben uns das neue Dojo angesehen. Nur von außen«, fügte Peabody hinzu. »Aber wir wollten es mal sehen. Es ist echt toll.«

»Die Überraschungen in diesem Haus hören einfach nicht auf«, fügte der Deputy aus Arkansas in ehrfürchtigem Ton hinzu.

»Holen Sie sich auch etwas zu essen«, sagte Eve. »Ich habe Roarke inzwischen auf den neuesten Stand gebracht.«

»Was Sie da essen, riecht echt gut.« Begierig sog McNab den Duft des Eintopfs in sich ein.

»Eintopf mit Hühnerfleisch und Klößen.«

»Lecker. Haben Sie noch genug davon?«, erkundigte sich Peabody.

»Auf jeden Fall.«

»Dann hole ich uns was. Ich weiß inzwischen, wie der AutoChef hier funktioniert, und schließlich hat mein Boss gesagt, dass ich mich nützlich machen soll«, fügte Banner gut gelaunt hinzu.

»Ein alkoholisches Getränk pro Kopf«, gab Eve dem Deputy mit auf den Weg. »Wein oder Bier, danach steigen Sie auf Kaffee um.«

»Peabody, Sie trinken Wein, nicht wahr?« Roarke stand auf, um ihr ein Glas zu holen. »Und Ian?«

»Wein ist gut. Am besten trinken wir den alle, damit wir auch weiterhin auf einer Wellenlänge sind.«

»Was ist mit den von Banner mitgebrachten elektronischen Geräten?«, fragte Eve.

»Feeney und ich haben sie uns angesehen und haben auch Callendar drauf angesetzt. Die automatisierte Prüfung dauert noch bis morgen früh.«

McNab nahm eins der kleinen, krossen Brötchen aus der flachen Schale auf dem Tisch, warf es in die Luft, fing es wieder auf und biss hinein.

»Das Link von dem Chinesen ist uralt«, erklärte er mit vollem Mund. »Wenn man auf so einem Ding die Aufnahmen immer wieder überspielt, verschwimmen sie, selbst wenn man sie wieder voneinander trennt. Wenn wir die Nummer wüssten, von der aus die beiden angerufen haben, könnten wir vielleicht etwas finden, aber ohne diese Nummer tappen wir im Dunkeln.«

»Wir sehen uns dieses Link am besten hier noch einmal an.« Roarke stellte drei Weingläser auf den Tisch und schenkte allen ein. »Wobei ich Ihrer Meinung bin. Es ist schon alles andere als leicht, etwas zu finden, wenn man weiß, wonach man sucht, doch ohne Nummer oder Namen ist es praktisch aussichtslos.«

Banner brachte ein Tablett mit drei dampfenden Schüsseln an den Tisch. »Der Typ im Restaurant behauptet, dass er sich an die Bestellung teilweise erinnern kann und ungefähr noch weiß, um wie viel Uhr sie eingegangen ist. Aber McNab sagt, dieser

Anruf wäre mehrfach überspielt und um die Zeit hätten verschiedene Leute angerufen und Hühnchen Kung Pao und Frühlingsrollen und so Zeug bestellt.«

McNab schob sich bereits den ersten Löffel Eintopf in den Mund und sagte abermals mit vollem Mund: »Wir haben schon einen Teil der Aufnahmen der Überwachungskameras gesäubert, der Rest wird keine große Sache sein. Wenn dabei genug herauskommt, sehen wir uns auch noch die Bilder aus den Kameras über den Eingängen der Läden in der Gegend an. Vielleicht erwischen wir die beiden ja, wenn sie daran vorbeigehen, und finden so heraus, in welcher Richtung ihre Wohnung liegt.«

»Der Eintopf schmeckt genauso gut wie der von meiner Ma. Vielleicht sogar noch besser«, stellte Banner anerkennend fest. »Aber ich wüsste es zu schätzen, wenn Sie ihr das nicht erzählen, falls Sie ihr je begegnen, denn das würde sie mir nie verzeihen. Ich kann mir vorstellen, dass sie näher bei den Restaurants als bei dem Baumarkt wohnen, weil sie dort öfter waren. Wobei natürlich James die Riesenrolle Plastikplane dort erstanden hat und ihre Wohnung, weil man bei dem Laden nur mit Mühe einen Parkplatz findet, ebenfalls ganz in der Nähe liegen könnte.«

Er kostete den Wein und meinte nickend: »Der ist ebenfalls sehr gut. Als wir zu Fuß dort unterwegs waren, kam mir der Gedanke, dass ich selber eher zu Fuß gelaufen wäre, um die Rolle Plastikfolie und die anderen Sachen zu besorgen, obwohl ich dann vielleicht zweimal hätte gehen müssen, weil ich den Verkehr hier in New York ganz einfach nicht gewohnt bin und deshalb nur fahre, wenn es gar nicht anders geht. Ich schätze, dass es James genauso geht. Ich nehme an, er ist die meiste Zeit zu Fuß oder vielleicht auch mit der U-Bahn unterwegs.«

Eve lehnte sich auf ihrem Stuhl zurück. »Dann würden sie also den Van nur für die Jagd benutzen, ansonsten wäre er die meiste Zeit irgendwo abgestellt.«

»Auto fahren hier in New York ist der totale Wahnsinn, und die Leute, die hier Auto fahren müssen, wirken alle furchtbar angepisst. Ich habe extra was dafür bezahlt, damit die Firma meinen Mietwagen dort abholt, wo er stand, und ich ihn nicht noch selbst zu deren Parkplatz fahren muss. Wenn ich wieder heimfliege, nehme ich entweder den Bus zum Flughafen oder probiere mal die U-Bahn aus.«

Eve stand auf und sah sich ihre Tafel an. »Wo immer sich die zwei auch eingenistet haben, haben sie die Gelegenheit, dort einzuziehen, spontan genutzt. Vielleicht war es ein leer stehendes Haus, eine leer stehende Wohnung oder eine Wohnung, deren Besitzer sie überwältigt haben. In einer schicken Gegend in der Innenstadt. Wahrscheinlich hatte sie etwas davon gelesen oder auch im Fernsehen gesehen. Ich weiß noch nicht, warum, aber sie sind auf alle Fälle in der Lower West Side südlich des West Village, nördlich von Tribeca, westlich von SoHo und Greenwich Village. Meiner Meinung nach ist das das Einzige, was passt.«

»Du denkst, dass sie vielleicht noch jemand anderen gefangen halten«, meinte Roarke. »Falls sich die Möglichkeit für sie ergeben hat, in eine Wohnung einzubrechen und dort einzuziehen.«

»Ich habe mir zur Vorsicht schon mal die Vermisstenmeldungen der letzten Wochen angesehen. Andererseits, weshalb hätten sie dann Mulligan entführen sollen? Mit dem Wohnungseigentümer und Campbell hätten sie schon zwei Opfer, außer Campbell wäre tot und sie hätten die Leiche irgendwo versteckt.«

»Aber weshalb hätten sie das machen sollen, Kupers Leiche haben sie doch auch einfach irgendwo in einer Gasse abgeladen?«, warf Peabody zutreffend ein.

»Noch einen Dritten oder vielleicht gar ein Pärchen oder Eltern mitsamt Kindern festzuhalten wäre umständlich und jede Menge Arbeit«, überlegte Eve. »Wenn man diese Leute umbringt, muss man ihre Leichen irgendwo entsorgen, weil man sie unmöglich längerfristig in der Wohnung aufbewahren kann. Bis zu Mulligans Entführung haben sie sich einen Menschen nach dem anderen geschnappt. Ich halte es deshalb für unwahrscheinlich, dass jemand in der Wohnung war.«

»Sie haben auf alle Fälle einen Unterschlupf.« Sie rief die Karte auf dem Bildschirm auf und zog die Gegend mit dem Laserpointer nach. »Und zwar irgendwo hier.«

»Dann klappern wir jetzt also alle Häuser in der Gegend ab?«, erkundigte sich Peabody.

»Vielleicht schaffe ich es ja, sie vorher noch ein bisschen einzugrenzen, aber ja. Die Feds werden ein bisschen brauchen, bis sie den Bericht zu Little Mel und zu Fastbinder gelesen und verdaut haben, dass sie auf dem falschen Dampfer waren. Zweck hat alles, was wir haben, wir werden sehen, was er damit macht. Vielleicht ziehen wir die Masche mit dem Gasleck oder etwas in der Richtung durch. Aber bevor wir das versuchen, grenzen wir die Gegend noch ein bisschen ein.«

»Von dem Van haben wir bisher noch keine Spur. Die Kollegen, die dort patrouillieren, haben ihn nirgendwo entdeckt.«

»Irgendwann müssen sie wieder vor die Tür gehen«, warf der elektronische Ermittler achselzuckend ein. »Es hätte schließlich keinen Sinn, den weiten Weg bis nach New York zu fahren, wenn man dann die ganze Zeit in seiner Wohnung bleibt.«

»Warum sollte man ausgehen, wenn man sich genauso gut zuhause amüsieren kann?«, bemerkte Eve und wies die anderen an: »Essen Sie auf, und dann versuchen Sie, das Feld noch etwas einzugrenzen, ja?«

19

Ihr Arbeitszimmer roch nach Huhn und Kloß in starker schwarzer Kaffeemarinade und nach einem Hauch von Kirsche von der Limo, die McNab während der Arbeit literweise trank.

Während Eve die Aufgaben verteilte, holte Roarke noch einen weiteren Computer aus dem Nebenraum. Peabody und Banner würden sich eingehend mit Parsens und mit James befassen, Roarke und Ian sollten sich die Bilder aus den Überwachungskameras des Restaurants und der Geschäfte, die dort in der Nähe lagen, ansehen, um herauszufinden, wohin die Verdächtigen mit ihrem Essen unterwegs gewesen waren, und Eve würde mithilfe aller Informationen versuchen, abermals die Gegend einzugrenzen, wo die Wohnung lag.

Als Erster unterbrach Special Agent Zweck die Arbeit, während des Gesprächs lehnte sie sich auf ihrem Stuhl zurück und legte die Füße auf den Tisch.

»Ich halte Sie auch weiter auf dem Laufenden«, versprach sie ihm. »Wenn Sie mich dafür wissen lassen, was Sie selber jetzt unternehmen wollen.«

Nach dem Gespräch griff sie nach ihrem Becher und trank den inzwischen kalten Kaffee aus.

»Die Feds sind nicht bereit, Little und Fastbinder als Opfer der aus ihrer Sicht noch immer unbekannten Täter anzusehen.«

Banner riss den Kopf herum. »Das kann ja wohl nicht sein.«

»Anscheinend hat DeWinter in ihrem Bericht verschiedene Leute namentlich erwähnt und ihnen sprichwörtlich die Ärsche aufgerissen, weshalb ihnen diese Ärsche jetzt auf Grundeis gehen.«

Sie schuldete DeWinter jetzt auf alle Fälle einen Drink.

»Die fraglichen Überreste werden morgen früh in ein Labor des FBI geholt und dort von deren eigenen Spezialisten noch einmal eingehend untersucht.«

»Das ist ja wohl totaler Schwachsinn.«

»Das nennt man Bürokratie. DeWinter läuft jetzt Amok und tritt anderen Leuten in die Ärsche, weil sie Noah Pastons Überreste auf den Tisch bekommen will. Die nächsten Angehörigen des Jungen haben schon zugestimmt, weshalb sie ihn aus meiner Sicht auf alle Fälle kriegen wird. Oh ja, das hatte ich vergessen.«

Sie ließ ihren Zeigefinger kreisen und fuhr fort: »Wobei es um dieselbe Sache geht. Während das FBI unsere Berichte gründlich lesen und Parsens und James unter die Lupe nehmen wird, bezeichnen sie die beiden immer noch nicht als die Hauptverdächtigen, sondern nur als Personen, die für die Ermittlungen von Interesse sind.«

»Aber wir haben ihren Weg genau zurückverfolgt«, erklärte Peabody.

»Wir haben festgestellt, dass James und Parsens sich zum ersten Mal 2057 in der Bar, in der Carmichael und Santiago waren, begegnet sind. James hat einen 52er Pick-Up-Truck gestohlen, auf den die Beschreibung eines von den Dorrans unbefugterweise abgeschleppten Wagens zutrifft, und die Bundespolizei wird das, was von dem abgeschleppten Ding noch übrig ist, zurückverfolgen, um zu überprüfen, ob es der von James gestohlene Wagen war. Dazu wissen wir, dass Parsens eine Tochter hat, doch bis zur Überprüfung ihrer DNA steht für das FBI der Vater noch nicht fest.«

»Arschlöcher«, stieß Banner aus.

»So hat Zweck das zwar nicht gesagt, aber ich gehe davon aus, dass er das ähnlich sieht. Wir können bisher nicht zweifelsfrei beweisen, dass die beiden irgendwen getötet oder überhaupt den Weg genommen haben, auf dem sie unserer Meinung nach hierhergekommen sind. Genauso wenig haben wir bisher zweifelsfrei bewiesen, dass sie überhaupt jemals hier angekommen sind. Das FBI wird sich die Bilder aus der Ladezone ansehen, und Zweck spricht morgen noch mal mit dem Pfandleiher, dem Typ aus dem Baumarkt und den Leuten in den Restaurants.«

»Das haben wir doch alles schon gemacht«, murmelte Peabody. »Sie vergeuden unnötige Zeit und Energie.«

»Wie sich's für Arschlöcher gehört«, erklärte Eve. »Ich werde Ihnen sagen, was das für uns heißt. Wir sind bei den Ermittlungen auch weiterhin auf uns gestellt, zumindest kommt das FBI uns auch nicht in die Quere. Wobei Zweck aus meiner Sicht versuchen wird, so lange Druck zu machen, bis etwas passiert. Weil er weder dämlich noch ein Arschloch ist.«

»Vor allem wird das FBI die Namen und Gesichter der Verdächtigen nicht sofort an die Medien weiterleiten. Das verschafft uns eine kurze Atempause, aber vielleicht kommt auch einer von den Trotteln auf die glorreiche Idee, die Namen und Bilder rauszugeben, nachdem die zwei laut FBI für die Ermittlungen zumindest von Interesse sind.«

»Im Grunde hat sich also kaum etwas verändert«, stellte Banner fest.

»Auf jeden Fall nicht viel. Ich gehe davon aus, dass Zweck den anderen Feuer unter ihren Hintern machen wird. Aber irgendwer, der in der Hackordnung noch weiter oben steht, kann es anscheinend nicht verknusen, dass man ihn auf einen Fehler hingewiesen hat, der bei Bekanntwerden ein schlechtes Licht auf ihn und seinen Laden wirft. Sie hatten recht, Banner, das FBI hat nicht auf Sie gehört und hört auch weiter nicht auf Sie. Auch wenn das meiner Meinung nach ein großer Fehler ist. Ein kleiner Deputy aus Arkansas … womit ich Ihnen nicht zu nahe treten will.«

»Das tun Sie nicht.«

»Ein kleiner Deputy aus Arkansas liegt richtig und das FBI liegt falsch. Das kratzt an ihrem Stolz.«

Eve nickte in Richtung Tafel. »Sie hätten es so machen sollen wie Sie, hätten von Little Mel aus rückwärtsgehen sollen, bis sie bei Jansen angekommen wären. Dann hätten sie das Pärchen sicher längst erwischt, und einigen von den Opfern wäre nie etwas passiert.«

»Damit müssen sie leben«, stellte Banner fest.

Die Art von Cop, die es als Drama sah, wenn sie einmal im Irrtum war, konnte problemlos damit leben, dachte Eve. Sie suchte einfach jemanden, der in der Hackordnung noch tiefer stand als sie, dem sie die Schuld an ihrem Irrtum in die Schuhe schob.

»All das macht sich politisch und PR-mäßig natürlich ziemlich schlecht. Aber für uns ändert sich dadurch nichts. Also geben Sie mir alles, was Sie über James herausgefunden haben«, wandte Eve sich wieder an den Deputy.

Er raufte sich die Haare und rutschte nervös auf seinem Stuhl herum.

»Für die Schule hatte er nichts übrig. Er hat einmal eine Klasse wiederholt und musste eine Zeit lang in den Förderunterricht. Irgendwelche freiwilligen Aktivitäten hat er nicht gemacht. Er hat nur das getan, was vorgeschrieben war. Sogar beim Sport, was in den kleinen Städten dort, woher ich komme, ziemlich ungewöhnlich ist.«

»Er hat also fürs Lernen nicht viel übrig und ist auch kein Teamplayer«, schloss Eve.

»Auf keinen Fall. Das Einzige, woran er damals schon Interesse hatte, waren Sex und Frauen.«

»Ach ja?«

»Ich habe hier ein paar Artikel über eine Lehrerin, die etwas mit ihm hatte und deshalb zu einer Haftstrafe verurteilt worden ist. Er war damals fünfzehn und sie sechsundzwanzig, das haben weder der Direktor ihrer Schule noch die Richter gern gesehen.«

Eve richtete sich kerzengerade auf. »Hat sie ihn zum Sex gezwungen?«

»Sieht nicht so aus. Ich schicke Ihnen die Artikel auf Ihren Computer, es scheint ziemlich klar zu sein, dass sie ihn weder unter Druck gesetzt noch sonst auf irgendeine Art gezwungen hat. Das entschuldigt sie natürlich nicht, denn ganz egal, wie man es dreht und wendet, hat sie einen Schutzbefohlenen missbraucht, aber er hat offenbar freiwillig mitgemacht. Anscheinend hat er sie romantisiert.«

»So macht er es mit Parsens auch.«

»Er hat ihr Blumen, schlechte, selbst geschriebene Gedichte und kleine Geschenke mitgebracht. Die praktisch ausnahmslos gestohlen waren. In demselben halben Jahr hatte er auch noch etwas mit zwei Mädchen, was herauskam, als man sie vor Gericht vernommen hat. Die eine wurde offiziell verwarnt, weil sie schon achtzehn war, die andere war erst sechzehn, weshalb die Sache nicht strafbar war.«

»Sex, Diebstahl und Romantik. Er hat früh damit begonnen.«

»Er hat eine ziemlich dicke Strafakte aus dieser Zeit, die allerdings versiegelt ist.«

»Von Ladendiebstahl ging es weiter über Fahren ohne Führerschein, Zerstörung fremden Eigentums bis hin zu ein paar kleineren tätlichen Angriffen, für die er zu Sozialstunden verurteilt worden ist. Einmal musste er auch eine Reha machen, nachdem er mit Drogen hochgenommen worden war, aber auch die Berichte seiner Psychologen sind nicht einsehbar.«

Es gäbe einen schnellen Weg – der führte über Roarke – und einen langsameren, offiziellen über Mira, dachte Eve. »Wir kriegen Einblick in die Unterlagen, wenn es nötig ist.« So oder so.

»Dann hat er sein Talent als Mechaniker entdeckt, weshalb es in dem Jahr an der Berufsschule erheblich besser für ihn lief. Vor allem in Elektrotechnik war er wirklich gut, das hat ihn mehr als alles andere interessiert. Er galt in der Berufsschule als wenig helle und als fauler Hund, aber er hatte offenbar ein Händchen für den ganzen Elektronikkram. Trotzdem hat er seine Ausbildung mit sechzehn abgebrochen, ist nach Texas abgehauen, wurde erwischt, als er ein Auto klauen wollte, und fuhr ein. Der Rest ist Ihnen schon bekannt.«

»Schicken Sie die Infos Mira, damit sie ein umfassendes Bild von ihm bekommt. Peabody, wie sieht's mit Parsens aus?«

»Das meiste haben Sie eben auch schon über James gehört. Sie war eine schlechte Schülerin, hat sich außerhalb des Unterrichts nicht weiter engagiert, hatte eine Handvoll Schulverweise wegen Schlägereien auf dem Schulhof, Schwänzen und Stören der Schulordnung. Außerdem hat sie behauptet, einer ihrer Lehrer hätte sich an sie herangemacht, aber durch die anschließende, wie es aussieht eingehende Untersuchung wurde dieser Lehrer vollständig rehabilitiert. Dann hat sie es bei einem anderen Lehrer mit demselben Trick versucht, aber der hat heimlich alles aufgenommen und konnte beweisen, dass sie ihm für das Bestehen eines Tests Sex angeboten hat. Und zwar in jeder Form. Dafür wurde sie zu einer Therapie und Sozialstunden verurteilt, aber diese Therapie hat offenbar nicht viel gebracht. Kaum dass sie achtzehn war, hat sie die Schule abgebrochen und ist von zuhause abgehauen. Statt sich eine feste Anstellung zu suchen, hat sie ab und zu in irgendwelchen Bars gejobbt. Mit achtzehn und noch mal mit einundzwanzig hat sie die Lizenz als Sexarbeiterin beantragt, wobei der Antrag beide Male abgewiesen worden ist.«

Als sie nach ihrem Becher griff und stirnrunzelnd hineinsah, fragte Banner: »Leer?«

Sie nickte knapp.

»Ich fülle Ihnen gerne noch mal nach.«

»Tatsächlich könnte ich jetzt eher etwas Süßes brauchen. Könnten Sie mir wohl eine Orangenlimo holen?«

»Kein Problem. Sprechen Sie weiter«, bat er sie und wandte sich zum Gehen. »Ich kann Sie auch noch in der Küche hören.«

»Ich habe mehrere Berichte über sie als Minderjährige entdeckt. Zweimal wurde Anzeige erstattet, weil sie einen Hund getötet haben soll.«

Jetzt, dachte Eve. Jetzt kamen sie der Sache näher. Parsens' Wunsch nach Blutvergießen sowie anderen Wesen Schmerzen zuzufügen hatte sie bei diesen Vorfällen bereits gezeigt.

»Wie alt war sie damals?«

»Als der erste Hund getötet wurde, gerade dreizehn. Kurz zuvor hatte sie mit dem Mädchen, dem der Hund gehörte, einen Streit gehabt, bei dem es um irgendeinen Jungen aus der Klasse ging. Kurz danach fraß dann der Hund von diesem Mädchen einen Giftköder und starb. Beim zweiten Mal war Parsens fünfzehn, auch da gab's vorher einen Streit. Nur wurde dieses Mal dem Hund die Kehle aufgeschnitten, er wies Brandwunden am ganzen Körper auf und wurde dann an einen Baum gehängt.«

»Was für ein Monster«, murmelte der Deputy aus Richtung Küche. »Mir ist klar, dass sie auch Menschen umbringt, aber ich bin nun einmal ein ausgemachter Hundefreund und werde nie verstehen, wie jemand einem unschuldigen Tier vollkommen grundlos Leid zufügen kann.«

»Sie quält und tötet Tiere. So fangen viele Serienkiller an. Irgendwann haben die Tiere ihr nicht mehr gereicht, und sie hat sich an Menschen rangemacht. Darauf wäre es am Schluss auch ohne James hinausgelaufen, weil sie das von klein auf in sich hatte. Sonst noch was?«, erkundigte sich Eve bei Peabody.

»Sie hat auch mehrmals selber Anzeige erstattet. Einmal gegen einen Freund, der sie geschlagen haben soll, die anderen Male wegen Vergewaltigung oder sexueller Belästigung. Den Fotos und Berichten nach wurde sie tatsächlich geschlagen, doch der Freund sah mindestens genauso übel aus. Die anderen Anzeigen sind ausnahmslos im Sand verlaufen, weil es keinerlei Beweise gab.«

»Dann setzt sie Sex also als Waffe und als Währung ein. Über etwas in der Richtung habe ich schon mal mit Charles gesprochen.«

»Charles?«, fragte der Deputy, als er mit zwei Limoflaschen in den Händen wieder aus der Küche kam.

»Ein Freund von mir, der früher Callboy war und jetzt als Therapeut sein Geld verdient«, erklärte Eve. »Wenn wir mit ihm sprechen würden, würde er wahrscheinlich sagen, Parsens hätte niemals wirklich Spaß an Sex gehabt, weil er für sie von Anfang an ein Werkzeug oder eine Waffe war. Wahrscheinlich nutzt sie diese Waffe auch, um James an sich zu binden. Sex und dazu die Morde, die sie seit mehreren Monaten begehen.«

Peabody trank einen großen Schluck von ihrer Limo, fuhr zusammen und massierte sich die Stirn. »Ich habe einen

Kälte-Zucker-Schock«, erklärte sie und fragte sich: »Warum zum Teufel tue ich mir so was an? Sie ist als Minderjährige ein paarmal von zuhause abgehauen, kam aber immer wieder freiwillig zurück, bevor sie dann mit achtzehn endgültig abgehauen und weggeblieben ist. Der Stiefvater hat damals Anzeige wegen gestohlenen Bargelds und gestohlener Wertsachen erstattet, die er aber später zurückgezogen hat.«

»Auf Drängen ihrer Mutter«, spekulierte Eve.

»Sie ist ein bisschen rumgezogen, bis sie dann im *Rope 'n Ride* gelandet ist.«

»Dann stellen Sie die Sachen, die Sie rausgefunden haben, jetzt zusammen und schicken sie genau wie Banner seine Informationen Mira zu«, bat Eve. »Wenn wir die zwei erwischen, machen wir den Sack mithilfe all dieser Dinge zu.«

Während sie aufstand, klingelte ihr Link.

»Wo stecken Sie, Santiago?«

»Wir kommen gerade aus dem Knast. Wir haben mit ein paar Wärtern gesprochen und davor mit einer der Bedienungen in dem Laden, in dem Parsens gearbeitet hat, mit ihrem früheren Vermieter und als Sahnehäubchen mit der Hebamme, mit deren Hilfe sie ihr Kind bekommen hat. Wir haben das Lasso ausgeworfen und sie eingefangen, Boss.«

»Sie sind schon viel zu lange auf dem Land.«

»Auf jeden Fall.«

»Ich bringe Sie hier auf den großen Bildschirm, damit alle hören, was Sie herausgefunden haben«, sagte sie und brachte das Gespräch von ihrem Link auf einen an der Wand hängenden Monitor.

»Hallo, zusammen«, grüßte er die anderen. »Ich wünschte mir, ich wäre jetzt bei Ihnen in New York. Den Berichten nach hat James sich während seiner Zeit im Knast bedeckt gehalten und, statt irgendwelche Dummheiten zu machen, mit Erfolg einen Elektronikkurs belegt. Dazu war er in der Werkstatt, auch dort hat er sich echt gut angestellt. Tatsächlich wurde er für einen Job in einer Werkstatt außerhalb empfohlen, statt aber diese Arbeit nach seiner Entlassung anzunehmen, erbat er die Erlaubnis heimzukehren. Er meinte, er und seine Frau wollten zu ihrem Baby, das in der Obhut der Familie wäre, aber dort sind sie nie aufgetaucht.«

»Weil sie in Richtung Osten aufgebrochen sind.«

»Die Wärter seines Blocks haben ihn als lockeren, umgänglichen Kerl beschrieben. Er hat viel gelesen und sehr oft von seiner Frau gesprochen, die tatsächlich jede Woche bei ihm im Gefängnis war. Sie haben die Besuchszeiten nach Kräften ausgenutzt. Parsens' Boss im *Rope 'n Ride* zufolge war sie bei der Kundschaft als Serviererin nicht unbedingt beliebt, hatte ständig Zoff mit den Kolleginnen und wurde obendrein verdächtigt, dass sie sich mit Sex was nebenher verdient. Was der Vermieter uns bestätigt hat. Anscheinend hat sie immer wieder Männer mitgebracht, die aber höchstens eine Stunde geblieben sind. Dann ist sie ohne Kündigung verschwunden und hat nicht einmal die Miete für die letzten beiden Wochen dagelassen. Sie fuhr den Pick-up, mit dem sie auch manchmal in der Werkstatt war, und hat dort, wie es aussieht, ebenfalls mit Sex bezahlt.«

»Das überrascht mich nicht.«

»Die Hebamme behauptet, dass sie während ihrer Schwangerschaft auf jeden Fall getrunken hat, auch wenn sich das nicht beweisen ließ. Während der Entbindung hat sie – ich zitiere – furchtbar rumgekeift, obwohl ihr Baby so problemlos wie ein junges Kätzchen auf die Welt gekommen ist. Dazu kann ich nichts sagen, denn ich habe weder je ein Baby noch ein Kätzchen auf die Welt gebracht, wofür ich wirklich dankbar bin.«

»Was ist das für ein Lärm?«

»Das sind Kühe, Lieutenant. Oder Stiere. Offenbar gibt es da einen Unterschied, auch wenn ich keine Ahnung habe, wie der aussieht, und bestimmt nicht danach fragen will. Auf alle Fälle stehen irgendwelche Kühe oder Stiere in dem Laster, neben dem wir gerade parken, anscheinend fühlen sie sich in dem Ding nicht wirklich wohl.«

»Sie sollten dort verschwinden, denn vielleicht brechen die Tiere ja aus diesem Laster aus.«

»Das müssen Sie Carmichael sagen und nicht mir.« Trotzdem sah er über seine Schulter und ging ein paar Schritte, bis er nicht mehr direkt neben dem mit Rindern vollgestopften Laster stand. »Sie waren doch schon mal auf einem anderen Planeten, Lieutenant.«

»Ja.«

»Ich nicht, aber genauso stelle ich es mir dort vor. Wie dem auch sei, hat uns die Hebamme erzählt, dass die Geburt wie nach dem Lehrbuch abgelaufen ist. Parsens aber hat sich für die Kleine nicht mal ansatzweise interessiert. Die Hebamme war deshalb so in Sorge, dass sie unentgeltlich zweimal jeden Tag gekommen ist, um nach dem Kind zu sehen und dafür zu sorgen, dass es sauber war und seine Milch bekam. Flaschenmilch, womit besagte Hebamme nicht einverstanden war. Aber Parsens meinte – ich zitiere –, dass sie sich bestimmt nicht ihre Titten dadurch ruinieren lassen würde, dass ein Baby daran nuckelte, bis sie völlig ausgetrocknet sind.«

»Als Parsens mit dem Kind verschwand und ohne wieder zurückkam, war die Hebamme derart in Sorge, dass sie ein paar Nachforschungen angestellt hat, bis sie Parsens' Mutter fand. Sie hat sie angerufen und sich vergewissert, dass das Baby dort war, aber nicht erzählt, wo Parsens steckt und welcher Art ihre Verbindung war. Dafür hätte sie die Zulassung verlieren können, im Grunde wollte sie nur sichergehen, dass das Kind gesund und munter war. Sie hätte Parsens durchaus zugetraut, das Baby auszusetzen oder es sogar zu töten.«

»Das ist ein schwerer Vorwurf«, sagte Eve.

»Die Hebamme hat uns erzählt, es wäre Parsens niemals um das Kind, sondern immer nur darum gegangen, ihren Körper wieder in die alte Form zu bringen, in ihren Augen hätte kalter Hass geblitzt, sobald die Kleine weinte oder sie versucht hat, sie dazu zu bringen, nach dem Kind zu sehen.«

Eve sagte nichts und dachte an das hasserfüllte Blitzen in den

Augen ihrer eigenen Mutter, als sie selber noch ein Kind gewesen war.

»Meistens war sie ihrem Baby gegenüber einfach gleichgültig, aber der Blick, den sie gesehen haben will, hat ihr den Schlaf geraubt. Allerdings hatte sie nichts in der Hand, um gegen Parsens vorzugehen, außer ihrem unguten Gefühl.«

»Okay.«

»Insgesamt scheinen die Leute James durchaus zu mögen, während Parsens ihnen durchweg unsympathisch ist.«

»Allen außer James, was ihr zu reichen scheint. Kommen Sie heim, Santiago. Diesmal meine ich es ernst.«

»Gracias a Dios«, stieß er aus und fügte noch hinzu: »Ich denke nur auf Spanisch, wenn ich völlig überwältigt bin.«

Sie musste einfach lachen. »Schreiben Sie noch Ihren Bericht und schicken Mira dann eine Kopie. Morgen früh um acht sind Sie auf dem Revier, denn, bei *Dios,* morgen ziehen wir die Schlinge um die beiden zu.«

Sie legte auf und stellte fest, dass Roarke und Ian aus dem Labor zurückgekommen waren. »Habt ihr alles mitbekommen?«

»Auf jeden Fall genug.«

»Peabody und Banner schreiben die Zusammenfassungen ihrer Backgroundchecks. Ihr könnt sie lesen, wenn ihr wollt, wobei sie uns vor allem während der Gerichtsverhandlung nützen sollen. Sie zementieren die Profile von den beiden und das Muster, nach dem sie bei den Morden vorgegangen sind, und bestätigen die kranken Vorlieben und einen Teil des Wegs, auf dem sie unterwegs gewesen sind. Ich habe übrigens die Gegend, wo aus meiner Sicht der Unterschlupf der beiden liegt, noch etwas weiter eingegrenzt.«

»Vielleicht können wir Ihnen dabei noch helfen«, bot McNab an, bevor er einen Schluck der Limonade seiner Liebsten trank. »Wir haben sie auf den Aufnahmen der Kameras über zwei Ladentüren entdeckt und James gesehen, wie er mit der Rolle Plastikfolie über einer Schulter und mit einer Einkaufstüte in der Hand in Richtung Norden lief.«

»Norden.« Wieder wandte Eve sich ihrer Karte zu. »Wenn wir die Gegend südlich von dem Baumarkt streichen könnten … nicht endgültig, vielleicht lege ich noch eine zweite Karte an … Wie weit konnten Sie ihn verfolgen?«

»Leider nicht besonders weit. Die Kameras dort in der Gegend sind nicht gerade zuverlässig, doch wir konnten sehen, wie er einen halben Block nach Norden lief und sich dabei den Kopf verrenkt hat, um sich alles anzusehen, wie Touristen es tun. Wenn Sie wollen, hole ich die Bilder auf den Monitor.«

Tatsächlich konzentrierte James sich so darauf, alles zu sehen, dass er mit der Rolle fast zwei andere Fußgänger umwarf.

Dann setzte er den Weg so nah am Rand der Straße fort, dass er auf den Aufnahmen nicht mehr zu sehen war.

»Verdammt. Vielleicht hatte er Glück und hat wirklich einen Parkplatz in der Nähe des Geschäfts gefunden. Vielleicht war er ja auf dem Weg zu seinem Van. Vielleicht hat er sich auch ein Taxi herangewinkt.«

»Vielleicht hat er den Van genommen«, stimmte ihr der elektronische Ermittler zu. »Ein Taxi halte ich für unwahrscheinlich, denn das haben wir schon überprüft. Vielleicht hat er den Van ja um die Ecke abgestellt. Wir haben eine offizielle Anfrage bei allen Taxiunternehmen nach Touren in alle Richtungen rausgegeben, erst einmal in einem Radius von zwei Blocks. Aber das ist jede Menge Arbeit, natürlich hat man uns erklärt, dass so etwas nicht innerhalb von ein paar Stunden machbar ist, also …«

Er wandte sich an Roarke.

»Ich habe das Verfahren etwas abgekürzt«, gab der mit einem gleichmütigen Achselzucken zu und fragte Banner: »Haben Sie damit ein Problem?«

»Ganz sicher nicht.«

»Okay. Wir haben in dem Zeitraum nur zwei Fahrten mit je einem Fahrgast ausgemacht. Die erste Tour ging bis zur Ecke 51. und Madison.«

»Ich habe direkt bei dem Taxifahrer angerufen«, mischte sich jetzt Ian wieder ein. »Er konnte sich nicht mehr genau an diese Fahrt erinnern, meinte aber, wenn jemand mit einer dicken Rolle Plastikfolie eingestiegen wäre, wüsste er das noch.«

»Die zweite Tour ging bis zur Ecke Franklin/Hudson Street.«

»Tribeca. Diesen Sektor habe ich bereits gestrichen.«

»Diesmal war es eine Taxifahrerin, aber sie meinte auch, der Fahrgast hätte keine dicke Rolle Plastikfolie dabeigehabt. Ein Taxi ist deshalb nicht völlig ausgeschlossen, Dallas, doch die Wahrscheinlichkeit, dass er eins genommen hat, ist eher gering.«

»Dann konzentrieren wir uns auf den Norden. Einen Versuch ist es auf alle Fälle wert. Wir sehen uns dort nach leer stehenden Häusern und Apartments um, klappern notfalls alle Wohnungen ab und sehen uns auf allen Parkplätzen, in allen Parkhäusern und Tiefgaragen in der Gegend um. Der Van kann schließlich nicht einfach vom Erdboden verschwinden.«

»Vielleicht steht er ja auch auf einem privaten Parkplatz irgendwo«, schlug Roarke ihr vor.

»Ich kann mir zwar nicht vorstellen, dass sie für den Parkplatz so viel Kohle springen lassen würden, aber ja, vielleicht. Vielleicht haben sie auch jemanden aus dem Verkehr gezogen, der neben der Wohnung noch einen Parkplatz hatte. Könnte durchaus sein.«

»Ich könnte eine Liste aller Anwohner erstellen, die in der Gegend eine eigene Garage entweder besitzen oder angemietet haben.«

»Tu das. Wie wir wissen, kennt sich James mit Elektronik aus.« Das sollten sie in ihre Überlegungen mit einbeziehen, dachte Eve. »Sicher gibt es in der Gegend auch Hotels, Büros oder Apartmenthäuser entweder mit Tiefgaragen oder Parkplätzen, die den Besuchern, Angestellten und Bewohnern vorbehalten sind. Wie schwierig wäre es, sich eine Parkerlaubnis zu verschaffen, und dann, ohne zu bezahlen, rein- und rauszufahren, wie man will?«

»Mit einem anständigen Störsender und minimalem Gefühl?«, fragte McNab und fügte nickend an: »Das wäre kinderleicht. In unserer Abteilung haben wir andauernd mit so etwas zu tun.«

»Sie sind Gewohnheitsdiebe, weshalb also sollten sie dafür bezahlen, den Van irgendwo abzustellen? Auf Anwohner- oder Bezahlparkplätzen gibt es meistens durchaus anständige Kameras. Das heißt, wir fangen damit an. Auch öffentliche Parkplätze haben Kameras, die aber meist nicht funktionieren. Trotzdem überprüfen wir die auch. Sobald es richtig dunkel ist, vielleicht ab neun.« Jetzt stand sie auf und stapfte durch den Raum. »Vorher ist es zu früh. Auch neun ist noch recht früh, aber uns läuft die Zeit davon. Wie Banner festgestellt hat, nehmen sie den Van wahrscheinlich nur, wenn es nicht anders geht. Das heißt, sie nutzen ihn ausschließlich für die Jagd. Also sehen wir uns die Aufnahmen der Kameras der Parkplätze ab neun Uhr abends an.«

Sie wandte sich dem elektronischen Ermittler zu. »Können Sie die Kollegen, die so was routinemäßig machen, einbeziehen?«

»Ich werde Feeney fragen, er ist sicher einverstanden.«

»Ich rufe Feeney selber an. Tun Sie, was heute Abend möglich ist, wenn wir sie bis morgen früh nicht haben, setzen wir die anderen Elektronikleute darauf an. Peabody, Sie suchen nach Vermissten oder Toten, deren Wohnungen oder Arbeitsplätze in dem Sektor liegen, und Sie, Banner, suchen leer stehende Häuser oder Wohnungen in dem Bereich. Dehnen Sie die Suche noch auf Wohnungen, die erst vor Kurzem angemietet wurden, aus. Vielleicht haben sie ja einen Teil des Geldes, das sie unterwegs gestohlen haben, investiert. Konzentrieren Sie sich vor allem auf freistehende Häuser und auf Wohnungen im Erdgeschoss oder im Souterrain. Auf alles, was womöglich einen Hinter- oder Seiteneingang hat. Ich habe mit der Suche schon begonnen, also führen Sie sie einfach fort.«

»Lust auf einen Ausflug?«, wandte sie sich abschließend an Roarke.

»Auf jeden Fall.«

»Ich muss mich noch mal in der Gegend umsehen, und zwar abends, wenn es dunkel ist. Sie gehen immer im Dunkeln auf die Jagd. Vielleicht könnten wir unsere Zeit auch sinnvoller nutzen, aber um ein besseres Gefühl für sie zu kriegen, sehe ich mich dort noch einmal um.«

»Du brauchst deine Stiefel«, sagte er. »Der Schneeregen hat noch nicht aufgehört.«

»Rufen Sie mich sofort an, sobald sich irgendwas ergibt«, befahl sie den Kollegen, lief ins Schlafzimmer und zog sich ihre Stiefel an.

»Sie wird auch durch die Straßen laufen wollen«, erklärte Roarke den anderen. »Kommen Sie hier allein zurecht, McNab? Auch wenn der Lieutenant das bestimmt nicht gerne hören würde, kennt sich Summerset sehr gut mit diesen Dingen aus und könnte Ihnen, bis ich wieder da bin, helfen, wenn Sie wollen.«

»Ich komme auch allein klar, aber vielen Dank.«

»Holen Sie sich etwas zu essen, wenn Sie wollen. Es wird sicher eine lange Nacht.«

Er folgte Eve ins Erdgeschoss, zog dort den Schal aus ihrer Manteltasche und schlang ihn ihr um den Hals. »Draußen ist es bitterkalt und einfach widerlich.«

»Ich weiß. Genauso weiß ich, dass die Chance, dass sie heute auf die Jagd gehen, eher gering ist. Aber …« Sie trat in den bitterkalten Wind und schmuddeligen Schneeregen hinaus. »Es wäre die perfekte Nacht, falls sie sich noch jemanden schnappen wollten. Die meisten Leute sind daheim, in einer Kneipe oder sonst wo, wo es warm und kuschlig ist. Es würde also niemand mitbekommen, wenn draußen auf der Straße etwas passiert.«

Sie stieg in seinen SUV und runzelte die Stirn. »Den Wagen kenne ich noch nicht.«

»Er ist ein bisschen kleiner als der andere, denn wir nehmen heute Abend schließlich niemand anderen mit. Aber er ist schnell und wendig«, sagte er und schoss in einem Tempo los, in dem sie selbst nur bei Verfolgungsjagden fuhr.

Dann ging er in die Vertikale, flog über das Tor und setzte wieder auf der Straße auf.

»Nicht schlecht. Obwohl du deinen Abend sicher nicht auf diese Art verbringen wolltest.«

»Der Abend ist bereits vorbei. Aber ich arbeite echt gerne mit McNab. Er hat es wirklich drauf, und seine Energie ist einfach ansteckend. Nebenbei hat er mir von der kleinen Bella vorgeschwärmt.«

Sie blickte auf die Straße, auf der jede Menge Taxis, aber kaum private Autos fuhren, und auf die Gehwege, auf denen eine Handvoll Leute auf dem Weg nach Hause oder in die Kneipe waren. »Ihr habt euch über Bella unterhalten?«

»Er ist vollkommen verrückt nach ihr. Er und Peabody haben letzte Woche auf sie aufgepasst, weil Mavis endlich wieder mal allein mit Leonardo ausgehen wollte, sie haben sich alle drei Kostüme angezogen und getanzt.«

»Oh Gott.«

»Sie wird bald eins. Hast du schon überlegt, was du ihr schenken willst?«

»Nein.« Eve kämpfte gegen die aufsteigende Panik an. »Ich habe keine Ahnung, was man einer Einjährigen zum Geburtstag schenkt. Damit kennst du dich besser aus.«

»Uns fällt schon etwas ein.«

Sie lenkte den Blick für einen Augenblick auf ihn. Er kannte sich mit praktisch allen Dingen aus, aber sie war sich nicht ganz sicher, ob er wirklich wusste, was das passende Geschenk für ein so kleines Mädchen war.

»Ich frage einfach Peabody.«

»Das ist eine ausgezeichnete Idee.«

»Sie schmeißen sicher eine Party, oder? Irgendeine riesengroße, vollkommen verrückte Party. Vielleicht mit Kostümen.«

»Davon ist auszugehen.«

»Aber ich trage kein Kostüm, nicht mal für Mavis. Und auch keinen dieser lächerlichen spitzen Hüte.«

»Sicher wird es Kuchen geben.«

»Kuchen ist okay. Sie haben angefangen, sich zu langweilen«, fügte Eve hinzu, und Roarke war klar, dass sie jetzt nicht mehr über Bella oder deren Eltern, sondern wieder über die Mörder sprach.

»Deshalb haben sie ein bisschen Abwechslung gesucht.«

»Wahrscheinlich«, stimmte sie Roarke zu. Inzwischen kannte sie die beiden und … »Auf alle Fälle fühlt es sich so an. Bis sie hier angekommen sind, waren sie immer in Bewegung und hatten ein ganz bestimmtes Ziel, nämlich Parsens' Traum von New York und James' romantisches Ideal, ihn zu erfüllen. Dann sind sie hier angekommen. Bisher sind wir davon ausgegangen, dass Kuper in New York ihr erstes Opfer war, aber wahrscheinlich haben wir uns da geirrt.«

»Ihr erstes Opfer war der Mieter oder Eigentümer von der Wohnung, in der sie ihr Nest gebaut haben, wie du es formulierst.«

»Genau. Natürlich hätten sie auch etwas mieten können, aber ich finde nicht, dass das zu ihnen passt. Denn Parsens hat auch schon in Oklahoma die Miete nicht bezahlt und ihren Boss im *Rope 'n Ride* beklaut. Also wette ich um einen Abend in Kostümen, dass sie auch während ihrer Reise, statt für die Unterkünfte zu bezahlen, die Eigentümer oder Mieter irgendwelcher Wohnungen oder Häuser umgebracht haben und dann dort eingezogen sind.«

»Tut mir leid, aber es macht mich etwas traurig, dass ich diese Wette sicher nicht gewinnen kann.«

»Konzentrier dich bitte auf das Wesentliche«, bat sie ihn.

»Das tue ich doch immer«, antwortete er und lächelte sie zärtlich an.

»Schleimer«, sagte sie, strich ihm aber zugleich über den Arm. »Am besten rufe ich erst mal die Karte auf. Ich habe schon die meisten Tiefgaragen, Parkhäuser und Parkplätze markiert, falls Peabody was findet, gibt sie uns Bescheid.«

Sie nahm den Kampf mit dem Computer des Wagens auf, und Roarke ließ sie gewähren.

»Verdammt. Warum kann man nicht einfach sagen ›Karte auf den Bildschirm‹ und das Ding taucht auf dem Bildschirm auf?«

Roarke verkniff sich die Bemerkung, dass das selbstverständlich möglich wäre, denn inzwischen waren sie südlich des West Village angekommen und sahen sich nach allen Seiten um.

»Ich lasse nicht zu, dass sie sich noch jemanden schnappen, auch wenn es für Campbell und wahrscheinlich auch für Mulligan vielleicht zu spät ist, weil ich denke, dass sie diesmal vielleicht einen Doppelmord begehen wollen.«

»Das wäre ein noch größerer Kick.«

»Das ist alles, worum's ihnen geht. Im Grunde ging es ihnen nie um etwas anderes. Am besten sehen wir uns erst einmal diese Tiefgarage an.«

Sie fuhren alle Decks der Tiefgarage ab, bogen dann wieder auf die Straße und setzten den Weg in Richtung Osten fort.

Eve sah sich jedes Fahrzeug und jeden einzelnen Passanten an.

»In einer solchen Nacht ist praktisch niemand auf der Straße unterwegs«, erklärte sie, als sie ins nächste Parkhaus fuhren. »Selbst die Junkies und die Dealer machen ihre Deals statt draußen irgendwo im Untergrund.«

Sie suchten eine Stunde lang verschiedene Parkhäuser und -plätze in der Gegend ab.

»Versuch es mal mit diesem«, sagte sie und wies auf ein privates Parkhaus, das den Autos der Bewohner einer Reihe mehrstöckiger Häuser vorbehalten war. »Dann kannst du selber in der Nähe parken, und ich sehe mich noch schnell zu Fuß hier in der Gegend um. Du kannst im Wagen auf mich warten, wenn du willst.«

»Ach ja?«

Genauso hätte er sie fragen können: »Wovon träumst du nachts?«

»Ach ja. Natürlich ist mir klar, dass du nicht warten willst, aber du könntest es«, erklärte sie. »Wir sehen uns noch dieses eine Parkhaus an, dann gehen wir ein Stück zu Fuß, wenn wir keinen Treffer landen, müssen wir darauf hoffen, dass die elektronischen Ermittler morgen früh was finden, was uns weiterbringt.«

Inzwischen war es kurz vor Mitternacht, doch sie verfolgte eine Spur und schaffte es nicht, jetzt aufzugeben und die Jagd am nächsten Morgen fortzusetzen, wenn sie wieder etwas frischer war.

Also sähen sie sich auch noch dieses Parkhaus an, sagte sich Roarke und schloss die nächste Schranke, kurz bevor er in die Einfahrt bog. Danach brächen sie zu einem sicher wenig angenehmen, nächtlichen Spaziergang durch die winterliche Kälte auf.

Auf dem zweiten Parkdeck nahm sie plötzlich seinen Arm. »Da drüben. Da ist er. Der Van. Er hat New Yorker Nummernschilder, aber alles andere passt. Marineblau, getönte Scheiben, die richtige Marke, das richtige Modell. Wahrscheinlich haben sie zur Tarnung noch die Nummernschilder ausgetauscht.«

Da sie mit dem Autotelefon nicht klarkam, zerrte sie ihr Handy aus der Tasche und gab die New Yorker Nummer ein.

»Zugelassen ist der Van auf einen Anthony Charles Lappans, 73, wohnhaft am östlichen Broadway, und zwar in der Nähe von der Gasse, in der Kupers Leiche lag. Halt deine Augen auf.«

Sie sprang entschlossen aus dem SUV, schlug ihren Mantel auf, damit sie leicht an den Stunner kam, und näherte sich vorsichtig dem Van.

Sie zeigte auf den Aufkleber im Rückfenster, ging einmal um den Van herum und kam zurück. »Ich werde die Kollegen von der SpuSi einbestellen, aber wenn du schon mal da bist …«

Da er wusste, was sie damit sagen wollte, stieg auch er jetzt aus dem warmen Wagen, zog ein kleines Werkzeugetui aus seiner Tasche und schob eins der Werkzeuge ins Schloss der Hintertür des Vans.

Nach wenigen Sekunden sprang sie auf, Eve sah einen schweren Polstersessel, eine Werkzeugtasche, eine zusammengeknüllte Decke und mehrere Flecken, die wie getrocknetes Blut aussahen.

»Öffne bitte auch die Fahrertür.«

»Wie ein Hund mit einem Knochen«, murmelte er vor sich hin.

»Was?«

»Du bist genauso wie ein Hund mit einem Knochen, denn du buddelst einfach immer weiter, bis du fündig wirst.« Er sah sich um und stellte fest: »Die Killer sind nicht gerade ordentlich.«

»Was wirklich praktisch ist.« Mit einem bösen Lächeln auf den Lippen sah sie sich die leeren Fastfood-Tüten, Go-Cups und zerknüllten Rechnungen im Fußraum an. »Du hast nicht zufällig ein Untersuchungsset in deinem neuen Wagen?«

»Doch, natürlich, aber meiner Meinung nach reicht das hier erst mal aus.« Er zog eine Pinzette aus der Jackentasche und hielt sie ihr hin.

Nickend hob sie eine Rechnung damit hoch. »Die ist von einer Tanke in New Jersey. Die andere ist von einem Café hier.« Sie lächelte.

»Schließ den Van jetzt erst mal wieder ab. Wir haben sie. Wir haben sie erwischt.«

20

Als Erstes unterbrach sie Staatsanwältin Reos Schönheitsschlaf, damit sie die Erlaubnis zur Durchsuchung des verdammten Vans bekam.

Dann hätte sie als Nächstes den Commander informieren sollen, aber ihre Leute hatten es verdient, umgehend zu erfahren, dass es einen Durchbruch gab. Vor allem würde diese Nachricht ihnen neuen Schwung verleihen.

»Hi«, grüßte Peabody und blinzelte sie matt aus müden Augen an.

»Wir haben den Van.«

»Sie haben … *was*? Verdammt, Sie nehmen mich doch wohl nicht auf den Arm?«

»Sie haben die Nummernschilder ausgetauscht. Der Ordnung halber überprüfen Sie bitte einen Anthony Charles Lappans vom East Broadway, obwohl ich nicht glaube, dass er in die Angelegenheit verwickelt ist. Reo besorgt uns gerade die Erlaubnis, uns die Kiste anzusehen.«

»Wo stecken Sie?«

»In einem Privatparkhaus.« Sie nannte die Adresse und bat ihre Partnerin: »Schicken Sie die auch an McNab. Ich will die Bilder, die in den vergangenen fünf Tagen von den Kameras dort aufgenommen sind. Und Banner soll die drei Gebäude überprüfen, deren Bewohner dieses Parkhaus nutzen. Leer stehende Wohnungen, Vermisste, Tote. Außerdem schicke ich gleich ein Dutzend Leute von der Trachtengruppe los, die sich dort umhören sollen.«

»Sollen wir kommen?«

»Ich brauche Sie auch weiter dort, wo Sie jetzt gerade sind. Besorgen Sie mir alle Infos, sobald wir wissen, wo die beiden stecken, kriegen Sie Bescheid. Dann greifen wir gemeinsam zu.«

»Es geht nicht um den Zugriff oder darum, dass ich irgendwelche Lorbeeren einheimsen will oder so.«

»Ich weiß, aber wenn's so weit ist, bekommen Sie auf jeden Fall Bescheid. Machen Sie schnell.«

Sie legte auf und riss den Commander aus dem Schlaf.

Am liebsten hätte sie auch Mira kontaktiert, aber die Psychologin bräuchte sie erst, wenn die beiden festgenommen waren. Sobald die beiden auf der Wache säßen, wollte sie Mira in der Nähe haben.

Inzwischen waren auch die Kollegen von der Trachtengruppe eingetroffen, und sie wies sie an, sich paarweise in den drei Häusern umzuhören und den Leuten zu erzählen, es ginge um ein Kind, das von zuhause weggelaufen und zum letzten Mal gesehen worden wäre, als es in das Haus, in dem sie selber gerade waren, gegangen war.

»Die beiden werden ganz bestimmt nicht aufmachen«, bemerkte Roarke.

»Das ist mir klar. Aber auf diese Art können wir alle Wohnungen streichen, wo jemand mit unseren Leuten spricht. Vielleicht haben sie ja neben ihren beiden Opfern auch noch irgendwelche anderen Geiseln, doch im Grunde glaube ich das nicht. Sie hätten sie dann sicher ebenfalls misshandelt, und das hätte niemand derart lange überlebt.«

»Es gibt noch eine andere Möglichkeit.«

Sie nickte zögerlich. »Dass zwar der Van hier ist, aber die beiden nicht.« Wenn dem so wäre, höbe sie sich ihren Frust für später auf. »Wir müssen uns trotzdem in diesen Häusern umsehen.«

Abermals benutzte sie ihr Handy und bestellte die SpuSi ein.

»Am besten stellst du deinen SUV auf einem freien Platz hier in der Nähe ab und bringst mir meinen Untersuchungsbeutel mit. Dann kann ich schon mal anfangen, mir die Kiste anzuschauen. Aber ich will nicht, dass sie deinen Wagen in der Nähe stehen sehen. Vielleicht bekommen sie ja heute Abend noch Lust auf Frischfleisch, dann sollen sie nicht merken, dass etwas nicht stimmt.«

Er sah sich um.

»Da ich schon mal dabei bin, lege ich am besten noch den Fahrstuhl lahm. Dann müssen sie die Treppe nehmen, wenn sie in einem der drei Häuser sind. Wenn sie dann von draußen kommen, kannst du sie schon von weitem hören.«

»Gute Idee.« Sie ließe zusätzlich noch zwei Beamte bei der Parkhauseinfahrt Wache stehen, während sie zusammen mit der SpuSi bei der Arbeit wäre, dann wären sie nach allen Seiten abgesichert.

Ein Blick auf die Uhr verriet, dass Mitternacht bereits vorüber war.

»Sie hätten noch genügend Zeit, um auf die Jagd zu gehen, aber die drei New Yorker Opfer haben sie immer früher einkassiert. Die Chance, dass sie heute Nacht noch einmal losziehen, ist also eher gering. Am besten untersuchen wir den Van, lassen ihn dann hier stehen und stellen ihn unter Beobachtung.«

Sie nahm das Untersuchungsset, umrundete erneut den Van und hätte ihn am liebsten umgehend auf die DNA und andere Spuren ihrer bisherigen Opfer untersucht. Als sie das Dröhnen eines Motors hörte, schlich sie sich jedoch zwei Wagen weiter, ging in Deckung und beobachtete eine schnee- und matschbedeckte Limousine, die im Schritttempo in ihre Richtung fuhr.

Die Frau hinter dem Steuer wirkte abgrundtief erschöpft, Eve konnte nur hoffen, dass Roarkes SUV nicht in der für die Limousine vorgesehenen Lücke stand. Aber selbst wenn das so wäre, fände er sicher eine gute Ausrede, damit der Einsatz nicht gefährdet war.

Dann schrillte abermals ihr Handy, und die Staatsanwältin tauchte auf dem Bildschirm auf. Ihr blondes Haar war wild zerzaust, und die babyblauen Augen sahen müde aus, aber sie grinste breit.

»Ich habe Richter Hayden vor dem Sportkanal erwischt. Er war noch wach und durchaus umgänglich, das heißt, Sie kriegen die Erlaubnis, sich die Kiste anzusehen, sofort geschickt.«

»Das ist wirklich gute und vor allem schnelle Arbeit. Jetzt hauen Sie sich wieder hin.«

»Nicht nötig, denn den Anruf habe ich erledigt, ohne dafür extra aufzustehen.«

Sofort nach Ende des Gesprächs kam das gewünschte Dokument, und sie las es sich eilig durch. Sie musste in dem Fall auf Nummer sicher gehen, dass alles seine Ordnung hatte, aber das war offenbar der Fall.

Während sie zufrieden den Untersuchungsbeutel aufzog, kam ihr Mann aus Richtung Fahrstuhl anmarschiert.

»Die Lifte sind blockiert.«

»Was ist mit der Fahrerin der Limousine, die dort gerade eingestiegen ist?«

»Ich habe noch gewartet, bis sie wieder ausgestiegen war. Hast du die Erlaubnis, dir die Kiste anzusehen?«

»Ich habe sie.«

Sie nahm zwei Abdrücke vom Griff der Fahrertür und stellte mit einem bösen Lächeln auf den Lippen fest: »Die sind von James. Habe ich dich erwischt, du Hurensohn. Kannst du die Tür jetzt bitte aufmachen?«

»Mit Freuden«, antwortete Roarke, nahm ihren Generalschlüssel entgegen, wartete, bis sie den Van umrundet hatte, und zog seine eigenen Werkzeuge hervor.

»Wir haben auch ihre Abdrücke«, erklärte sie nach Untersuchung der zweiten Tür, umrundete erneut die Kühlerhaube, sprühte sich die Hände und die Stiefel ein und stieg in den jetzt offenen Van.

»In der Tasche sind ein Hammer, Seile, Kordeln, Klebeband, ein Schraubenschlüssel und ein Brecheisen.«

Sie nahm ein weiteres Instrument aus ihrem eigenen Beutel, hielt es an das Brecheisen und stellte fest: »Das Ding ist voller Blut. Der Schraubenschlüssel, der Hammer und der Teppich auch. Natürlich muss die SpuSi erst noch Proben davon nehmen, aber ich bin jetzt schon sicher, dass das Blut zumindest teilweise von unseren Opfern stammt.«

Sie öffnete das Handschuhfach. »Taschenlampe, Erste-Hilfe-Set, eine CD mit dem Benutzerhandbuch zu dem Van und das hier.«

Sie hielt Roarke ein langes Messer hin.

»Das ist ein Jagdmesser. So was habe ich auch in meiner eigenen Messersammlung«, meinte Roarke.

»Das hat mal Hanks gehört. Dem Partner von James' Mutter. Neben anderen Sachen hat er auch das Messer mitgehen lassen, als er damals abgehauen ist.«

Auch an dem Messer klebte Blut, außerdem wies es einen Teilabdruck von James und einen weiteren von Parsens auf.

»Sie haben nicht mal versucht, das Ding zu reinigen. Weshalb hätten sie sich auch die Mühe machen sollen? Schließlich wollten sie es sowieso noch einmal benutzen. Wenn wir die zwei erwischen, fahren sie bis ans Lebensende ein.«

Grimmig legte sie das Messer wieder dorthin, wo sie es gefunden hatte, und nahm einen Anruf von Carmichael von der Trachtengruppe an.

»Machen Sie leise, schnell und gründlich«, gab sie ihm mit auf den Weg. »Falls Ihnen irgendetwas komisch vorkommt, geben Sie sofort Bescheid. Melden Sie mir alle Wohnungen, wo Ihnen nicht geöffnet wird.«

Sie selber untersuchte weiter, was sie untersuchen konnte, bis die SpuSi kam, gesellte sich zu deren Chef und sah sich seine beiden Leute in Gedanken an die Dinge, die an Silvester vorgefallen waren, genauer an.

»Wie geht's?«, fragte sie Dawson.

»Manchmal setzt mir die Geschichte noch ein bisschen zu, aber was soll man machen? Und wie geht es Ihnen?«

»Heute Nacht? Hervorragend. Denn wenn wir diese Bastarde erwischen, werden wir genug Beweise haben, um sie mehrmals lebenslänglich wegzusperren. Sie müssen alles gründlich untersuchen, aber danach genauso hinterlassen, wie es war. Falls wir sie heute Nacht verpassen, kommen sie bestimmt noch einmal zurück zu diesem Van. Wir lassen ihn beobachten, aber wir wollen sie nicht verschrecken, weil sie uns zu den Opfern führen sollen.«

»Dann nehmen wir erst mal alles auf, bevor wir irgendetwas anfassen«, versicherte er ihr.

»Ich habe Fingerabdrücke und Blut. Die Blutproben nehmen am besten Sie und sehen sie sich dann im Labor genauer an. Zu Haaren und Fasern bin ich bisher nicht gekommen. Das kriegen Sie und Ihre Leute deutlich schneller hin als ich. Danach soll Harvo sich die Sachen ansehen.«

Mit einem schmalen Lächeln auf den Lippen sagte er ihr zu: »Alle wollen Harvo, aber wenn ich mit ihr spreche, zieht sie Ihre Sachen sicher vor.«

»Haben Sie den Peilsender dabei?«

Er klopfte auf den Untersuchungsbeutel, den er in den Händen hielt. »Wie verlangt.«

»Er ist Mechaniker, und zwar ein guter. Also sorgen Sie dafür, dass er ihn nicht bemerkt, falls er auf die Idee kommt, sich den Van genauer anzusehen. Außerdem kennt er sich ziemlich gut mit Elektronik aus, das heißt, Sie müssen …«

»Keine Angst, wir wissen, was wir tun.«

»Machen Sie so schnell wie möglich. Wir klappern gerade alle Wohnungen in den Häusern ab, deren Bewohner dieses Parkhaus nutzen dürfen. Zusätzlich habe ich zwei Beamte in Zivil in einem Wagen auf dem ersten Deck postiert. Wahrscheinlich ist es schon zu spät für die Täter, um heute Nacht noch einmal loszuziehen, aber trotzdem haben wir überall Beamte. Sie sind also sicher, während Sie hier bei der Arbeit sind.«

»Wie viele Menschen haben die beiden umgebracht?«

»Bisher wissen wir von 24, aber wir gehen davon aus, dass das noch längst nicht alle sind. Die beiden letzten Opfer sind, soweit wir wissen, noch am Leben.«

»Dann machen wir den Sack, was die forensischen Beweise angeht, jetzt zu.«

Nickend kehrte sie zurück zu ihrem Mann. »Ich will selbst an ein paar Türen klopfen, weil's dann schneller geht.«

»Ich komme mit.« Doch vorher legte er die Hand unter ihr Kinn, zog mit dem Daumen die Konturen ihres kleinen Grübchens nach und sah ihr forschend ins Gesicht. »Du bist immer erschreckend bleich, wenn du bis an die Grenzen gehst. Wir klopfen an so viele Türen, wie du willst, aber wenn du sie dann nicht gefunden und auch keine wirklich heiße Spur hast, fahren wir nach Hause, und du legst dich ein paar Stunden hin.«

Obwohl sie das hasste, würde sie dann einen Energydrink oder sonst was zu sich nehmen, damit sie nicht vor Ende der Ermittlungen zusammenbrach.

Gemeinsam klapperten sie vier Etagen eines der drei Häuser ab. Als ihnen in einer Wohnung nicht geöffnet wurde, ging immerhin die Tür der Wohnung gegenüber auf.

»Ich hätte Ihnen sagen sollen, dass die Delwickies nicht zu Hause sind. Sie sind ein wirklich nettes junges Paar und für ein paar Tage verreist.«

Eve starrte auf die Tür, als müsste sie sich nur genügend konzentrieren, um durch das dicke Holz hindurchzusehen.

»Sie sind mit ein paar Freunden in Florida, ich gieße ihre Blumen, während sie im Urlaub sind.«

Eve lenkte den Blick auf die Person, die mit ihr sprach. »Dann waren Sie also in den letzten Tagen in der Wohnung von den beiden?«

»Jeden Morgen. Alice hängt an ihren Blumen, und sie hat einen wirklich grünen Daumen, wie es so schön heißt. Sie hat sogar einen kleinen Orangenbaum mit echten Früchten dran. Das muss man erst mal hinbekommen.«

Gähnend schob die Frau sich einen Mopp stahlgrauer Haare aus der Stirn. »Sie denken doch wohl nicht, sie hätten was mit dem Verschwinden dieses kleinen Mädchens, das man hier gesehen haben soll, zu tun. Sie sind wirklich nette Leute. Ruhig, aber nicht auf die unheimliche Art, von der man immer hört, wenn sich herausstellt, dass die Nachbarn Serienkiller sind. Er arbeitet als Sous-Chef und bringt mir und meinem Mann alle paar Tage was aus dem schicken Restaurant, in dem er arbeitet, zu essen mit.«

Es hatte Eve bereits gereicht zu hören, dass die Frau allmorgendlich in der vorübergehend leer stehenden Wohnung nach dem Rechten sah, aber sie hörte trotzdem höflich zu.

»In Ordnung, vielen Dank. Tut mir leid, dass wir Sie aus dem Schlaf gerissen haben.«

»Ich bin selbst Mutter und Großmutter und werde meine Augen nach dem kleinen Mädchen offen halten«, versprach die Frau ihr. »Gott schütze sie.«

Eve überprüfte auch die anderen sechs Wohnungen, in denen niemand an die Tür gekommen war.

Zwei Bewohner waren angeblich bei der Nachtschicht, und ein kurzer Anruf zeigte, dass sie wirklich, wie behauptet, bei der Arbeit waren. Zwei andere, in der zwölften und der fünfzehnten Etage, waren angeblich verreist, und die Wahrscheinlichkeit, dass ihre Täter so weit oben hausten, war gering.

Trotzdem zerrte Eve den äußerst unglücklichen Hausmeister entschlossen aus dem Bett, ließ sich die Türen dieser beiden und der beiden letzten Wohnungen öffnen und erkannte, dass dort wirklich niemand war.

»Das war's.« Inzwischen hatte Roarke den Fahrstuhl wieder in Betrieb genommen und führte Eve entschlossen Richtung Lift.

»Du hast den Van und so viele Beweise, dass du sie auf alle Fälle bis an ihr Lebensende hinter Gitter bringen kannst, wir wissen mit Bestimmtheit, dass sie nicht in einem der drei Häuser sind, und obwohl du das sicher gerne machen würdest, kannst du ganz unmöglich noch in dieser Nacht an jede gottverdammte Tür klopfen, die es in dieser Gegend gibt.«

»Für ein paar Türen reicht meine Energie auf jeden Fall noch aus.«

»Selbst ein Gespenst hat noch mehr Farbe im Gesicht als du. Du brauchst jetzt erst mal etwas Schlaf, damit du morgen weiter deine Arbeit machen kannst. Inzwischen ist es fast drei, was auch immer sie mit deinen Opfern anstellen wollten, haben sie inzwischen gemacht.«

Er hatte recht, ohne Widerrede stieg sie in den SUV, mit dem sie in die Stadt gekommen waren.

»Auf alle Fälle haben wir das Feld erheblich eingegrenzt. Verglichen mit der Menge, mit der wir angefangen haben, sind's jetzt praktisch nur noch eine Handvoll Häuserblocks. Ich muss sehen, was Peabody und Banner herausgefunden haben. Wo es leer stehende Wohnungen, Vermisste oder Tote gibt.«

Er ließ sie reden, obwohl sie vor lauter Müdigkeit so schleppend sprach, dass sie fast nicht mehr zu verstehen war. Da er wusste, dass ihr Wärme half, sich zu entspannen, drehte er die Heizung etwas höher und klappte die Rückenlehne ihres Sitzes vorsichtig zurück.

Schon kurz nachdem sie losgefahren waren, schlief sie tief und fest und wurde auch nicht wach, als er sie aus dem Wagen hob und Richtung Haustür trug.

Dann aber schlug sie plötzlich ihre Augen auf und fragte: »Was? Oh Gott, ich bin tatsächlich eingenickt.«

»Schlaf einfach weiter«, riet er ihr und wandte sich der Treppe zu.

»Lass mich runter. Gott, ich sterbe, wenn du mich vor den Kollegen durch die Gegend trägst.«

»Ich bezweifle, dass in unserem Schlafzimmer ein Cop ist, bis du selbst dort in der Falle liegst.«

»Ich muss vorher noch ins Arbeitszimmer.«

»Nicht um halb vier nachts. Die anderen liegen alle längst im Bett.«

»Ich muss sehen, ob Peabody und Banner etwas herausgefunden haben.«

Obwohl er einen Umweg ins Arbeitszimmer machte, setzte er sie nicht ab.

»Ich kann auch laufen.«

»Sicher, aber warum solltest du?«

In ihrem Arbeitszimmer brannte tatsächlich noch Licht, aber

Eves Partnerin und deren Liebster hatten sich wie kleine Hunde auf dem Schlafsessel zusammengerollt, und Banner hatte sich mit dem Gesicht nach unten auf dem Boden ausgestreckt, während der fette Galahad wie eine dicke, pelzbesetzte Decke auf ihm lag.

»Cops«, murmelte Roarke, bevor er sich geschlagen gab und Eve auf ihren eigenen Füßen stehen ließ.

»Übernimm du Banner«, bat sie ihn, trat neben Peabody und pikste ihr entschlossen in den Arm.

»Nicht jetzt«, murmelte die und rollte sich herum. »Es kann unmöglich schon wieder Morgen sein.«

Eve pikste ihr noch einmal fester in den Arm.

»Uh-uh, warten Sie bis morgen.« Schließlich aber schlug sie die Augen blinzelnd auf, starrte in Eves Gesicht und war mit einem Mal hellwach. »Was? Sie? Wo?«

»Wecken Sie Ihren Schatz, gehen Sie ins Bett und erzählen mir morgen, was Sie rausgefunden haben.«

»Huh? Moment.« Sie richtete sich auf, aber McNab zog sie zurück und legte seine Hand direkt auf ihre linke Brust.

»Hm.« Sie schob die Hand entschlossen fort. »Wir brauchen dringend etwas Schlaf.«

»In dreieinhalb Stunden geht es weiter.«

»Bitte hab ein bisschen Mitleid, Eve«, bat Roarke.

»Okay, in vier. Um halb acht treffen wir uns hier wieder.«

»Dann haben Sie sie also nicht erwischt?«

»Nein, aber das werden wir. Genaueres erfahren Sie um halb acht, wir konnten drei Häuser von der Liste streichen und haben den Van unter Beobachtung gestellt. Jetzt gehen Sie ins Bett.«

Sie stapfte aus dem Raum, vorbei an Banner, der inzwischen auf dem Boden saß, als wäre er gerade aus einem Traum erwacht.

Der Kater stieß ihn freundschaftlich mit seinem Schädel an, ließ ihn dann allerdings im Stich und folgte Eve in ihr bequemes Bett.

Kaum hatte Eve die Augen geschlossen, fingen die fürchterlichen Träume an.

Träume, während derer Jayla Campbells tote Augen sie mit vorwurfsvollen Blicken maßen und sie fragte: *»Sie hätten mir helfen müssen, denn ich wollte leben. Wo waren Sie?«*

Träume, in denen sich ihre Mutter an sie anschlich, um mit Häme in der Stimme festzustellen: *»Ich hätte dich tatsächlich aus dem Fenster werfen sollen, so wie ich es vorhatte, denn du hast mir niemals auch nur das Geringste eingebracht.«*

Träume von den 24 ihr bisher bekannten Toten, die in ihrem winzigen Büro auf Stahltischen gelagert waren und von ihr wissen wollten: *»Wie bekommen Sie jetzt auch nur ein Auge zu? Wie können Sie schlafen, bevor diese Monster hinter Gittern sind?«*

Also schlug sie die Augen, kaum drei Stunden nachdem sie ihr zugefallen waren, wieder auf.

Als sie aufstehen wollte, schlang Roarke ihr die Arme fester um den Bauch und murmelte: »Du hast noch Zeit.«

»Sie lassen mich nicht schlafen. All die Toten lassen mich nicht schlafen. Sie wollen wissen, wie ich schlafen kann. Und sie haben recht. Wie kann ich das?«

»Nicht die Toten stellen dir diese Frage, sondern du selbst, geliebte Eve.« In der Hoffnung, sie dazu zu bringen, noch einmal einzuschlafen, streichelte Roarke ihr den Rücken und fügte hinzu: »Aus meiner Sicht kommen bestimmte Einsichten erst mit dem Tod. Dann weiß man alles, was zu Lebzeiten im Dunkeln lag. Die Toten wissen also, was du tust und was du ihnen alles gibst.«

»Ich weiß nicht. Aber wenn sie so viel wissen, sind sie ja womöglich deshalb oft angepisst.«

Er lachte leise auf. »Ruh dich noch etwas aus.«

»Ich kann nicht«, widersprach sie ihm. »Ich muss so schnell wie möglich weitermachen, denn wenn wir die beiden heute nicht erwischen, überleben Campbell und wahrscheinlich auch der junge Mulligan das nicht. Das wissen nicht nur die Toten, sondern auch ich selbst. Wir haben nur noch ein paar Stunden, wenn wir nicht auch diese beiden verlieren wollen.«

»Also gut, dann fangen wir jetzt an.«

Während sie ins Bad ging, schürte er ein Feuer im Kamin und holte aus der Küche einen Kaffee und ein Glas mit einer durchsichtigen Flüssigkeit für sie.

Sie runzelte die Stirn.

»Es gibt erst Kaffee, wenn du das hier ausgetrunken hast.«

»Du kannst mich mal«, fuhr sie ihn ungehalten an.

»Das Zeug macht weniger nervös als das, was ihr auf dem Revier bekommt, verleiht dir aber trotzdem neue Energie. Außerdem habe ich es noch verdünnt, weil du sowieso den ganzen Tag lang Kaffee trinken wirst. Inzwischen solltest du doch wissen, dass du mir vertrauen kannst.«

Der letzte Muntermacher, zu dem Roarke sie überredet hatte, war okay gewesen, gestand sie sich widerstrebend ein. »Beim letzten Mal sah das Zeug aber anders aus.«

»Weil das hier eine neue Mischung ist. Wir haben sie gerade erst in Übersee und Asien auf den Markt gebracht. Die Zulassungsbehörden hier sind deutlich langsamer, genauso wie das FBI und all die anderen Läden, die es in den Staaten gibt.«

»Die Polizei hier in New York ist ziemlich schnell.«

Er lächelte. »Das kann man so oder so sehen. Jetzt tu mir bitte den Gefallen und trink das Zeug.«

Sie hob das Glas an den Mund, leerte es in einem Zug und runzelte erneut die Stirn. »Es schmeckt nach … grünen Trauben.«

»Die du liebst.« Endlich hielt er ihr den Kaffeebecher hin. »Dann gehe ich jetzt selber erst mal duschen, und du ziehst am besten etwas Warmes an. Der Schneeregen hat aufgehört, aber die Temperaturen bleiben trotz eines neuerlichen Hochs bei unter null.«

»Das ist dann doch kein Hoch.«

Sie zog ein Tanktop und darüber einen kuscheligen schiefergrauen Kaschmirpulli, eine schwarze Jacke, eine schwarze Hose und ihre geliebten Stiefel an.

Wahrscheinlich würde Roarke bei ihrem Anblick mit den

Augen rollen und erklären, an einem derart tristen Tag wäre ein bisschen Farbe durchaus schön, aber …

Nur mit einem Handtuch um die Hüften kam er aus dem Bad, legte den Kopf ein wenig schräg und stellte anerkennend fest: »Du willst es heute wissen, du siehst stark, taff und durchaus etwas grimmig aus. Du hast dein Outfit gut gewählt.«

»Wirklich?«

»Absolut.«

»Ich werde diese Dinge nie verstehen. Nie. Doch jetzt fange ich mit der Arbeit an. Das Frühstück machen wir am besten erst, wenn auch die anderen aufgestanden sind.«

»Okay. Ich komme sofort nach.«

»Hast du denn heute Morgen keine Holo-Konferenz mit Kathmandu oder Timbuktu oder so? Wobei ich gar nicht weiß, ob's diese Orte wirklich gibt.«

Er trat vor seinen Schrank und stellte lachend fest: »Es gibt sie, aber dort ist niemand, den ich heute sprechen muss. Ich habe mehrere Termine umgelegt, arbeite heute Morgen von zuhause aus und kann dir helfen, wenn du willst.«

Eve machte noch einmal kehrt, baute sich vor ihm auf und schlang ihm lächelnd die Arme um den Hals. »Ich vergesse immer wieder, das zu tun.«

Sachte schob er ihren Kopf zurück und gab ihr einen Kuss. »Inzwischen fällt's dir immer öfter ein.«

»Ich gebe mir auch alle Mühe«, stimmte sie ihm zu, bevor sie in ihr Arbeitszimmer ging.

Als Erstes würde sie sich einen zweiten Kaffee holen und hätte dann, bevor die anderen kämen, eine knappe Stunde Zeit, um alles noch einmal durchzugehen.

Dann aber trat sie durch die Tür und stellte fest, dass Peabody bereits mit einem Kaffee vor einem der Computer saß.

»Sie sind aber früh dran.«

Nickend stapfte Eve in Richtung Küche und bestellte sich dort ihren eigenen Kaffee. »Sie auch.«

»Ich dachte, dass ich mir noch einmal diesen anderen Fall vorknöpfen sollte, bevor es wieder um James und Parsens geht.«

Am besten holte sie statt eines Bechers eine ganze Kanne Kaffee, überlegte Eve.

Sie hatte ihre Partnerin gebeten, sich auch noch um einen anderen Fall zu kümmern, und ihr Hilfe zugesagt.

»Erzählen Sie mir, worum es geht.«

»Sind Sie sicher?«, fragte Peabody, als Eve zurück ins Arbeitszimmer kam.

»Erzählen Sie's mir.«

»Okay. Wir haben eine Leiche, die sechs Tage lang im Wasser lag, bevor sie beim Pier 40 wieder an die Oberfläche kam.«

»Welcher Pathologe hat sie untersucht?«

»Porter. Er weiß bisher nur, dass es ein Mann von Mitte oder vielleicht Ende zwanzig von gemischtrassiger Herkunft ist. Das Gesicht des unbekannten Toten ist zertrümmert, dazu kamen noch die Fische. Außerdem sind die Finger alle abgetrennt.«

»Von seinem Mörder oder von den Fischen?«

»Wohl eher von seinem Mörder. Also hatte ja vielleicht die Mafia die Hand im Spiel. Auf alle Fälle sollten wir nicht wissen, wer der Tote ist, falls die Leiche wieder an die Wasseroberfläche kommt.«

»Was ist mit DNA?«

»Ich habe schon mit dem Labor gesprochen, aber wenig überraschend haben sie vorher mindestens noch 36 andere Leichen, die sie untersuchen sollen. Vielleicht können Sie ja etwas Druck machen, damit es ein bisschen schneller geht.«

»Das kann und werde ich. Todesursache?«

»Das Opfer weist diverse Stichwunden am ganzen Körper auf, von denen die im Unterleib anscheinend tödlich war. Die ersten Finger haben sie ihm abgeschnitten, als er noch am Leben war. Vielleicht haben sie versucht, Informationen aus ihm rauszupressen, und er ist dabei gestorben, oder wollten Lösegeld erpressen und die Finger an jemanden schicken, um den Forderungen, die sie hatten, Nachdruck zu verleihen.«

»Dann haben sie also angefangen, ihm die Finger abzuschneiden, weil sie etwas von ihm wollten, und am Ende alle abgeschnitten, um die Identifizierung zu erschweren.«

»So sieht es aus«, pflichtete Peabody ihr bei. »Sie haben ihn zusammen mit ein paar alten Backsteinen in einem Riesenmüllsack in den Fluss geworfen, irgendwann hat sich der Sack geöffnet, die lange Zeit im Wasser und die Fische haben dem Leichnam ziemlich zugesetzt.«

»Hatte er irgendwas im Blut?«

»Das wissen wir noch nicht. Am Anfang habe ich ja auf die Mafia, Gang-Rivalitäten oder etwas in der Art getippt, aber aufgrund des eingeschlagenen Gesichts, der abgebrochenen Zähne und der Folter denke ich inzwischen, dass es etwas Persönliches war.«

»Mit Folter meinen Sie die abgeschnittenen Finger«, vergewisserte sich Eve.

»Ja klar, aber die Leiche weist daneben auch noch andere Folterspuren auf.«

Eve ließ den Kaffeebecher sinken. »Wie sehen diese Spuren aus?«

»Ein paar der Schnitt- und Stichwunden waren eher oberflächlich, beide Knie waren zertrümmert, der linke Fuß und Knöchel wurden noch zu Lebzeiten mit einem schweren Gegenstand zerquetscht.«

»Verbrennungen?«

»… hat Porter nicht erwähnt, aber die Fische …«

Ehe Peabody den Satz beenden konnte, stapfte Eve zu ihrem Schreibtisch und rief Morris an.

Er sparte sich die Mühe, die Videofunktion zu sperren, obwohl er eindeutig von ihr aus dem Schlaf gerissen worden war. Das Haar zu einem losen Zopf gebunden und mit müden Augen lehnte er am Kopfteil seines Betts und fragte: »Campbell?«

»Nein, aber wir haben eine nicht identifizierte Wasserleiche, die vielleicht mit unserem Fall zusammenhängt. Porter hat sie sich angesehen. Männlich, gemischtrassig, Mitte bis Ende zwanzig«, klärte Eve ihn auf. »Ist nach ungefähr sechs Tagen am Pier 40 aufgetaucht. Das eingeschlagene Gesicht ist nicht mehr zu erkennen, die Finger wurden abgetrennt, Todesursache war offenbar ein Stich in den Unterleib. Sie müssen ihn sich sofort ansehen, wir brauchen sofort seine DNA. Ich muss so schnell wie möglich wissen, wer er ist.«

»Dann rufe ich sofort bei Porter an.« Entschlossen schlug er die Bettdecke zurück, sprang aus dem Bett, und Eve erhaschte einen Blick auf das Tattoo des Sensenmannes, das auf seinem Oberschenkel prangte, und sein äußerst wohlgeformtes Hinterteil. »Ich fahre auf der Stelle los, spätestens in einer Stunde haben Sie die DNA.«

»Danke.«

»Darauf wäre ich niemals gekommen.« Peabody sprang auf. »Ich wäre nie darauf gekommen, dass …«

»Sie haben den Fall vor nicht einmal zwölf Stunden mitten während laufender Ermittlungen zu einem anderen, deutlich wichtigeren Fall hereinbekommen.«

»Trotzdem hätte ich niemals … Sie sind nach weniger als fünf Minuten draufgekommen. Dafür haben die paar Dinge, die ich Ihnen sagen konnte, bereits ausgereicht.«

»Wenn ich Sie gestern Abend fünf Minuten länger hätte machen lassen, hätten wir es gestern Abend schon gewusst. Natürlich wissen wir nicht sicher, dass der Unbekannte was mit unserem Fall zu tun hat, doch die Möglichkeit besteht.«

»So etwas haben sie bisher nie gemacht. Sie sind noch nie nach diesem Muster vorgegangen, aber trotzdem hätte ich …«

»Hätte, könnte, sollte bringt uns nicht weiter«, fauchte Eve sie an. »Und wer ist hier der Lieutenant?«

»Sie.«

»Vor allem ist jetzt keine Zeit, um sich in Selbstvorwürfen zu ergehen«, erklärte Eve, als Roarke den Raum betrat. »Sie haben nichts falsch gemacht. Es ist einfach eine Möglichkeit, die wir überprüfen sollten, weiter nichts. Vielleicht haben Sie so etwas ja auch vorher schon mal irgendwann gemacht, und die Leiche ist bisher nicht aufgetaucht. Vielleicht war es für sie das erste Mal, vielleicht gibt's keinerlei Verbindung zwischen diesen Fällen, und vor allem ist vielleicht im Grunde auch nichts anderes als hätte, könnte, sollte. Nämlich ein völlig unnötiger Verdacht. Doch andererseits ist die Sache ganz einfach die, es gibt gewisse Überschneidungen und sie brauchten einen Platz hier in New York.«

»Also nutzen sie vielleicht die Wohnung unserer unbekannten Leiche«, führte Peabody den Gedanken weiter aus. »Sorry wegen des Vielleicht. Aber vielleicht sind sie ja auch in meinem Fall die Mörder und haben den Typ umgebracht, um dann in seine Wohnung einzuziehen.«

Roarke schien zu spüren, dass sie traurig war, und gab ihr einen aufmunternden Wangenkuss.

»Ich habe es vermasselt«, gestand sie mit unglücklicher Stimme ein.

»Hab ich gesagt, Sie hätten es vermasselt?«, schnauzte Eve. »Sie werden wissen, dass Sie es vermasselt haben, wenn mein Schuh in Ihrem Hintern steckt. Es gab keine Vermisstenmeldung zu der Leiche. Ich bin alle Meldungen durchgegangen, in der letzten Woche wurde niemand als vermisst gemeldet, der von seiner Hautfarbe oder vom Alter her zu Ihrem Toten passt. Sie hatten auch nicht Morris. Porter ist nicht schlecht, aber bei weitem nicht so gut wie Morris, dem die mögliche Verbindung sicher aufgefallen wäre, obwohl bisher keins der anderen Opfer so verstümmelt wurde, dass es nicht mehr zu erkennen war. Sie haben den Fall erst gestern übernommen und mich als Ihre Partnerin und Ihren Lieutenant umgehend über alles informiert. Vor allem, spüren Sie meinen Schuh in Ihrem Hinterteil?«

»Nicht wirklich.«

»Dann haben Sie's auch nicht verbockt. Jetzt bereiten Sie erst mal das Frühstück für uns alle vor. Wir haben keine Zeit, um rumzusitzen und zu jammern. Los.«

»Was wollen Sie zum Frühstück haben?«

»Sehe ich so aus, als hätte ich darüber nachgedacht?«

So schnell wie möglich trat die Partnerin den Rückzug in die Küche an, und Eve bedachte Roarke mit einem ausdruckslosen Blick.

»Ich kann nur für dich hoffen, dass du mir nicht irgendwelche Vorhaltungen machen willst.«

»Im Gegenteil.« Mit einem Lächeln auf den Lippen trat er auf sie zu und klopfte leicht gegen das Grübchen in der Mitte ihres Kinns. »Ich wollte sagen, gut gemacht. Du hast genau das Richtige zu ihr gesagt. Aber was hat die unbekannte Wasserleiche deiner Meinung nach mit deinem Fall zu tun?«

»Entweder nichts oder sehr viel.« Sie ratterte die Möglichkeiten kurz herunter, während sie an ihren Schreibtisch trat, um sich noch einmal die Vermisstenmeldungen der letzten Woche anzusehen.

»Pier 40 liegt am Rand des Sektors, wo du nach den beiden suchst.«

»Das stimmt. Es könnte also sein, dass unser unbekannter Toter James und Parsens irgendwo begegnet oder ihnen aufgefallen ist, während sie auf der Suche nach einem New Yorker Liebesnest gewesen sind. Nach seinem Verschwinden wurde er nicht als vermisst gemeldet, also hat er meiner Meinung nach allein gelebt. Natürlich sind die beiden damit ein gewisses Wagnis eingegangen, aber die Chancen standen gut. Sie haben ihn also entweder in seiner Wohnung oder in der Nähe plattgemacht. Wahrscheinlich in der Wohnung. Sie haben sich erst ein bisschen mit ihm amüsiert, ihn anschließend so zugerichtet, dass die Identifizierung der Leiche schwierig ist, ihn dann zusammen mit Backsteinen in einen Sack gestopft, im Van zum Fluss gekarrt, ihn dort versenkt und sich in seiner Wohnung eingerichtet, wo sie meiner Meinung nach noch immer sind.«

»Sobald du also weißt, wer euer unbekannter Toter ist …«

»… sehen wir uns seine Wohnung an. Vielleicht hatte der arme Kerl ja einfach Pech und war das Opfer eines willkürlichen Überfalls, aber genauso gut kann es das letzte Teil des Puzzles sein, das wir noch brauchen, um herauszufinden, wo die beiden sind.«

»Du denkst, dass es das letzte Teil des Puzzles ist.«

Auf alle Fälle stand sie plötzlich furchtbar unter Strom.

»Es fühlt sich richtig an.« Sie trat vor den Computer ihrer Partnerin und las sich noch einmal alles, was sie über den unbekannten Toten herausgefunden hatte, durch. »Es fühlt sich einfach richtig an. Könntest du etwas für mich tun?«

»Und was?«

»Geh bitte los und wirf McNab und Banner aus dem Bett. Ich will, dass wir bereit sind, sobald Morris etwas von sich hören lässt.«

21

Dankbar für die gute Frühstücksauswahl, die ihre Partnerin getroffen hatte, schob sich Eve ein Stück von der Waffel in den Mund und brachte Ian und Banner auf den neuesten Stand. Weniger als eine halbe Stunde, nachdem Peabody von dem Fall berichtet hatte, hatte sie sich einen Plan zurechtgelegt.

Vielleicht hatte der unbekannte Tote ja mit Frau und Kindern eine teure Wohnung mit Blick auf den Central Park, und sein Verschwinden war nur deshalb unbemerkt geblieben, weil die treusorgende Gattin dachte, er wäre geschäftlich unterwegs.

Falls ihr Riecher sie nicht trog, wollte sie auf jeden Fall gewappnet sein.

»Rufen Sie Feeney an, McNab. Wenn wir die Adresse herausfinden, will ich dort etwas hören und sehen. Peabody, Sie bestellen Santiago und Carmichael aufs Revier. Sie haben es verdient, dabei zu sein, falls es sich so abspielt wie erhofft. Sie sollen in Zivil erscheinen, aber schusssichere Westen darunter anziehen. Sobald wir wissen, wo die Wohnung liegt, sage ich Ihnen, wo Sie Position beziehen sollen.«

Sie marschierte um die Tafel, aß den letzten Bissen der Waffel und sah sich die Videokarte auf dem Bildschirm an.

»Banner, nehmen Sie den unbekannten Toten und den Van, und schauen Sie, wo es in der Gegend potenzielle Unterschlupfe gibt. Seit wir den Van gefunden haben, waren sie nicht mehr dort, das heißt, sie haben ihn nicht gebraucht. Sie haben sich gestern Abend auch in keinem der uns bekannten Restaurants etwas zu essen geholt. Vielleicht sind sie aufgrund des Wetters ja das Wagnis eingegangen und haben sich etwas kommen lassen, oder vielleicht hatten sie genügend Vorräte in der Wohnung, aber früher oder später gehen sie sicher aus dem Haus.«

»Es sieht so aus, als ob die beiden jüngsten Opfer noch am Leben wären«, warf Banner ein. »Denn um die Leichen zu entsorgen, hätten sie auf jeden Fall den Van gebraucht.«

»Stimmt. Wir gehen während unseres Zugriffs davon aus, dass in der Wohnung zwei schwer verletzte Menschen sind. Das heißt, wir nehmen auch Ärzte mit.«

Sie stellte ihren leeren Teller auf den Tisch. »Wer keinen Zaubermantel hat, zieht eine schusssichere Weste an.«

»Was ist mit dem FBI?«, erkundigte sich ihre Partnerin.

»Sie werden informiert – nachdem wir losgefahren sind. Nach dem Gespräch mit Whitney spreche ich auch noch mit Zweck.« Sie sah erneut auf die Uhr und wandte sich an Roarke. »Willst du dabei sein?«

»Das versteht sich meiner Meinung nach von selbst.«

Beim ersten Schrillen ihres Handys hatte sie den Apparat bereits am Ohr. »Morris.«

»Samuel Zed, 28, wohnhaft Downing Street 251, Apartment 1-A.«

»Volltreffer. Roarke.«

»Bin schon dabei«, erklärte er, denn ihm war klar, dass es ihr um den Grundriss des Gebäudes ging.

»Die Daten sind zu Ihnen unterwegs«, erklärte Morris Eve.

»Hatten Sie schon die Möglichkeit, sich ihn genauer anzusehen?«

»Nicht wirklich gründlich, doch die Wunden und vor allem die Todesursachen weisen gewisse Ähnlichkeiten auf. Hier, sehen Sie sich das Bild einmal genauer an.«

»Wir sehen es uns alle an. Computer, schick das Bild von meinem Handy auf den großen Monitor.«

»Das Wasser und die Fische haben der Leiche ziemlich zugesetzt. Die Schäden sind beim besten Willen nicht zu übersehen.«

»Da kommt einem ja die feine Waffel wieder hoch«, murmelte der Deputy aus Arkansas, als er die Nahaufnahme des zerfetzten, bleichen, aufgedunsenen Körpers sah.

»Das stimmt«, erklärte Eve, während sie dichter vor den Bildschirm trat. »Aber viel wichtiger als unsere Befindlichkeit ist dieses halbe Herz. Die Rundung da. Die stammt ganz sicher nicht von einem Fisch.«

»Wohl kaum. Ich möchte Porter keinen oder keinen allzu großen Vorwurf machen, weil er diese Tätowierung übersehen hat. Er wusste schließlich nicht, wonach er suchen musste.«

Morris hätte das Tattoo auf jeden Fall gefunden, dachte Eve. »Das reicht. Jetzt haben wir, was wir brauchen.«

»Sie vielleicht, aber der arme Samuel hat mehr verdient. Bis Mittag haben Sie meinen Bericht mit allen Korrekturen auf dem Tisch. Bis dahin haben Sie hoffentlich auch die Bastarde, die ihm das angetan haben, erwischt.«

»Auf jeden Fall. Ich danke Ihnen«, sagte Eve und wandte sich an ihren Mann.

»Alles erledigt«, sagte er und gab etwas in seinen Handcomputer ein. »Das Haus hat drei Etagen mit jeweils vier Wohnungen.«

»Ich hoffe, Samuels Wohnung liegt im Erdgeschoss.«

»Das tut sie. Einen Augenblick. Auf deinen Riecher ist einfach Verlass. Es ist eine Zwei-Zimmer-Wohnung, die auf seinen Namen angemietet ist.«

»Dann setzt euch in Bewegung«, sagte Eve und stieg mit ihren Leuten in die größere Version des SUV, die mit laufendem Motor am Fuß der Treppe in der Einfahrt stand.

Sie überließ es Roarke zu fahren und ging selber auf der Fahrt Zeds Daten durch. »Er war im *Fish House* für die kalte Küche zuständig. Peabody, haken Sie nach, warum sich niemand dort gewundert hat, als er nicht mehr zur Arbeit kam. Die Mutter und die Schwester leben in Indiana, wissen also sicher nicht, dass er verschwunden ist. McNab?«

»Ich habe gerade Feeney in der Leitung, Dallas. Wir sind startbereit.«

Sie drehte sich nach Banner um. »Ist Ihnen warm genug?«

»Auf jeden Fall.«

»So wird es ganz bestimmt nicht bleiben. Roarke fährt gleich an unserem Ziel vorbei und setzt Sie in der Nähe ab. Ich habe zwei Beamte dort postiert, Sie werden bei ihnen Position beziehen. Aber ich will auf keinen Fall, dass die Verdächtigen durchs Fenster Polizisten sehen. Also suchen Sie sich eine Stelle, wo man Sie nicht sieht. Vielleicht holen Sie sich etwas von einem Schwebegrill oder aus einem Café, damit Sie wie ein Tourist aussehen, nur verlieren Sie dabei das Haus nicht aus dem Blick.«

»Das kriege ich auf alle Fälle hin.«

»Falls einer oder beide herauskommen, nehmen Sie die Verfolgung auf. Aber gehen Sie nicht zu nah an sie heran, achten Sie drauf, nicht aufzufallen, und halten mich währenddessen auf dem Laufenden.«

»Auch das kriege ich hin.«

»Peabody, erklären Sie Banner, was passiert, wenn Sie's vermasseln.«

»Dann rammt sie Ihnen die Spitze ihres Stiefels in Ihr hübsches Hinterteil«, klärte die Partnerin den Mann mit einem sonnenhellen Lächeln auf.

»Sie wollen ganz sicher nicht herausfinden, wie sich das anfühlt, Banner«, sagte Eve. »Also halten Sie die Augen auf, bis Santiago und Carmichael kommen, sobald die beiden da sind, kriegen Sie von mir Bescheid, wie es bei Ihnen weitergeht.«

»Ich brauche keinen Ihrer Stiefel, denn ich habe selbst genügend gutes Schuhwerk, und ich weiß zu schätzen, dass ich hier dabei sein darf. Vor allem habe ich sehr gute Augen, Lieutenant, denen kaum etwas entgeht.«

Sie beschloss, darauf zu bauen, und rief die Karte des Gebäudes und der Nachbarhäuser auf.

»Wir sind letzte Nacht an diesem Haus vorbeigekommen. Einen Tag zuvor war ich schon mal alleine dort. Ich bin direkt daran vorbeigelaufen.«

»Aber da du nicht durch Wände sehen kannst, konntest du nicht wissen, was sich dahinter verbirgt«, erklärte Roarke. »Vor allem ist jetzt keine Zeit, um sich in Selbstvorwürfen zu ergehen«, fügte er dieselben Worte, die sie selbst zu ihrer Partnerin gesagt hatte, hinzu.

Da sie ihm schwerlich widersprechen konnte, rief sie die Beamten an, die der Wohnung gegenüber Position bezogen hatten, und sagte ihnen, Banner wäre auf dem Weg.

Dann hatten sie die Downing Street erreicht, sie schob sich auf ihrem Sitz nach vorn und blickte sich nach allen Seiten um. Um diese Zeit war in der Gegend alles ruhig. Die Häuser wirkten etwas schäbig, doch verwahrlost sahen sie nicht aus.

Gitter vor den Erdgeschoss- und Kellerfenstern waren hier die Norm, und Eve bemerkte, dass hinter den Fenstern des Apartments ihrer Wasserleiche zusätzlich die Sichtblenden geschlossen waren. Eine Überwachungskamera gab es anscheinend nicht, die Schlösser waren im Vorbeifahren nicht zu sehen.

»Setz Banner an der Ecke ab«, wandte sie sich an Roarke. »Aber Sie halten nur die Augen offen, Banner, weiter nichts.«

»Zu Befehl, Ma'am.« Nickend stieg er aus, zog wegen der Kälte seine Schultern fast bis an die Ohren und lief gemächlich los.

»Bei genauem Hinsehen könnten sie erkennen, dass er Polizist ist, aber die New Yorker Polizisten sehen ganz eindeutig anders aus.«

»Deswegen haben Sie ihn auf diese Position gesetzt.«

»Genau. Und weil wir nie so weit gekommen wären, hätte er nicht daran festgehalten, dass der Tod von Little Mel kein Unfall war.«

Sie sah auf ihre Uhr, schätzte die Entfernung zum Revier, rief den Commander an und brachte ihn noch immer auf den neuesten Stand, als Roarke in die reviereigene Tiefgarage bog.

»Ich bin jetzt auf der Wache, Sir, und gleich in meinem Dezernat. Ich werde meine Leute briefen, mich mit Captain Feeney absprechen und dann geht's los. Auch Special Agent Zweck bekommt von mir Bescheid, damit das FBI uns unterstützen kann.«

»Ich spreche selbst mit Zweck. Im Augenblick ist dies ein Einsatz der New Yorker Polizei«, erklärte Whitney brüsk. »Falls sich daran etwas ändert, kriegen Sie von mir Bescheid.«

»Ja, Sir, vielen Dank.« Sie legte auf und quetschte sich zusammen mit den anderen in den engen Lift. »Wir gehen die Sache an und führen sie zu Ende, bevor irgendwer vom FBI uns daran hindern kann. Roarke, du kannst doch sicher dafür sorgen, dass der Fahrstuhl ohne Zwischenstopp direkt in unsere Etage fährt.«

»Mit Freuden«, sagte er, zog seinen Handcomputer aus der Tasche und gab eine Reihe von Befehlen ein.

Sekunden später juchzte Peabody: »Juhu!«, kurz darauf gingen die Türen wieder auf, und Eve betrat den Flur vor ihrem Dezernat.

»McNab, Sie holen die Videokarte von der Gegend auf den Wandbildschirm, der uns hier zur Verfügung steht. Ich weiß, dass er nicht wirklich zuverlässig ist, aber ich habe keine Zeit, um mich mit jemandem herumzustreiten, damit er mir einen Konferenzraum überlässt. Carmichael und Santiago, stellen Sie sich ganz nach vorn, damit Sie alles sehen.«

Sie zögerte einen Moment, als sie Carmichaels leuchtend blaue Cowboystiefel mit den roten Nieten sah. »Ist das Ihr Ernst?«

»Sie sind mit Schaffell ausgekleidet, Dallas. Wärmer geht es einfach nicht. Santiago hat sich einen Hut gekauft, Sie haben ausdrücklich gesagt, dass wir in Zivil erscheinen sollen.«

»Aber ich habe meinen Hut nicht auf«, klärte Santiago Eve mit einem schiefen Grinsen auf.

»Jetzt nicht, aber danach trägt er ihn eine Woche lang im Dienst. Wir haben gewettet, und er hat verloren.«

Er schüttelte betrübt den Kopf. »Ich wollte nicht aus meinen Fehlern lernen, jetzt zahle ich den Preis dafür.«

»Zahlen Sie ein andermal«, antwortete Eve. »Die Wohnung liegt im Erdgeschoss von Hausnummer 251. Banner ist bereits vor Ort, außer ihm haben wir vier Beamte hier und hier positioniert.« Sie tippte die genauen Stellen mit einem Laserpointer an. »Zwei beobachten den Hinterausgang, der im Grunde nur ein Fenster ist, durch das man in die Gasse zwischen Downing Street und Bedford kommt.«

Auch diese Gasse tippte sie mit ihrem Laserpointer an.

»Dem Grundriss des Gebäudes nach, den ich von unserem zivilen Berater habe einsehen lassen, geht das Fenster nur von innen auf. Man muss erst das Gitter öffnen und die Scheibe dann nach oben schieben, bevor man nach draußen klettern kann. Ich halte es für unwahrscheinlich, dass sie diesen Fluchtweg wählen werden, doch zur Vorsicht legen unsere elektronischen Ermittler den Öffnungsmechanismus lahm, und Sie beziehen in der Gasse Position und schneiden ihnen dort den Fluchtweg ab.«

»Okay.«

»In der Siebten und West Houston stehen Krankenwagen, der Van der elektronischen Ermittler steht am Ende dieses Häuserblocks. Wir suchen nach vier Wärmequellen von zwei Opfern sowie zwei Verdächtigen. Die elektronischen Ermittler nähern sich dem Haus aus Richtung Osten und, wenn möglich, sehen und hören sie sich von dort aus in der Wohnung um.«

Eve sah sich in der Runde um. »Wir gehen rein, wenn ich es sage. Haben Sie alle Ihre schusssicheren Westen an?«

Santiago klopfte sich gegen die Brust und nickte knapp.

»Dann fahren Sie jetzt los. Lassen Sie Banner wissen, wenn Sie dort sind, und geben auch mir Bescheid. McNab, wie sieht's mit Ihrer Weste aus? Roarke, kannst du die Eingangstür der Wohnung etwas heranzoomen, damit ich mir die Schlösser ansehen kann?«

»Ein ganz normales Drehschloss und dazu ein Riegel«, klärte er sie auf. »Nichts wirklich Dolles, aber auch kein Dreck. Vielleicht ist drinnen noch ein Panzerriegel angebracht. Das werden wir sehen, sobald die Augen funktionieren.«

»Dann nehmen wir für den Fall der Fälle auch noch einen Rammbock mit.«

»Es gibt dort keine Kamera und keinen sichtbaren Alarm,

bei der Renovierung vor zwölf Jahren haben sie alles so gelassen, wie es vorher war. Die Wohnungstür hat einen uralten Spion, durch den man in den Flur sehen kann, sonst nichts.«

McNab zog eine schusssichere schwarze Weste über den knallroten Pulli mit den Silberstreifen, den er, wie Eve annahm, passend zu der silbrig weißen Hose trug.

»Die Elektronikleute sind in der Garage, Lieutenant«, klärte er sie auf und tänzelte in den rot-grün karierten Boots, die er von Roarke zu Weihnachten bekommen hatte, durch den Raum. »Feeney sitzt im Van.«

»Dann fahren wir jetzt los, retten zwei Leben und nehmen zwei Mörder fest. Roarke, du fährst mit Feeney«, sagte Eve und rannte los.

Natürlich war ihr klar, dass man unmöglich sämtliche Details vorhersehen konnte, trotzdem ging sie auf der Fahrt noch einmal alles durch. Vor allem, weil es um die Leben zweier sicher schwer verletzter junger Menschen ging.

Die wichtiger als alles andere waren.

»Sie sehen als Erstes nach den Opfern, Peabody. Sobald die elektronischen Ermittler wissen, wo sie sind, versuchen Sie, sie zu erreichen und zu schützen, bis die beiden anderen festgenommen sind. Ich schicke Ihnen Carmichael von der Trachtengruppe mit, denn er ist der Erfahrenste auf dem Gebiet. Geben Sie sich gegenseitig und den Opfern Deckung.«

»Alles klar.«

»Die bisherigen Opfer wiesen keine Stunnerspuren auf. Trotzdem gehen wir vorsichtshalber davon aus, dass sie außer mit Messern und mit Werkzeugen auch mit Schusswaffen ausgestattet sind.«

Sie hielt hinter dem Van der elektronischen Ermittler und fügte hinzu: »Ich gehe davon aus, dass er sie schützen will. Sie ihn vielleicht nicht, aber sie wird sich trotzdem wehren, und bei aller Dummheit sind die beiden ausnehmend gewieft. Vergessen Sie das nicht.«

»Sie auch nicht«, antwortete ihre Partnerin.

Sie stiegen aus, noch bevor Eve an der Hintertür des Lieferwagens klopfen konnte, wurde sie von innen aufgeschoben, und Roarke zog erst sie und danach Peabody hinein.

»Die Suche nach den Wärmequellen läuft«, erklärte er.

Feeney saß vor den Geräten, und McNab zappelte unruhig neben ihm herum.

»Wir geben gerade die genauen Koordinaten ein. Der größte Teil der Wohnung liegt ein Stückchen unterhalb der Straße.« Feeney ließ die Schultern kreisen und gab eine Reihe von Befehlen in sein Keyboard ein.

»Wir haben sie alle vier. Zwei hinten rechts.«

»Im Schlafzimmer«, erklärte Roarke und schaute sich den Grundriss des Apartments auf dem Handcomputer an.

»Die beiden anderen weiter vorn.«

»Im Wohnzimmer.«

Eve blickte über Feeneys Schulter, bis sie selbst die roten Punkte sah.

»Die Verdächtigen liegen anscheinend noch im Bett. Die potenziellen Opfer liegen auch, wobei ein kleiner Abstand zwischen ihnen ist.«

Sie waren noch am Leben, dachte sie. Sie strahlten beide Körperwärme aus.

Mit dem Gedanken stieg sie wieder aus und sagte ihren Leuten, wo die vier Personen in der Wohnung anzutreffen waren.

Auch Roarke sprang aus dem Van. »Jetzt kannst du auch was sehen und hören.«

Ihr hätte klar sein sollen, dass er nicht im Lieferwagen warten würde, bis die beiden festgenommen wären.

»Gib her.«

Er reichte ihr die Knöpfe erst für ihre eigenen und dann für die Ohren ihrer Partnerin.

»Wir gehen jetzt rein«, erklärte sie. »Falls sich in dem Apartment etwas tut, gib mir Bescheid, Feeney.«

»He, She-Body?«

Jetzt lehnte auch McNab sich aus der Tür des Vans und spielte mit den Fingern seiner Liebsten, wie er es häufig tat.

»Bin sofort wieder da«, erklärte Peabody.

»Bisher ist drinnen alles ruhig«, erklärte Eve auf dem Weg den Häuserblock hinab. »Aber wir sind am besten trotzdem auf der Hut.«

In leicht gebückter Haltung joggten sie die letzten Meter bis zum Haus und schlichen mit gezückten Waffen bis zur Wohnungstür.

Dort angekommen, zog Roarke ein kleines elektronisches Gerät aus seiner Tasche und bat leise: »Einen Augenblick.«

In der Wohnung zerrte Reed an seinen Fesseln, sein Handgelenk fing derart an zu pochen, dass ihm schwarz vor Augen wurde, während gleichzeitig ein Keuchen über seine trockenen, aufgerissenen Lippen drang.

Er hatte das Gefühl, als zerre er bereits seit Tagen an dem dicken Strick. Vor lauter Schmerzen war er mehrmals ohnmächtig geworden, doch das Licht, das durch die Jalousien fiel, verriet ihm, dass inzwischen Morgen war.

»Jayla«, krächzte er und hätte seine eigene Stimme fast nicht mehr erkannt. »Wach auf, Jayla. Wach auf und sprich mit mir. Die Fesseln sind ein bisschen lockerer. Falls ich es schaffe, meinen Arm aus der verdammten Schlinge zu ziehen …«

Flatternd gingen ihre Augen auf. »Ich will nur schlafen. Ich will schlafen. Lass mich.«

»Nein. Du musst mich ansehen, Jayla. Denk daran, was du selbst gesagt hast, bleib wach. Die beiden schlafen noch. Ich kann meinen Arm befreien. Vielleicht gelingt es mir diesmal, uns hier herauszubringen. Ich weiß, ich habe dir entsetzlich wehgetan. Das tut mir leid.«

»Das ist es nicht. Du hast mir nichts getan. Du nicht. Sie hat gesagt, dass sie mich heute töten werden, genau das werden sie auch tun. Sie hat gesagt, dass sie mich heute töten werden, also schlafe ich am besten einfach weiter und versuche, nicht noch einmal wach zu werden, denn im Schlaf kann ich die Engel sehen und fühle mich nicht so allein.«

»Nein, Jayla.« Noch einmal riss er an den Fesseln, und der Schmerz durchzuckte ihn gleich einem glühend heißen Schwert. Sie hatten sie geschnitten, während sie ihn gleichzeitig gezwungen hatten, in sie einzudringen, ihr Blut war auf die schmuddelige Plastikplane auf dem Fußboden getropft.

Sie hatte nicht die Kraft gehabt, um sich zu wehren oder laut zu schreien. Sie hatte einfach dort gelegen und nur einen Teil der Worte mitbekommen, die gesprochen worden waren. Die Frau hatte nicht gesagt, dass sie sie heute töten würden, sondern dass sie *ihn* gewaltsam dazu bringen würden, das zu tun.

Das eisige Entsetzen, das ihn bei den Worten überfallen hatte, war noch schlimmer als der Schmerz.

Jetzt vernahm er mit demselben eisigen Entsetzen ein gedämpftes Kichern aus dem Nebenraum.

Sie waren wach. Gleich fingen die Qualen von vorne an.

»Die Quelle gleich neben dem Fenster hat sich kurz bewegt«, murmelte Eve. »Eins der Opfer ist anscheinend wach. Und, warte ... auch im Schlafzimmer bewegt sich etwas. Ich muss etwas sehen, Roarke.«

»Moment.«

Sie nahm ein kurzes Flackern auf dem kleinen Bildschirm wahr und sah dann endlich klar. Den Fußboden des Raums, auf dem die Plastikfolie ausgebreitet war. Bevor sie darum bitten konnte, schwenkte Roarke die Kamera nach oben.

»Warte. Da. Wir haben die Opfer jetzt im Blick. Mulligan ist wach und zerrt an seinen Fesseln, kommt mir aber leicht benommen vor. Campbell ist bewusstlos oder schläft. Beide sind gefesselt, die Frau hat eine stark blutende Wunde irgendwo. Das Blut tropft auf den Boden. Die Verdächtigen sind nicht zu sehen.«

»Gleich kannst du auch etwas hören«, raunte Roarke ihr zu.

»Falls sie noch im Bett sind, gehen wir rein. Carmichael, kommen Sie rein. Banner, Sie beziehen bei der Haustür Position.«

Jetzt funktionierten auch die Ohren, und Eve vernahm ein Kichern aus dem bisher noch nicht einsehbaren Raum.

»Die Verdächtigen sind wach und in Bewegung. Brich die Schlösser auf.«

»Eine Sekunde. Einen Panzerriegel gibt es nicht.« Roarke legte das Gerät zur Seite und zog ein paar Werkzeuge hervor. »Wie gehen wir rein?«

»Wir bleiben beide aufrecht«, antwortete Eve. »Peabody, Carmichael, Sie sind direkt hinter uns, gehen dann nach rechts und sichern die Zivilpersonen. Banner, Sie kommen mit den anderen rein.«

»Wir können«, sagte Roarke.

»Fünf, vier, drei.« Eve klappte auch die letzten beiden Finger um und stieß die Tür der Wohnung auf.

Sie hörte Schreie, Lärm und hektische Bewegungen aus dem Schlafzimmer.

Der nackte James hielt einen Hammer in der Hand, und Parsens in gestohlener sexy Unterwäsche machte schreiend auf dem Absatz kehrt und fuchtelte mit einem kleinen Küchenmesser durch die Luft.

»Stehen bleiben! Polizei!«

James schleuderte den Hammer in Eves Richtung, doch sie duckte sich und hörte, wie das Werkzeug krachend in die Wand einschlug.

»Ich habe ihn«, erklärte Roarke mit kalter Stimme. »Kümmere du dich um die Frau.«

Mit zornblitzenden Augen stürzte sich der junge Kerl auf Roarke, aber Eve kannte ihren Mann und wusste, dass er mit ihm fertigwürde, ohne dass sie ihm zu Hilfe kam.

Sie rannte Parsens hinterher, als sie merkte, dass die Tür des Schlafzimmers verschlossen war, trat sie die Tür ein und wich der Flasche aus, die ihr an den Kopf geworfen werden sollte.

»Sie haben keine Chance, Ella-Loo.«

»Wenn Sie noch näher kommen, bringe ich Sie um!« Sie hob die nächste Flasche auf, schlug sie gegen die Wand und zeigte außer mit dem Messer mit dem abgebrochenen Flaschenhals auf Eve.

»Willst du mich auf den Arm nehmen? Ich habe einen Stunner in der Hand.«

»Bevor du mich erwischst, zerschneide ich dir das Gesicht.«

»Okay, versuch dein Glück.«

Parsens schwenkte die zerbrochene Flasche über ihrem Kopf und machte einen Satz nach vorn. Eve überlegte kurz, ob sie den Stunner nutzen sollte, wählte dann aber die Faust.

Sie musste ihren Arm etwas zurückziehen, um dem Messer auszuweichen, doch der linke Haken traf sein Ziel, und es tat ihr nicht im Geringsten leid, als Ella-Loo rücklings in einen Scherbenhaufen fiel und sich vor Schmerzen wand.

»Na, wie gefällt dir das?«

Ein dunkler Teil von Eve hätte das mörderische Weib gern noch einmal durch die Scherben rollen und vielleicht mit ihrem Stiefel auf das Messer und die Finger, die es hielten, treten wollen, aber der Cop in ihr schob nur das Messer fort, zerrte das laut schreiende Weibsbild auf die Füße und warf es aufs Bett.

»Sie sind verhaftet.« Während Ella-Loo nach Darryl kreischte, legte Eve ihr Handschellen an. »Sie stehen unter Mordverdacht.«

»Darryl! Darryl! Hol dieses verdammte Weib von mir herunter!«

Lächelnd beugte Eve sich vor, hielt den Rekorder zu und murmelte: »Der kann dir nicht mehr helfen. Gegen einen echten Mann wie meinen hat ein derart jämmerliches Würstchen nämlich keine Chance.«

Sie zog die Hand zurück, riss die Gefangene wieder auf die Beine und erklärte: »Sie haben das Recht zu schweigen, aber meinetwegen schreien Sie sich weiter Ihre rabenschwarze Seele aus dem Leib. Das ist Musik in meinen Ohren.«

Zähnebleckend riss die andere den Kopf herum.

»Du wirst mich doch nicht etwa beißen wollen? Ich schlottere vor Angst.«

Sie zerrte Ella-Loo in Richtung Tür, wo sie auf Banner traf.

»Sie haben sie. Sind Sie okay?«

»Mir geht es gut, aber diese Frau braucht einen Arzt, der ihr die Scherben aus dem Rücken zieht. Ich habe gerade angefangen, sie über ihre Rechte aufzuklären. Wollen Sie sie übernehmen und weitermachen, Deputy?«

»Mit Vergnügen, Lieutenant.«

»Aber sehen Sie sich vor. Sie ist bissig.«

Er bleckte seine eigenen Zähne und erklärte grimmig: »Damit komme ich zurecht.«

Er zerrte die Gefangene aus dem Raum, und Eve gönnte sich eine kurze Atempause, wackelte ein paarmal mit den Fingern ihrer linken Hand und folgte ihm dann in den Nebenraum.

Der noch immer nackte Darryl lag bewusstlos auf dem Boden und bekam dort Handschellen angelegt.

»Das hätte wirklich Spaß gemacht, wenn nicht …« Roarke blickte zu Eves Partnerin, die beruhigend auf die Opfer einsprach, während ein Kollege die Fesseln aufschnitt und ein Sanitäter sich bemühte, Campbell aufzuwecken, die noch immer mit geschlossenen Augen auf der Pritsche lag.

»Sie darf nicht sterben.« Tränen strömten über Reeds Gesicht. »Sie darf nicht sterben. Sie haben mich gezwungen, sie zu vergewaltigen. Haben mich gezwungen, sie zu missbrauchen, aber sie ist stark geblieben, sie hat mir keine Vorwürfe gemacht. Sie dürfen sie nicht sterben lassen. Sie heißt Jayla. Sie haben ihr furchtbar wehgetan und einfach nicht mehr damit aufgehört.«

»Wir wissen, wer sie ist«, erklärte Eve. »Wir wissen, wer Sie beide sind. Sie sind Reed Mulligan, nichts, was hier geschehen ist, ist Ihre Schuld. Die Ärzte werden alles, was in ihrer Macht steht, für Sie beide tun.«

McNab hüllte ihn vorsichtig in eine Decke ein, bevor die Sanitäter ihn auf eine Bahre hoben, noch einmal stieß er flehend aus: »Sie dürfen sie nicht sterben lassen. Sie heißt Jayla, und sie hat gesagt, dass sie nicht sterben will.«

Eve wandte sich dem ersten Sanitäter zu und fragte, während sie in Jaylas bleiche Miene sah: »Wird sie es schaffen?«

»Sie hat jede Menge Blut verloren, wir pumpen sie erst mal mit frischem Blut und anderen Flüssigkeiten voll.« Er schüttelte den Kopf. »Ich weiß es nicht, aber jetzt bringen wir sie zuerst einmal hier raus.«

»Halten Sie mich über ihren Status und auch den des jungen Mannes auf dem Laufenden. Ich bin Lieutenant Dallas, mein Dezernat ist auf dem Hauptrevier.«

»Ich, das heißt, wir alle wissen, wer Sie sind. Wir melden uns, sobald sich etwas tut. Diese verdammten Schweinehunde haben ihr wirklich zugesetzt. Machen Sie sie fertig, Lieutenant.«

Was wohl sonst, fragte sich Eve und wandte sich den anderen Beamten zu.

»Sichern Sie den Tatort, rufen Sie die SpuSi, sprühen Sie sich selbst die Hände und die Schuhe ein und nehmen hier alles auf, was Sie machen. Die Verdächtigen bleiben gefesselt, werden aber untersucht und medizinisch vor dem Abtransport versorgt. Ich will, dass alles hier genau nach Vorschrift läuft.«

Mit diesen Worten trat sie auf Carmichael und Santiago zu. »Der Tatort gehört Ihnen, wenn Sie wollen.«

»Auf jeden Fall.«

»Nehmen Sie alles bis zum letzten Staubkorn auf und schicken dann eine Kopie der Aufnahmen an mich, Whitney, Mira, Reo sowie Special Agent Zweck.«

Carmichael schaute sich die rote Lache auf der Plastikfolie, die roten Spritzer an den Wänden und die roten Flecken an den Messern, Hämmern, Schraubenschlüsseln, Scherben an.

»Nehmen Sie die beiden in die Mangel, und pressen Sie jeden Tropfen Blut und Schweiß aus ihnen raus.«

»Auf jeden Fall.«

Eve trat wieder in die Kälte, die nach dem Gestank im Innern der Wohnung einfach herrlich war.

»Danke für die Hilfe«, sagte sie zu Roarke.

»Oh, nein, ich fahre jetzt bestimmt nicht heim. Ich habe doch gesagt, ich habe einige Termine umgelegt, wenn es sein muss, kann ich auch auf der Wache einen Teil meiner Arbeit erledigen. Ich freue mich darauf, dir zuzusehen, wenn du sie in die Mangel nimmst, bis noch der letzte Tropfen Blut und Schweiß aus ihnen rausgeflossen ist.«

»Es könnte sein, dass Jayla Campbell es nicht schafft. Das habe ich dem Sanitäter angesehen. Sie glauben nicht, dass sie es schaffen wird. Wenn wir ein paar Stunden eher gekommen wären …«

»Eve.«

»Ich weiß, ich weiß. Es ist nicht meine Schuld. Es ist allein die Schuld der beiden, die sie so zugerichtet haben. Aber sie hat durchgehalten, trotz der fürchterlichen Qualen hat sie durchgehalten. Und als Lohn für diese Tapferkeit kommt sie vielleicht nicht durch.«

Sie fuhr sich mit den Händen durchs Gesicht.

»Ich muss ihre Mitbewohnerin anrufen.«

»Wenn Sie wollen, übernehme ich das«, sagte Peabody in ihrem Rücken. »Ich kann auch Reeds Mutter kontaktieren, denn wenn ihre Freunde und Familie da sind, haben sie vielleicht eher eine Chance. Banner und ich fahren mit den Elektronikleuten aufs Revier, ich rufe die Mutter und die Mitbewohnerin von unterwegs aus an.«

»Also gut, okay. Dann rufe ich von unterwegs aus Whitney an und frage Mira, ob sie auf die Wache kommen kann.« Sie atmete geräuschvoll aus und sah dem weißen Atemwölkchen, das sie ausblies, hinterher. »Dann schließen wir den Fall jetzt ab.«

Sie ließ den Albtraum in der Wohnung eines toten Mannes hinter sich zurück und sagte sich, dass sie auch die Verwandten dieses Opfers kontaktieren müsste, weil sie noch nicht wussten, was geschehen war.

»Fühl dich umarmt.«

»Wie bitte?«

»Mir ist klar, dass du nicht willst, dass ich vor anderen Cops den Arm um deine Schultern lege, aber du sollst einfach wissen, dass er wenigstens gedanklich jetzt dort liegt.«

»Es geht mir gut. Wir haben die Arschlöcher erwischt.«

»Peabody fährt extra nicht mit uns, damit du kurz mit mir allein sein kannst. Also nutz die Chance und erzähl mir, was dir auf der Seele liegt«, bot er ihr lächelnd an.

»Der junge Reed ist nicht so schlimm verletzt wie Jayla. Sie haben ihm nicht ganz so wehgetan, weil er bei Kräften bleiben sollte, um die junge Frau zu vergewaltigen. Er wird durchkommen, aber vielleicht wird er nie verwinden, wozu er gezwungen worden ist. Er ist ein ganz normaler, anständiger junger Mann, der jetzt damit leben muss. Sie haben ihm ihren Willen aufgezwungen und ihn dadurch ebenfalls missbraucht.«

»Mira oder jemand anderes aus ihrer Branche wird ihm helfen zu verstehen, was passiert ist, und sich irgendwie damit zu arrangieren.«

»Für so was braucht man Jahre. Es dauert ewig, damit klarzukommen, wenn einem das überhaupt jemals gelingt.«

Sie selber hatte eine halbe Ewigkeit gebraucht, bevor sie mit den Dingen, die sie als Kind erlitten hatte, auch nur annähernd zurechtgekommen war.

»Ich glaube nicht, dass mir das ohne dich jemals gelungen wäre. Nicht einmal mit Miras Hilfe hätte ich das ohne dich geschafft.«

»Aber jetzt hast du es geschafft«, erklärte er ihr sanft und zog sie eng an seine Brust. »Jetzt hast du es geschafft. Das heißt, wir beide haben es geschafft. Ich wollte keinen Augenblick der Zeit, die wir bisher zusammen hatten, missen, auch wenn es nicht immer einfach mit uns beiden war. Es war, als würde ich vom Blitz getroffen, als ich dir zum ersten Mal begegnet bin.« Er presste ihr die Lippen auf die Stirn. »Von diesem Blitzschlag habe ich mich nie mehr vollständig erholt.«

»Du wolltest gar nichts ändern?«

»Nichts.«

»Weil dann auch alles andere nicht so gelaufen wäre, wie es gelaufen ist.«

»Genau.«

»Okay.« Sie atmete tief durch und trat entschlossen einen Schritt zurück. »Jetzt haben wir eindeutig genug rührselige Worte mitten auf der Straße gewechselt.«

Sie marschierte Richtung Van und rief den elektronischen Ermittlern zu: »Wir haben sie.«

»Dann reiß den beiden jetzt die Ärsche auf«, rief Feeney gut gelaunt zurück.

Als Roarke ihr hartes Grinsen sah, sagte er sich: Genau das ist der Cop, dem ich mit Haut und Haaren verfallen bin.

22

Erfüllt von neuer Energie und kampfbereit marschierte Eve in Richtung ihres Dezernats.

»Du weißt schon, wie du's angehen willst«, bemerkte Roarke.

»Zumindest habe ich einen Plan.« Sie verlangsamte das Tempo, als Special Agent Zweck ihr im Flur entgegenkam. »Auch wenn ich den vielleicht noch einmal etwas verändern muss. Special Agent.«

»Lieutenant«, grüßte er zurück. »Wir müssen reden.«

»Sicher. Kommen Sie mit in mein Büro.« Auf ihr Nicken schlenderte Roarke zu Jenkinson, um die Krawatte zu bestaunen, die er heute trug. Sie selbst führte den Bundespolizisten durch den Raum, sämtliche Kollegen schauten ihnen grimmig hinterher.

»Setzen Sie sich«, bot sie ihm an, aber er schüttelte den Kopf.

Sie schloss die Tür und nahm dann selber auf der Kante ihres Schreibtischs Platz. »Parsens und James sind festgenommen worden.«

»Das habe ich gehört.«

»Es war ein sauberer Zugriff, und die Polizisten, die daran beteiligt waren, sind alle unverletzt. Die harmlosen Verletzungen, die die Verdächtigen davongetragen haben, wurden vor dem Abtransport hierher medizinisch versorgt, Jayla Campbell und Reed Mulligan wurden ins Clinton Hospital gebracht. Die Sanitäter, die vor Ort waren, gehen davon aus, dass Campbells Chancen nicht die besten sind.«

Sein Mund bildete einen schmalen Strich. »Ich weiß, wer es bei uns vermasselt hat.«

Der mühsam unterdrückte Zorn, der bei dem Satz in seiner Stimme mitschwang, war nicht zu überhören, als Eve nickte, fuhr er fort:

»Es waren zwei von meinen Vorgesetzten. Ich werde Ihre Arbeit, die Ergebnisse des Einsatzes von heute früh und die Berichte, die Sie dazu schreiben, nutzen, um dafür zu sorgen, dass man ihnen das nicht einfach durchgehen lässt. Auch die beiden haben Vorgesetzte, ich werde so weit gehen, wie ich gehen muss, um sie zur Rechenschaft zu ziehen. Ich werde meinen eigenen Bericht zu Ihrem Einsatz noch zurückhalten, bis ich … sämtliche Einzelheiten kenne und beschließe, wie in dieser Sache weiter vorzugehen ist.«

Sie nickte abermals. »Okay. Natürlich möchte ich sie selber in die Zange nehmen, außerdem hat vor allem Banner verdient, bei dem Verhör dabei zu sein, aber wer am Ende in den Medien die Lorbeeren einheimst oder dafür sorgt, dass diese beiden Schweinehunde bis zum Ende ihrer kranken Leben hinter Gittern landen, ist mir vollkommen egal.«

»Die Regierung wird darauf bestehen, sie bis zum Ende ihrer kranken Leben zu beherbergen, aber bis das FBI die Sache übernimmt, können Sie mit ihnen machen, was Sie wollen. Ich werde dafür sorgen, dass Sie genug Zeit bekommen«, sagte er ihr zu.

»Das reicht mir. Wollen Sie bei den Verhören dabei sein?«

»Erst einmal sehe ich nur zu.«

»Okay. Ich werde Ihnen zeigen, von wo aus das möglich ist. Herein«, rief sie, als jemand klopfte, im nächsten Augenblick schob Peabody den Kopf zu ihr herein.

»Ich will nicht stören, aber ich dachte, dass Sie wissen wollen, wenn die Ärzte mit den beiden fertig sind. Es heißt, Commander Whitney wäre auf dem Weg nach unten, auch Dr. Mira ist inzwischen unterwegs.«

»Dann lassen Sie die beiden raufbringen und in zwei getrennte Räume setzen. Sollen sie ruhig noch etwas schwitzen.«

Peabody warf einen Blick auf Zweck. »In unsere Vernehmungsräume?«

»Ja. Halten Sie die beiden unbedingt getrennt.«

»Dann will ich Sie nicht länger aufhalten«, erklärte Zweck. »Lassen Sie mich einfach wissen, wann Sie anfangen, sie zu grillen.«

»Das mache ich.«

Peabody ließ ihn an sich vorbei und fragte leise: »Also übernimmt er nicht?«

»Er ist auf seine eigenen Leute sauer, deshalb überlässt er zunächst uns das Feld und sieht bei den Verhören zu. Also sorgen wir dafür, dass sich das Zusehen für ihn lohnt. Sie wechseln sich mit Banner ab, okay? Als Erstes knöpfen ich und Banner uns den Typ vor, dann sprechen Sie und ich mit Parsens und danach mit James, dann gehen ich und Banner noch einmal zu Parsens rein. Falls das Vorgehen nicht funktioniert, gehen wir es anders an.«

»Dann lasse ich sie jetzt raufholen«, sagte Peabody und murmelte mit leiser Stimme: »Whitney«, doch auch Eve hatte den festen Schritt des Vorgesetzten schon gehört.

»Commander«, grüßte Peabody.

»Detective. Gute Arbeit. Lieutenant«, sagte er, als er den Raum betrat.

»Jetzt sind Sie mir zuvorgekommen, Sir. Ich wollte gerade raufgehen und Bericht erstatten.«

»Ich glaube, Sie haben heute mehr zu tun als ich.« Er war ein großer Mann und füllte den gesamten Raum vor ihrem Schreibtisch aus.

»Lassen Sie die beiden heraufholen, Detective Peabody.«

»Zu Befehl, Ma'am.«

»Ich schreibe heute noch einen vollständigen Bericht, Commander, aber vorher würde ich gerne anfangen, die beiden zu verhören. Special Agent Zweck verschafft uns noch ein wenig Zeit, damit die New Yorker Polizei die Angelegenheit zum Abschluss bringen kann.«

»Wenn nötig, dehne ich den Rahmen zeitlich noch ein wenig aus. Sie haben sie festgenommen und werden diesen Fall zum Abschluss bringen. Das sieht auch Tibble so, von dem ich Ihnen zu dem Zugriff gratulieren soll.«

»Das ist sehr freundlich, Sir.«

»Erst einmal wird Staatsanwältin Reo die Vernehmungen begleiten, aber früher oder später wird jemand auf Bundesebene übernehmen, wenn wir fertig sind, bekommt das FBI die beiden überstellt.«

»Verstanden, Sir.«

Er lächelte und nickte zustimmend. »Die Medien haben sich bisher nicht auf den Fall gestürzt, weil die Verbindung zwischen den verschiedenen Morden nicht zu ihnen durchgedrungen ist, aber sobald sie das erfahren, bricht bestimmt die Hölle los. Was sicher nicht mehr lange dauert, weil die Nachricht ungefähr …« Er sah auf seine Uhr. »… vor zehn Minuten durchgesickert ist.«

Und dabei hatte er eindeutig seine Hand im Spiel gehabt.

»Die New Yorker Polizei hat zwei Personen identifiziert, lokalisiert und festgenommen, von denen eine Blutspur durch das halbe Land gezogen worden ist. Zwei Individuen, die seit Anfang ihrer mörderischen Reise im vergangenen August mindestens zwei Dutzend Menschen auf brutale Art ermordet haben. Das FBI darf meinetwegen einen Teil des Ruhmes dafür einheimsen, aber die ganzen Lorbeeren bekommen sie auf keinen Fall.«

»Ein großer Teil besagter Lorbeeren gebührt Deputy Banner, Sir«, erklärte Eve.

»Da haben Sie recht. Die Hilfe dieses Mannes war von unschätzbarem Wert, dafür schulden die New Yorker Polizei und ebenso das FBI ihm großen Dank.«

Als er sich zum Gehen wandte, traten Mira und Cher Reo durch die Tür.

»Jack, Eve«, grüßte die Psychologin und schob sich an ihm vorbei. »Sie haben heute schon sehr viel geleistet.«

»War ein ganz schön turbulenter Morgen.« Reo stellte ihre Aktentasche auf Eves Schreibtisch ab und sah sie aus inzwischen wachen, babyblauen Augen an. »Könnte ich, bevor wir anfangen, vielleicht noch einen Kaffee haben?«

Eve bahnte sich den Weg zu ihrem AutoChef.

»Es gibt doch sicher eine Möglichkeit, den Raum ein bisschen zu vergrößern«, stellte Whitney fest. »Ich werde sehen, ob ich die Gelder für einen Umbau lockermachen kann.«

»Bei allem gebührenden Respekt, Sir, aber wenn mein Büro größer wäre, kämen noch mehr Leute rein«, erklärte Eve und gab ihre Bestellung auf.

Dann nahm sie sich noch etwas Zeit, um Einzelheiten über den Fall zu erzählen und aufzuzeigen, wie aus ihrer Sicht am besten weiter vorzugehen war.

Nachdem die anderen das Büro endlich verlassen hatten, trat sie an das Fenster, riss es auf und atmete tief durch. Zu viert hatten sie in dem engen Raum praktisch den ganzen Sauerstoff verbraucht.

Dann griff sie nach der kurz zuvor zusammengestellten Akte und marschierte selber wieder los.

»Banner, Sie und ich fangen mit Darryl an. Peabody, Sie sehen zu. Geben Sie Zweck Bescheid, dass das Verhör beginnt. Wo haben Sie James geparkt?«

»Verhörraum B.«

»Dann kommen Sie«, wand sie sich abermals an Banner, und er stellte dankbar fest: »Es ist echt nett, dass ich dabei sein darf.«

»Das haben Sie auf jeden Fall verdient.«

»Trotzdem weiß ich es zu schätzen.«

»Haben Sie schon das Sweatshirt der New Yorker Polizei bekommen, das Peabody Ihnen besorgen wollte?«

»Allerdings.«

»Dann tragen Sie es mit Stolz. Auf geht's«, erklärte sie und öffnete die Stahltür von Verhörraum B.

»Rekorder an. Lieutenant Eve Dallas und Deputy William Banner verhören Darryl Roy James zu den Mordfällen M-52310, M-52314, M-52318 und verschiedenen anderen Fällen, die damit in Verbindung stehen. Mr. James, wurden Sie über Ihre Rechte aufgeklärt?«

Man hatte ihn gesäubert, ihm ein Pflaster auf die Schnittwunde auf seiner Stirn geklebt und ihn in einen Gefängnisoverall gesteckt, dessen orangefarbener Ton ihm nicht besser als die violette Schwellung seines Kiefers stand.

»Wo ist meine Ella-Loo?«

»Sie sitzt in einer Zelle, wir werden ihr den Arsch genauso aufreißen wie Ihnen«, klärte Eve ihn fröhlich auf. »Also, hat man Sie nach der Verhaftung über Ihre Rechte aufgeklärt?«

»Ich will sie sehen. Ich will sie sehen, damit ich weiß, dass sie in Ordnung ist.«

Eve nahm ihm gegenüber Platz und legte ihren Aktenordner auf den Tisch. »Sie haben das Recht zu schweigen«, fing sie an.

»Das haben Sie mir alles schon erzählt. Bringen Sie mir Ella-Loo, sofort!«

»Das heißt, Sie wurden über Ihre Rechte aufgeklärt?«

»Das habe ich doch schon gesagt.« Er schlug mit einer seiner Fäuste auf den Tisch und zerrte an den Ketten, die er um die Handgelenke trug. »Mehr sage ich nicht, solange man mich Ella-Loo nicht sehen lässt.«

»Sie werden Ella-Loo erst sehen, wenn Sie uns was erzählen.« Eve lehnte sich auf ihrem Stuhl zurück. »Sie haben keine Rechte außer denen, die man Ihnen vorhin aufgezählt hat, wenn ich nicht will, dass Sie Ella-Loo jemals wiedersehen, werden Sie das auch nicht tun.«

Bei diesen Worten stieg ihm heiße Zornesröte ins Gesicht. »Sie können uns nicht trennen. Wir gehören zusammen. Das zwischen uns ist wahre Liebe, und zwar lebenslang.«

»Ach ja? Wir werden sehen, wie *wahr* und *lebenslang* das zwischen Ihnen beiden ist, wenn sie erkennt, dass lebenslang ab jetzt die Zeit sein wird, die sie in einer Sträflingskolonie weit weg von unserer schönen Erde zubringen wird.«

Jetzt beugte Eve sich zu ihm vor. »Sie werden beide bis ans Lebensende hinter Gitter wandern, Darryl. Ist Ihnen das klar? Sie werden nie wieder die Sonne sehen. Das wird etwas völlig anderes als die paar Jahre, die Sie schon in Oklahoma im Gefängnis saßen, mit Besuchsräumen, in denen Sie sich mit Ihrer Freundin treffen konnten, Zeit zum Lesen und zum Unterricht zu gehen. Dieses Mal werden Sie mehrmals lebenslänglich kriegen, und Sie können sich nicht vorstellen, wie hart das wird.«

»Sie machen mir keine Angst. Sie stürmen einfach so in unsere Wohnung …«

»Ihre Wohnung? Ja wohl eher die von Samuel Zed.«

Jetzt machte Darryl ein durchtriebenes Gesicht. »Ja klar, der gute, alte Sammy. Er hat gesagt, wir könnten seine Wohnung haben, während er auf Reisen ist. Er hat gesagt, wir sollen auf sie aufpassen.«

»Ach ja?«

»Ach ja.«

»Hätte diese Reise seiner Meinung nach im Hudson River enden sollen, nachdem man ihm seine verdammten Finger abgeschnitten hat?«

»Ich weiß nicht, wovon Sie reden.«

»Wo sind Sie ihm begegnet?«

»In irgendeiner Bar.«

»In welcher Bar?«

Er grinste breit. »Also bitte, Schätzchen, woher soll ich das noch wissen, bei den ganzen Bars, die ihr hier habt?«

»Hat Ella-Loo mit ihren Titten vor ihm rumgewackelt, *Schätzchen,* und ihn heiß gemacht?«

Abermals stieg ihm die Zornesröte ins Gesicht. »Sprechen Sie nicht so von meinem Mädchen.«

»Hat sie ihm versprochen, ihn zu ficken, damit er sie mit nach Hause nimmt? Wer von euch hat ihm die Zähne eingeschlagen? Wer von euch hat ihm die Finger abgehackt?«

»Ich weiß nicht, wovon Sie reden. Falls Zed in Schwierigkeiten war und sich deswegen umgebracht hat, ist das wohl kaum unsere Schuld. Wir haben nur auf seine Wohnung aufgepasst.«

»Haben Jayla Campbell und Reed Mulligan das auch gemacht?«

Er lenkte seinen Blick auf eine Stelle über ihrem Kopf. »Ich weiß nicht, wer die Leute sind.«

Zum ersten Mal seit Anfang der Vernehmung sagte er die Wahrheit, merkte Eve. Die Namen seiner Opfer hatten ihn nicht interessiert. »Die beiden jungen Leute, die gefesselt auf den Pritschen lagen, damit ihr sie foltern könnt. Damit du und Ella-Loo sie schlagen, schneiden und verbrennen könnt, weil euch beim Foltern und beim Morden einer abgeht«, stellte sie mit ausdrucksloser Stimme fest.

Er streckte seine Beine aus und holte zischend Luft. »Sie wissen nichts. Wir haben die beiden zufällig getroffen, sie haben gesagt, sie fahren auf solche Sachen ab. In einer Großstadt wie New York gäbe es jede Menge Leute, die so etwas wollen. Wir haben einfach Quatsch gemacht, sonst nichts. Wenn sie was anderes behaupten, lügen sie, und Sie müssen uns erst einmal beweisen, dass es anders war.«

Eve klappte ihren Aktenordner auf und warf die Aufnahmen der anderen Folteropfer auf den Tisch. »Alle diese Leute, Darryl. Sind die alle darauf abgefahren?«

»Ich kenne diese Leute nicht.« In seinen Augen aber blitzten Aufregung und Stolz auf, als er den Blick begierig über seine Opfer wandern ließ.

Jetzt müsste sie den Druck erhöhen, dachte Eve, bevor sie aber etwas sagen konnte, mischte Banner sich mit ruhiger Stimme ein.

»Melvin Little?«

»Wer?«

»Melvin Little. Hier.« Er schob dem anderen das Foto hin.

»Wo kommen Sie her?«

»Aus Silby's Pond in Arkansas, genau wie er. Er war ein Freund von mir.«

»Das tut mir leid, aber ich und Ella-Loo waren nie in Silby's Pond.«

»Sie wollen Ella-Loo beschützen, stimmt's, Darryl?«

»Ich würde alles für sie tun.«

Mit dem Finger malte er ein Herz auf seiner Brust.

»Ich werde nicht zulassen, dass ihr etwas passiert. Ich würde für sie *sterben.*«

»So sieht's aus«, erklärte Banner, wobei etwas wie Bewunderung in seiner Stimme lag. »Ihr beide gehört auf jeden Fall zusammen, da hast du völlig recht. Aber du musst verstehen, wir können beweisen, dass ihr meinen Freund und alle diese anderen Menschen gefoltert und ermordet habt. Wir können beweisen, dass ihr beide in Silby's Pond wart und dass ihr euch aus dem *Rope 'n Ride* in Oklahoma kennt.«

»›Ich habe sie geschaut und gleich geliebt.‹ Das ist Shakespeare, alter Freund.«

»Okay. Dann seid ihr zu eurer Liebesreise aufgebrochen, die von deiner Haftstrafe im Gefängnis unterbrochen wurde, nachdem du wieder draußen warst, wolltet ihr mit dem Truck, den du vier Jahre vorher Barlow Hanks gestohlen hattest, weiter Richtung Osten fahren.«

Wieder huschte ein gewieftes Grinsen über sein Gesicht. »Ich habe Barlow Kohle für das Ding gegeben, er lügt, wenn er was anderes behauptet.«

»Von Oklahoma ging's nach Arkansas«, fuhr Banner immer noch mit gleichmütiger Plauderstimme fort. »Als der Truck dort eine Panne hatte, habt ihr Robert Jansen angehalten, seid mit einem Wagenheber auf ihn losgegangen und habt die Leiche ins Gebüsch gezerrt, bevor ihr dann mit seinem Wagen nach Silby's Pond weitergefahren seid. Dort seid ihr in eine Hütte eingebrochen, dann war da plötzlich Little Mel.«

»Ich kenne diese ganzen Leute nicht«, erklärte Darryl mit der Art von Starrsinn, die im Grunde nichts als Dummheit war. »Dadurch, dass Sie das behaupten, wird es auch nicht wahr.«

»Wir können all das beweisen, wir können auch beweisen, dass all diese Menschen auf brutale Art von euch beiden ermordet worden sind. Du musst verstehen, Darryl, dass wir dir im Moment eine Chance geben wollen, Ella-Loo zu schützen und dir selbst zu helfen, denn wenn du uns nicht erzählst, was ihr getan habt, werdet ihr euch niemals wiedersehen. Wahrscheinlich wird sie dann irgendwo eingesperrt, wo irgendwer ihr furchtbar wehtun wird, weil du nicht da bist und sie nicht beschützen kannst.«

Darryl beugte sich über den Tisch, ballte die Fäuste und erklärte rau: »Das lasse ich nicht zu.«

Jetzt sprang Eve auf und lenkte Darryls Blick zurück auf sich. »Wir machen, was wir wollen. Es war echt nett von dem Kollegen, dass er dir den Tipp gegeben hat. Stell dir nur einmal vor, wie Ella-Loo in einer Zelle sitzt, wo du sie nicht erreichen, nicht berühren, ihr nicht helfen kannst. Denk drüber nach«, verlangte sie noch einmal und tippte auf die Bilder auf dem Tisch. »Vielleicht kannst du dich, bis wir zurückkommen, ja an ein paar von diesen Menschen wieder erinnern. Dallas und Banner verlassen den Vernehmungsraum. Rekorder aus.«

Sie stapfte in den Flur und nickte Banner zu. »Das haben Sie wirklich gut gemacht.«

»Am liebsten wäre ich ihm an den Hals gesprungen und hätte sein Gesicht so lange auf die Tischplatte gehauen, bis nur noch Hautfetzen und Knochensplitter davon übrig sind. Ich war in meinem ganzen Leben nie zuvor derart gewaltbereit.«

»Mörder können einen bis an die eigenen Grenzen treiben«, meinte Eve. Er war etwas blass und lehnte sich ermattet an die Wand, bemerkte sie, deshalb schlug sie ihm vor: »Am besten gehen Sie erst mal in den Pausenraum und ruhen sich etwas aus.«

»Das mache ich. Danach sehe ich zu, aber ich schätze, eine kurze Pause tut mir gut.«

Sie sah ihm hinterher, ging dann zurück in ihr Büro, druckte eine Reihe neuer Fotos aus und rief die Partnerin auf deren Handy an.

»Jetzt nehmen wir uns Parsens vor.«

»Ich stehe vor der Tür.«

Bei Parsens würden sie es anders angehen, beschloss Eve. »Am besten setzen wir ihr beide zu. Das heißt, Sie spielen diesmal auch den bösen Cop.«

»Juhu.«

»Solange Sie so freundlich gucken, wird das aber nichts.«

Eve öffnete die Tür und merkte, dass Orange auch Ella-Loo nicht wirklich stand.

»Rekorder an. Lieutenant Eve Dallas und Detective Delia

Peabody vernehmen Ella-Loo Parsens«, fing sie an und fügte, während Ella-Loo sie wüst beschimpfte, noch die Fallnummern hinzu.

»So können Sie nicht mit mir umgehen! Ich habe jede Menge Schnittwunden. Ich will ins Krankenhaus. Außerdem haben Sie mich belästigt und mich an der Brust berührt. Ich will nicht mit Ihnen reden«, fing sie an und endete mit: »Wo ist Darryl? Ich will meinen Darryl! Was haben Sie mit ihm gemacht?«

»Hat man Sie über Ihre Rechte aufgeklärt?«

»Fahrt mit euren Rechten doch zur Hölle. Ich will jetzt ins Krankenhaus. Und ich will Darryl.«

»Sie wurden medizinisch hinlänglich versorgt, das heißt, dass Sie vernehmungsfähig sind, Darryl werden Sie wahrscheinlich niemals wiedersehen.«

Sie wurde kreidebleich. »Was soll das heißen, nie? Er ist mein Mann, mein Herz, ihn zu sehen, ist mein Recht.«

»Sie haben hier nur noch ein Recht, und das ist zu schweigen.«

Über Ella-Loos Gebrüll hinweg belehrte Eve sie über ihre Rechte und Verpflichtungen und sah sie fragend an: »Haben Sie verstanden?«

»Tittenlose Hexe«, fauchte Ella-Loo.

»Ich kann Sie gerne so oft aufklären, bis Sie laut und deutlich sagen, ob Sie mich verstanden haben oder nicht. Oder wir gehen und lassen Sie ein paar Stunden allein, damit Sie sich in Ruhe überlegen können, wie es weitergehen soll.«

»Ich habe verstanden«, knurrte Ella-Loo. »Ich will meine eigenen Kleider, ich will Darryl, und ich habe einer Bullenlesbe nichts zu sagen.«

»Es interessiert uns einen feuchten Kehricht, was Sie wollen«, fuhr Peabody sie an. Eve war stolz darauf, dass ihr bei diesem Satz ein dumpfes Grollen aus der Kehle drang. »Die einzigen Klamotten, die Sie jemals wieder tragen werden, sind orange oder gefängnisblau. In Ihrem momentanen Outfit sehen Sie wie ein überreifer Kürbis aus, aber die Frauen in Riker's fressen Sie wahrscheinlich trotzdem auf.«

»Von Riker's habe ich noch nie gehört, aber da gehe ich bestimmt auch nicht hin.«

»Sie werden dort nur vorübergehend sein«, versicherte ihr Eve. »Nach einem kurzen Aufenthalt in Riker's landen Sie bestimmt auf Omega. Von dort aus ist die Erde nur mit einem Teleskop zu sehen. Jayla Campbell und Reed Mulligan, die beiden Personen, die Sie gefoltert haben, als wir uns vorhin zum ersten Mal begegnet sind, haben sehr viel über Sie und Darryl zu erzählen.«

»Lügner. Wir haben gefeiert, weiter nichts. Was man in seinen eigenen vier Wänden macht, geht kein Schwein etwas an. Vor allem sind wir alle volljährig, die beiden waren mit allem einverstanden, was gelaufen ist.«

»Sie waren also damit einverstanden, dass ihr beide sie fesselt, schneidet, schlagt, verbrennt und vergewaltigt?«

»Sie sind krank. Das ist ja wohl nicht unsere Schuld. Darryl und ich haben nur mitgemacht und einfach ein paar neue Sachen ausprobiert. Aber am Ende hatten wir genug und keine Lust mehr, dass die zwei in unserer Wohnung waren.«

»Eurer Wohnung?« Wütend schnappte sich Eves Partnerin die Akte, warf die Fotos auf den Tisch und suchte das von Samuel Zed heraus. »Es war ja wohl eher *seine* Wohnung. Bist du fiese, fette Fotze tatsächlich so dumm zu glauben, dass er ohne Finger nicht zu identifizieren ist? Sieh dir an, was ihr mit ihm gemacht habt.«

Eve blieb einfach sitzen und sah zu, wie Peabody den Tisch umrundete und Ella-Loo das Bild unter die Nase hielt.

Los, Peabody, mach sie fertig, dachte sie.

»Lassen Sie mich in Ruhe«, kreischte Ella-Loo. »Rühren Sie mich nicht an. Sie dürfen mich nicht schlagen.«

»Mit so widerlichen Weibern darf ich tun und lassen, was ich will.«

»Dürfen Sie nicht! Darryl! Hilfe! Nehmen Sie diese Frau von mir weg! Ich werde melden, dass diese Furie mich angegriffen hat.«

»Wem denn?«, fragte Eve. »Wer wird Ihnen wohl glauben, während Ihr Wort gegen das von einem Lieutenant und einem Detective steht? Es kommt immer wieder einmal vor, dass eine Aufnahme verschwindet oder das Gerät nicht richtig funktioniert. Wie wäre es, wenn wir ihr die Fesseln abnehmen, Peabody? Dann können Sie dasselbe machen wie vergangene Woche. Keine Angst, ich decke Sie.«

Zähnebleckend und mit zornblitzenden Augen meinte Peabody: »Auf geht's.«

Lächelnd schob Eve ihren Stuhl zurück, und Ella-Loo versuchte, sich zu einem kleinen Ball zusammenzurollen, damit sie möglichst keine Angriffsfläche bot. »Das können Sie nicht machen. Das ist nicht erlaubt. Er hat mich angegriffen, ja, genau. Darryl hat mich nur beschützt. Der Typ wollte mich vergewaltigen, Darryl hat mich nur beschützt. Es war Notwehr.«

»Und während Darryl sich gewehrt hat, hat er Samuel alle Finger abgehackt.«

»Wir hatten … Angst. Wir haben ihn in den Fluss geworfen, weil wir Angst hatten, dass wir in Schwierigkeiten kommen.«

Noch immer kauerte sie sich auf dem Stuhl zusammen und warf Peabody hasserfüllte Blicke zu.

»Danach brauchten wir eine Bleibe, also sind wir in die Wohnung von dem Kerl gezogen. Sonst nichts. Der Typ wollte mich vergewaltigen, deshalb ist Darryl auf ihn losgegangen. Mein Darryl ist ein Held.«

»Auf jeden Fall. Wo waren Sie genau, als es zu diesen angeblichen Übergriffen kam?«, erkundigte sich Eve.

»Das kann ich nicht mehr sagen. Wir waren gerade erst in New York City angekommen, haben irgendwo etwas getrunken, ich bin kurz vor die Tür gegangen, als plötzlich dieser Typ von hinten auf mich zutrat und an meinen Kleidern riss. Dann kam Darryl sofort rausgerannt und hat den Kerl gestoppt.«

»Sie standen also abends in der Kälte irgendwo vor einer Bar, dort erschien ein Mann und zerrte an Ihren Sachen?«

»Ja, genau. Darryl hat ihn in Notwehr umgebracht.«

»Niemand hat etwas von der versuchten Vergewaltigung, der Notwehr und dem Tod des Mannes mitbekommen. Als er tot war, hatten Sie trotz allem noch genügend Zeit, sich die Papiere dieses Mannes anzusehen, herauszufinden, wo er wohnt, und seine Leiche in einem gestohlenen Van zum Fluss zu transportieren.«

Ein Ausdruck der Verwirrung huschte über Ella-Loos Gesicht. »Ich … wir … niemand wollte uns helfen. Niemand. Ich weiß nichts von einem Van, den wir gestohlen haben sollen.«

»Der Van, den Sie von einem Dauerparkplatz am Flughafen Newark haben mitgehen lassen«, fuhr Eve fort. »In Ihrer Angst und Ihrem Kummer wegen der versuchten Vergewaltigung, des Todes eines Mannes, der Sie angeblich vor einer Kneipe angegriffen hat, haben Sie, statt abzuhauen oder die Polizei zu informieren, dem Toten das Gesicht zertrümmert, alle Finger abgeschnitten, ihn mit Backsteinen in einen Plastiksack gestopft und dann im Fluss versenkt.«

»Wir wollten keinen Ärger, den Van hatten wir uns nur kurzfristig geliehen. Wir wollten ihn zurückstellen.«

»So wie das Gefährt von Robert Jansen?«, fauchte Peabody und hielt ihr eine andere Aufnahme vor das Gesicht. »Nachdem Sie ihn mit einem Wagenheber totgeschlagen und am Rand des Highway 12 in Arkansas liegen lassen haben. Oder musste Darryl Ihnen auch bei Jansen helfen, weil er auf Sie losgegangen ist?«

»Ich …«

»Sagen Sie, Sie wüssten nicht, wovon wir reden«, lenkte Eve den Blick der anderen Frau auf sich. »Versuchen Sie es ruhig. War das immer Notwehr oder Spaß? Ich werde mir die Namen sparen, denn die Namen haben Sie sowieso nie interessiert. Vom Highway 12 ging es nach Silby's Pond.«

Während Eve die Orte nannte, suchte Peabody die passenden Aufnahmen heraus und hielt sie Parsens hin.

»Sie werden ins Gefängnis gehen, egal, was Sie auch tun. Das müssen Sie wahrscheinlich erst einmal verdauen. Das Einzige, worauf Sie jetzt vielleicht noch etwas Einfluss nehmen können, sind die Fragen wie lange und wo. Gibt's außer diesen Opfern noch andere? Das ist die erste Frage, als Zweites spucken Sie jetzt die ganze Geschichte aus. Was haben Sie und Darryl alles angestellt? Wenn Sie uns das erzählen, können wir einen Deal mit Ihnen machen, damit Sie in ein Gefängnis kommen, wo Sie nicht aufgefressen werden und in dem es irgendwann die Chance gibt, wieder herauszukommen. Wenn Sie uns weiter irgendwelchen Scheiß erzählen, sperren wir Sie bis an Ihr Lebensende weg.«

»Ich habe ein Kind!«

Jetzt stand Eve auf, ging um den Tisch herum und beugte sich von hinten über Ella-Loo. »Ich weiß. Ich weiß, dass du das Kind bei deiner Mutter abgeladen hast und einfach abgehauen bist. Du willst dein Kind benutzen, Ella-Loo? Tu das und ich werde neue Wege finden, um dir wehzutun. Wege, im Vergleich zu denen das, was du und Darryl all den Menschen auf dem Tisch hier angetan habt, wie ein Picknick irgendwo auf einer Frühlingswiese wirken wird. Das schwöre ich.«

Sie richtete sich wieder auf. »Du hast nur eine Chance. Du erzählst uns alles über die Menschen hier auf diesem Tisch. Erzählst uns sämtliche Details. Sagst uns, ob es noch weitere Opfer gibt. Wir haben Zeugen, haben zahllose Beweise, haben eure Spur und alles, was wir brauchen, um euch wegzusperren. Wenn du mich weiter anlügst, sind wir fertig. Dann verfrachten wir dich bis ans Lebensende in eine der Sträflingskolonien auf Omega. Darryl schicken wir in eine andere. Dann werdet ihr euch niemals wiedersehen. Dallas und Peabody verlassen den Vernehmungsraum. Rekorder aus.«

Während Ella-Loo hysterisch schluchzte, wandte Eve sich vor der Tür an ihre Partnerin und fragte: »Fiese, fette Fotze? Widerliches Weib?«

»Ich fand einfach die Alliterationen schön.«

Als Zeichen der Anerkennung boxte Eve ihrer Partnerin auf den Arm. »Als Peabody, die Pestbeule, haben Sie sich wirklich gut gemacht.«

»Das finde ich auch. Ich hatte selbst ein bisschen Angst vor mir, aber was sollte dieser Vorschlag mit dem Deal? Wir brauchen keinen Deal.«

»Sie werden sehen, worum es dabei geht, wenn es nach Plan verläuft.« Zusammen gingen sie in den Nebenraum, wo Banner stand.

»Sie sind jetzt wieder dran«, erklärte Eve dem Deputy und wandte sich danach dem Special Agent zu. »Als Nächster kommen Sie.«

»Sie haben sich beide eingebildet, dass es niemals enden wird«, stellte die Psychologin fest. »Sie dachten, sie hätten das Recht, den Menschen diese fürchterlichen Dinge anzutun, denn dadurch wurden ihre eigenen Bedürfnisse befriedigt, und vor allem wurde das, was sie als ihre Liebe sehen, durch diese Taten noch verstärkt. Ich glaube nicht, dass sie sich gegen Darryl wenden wird. Vielleicht wird sie genau wie er weiterhin darauf bestehen, dass er sie einfach beschützen wollte. Auf einer grundlegenden Ebene ist sie ihm genauso treu ergeben wie er ihr.«

»Es ist auch gar nicht nötig, dass sie ihn ans Messer liefert«, antwortete Eve. »In ihrem Wunsch, sich gegenseitig und auch sich selbst zu retten, schaufeln sich die zwei am Schluss ihr eigenes Grab. Und das wird deutlich schneller gehen, als ich dachte.«

Zusammen mit Banner ging sie wieder in Verhörraum B, drückte den Knopf des Aufnahmegeräts und setzte sich auf ihren Platz.

»Okay, Darryl, Sie hatten Zeit genug zum Überlegen«, fing sie an. »Ich werde Ihnen sagen, wie es weitergeht. Sie haben zwei Möglichkeiten, genau wie Ella-Loo.«

»Ich will sie sehen. Sie müssen mich sie sehen lassen. Wir haben uns geschworen, uns nie wieder zu trennen.«

»Nein, ich muss Sie Ella-Loo nicht sehen lassen«, widersprach sie ihm. »Aber wenn Sie sich in meinem Sinn entscheiden, werde ich das vielleicht trotzdem tun. Sie hat mir schon den größten Teil erzählt, weil sie sich selbst und Sie beschützen will, aber die Sache kann nur funktionieren, wenn Sie genauso offen sind.«

»Was hat sie gesagt?«

»Sie liebt Sie, Darryl, das kann jeder sehen.«

»Wir sind zwei Menschen, doch wir teilen uns ein Herz.«

»Genau. Deshalb haben Sie den Menschen, die Sie für den jeweils anderen getötet haben, auch das Herz mit Ihren Initialen in die Haut geritzt. Ich kann Ihnen nicht sagen, was sie mir erzählt hat, weil das vielleicht Einfluss auf die Dinge, die Sie selbst erzählen wollen, hätte. Ich kann nur sagen, dass sie mir ein paar Erklärungen gegeben hat. Zum Beispiel, dass der Van, den Sie am Flughafen von Newark von einem der Dauerparkplätze entwendet haben, nur geliehen war.«

»Genau. Wir haben ihn uns nur geborgt. Der Eigentümer hat ihn, solange er nicht da war, schließlich nicht gebraucht.«

»Sie hat mir auch von Samuel Zed, dem Mann, in dessen Wohnung Sie gelebt haben, erzählt. Was haben Sie mit ihm gemacht, Darryl? Belügen Sie mich nicht, denn sonst ist es für Sie vorbei. Die Staatsanwältin macht mir Riesendruck, wenn Sie mich belügen, gibt es lebenslang für Sie und Ella-Loo in zwei verschiedenen, möglichst weit entfernten Kolonien, die extra für so Typen wie euch beide eingerichtet sind. Das Gefängnis, in dem sie landen wird, falls sich die Staatsanwältin durchsetzt und der Fall hier in New York verhandelt wird, puh …«

Eve schüttelte den Kopf.

»Die anderen Frauen und die Wärterinnen dort können es nicht verknusen, wenn jemand so gut aussieht wie Ella-Loo. So schönen Frauen tun sie fürchterliche Dinge an. Ich weiß, Sie wollen nicht, dass es ihr dreckig geht. Ich weiß, dass Sie sie schützen wollen. Das haben Sie schließlich bisher immer getan, wenn sie in Schwierigkeiten war.«

»Das habe ich und werde es auch weiter tun!«

»Dann schützen Sie sich jetzt, Darryl, damit ich einen Deal aushandeln kann, damit man Sie nicht trennt. Sie werden beide ins Gefängnis gehen, dagegen bin ich machtlos, aber wenn Sie mir die Informationen geben, die ich brauche, spreche ich die Staatsanwältin auf die Sache an.«

»Wenn ich sie nur kurz sehen könnte …«

»Sobald wir fertig sind, werde ich dafür sorgen, dass man Sie zusammenbringt.«

»Versprochen?«

»Ich verspreche, dass Sie beide sich sehen, wenn wir hier fertig sind.«

»Und danach werden wir zusammen sein?«

»Solange ich das Sagen habe, bleiben Sie im selben Haus. Aber vorher müssen Sie uns alles sagen. Eine Lüge und die Sache ist vom Tisch. Erzählen Sie zuerst von Samuel Zed, der tot im Fluss gelandet ist.«

»Okay. Es ging die ganze Zeit um Liebe. Unsere Liebe ist viel größer und viel mächtiger als alles andere auf der Welt. Das müssen Sie verstehen. Ella-Loo wollte schon immer nach New York. Das war ihr großer Traum. Aber als wir hier waren, brauchten wir auch eine Wohnung, einen Ort für uns. Also hat sie diesen Typ angesprochen, diesen Typ hier.« Er zeigte auf das Bild von Zed. »Wir waren in einer Bar, sie hat ihn dazu gebracht, uns zu erzählen, wo er wohnt und dass er ganz alleine lebt. Es war einfach Schicksal, wissen Sie? Nach einer Weile meinte sie, sie würde gern mal seine Wohnung sehen, sie sind zusammen losgegangen. Es waren nur ein paar Blocks, als sie dort waren, hat sie drauf geachtet, dass die Wohnungstür einen Spalt offen blieb.«

»Okay. Das ist schon mal nicht schlecht. Was passierte dann?«

»Ich bin ihnen gefolgt. Als ich in die Wohnung kam, hat dieser Kerl sie überall begrapscht. Da bin ich ausgerastet, obwohl wir ihn im Grunde gar nicht so schnell umbringen wollten, war er plötzlich tot. Wir wollten ihn noch etwas leben lassen, damit er uns erklärt, wie alles funktioniert, aber dann hat er sie begrapscht, und ich bin einfach ausgeflippt.«

»Trotzdem haben Sie ihn nicht sofort umgebracht.«

»Er musste uns noch ein paar Sachen sagen, damit ich von seinem Computer aus eine Mail an seine Arbeit schicken konnte, um zu sagen, dass es einen familiären Notfall gab und er vorübergehend nicht erreichbar ist. Dann mussten wir ihn loswerden, haben überlegt, wie wir vorgehen sollen, und ihm die Finger abgeschnitten, damit man ihn nicht so einfach identifizieren kann.«

»War Samuel noch am Leben, als Sie ihm die Finger abgeschnitten haben? Wenn Sie lügen, werden Sie und Ella-Loo sich niemals wiedersehen.«

Er leckte sich nervös die Lippen und gab widerstrebend zu: »Vielleicht hat er bei den ersten Fingern noch gelebt. Auch als wir ihm das Gesicht zertrümmert haben, aber wenig später war er tot. Dann bin ich rausgegangen und habe ein paar Backsteine von einer Baustelle geholt, die ich gesehen hatte, als wir noch nicht wussten, wo wir unterkommen sollen. Aber für Ella-Loo war's auf der Baustelle zu kalt, deshalb haben wir uns nach einer ordentlichen Wohnung umgesehen. Schließlich braucht man eine ordentliche Wohnung, wenn man irgendwo zusammenleben will.«

»Zeds Wohnung hat Ihnen zugesagt.«

»Das war Schicksal. Genauso, dass ich Ella-Loo in dieser Bar begegnet bin. Also haben wir ihn zusammen mit den Backsteinen in einen Plastiksack gestopft, den Sack dann zugebunden und das Ding im Fluss versenkt.«

»Das ist gut, Darryl. Dass Sie die Wahrheit sagen, hilft uns allen. Aber Sie haben etwas ausgelassen, oder? Nach dem Mord an Zed, bevor Sie seine Leiche in den Fluss geworfen haben, haben Sie und Ella-Loo noch etwas anderes getan. Haben Sie dafür sein Bett benutzt?«

Jetzt sah er sie mit einem breiten Grinsen an. »Den Weg zum Bett haben wir uns gespart. Dass er so schnell gestorben ist, hat uns unglaublich heiß gemacht. Wenn man liebt, erscheint einem der Boden weicher als ein Federbett.«

»Sie haben sich also auf dem Fußboden … geliebt, während der Tote neben Ihnen lag?«, hakte der Deputy mit ausdrucksloser Stimme nach.

»Danach haben wir die Backsteine und einen großen Sack besorgt.«

Eve spürte Banners Zorn und drückte ihm unter dem Tisch die Hand. »Okay, Darryl, jetzt noch einmal zurück zum Anfang. Ich kann Ella-Loo nur schützen, wenn Sie alles ganz genau erzählen und nichts auslassen. War Robert Jansen, den Sie auf dem Highway 12 erschlagen haben, der erste Mensch, den Sie gemeinsam ermordet haben?«

»Der Typ in Arkansas. Wir hatten gar nicht vor, ihn umzubringen. Wir brauchten einfach einen Wagen, als der blöde Pick-Up liegen blieb. Ella-Loo hat ihn dazu gebracht zu halten, aber dann hat er mich plötzlich angegriffen, um mir zu helfen, ist sie mit dem Wagenheber auf ihn losgegangen, dabei ist er unglücklich gestürzt. Es war ein Unfall, echt. Vorsichtshalber haben wir noch ein paarmal auf ihn eingeschlagen, dann haben wir ihn ins Gebüsch gezerrt, den Truck, so gut es ging, gesäubert, unsere Sachen in die Limousine umgeladen und sind abgehauen. Ella-Loo war total heiß. Wegen des Bluts und so. Also haben wir noch einmal angehalten, und als wir uns dann geliebt haben …«

Sein Gesicht fing an zu glühen. »… haben wir uns gefühlt, als würden wir auf einem Kometen durch das Weltall fliegen. Uns war klar, dass niemand jemals so etwas empfunden hat wie wir in diesem Augenblick. Es war nicht mehr dasselbe, als wir es am nächsten Tag noch mal gemacht haben, deshalb wussten wir, was zu tun ist, damit wir noch einmal den Himmel sehen. Wir hatten keine andere Wahl, um uns und unser Schicksal zu erfüllen. Vor allem hatten wir das Recht dazu, weil das, was uns verbindet, wahre Liebe ist.«

»Also haben Sie beim nächsten Mal nach jemandem gesucht.«

»Nun, im Grunde war es dieser Typ, der uns gefunden hat. Wir hatten uns die Hütte in dem Wald bei Silby's Pond vorübergehend ausgeliehen, dann kam plötzlich dieser Kerl und wollte wissen, was wir da verloren haben. Er meinte, weil wir in die Hütte eingebrochen wären, dürften wir dort gar nicht sein. Er hat lauter wirres Zeug gequatscht und ging uns mächtig auf den Keks. Also habe ich den Schürhaken geschnappt, der neben dem Kamin gehangen hat, aber dann dachten wir, wenn wir ihn etwas länger leben lassen, um uns mit ihm zu vergnügen, dauert unsere Reise zu den Sternen vielleicht auch ein bisschen länger an. So war's dann auch. Bei Gott, es war sogar noch besser als beim ersten Mal.«

»Einzelheiten, Darryl, und sie müssen zu dem passen, was bei dem Gespräch mit Ella-Loo herausgekommen ist.«

Während der folgenden zwei Stunden tischte Darryl ihnen alle grässlichen Details der mörderischen Reise auf.

Die beiden Male, als Darryl etwas trinken wollte, dachte Eve, dem armen Banner täte eine kurze Pause sicher gut, und bat ihn, jeweils eine Dose Limo aus dem Pausenraum zu holen.

Am Ende der Vernehmung sah sie auf die Spiegelwand zum Nebenraum und nickte knapp.

»Das war alles, Darryl?«

»Das war alles. Wirklich. Falls ich irgendetwas ausgelassen habe, liegt das daran, dass ich es vergessen oder mit was anderem verwechselt habe. Jetzt sorgen Sie dafür, dass Ella-Loo und ich wieder zusammenkommen, damit ich sie beschützen kann.«

»Der Deal gilt nur, solange ich das Sagen habe«, antwortete Eve. Wie aufs Stichwort traten Zweck und zwei Kollegen durch die Tür.

»Darryl Roy James, hiermit nehme ich Sie wegen neunundzwanzigfachen Mordes, der Entführung und Misshandlung dieser neunundzwanzig Opfer, der Entführung und Misshandlung von Reed Mulligan und Jayla Campbell, dem versuchten Mord an Jayla Campbell und der Vergewaltigung von Mulligan und Campbell fest.«

»Ich verstehe nicht. Ich dachte, dass ich schon verhaftet worden bin.«

»Von der New Yorker Polizei«, erklärte Eve.

»Jetzt geht es um Verbrechen in verschiedenen Staaten, deshalb übernimmt ab sofort das FBI. Sie sind Gefangener der

Bundespolizei und kommen deshalb auch in eine Einrichtung der Bundespolizei.«

»Zusammen mit Ella-Loo?«

»Ganz sicher nicht.«

»Aber Sie haben es versprochen!«, wandte Darryl sich an Eve. »Sie haben es gesagt!«

»Nur für die Zeit, in der der Fall bei mir lag«, klärte sie ihn achselzuckend auf. »Aber das tut er jetzt nicht mehr. Wir sind hier fertig.« Sie stand auf, raunte dem Special Agent etwas zu, und er bat die Kollegen: »Haltet ihn noch kurz hier fest.«

Während James nach Parsens brüllte, traten Eve, der Mann vom FBI und Banner in den Flur hinaus.

»Peabody und ich sprechen noch einmal mit Ella-Loo. Sie brauchen sich das kein zweites Mal anzuhören, Banner, falls es Ihnen reicht.«

»Ich stehe diese Sache bis zum Ende durch. Ich rufe nur schnell meinen Sheriff an, dann bin ich wieder da.«

»Gehen Sie es wie bei Darryl an?«, erkundigte sich Zweck, während der Deputy den Flur hinunterlief.

»Wie's aussieht, hat die Masche sich durchaus bewährt. Bitte tun Sie mir einen Gefallen, Zweck, und holen Sie mir eine Pepsi aus dem Automaten, der da vorne steht. Die Dinger hassen mich.«

Als sie ihm ein paar Münzen geben wollte, sagte er: »Oh nein, die geht auf mich. Ich schulde Ihnen mehr als einen Drink.«

»Okay.« Sobald er mit der Dose kam, hob sie sie an den Mund und spülte einen Teil der Übelkeit herunter, die bei James' Geständnis in ihr aufgestiegen war.

Dann ging sie in den anderen Vernehmungsraum und hörte sich dieselbe grausige Geschichte noch einmal aus dem Mund von Parsens an.

Epilog

Am liebsten hätte sie nach Ende der Vernehmung eine Woche lang geduscht und einen Monat lang geschlafen, denn sie fühlte sich beschmutzt und war total k.o.

Obwohl Ella-Loo erheblich weniger romantisch war und nicht von irgendwelchen Reisen zu den Sternen sprach, stimmten die Dinge, die sie sagte, größtenteils mit dem, was sie von Darryl wussten, überein.

Sie gestand umfassend zum Teil aus Angst davor, an einem Ort zu landen, wo ihr widerfahren könnte, was den Menschen, die sie selbst auf dem Gewissen hatte, widerfahren war. Zum anderen Teil verspürte sie auch weiterhin ein krankes, schreckliches Verlangen nach dem Mann, von dem die Lust zu foltern und zu töten in ihr wachgerufen worden war.

Als sie sich am Ende schreiend gegen die Fesseln und die Bundespolizisten, die sie auf die Füße zerrten, wehrte, löste Eve ihr Versprechen ein.

Sie ließ die beiden Täter gleichzeitig aus den Verhörräumen zerren, die einander gegenüberlagen, damit sie sich noch einmal sahen.

»Darryl, hilf mir, Darryl! Lass nicht zu, dass sie mir wehtun.«

Natürlich kämpfte Darryl wie ein Wilder gegen seine Ketten, während er nach seiner Spießgesellin schrie. »Ella-Loo! Ich liebe dich und werde dich auf alle Fälle finden, Ella-Loo! Sie können uns nicht voneinander trennen.«

»Ich liebe dich genauso, Darryl, ich werde auf dich warten. Bis ans Ende aller Zeit!«

Die Special Agents zogen sie den Flur hinauf und ihn den Flur hinunter, das Echo ihrer kranken Liebesschwüre prallte von den Wänden ab.

Zweck reichte Eve die Hand. »Falls Sie jemals etwas von mir

brauchen, Lieutenant, rufen Sie mich einfach an. Egal, worum es geht.«

»Gut zu wissen. Melden Sie sich bitte, sobald feststeht, wo die Reise von den beiden endet.«

»Auf jeden Fall an zwei verschiedenen Orten, Lieutenant. Das verspreche ich.«

Er wandte sich zum Gehen, und Eve fuhr sich mit beiden Händen durchs Gesicht.

Als sie sie wieder sinken ließ, stand an Zwecks Stelle Roarke.

»Du bist noch hier?«

»Ich war zwar zwischendurch ein paarmal weg, aber ich wäre niemals heimgefahren, bevor ihr hier fertig seid.« Als er ihr die Hände auf die Schultern legte, ging sie in den Vernehmungsraum und schloss die Tür.

Dann lehnte sie sich an ihn und wehrte sich auch nicht, als er sie tröstend in die Arme nahm.

»Immer denkt man, dass es schlimmer nicht mehr kommen kann. Dass man das Schlimmste schon gesehen hat. Das muss man denken, weil man diese Arbeit sonst nicht machen kann. Man muss es denken, obwohl einem klar ist, dass es irgendwann noch schlimmer kommen wird. Aber was Übleres als das hier habe ich bisher tatsächlich noch nicht erlebt. Mir anzuhören, was für einen Spaß sie hatten, dass sie sich am Leid von diesen Menschen aufgegeilt und sich dabei noch eingeredet haben, dass es wahre Liebe ist.«

»Liebe ist, was du getan hast«, klärte Roarke sie auf. »Dass du die beiden, nachdem ihr all die Arbeit hattet, letztendlich vom FBI hast verhaften lassen, zeugt meiner Meinung nach von allergrößter Liebe zu den Opfern, zur Gerechtigkeit und deinem Job. Aber es gibt noch eine andere Art der Liebe, und zwar diese hier.«

Er zog sie eng an seine Brust, presste ihr die Lippen auf den Mund und gab ihr einen langen, sanften Kuss, der Eve die Tränen in die Augen trieb.

»Ich weiß. Es hilft, dass du es sagst, aber das war mir auch schon vorher klar. Jetzt sollte ich mich wieder zusammenreißen.«

»Lass uns heimfahren.«

»Gleich. Vorher muss ich noch Kupers Mutter kontaktieren und ihr sagen, dass wir sie erwischt haben.«

»Natürlich. Ja.«

»Ich hoffe, dass ihr das ein bisschen hilft. Danach muss ich noch fragen, wie es Campbell geht.«

»Sie lebt. Mira und Whitney haben beide in der Klinik angerufen und erfahren, dass sie am Leben ist. Sie ist anscheinend eine echte Kämpferin.« Er rieb ihr sanft den Rücken und die Schultern und fuhr fort: »Sie ist am Leben, inzwischen stehen ihre Chancen gut. Sie ist noch nicht über den Berg, doch ihre Chancen stehen gut. Sie hat ihre Freunde und Familie um sich, genau wie der Junge. Reed Mulligan.«

»Okay. Das ist der erste Lichtblick in dem ganzen Dunkel. Aber es gibt noch einen anderen. Am besten kommst du mit. Ich nehme an, dass du dich auch darüber freuen wirst.«

»Ein bisschen Freude täte uns jetzt beiden durchaus gut.«

Sie öffnete die Tür, blieb dann aber noch einmal stehen und sah ihn über ihre Schulter hinweg an. »Was auch immer vorher war und was auch immer uns die Zukunft bringt, weiß ich durch dich, was wahre Liebe ist.«

Lächelnd nahm er ihre freie Hand und gab genauso feierlich zurück: »Was auch immer vorher war und was auch immer uns die Zukunft bringt, weiß ich durch dich, dass wahre Liebe alles ändert und vor allem besser macht.«

»Lass uns nachher allein zu Abend essen, nur wir zwei. Ohne Arbeit und vor allem ohne andere Cops im Haus. Als hätten wir ein Date, okay?«

»Du willst ein Date?«

»Auf jeden Fall«, erklärte sie, wobei sie selbst davon noch überraschter war als er.

»Dann haben wir zwei nachher ein Date.«

Inzwischen hatte sie ihr Gleichgewicht zurückerlangt, als sie durch die Tür ihrer Abteilung trat, bat sie: »Moment«, sie ging zu Baxter, der hinter seinem Schreibtisch saß.

»Doller Einsatz, Lieutenant«, gratulierte er.

»Den werden wir wahrscheinlich nicht so schnell vergessen«, stimmte sie ihm zu. »Hören Sie, ich weiß, Sie sind total neben der Kappe wegen Truehearts Prüfung, aber bisher hatte ich mit diesem mörderischen Liebespärchen alle Hände voll zu tun.«

»Ich weiß. Er hält sich wirklich gut. Wir haben uns ebenfalls beschäftigt und den Fall, der gestern hereinkam, aufgeklärt. Ich habe versucht herauszufinden, wie's gelaufen ist, aber sie haben gesagt, dass es die Resultate frühestens in 24 Stunden gibt.«

»Denken Sie wirklich, dass ich zwei von meinen Männern derart lange schmoren lassen würde? Dass ich nicht meine Beziehungen spielen lasse, damit es ein bisschen schneller geht?«

»Das haben Sie getan? Danke, Dallas. Kann ich …«, fing er an, doch als er ihr Gesicht sah, brach er ab.

»Verdammt.«

»Hören Sie, Baxter, es ist eine wirklich harte Prüfung, ich kenne jede Menge Leute, die beim ersten Mal nicht durchgekommen sind.«

»Ja, ja, verflucht noch mal. Am besten gehe ich zu ihm und sage es ihm selbst. Vielleicht mildert das den Schlag ein wenig ab.«

»Ich denke auch, dass Sie mit Trueheart sprechen sollten«, stimmte sie ihm zu. »Ich dachte mir, dass Sie ihm sagen sollten, dass es hier bald einen weiteren Detective gibt. Und zwar, sobald er seine neue Marke hat.«

»Ich … was?«

»Was sind Sie für ein Cop, wenn Sie nicht schnallen, dass jemand Sie verarscht?«

»Er hat bestanden.«

»Allerdings, und zwar vollkommen mühelos. Sie können wirklich stolz auf Ihren Jungen sein.«

»Verdammt. Verdammt, verdammt, verdammt.«

Sie sah die Gefahr seinen Augen an, als er von seinem Schreibtischsessel aufsprang.

»Wenn Sie versuchen, mich zu küssen, werden Sie in frühestens einer Woche wieder wach.«

»Aber ich muss jemanden küssen. Peabody!«

»Was ist?«

Sie blickte müde auf, doch Baxter riss sie schon von ihrem Stuhl, beugte sich über sie und gab ihr einen dicken Schmatzer mitten auf den Mund.

»Also bitte«, stieß sie aus und richtete sich wieder auf.

Er aber brüllte bereits: »Trueheart, kommen Sie her!«

Eilfertig kam der junge Polizist in der tadellosen Uniform herbeigestürzt. »Haben wir einen neuen Fall?«

»Es geht um etwas anderes. Gratuliere zum Detective!«

»Also habe ich bestanden?« Trueheart musste schlucken. »Echt?«

»Und zwar vollkommen mühelos«, erklärte Baxter voller Stolz und fiel ihm freudestrahlend um den Hals. »Gute Arbeit, Partner.«

»Ich habe bestanden«, hauchte Trueheart ehrfürchtig und kniff die Augen zu.

Als er sie wieder aufschlug, klopfte Baxter ihm noch einmal auf den Rücken, und die anderen Kollegen klatschten laut.

Der frischgebackene Detective wandte sich an Eve. »Ohne Sie hätte ich diese Prüfung niemals abgelegt.«

»Ich habe Sie nur angemeldet, alles andere haben Sie selbst gemacht. Glückwunsch, Detective«, sagte sie und reichte ihm die Hand.

Er fiel ihr dankbar um den Hals, doch da er jung und dies ein ganz besonderer Augenblick in seinem Leben war, ließ sie es zu.

»Sie sollten es sich nicht zur Angewohnheit machen, Ihren Lieutenant zu umarmen«, riet sie ihm.

»Ja, Ma'am, nein, Ma'am.« Lachend machte er sich wieder von ihr los.

»Nach Schichtende kommen bitte alle ins *Blue Line*«, lud

Baxter die Kollegen ein. »Ich gebe eine Runde aus. Wir feiern meinen Jungen hier.«

Die anderen jubelten, und ehe Eve Gelegenheit bekam, sich wie gewohnt zu drücken, meinte Roarke: »Wir sind auf jeden Fall dabei.« Er schaute lächelnd zu, wie Trueheart sich von den Kollegen auf den Rücken klopfen und mit seiner Uniform, die er jetzt nicht mehr brauchte, aufziehen ließ.

»Ich habe doch gesagt, wir würden einen Abend ohne andere Cops verbringen«, sagte Eve. »Wir brauchen nicht mit ins *Blue Line* zu gehen, wenn du nicht willst.«

»Sein Lieutenant sollte heute Abend unbedingt das Glas auf ihn erheben, und ich selbst möchte das auch. Wenn wir diesen Abend noch mit einer Reihe Cops verbringen, schmälert das die Freude über den Erfolg des Jungen nicht. Aber bevor wir nachher losziehen, habe ich noch kurz zu tun. Das heißt, ich finde dich nach Ende deiner Schicht.«

Er würde sie auf alle Fälle finden, das wusste sie, und sah ihm hinterher. Dann würden sie ihr Glas zunächst auf einen anständigen, jungen Cop erheben, dann auf den erfolgreich abgeschlossenen Fall, und danach hätten sie ein Date.

Kein wirklich schlechtes Ende eines langen, anstrengenden Tages, dachte sie und ging in ihr Büro.